NB

Die Nebeldroschke

Deutschsprachige Gespenstergeschichten

Verlag Das Neue Berlin

Herausgegeben und mit einem Nachwort versehen
von Herbert Greiner-Mai

Der Herausgeber dankt Irene und Hans Joachim Kruse
für mannigfache Anregungen

ISBN 3-360-00012-9

3. Auflage

Lizenz-Nr.: 409-160/289/89 · LSV 7101
Umschlag- und Einbandentwurf: Klaus Ensikat
Printed in the German Democratic Republic
Satz und Reproduktion der Farbtafeln:
(140) Druckerei Neues Deutschland, Berlin
Druck und buchbinderische Verarbeitung:
Karl-Marx-Werk Pößneck V 15/30
622 547 5
01680

JOHANN KARL AUGUST MUSÄUS

Die Entführung

Am Wässerlein Lockwitz im Vogtlande, auf der thüringischen Grenze, ist gelegen das Schloß Lauenstein*, welches vorzeiten ein Nonnenkloster war, das im Hussitenkriege zerstört wurde. Die geistliche Domäne ging als ein verlassenes Eigentum in der Folge wieder an den weltlichen Arm über und wurde von dem Grafen von Orlamünde als damaligem Grundherrn an einen Lehnsmann ausgetan, der auf die Ruinen des Klosters sich ein Schloß erbaute und dem wohlerworbenen Eigentum wieder seinen Namen gab oder diesen davon bekam; er hieß der Junker von Lauenstein. Es veroffenbarte sich aber bald, daß geistliches Gut in der profanen Hand der Laien nicht gedeihet und daß ein solcher stiller Kirchenraub auf eine oder die andere Art geahndet wird.

Die Gebeine der heiligen Nonnen, die schon jahrhundertelang in dem düstern Begräbnisgewölbe in stillem Frieden ruheten, konnten die Entweihung ihres Heiligtums nicht gleichgültig ertragen. Die morschen Totenknochen wurden rege, rasselten und rauschten zur Nachtzeit aus der Tiefe herauf und erhoben ein furchtbares Getöse und Gepolter im Kreuzgange, der noch unversehrt geblieben war. Oft zog eine Prozession von Nonnen mit feierlichem Gepränge im Schloßhof herum, sie wallfahrteten durch die Gemächer, schlugen Türen auf und Türen zu, wodurch der Eigentümer in seinen vier Pfählen beunruhigt und aus dem Schlafe gestört wurde. Oft toseten sie im Gesindesöller oder in den Ställen, erschreckten die Mägde, zwickten und zwackten sie bald dort,

* Es führen mehrere Orte diesen Namen, zum Beispiel ein altes Schloß und Städtchen im erzgebirgischen Kreis, ein Städtchen in Unterkärnten und ein Bergschloß und Flecken im Hannoverschen, vielleicht noch andere.

bald da, quälten das Vieh, und den Kühen versiegte die Milch, die Pferde schnoben, scheuten und zerschlugen die Standbäume.

Bei diesem Unfug der frommen Schwestern und ihren unablässigen Plackereien verkümmerten Menschen und Tiere und verloren allen Mut, vom gestrengen Junker an bis auf den grimmigen Bullenbeißer. Der Gutsherr scheuete keine Kosten, dieser tumultuarischen Hausgenossenschaft durch die berühmtesten Geisterbanner Friede gebieten und ewiges Stillschweigen auferlegen zu lassen. Doch der kräftigste Segen, vor welchem das ganze Reich des Belials zitterte, und der Sprengwedel, mit Weihwasser getränkt, der unter den bösen Geistern sonst aufräumte wie die Fliegenklappe unter den Stubenfliegen, vermochte lange Zeit nichts gegen die Hartnäckigkeit der gespenstischen Amazonen, die ihre Ansprüche auf den Grund und Boden ihres vormaligen Eigentums so standhaft verteidigten, daß die Exorzisten mit der heiligen Gerätschaft der Reliquien bisweilen die Flucht ergreifen und das Feld räumen mußten.

Einem Gaßner seines Jahrhunderts, der im Lande herumzog, Hexen auszuspähen, Kobolde zu fahen und die Besessenen von dem Raupengeschmeiß der bösen Geister zu säubern, war's aufbehalten, die geistischen Nachtschwärmerinnen endlich zum Gehorsam zu bringen und sie wieder in ihre dunkle Totenkammer einzusperren, wo sie Erlaubnis erhielten, ihre Schädel hin und her zu rollen und mit ihren Knochen zu klappern und zu poltern, soviel sie wollten. Alles war nun ruhig im Schlosse, die Nonnen schliefen wieder ihren stillen Totenschlaf; aber nach sieben Jahren hatte ein unruhiger Schwestergeist schon wieder ausgeschlafen, ließ sich zur Nachtzeit sehen und trieb eine Zeitlang das vorige Spiel, bis er ermüdete, sieben Jahre ruhete, dann wieder Besuch in der Oberwelt gab und das Schloß revidierte. Mit der Zeit gewöhnten sich die Einwohner an die Erscheinung des Gespenstes, und wenn die Zeit kam, daß sich die Nonne blicken ließ, wahrte sich das Hofgesinde, zur Abendzeit den Kreuzgang zu betreten oder aus der Kammer zu gehen.

Nach Ableben des ersten Besitznehmers fiel das Lehen an seine aus rechtmäßigem Ehebette erzielte Deszendenz, und es fehlte nie ein männlicher Erbe bis auf die Zeiten des Dreißigjährigen Krieges, wo der letzte Zweig des Lauensteinischen Geschlechts blühete, bei welchem die Natur ihre Kräfte erschöpft zu haben schien, um ihn zur Existenz zu bringen. Sie war mit dem Stoffe zur Anlage seines Körpers so verschwenderisch umgegangen, daß in der Periode, wo dieser zur höchsten Vollkommenheit gediehen war, die Masse des gestrengen Junkers beinahe an das Gewicht des berühmten Schmerbauchs Franz Finatzi* in Preßburg reichte und seine Korpulenz nur einige Zoll weniger maß als des wohlgemästeten Holsteiners, Paul Butterbrot genannt, der sich den Pariser Damen unlängst zur Schau ausgestellt hat, die seine prallen Schenkel und Arme mit so großem Wohlgefallen betasteten. Indessen war Junker Siegmund vor seiner Kürbisepoche ein ganz stattlicher Mann, der auf seiner Hufe in gutem Wohlstand lebte, den von sparsamen Vätern ererbten Nachlaß nicht schmälerte, aber doch zum frohen Lebensgenuß gebrauchte. Er hatte, sobald ihm der Vorfahr Platz machte und den Besitz von Lauenstein überließ, nach dem Beispiel aller seiner Ahnherrn sich vermählt, war allen Ernstes auf die Fortpflanzung des adligen Geschlechts bedacht und erzielte mit seiner Gemahlin glücklich eine eheliche Erstlingsfrucht; aber das Kind war ein wohlgestaltetes Fräulein, und dabei hatte es auch mit der Propagation sein Bewenden. Die allzu sorgsame Pflege des gefälligen Weibes schlug bei dem nahrhaften Eheherrn dergestalt an, daß alle Hoffnung des nachfolgenden Kindersegens in seinem Fett erstickte. Der häuslichen Mutter, welche gleich vom Anfang der Ehe das Hausregiment allein führte, fiel auch die Erziehung der Tochter anheim. Je mehr Papa Bauch wurde, desto unwirksamer wurde seine Seele, und endlich nahm er von keinem Dinge in der Welt mehr Notiz, das nicht gebraten oder gesotten war.

* Dieser Ehrenmann, den keine Sorgen der Nahrung drückten, wog im sechsundfünfzigsten Jahre seines Alters vierhundertundachtundachtzig Pfund Fleischergewicht.

Fräulein Emilie war bei dem Gewirr von ökonomischen Geschäften größtenteils der treuen Pflege der Mutter Natur überlassen und befand sich dabei nicht übel. Die verborgene Kunstmeisterin, die nicht gern ihre Reputation aufs Spiel setzt und einen Irrtum, den sie sich zuschulden kommen lassen, gemeiniglich durch ein Meisterstück ersetzt, hatte die Körpermasse und die Talente des Geistes bei der Tochter nach richtigern Verhältnissen abgemessen als bei dem Vater; sie war schön und hatte Verstand. In dem Maße, wie die Reize des jungen Fräuleins aufzublühen begannen, stimmten sich die Absichten der Mutter höher hinauf, durch sie den Glanz des verlöschenden Geschlechts noch recht zu erheben. Die Dame besaß einen stillen Stolz, der ihr im gemeinen Leben doch nicht abzumerken war, außer darin, daß sie streng über die Ahnentafel hielt und solche als den ehrwürdigsten Schmuck ihres Hauses ansah. Im ganzen Vogtlande war, außer den Herren Reußen, kein Geschlecht ihr alt und edel genug, in welches sie die letzte Blüte des Lauensteinischen Stammes verpflanzt zu sehen wünschte, und sosehr sich's die jungen Herren in der Nachbarschaft angelegen sein ließen, die schöne Beute zu erhaschen, so geschickt wußte die schlaue Mutter diese Absichten zu vereiteln. Sie bewachte das Herz des Fräuleins so sorgfältig wie ein Mautner den Schlagbaum, daß keine Konterbande Ware einschleichen möchte, verwarf alle Spekulationen wohlmeinender Basen und Tanten, die auf eine Ehestiftung zielten, und tat mit der Fräulein Tochter so hehr, daß sich kein Junker an sie wagte.

Solange das Herz eines Mädchens noch Lehre annimmt, ist es einem Nachen zu vergleichen auf spiegelgleicher See, der sich steuern läßt, wohin das Ruder ihn führt; aber wenn der Wind sich erhebt und die Wellen das leichte Fahrzeug schaukeln, gehorcht es nicht mehr dem Ruderer, sondern folgt dem Strome des Windes und der Wellen. Die lenksame Emilie ließ sich an dem mütterlichen Gängelband willig auf dem Pfad des Stolzes leiten; ihr noch unbefangenes Herz war jedes Eindruckes fähig. Sie erwartete einen Prinzen oder Grafen, der ihren Reizen huldigen würde, und alle minder hochgeborne

Paladine, welche ihr den Hof machten, wies sie mit kaltem Sprödsinn zurück. Ehe sich indessen ein standesmäßiger Anbeter für die Lauensteiner Grazie einfand, trat ein Umstand ein, welcher das mütterliche Heiratssystem merklich verrückte und bewirkte, daß alle Fürsten und Grafen des Römischen Reichs Deutscher Nation zu spät würden gekommen sein, um des Fräuleins Herz zu werben.

In den Unruhen des Dreißigjährigen Krieges bezog das Heer des wackern Wallensteins in den Gegenden des Vogtlandes die Winterquartiere. Junker Siegmund bekam viel ungebetene Gäste, die im Schlosse mehr Unfug trieben als vorzeiten die gespenstischen Nachtwandlerinnen. Ob sie gleich weniger Eigentumsrecht daran behaupteten als diese, so ließen sie sich doch durch keinen Geisterbanner wegexorzisieren. Die Gutsherrschaft sah sich gezwungen, zu diesem bösen Spiel gute Miene zu machen, und um die gebietenden Herren bei Laune zu erhalten, daß sie gute Manneszucht hielten, wurde ihnen reichlich aufgeschüsselt. Gastmahle und Bälle wechselten ohne Unterlaß. Bei jenen präsidierte die Frau, bei diesen die Tochter vom Hause. Diese splendide Ausübung des Gastrechts machte die rauhen Krieger gar geschmeidig, sie ehrten das Haus, das sie so wohl nährte, und Wirt und Gäste waren miteinander zufrieden. Unter diesen Kriegsgöttern befand sich mancher junge Held, der dem hinkenden Vulkan seine lüsterne Betthälfte hätte untreu machen können; einer aber verdunkelte sie doch alle. Ein junger Offizier, der schöne Fritz genannt, hatte das Ansehen eines behelmten Liebesgottes, er verband mit einer glücklichen Bildung ein sehr einnehmendes Betragen, war sanft, bescheiden, gefällig, dabei aufgeweckten Geistes und ein flinker Tänzer.

Noch nie hatte ein Mann auf Emiliens Herz Eindruck gemacht, nur dieser erregte in ihrem jungfräulichen Busen ein unbekanntes Gefühl, das ihre Seele mit einem unnennbaren Wohlbehagen erfüllte. Das einzige, was sie wundernahm, war, daß der reizende Adonis nicht der schöne Graf oder der schöne Prinz, sondern nur schlechtweg der schöne Fritz genannt wurde. Sie befragte gelegentlich bei näherer Bekanntschaft einen und den andern seiner Kriegskameraden um den Geschlechtsnamen des jungen Mannes und um seine Abkunft; aber niemand konnte ihr darüber einiges Licht erteilen. Alle lobten den schönen Fritz als einen wackern Mann, der den Dienst verstünde und den liebenswürdigsten Charakter besitze; mit seiner Ahnentafel schien's indessen nicht gar richtig zu sein, es gab darüber so mancherlei Varianten als über die eigentliche Abkunft und den wahren Ehrenstand des wohlbekannten und dennoch rätselhaften Grafen von Cagliostro, der bald für den Abkömmling eines maltesischen Großmeisters und mütterlicher Seite für den Neffen des Großherrn, bald für den Sohn eines neapolitanischen Kutschers, bald für einen Wundertäter, bald für einen Perückenmacher ausgegeben wird. Darinnen kamen alle Aussagen überein, daß der schöne Fritz von der Pike an sich bis zum Rittmeister heraufgedient habe, und wenn ihn das Glück ferner begünstige, werde er sich mit rapidem Fortschritt zu dem glänzendsten Posten bei der Armee aufschwingen.

Die geheime Nachfrage der wißbegierigen Emilie blieb ihm unverborgen, seine Freunde glaubten ihm mit diesem Avis zu schmeicheln und begleiteten solche mit allerlei günstigen Vermutungen. Er deutete aus Bescheidenheit ihr Vorgehen auf Schimpf und Scherz; im Herzen war's ihm gleichwohl lieb zu vernehmen, daß das Fräulein von ihm Erkundigung eingezogen hatte. Denn gleich der erste Anblick derselben hatte ihn mit dem Entzücken überrascht, welches der Vorläufer der Liebe zu sein pfleget.

Kein Sprachidiom besitzt solche Energie und ist zugleich verständlicher und bestimmter als das Gefühl süßer Sympathien, und durch deren Wirkung geht der Fortschritt von der ersten Bekanntschaft bis zur Liebe gemeiniglich ungleich schneller vonstatten als von der Pike bis zur Schärpe. Es kam zwar nicht so eilig zu einer mündlichen Erklärung, aber beide Teile wußten ihre Gesinnung einander mitzuteilen, sie verstunden einander, ihre Blicke begegneten sich auf halbem Wege und sagten sich, was die scheue Liebe zu entdecken wagt. Die fahrlässige Mutter hatte bei der Unruhe im Hause die Wache vor dem Herzpförtlein der geliebten Tochter gerade zu unrechter Zeit eingezogen, und da dieser wichtige Posten unbesetzt war, so ersah der listige Schleichhändler Amor seine Gelegenheit, sich im Zwielichten unbemerkt hineinzustehlen. Wie er sich einmal in Posseß gesetzt hatte, gab er dem Fräulein ganz andere Lehren als Mama. Er, der abgesagte Feind aller Zeremonie, benahm gleich anfangs seiner folgsamen Schülerin das Vorurteil, Geburt und Rang müsse bei der süßesten der Leidenschaften mit in Anschlag kommen, und die Liebenden ließen sich unter ein tabellarisches Verzeichnis bringen und nach solchen klassifizieren wie die Käferlein und das Gewürm einer leblosen Insektensammlung. Der frostige Ahnenstolz schmolz so schnell in ihrer Seele wie die bizarren Blumenranken an einer gefrornen Fensterscheibe, wenn die Strahlen der lieblichen Sonne die Atmosphäre erwärmen. Emilie erließ ihrem Geliebten Stammbaum und Adelsbrief und trieb ihre politische Ketzerei so weit, daß sie die Meinung hegte, die wohlhergebrachten Vorrechte der Geburt wären in Absicht auf Liebe das unleidlichste Joch, welches sich die menschliche Freiheit habe aufbürden lassen.

Der schöne Fritz betete das Fräulein an, und da er aus allen Umständen wahrnahm, daß ihn das Minneglück nicht minder als das Kriegsglück begünstige, zögerte er nicht, bei erster Gelegenheit, die sich darbot, ihr ohne Scheu die Lage seines Herzens zu offenbaren. Sie nahm das Geständnis seiner Liebe mit Erröten, aber nichtsdestoweniger mit innigem Vergnügen an, und die trauten Seelen einigten sich durch das wechselseitige Gelübde unverbrüchlicher Treue. Sie waren nun glücklich für den gegenwärtigen Augenblick und schauderten zurück vor dem zukünftigen. Die Wiederkehr des Lenzes rief die Heldenschar wieder unters Zelt. Die Heere zogen sich zusammen, und der traurige Termin, wo die Liebenden voneinander scheiden sollten, stund nahe bevor. Nun kam's zu ernstlichen Konsultationen, wie sie den Bund der Liebe auf legale Art bestätigen möchten, daß nichts als der Tod sie wieder scheiden könnte. Das Fräulein hatte ihrem Verlobten die Gesinnungen der Mutter über den Punkt einer Vermählung offenbaret, und es war nicht zu vermuten, daß die stolze Frau von ihrem Lieblingssystem zugunsten einer Affektionsheirat nur ein Haarbreit abweichen würde.

Hundert Anschläge wurden gefaßt, solches zu untergraben, und alle wieder verworfen, es taten sich bei jedem unabsehliche Schwierigkeiten hervor, die an einem glücklichen Erfolg zweifeln ließen. Da indessen der junge Kriegsmann seine Geliebte entschlossen fand, jeden Weg, der zur Erreichung ihrer Wünsche führte, einzuschlagen, so proponierte er ihr eine Entführung, den sichersten Fund, welchen die Liebe erdacht hat und welcher ihr schon unzählige Male gelungen ist und noch oft gelingen wird, den Eltern das Konzept zu verrücken und ihren störrischen Eigensinn zu überwinden. Das Fräulein bedachte sich ein wenig und willigte ein. Nur war eins noch zu bedenken, wie sie aus dem wohlvermauerten und verbollwerkten Schlosse entkommen werde, um sich dem willkommenen Räuber in die Arme zu werfen; denn sie wußte wohl, daß die Wachsamkeit der Mutter, sobald die wallensteinische Besatzung würde ausmarschiert sein, wieder den vorigen Posten besetzen, jeden ihrer Schritte beobachten und sie nicht aus den Augen lassen werde. Allein die erfindsame Liebe siegt über jede Schwierigkeit. Es war dem Fräulein bekannt, daß auf Allerseelentag im nächsten Herbst die Zeit bevorstünde, wo der alten Sage nach die gespenstische Nonne nach Ablauf von sieben Jahren sich im Schlosse würde sehen lassen; die Furcht aller Inwohner desselben vor dieser Erscheinung war ihr gleichfalls bewußt, daher geriet sie auf den dreisten Einfall, diesmal die Rolle des Gespenstes zu übernehmen, eine Nonnenkleidung im geheimen für sich in Bereitschaft zu halten und unter diesem Inkognito zu entfliehen.

Der schöne Fritz war entzückt über diese wohlausgedachte Erfindung und klopfte vor Freuden in die Hände. Ob es wohl zu Zeiten des Dreißigjährigen Krieges mit der Starkgeisterei noch zu früh am Tage war, so war der junge Kriegsheld doch genug Philosoph, die Existenz der Gespenster zu bezweifeln oder doch wenigstens an ihren Ort zu stellen, ohne darüber zu grübeln. Nachdem alles verabredet war, schwang er sich in den Sattel, befahl sich in den Schutz der Liebe und zog an der Spitze seines Geschwaders davon. Der Feldzug lief für ihn glücklich ab, ob er gleich allen Gefahren trotzte; es schien, daß die Liebe seine Bitte erhört und ihn unter seine Protektion genommen hatte.

Unterdessen lebte Fräulein Emilie zwischen Furcht und Hoffnung, sie zitterte für das Leben ihres getreuen Amadis und legte sich fleißig auf Kundschaft, wie es den Wintergästen im Felde ergehe. Jedes Gerücht von einem Scharmützel setzte sie in Schrecken und Bekümmernis, welches die Mutter für einen Beweis ihres guten empfindsamen Herzens erklärte, ohne daraus einen Arg zu haben. Der Kriegsmann verabsäumte nicht, seinem Liebchen von Zeit zu Zeit durch geheime Briefe, welche durch den Kanal einer getreuen Zofe an sie gelangten, selbst von seinen Schicksalen Nachricht zu erteilen, und pflegte durch ebendiesen Weg von ihr wieder Botschaft zu empfangen. Sobald der Feldzug geendiget war, setzte er alles zu der vorhabenden geheimen Expedition in Bereitschaft, kaufte vier Mohrenköpfe zu einem Postzug und eine Jagdchaise, sah fleißig in den Kalender, um den Tag, wo er sich an dem verabredeten Orte in einem Lustwäldchen beim Schlosse Lauenstein einfinden sollte, nicht zu verfehlen.

Am Tage Allerseelen rüstete sich das Fräulein unter dem Beistande der getreuen Zofe, ihren Plan auszuführen, schützte eine kleine Unpäßlichkeit vor, begab sich zeitig auf ihr Zimmer und verwandelte sich daselbst in den niedlichsten Poltergeist, der jemals auf Erden gespukt hat. Die weilenden Abendstunden dehnten sich ihrer Empfindung nach über die Gebühr; jeder Augenblick vermehrte das Verlangen, ihr Abenteuer zu bestehen. Indes beleuchtete die verschwiegene Freundin der Liebenden, die blanke Luna, mit ihrem falben Schimmer das Schloß Lauenstein, in welchem sich das Geräusch des geschäftigen Tages nun allgemach in eine feierliche Stille verlor. Es war niemand mehr im Schlosse wach als die Ausgeberin, welche in schweren Ziffern noch bei später Nacht an der Küchenrechnung kalkulierte, der Kapaunenstopfer, der zum Frühstück für den Hausherrn ein halbes Schock Lerchen zu rupfen hatte, der Türhüter, der zugleich das Amt eines Nachtwächters versah und die Stunden abrief, und Hektor, der wachsame Hofhund, welcher den aufgehenden Mond mit seinem Gebell begrüßte.

Wie die Mitternachtsstunde ertönte, begab sich die dreiste Emilie auf den Weg, sie hatte einen Kapital sich zu verschaffen gewußt, der alle Türen schloß, schlich leise die Treppe hinunter durch den Kreuzgang, wo sie in der Küche noch Licht erblickte. Deshalb rasselte sie mit einem Schlüsselbunde aus allen Kräften, warf alle Kamintüren mit Getöse zu, öffnete das Haus und das Pförtlein am Tore ohne Anstoß; denn sobald die vier wachenden Hausgenossen im Schlosse das ungewohnte Geräusch vernahmen, wähnten sie die Ankunft der tosenden Nonne. Der Hühnerrupfer fuhr vor Schrecken in einen Küchenschrank, die Ausgeberin ins Bette, der Hund ins Häuslein, der Türhüter zu seinem Weibe ins Stroh. Das Fräulein gelangte ins Freie und eilte nach dem Wäldchen, wo sie schon in der Ferne den Wagen, mit flüchtigen Rossen bespannt, zu erblicken wähnte, der ihrer wartete. Allein da sie näher kam, war's nur ein trüglicher Schatten der Bäume. Sie glaubte, durch diesen Irrtum irregeführt, den Ort der Zusammenkunft verfehlt zu haben, durchkreuzte alle Gänge des Lustwäldchens von einem Ende bis zum andern; allein ihr Ritter nebst seiner Equipage war nirgends zu finden. Sie bestürzte über diesen Zufall und wußte nicht, was sie davon denken sollte. Bei einem gegebenen Rendezvous nicht zu erscheinen ist unter Liebenden schon ein schwer verpöntes Verbrechen, aber in dem gegenwärtigen Falle zu fehlen war mehr als Hochverrat der Liebe. Die Sache war ihr unbegreiflich. Nachdem sie bei einer Stunde lang vergeblich geharrt hatte und ihr das Herz vor Frost und Angst bebte und bangte, hub sie an, bitterlich zu weinen und zu wehklagen: »Ach, der Treulose trieb frechen Spott mit mir, er liegt einer Buhlerin im Arm, dem er sich nicht entreißen kann, und hat meiner treuen Liebe vergessen.« Dieser Gedanke brachte ihr plötzlich die vergessene Ahnentafel wieder ins Gedächtnis, sie war beschämt, sich so weit erniedrigt zu haben, einen Mann ohne

Namen und ohne edles Gefühl zu lieben. In dem Augenblicke, da der Taumel der Leidenschaft sie verließ, zog sie die Vernunft zu Rate, um den getanen Fehlschritt wiedergutzumachen, und diese treue Ratgeberin sagte ihr, daß sie wieder in das Schloß zurückkehren und den Treubrüchigen vergessen sollte. Das erste tat sie unverzüglich und gelangte zu großer Verwunderung der getreuen Zofe, der sie alles entdeckte, sicher und wohlbehalten in ihr Schlafgemach. Den zweiten Punkt aber nahm sie sich vor, bei mehrerer Muße in nochmalige Überlegung zu ziehen.

Der Mann ohne Namen war indessen nicht so strafbar, als die zürnende Emilie glaubte. Er hatte nicht verfehlt, sich pünktlich einzufinden. Sein Herz war voll Entzücken, und er harrete mit ungeduldiger Erwartung, die holde Liebesbeute in Empfang zu nehmen. Als die Mitternachtsstunde herannahete, schlich er sich nahe ans Schloß und lauschte, wenn das Pförtchen sich auftun würde. Früher, als er vermutete, trat die geliebte Nonnengestalt daraus hervor. Er flog aus seinem Hinterhalte ihr entgegen, faßte sie herzig in die Arme und sprach: »Ich habe dich, ich halte dich, nie laß ich dich; fein Liebchen, du bist mein, fein Liebchen, ich bin dein, du mein, ich dein, mit Leib und Seel!« Freudig trug er die reizende Bürde in den Wagen, und rasch ging's fort über Stock und Stein, bergauf, talein. Die Rosse brausten und schnoben, schüttelten die Mähne, wurden wild und gehorchten nicht mehr dem Stangengebiß. Ein Rad fuhr ab, ein harter Stoß schnellte den Kutscher weit ins Feld, und über einen jähen Absturz rollte wie eine Walze Roß und Wagen mit Mann und Maus in den tiefen Abgrund hin. Der zärtliche Held wußte nicht, wie ihm geschah, sein Leib war zerquetscht, sein Kopf zerschellt, er verlor von dem harten Fall alle Besonnenheit. Wie er wieder zu sich kam, vermißte er die geliebte Reisegesellschafterin. Er brachte den übrigen Teil der Nacht in dieser unbehülflichen Lage zu und wurde von einigen Landleuten, die ihn am Morgen fanden, in das nächste Dorf gebracht.

Schiff und Geschirr waren verloren, die vier Mohrenköpfe

hatten sich den Hals abgestürzt; doch dieser Verlust kümmerte ihn wenig. Er war nur über das Schicksal seiner Emilie in der äußersten Unruhe, schickte Leute auf alle Heerstraßen, aber es war nichts von ihr in Erfahrung zu bringen. Die Mitternachtsstunde setzte ihn erst aus der Verlegenheit. Wie die Glocke zwölf schlug, öffnete sich die Tür, die verlorene Reisegefährtin trat herein, doch nicht in Gestalt der reizenden Emilie, sondern der gespenstischen Nonne, als ein scheußliches Geripp. Der schöne Fritz wurde mit Entsetzen gewahr, daß er sich schlimm vergriffen hatte, schwitzte Todesschweiß, hob an, sich zu kreuzen und zu segnen und alle Stoßgebetlein zu intonieren, die ihm in der Angst einfielen. Die Nonne kehrte sich wenig daran, trat zu ihm ans Bette, streichelte ihm mit eiskalter dürrer Hand die glühenden Wangen und sprach: »Friedel, Friedel, schick dich drein, ich bin dein, du bist mein mit Leib und Seele.« Sie quälte ihn wohl eine Seigerstunde lang mit ihrer Gegenwart, worauf sie wieder verschwand. Dieses platonische Minnespiel trieb sie so forthin jede Nacht und folgte ihm bis ans Eichsfeld, wo er im Quartier lag.

Auch hier hatte er weder Ruh noch Rast vor der gespenstischen Liebschaft, grämte und härmte sich und verlor allen Mut, also daß ihm der große und kleine Stab des Regiments seine tiefe Melancholie abmerkte und alle biedere Kriegsleute großes Mitleiden mit ihm trugen. Es war ihnen allen ein Rätsel, was der wackere Kompan für ein Anliegen habe, denn er scheute sich, das unglückliche Geheimnis ruchbar werden zu lassen. Der schöne Fritz aber hatte einen Vertrauten unter seiner Kameradschaft, einen alten Wachtmeister-Leutnant, der im Rufe war, daß er sei ein Meister in allen Schröpferkünsten; er besaß, sagte das Gerücht, das verlorene Kunstgeheimnis, sich festzumachen, konnte Geister zitieren und hatte jeden Tag einen Freischuß. Dieser erfahrne Kriegsmann drang mit liebreichem Ungestüm in seinen Freund, ihm den heimlichen Kummer zu offenbaren, der ihn drücke. Der gequälte Märtyrer der Liebe, der des Lebens satt und müde war, konnte sich nicht entbrechen, unter dem Siegel der Verschwiegenheit endlich auszubeichten. »Bruder, ist's nicht mehr als das?« sprach der Geisterbanner lächelnd. »Dieser Marter sollst du bald enthoben sein, folge mir in mein Quartier!« Es wurden viel geheimnisvolle Zubereitungen gemacht, viel Kreise und Charaktere auf die Erde gezeichnet, und auf des Meisters Ruf erschien in einem dunklen Gemach, das nur der trübe Schimmer einer magischen Lampe erhellte, der mitternächtliche Geist diesmal in der Mittagsstunde, wo ihm sein getriebener Unfug hart verwiesen und eine hohle Bachweide in einem einsamen Tale zum Aufenthalte eingeräumt wurde.

Der Geist verschwand; jedoch in dem nämlichen Augenblick erhob sich ein Sturm und Wirbelwind, daß die ganze Stadt darüber in Bewegung kam. Es ist aber ein alter frommer Brauch daselbst, wenn ein großer Wind wehet, daß zwölf deputierte Bürger aufsitzen, flugs in feierlicher Kavalkade durch die Straßen ziehen und ein Bußlied zu Pferde anstimmen, den Wind wegzusingen*. Sobald die zwölf gestiefelten und wohlberittenen Apostel ausgesendet waren, den Orkan zu schweigen, verstummte seine heulende Stimme, und der Geist ließ sich nimmer wieder sehen.

Der wackere Kriegsmann merkte wohl, daß es mit diesem teuflischen Affenspiel auf seine arme Seele gemeint gewesen sei, und war herzlich froh, daß ihn der Plagegeist verlassen hatte. Er zog wieder rüstig mit dem gefürchteten Wallenstein zu Feld ins ferne Pommerland, wo er ohne Kundschaft von der reizenden Emilie drei Feldzüge tat und sich so wohl verhielt, daß er beim Rückzug nach Böhmen ein Regiment anführte. Er nahm seinen Weg durchs Vogtland, und wie er das Schloß Lauenstein in der Ferne erblickte, klopfte ihm das Herz vor Unruhe und Zweifelmut, ob ihm sein Liebchen auch treu verblieben wäre. Er meldete sich als ein altzugetaner Freund im Hause an, ohne sich näher zu erkennen zu geben, und Tor und Tür wurden ihm nach Gastrechtsbrauch bald aufgetan. Ach, wie erschrak Emilie, als ihr vermeinter Ungetreuer, der schöne Fritz, ins Zimmer trat. Freude und Zorn

* Diese Windkavalkade dauert noch in der namhaften Stadt bis auf diesen Tag.

bestürmten ihre sanfte Seele, sie konnte sich nicht entschließen, ihn eines freundlichen Anblicks zu würdigen, und doch kostete ihr dieser Bund mit ihren schönen Augen große Überwindung. Sie war drei Jahre lang und darüber fleißig mit sich zu Rate gegangen, ob sie den namenlosen Liebhaber, welchen sie für treubrüchig hielt, vergessen wollte oder nicht, und eben darum hatte sie ihn keinen Augenblick aus den Gedanken verloren. Sein Bild umschwebte sie stets, und besonders schien der Traumgott sein großer Patron zu sein; denn die unzähligen Träume des Fräuleins von ihm seit seiner Abwesenheit schienen recht darauf angelegt, ihn zu entschuldigen oder zu verteidigen.

Der stattliche Oberst, dessen ehrwürdige Bestallung die strenge Aufsicht der Mutter etwas milderte, fand bald Gelegenheit, den scheinbaren Kaltsinn der geliebten Emilie unter vier Augen zu prüfen. Er offenbarte ihr das schauervolle Abenteuer der Entführung, und sie gestund ihm mit aller Offenherzigkeit den peinlichen Verdacht, daß er den Eid der Treue gebrochen habe.

Beide Liebende vereinigten sich, ihr Geheimnis etwas zu erweitern und Mama mit in den engen Zirkel ihrer Vertraulichkeit einzuschließen.

Die gute Dame wurde ebensosehr durch die Eröffnung der geheimen Herzensangelegenheit der schlauen Emilie überrascht als durch die Mitteilung der species facti von der Entführung in Erstaunen gesetzt. Sie fand es billig, daß die Liebe eine so harte Prüfung belohne, nur war ihr der Mann ohne Namen anstößig. Als aber das Fräulein sie belehrte, daß es ungleich vernünftiger sei, einen Mann ohne Namen als einen Namen ohne Mann zu heiraten, so wußte sie gegen dieses Argument nichts einzuwenden. Sie erteilte, weil eben kein Graf in ihrem Herzen im Hinterhalte lag und es mit den geheimen Traktaten unter den Kontrahenten schon ziemlich zur Reife gediehen zu sein schien, ihre mütterliche Einwilligung. Der schöne Fritz umarmte die reizende Braut und vollzog seine Vermählung glücklich und ruhig, ohne daß ihm die gespenstische Nonne Einspruch tat.

JOHANN WOLFGANG GOETHE

Die Geschichte von der Sängerin Antonelli

»Als ich mich in Neapel aufhielt, begegnete daselbst eine Geschichte, die großes Aufsehen erregte und worüber die Urteile sehr verschieden waren. Die einen behaupteten, sie sei völlig ersonnen, die andern, sie sei wahr, aber es stecke ein Betrug dahinter. Diese Partei war wieder untereinander selbst uneinig; sie stritten, wer dabei betrogen haben könnte. Noch andere behaupteten, es sei keinesweges ausgemacht, daß geistige Naturen nicht sollten auf Elemente und Körper wirken können, und man müsse nicht jede wunderbare Begebenheit ausschließlich entweder für Lüge oder Trug erklären. Nun zur Geschichte selbst:

Eine Sängerin, Antonelli genannt, war zu meiner Zeit der Liebling des neapolitanischen Publikums. In der Blüte ihrer Jahre, ihrer Figur, ihrer Talente fehlte ihr nichts, wodurch ein Frauenzimmer die Menge reizt und lockt und eine kleine Anzahl Freunde entzückt und glücklich macht. Sie war nicht unempfindlich gegen Lob und Liebe; allein von Natur mäßig und verständig, wußte sie die Freuden zu genießen, die beide gewähren, ohne dabei aus der Fassung zu kommen, die ihr in ihrer Lage so nötig war. Alle jungen, vornehmen, reichen Leute drängten sich zu ihr, nur wenige nahm sie auf; und wenn sie bei der Wahl ihrer Liebhaber meist ihren Augen und ihrem Herzen folgte, so zeigte sie doch bei allen kleinen Abenteuern einen festen, sicheren Charakter, der jeden genauen Beobachter für sie einnehmen mußte. Ich hatte Gelegenheit, sie einige Zeit zu sehen, indem ich mit einem ihrer Begünstigten in nahem Verhältnisse stand.

Verschiedene Jahre waren hingegangen, sie hatte Männer genug kennengelernt und unter ihnen viele Gecken, schwache und unzuverlässige Menschen. Sie glaubte bemerkt zu haben, daß ein Liebhaber, der in einem gewissen Sinne dem Weibe alles ist, gerade da, wo sie eines Beistandes am nötigsten bedürfte, bei Vorfällen des Lebens, häuslichen Angelegenheiten, bei augenblicklichen Entschließungen, meistenteils zu nichts wird, wenn er nicht gar seiner Geliebten, indem er nur an sich selbst denkt, schadet und aus Eigenliebe ihr das Schlimmste zu raten und sie zu den gefährlichsten Schritten zu verleiten sich gedrungen fühlt.

Bei ihren bisherigen Verbindungen war ihr Geist meistenteils unbeschäftigt geblieben; auch dieser verlangte Nahrung. Sie wollte endlich einen Freund haben, und kaum hatte sie dieses Bedürfnis gefühlt, so fand sich unter denen, die sich ihr zu nähern suchten, ein junger Mann, auf den sie ihr Zutrauen warf und der es in jedem Sinne zu verdienen schien.

Es war ein Genueser, der sich um diese Zeit einiger wichtiger Geschäfte seines Hauses wegen in Neapel aufhielt. Bei einem sehr glücklichen Naturell hatte er die sorgfältigste Erziehung genossen. Seine Kenntnisse waren ausgebreitet, sein Geist wie sein Körper vollkommen ausgebildet, sein Betragen konnte für ein Muster gelten, wie einer, der sich keinen Augenblick vergißt, sich doch immer in andern zu vergessen scheint. Der Handelsgeist seiner Geburtsstadt ruhete auf ihm; er sah das, was zu tun war, im großen an. Doch war seine Lage nicht die glücklichste; sein Haus hatte sich in einige höchst mißliche Spekulationen eingelassen und war in gefährliche Prozesse verwickelt. Die Angelegenheiten verwirrten sich mit der Zeit noch mehr, und die Sorge, die er darüber empfand, gab ihm einen Anstrich von Traurigkeit, der ihm sehr wohl anstand und unserm jungen Frauenzimmer noch mehr Mut machte, seine Freundschaft zu suchen, weil sie zu fühlen glaubte, daß er selbst einer Freundin bedürfe.

Er hatte sie bisher nur an öffentlichen Orten und bei Gelegenheit gesehen; sie vergönnte ihm nunmehr auf seine erste Anfrage den Zutritt in ihrem Hause, ja, sie lud ihn recht dringend ein, und er verfehlte nicht zu kommen.

Sie versäumte keine Zeit, ihm ihr Zutrauen und ihren

Wunsch zu entdecken. Er war verwundert und erfreut über ihren Antrag. Sie bat ihn inständig, ihr Freund zu bleiben und keine Anforderungen eines Liebhabers zu machen. Sie eröffnete ihm eine Verlegenheit, in der sie sich eben befand und worüber er bei seinen mancherlei Verhältnissen den besten Rat geben und die schleunigste Einleitung zu ihrem Vorteil machen konnte. Er vertraute ihr dagegen seine Lage, und indem sie ihn zu erheitern und zu trösten wußte, indem sich in ihrer Gegenwart manches entwickelte, was sonst bei ihm nicht so früh erwacht wäre, schien sie auch seine Ratgeberin zu sein, und eine wechselseitige, auf die edelste Achtung, auf das schönste Bedürfnis gegründete Freundschaft hatte sich in kurzem zwischen ihnen befestigt.

Nur leider überlegt man bei Bedingungen, die man eingeht, nicht immer, ob sie möglich sind. Er hatte versprochen, nur Freund zu sein, keine Ansprüche auf die Stelle eines Liebhabers zu machen, und doch konnte er sich nicht leugnen, daß ihm die von ihr begünstigten Liebhaber überall im Wege, höchst zuwider, ja ganz und gar unerträglich waren. Besonders fiel es ihm höchst schmerzlich auf, wenn ihn seine Freundin von den guten und bösen Eigenschaften eines solchen Mannes oft launig unterhielt, alle Fehler des Begünstigten genau zu kennen schien und doch noch vielleicht selbigen Abend, gleichsam zum Spott des wertgeschätzten Freundes, in den Armen eines Unwürdigen ausruhte.

Glücklicher- oder unglücklicherweise geschah es bald, daß das Herz der Schönen frei wurde. Ihr Freund bemerkte es mit Vergnügen und suchte ihr vorzustellen, daß der erledigte Platz ihm vor allen andern gebühre. Nicht ohne Widerstand und Widerwillen gab sie seinen Wünschen Gehör. ›Ich fürchte‹, sagte sie, ›daß ich über diese Nachgiebigkeit das Schätzbarste auf der Welt, einen Freund, verliere.‹ Sie hatte richtig geweissagt; denn kaum hatte er eine Zeitlang in seiner doppelten Eigenschaft bei ihr gegolten, so fingen seine Launen an, beschwerlicher zu werden; als Freund forderte er ihre ganze Achtung, als Liebhaber ihre ganze Neigung und als ein verständiger und angenehmer Mann unausgesetzte Unterhaltung. Dies aber war keineswegs nach dem Sinne des lebhaften Mädchens; sie konnte sich in keine Aufopferung finden und hatte nicht Lust, irgend jemandem ausschließliche Rechte zuzugestehen. Sie suchte daher auf eine zarte Weise seine Besuche nach und nach zu verringern, ihn seltner zu sehen und ihn fühlen zu lassen, daß sie um keinen Preis der Welt ihre Freiheit weggebe.

Sobald er es merkte, fühlte er sich vom größten Unglück betroffen, und leider befiel ihn dieses Unheil nicht allein: seine häuslichen Angelegenheiten fingen an, äußerst schlimm zu werden. Er hatte sich dabei den Vorwurf zu machen, daß er von früher Jugend an sein Vermögen als eine unerschöpfliche Quelle angesehen, daß er seine Handelsangelegenheiten versäumt, um auf Reisen und in der großen Welt eine vornehmere und reichere Figur zu spielen, als ihm seine Geburt und sein Einkommen gestatteten. Die Prozesse, auf die er seine Hoffnung setzte, gingen langsam und waren kostspielig. Er mußte deshalb einigemal nach Palermo, und während seiner letzten Reise machte das kluge Mädchen verschiedene Einrichtungen, um ihrer Haushaltung eine andere Wendung zu geben und ihn nach und nach von sich zu entfernen. Er kam zurück und fand sie in einer andern Wohnung, entfernt von der seinigen, und sah den Marchese von S., der damals auf die öffentlichen Lustbarkeiten und Schauspiele großen Einfluß hatte, vertraulich bei ihr aus und ein gehen. Dies überwältigte ihn, und er fiel in eine schwere Krankheit. Als die Nachricht davon zu seiner Freundin gelangte, eilte sie zu ihm, sorgte für ihn, richtete seine Aufwartung ein, und als ihr nicht verborgen blieb, daß seine Kasse nicht zum besten bestellt war, ließ sie eine ansehnliche Summe zurück, die hinreichend war, ihn auf einige Zeit zu beruhigen.

Durch die Anmaßung, ihre Freiheit einzuschränken, hatte der Freund schon viel in ihren Augen verloren; wie ihre Neigung zu ihm abnahm, hatte ihre Aufmerksamkeit auf ihn zugenommen; endlich hatte die Entdeckung, daß er in seinen eigenen Angelegenheiten so unklug gehandelt habe, ihr nicht die günstigsten Begriffe von seinem Verstande und seinem

Charakter gegeben. Indessen bemerkte er die große Veränderung nicht, die in ihr vorgegangen war; vielmehr schien ihre Sorgfalt für seine Genesung, die Treue, womit sie halbe Tage lang an seinem Lager aushielt, mehr ein Zeichen ihrer Freundschaft und Liebe als ihres Mitleids zu sein, und er hoffte, nach seiner Genesung in alle Rechte wieder eingesetzt zu werden.

Wie sehr irrte er sich! In dem Maße, wie seine Gesundheit wiederkam und seine Kräfte sich erneuerten, verschwand bei ihr jede Art von Neigung und Zutrauen, ja, er schien ihr so lästig, als er ihr sonst angenehm gewesen war. Auch war seine Laune, ohne daß er es selbst bemerkte, während dieser Begebenheiten höchst bitter und verdrießlich geworden; alle Schuld, die er an seinem Schicksal haben konnte, warf er auf andere und wußte sich in allem völlig zu rechtfertigen. Er sah in sich nur einen unschuldig verfolgten, gekränkten, betrübten Mann und hoffte völlige Entschädigung alles Übels und aller Leiden von einer vollkommenen Ergebenheit seiner Geliebten.

Mit diesen Anforderungen trat er gleich in den ersten Tagen hervor, als er wieder ausgehen und sie besuchen konnte. Er verlangte nichts weniger, als daß sie sich ihm ganz ergeben, ihre übrigen Freunde und Bekannten verabschieden, das Theater verlassen und ganz allein mit ihm und für ihn leben sollte. Sie zeigte ihm die Unmöglichkeit, seine Forderungen zu bewilligen, erst auf eine scherzhafte, dann auf eine ernsthafte Weise und war leider endlich genötigt, ihm die traurige Wahrheit, daß ihr Verhältnis gänzlich vernichtet sei, zu gestehen. Er verließ sie und sah sie nicht wieder.

Er lebte noch einige Jahre in einem sehr eingeschränkten Kreise oder vielmehr bloß in der Gesellschaft einer alten, frommen Dame, die mit ihm in einem Hause wohnte und sich von wenigen Renten erhielt. In dieser Zeit gewann er den einen Prozeß und bald darauf den andern; allein seine Gesundheit war untergraben und das Glück seines Lebens verloren. Bei einem geringen Anlaß fiel er abermals in eine schwere Krankheit; der Arzt kündigte ihm den Tod an. Er vernahm sein Urteil ohne Widerwillen, nur wünschte er seine schöne Freundin noch einmal zu sehen. Er schickte seinen Bedienten zu ihr, der sonst in glücklichern Zeiten manche günstige Antwort gebracht hatte. Er ließ sie bitten; sie schlug es ab. Er schickte zum zweiten Mal und ließ sie beschwören; sie beharrte auf ihrem Sinne. Endlich, es war schon tief in der Nacht, sendete er zum dritten Mal; sie ward bewegt und vertraute mir ihre Verlegenheit, denn ich war eben mit dem Marchese und einigen andern Freunden bei ihr zum Abendessen. Ich riet ihr und bat sie, dem Freunde den letzten Liebesdienst zu erzeigen; sie schien unentschlossen, aber nach einigem Nachdenken nahm sie sich zusammen. Sie schickte den Bedienten mit einer abschlägigen Antwort weg, und er kam nicht wieder.

Wir saßen nach Tische in einem vertrauten Gespräch und waren alle heiter und guten Muts. Es war gegen Mitternacht, als sich auf einmal eine klägliche, durchdringende, ängstliche und lange nachtönende Stimme hören ließ. Wir fuhren zusammen, sahen einander an und sahen uns um, was aus diesem Abenteuer werden sollte. Die Stimme schien an den Wänden zu verklingen, wie sie aus der Mitte des Zimmers hervorgedrungen war. Der Marchese stand auf und sprang ans Fenster, und wir andern bemühten uns um die Schöne, welche ohnmächtig dalag. Sie kam erst langsam zu sich selbst. Der eifersüchtige und heftige Italiener sah kaum ihre wieder aufgeschlagenen Augen, als er ihr bittere Vorwürfe machte. ›Wenn Sie mit Ihren Freunden Zeichen verabreden‹, sagte er, ›so lassen Sie doch solche weniger auffallend und heftig sein.‹ Sie antwortete ihm mit ihrer gewöhnlichen Gegenwart des Geistes, daß, da sie jedermann und zu jeder Zeit bei sich zu sehen das Recht habe, sie wohl schwerlich solch traurige und schreckliche Töne zur Vorbereitung angenehmer Stunden wählen würde.

Und gewiß, der Ton hatte etwas unglaublich Schreckhaftes. Seine lange nachdröhnenden Schwingungen waren uns allen in den Ohren, ja in den Gliedern geblieben. Sie war blaß, entstellt und immer der Ohnmacht nahe; wir mußten die halbe Nacht bei ihr bleiben. Es ließ sich nichts weiter hören. Die andre Nacht dieselbe Gesellschaft, nicht so heiter als tags vorher, aber doch gefaßt genug, und – um dieselbige Zeit derselbe gewaltsame, fürchterliche Ton.

Wir hatten indessen über die Art des Schreies, und wo er herkommen möchte, unzählige Urteile gefällt und unsre Vermutungen erschöpft. Was soll ich weitläufig sein? Sooft sie zu Hause aß, ließ er sich um dieselbige Zeit vernehmen, und zwar, wie man bemerken wollte, manchmal stärker, manchmal schwächer. Ganz Neapel sprach von diesem Vorfall. Alle Leute des Hauses, alle Freunde und Bekannten nahmen den lebhaftesten Teil daran, ja, die Polizei ward aufgerufen. Man stellte Spione und Beobachter aus. Denen auf der Gasse schien der Klang aus der freien Luft zu entspringen, und in dem Zimmer hörte man ihn gleichfalls ganz in unmittelbarer Nähe. Sooft sie auswärts aß, vernahm man nichts; sooft sie im Hause war, ließ sich der Ton hören.

Aber auch außer dem Hause blieb sie nicht ganz von diesem bösen Begleiter verschont. Ihre Anmut hatte ihr den Zutritt in die ersten Häuser geöffnet. Sie war als eine gute Gesellschafterin überall willkommen, und sie hatte sich, um dem bösen Gaste zu entgehen, angewöhnt, die Abende außer dem Hause zu sein.

Ein Mann, durch sein Alter und seine Stelle ehrwürdig, führte sie eines Abends in seinem Wagen nach Hause. Als sie vor ihrer Türe von ihm Abschied nimmt, entsteht der Klang zwischen den beiden, und man hebt diesen Mann, der so gut wie tausend andere die Geschichte wußte, mehr tot als lebendig in seinen Wagen.

Ein andermal fährt ein junger Tenor, den sie wohl leiden konnte, mit ihr abends durch die Stadt, eine Freundin zu besuchen. Er hatte von diesem seltsamen Phänomen reden hören und zweifelte als ein munterer Knabe an einem solchen Wunder. Sie sprachen von der Begebenheit. ›Ich wünschte doch auch‹, sagte er, ›die Stimme Ihres unsichtbaren Begleiters zu hören; rufen Sie ihn doch auf, wir sind ja zu zweien und werden uns nicht fürchten!‹ Leichtsinn oder Kühnheit, ich weiß nicht, was sie vermochte, genug, sie ruft dem Geiste, und in dem Augenblicke entsteht mitten im Wagen der schmetternde Ton, läßt sich dreimal schnell hintereinander gewaltsam hören und verschwindet mit einem bänglichen Nachklang. Vor dem Hause ihrer Freundin fand man beide ohnmächtig im Wagen, nur mit Mühe brachte man sie wieder zu sich und vernahm, was ihnen begegnet sei.

Die Schöne brauchte einige Zeit, sich zu erholen. Dieser immer erneuerte Schrecken griff ihre Gesundheit an, und das klingende Gespenst schien ihr einige Frist zu verstatten, ja, sie hoffte sogar, weil es sich lange nicht wieder hören ließ, endlich völlig davon befreit zu sein. Allein diese Hoffnung war zu frühzeitig.

Nach geendigtem Karneval unternahm sie mit einer Freundin und einem Kammermädchen eine kleine Lustreise. Sie wollte einen Besuch auf dem Lande machen; es war Nacht, ehe sie ihren Weg vollenden konnten, und da noch am Fuhrwerke etwas zerbrach, mußten sie in einem schlechten Wirtshaus übernachten und sich so gut als möglich einrichten.

Schon hatte die Freundin sich niedergelegt, und das Kammermädchen, nachdem sie das Nachtlicht angezündet hatte, wollte eben zu ihrer Gebieterin ins andre Bette steigen, als diese scherzend zu ihr sagte: ›Wir sind hier am Ende der Welt, und das Wetter ist abscheulich; sollte er uns wohl hier finden können?‹ Im Augenblick ließ er sich hören, stärker und fürchterlicher als jemals. Die Freundin glaubte nicht anders, als die Hölle sei im Zimmer, sprang aus dem Bette, lief, wie sie war, die Treppe hinunter und rief das ganze Haus zusammen. Niemand tat diese Nacht ein Auge zu. Allein es war auch das letzte Mal, daß sich der Ton hören ließ. Doch hatte leider der ungebetene Gast bald eine andere, lästigere Weise, seine Gegenwart anzuzeigen.

Einige Zeit hatte er Ruhe gehalten, als auf einmal abends zur gewöhnlichen Stunde, da sie mit ihrer Gesellschaft zu Tische saß, ein Schuß, wie aus einer Flinte oder stark geladenen Pistole, zum Fenster herein fiel. Alle hörten den

Knall, alle sahen das Feuer, aber bei näherer Untersuchung fand man die Scheibe ohne die mindeste Verletzung. Demungeachtet nahm die Gesellschaft den Vorfall sehr ernsthaft, und alle glaubten, daß man der Schönen nach dem Leben stehe. Man eilt nach der Polizei, man untersucht die benachbarten Häuser, und da man nichts Verdächtiges findet, stellt man darin den andern Tag Schildwachen von oben bis unten. Man durchsucht genau das Haus, worin sie wohnt, man verteilt Spione auf der Straße.

Alle diese Vorsicht war vergebens. Drei Monate hintereinander fiel in demselben Augenblicke der Schuß durch dieselbe Fensterscheibe, ohne das Glas zu verletzen, und, was merkwürdig war, immer genau eine Stunde vor Mitternacht, da doch gewöhnlich in Neapel nach der italienischen Uhr gezählt wird und Mitternacht daselbst eigentlich keine Epoche macht.

Man gewöhnte sich endlich an diese Erscheinung wie an die vorige und rechnete dem Geiste seine unschädliche Tücke nicht hoch an. Der Schuß fiel manchmal, ohne die Gesellschaft zu erschrecken oder sie in ihrem Gespräch zu unterbrechen.

Eines Abends nach einem sehr warmen Tage öffnete die Schöne, ohne an die Stunde zu denken, das bewußte Fenster und trat mit dem Marchese auf den Balkon. Kaum standen sie einige Minuten draußen, als der Schuß zwischen ihnen beiden durch fiel und sie mit Gewalt rückwärts in das Zimmer schleuderte, wo sie ohnmächtig auf den Boden taumelten. Als sie sich wieder erholt hatten, fühlte er auf der linken, sie aber auf der rechten Wange den Schmerz einer tüchtigen Ohrfeige, und da man sich weiter nicht verletzt fand, gab der Vorfall zu mancherlei scherzhaften Bemerkungen Anlaß.

Von der Zeit an ließ sich dieser Schall im Hause nicht wieder hören, und sie glaubte nun, endlich ganz von ihrem unsichtbaren Verfolger befreit zu sein, als auf einem Wege, den sie des Abends zu einer Freundin machte, ein unvermutetes Abenteuer sie nochmals auf das gewaltsamste erschreckte. Ihr Weg ging durch die Chiaja, wo ehemals der geliebte genuesische Freund gewohnt hatte. Es war heller Mondschein. Eine Dame, die bei ihr saß, fragte: ›Ist das nicht das Haus, in welchem der Herr*** gestorben ist?‹ – ›Es ist eins von diesen beiden, soviel ich weiß‹, sagte die Schöne, und in dem Augenblicke fiel aus einem dieser beiden Häuser der Schuß und drang durch den Wagen durch. Der Kutscher glaubte angegriffen zu sein und fuhr mit aller möglichen Geschwindigkeit fort. An dem Orte ihrer Bestimmung hob man die beiden Frauen für tot aus dem Wagen.

Aber dieser Schrecken war auch der letzte. Der unsichtbare Begleiter änderte seine Methode, und nach einigen Abenden erklang vor ihren Fenstern ein lautes Händeklatschen. Sie war als beliebte Sängerin und Schauspielerin diesen Schall schon mehr gewohnt. Er hatte an sich nichts Schreckliches, und man konnte ihn eher einem ihrer Bewunderer zuschreiben. Sie gab wenig darauf acht; ihre Freunde waren aufmerksam und stellten wie das vorige Mal Posten aus. Sie hörten den Schall, sahen aber vor wie nach niemand, und die meisten hofften nun bald auf ein völliges Ende dieser Erscheinungen.

Nach einiger Zeit verlor sich auch dieser Klang und verwandelte sich in angenehmere Töne. Sie waren zwar nicht eigentlich melodisch, aber unglaublich angenehm und lieblich. Sie schienen den genauesten Beobachtern von der Ecke einer Querstraße her zu kommen, im leeren Luftraume bis unter das Fenster hinzuschweben und dann dort auf das sanfteste zu verklingen. Es war, als wenn ein himmlischer Geist durch ein schönes Präludium aufmerksam auf eine Melodie machen wollte, die er eben vorzutragen im Begriff sei. Auch dieser Ton verschwand endlich und ließ sich nicht mehr hören, nachdem die ganze wunderbare Geschichte etwa anderthalb Jahre gedauert hatte.«

Als der Erzähler einen Augenblick innehielt, fing die Gesellschaft an, ihre Gedanken und Zweifel über diese Geschichte zu äußern, ob sie wahr sei, ob sie auch wahr sein könne?

Der Alte behauptete, sie müsse wahr sein, wenn sie interessant sein solle; denn für eine erfundene Geschichte habe sie wenig Verdienst. Jemand bemerkte darauf, es scheine sonderbar, daß man sich nicht nach dem abgeschiedenen Freunde und nach den Umständen seines Todes erkundigt, weil doch daraus vielleicht einiges zur Aufklärung der Geschichte hätte genommen werden können.

»Auch dieses ist geschehen«, versetzte der Alte; »ich war selbst neugierig genug, sogleich nach der ersten Erscheinung in sein Haus zu gehen und unter einem Vorwand die Dame zu besuchen, welche zuletzt recht mütterlich für ihn gesorgt hatte. Sie erzählte mir, daß ihr Freund eine unglaubliche Leidenschaft für das Frauenzimmer gehegt habe, daß er die letzte Zeit seines Lebens fast allein von ihr gesprochen und sie bald als einen Engel, bald als einen Teufel vorgestellt habe.

Als seine Krankheit überhandgenommen, habe er nichts gewünscht, als sie vor seinem Ende noch einmal zu sehen, wahrscheinlich in der Hoffnung, nur noch eine zärtliche Äußerung, eine Reue oder sonst irgendein Zeichen der Liebe und Freundschaft von ihr zu erzwingen. Desto schrecklicher sei ihm ihre anhaltende Weigerung gewesen, und sichtbar habe die letzte, entscheidende abschlägige Antwort sein Ende beschleunigt. Verzweifelt habe er ausgerufen: ›Nein, es soll ihr nichts helfen! Sie vermeidet mich; aber auch nach meinem Tode soll sie keine Ruhe vor mir haben.‹ Mit dieser Heftigkeit verschied er, und nur zu sehr mußten wir erfahren, daß man auch jenseits des Grabes Wort halten könne.«

JOHANN PETER HEBEL
Das wohlbezahlte Gespenst

In einem gewissen Dorfe, das ich wohl nennen könnte, geht ein üblicher Fußweg über den Kirchhof und von da durch den Acker eines Mannes, der an der Kirche wohnt, und es ist ein Recht. Wenn nun die Ackerwege bei nasser Witterung schlüpfrig und ungangbar sind, ging man immer tiefer in den Acker hinein und zertrat dem Eigentümer die Saat, so daß bei anhaltend feuchter Witterung der Weg immer breiter und der Acker immer schmäler wurde, und das war kein Recht. Zum Teil wußte nun der geschädigte Mann sich wohl zu helfen. Er gab untertags, wenn er sonst nichts zu tun hatte, fleißig acht, und wenn ein unverständiger Mensch diesen Weg kam, der lieber seine Schuhe als seines Nachbars Gerstensaat schonte, so lief er schnell hinzu und pfändete ihn oder tat's mit ein paar Ohrfeigen kurz ab. Bei Nacht aber, wo man noch am ersten einen guten Weg braucht und sucht, war's nur desto schlimmer, und die Dornenäste und Rispen, mit welchen er den Wandernden verständlich machen wollte, wo der Weg sei, waren allemal in wenig Nächten niedergerissen oder ausgetreten, und mancher tat's vielleicht mit Fleiß. Aber da kam dem Mann etwas anders zustatten. Es wurde auf einmal unsicher auf dem Kirchhofe, über welchen der Weg ging. Bei trockenem Wetter und etwas hellen Nächten sah man oft ein langes, weißes Gespenst über die Gräber wandeln. Wenn es regnete oder sehr finster war, hörte man im Beinhaus bald ein ängstliches Stöhnen und Winseln, bald ein Klappern, als wenn alle Totenköpfe und Totengebeine darin lebendig werden wollten. Wer das hörte, sprang bebend wieder zur nächsten Kirchhoftüre hinaus, und in kurzer Zeit sah man, sobald der Abend dämmerte und die letzte Schwalbe aus der

Luft verschwunden war, gewiß keinen Menschen mehr auf dem Kirchhofwege, bis ein verständiger und herzhafter Mann aus einem benachbarten Dorfe sich an diesem Ort verspätete und den nächsten Weg nach Haus doch über diesen verschrienen Platz und über den Gerstenacker nahm. Denn ob ihm gleich seine Freunde die Gefahr vorstellten und lange abwehrten, so sagte er doch am Ende: »Wenn es ein Geist ist, geh ich mit Gott als ein ehrlicher Mann den nächsten Weg zu meiner Frau und zu meinen Kindern heim, habe nichts Böses getan, und ein Geist, wenn's auch der schlimmste unter allen wäre, tut mir nichts. Ist's aber Fleisch und Bein, so habe ich zwei Fäuste bei mir, die sind auch schon dabeigewesen.« Er ging. Als er aber auf den Kirchhof kam und kaum am zweiten Grab vorbei war, hörte er hinter sich ein klägliches Ächzen und Stöhnen, und als er zurückschaute, siehe, da erhob sich hinter ihm, wie aus einem Grabe herauf, eine lange, weiße Gestalt. Der Mond schimmerte blaß über die Gräber. Totenstille war rings umher, nur ein paar Fledermäuse flatterten vorüber. Da war dem guten Manne doch nicht wohl zumute, wie er nachher selber gestand, und wäre gern wieder zurückgegangen, wenn er nicht noch einmal an dem Gespenst hätte vorbeigehen müssen. Was war nun zu tun? Langsam und stille ging er seines Weges zwischen den Gräbern und manchem schwarzen Totenkreuz vorbei. Langsam und immer ächzend folgte zu seinem Entsetzen das Gespenst ihm nach, bis an das Ende des Kirchhofs, und das war in der Ordnung, und bis vor den Kirchhof hinaus, und das war dumm.

Aber so geht es. Kein Betrüger ist so schlau, er verratet sich. Denn sobald der verfolgte Ehrenmann das Gespenst auf dem Acker erblickte, dachte er bei sich selber: Ein rechtes Gespenst muß wie eine Schildwache auf seinem Posten bleiben, und ein Geist, der auf den Kirchhof gehört, geht nicht aufs Ackerfeld. Daher bekam er auf einmal Mut, drehte sich schnell um, faßte die weiße Gestalt mit fester Hand und merkte bald, daß er unter einem Leintuch einen Burschen am Brusttuch habe, der noch nicht auf dem Kirchhof daheim sei. Er fing daher an, mit der andern Faust auf ihn loszutrommeln, bis er seinen Mut an ihm gekühlt hatte, und da er vor dem Leintuch selber nicht sah, wo er hinschlug, so mußte das arme Gespenst die Schläge annehmen, wie sie fielen.

Damit war nun die Sache abgetan, und man hat weiter nichts mehr davon erfahren, als daß der Eigentümer des Gerstenackers ein paar Wochen lang mit blauen und gelben Zieraten im Gesicht herumging und von dieser Stunde an kein Gespenst mehr auf dem Kirchhofe zu sehen war. Denn solche Leute wie unser handfester Ehrenmann, das sind allein die rechten Geisterbanner, und es wäre zu wünschen, daß jeder andere Betrüger und Gaukelhans ebenso sein Recht und seinen Meister finden möge.

HEINRICH VON KLEIST

Das Bettelweib von Locarno

Am Fuße der Alpen, bei Locarno im oberen Italien, befand sich ein altes, einem Marchese gehöriges Schloß, das man jetzt, wenn man vom St. Gotthard kommt, in Schutt und Trümmern liegen sieht: ein Schloß mit hohen und weitläufigen Zimmern, in deren einem einst, auf Stroh, das man ihr unterschüttete, eine alte, kranke Frau, die sich bettelnd vor der Tür eingefunden hatte, von der Hausfrau aus Mitleiden gebettet worden war. Der Marchese, der, bei der Rückkehr von der Jagd, zufällig in das Zimmer trat, wo er seine Büchse abzusetzen pflegte, befahl der Frau unwillig, aus dem Winkel, in welchem sie lag, aufzustehen und sich hinter den Ofen zu verfügen. Die Frau, da sie sich erhob, glitschte mit der Krücke auf dem glatten Boden aus und beschädigte sich, auf eine gefährliche Weise, das Kreuz; dergestalt, daß sie zwar noch mit unsäglicher Mühe aufstand und quer, wie es vorgeschrieben war, über das Zimmer ging, hinter dem Ofen aber, unter Stöhnen und Ächzen, niedersank und verschied.

Mehrere Jahre nachher, da der Marchese, durch Krieg und Mißwachs, in bedenkliche Vermögensumstände geraten war, fand sich ein florentinischer Ritter bei ihm ein, der das Schloß, seiner schönen Lage wegen, von ihm kaufen wollte. Der Marchese, dem viel an dem Handel gelegen war, gab seiner Frau auf, den Fremden in dem obenerwähnten leerstehenden Zimmer, das sehr schön und prächtig eingerichtet war, unterzubringen. Aber wie betreten war das Ehepaar, als der Ritter mitten in der Nacht, verstört und bleich, zu ihnen herunterkam, hoch und teuer versichernd, daß es in dem Zimmer spuke, indem etwas, das dem Blick unsichtbar gewesen, mit einem Geräusch, als ob es auf Stroh gelegen, im Zimmerwinkel aufgestanden, mit vernehmlichen Schritten, langsam und gebrechlich, quer über das Zimmer gegangen und hinter dem Ofen, unter Stöhnen und Ächzen, niedergesunken sei.

Der Marchese, erschrocken, er wußte selbst nicht recht, warum, lachte den Ritter mit erkünstelter Heiterkeit aus und sagte, er wolle sogleich aufstehen und die Nacht zu seiner Beruhigung mit ihm in dem Zimmer zubringen. Doch der Ritter bat um die Gefälligkeit, ihm zu erlauben, daß er auf einem Lehnstuhl in seinem Schlafzimmer übernachte, und als der Morgen kam, ließ er anspannen, empfahl sich und reiste ab.

Dieser Vorfall, der außerordentliches Aufsehen machte, schreckte auf eine dem Marchese höchst unangenehme Weise mehrere Käufer ab; dergestalt, daß, da sich unter seinem eigenen Hausgesinde, befremdend und unbegreiflich, das Gerücht erhob, daß es in dem Zimmer zur Mitternachtsstunde umgehe, er, um es mit einem entscheidenden Verfahren niederzuschlagen, beschloß, die Sache in der nächsten Nacht selbst zu untersuchen. Demnach ließ er, beim Einbruch der Dämmerung, sein Bett in dem besagten Zimmer aufschlagen und erharrte, ohne zu schlafen, die Mitternacht. Aber wie erschüttert war er, als er in der Tat mit dem Schlage der Geisterstunde das unbegreifliche Geräusch wahrnahm; es war, als ob ein Mensch sich von Stroh, das unter ihm knisterte, erhob, quer über das Zimmer ging und hinter dem Ofen unter Geseufz und Geröchel niedersank. Die Marquise am andern Morgen, da er herunterkam, fragte ihn, wie die Untersuchung abgelaufen; und da er sich mit scheuen und ungewissen Blicken umsah und, nachdem er die Tür abgeriegelt, versicherte, daß es mit dem Spuk seine Richtigkeit habe: so erschrak sie, wie sie in ihrem Leben nicht getan, und bat ihn, bevor er die Sache verlauten ließe, sie noch einmal, in ihrer Gesellschaft, einer kaltblütigen Prüfung zu unterwerfen. Sie hörten aber, samt einem treuen Bedienten, den sie mitgenommen hatten, in der Tat in der nächsten Nacht dasselbe unbegreifliche, gespensterartige Geräusch; und nur der dringende Wunsch, das Schloß, es koste, was es wolle, loszuwerden, vermochte sie, das Entsetzen, das sie ergriff, in Gegenwart ihres Dieners zu unterdrücken und dem Vorfall irgendeine gleichgültige und zufällige Ursache, die sich entdecken lassen müsse, unterzuschieben. Am Abend des dritten Tages, da beide, um der Sache auf den Grund zu kommen, mit Herzklopfen wieder die Treppe zu dem Fremdenzimmer bestiegen, fand sich zufällig der Haushund, den man von der Kette losgelassen hatte, vor der Tür desselben ein; dergestalt, daß beide, ohne sich bestimmt zu erklären, vielleicht in der unwillkürlichen Absicht, außer sich selbst noch etwas Drittes, Lebendiges bei sich zu haben, den Hund mit sich in das Zimmer nahmen.

Das Ehepaar, zwei Lichter auf dem Tisch, die Marquise unausgezogen, der Marchese Degen und Pistolen, die er aus dem Schrank genommen, neben sich, setzten sich, gegen elf Uhr, jeder auf sein Bett; und während sie sich mit Gesprächen, so gut sie vermögen, zu unterhalten suchen, legt sich der Hund, Kopf und Beine zusammengekauert, in der Mitte des Zimmers nieder und schläft ein. Drauf, in dem Augenblick der Mitternacht, läßt sich das entsetzliche Geräusch wieder hören; jemand, den kein Mensch mit Augen sehen kann, hebt sich, auf Krücken, im Zimmerwinkel empor; man hört das Stroh, das unter ihm rauscht; und mit dem ersten Schritt – tapp, tapp! – erwacht der Hund, hebt sich plötzlich, die Ohren spitzend, vom Boden empor, und knurrend und bellend, grad als ob ein Mensch auf ihn eingeschritten käme, rückwärts gegen den Ofen weicht er aus. Bei diesem Anblick stürzt die Marquise mit sträubenden Haaren aus dem Zimmer; und während der Marchese, der den Degen ergriffen, »Wer da?« ruft und, da ihm niemand antwortet, gleich einem Rasenden nach allen Richtungen die Luft durchhaut, läßt sie anspannen, entschlossen, augenblicklich nach der Stadt abzufahren. Aber ehe sie noch einige Sachen zusammengepackt und aus dem Tore herausgerasselt, sieht sie schon das Schloß ringsum in Flammen aufgehen.

Der Marchese, von Entsetzen überreizt, hatte eine Kerze

genommen und dasselbe, überall mit Holz getäfelt, wie es war, an allen vier Ecken, müde seines Lebens, angesteckt. Vergebens schickte sie Leute hinein, den Unglücklichen zu retten; er war auf die elendiglichste Weise bereits umgekommen, und noch jetzt liegen, von den Landsleuten zusammengetragen, seine weißen Gebeine in dem Winkel des Zimmers, von welchem er das Bettelweib von Locarno hatte aufstehen heißen.

E. T. A. HOFFMANN
Eine gräßlich gespenstische Geschichte

Graf Hyppolit war zurückgekehrt von langen, weiten Reisen, um das reiche Erbe seines Vaters, der unlängst gestorben, in Besitz zu nehmen. Das Stammschloß lag in der schönsten, anmutigsten Gegend, und die Einkünfte der Güter reichten hin zu den kostspieligsten Verschönerungen. Alles, was dem Grafen auf seinen Reisen, vorzüglich in England, als reizend, geschmackvoll, prächtig aufgefallen, sollte nun vor seinen Augen noch einmal entstehen. Handwerker und Künstler, wie sie gerade nötig, fanden sich auf seinen Ruf bei ihm ein, und es begann alsbald der Umbau des Schlosses, die Anlage eines weitläufigen Parks in dem größten Stil, so daß selbst Kirche, Totenacker und Pfarrhaus eingegrenzt wurden und als Partie des künstlichen Waldes erschienen. Alle Arbeiten leitete der Graf, der die dazu nötigen Kenntnisse besaß, selbst, er widmete sich diesen Beschäftigungen mit Leib und Seele, und so war ein Jahr vergangen, ohne daß es ihm eingefallen, dem Rat eines alten Oheims gemäß in der Residenz sein Licht leuchten zu lassen vor den Augen der Jungfrauen, damit ihm die schönste, beste, edelste zufalle als Gattin.

Eben saß er eines Morgens am Zeichentisch, um den Grundriß eines neuen Gebäudes zu entwerfen, als eine alte Baronesse, weitläufige Verwandte seines Vaters, sich anmelden ließ. Hyppolit erinnerte sich, als er den Namen der Baronesse hörte, sogleich, daß sein Vater von dieser Alten immer mit der tiefsten Indignation, ja mit Abscheu gesprochen und manchmal Personen, die sich ihr nähern wollen, gewarnt, sich von ihr fernzuhalten, ohne jemals eine Ursache der Gefahr anzugeben. Befragte man den Grafen näher, so pflegte er zu sagen, es gäbe gewisse Dinge, über die es besser sei zu schweigen als zu reden. Soviel war gewiß, daß in der Residenz dunkle Gerüchte von einem ganz seltsamen und unerhörten Kriminalprozeß gingen, in den die Baronesse befangen, der sie von ihrem Gemahl getrennt, aus ihrem entfernten Wohnort vertrieben und dessen Unterdrückung sie nur der Gnade des Fürsten zu verdanken habe. Sehr unangenehm berührt fühlte sich Hyppolit durch die Annäherung einer Person, die sein Vater verabscheut, waren ihm auch die Gründe dieses Abscheus unbekannt geblieben. Das Recht der Gastfreundschaft, das vorzüglich auf dem Lande gelten mag, gebot ihm indessen, den lästigen Besuch anzunehmen. Niemals hatte eine Person ohne im mindesten häßlich zu sein, in ihrer äußern Erscheinung solch einen widerwärtigen Eindruck auf den Grafen gemacht als eben die Baronesse. Bei dem Eintritt durchbohrte sie den Grafen mit einem glühenden Blick, dann schlug sie die Augen nieder und entschuldigte ihren Besuch in beinahe demütigen Ausdrücken. Sie klagte, daß der Vater des Grafen, von den seltsamsten Vorurteilen befangen, die ihm gegen sie feindlich Gesinnte auf hämische Weise beizubringen gewußt, sie bis in den Tod gehaßt und ihr, unerachtet sie in der bittersten Armut beinahe verschmachtet und sich ihres Standes schämen müssen, niemals auch nur die mindeste Unterstützung zufließen lassen. Endlich, ganz unerwartet in den Besitz einer kleinen Geldsumme gekommen, sei es ihr möglich geworden, die Residenz zu verlassen und in ein entferntes Landstädtchen zu fliehen. Auf dieser Reise habe sie dem Drange nicht widerstehen können, den Sohn eines Mannes zu sehen, den sie, seines ungerechten unversöhnlichen Hasses unerachtet, stets hoch verehrte. – Es war der rührende Ton der Wahrheit, mit dem die Baronesse sprach, und der Graf fühlte sich um so mehr bewegt, als er, weggewandt von dem widrigen Antlitz der Alten, versunken war in den Anblick des wunderbar lieblichen anmutigen Wesens, das mit der Baronesse gekommen. Die Baronesse schwieg; der Graf schien es nicht zu bemerken, er blieb stumm. Da bat die Baronesse, es ihrer Befangenheit an diesem Orte zu verzeihen, daß sie dem Grafen nicht gleich bei ihrem Eintritt ihre Tochter Aurelie vorgestellt. Nun erst gewann der Graf Worte und beschwor, rot geworden bis an die Augen, in der Verwirrung des liebeentzückten Jünglings die Baronesse, sie möge ihm vergönnen, das gutzumachen, was sein Vater nur aus Mißverstand verschulden können, und vorderhand es sich auf seinem Schlosse gefallen lassen. Seinen besten Willen beteuernd, faßte er die Hand der Baronesse, aber das Wort, der Atem stockte ihm, eiskalte Schauer durchbebten sein Innerstes. Er fühlte seine Hand von im Tode erstarrten Fingern umkrallt, und die große knochendürre Gestalt der Baronesse, die ihn anstarrte mit Augen ohne Sehkraft, schien ihm in den häßlich bunten Kleidern eine angeputzte Leiche. »O mein Gott, welch ein Ungemach gerade in diesem Augenblick!« So rief Aurelie und klagte dann mit sanfter herzdurchdringender Stimme, daß ihre arme Mutter zuweilen plötzlich vom Starrkrampf ergriffen werde, daß dieser Zustand aber gewöhnlich ohne Anwendung irgendeines Mittels in ganz kurzer Zeit vorüberzugehen pflege. Mit Mühe machte sich der Graf los von der Baronesse, und alles glühende Leben süßer Liebeslust kam ihm wieder, als er Aureliens Hand faßte und feurig an die Lippen drückte. Beinahe zum Mannesalter gereift, fühlte der Graf zum ersten Mal die ganze Gewalt der Leidenschaft, um so weniger war es ihm möglich, seine Gefühle zu verbergen, und die Art, wie Aurelie dies aufnahm in hoher kindlicher Liebenswürdigkeit, entzündete in ihm die schönsten Hoffnungen. Wenige Minuten waren vergangen, als die Baronesse aus dem Starrkrampf erwachte und, sich des vorübergegangenen Zustandes völlig unbewußt, den Grafen versicherte, wie sie der Antrag, einige Zeit auf dem Schlosse zu verweilen, hoch ehre und alles Unrecht, das ihr der Vater angetan, mit einemmal vergessen lasse. So hatte sich nun plötzlich der Hausstand des Grafen verändert, und er mußte glauben, daß ihm eine besondere Gunst des Schicksals die Einzige auf dem ganzen Erdenrund zugeführt, die als heißgeliebte angebetete Gattin ihm das höchste Glück des irdischen Seins gewähren könne. Das Betragen der alten Baronesse blieb sich gleich, sie war still, ernst, ja in sich verschlossen und zeigte, wenn es die Gelegenheit gab, eine milde Gesinnung und ein jeder unschuldigen Last erschlossenes Herz. Der Graf hatte sich an das in der Tat seltsam gefurchte totenbleiche Antlitz, an die gespenstische Gestalt der Alten gewöhnt, er schrieb alles ihrer Kränklichkeit zu sowie dem Hange zu düstrer Schwärmerei, da sie, wie er von seinen Leuten erfahren, oft nächtliche Spaziergänge machte durch den Park nach dem Kirchhofe zu. Er schämte sich, daß das Vorurteil des Vaters ihn so habe befangen können, und die eindringlichsten Ermahnungen des alten Oheims, das Gefühl, das ihn ergriffen, zu besiegen und ein Verhältnis aufzugeben, das ihn über kurz oder lang ganz unvermeidlich ins Verderben stürzen werde, verfehlten durchaus ihre Wirkung. Von Aureliens innigster Liebe auf das lebhafteste überzeugt, bat er um ihre Hand, und man kann denken, mit welcher Freude die Baronesse, die sich, aus tiefster Dürftigkeit gerissen, im Schoße des Glückes sah, diesen Antrag aufnahm. Die Blässe und jener besondere Zug, der auf einen schweren innern, unverwindlichen Gram deutet, war verschwunden aus Aureliens Antlitz, und die Seligkeit der Liebe strahlte aus ihren Augen, schimmerte rosicht auf ihren Wangen. Am Morgen des Hochzeitstages vereitelte ein erschütternder Zufall die Wünsche des Grafen. Man hatte die Baronesse im Park unfern des Kirchhofes leblos am Boden auf dem Gesicht liegend gefunden und brachte sie nach dem Schlosse, eben als der Graf aufgestanden und im Wonnegefühl des errungenen Glücks hinausschaute. Er glaubte die Baronesse nur von ihrem gewöhnlichen Übel befallen; alle Mittel, sie wieder zurückzurufen ins Leben, blieben aber vergeblich, sie war tot. Aurelie überließ sich weniger den Ausbrüchen eines heftigen Schmerzes, als daß sie verstummt, tränenlos durch den Schlag, der sie getroffen, in ihrem innersten Wesen gelähmt schien. Dem Grafen bangte für die Geliebte, und nur leise und behutsam wagte er es, sie an ihr Verhältnis als gänzlich verlassenes Kind zu erinnern, welches erforderte, das Schickliche aufzugeben, um das noch Schicklichere zu tun, nämlich des Todes der Mutter unerachtet den Hochzeitstag soviel nur möglich zu beschleunigen. Da fiel aber Aurelie dem Grafen in die Arme und rief, indem ihr ein Tränenstrom aus den Augen stürzte, mit schneidender, das Herz durchbohrender Stimme: »Ja – ja! Um aller Heiligen, um meiner Seligkeit willen, ja!« Der Graf schrieb diesen Ausbruch innerer Gemütsbewegung dem bittern Gedanken zu, daß sie, verlassen, heimatlos, nun nicht wisse, wohin, und auf dem Schlosse zu bleiben doch der Anstand verbiete. Er sorgte dafür, daß Aurelie eine alte, würdige Matrone zur Gesellschafterin erhielt, bis nach wenigen Wochen aufs neue der Hochzeitstag herankam, den weiter kein böser Zufall unterbrach, sondern der Hyppolits und Aureliens Glück krönte. Aurelie hatte sich indessen immerwährend in einem gespannten Zustande befunden. Nicht der Schmerz über den Verlust der Mutter, nein, eine innere, namenlose, tötende Angst schien sie rastlos zu verfolgen. Mitten im süßesten Liebesgespräch fuhr sie plötzlich, wie von jähem Schreck erfaßt, zum Tode erbleicht, auf, schloß den Grafen, indem ihr Tränen aus den Augen quollen, in ihre Arme, als wolle sie sich festhalten, damit eine unsichtbare feindliche Macht sie nicht fortreiße ins Verderben, und rief: »Nein – nimmer, nimmer!« – Erst jetzt, da sie verheiratet mit dem Grafen, schien der gespannte Zustand aufgehört, jene innere entsetzliche Angst sie verlassen zu haben. Es konnte nicht fehlen, daß der Graf irgendein böses Geheimnis vermutete, von dem Aureliens Inneres verstört, doch hielt er es mit Recht für unzart, Aurelien darnach zu fragen, solange ihre Spannung anhielt und sie selbst darüber schwieg. Jetzt wagte er es leise, darauf hinzudeuten, was wohl die Ursache ihrer seltsamen Gemütsstimmung gewesen sein möge. Da versicherte Aurelie, daß es ihr eine Wohltat sei, ihm, dem geliebten Gemahl, jetzt ihr ganzes Herz zu erschließen. Nicht wenig erstaunte der Graf, als er nun erfuhr, daß nur das heillose Treiben der Mutter allen sinnverstörenden Gram über Aurelien gebracht. »Gibt es«, rief Aurelie, »etwas Entsetzlicheres, als die eigne Mutter hassen, verabscheuen zu müssen?« Also war der Vater, der Oheim von keinem falschen Vorurteil befangen, und die Baronesse hatte mit durchdachter Heuchelei den Grafen getäuscht. Für eine seiner Ruhe günstige Schickung mußte es nun der Graf halten, daß die böse Mutter an seinem Hochzeitstage gestorben. Er hatte dessen kein Hehl; Aurelie erklärte aber, daß gerade bei dem Tode der Mutter sie sich von düstern furchtbaren Ahnungen ergriffen gefühlt, daß sie die entsetzliche Angst nicht verwinden können, die Tote werde erstehn aus dem Grabe und sie hinabreißen aus den Armen des Geliebten in den Abgrund. Aurelie erinnerte sich (so erzählte sie) ganz dunkel aus ihrer früheren Jugendzeit, daß eines Morgens, da sie eben aus dem Schlafe erwacht, ein furchtbarer Tumult im Hause entstand. Die Türen wurden auf- und zugeworfen, fremde Stimmen riefen durcheinander. Endlich, als es stiller geworden, nahm die Wärterin Aurelien auf den Arm und trug sie in ein großes Zimmer, wo viele Menschen versammelt; in der Mitte, auf einem langen Tisch ausgestreckt, lag aber der Mann, der oft mit Aurelien gespielt, sie mit Zuckerwerk gefüttert und den sie Papa genannt. Sie streckte die Händchen nach ihm aus und wollte ihn küssen. Die sonst warmen Lippen waren aber eiskalt, und Aurelie brach, selbst wußte sie nicht, warum, aus in heftiges Weinen. Die Wärterin brachte sie in ein fremdes Haus, wo sie lange Zeit verweilte, bis endlich eine Frau erschien und sie in einer Kutsche mitnahm. Das war nun ihre Mutter, die bald darauf mit Aurelien nach der Residenz reiste. Aurelie mochte ungefähr sechzehn Jahre alt sein, als ein Mann bei der Baronesse erschien, den sie mit Freude und Zutraulichkeit empfing wie einen alten, geliebten Bekannten. Er kam oft und öfter, und bald veränderte sich der Hausstand der Baronesse auf sehr merkliche Weise. Statt daß sie sonst in einem Dachstübchen gewohnt und sich mit armseligen Kleidern und schlechter Kost beholfen, bezog sie jetzt ein hübsches Quartier in der schönsten Gegend der Stadt, schaffte sich prächtige Kleider an, aß und trank mit dem Fremden, der ihr täglicher Tischgast war, vortrefflich und nahm teil an allen öffentlichen Lustbarkeiten, wie sie die Residenz darbot. Nur auf Aurelien hatte diese Verbesserung der Lage ihrer

Mutter, die diese offenbar dem Fremden verdankte, gar keinen Einfluß. Sie blieb eingeschlossen in ihrem Zimmer zurück, wenn die Baronesse mit dem Fremden dem Vergnügen zueilte, und mußte so armselig einhergehen als sonst. Der Fremde hatte, unerachtet er wohl beinahe vierzig Jahre alt sein mochte, ein sehr frisches, jugendliches Ansehen, war von hoher, schöner Gestalt, und auch sein Antlitz mochte männlich schön genannt werden. Demunerachtet war er Aurelien widrig, weil oft sein Benehmen, schien er sich auch zu einem vornehmen Anstande zwingen zu wollen, linkisch, gemein, pöbelhaft wurde. Die Blicke, womit er aber Aurelien zu betrachten begann, erfüllten sie mit unheimlichem Grauen, ja mit einem Abscheu, dessen Ursache sie sich selbst nicht zu erklären wußte. Nie hatte bisher die Baronesse es der Mühe wert geachtet, Aurelien auch nur ein Wort über den Fremden zu sagen. Jetzt nannte sie Aurelien seinen Namen mit dem Zusatz, daß der Baron steinreich und ein entfernter Verwandter sei. Sie rühmte seine Gestalt, seine Vorzüge und schloß mit der Frage, wie er Aurelien gefalle. Aurelie verschwieg nicht den innern Abscheu, den sie gegen den Fremden hegte, da blitzte sie aber die Baronesse an mit einem Blick, der ihr tiefen Schreck einjagte, und schalt sie ein dummes, einfältiges Ding. Bald darauf wurde die Baronesse freundlicher gegen Aurelien, als sie es jemals gewesen. Sie erhielt schöne Kleider, reichen, modischen Putz jeder Art, man ließ sie teilnehmen an den öffentlichen Vergnügungen. Der Fremde bemühte sich nun um Aureliens Gunst auf eine Weise, die ihn nur immer widerwärtiger ihr erscheinen ließ. Tödlich aber wurde ihr zarter jungfräulicher Sinn berührt, als ein böser Zufall sie geheime Zeugin sein ließ einer empörenden Abscheulichkeit des Fremden und der verderbten Mutter. Als nun einige Tage darauf der Fremde in halbtrunknem Mut sie auf eine Art in die Arme schloß, daß die verruchte Absicht keinem Zweifel unterworfen, da gab ihr die Verzweiflung Manneskraft, sie stieß den Fremden zurück, daß er rücklings überstürzte, entfloh und schloß sich in ihr Zimmer ein. Die Baronesse erklärte Aurelien ganz kalt und bestimmt, daß, da der Fremde ihren ganzen Haushalt bestritte und sie gar nicht Lust habe, zurückzukommen in die alte Dürftigkeit, hier jede alberne Ziererei verdrießlich und unnütz sein werde; Aurelie müsse sich dem Willen des Fremden hingeben, der sonst gedroht, sie zu verlassen. Statt auf Aureliens wehmütigstes Flehen, statt auf ihre heißen Tränen zu achten, begann die Alte, in frechem Spott laut auflachend, über ein Verhältnis, daß ihr alle Lust des Lebens erschließen werde, auf eine Art zu sprechen, deren zügellose Abscheulichkeit jedem sittlichen Gefühl Hohn sprach, so daß Aurelie sich davor entsetzte. Sie sah sich verloren, und das einzige Rettungsmittel schien ihr schleunige Flucht. Aurelie hatte sich den Hausschlüssel zu verschaffen gewußt, die wenigen Habseligkeiten, die dringendste Notwendigkeit erforderte, zusammengepackt und schlich nach Mitternacht, als sie die Mutter in tiefem Schlaf glaubte, über den matt erleuchteten Vorsaal. Schon wollte sie leise, leise hinaustreten, als die Haustüre rasselnd aufsprang und es die Treppe hinaufpolterte. Hinein in den Vorsaal, hin zu Aureliens Füße stürzte die Baronesse, in einen schlechten, schmutzigen Kittel gekleidet, Brust und Arme entblößt, das greise Haar aufgelöst, wild flatternd. Und dicht hinter ihr her der Fremde, der mit dem gellenden Ruf: »Warte, verruchter Satan, höllische Hexe, ich werd dir dein Hochzeitsmahl eintränken!« sie bei den Haaren mitten ins Zimmer schleifte und mit dem dicken Knittel, den er bei sich trug, auf die grausamste Weise zu mißhandeln begann. Die Baronesse stieß ein fürchterliches Angstgeschrei aus, Aurelie, ihrer Sinne kaum mächtig, rief laut durch das geöffnete Fenster nach Hülfe. Es traf sich, daß gerade eine Patrouille bewaffneter Polizei vorüberging. Diese drang sogleich ins Haus. »Faßt ihn«, rief die Baronesse, sich vor Wut und Schmerz krümmend, den Polizeisoldaten entgegen, »faßt ihn – haltet ihn fest! Schaut seinen bloßen Rücken an! Es ist –« Sowie die Baronesse den Namen nannte, jauchzte der Polizeisergeant, der die Patrouille führte, laut auf: »Hoho – haben wir dich endlich, Urian!« Und damit packten sie den Fremden fest und schleppten ihn, sosehr er sich sträuben mochte, fort. Dem allen, was sich zugetragen, unerachtet, hatte die Baronesse Aureliens Absicht doch sehr wohl bemerkt. Sie begnügte sich damit, Aurelien ziemlich unsanft beim Arm zu fassen, sie in ihr Zimmer zu werfen und dieses dann abzuschließen, ohne weiter etwas zu sagen. Andern Morgens war die Baronesse ausgegangen und kam erst am späten Abend wieder, während Aurelie, in ihr Zimmer wie in ein Gefängnis eingeschlossen, niemanden sah und hörte, so daß sie den ganzen Tag zubringen mußte ohne Speise und Trank. Mehrere Tage hintereinander ging das so fort. Oft blickte die Baronesse sie mit zornfunkelnden Augen an, sie schien mit einem Entschluß zu ringen, bis sie an einem Abend Briefe fand, deren Inhalt ihr Freude zu machen schien. »Aberwitzige Kreatur, du bist an allem schuld, aber es ist nun gut, und ich wünsche selbst, daß die fürchterliche Strafe dich nicht treffen mag, die der böse Geist über dich verhängt hatte.« So sprach die Baronesse zu Aurelien, dann wurde sie wieder freundlicher, und Aurelie, die, da nun der abscheuliche Mensch von ihr gewichen, nicht mehr an die Flucht dachte, erhielt auch wieder mehr Freiheit. – Einige Zeit war vergangen, als eines Tages, da Aurelie gerade einsam in ihrem Zimmer saß, sich auf der Straße ein großes Geräusch erhob. Das Kammermädchen sprang hinein und berichtete, daß man eben den Sohn des Scharfrichters aus *** vorbeibringe, der wegen Raubmord dort gebrandmarkt und nach dem Zuchthause gebracht, seinen Wächtern auf dem Transport aber entsprungen sei. Aurelie wankte, ergriffen von banger Ahnung, an das Fenster, sie hatte sich nicht betrogen, es war der Fremde, der, umringt von zahlreichen Wachen, auf dem Leiterwagen fest angeschlossen, vorübergefahren wurde. Man brachte ihn zurück zur Abbüßung seiner Strafe. Der Ohnmacht nahe, sank Aurelie zurück in den Lehnsessel, als der furchtbare wilde Blick des Kerls sie traf, als er mit drohender Gebärde die geballte Faust aufhob gegen das Fenster. – Immer noch war die Baronesse viel außer dem Hause. Aurelien ließ sie aber jedesmal zurück, und so führte sie von manchen Betrachtungen über ihr Schicksal, über das, was Bedrohliches ganz unerwartet, plötzlich sie treffen könne, ein trübes, trauriges Leben. Von dem Kammermädchen, das übrigens erst nach jenem nächtlichen Ereignis in das Haus gekommen und der man nun erst wohl erzählt haben mochte, wie jener Spitzbube mit der Frau Baronesse in vertraulichem Verhältnis gelebt, erfuhr Aurelie, daß man in der Residenz die Frau Baronesse gar sehr bedaure, von einem solchen niederträchtigen Verbrecher auf solche verruchte Weise getäuscht worden zu sein. Aurelie wußte nur zu gut, wie ganz anders sich die Sache verhielt, und unmöglich schien es, daß wenigstens die Polizeisoldaten, welche damals den Menschen im Hause der Baronesse ergriffen, nicht, als diese ihn nannte und den gebrandmarkten Rücken angab als gewisses Kennzeichen des Verbrechers, von der guten Bekanntschaft der Baronesse mit dem Scharfrichtersohn überzeugt worden sein sollten. Daher äußerte sich denn auch jenes Kammermädchen bisweilen auf zweideutige Weise darüber, was man so hin und her denke, und daß man auch wissen wolle, wie der Gerichtshof strenge Nachforschung gehalten und sogar die gnädige Frau Baronesse mit Arrest bedroht haben solle, weil der verruchte Scharfrichtersohn gar Seltsames erzählt. – Aufs neue mußte die arme Aurelie der Mutter verworfene Gesinnung darin erkennen, daß es ihr möglich gewesen, nach jenem entsetzlichen Ereignis auch nur noch einen Augenblick in der Residenz zu verweilen. Endlich schien sie gezwungen, den Ort, wo sie sich von schmachvollem, nur zu begründetem Verdacht verfolgt sah, zu verlassen und in eine entfernte Gegend zu fliehen. Auf dieser Reise kam sie nun in das Schloß des Grafen, und es geschah, was erzählt worden. Aurelie mußte sich überglücklich, aller böser Sorge entronnen, fühlen; wie tief entsetzte sie sich aber, als, da sie in diesem seligen Gefühl von der gnadenreichen Schickung des Himmels zur Mutter sprach, diese, Höllenflammen in den Augen, mit gellender Stimme rief: »Du bist mein Unglück, verworfenes, heilloses Geschöpf, aber mitten in deinem geträumten Glück trifft dich die Rache, wenn mich ein schneller Tod dahinrafft. In dem Starrkrampf, den deine Geburt mich kostet, hat die List des Satans –« Hier stockte

Aurelie, sie warf sich an des Grafen Brust und flehte, ihr es zu erlassen, das ganz zu wiederholen, was die Baronesse noch ausgesprochen in wahnsinniger Wut. Sie fühlte sich im Innern zermalmt, gedenke sie der fürchterlichen, jede Ahnung des Entsetzlichsten überbietenden Drohung der von bösen Mächten erfaßten Mutter. Der Graf tröstete die Gattin, so gut er es vermochte, unerachtet er selbst sich von kaltem Todesschauer durchbebt fühlte. Gestehen mußte er es sich, auch ruhiger geworden, daß die tiefe Abscheulichkeit der Baronesse doch, war sie auch gestorben, einen schwarzen Schatten in sein Leben warf, das ihm sonnenklar gedünkt.

Kurze Zeit war vergangen, als Aurelie sich gar merklich zu ändern begann. Während die Totenblässe des Antlitzes, das ermattete Auge auf Erkrankung zu deuten schien, ließ wieder Aureliens wirres, unstetes, ja scheues Wesen auf irgendein neues Geheimnis schließen, das sie verstörte. Sie floh selbst den Gemahl, schloß sich bald in ihr Zimmer ein, suchte bald die einsamsten Plätze des Parks, und ließ sie sich dann wieder blicken, so zeugten die verweinten Augen, die verzerrten Züge des Antlitzes von irgendeiner entsetzlichen Qual, die sie gelitten. Vergebens bemühte sich der Graf, die Ursache von dem Zustande der Gattin zu erforschen, und aus der völligen Trostlosigkeit, in die er endlich verfiel, konnte ihn nur die Vermutung eines berühmten Arztes retten, daß bei der großen Reizbarkeit der Gräfin all die bedrohlichen Erscheinungen eines veränderten Zustandes nur auf eine frohe Hoffnung der beglückten Ehe deuten könnten. Derselbe Arzt erlaubte sich, als er einst mit dem Grafen und der Gräfin bei Tische saß, allerlei Anspielungen auf jenen vermuteten Zustand guter Hoffnung. Die Gräfin schien alles teilnahmslos zu überhören, doch plötzlich war sie ganz aufmerksam, als der Arzt von den seltsamen Gelüsten zu sprechen begann, die zuweilen Frauen in jenem Zustande fühlten und denen sie ohne Nachteil ihrer Gesundheit, ja ohne die schädlichste Einwirkung auf das Kind nicht widerstehen dürften. Die Gräfin überhäufte den Arzt mit Fragen, und dieser wurde nicht müde, aus seiner praktischen Erfahrung die ergötzlichsten drolligsten Fälle mitzuteilen. »Doch«, sprach er, »hat man auch Beispiele von den abnormsten Gelüsten, durch die Frauen verleitet wurden zu der entsetzlichsten Tat. So hatte die Frau eines Schmieds ein solch unwiderstehliches Gelüste nach dem Fleisch ihres Mannes, daß sie nicht eher ruhte, als bis sie ihn einst, da er betrunken nach Hause kam, unvermutet mit einem großen Messer überfiel und so grausam zerfleischte, daß er nach wenigen Stunden den Geist aufgab.«

Kaum hatte der Arzt diese Worte gesprochen, als die Gräfin ohnmächtig in den Sessel sank und aus den Nervenzufällen, die dann eintraten, nur mit Mühe gerettet werden konnte. Der Arzt sah nun, daß er sehr unvorsichtig gehandelt, im Beisein der nervenschwachen Frau jener fürchterlichen Tat zu erwähnen.

Wohltätig schien indessen jene Krise auf den Zustand der Gräfin gewirkt zu haben, denn sie wurde ruhiger, wiewohl bald darauf ein ganz seltsames starres Wesen, ein düstres Feuer in den Augen und die immer mehr zunehmende Totenfarbe den Grafen in neue, gar quälende Zweifel über den Zustand der Gattin stürzte. Das Unerklärlichste dieses Zustandes der Gräfin lag aber darin, daß sie auch nicht das mindeste an Speise zu sich nahm, vielmehr gegen alles, vorzüglich aber gegen Fleisch, den unüberwindlichsten Abscheu bewies, so daß sie sich jedesmal mit den lebhaftesten Zeichen dieses Abscheues vom Tische entfernen mußte. Die Kunst des Arztes scheiterte, denn nicht das dringendste, liebevollste Flehen des Grafen, nichts in der Welt konnte die Gräfin vermögen, auch nur einen Tropfen Medizin zu nehmen. Da nun Wochen, Monate vergangen, ohne daß die Gräfin auch nur einen Bissen genossen, da es ein unergründliches Geheimnis, wie sie ihr Leben zu fristen vermochte, so meinte der Arzt, daß hier etwas im Spiele sei, was außer dem Bereich jeder getreu menschlichen Wissenschaft liege. Er verließ das Schloß unter irgendeinem Vorwande, der Graf konnte aber wohl merken, daß der Zustand der Gattin dem bewährten Arzt zu rätselhaft, ja zu umheimlich bedünkt, um länger zu harren und Zeuge einer unergründlichen Krankheit zu sein, ohne

Macht zu helfen. Man kann es sich denken, in welche Stimmung dies alles den Grafen versetzen mußte; aber es war dem noch nicht genug. – Gerade um diese Zeit nahm ein alter, treuer Diener die Gelegenheit wahr, dem Grafen, als er ihn gerade allein fand, zu entdecken, daß die Gräfin jede Nacht das Schloß verlasse und erst beim Anbruch des Tages wiederkehre. Eiskalt erfaßte es den Grafen. Nun erst dachte er daran, wie ihn seit einiger Zeit jedesmal zur Mitternacht ein ganz unnatürlicher Schlaf überfallen, den er jetzt irgendeinem narkotischen Mittel zuschrieb, das die Gräfin ihm beibringe, um das Schlafzimmer, das sie, vornehmer Sitte entgegen, mit dem Gemahl teilte, unbemerkt verlassen zu können. Die schwärzesten Ahnungen kamen in seine Seele; er dachte an die teuflische Mutter, deren Sinn vielleicht erst jetzt in der Tochter erwacht, an irgendein abscheuliches ehebrecherisches Verhältnis, an den verruchten Scharfrichterknecht.

Die nächste Nacht sollte ihm das entsetzliche Geheimnis erschließen, das allein die Ursache des unerklärlichen Zustandes der Gattin sein konnte. Die Gräfin pflegte jeden Abend selbst den Tee zu bereiten, den der Graf genoß, und sich dann zu entfernen. Heute nahm er keinen Tropfen, und als er seiner Gewohnheit nach im Bette las, fühlte er keineswegs um Mitternacht die Schlafsucht, die ihn sonst überfallen. Demunerachtet sank er zurück in die Kissen und stellte sich bald, als sei er fest eingeschlafen. Leise, leise verließ nun die Gräfin ihr Lager, trat an das Bett des Grafen, leuchtete ihm ins Gesicht und schlüpfte hinaus aus dem Schlafzimmer. Das Herz bebte dem Grafen, er stand auf, warf einen Mantel um und schlich der Gattin nach. Es war eine ganz mondhelle Nacht, so daß der Graf Aureliens in ein weißes Schlafgewand gehüllte Gestalt, unerachtet sie einen beträchtlichen Vorsprung gewonnen, auf das deutlichste wahrnehmen konnte. Durch den Park, nach dem Kirchofe zu nahm die Gräfin ihren Weg, dort verschwand sie an der Mauer. Schnell rannte der Graf hinter ihr her, durch die Pforte der Kirchhofsmauer, die er offen fand. Da gewahrte er im hellsten Mondesschimmer dicht vor sich einen Kreis furchtbar gespenstischer Gestalten.

Alte, halbnackte Weiber mit fliegendem Haar hatten sich niedergekauert auf den Boden, und mitten in dem Kreis lag der Leichnam eines Menschen, an dem sie zehrten mit Wolfesgier. – Aurelie war unter ihnen! Fort stürzte der Graf in wildem Grausen und rannte besinnungslos, gehetzt von der Todesangst, von dem Entsetzen der Hölle, durch die Gänge des Parks, bis er sich am hellen Morgen, im Schweiß gebadet, vor dem Tor des Schlosses wiederfand. Unwillkürlich, ohne einen deutlichen Gedanken fassen zu können, sprang er die Treppe herauf, stürzte durch die Zimmer, hinein in das Schlafgemach. Da lag die Gräfin, wie es schien, in sanftem, süßem Schlummer, und der Graf wollte sich überzeugen, daß nur ein abscheuliches Traumbild oder, da er sich der nächtlichen Wanderung bewußt, für die auch der von dem Morgentau durchnäßte Mantel zeugte, vielmehr eine sinnetäuschende Erscheinung ihn zum Tode geängstigt. Ohne der Gräfin Erwachen abzuwarten, verließ er das Zimmer, kleidete sich an und warf sich aufs Pferd. Der Spazierritt an dem schönen Morgen durch duftendes Gesträuch, aus dem heraus muntrer Gesang der erwachten Vögel ihn begrüßte, verscheuchte die furchtbaren Bilder der Nacht; getröstet und erheitert kehrte er zurück nach dem Schlosse. Als nun aber beide, der Graf und die Gräfin, sich allein zu Tische gesetzt und diese, da das gekochte Fleisch aufgetragen, mit dem Zeichen des tiefsten Abscheus aus dem Zimmer wollte, da trat die Wahrheit dessen, was er in der Nacht geschaut, gräßlich vor die Seele des Grafen. In wildem Grimm sprang er auf und rief mit fürchterlicher Stimme: »Verfluchte Ausgeburt der Hölle, ich kenne deinen Abscheu vor des Menschen Speise, aus den Gräbern zerrst du deine Ätzung, teuflisches Weib!« Doch sowie der Graf diese Worte ausstieß, stürzte die Gräfin laut heulend auf ihn zu und biß ihn mit der Wut der Hyäne in die Brust. Der Graf schleuderte die Rasende von sich zur Erde nieder, und sie gab den Geist auf unter grauenhaften Verzuckungen. – Der Graf verfiel in Wahnsinn.

KARL AUGUST VARNHAGEN VON ENSE

Das warnende Gespenst

Ein deutscher Graf, der mehrere Jahre in dem preußischen Heere mit Auszeichnung gedient hatte, sah sich nach dem eben geschlossenen Frieden veranlaßt, seinen Abschied zu nehmen, da ihn sowohl eigene Neigung als auch äußere Gründe zur Bewirtschaftung großer Güter beriefen, die ihm durch den Tod seiner Mutter frühzeitig zugefallen waren, aber seitdem während seiner Minderjährigkeit zufolge der Einrichtung der Verstorbenen von seinem Vater verwaltet wurden, dem sie auch verbleiben sollten, im Falle der Sohn ohne Kinder früher stürbe. Dieser hatte als Kind nur selten und nie ohne Scheu, seit der Mutter Tode aber gar nicht den Vater gesehn und konnte den ihm stets unfreundlichen und gegen die Mutter oft grausam harten Mann um so weniger lieben, als alle Glut seines Herzens nur jener zugewandt war, die er mit unendlichem Schmerz endlich als ein Opfer vieljähriger Duldung hatte erliegen sehn. Nachdem er noch einige Wochen vergnügt unter seinen gewesenen Kameraden zugebracht und halb und halb versprochen hatte, nicht für immer das Regiment zu verlassen, reiste er ab, von tausend Wünschen seiner Freunde, die ihn ungern scheiden sahn, begleitet, und nahm seine Richtung geradezu auf ein altes Schloß, das ihm gehörte, um dort mit seinem Vater, der es bewohnte, zu der bevorstehenden Veränderung das Nötige abzureden. Ungern näherte er sich der väterlichen Wohnung, und ein abmahnendes Gefühl hätte ihn fast beredet umzukehren, wenn nicht die Überzeugung der Notwendigkeit, doch einmal diese Zusammenkunft halten zu müssen, ihn gleichwohl in der Fortsetzung seiner Reise bestärkt hätte. Der Vater hatte sich wieder vermählt und mit der zweiten Frau mehrere Kinder gezeugt; dem Sohne, welcher das Andenken seiner geliebten Mutter schon an sich durch eine Stiefmutter gekränkt fühlte, war diese nur noch unangenehmer dadurch, daß er wußte, wie noch bei Lebzeiten seiner Mutter sie mit dem Vater in geheimen Verhältnissen gestanden und der Verstorbenen vielen Kummer bereitet hatte. Indes die wenigen Tage überstanden, die er sich dort aufzuhalten dachte, und das Geschäft einmal abgemacht, eröffnete sich ihm die lachendste Aussicht zu einem unabhängigen, wünschenswerten Leben in freier, selbstgewählter Tätigkeit, die er stillen Schöpfungen in dem reichen Boden seiner Ländereien zu widmen dachte. Von diesen Gedanken ergriffen und desto heiterer mit ihnen beschäftigt, je näher er seinen Gütern kam, von denen er schon Waldungen auf der einen Seite und im Hintergrunde grüne Hügel als die seinigen erkannte, verlor er nach und nach jenes unangenehme Gefühl, das ihn begleitet hatte, und überließ sich ganz der glücklichen Stimmung, die ihn an der Schwelle seines künftigen Lebenswandels empfangen wollte. Und in der Tat, Glück wünschen kann sich der, welchem wie ihm der Sinn zu dem schönen Beruf geworden, die Bildung der Erde in ihrem unmittelbaren Anbau zu fördern und auch in diese ernsten und dringendsten Bedürfnisse des Lebens Kunst und höhere Kenntnisse einzuführen, für die erst, nachdem jene besorgt worden, das wachsende Menschengeschlecht Muße finden konnte. Die Natur ist dankbar gegen jede ihr gewidmete Neigung, und nur dem beschränkten Sinn, der weder warm an ihr hängt noch sie vielseitig umfaßt, kann sich in Regen und Dürre, in Mißwachs und Hagelschlag zu zürnen scheinen: Den rechten Landmann, der reichlich, was er mit den Seinigen bedarf, vorzubereiten versteht, wird sie nie zugrunde richten, und die Not hat kaum noch ein Recht an seinem Geschäft. Es ist in seinen Gedanken keine kleinliche Zerstückelung, sondern er umfaßt stets einen größeren Zeitraum, über die Gegenwart hinweg, und lebt nach dem Maßstab der Erde im Frühling den Morgen und im Herbste den Abend seines großen Arbeitstages. Unter solchen Betrachtungen war er mit einbrechender Nacht auf dem

Schlosse angekommen und hatte sich beim Hereintreten eines Schauders nicht erwehren gekonnt. Der Vater, dem er seine Ankunft schriftlich vorgemeldet hatte, war abwesend, wurde aber stündlich erwartet. Unterdessen besuchte der Neuangekommene den Garten und das nah gelegene Feld, weil er seine Stiefmutter jetzt nicht sehn mochte. Spät, wie es längst ganz dunkel war, meldete man ihm des Vaters Zurückkunft, er ging hinaus und fand einen frostigen Empfang. Bei Tische war es einsilbig und unheimlich, gleich nach dem Abendessen wünschte man sich gute Nacht und ging auseinander. Ein Bedienter des Hauses leuchtete ihm nach seinem Zimmer, wo er in kurzer Weile, von der Reise ermüdet, unter unangenehmen Bildern, die ihm der Anblick der fremden und ihm doch so nahen Hausgenossenschaft erweckt hatte, einen unfreundlichen Schlaf fand.

Es mochte ungefähr ein Uhr sein, als er aus tiefen Träumen erwachte. Ein kleiner Hund, der ihm sehr lieb war und ihn auch auf dieser Reise begleitet hatte, sprang ängstlich an dem Bette herauf, und mit kläglichem Winseln schien er seinem Herrn etwas anzeigen zu wollen. Dieser richtete sich auf, und nachdem er den Hund auf das Bette genommen und gestreichelt, ohne daß der aufhörte furchtsam zusammenzukriechen und leise zu winseln, gab er genauer auf ihn acht und bemerkte bei dem durch die Bäume fallenden Mondlicht, daß die Augen des Hundes immer nach der einen Ecke des Zimmers gerichtet blieben; er blickte hin, um zu erfahren, was wohl den Hund schrecken könnte, aber entsetzlich! Das Blut starrte ihm in den Adern, und die Haare sträubten sich ihm empor: er sah eine neblichte Gestalt, die seiner verstorbenen Mutter in allen Zügen ähnlich war und zusammengedrückt in dem Winkel unter einem schweren Kummer und banger Besorgnis zu erliegen schien. Sie blickte ihn traurig an und dann mit hörbarem Seufzen nach der Türe, indem sie die Arme jammernd und warnend erhob. Der Graf war außer sich und nicht imstande, das Gespenst anzureden, seine Brust hielt den Atem gepreßt zurück. Draußen hörte er schwere Tritte auf und nieder gehen, dann dicht vor seiner Türe innehalten, als zweifelte man, ob man hineingehn solle oder nicht. Dieses dauerte abwechselnd eine geraume Weile und verwirrte seinen betäubten Sinn noch mehr, es war ihm weder zu schreien möglich noch eine Hand zu rühren. Nach und nach suchte er sich wieder zu fassen, und als er aufs neue in den Winkel blickte, war die Erscheinung nicht mehr zu sehn, aber das Aufundabgehen draußen und das zweifelhafte Innehalten vor der Türe dauerte um so deutlicher fort. Da faßte er plötzlich Mut, sprang auf, ergriff seinen Degen und riß mit den Worten »Was wollt ihr?« die Türe auf. Sehen konnte er nichts auf dem dunkeln Vorplatze, aber er hörte etwas in seiner Nähe fallen und jemand fliehend die Treppe hinabspringen. Als er nachsuchte, hob er ein großes Messer auf, das er zu sich steckte, und ging in sein Zimmer zurück, wo er den übrigen Teil der Nacht in tausend qualvollen Gedanken durchwachte.

Am frühen Morgen, als der Bediente mit dem Frühstück kam, fragte er diesen, was denn diese Nacht für Unruhe im Hause gewesen sei.

»So sind Sie auch davon wach geworden?« versetzte der alte Jäger, »ich dachte schon, es wären Diebe, und wollte Lärm machen, aber als ich sah, daß es der gnädige Herr war, der, wahrscheinlich weil er nicht schlafen konnte, im Hause herumging, blieb ich ruhig im Bette liegen und schlief wieder ein.«

Als der Jäger fort war, zog er das Messer aus der Tasche und fand seines Vaters Namenszug darauf; ein eiskalter Schauder überlief ihn. Er bestellte sogleich Pferde. Der Hund war beim ersten Eröffnen der Türe hinausgesprungen und weder durch Liebkosungen noch durch Drohungen in das Zimmer zurückzubringen. Erst als der Wagen vorfuhr, sprang er wieder freundlich an seinem Herrn hinauf. Der Graf reiste fort, ohne jemanden zu sprechen, und kehrte tiefsinnig in die Stadt zurück; der fürchterliche Gedanke, daß ihn sein Vater habe ermorden wollen und ihm der Geist seiner Mutter erschienen sei, um ihn zu wecken aus dem sorglosen Schlaf und zu warnen, verfolgte ihn unaufhörlich mit entsetzlicher Pein. Seinen Freunden ein Rätsel, da er das Greuelvolle niemandem entdecken mochte, durch nichts aus seinem finstern Nachdenken aufzuscheuchen, mußte er bald der Sorgfalt eines geschickten Arztes übergeben werden, wiewohl auch dieser nichts von ihm über die Ursache seines düstern Wesens erfahren konnte. Ein grausames Verhängnis warf grade den Sinn den unterirdischen Mächten zur Beute, der mit so heiterer Aussicht der hellen Tagesseite der Erde sich gewidmet hatte. Er starb in tiefer Schwermut nach wenigen Monaten, nachdem er vorher noch den plötzlichen Tod seines Vaters und den schlechten Zustand des durch denselben verwalteten Vermögens erfahren hatte. Unter seinen nachgelassenen Papieren fand man diese Geschichte aufgezeichnet mit den nämlichen Umständen, wie sie hier erzählt worden.

JOHANN AUGUST APEL
Der Freischütz

1

»Höre, Mutter«, sagte der alte Förster Bertram in Lindenhain, »du weißt, ich tue dir gern alles zuliebe, aber den Gedanken schlag dir aus dem Kopf, und bestärke mir auch das Mädchen weiter nicht darin! Schlag's ihr rund ab, so weint sie ihr Tränchen und ergibt sich drein. Mit dem langen Trödeln und Hinhalten wird nichts gutgemacht.«

»Aber Väterchen«, wandte die Försterin fürbittend ein, »kann denn unser Kätchen mit dem Amtsschreiber nicht ebenso glücklich leben wie mit dem Jäger Robert? Du kennst den Wilhelm doch gar nicht; er ist ein braver Mensch, so herzensgut...«

»Aber kein Jäger!« fiel der Förster ein. »Meine Försterei ist seit länger als zweihundert Jahren immer vom Vater zum Sohne vererbt. Hättest du mir einen Jungen gebracht statt des Mädchens, da möcht es sein, dem hinterließ ich meine Stelle, und das Mädel, wenn eins dazugekommen wär, möchte freien, wen es wolle. Aber so... nein! Erst hätte ich Mühe, Angst und Wege gehabt, daß der Herzog meinen Schwiegersohn zum Probeschuß lassen will, wenn er nur sonst ein braver Jäger ist, und nun sollt ich das Mädel verschleudern? Nein, Mutter, auf den Robert besteh ich just nicht. Wenn er dir nicht gefällt, such dem Mädel einen andern flinken Jägerburschen aus, dem ich meine Stelle bei Lebzeiten übergeben kann. Da wollen wir in Ruhe bei den Kindern unsere alten Tage verleben. Aber mit dem Federschützen bleib mir vom Halse!«

Mutter Anne hätte gern noch ein gutes Wort für den Amtsschreiber gesprochen, aber der Förster, der die weibliche Überredungskunst kannte, wollte seinen Entschluß nicht einem wiederholten Angriff aussetzen. Er nahm seine Flinte von der Wand und ging in den Wald.

Kaum war er um die Ecke des Hauses, da steckte Kätchen ihren blonden Lockenkopf zur Tür herein. »Ist's gut gegangen, Mütterchen? Ja?« rief sie und sprang nun munter in das Zimmer und an den Hals der Försterin.

»Ach, Kätchen, freue dich nicht zu sehr«, sagte diese; »der Vater ist gut, herzensgut, aber er gibt dich keinem andern als einem Jäger, und davon geht er nicht ab, da kenne ich ihn schon.«

Kätchen weinte. Die Mutter tröstete und schmälte abwechselnd; endlich weinte sie mit der Tochter. Da trat Wilhelm herein.

»Ach, Wilhelm!« rief ihm Kätchen mit verweinten Augen entgegen, »such dir ein ander Mädchen! Der Vater will mich dem Robert geben, weil er ein Jäger ist, und die Mutter kann uns nicht helfen. Aber muß ich von dir lassen, so will ich doch keines andern sein und bleibe dir treu bis zum Tode.«

Mutter Anne suchte den Amtsschreiber zu besänftigen und erzählte ihm, daß Vater Bertram gegen seine Person nichts einzuwenden habe, sondern nur seiner Försterei wegen darauf bestände, einen Jäger zum Eidam zu haben.

»Ist es weiter nichts?« sagte Wilhelm beruhigt und drückte das weinende Mädchen an seine Brust. »So sei guten Mutes, liebes Kätchen! Ich bin der Jägerei nicht unkundig, denn ich habe bei meinem Ohm, dem Oberförster Finsterbusch, in Lehre gestanden und mußte nur meinem Paten, dem Amtmann, zuliebe die Jagdtasche mit dem Schreibpult vertauschen. Willst du nicht höher hinaus als deine Mutter und ist dir der Förster Wilhelm so lieb wie der Amtmann, so tausch ich gleich, denn mir ist das lustige Jägerleben immer viel lieber gewesen als das steife Leben in der Stadt.«

»Oh, du lieber, goldener Wilhelm!« rief Kätchen – und alle Wolken waren von ihrer Stirn verschwunden. »Willst du das, so sprich recht bald mit meinem Vater, eh er vielleicht gar dem Robert sein Wort gibt.«

»Wart, Kätchen!« sagte Wilhelm. »Ich geh ihm gleich nach

in den Wald. Er ist gewiß nach dem Hirsch, der morgen in das Amt geliefert werden soll. Gib mir Flinte und Tasche! Ich such ihn auf, stelle mich ihm mit einem Jägergruß vor und biete ihm gleich meine Dienste als Jägerbursch an.«

Mutter und Tochter fielen ihm um den Hals, halfen den neuen Jäger, so gut sie konnten, aufputzen und sahen ihm mit Hoffnung und Bangigkeit in den Wald nach.

2

»Ein wackerer Bursch, der Wilhelm!« rief der Förster, als die Jäger nach Hause kamen. »Wer hätt in dem Federhelden solch einen Schützen gesucht? Nun, morgen sprech ich selbst mit dem Amtmann. Das wär doch jammerschade, wenn der nicht bei der edlen Jägerei blieb! Aus dem wird ein anderer Kuno. Du weißt doch, wer der Kuno war?«

Wilhelm verneinte.

»Hab ich dir das noch nicht erzählt?« fuhr der Förster fort. »Sieh, das war mein Urältervater, der diese Försterei zuerst besessen und erbaut hat. Erst war er armer Reitersbub und diente bei dem Junker von Wippach. Der konnt ihn wohl leiden und nahm ihn überall mit sich in Fehden und zu Turnieren und Jagden. Einmal war dieser Junker auch bei einer großen Jagd, die der Herzog hier hielt mit vielen Rittern und Edlen. Da jagten die Hunde einen Hirsch heran, auf dem saß ein Mensch, der kläglich die Hände rang und jämmerlich schrie, denn das war damals eine tyrannische Weise unter den Jagdherren, daß sie die armen Menschen, oft wegen geringer Jagdfrevel, auf Hirsche schmiedeten, daß sie elendiglich zerstoßen und zerrissen wurden oder vor Hunger und Durst umkommen mußten. Als der Herzog das sah, wurde er sehr zornig, stellte gleich das Jagen ein und verhieß einen großen Lohn, wenn sich jemand getraute, den Hirsch zu treffen. Dabei aber drohte er mit Ungnade und Bann, wenn der Schütze den Menschen verletzte; denn er wollte diesen lebendig haben, damit er wüßte, wer sich gegen sein Verbot solcher grausamen Tat erkühnt hätte. Da wollte sich nun niemand unter den Edeln finden, der den Schuß auf des Herrn Ungnade und Bann wagte. Endlich trat Kuno vor, mein Ältervater, eben der, den du dort auf dem Bilde siehst. Der sprach zum Herzog: ›Gnädigster Herr, wollt Ihr mir's gestatten, so wag ich's mit Gott. Fehl ich, so mögt Ihr, wenn Ihr wollt, mein Leben darum zur Buße nehmen, denn Reichtum und Güter hab ich nicht; aber mich jammert des armen Menschen. Würd ich doch auch mein Leben dransetzen, wär er unter Feinde oder Räuber gefallen.‹ Das gefiel dem Herzog. Er hieß den Kuno sein Glück versuchen, wiederholte ihm auch die Verheißung, doch ohne der Drohung zu gedenken, daß er ihn nicht furchtsam machte. Da nahm Kuno seine Büchse, spannte sie in Gottes Namen. Dann schoß er ohne lange zu zielen in den Wald. Und in dem Augenblick floh der Hirsch heraus, stürzte und endete; aber der Mensch war unverletzt. Der Herzog hielt Wort und gab dem Kuno zum Lohn diese Försterei für sich und seine Nachkommen erblich. Aber von Glück und Geschick ist der Neid niemals weit – das erfuhr auch Kuno. Da waren viele, die seine Försterei auch gerne für sich oder einen Vetter gehabt hätten. Die beschwatzten den Herzog, der Schuß wäre mit Zauberei und Teufelskünsten geschehen, weil Kuno gar nicht gezielt, sondern einen Freischuß, der allemal treffen muß, ins Blaue hinein getan hätte. Da wurde denn beschlossen, daß von Kunos Nachkommen jeder einen Probeschuß tun muß, eh er die Försterei bekommt. Den kann nun freilich der Landjägermeister, der die Probe abnimmt, schwer und leicht aufgeben. Ich mußte damals einen hölzernen Vogel, der an der Stange geschaukelt wurde, den Ring aus dem Schnabel schießen. Nun, bis jetzt hat noch keiner im Meisterschuß gefehlt. Und wer einmal als mein Eidam mein Nachfolger wird, muß erst ein braver Jäger sein.«

Wilhelm hatte zu des Försters Freude mit sichtbarer Teilnahme der Erzählung zugehört. Jetzt ergriff er des Alten Hand und versprach, unter seiner Anleitung ein Jäger zu werden, dessen sich Urvater Kuno nicht schämen sollte.

3

Noch nicht volle vierzehn Tage war Wilhelm als Jägerbursche im Försterhause, als Vater Bertram, der ihn mit jedem Tag lieber gewann, die Einwilligung zu seiner Verbindung mit Kätchen erteilte. Nur sollte die Verlobung geheimgehalten werden bis zum Tage des Probeschusses. Der Bräutigam schwebte in Entzücken und vergaß sich und die ganze Welt in dem offenen Himmel seiner Liebe, so daß ihn Vater Bertram mehrmals neckte, wie er kein Ziel mehr treffe, seit er Kätchen sich erzielt habe.

Wirklich aber hatte Wilhelm von seinem stillen Verlobungstage an ein ganz eigenes Mißgeschick auf der Jagd. Bald versagte ihm das Gewehr, bald traf er statt des Wildes einen Baumstamm. Kam er nach Hause und leerte seine Jagdtasche, so fanden sich darin statt der Rebhühner Dohlen und Krähen und statt des Hasen eine tote Katze. Der Förster machte ihm endlich ernste Vorwürfe wegen seiner Unachtsamkeit. Und Kätchen selbst bangte um den Probeschuß.

Wilhelm verdoppelte seine Aufmerksamkeit und seinen Fleiß. Allein, je näher der Tag rückte, an welchem er sein Probestück ablegen sollte, desto mehr verfolgte ihn das Unglück. Fast jeder Schuß mißriet. Endlich fürchtete er sich beinahe, ein Gewehr abzudrücken, um nicht Schaden anzustiften; denn er hatte schon eine Kuh auf der Weide angeschossen und den Hirten beinahe verwundet.

»Ich bleibe dabei«, sagte Rudolf, der Jägerbursche, eines Abends, »es hat jemand den Wilhelm einen Weidemann gesetzt; denn mit natürlichen Dingen geht das nicht zu. Und den muß er erst lösen.«

»Rede nicht so albern«, versetzte der Förster, »das ist abergläubisches Zeug; davon muß ein frommer Jäger gar nicht sprechen. Weißt du nicht mehr, lieber Weidmann mein, welches die drei Stücke seien, die ein geschickter Weidmann haben soll und haben kann? Ho, ho, ho! Sag an!«

Rudolf räusperte sich zum Weidspruch und sprach schnell: »Ho, ho, ho, mein lieber Weidmann, das will ich dir wohl sagen an! Gute Wissenschaft, Gewehr und Hund, der Weidmann braucht zu seinem Grund, wenn er was Tüchtiges will verrichten und sich nicht lassen gar vernichten. Drum wird das gar wohl treffen ein ...«

»Schon genug!« fiel ihm der alte Bertram ins Wort. »Mit den drei Dringen ist jeder Weidmann zu lösen, denn der heißt allemal entweder Faselhans oder Peter Ungeschick.«

»Mit Gunst, Vater Bertram!« entgegnete Wilhelm etwas verdrießlich. »Hier ist mein Gewehr! Den will ich sehn, der mir etwas dran aussetzen soll. Und meine Wissenschaft – ich will mich nicht rühmen, aber jagdgerecht denk ich zu sein so gut wie ein anderer. Gleichwohl ist's, als gingen meine Kugeln krumm und als blies sie der Wind mir vor dem Lauf weg. Sagt mir nur, was ich machen soll! Ich will ja gern alles tun.«

»Es ist wunderlich«, murmelte der Förster, der nicht wußte, was er sagen sollte.

»Glaub mir nur, Wilhelm«, wiederholte Rudolf, »es ist nicht anders, als was ich gesagt habe. Geh einmal freitags um Mitternacht auf einen Kreuzweg und mache mit dem Ladestock oder mit einem blutigen Degen einen Kreis um dich! Den segnest du dreimal, wie es der Priester macht, aber im Namen Samiel ...«

»Schweig!« unterbrach ihn der Förster unwillig. »Weißt du, was das für ein Name ist? Das ist einer von des Teufels Heerscharen. Gott bewahre dich und jeden Christen davor!«

Wilhelm bekreuzte sich ebenfalls und wollte nichts mehr davon hören, wiewohl Rudolf bei seiner Meinung blieb. Er putzte die ganze Nacht an seinem Gewehr, untersuchte jede Schraube und jede Feder, und mit anbrechendem Morgen ging er, sein Glück von neuem zu versuchen.

4

Aber alle Mühe war verloren. Das Wild drängte sich um ihn und schien ihn fast zu necken. Zehn Schritte weit schoß er auf einen Rehbock. Zweimal versagte ihm das Gewehr; das dritte

Mal löste sich zwar der Schuß, aber das Wild floh unverletzt durch die Büsche. Unmutig warf sich der unglückliche Jäger unter einen Baum und verwünschte sein Schicksal; da rauschte es im Gebüsch, und ein alter Soldat mit einem Stelzfuß hinkte heraus.

»Holla, lieber Weidmann!« redete er Wilhelm an. »Warum so verdrießlich? Hast du Liebespein? Fehlt's im Beutel? Oder hat dir jemand das Gewehr besprochen? Gib mir eine Pfeife Tabak! Wir wollen zusammen plaudern.«

Wilhelm reichte ihm verdrießlich das Erbetene, und der Stelzfuß warf sich zu ihm in das Gras. Nach einigem Hinundherreden kam das Gespräch auf die Jägerei, und Wilhelm erzählte sein Unglück. Der Invalide ließ sich sein Gewehr zeigen. »Das ist verzaubert«, sagte er, als er es kaum in die Hand genommen hatte. »Damit wirst du keinen rechtschaffenen Schuß mehr tun. Und ist dir der Weidmann recht nach der Kunst gestellt, so geht dir's mit jedem Gewehr so, das du in die Hand nimmst.«

Wilhelm erschrak und wollte Einwendungen gegen den Hexenglauben des Fremden machen. Allein dieser erbot sich zu einer Probe. »Uns Kriegsleuten«, sagte er, »ist das nichts Seltenes. Und ich wollte dir bis auf den Abend und tief in die Nacht hinein Wunderdinge erzählen. Wie wollten die Scharfschützen zurechtkommen, die sich überall hinwagen und ihren Mann aus dem Pulverdampf herausschießen, wo ihn kein Mensch sehen kann, wenn sie nicht andere Künste könnten als zielen und losdrücken. Da zum Beispiel hast du eine Kugel, mit der du sicher treffen sollst, weil sie besondere Tugend hat und allem Hexenwerk widersteht. Versuch einmal gleich! Es wird dir nicht fehlen.«

Wilhelm lud sein Gewehr und sah sich nach einem Ziel um. Ein Raubvogel schwebte über dem Wald. »Schieß den Stöber da oben«, sagte der Stelzfuß. Wilhelm lachte, denn der Vogel schwebte in einer kaum dem Auge erreichbaren Höhe. »Ei, so schieß!« wiederholte jener. »Ich verwette meinen Stelzfuß, er fällt.« Wilhelm schoß; der schwarze Punkt senkte sich, und ein großer Greifer fiel blutend zu Boden.

»Das sollte dich nicht wundern«, sagte der Invalide zu dem sprachlosen Jäger, »wenn du ein rechter Weidmann wärst. Solche Kugeln zu gießen ist noch lange kein Hauptstück in der Kunst und will bloß etwas Geschick und Herzhaftigkeit, weil es in der Nacht geschehen muß. Ich will dich's umsonst lehren, wenn wir wieder zusammenkommen. Heute muß ich weiter, denn es schlug eben sieben. Versuch indessen noch ein paar von meinen Kugeln! Du siehst mir immer noch aus wie halb ungläubig. Auf Wiedersehen!«

Der Stelzfuß gab Wilhelm bei diesen Worten eine Handvoll Kugeln und hinkte weiter. Dieser versuchte eine zweite von seinen Kugeln und traf wieder ein fast unerreichbares Ziel. Er nahm die gewöhnliche Ladung – und fehlte das Leichteste. Jetzt wollte er dem Invaliden nach; aber dieser war im Walde nicht mehr zu finden. Und Wilhelm mußte sich mit dem versprochenen Wiedersehen trösten.

5

Im Försterhaus war große Freude, als Wilhelm wieder wie sonst mit einem Vorrat Wildbret ankam und den Vater Bertram durch die Tat überzeugte, daß er noch der alte, brave Schütze sei. Er sollte nun erzählen, warum ihn bisher das Unglück verfolgt habe und was er getan, um es zu heben. Allein, er scheute sich, von den unfehlbaren Kugeln zu sprechen, und schob die Schuld auf einen Fehler am Gewehr, den er erst in der vorigen Nacht beim Putzen entdeckt habe.

»Siehst du, Mutter«, sagte nun der Förster lachend, »wie ich's gesagt habe! Der Weidmann hat im Laufe gesteckt. Und dein Kobold, der den Vater Kuno heute früh heruntergeworfen hat, steckt in dem verrosteten Nagel.«

»Was ist das mit dem Kobold?« fragte Wilhelm.

»Nichts!« erwiderte der Alte. »Das Bild fällt heut morgen, wie eben die Uhr sieben schlägt, von selbst herunter, und da meint denn Mutter Anne gleich, es spukt.«

»Um sieben!« wiederholte Wilhelm, und der Stelzfuß fiel ihm ein, der um ebendiese Stunde von ihm geschieden war.

»Freilich ist das keine rechte Zeit zum Spuken«, fuhr der Förster fort und klopfte der Mutter Anne freundlich die Backen. Aber die schüttelte bedenklich den Kopf. »Gott gebe, daß alles natürlich zugegangen ist!« sagte sie, und Wilhelm entfärbte sich etwas. Er beschloß, seine Kugeln beiseite zu legen und nur zu seinem Probeschuß eine zu gebrauchen, um sein Glück nicht durch die Bosheit eines Feindes zu verscherzen. Allein, der Förster nötigte ihn mit sich auf die Jagd. Und wollte er nicht von neuem Mißtrauen gegen seine Geschicklichkeit erregen und den Alten erzürnen, so mußte er schon einige von seinen Zauberkugeln dranwagen.

6

In wenigen Tagen hatte sich Wilhelm an seine Glückskugeln so gewöhnt, daß er nichts Schlimmes mehr fürchtete. Er ging täglich durch den Wald, in der Hoffnung, dem Stelzfuß wieder zu begegnen; denn sein Kugelvorrat hatte sich bis auf zwei verringert. Und wollte er seinen Probeschuß mit Sicherheit bestehen, so war die äußerste Sparsamkeit nötig. Er schlug sogar heute dem alten Förster seine Begleitung auf die Jagd aus; denn morgen wurde der Landjägermeister erwartet, und es konnte möglich sein, daß dieser noch außer dem eigentlichen Probeschuß einen Beweis seiner Geschicklichkeit zu sehen verlangte. Allein am Abend kam statt des Jägermeisters ein Bote, der eine größere Wildbretlieferung für den Hof bestellte und die Ankunft seines Herrn auf acht Tage später ansagte.

Wilhelm glaubte zu Boden sinken zu müssen. Und sein Erschrecken hätte Verdacht erregt, wären nicht alle geneigt gewesen, es der getäuschten Hoffnung des Bräutigams zuzuschreiben. Er mußte nun auf die Jagd und wenigstens eine seiner Kugeln opfern. Von der andern, schwur er, solle ihn nichts trennen als der entscheidende Schuß am Verlobungstage.

Der Vater schmälte, als Wilhelm mit einem einzigen Hirsch von der Jagd zurückkam. Er zürnte am anderen Mittag noch

Illustration von Volker Pfüller
zu Johann Karl August Musäus, »Die Entführung«

Illustration von Ingrid Schuppan
zu E. T. A. Hoffmann, »Eine gräßlich gespenstische Geschichte«

Illustration von Ulrich Schreiber
zu Johann August Apel, »Der Freischütz«

Illustration von Horst Hussel
zu Wilhelm Hauff, »Die Geschichte von dem Gespensterschiff«

mehr, als Rudolf mit reicher Beute und Wilhelm ganz leer nach Hause kam. Am Abend drohte er ihn fortzuschicken und die Einwilligung zu seiner Verbindung mit Kätchen zurückzunehmen, wenn er nicht den folgenden Morgen wenigstens noch zwei Rehböcke bringen würde. Kätchen war in der größten Angst und bat ihn bei aller ihrer Liebe, doch ja allen Fleiß anzuwenden und lieber auf der Jagd gar nicht an sie zu denken.

So ging Wilhelm verzweiflungsvoll in den Wald. Kätchen sah er in jedem Falle für sich verloren. Es blieb ihm nichts übrig als die traurige Wahl, auf welche Art er sein Glück zerstören wollte.

Indem er sich in Betrachtung seines Schicksals verlor, zeigte sich ihm ganz in der Nähe ein Rudel Rehe. Maschinenmäßig griff er nach seiner letzten Kugel. Sie lastete ihm zentnerschwer in seiner Hand. Schon wollte er sie zurückfallen lassen, entschlossen, den Schatz zu bewahren, koste es, was es wolle. Da sah er in der Ferne den Stelzfuß auf sich zukommen.

Freudig ließ er die Kugel in den Lauf rollen, drückte los, und zwei Rehböcke sanken zu Boden. Wilhelm ließ sie stürzen und eilte dem Invaliden entgegen; aber dieser mußte einen andern Weg eingeschlagen haben, er war nicht zu finden.

7

Vater Bertram war mit Wilhelm zufrieden; aber dieser ging den ganzen Tag in stiller Verzweiflung umher. Und selbst Kätchens Liebkosungen vermochten nicht, ihn aufzuheitern.

Auch am Abend saß er noch ganz stumm und bemerkte kaum, daß der Förster mit Rudolf in ein ziemlich lebhaftes Gespräch geraten war, bis ihn endlich jener aus seiner Betäubung weckte.

»Das darfst du sowenig dulden wie ich, Wilhelm«, rief er dem Träumenden zu, »daß jemand unserem Altvater Kuno solche Dinge nachsagt wie der Rudolf eben. Haben die Engel damals ihm und dem unschuldigen Menschen beigestanden, so wollen wir Gottes wunderbare Güte preisen. Aber Teufelskünste laß ich meinem Urvater nicht nachsagen. Er starb sanft und selig auf seinem Bette unter Kindern und Enkeln. Aber wer Teufelskünste treibt, mit dem nimmt's niemals ein gutes Ende, wie ich selbst mit angesehen habe, als ich noch bei Prag im Böhmischen lernte.«

»O erzähl doch, wie das war!« rief Rudolf, und die andern stimmten bei.

»Schlimm genug war es«, fuhr der Förster fort. »Es graut mir noch, wenn ich daran denke. Da war damals in Prag ein junger Mensch, Georg Schmid hieß er, ein verwegener, wilder Bursch, sonst aber brav und flink. Der war ein großer Liebhaber der Jagd, und sooft er konnte, kam er zu uns. Er wär auch ein tüchtiger Jäger geworden, aber er war zu flüchtig und schoß daher oft daneben. Einmal, als wir ihn damit aufzogen, vermaß er sich, er wolle bald besser schießen als alle Jäger und es solle ihm kein Wild entgehen, weder in der Luft noch im Gebüsch. Aber er hielt schlecht Wort. Ein paar Tage drauf pochte uns früh ein unbekannter Jäger heraus und sagte, draußen auf der Straße liege ein Mensch halbtot und ohne Hilfe. Wir Burschen stürzten gleich hinaus. Da liegt der Georg, überall blutig und zerkratzt, als wär er unter wilden Katzen gewesen. Sprechen konnte er nicht, er gab kaum ein Lebenszeichen von sich. Wir trugen ihn gleich ins Haus. Und einer meldete es in Prag, von wo er auch bald abgeholt wurde. Da hat er denn vor seinem Ende ausgesagt, daß er mit einem alten Bergjäger habe Freikugeln gießen wollen, die allezeit treffen. Und weil er etwas dabei versehen, habe ihn der Teufel so zugerichtet, daß er's mit seinem Leben bezahlen müsse.«

»Was hatte er denn versehen?« fragte Wilhelm bebend. »Ist denn der Teufel bei solchen Künsten allemal im Spiel?«

»Wer sonst?« erwiderte der Förster. »Ich weiß wohl, manche schwatzen von verborgenen Naturkräften und vom Einfluß der Sterne. Nun, ich will niemandem seinen Glauben nehmen, aber ich bleibe dabei, es ist Teufelsspiel.«

Wilhelm schöpfte etwas freier Atem. »Hat denn Georg

nicht erzählt, was ihn so übel zugerichtet hat?« fragte er den Förster.

»Freilich«, antwortete dieser, »vor Gericht hat er's ausgesagt. Er war gegen Mitternacht mit dem Bergjäger auf einen Kreuzweg gegangen. Da hatten sie mit einem blutigen Degen einen Kreis gemacht und den mit Totenschädeln und Knochen kreuzweis belegt. Darauf hat der Bergjäger Schmid unterrichtet, was er zu tun habe. Er solle nämlich mit dem Schlag elf Uhr anfangen, die Kugeln zu gießen, und nicht mehr und nicht weniger als dreiundsechzig. Eine über oder unter dieser Zahl, wenn die Glocke Mitternacht schlüge, so wäre er verloren. Auch dürfe er während der Arbeit weder ein Wort sprechen noch aus dem Kreise treten – es geschehe um ihn, was nur immer wolle. Dafür würden aber auch sechzig von seinen Kugeln unfehlbar treffen und nicht mehr als drei fehlen. Schmid hatte nun wirklich das Gießen angefangen, aber, wie er sagte, so grausame und schreckliche Erscheinungen gesehen, daß er endlich laut aufgeschrien und aus dem Kreis gesprungen, worauf er denn bewußtlos zu Boden gefallen und sich nicht eher besonnen, bis er in Prag unter den Händen der Ärzte und dem Zuspruch der Geistlichen wie aus einem Traum erwacht sei.«

»Der Georg hatte also wohl einen Pakt mit dem Satan gemacht?« fragte Rudolf weiter.

»Das will ich nicht gerade behaupten«, versetzte der Förster; »denn es heißt: Richtet nicht! Aber das bleibt doch immer ein schwerer Frevel, wenn der Mensch sich in Dinge einläßt, wo der Böse leicht an ihn kommen und ihm an Leib und Seele verderblich werden kann. Ein frommer Jäger braucht das auch nicht. Du hast es nur erst erprobt, Wilhelm: gut Gewehr und gute Wissenschaft, da braucht der Jäger keine Freikugel und trifft doch, wohin er soll. Ich möcht auch um keinen Preis eine solche Kugel abschießen, denn der Feind ist ein arger Schalk und könnte mir einmal die Kugel nach seinem Ziel führen statt nach meinem.«

8

Der Förster ging schlafen und ließ Wilhelm in der peinlichsten Unruhe. Er warf sich vergeblich auf sein Lager. Der Schlaf floh ihn. Der Stelzfuß, Georg, Kätchen, der fürstliche Kommissär, der den Probeschuß verlangte, schwebten abwechselnd seinen Augen vor. Und eine fieberhafte Phantasie verwirrte ihre Gestalten zu furchtbaren Gruppen. Bald drohte ihm der unglückliche Geisterbeschwörer warnend als ein blutiges Schreckbild, bald verwandelte sich seine drohende Miene in Kätchens totenbleiches Gesicht, und der Stelzfuß stand mit höllischem Hohngelächter daneben. Bald stand er selbst, zum Probeschuß fertig, vor dem fürstlichen Kommissär. Er zielte, schoß und – fehlte. Kätchen sank in Ohnmacht. Der Vater verstieß ihn. Da kam der Stelzfuß und brachte ihm neue Kugeln – zu spät, kein zweiter Schuß war ihm gestattet.

So verstrich die Nacht. Mit dem frühesten Morgen ging er in den Wald und nicht ganz absichtslos zu der Stelle, wo der Invalide ihm begegnet war. Die frische, klare Morgenluft hatte die düsteren Bilder der Nacht in ihm verweht. »Tor«, sprach er zu sich selbst, »weil du das Geheimnisvolle nicht begreifst, muß es darum ein feindliches Geheimnis sein? Und ist es so unnatürlich, was ich suche, daß Geisterhilfe dazu nötig wäre? Der Mensch bändigt den mächtigen Trieb des Tieres, warum sollte er nicht durch natürliche Kunst den Lauf des toten Metalls lenken können, das erst durch ihn Bewegung und Kraft erhält? Die Natur ist so reich an Wirkungen, die wir nicht begreifen. Sollte ich mein Glück um eines Vorurteils wegen verscherzen? Geister werd ich nicht rufen; aber die Natur und ihre verborgenen Kräfte will ich auffordern und gebrauchen, auch wenn ich ihre Geheimnisse zu entziffern nicht vermögend bin. Ja, ich such den alten Stelzfuß auf. Und find ich ihn nicht – nun, ich werde beherzter sein als Georg. Ihn stachelte Übermut, mich ruft Lieb und Ehre.«

Allein der Stelzfuß war nicht zu finden, so angelegentlich Wilhelm auch suchte. Niemand wollte einen Menschen, wie er ihn beschrieb, gesehen haben.

Der folgende Tag verging unter ebenso fruchtlosen Nachforschungen.

»So sei es denn!« beschloß Wilhelm. »Die Tage sind mir zugezählt. In dieser Nacht noch geh ich auf den Kreuzweg im Walde. Dort ist es einsam. Niemand sieht meine nächtliche Arbeit, und den Kreis verlasse ich nicht, bis mein Werk vollendet ist.«

9

Der Abend dämmerte, und Wilhelm hatte sich mit Blei, Kugelform, Kohlen und allem Nötigen versehen, um nach dem Abendessen unbemerkt das Haus verlassen zu können. Er wollte sich eben entfernen und wünschte dem alten Förster eine ruhige Nacht, als dieser seine Hand faßte.

»Wilhelm«, sprach er, »ich weiß nicht, wie mir so sonderbar zumute ist. Ich fühle mich beklommen, daß ich mich vor dieser Nacht fürchte. Wer weiß, was mir bevorsteht! Willst du mir einen Gefallen tun, so bleib diese Nacht bei mir! Du mußt dir darum nicht bange sein lassen; es ist nur für alle Fälle.«

Kätchen erbot sich sogleich, bei ihrem Vater zu wachen, und wollte seine Pflege niemand anders, selbst ihrem Wilhelm nicht, anvertrauen; aber der Vater wies sie zurück. »Ein andermal kannst du bleiben«, sagte er, »heut ist mir's, als wäre ich ruhiger, wenn ich den Wilhelm bei mir habe.«

Wilhelm hätte gern Einwendungen gemacht; aber Kätchen empfahl ihm die Pflege ihres Vaters so dringend und mit so unwiderstehlichen Bitten, daß er gern blieb und seinen Vorsatz bis zur folgenden Nacht aufschob.

Nach Mitternacht ward Vater Bertram ruhig und schlief fest, so daß er am Morgen selbst über seine Angst lächelte. Er wollte mit Wilhelm in den Wald; allein dieser hoffte auf den unsichtbar gewordenen Unbekannten und hielt den Förster mit scheinbarer Besorgnis um seine Gesundheit ab. Der Invalide zeigte sich nicht, und Wilhelm beschloß zum zweiten Mal den Gang auf den Kreuzweg.

Als er am Abend von der Jagd zurückkam, sprang ihm

Kätchen freudig entgegen. »Rat einmal, Wilhelm«, rief sie, »wen du bei uns findest! Du hast Besuch bekommen, recht lieben Besuch. Aber ich sag es dir nicht; du mußt raten.«

Wilhelm war nicht aufgelegt zum Raten und noch weniger, Besuch zu sehen; denn selbst der liebste war ihm heute ein unwillkommener Störer. Er wies Kätchens Freude mit Unmut zurück und sann auf einen Vorwand, umzukehren. Da öffnete sich die Tür des Hauses, und der Mond beleuchtete einen ehrwürdigen Greis in Jägerkleidung, der heraustretend die Arme ausbreitete.

»Wilhelm!« rief ihm eine bekannte freundliche Stimme zu. Und Wilhelm fühlte sich von den Armen seines Oheims umfangen.

Die ganze Zaubergewalt schöner Erinnerungen von kindlicher Liebe, Freude und Dankbarkeit drang mächtig auf Wilhelm ein. Und vergessen war das nächtliche Vorhaben, als mitten im frohen Gespräch die Mitternachtsstunde schlug und Wilhelm schauerlich an das Versäumte erinnerte.

»Nur noch eine Nacht ist mir übrig«, dachte er. »Morgen oder nie«! Die heftige Bewegung in seinem Innern entging selbst dem Greise nicht; aber gutmütig suchte er den Grund in Wilhelms Ermüdung und entschuldigte sich des langen Gesprächs wegen mit seiner Abreise, die er nicht länger als bis morgen früh verschieben könne. »Laß dich das Stündchen heut nicht reuen«, sagte er beim Auseinandergehen zu Wilhelm, »du schläfst vielleicht nun um so sanfter.«

Für Wilhelm hatten diese Worte einen tieferen Sinn. Er ahnte dunkel, daß die Ausführung seines Vorhabens die Ruhe des Schlafes von ihm scheuchen könnte.

10

Der dritte Abend kam. Was getan werden sollte, mußte heute geschehen; denn auf morgen war die Probe angesetzt. Den ganzen Tag hatte Mutter Anne mit Kätchen im Hause herumgewirtschaftet, um den vornehmen Gast anständig zu empfangen. Am Abend war alles auf das beste geschmückt.

Mutter Anne umarmte Wilhelm, als er von der Jagd zurückkehrte, und begrüßte ihn zum ersten Male mit dem liebevollen Sohnesnamen. In Kätchens Augen glühte die Sehnsucht einer jungen Braut. Der Tisch war festlich mit Blumen geschmückt und reicher als sonst mit Wilhelms Lieblingsspeisen von der Mutter und mit lange gesparten Flaschen vom Vater besetzt.

»Heut ist unser Fest«, sagte der alte Förster; »morgen sind wir nicht allein und können nicht so traulich und herzlich beieinandersitzen. Drum laßt uns froh sein, als wollten wir uns heute für das ganze Leben freuen.«

Er umarmte alle und war bewegt, daß ihm die Stimme versagte. »Nun, Väterchen«, sagte die Försterin mit bedeutendem Lächeln, »ich denke doch, die jungen Leute werden morgen noch froher sein als heute, verstehst du mich?«

»Ich versteh dich wohl, Mutter«, erwiderte der Förster; »mögen's denn die Kinder auch verstehen und sich im voraus freuen. Kinder, der Pfarrer ist auf morgen mit eingeladen! Und wenn der Wilhelm gut geschossen hat...«

Ein Geprassel und ein lauter Schrei von Kätchen unterbrach den Förster. Kunos Bild fiel wieder von der Wand, und die Ecke des Rahmens verwundete Kätchen an der Stirn. Der Nagel schien zu locker in der Wand zu stecken, denn er fiel mit der Kalkverkleidung nach.

»Ich weiß auch nicht«, sagte der Förster verdrießlich, »warum das Bild nicht ordentlich aufgehängt wird. Das ist nun das zweite Mal, daß es uns erschreckt. Hast du Schmerzen, Kätchen?«

»Es ist unbedeutend«, versetzte sie freundlich und wischte das Blut ab, »ich bin nur sehr erschrocken.«

Wilhelm war sehr bewegt, als er Kätchens totenbleiches Gesicht und das Blut an ihrer Stirn sah. So hatte sie ihm seine Phantasie in jener entsetzlichen Nacht gezeigt. Und alle diese Bilder wurden jetzt aufgeregt und folterten ihn von neuem. Sein Vorsatz, diese Nacht das zweideutige Werk zu beginnen, war heftig erschüttert; aber der Wein, den er, um seine innere Qual zu verbergen, schneller und häufiger als gewöhnlich trank, erfüllte ihn mit einem wilden Mut. Er beschloß von neuem, das Wagestück zu unternehmen, und sah in seinem Vorhaben nichts als den schönen Kampf der Liebe und des Mutes mit der Gefahr.

Die Glocke schlug jetzt neun. Wilhelm pochte das Herz gewaltig. Er suchte einen Vorwand, sich zu entfernen. Vergebens! Wie konnte der Bräutigam am Hochzeitsvorabend die Braut verlassen? Die Zeit flog vorüber. Er litt namenlose Qualen. Zehn Uhr war nun vorbei, der entscheidende Augenblick war gekommen. Ohne Abschied schlich sich Wilhelm von der Seite der Braut. Schon war er vor dem Hause, da kam die Mutter ihm nach. »Wohin, Wilhelm?« fragte sie ängstlich. »Ich habe ein Wild angeschossen und es im Taumel vergessen«, war die Antwort. Vergebens bat sie, vergebens schmeichelte ihm Kätchen, die in seiner verstörten Eile etwas ahnte. Wilhelm drängte beide zurück und eilte in den Wald.

11

Der Mond war im Abnehmen und stieg dunkelrot am Horizont herauf. Graue Wolken flogen vorüber und verdunkelten zuweilen die Gegend, die sich immer wieder aufhellte. Die Birken und Espen standen wie Gespenster im Wald, und die Silberpappel schien Wilhelm wie eine weiße Schattengestalt zurückzuwinken. Er schauderte. Noch einmal schwankte er. Schon wollte er umkehren. Da war es, als flüsterte ihm eine Stimme zu: »Tor! Hast du nicht schon den Zauber gebraucht? Scheust du nur die Mühe des Erwerbs?« Er stand. Der Mond trat glänzend aus der dunklen Wolke und beleuchtete das friedliche Dach der Försterwohnung. Wilhelm sah Kätchens Fenster. Er breitete seine Arme aus und ging wie im Traum zurück. Da flüsterte die Stimme von neuem. Ein heftiger Windstoß brachte den Schlag des zweiten Stundenviertels. »Fort, zur Tat!« rief es um ihn. »Zur Tat!« wiederholte er laut. »Feig ist es und kindisch, auf halbem Wege umzukehren, töricht das Große aufzugeben, wenn man um Kleineres schon vielleicht – sein Heil gewagt hat. Ich will vollenden.«

Er schritt mit großen Schritten vorwärts. Der Wind jagte die zerrissenen Wolken wieder vor den Mond, und Wilhelm trat in die dichte Finsternis des Waldes.

Jetzt stand er auf dem Kreuzweg. Der Zauberkreis war gezogen, die Schädel und Totengebeine ringsumher gelegt. Der Mond hüllte sich immer dichter in das Gewölk und ließ die düsteren Kohlen allein, von abwechselnden Windstößen angefacht, die nächtliche Szenerie mit einem trüben rötlichen Schein beleuchten. In der Ferne schlug eine Turmuhr das dritte Stundenviertel an. Wilhelm legte die Gießkelle auf die Kohlen und warf das Blei hinein, nebst drei Kugeln, die schon früher einmal getroffen hatten; denn von diesem Brauch der Freischützen erinnerte er sich, in seiner Lehrzeit gehört zu haben. Im Wald fing es nun an, sich zu regen. Zuweilen flatterten Eulen und Fledermäuse und anderes Nachtgeflügel, vom Feuerschein geblendet, auf. Sie fielen von ihren Zweigen und setzten sich um den Zauberkreis, wo sie, dumpf krächzend, mit den Totenschädeln unverständliche Gespräche zu halten schienen. Ihre Zahl vermehrte sich. Und unter ihnen huschten neblige Gestalten wie Wolken hin, bald tierähnlich, bald menschlicher gebildet. Der Wind spielte mit ihren trüben Dunstkörpern wie mit abendlichem Taugewölk. Nur eine stand schattenähnlich, aber unverändert unfern dem Kreis und blickte starr und wehmütig auf Wilhelm. Zuweilen hob sie die blassen Hände klagend empor und schien zu seufzen. Die Kohlen brannten düsterer, wenn sie die Hände erhob; aber eine graue Eule schwang die Flügel und fachte sie wieder an. Wilhelm wandte sich ab, denn das Angesicht seiner toten Mutter schien ihm aus der düstern Gestalt mit klagender Wehmut anzublicken.

Da schlug die Glocke elf. Die weiße Gestalt verschwand seufzend. Die Eulen und Nachtraben flatterten krächzend auf; die Schädel und Totengebeine rasselten unter ihren Flügeln. Wilhelm kniete an seinem Kohleherd; er goß, und mit dem letzten Glockenschlag fiel die erste Kugel aus der Form.

12

Die Eulen und Totengebeine ruhten. Aber auf dem Wege kam ein altes gebücktes Mütterlein auf den Zauberkreis zu. Sie war ringsum mit hölzernen Löffeln, Rührkellen und anderm Küchengerät behangen und machte ein fürchterliches Geklapper. Die Eulen krächzten ihr entgegen und streichelten sie mit ihren Flügeln. Am Kreise bückte sie sich nach den Knochen und Schädeln; aber die Kohlen sprühten nach ihr, und sie zog die dürren Hände zurück. Da ging sie um den Kreis und hielt Wilhelm grinsend ihre Ware entgegen. »Gib mir die Knöchelchen«, gurgelte sie ihm zu. »Ich geb dir ein Löffelchen. Gib mir die Schädel! Was soll dir der Bettel? Kann dir nichts frommen, wirst nicht entkommen. Mußt mit zum Hochzeitreihn, lieb Bräutigam, mein!«

Wilhelm schauderte; doch blieb er still und beeilte sich mit seiner Arbeit. Das alte Weib war ihm nicht unbekannt. Eine wahnsinnige Bettlerin war sonst öfter in diesem Aufzug in der Nachbarschaft umhergegangen, bis sie endlich im Irrenhause eine Versorgung gefunden hatte. Er wußte nicht, war es Wirklichkeit oder ein Trugbild, was sich ihm darstellte. Nach einer Weile warf die Alte zornig ihren Vorrat ab. Und mit den Worten: »Nimm das zur Polternacht! Das Brautbett ist gemacht. Morgen, wenn Abend graut, bist du mir angetraut. Komm bald, feins Liebchen!« trippelte sie langsam in den Wald.

Plötzlich rasselte es wie Räder und Peitschengeknall. Ein Wagen kam mit einem Sechsgespann und Vorreitern. »Was soll das hier auf der Straße?« rief der vorderste. »Platz da!« Wilhelm blickte auf. Dem Hufschlag der Pferde entsprangen Funken, und um die Wagenräder leuchtete es wie phosphorischer Schein. Wilhelm ahnte ein Zauberwerk und blieb ruhig. »Hinan, hinan! Hinüber, darüber! Im tollen Lauf hinan, hinauf!« rief der Vorreiter zurück. Und im Augenblick stürmte die ganze Schar auf den Kreis los. Wilhelm stürzte zu Boden, als die Pferde hoch über seinem Kopf bäumten. Aber die lustige Reiterei sauste mit dem Wagen in die Luft, drehte sich einige Male über dem Zauberkreis und verschwand in einem Sturm, der die Wipfel zerriß und die Zweige weit umherstreute.

Es verging einige Zeit, ehe sich Wilhelm vom Schreck erholte. Er zwang seine zitternden Hände festzuhalten und goß ungestört einige Kugeln. Da schlug die ferne, ihm wohlbekannte Turmglocke. Tröstend wie eine freundliche Stimme schallte ihm der Klang aus der Menschenwelt in den furchtbaren Kreis herüber; aber die Glocke schlug zweimal, dreimal. Er schauderte über den blitzschnellen Verlauf der Zeit; denn noch war nicht der dritte Teil seiner Arbeit vollendet. Sie schlug zum vierten Male. Wilhelms Kraft war zu Ende. Jedes Glied schien gelähmt, und die Gießform entsank seiner bebenden Hand. Er horchte resigniert auf den Schlag der vollen Stunde. Der Klang säumte, zögerte, blieb aus. Ein Spiel mit dem Schall der ernsten Mitternachtsstunde schien selbst den furchtbaren Mächten der Tiefe zu gewagt. Voll froher Ahnung ergriff Wilhelm seine Uhr. Sie zeigte das zweite Viertel der Stunde. Er blickte dankbar zum Himmel, und eine fromme Empfindung mäßigte seinen Jubel, der gegen die Gesetze der dunklen Welt eben in einem lauten Ausruf sich Luft machen wollte.

Gefaßt und gestärkt, ging er mutig wieder an sein Werk. Tiefe Stille war rings um ihn. Nur die Eulen stießen zuweilen die Schädel gegen die Totenknochen. Auf einmal raschelte es in den Büschen. Der Ton war dem kundigen Jäger nicht fremd. Er blickte hin, und, wie er vermutete, eine wilde Bache brach durch das Gebüsch und rannte auf den Kreis los. Wilhelm ahnte hier keine Täuschung. Er sprang auf, faßte sein Gewehr und drückte es schnell auf das Tier ab. Aber kein Funke sprang aus dem Stein.

Er zog den Hirschfänger; aber das borstige Untier fuhr, wie zuvor Wagen und Pferde, über ihn in die Luft und verschwand.

13

Erschrocken eilte Wilhelm, die verlorene Zeit einzuholen. Sechzig Kugeln waren gegossen. Er blickte froh empor. Die Wolken öffneten sich, und der Mond warf seine hellen Strahlen wieder auf die Gegend. Da rief eine ängstliche Stimme im Walde: »Wilhelm! Wilhelm!« Es war Kätchens Stimme. Wilhelm sah sie aus dem Gebüsch treten und furchtsam umherblicken. Hinter ihr keuchte das alte Weib und streckte die dünnen Arme spinnenartig nach der Fliehenden, deren flatterndes Gewand sie zu erhaschen suchte. Kätchen sammelte die letzten Kräfte zur Flucht; da trat ihr der Stelzfuß in den Weg. Sie stockte einen Augenblick im Lauf, und jetzt faßte sie die Alte mit den entfleischten Knochenhänden. Wilhelm hielt es nicht länger. Er warf die Form mit der letzten Kugel aus der Hand. Und eben wollte er den Zauberkreis überspringen, da schlug die Glocke Mitternacht. Das Zauberbild war verschwunden. Die Eulen warfen flatternd Knochen und Schädel durcheinander und flogen davon. Die Kohlen verloschen, und Wilhelm sank erschöpft zu Boden.

Jetzt kam auf schwarzem Roß langsam ein Reiter heran. Er hielt vor dem zerstörten Zauberkreise.

»Du hast deine Probe gut bestanden«, sprach er; »was begehrst du von mir?«

»Nichts von dir«, antwortete Wilhelm; »was ich brauche, hab ich mir selbst bereitet.«

»Mit meiner Hilfe«, fuhr der Fremde fort; »darum gehört mir mein Teil.«

»Mitnichten«, rief Wilhelm, »ich habe dich weder gedungen noch gerufen!«

Der Reiter lächelte höhnisch. »Du bist kühner«, sprach er, »als deinesgleichen sonst zu sein pflegen. Nimm die Kugeln, die du bereitet hast! Sechzig für dich, drei für mich. Jene treffen, diese äffen. Auf Wiedersehn, dann wirst du's verstehn!«

Wilhelm wandte sich ab. »Ich will dich nicht wiedersehn«, rief er. »Verlaß mich!«

»Warum wendest du dich von mir?« fragte der Fremde mit furchtbarem Lächeln. »Kennst du mich?«

»Nein, nein!« schrie Wilhelm schaudernd. »Ich will dich nicht kennen; ich weiß nichts von dir! Wer du sein magst, verlaß mich!«

Der schwarze Reiter wandte sein Roß. »Dein gesträubtes Haar«, sagte er mit dumpfem Ernst, »gesteht, daß du mich kennst. Ich bin der, den mit Schaudern du im Geiste nennst.«

Mit diesen Worten verschwand er, und die Bäume, unter welchen er gehalten hatte, senkten verdorrte Äste zu Boden.

14

»Barmherziger Gott, Wilhelm, was ist dir geschehen?« riefen Kätchen und Mutter Anne, als Wilhelm nach Mitternacht bleich und verstört nach Hause kam. »Du siehst aus, als wenn du aus dem Grab gestiegen wärst.«

»Es ist von der Nachtluft«, antwortete Wilhelm. »Mir ist in der Tat etwas fieberhaft.«

»Wilhelm«, sagte der Förster, der eben hinzutrat, »dir ist etwas im Walde begegnet. Warum ließest du dich nicht halten? Mir machst du keinen blauen Dunst vor.«

Wilhelm war über den Ernst des Vaters betroffen. »Nun ja«, erwiderte er, »mir ist wirklich etwas begegnet. Aber geduldet euch neun Tage! Früher, wißt ihr selbst...«

»Gern, lieber Sohn, gern!« fiel der Alte ein. »Gottlob, wenn es etwas ist, was neun Tage geheim bleiben muß! Laß ihn ruhig, Mutter; stör ihn nicht, Kätchen! Ich habe dir beinahe unrecht getan, lieber Wilhelm. Nun geh, erhole dich! Die Nacht, sagt das Sprichwort, ist keines Menschen Freund. Aber fasse nur Mut! Wer in seinem Beruf ist und auf guten Wegen geht, dem schadet auch der Nachtspuk nicht.«

Wilhelm hatte alle Verstellungskunst nötig, um nicht zu verraten, wie sehr des Alten Ahnung mit der Wahrheit übereinkam. Die schonende Liebe des Vaters, sein unerschüttertes Vertrauen, wo alles auf schwere Verschuldung deutete, zerriß sein Herz. Er eilte auf sein Zimmer, entschlossen, das Zauberwerk zu vernichten. »Nur eine Kugel – nur eine will ich brauchen«, rief er weinend, mit gefalteten Händen zum Himmel. »Oh, die Absicht darf doch einmal das zweideutige Mittel entsündigen. Mit tausend Büßungen will ich's ja gerne versöhnen, wenn etwas Sündiges an meiner Tat ist! Kann ich denn jetzt noch zurück, ohne mein ganzes Glück, meine Ehre, meine Liebe zu zerstören?«

Sein Vorsatz stillte die Unruhe in seiner Brust. Und er sah am Morgen der Sonne ruhiger entgegen, als er befürchtet hatte.

15

Der fürstliche Kommissarius kam und verlangte vor der ernsthaften Probe, eine kleine Jagdpartie mit dem jungen Förster zu machen. »Denn«, sagte er, »es ist ganz gut, daß wir die alte Sitte beibehalten. Aber die Kunst des Jägers zeigt sich draußen im Wald am besten. Frisch auf in den Wald!«

Wilhelm erblaßte und wollte Entschuldigungen vorbringen. Und als diese bei dem Landjägermeister nichts fruchteten, bat er, seinen Probeschuß wenigstens vorher tun zu dürfen. Der alte Förster schüttelte bedenklich den Kopf. »Wilhelm, Wilhelm!« sagte er mit bebender Stimme. »Habe ich gestern doch richtig geahnt?«

»Vater!« rief dieser, und Verzweiflung erstickte seine Stimme. Er entfernte sich schnell, und in wenigen Augenblicken war er, zur Jagd fertig, beim Vater und folgte dem Jägermeister in den Wald.

Der alte Förster suchte seine Ahnung zu unterdrücken; doch bemühte er sich vergebens um eine frohe Miene. Auch Kätchen war niedergeschlagen und ging wie träumend im Haus umher. Sie fragte den Vater, ob es nicht möglich sei, die Probe aufzuschieben. »Ich möchte es auch«, sagte dieser und umarmte sie schweigend.

Jetzt kam der Pfarrer glückwünschend und erinnerte die Braut an den Kranz. Mutter Anne hatte ihn verschlossen. Und in der Eile beschädigte sie, aufschließend, das Schloß. Ein Kind wurde geschwind zu einer Kranzhändlerin geschickt, um einen andern Kranz für die Braut zu holen. »Laß dir den schönsten geben!« rief Mutter Anne dem Kinde nach; aber dieses griff in der Unwissenheit nach dem glänzenden. Und die mißverstehende Verkäuferin gab ihm einen Totenkranz für eine Braut, von Myrte und Rosmarin, mit Silber durchwunden. Mutter und Braut erkannten das Deutungsvolle des Zufalls. Jede schauerte, und beide suchten, sich umarmend, ihr Grauen in ein Lächeln umzuwandeln. Das Schloß wurde noch einmal versucht. Es öffnete sich leicht. Die Kränze wurden gewechselt und der Brautkranz in Kätchens Locken gewunden.

16

Die Jäger kamen zurück. Der Kommissär war unerschöpflich in Wilhelms Lobe. »Es dünkt mich fast lächerlich«, sprach er, »nach solchen Proben noch einen Probeschuß zu verlangen. Doch dem alten Recht zu Ehren müssen wir schon einmal etwas Unnötiges tun. Und so wollen wir denn die Sache so kurz wie möglich abtun. Dort auf dem Pfeiler sitzt eine Taube. Schießen Sie die herunter!«

»Um Gottes willen!« schrie Kätchen, herzueilend. »Wilhelm, schieß nicht danach! Ach, mir träumte diese Nacht, ich war eine weiße Taube, und die Mutter band mir einen Ring um den Hals; da kamst du, und die Mutter ward voll Blut!«

Wilhelm zog das schon angelegte Gewehr zurück; aber der Jägermeister lächelte. »Ei, ei«, sagte er, »so furchtsam? Das schickt sich nicht für ein Jägermädel. Mut, Mut, Bräutchen! Oder ist das Täubchen vielleicht Ihr Favoritchen?«

»Nein«, erwiderte sie, »mir ist nur so bang.«

»Nun dann«, rief der Kommissär; »Courage, Herr Förster, schießen Sie!«

Der Schuß fiel – und in demselben Augenblick stürzte Kätchen mit einem lauten Schrei zu Boden.

»Wunderliches Mädchen!« rief der Landjägermeister und hob Kätchen auf; aber ein Strom Blut quoll über ihr Gesicht. Die Stirn war zerschmettert, eine Büchsenkugel war in der Wunde.

»Was ist?« rief Wilhelm, als lautes Geschrei hinter ihm ertönte. Beim Zurückblicken sah er Kätchen totenbleich in ihrem Blut. Neben ihr stand der Stelzfuß, und mit höllischem Hohnlachen sagte er: »Sechzig treffen, dreie äffen!«

Wilhelm riß wütend seinen Hirschfänger aus der Scheide und schlug nach dem Verhaßten. »Verfluchter!« schrie er verzweifelnd. »So hast du mich getäuscht?« Mehr konnte er nicht sprechen, denn er sank besinnungslos neben der blutüberströmten Braut zu Boden.

Der Kommissär und der Pfarrer suchten vergebens den verwaisten Eltern Trost zuzusprechen. Mutter Anne hatte kaum der bräutlichen Leiche den prophetischen Totenkranz auf die Brust gelegt, als sie den tiefen Schmerz in der letzten Träne ausweinte. Der einsame Vater folgte ihr bald. Wilhelm beschloß sein Leben im Irrenhause.

FRIEDRICH LAUN
Die Wachsfigur

Seit einer Stunde war die Gesellschaft ziemlich beisammen, das heißt, es fehlte nur noch Guido, dessen geistreich-witzige Einfälle bei einem meist ironisch-heiterem Gesicht, die Gespräche auf eine recht eigenwillige Weise innervierten, so daß in seiner Gegenwart geradezu elektrische Funken knisterten, wenn er sich recht ins Zeug legte. Das Geheimnis seiner Faszination als Mitglied dieser kleinen Sozietät von Freunden bestand dabei eigentlich lediglich darin, daß er zuerst die romantische Phantasie aller Teilnehmer des Zirkels mit seinen Geschichten bis zu einem äußersten Punkt trieb, um dann – entsprechend der Peripetie im Drama – die hochgespanntesten Erwartungen auf irgend etwas Außerordentliches, Sensationelles, ja Unfaßbares mit einer raffinierten Wendung ad absurdum zu führen. Während er die Desillusionierung seiner Zuhörer geradezu mit sarkastischer Lust zu genießen schien, kamen diese dabei doch ebenfalls auf ihre Kosten, indem sie so recht im Gefühl des Unheimlichen schwelgen konnten mit dem beruhigenden Bewußtsein, daß am Schluß dennoch die Ratio siegen würde.

So etwa resümierten, mangels eines anderen Gesprächsstoffes, die versammelten jungen Leute über den sich diesmal verspätenden Teilnehmer der Runde, die sich wöchentlich einmal zur festgesetzten Zeit in der Wohnung von Konstantin, einem frisch approbierten Mediziner, und dessen Schwester Julie einzufinden pflegte.

Als endlich der Erwartete eintraf und mit großem Hallo empfangen wurde, war gerade die Rede daraufgekommen, daß als eine besondere Attraktion in der Stadt ein reisender Schausteller mit seinem Wachsfigurenkabinett eingetroffen sei, dem Konstantin das von seinem Onkel geerbte dreistökkige Stadthaus für sein Spectaculum vermietet hatte. Dort waren nun die überraschendsten Nachbildungen von historischen Persönlichkeiten des Altertums bis zum Rokoko und der Französischen Revolution, Herrschergestalten, namhafte Gelehrte aller Zeiten, aber auch Mordbrenner und menschliche Ungeheuer aus aller Herren Ländern sowie unschuldig auf tragische Weise zu Tode gekommene Personen beherbergt.

Konstantins Bericht erweckte um so mehr Interesse, als sich an diesem Abend die sonst gewohnte temperamentvolle Atmosphäre doch nicht herstellen wollte. So war es nur allzu natürlich, daß, ungeachtet der bereits vorgerückten Stunde, der Vorschlag einer sofortigen Besichtigung dieser Raritäten fast allseitigen Beifall fand. Bedenken dagegen äußerte allein Juliens literaturbeflissene Freundin Hilarie, die eine gewisse Abscheu davor empfand, sich mit mehreren Zimmern voller stummer, geschminkter Leichen, noch zumal in der Zusammenstellung gekrönter Häupter mit kriminellen Ungeheuern, konfrontiert zu sehen, wie sie sich ausdrückte. »Das aber«, erwiderte Guido, »zieht die Sache ja gerade ins Komische, woran Ihre Grillen am leichtesten scheitern werden.« – »Nein, nein«, beharrte diese jedoch auf ihrem Sinn, »ich muß unter Toten zu sein glauben, weil im Leben solche Dinge gar nicht vorkommen können. Und je besser die menschliche Form in dem Nachbilde gelungen, desto schlimmer für mich, kommt doch auch noch der Geruch des Wachses dazu, der mich in meinem sehr unbequemen Glauben noch bestärken wird. Wie, wenn es schadenfrohe Genien gäbe, die dann und wann plötzlich eine dieser Figuren mit einem auffallenden Schein des Lebens versähen? Bestünde dies auch nur in einem Blick oder der geringsten Veränderung der Stellung. Ich versicher Sie, Guido, daß es mir schon bei der Vorstellung solcher Dinge eiskalt über den Rücken läuft.«

Um die Angelegenheit noch mehr zu mystifizieren, mischte sich nun auch noch der sonst gerade wegen seiner aufgeklärten Gesinnung gegenüber allen sogenannten Nachtseiten des menschlichen Gemüts mit logischer Verstandesschärfe zu Felde ziehende philosophische Freund Ludwig ein, diesmal mit Andeutungen, die auf den ersten Blick über die Festigkeit seines stets bewiesenen »pragmatischen Charakters«, wie er es selbst nannte, einigen Zweifel aufkommen ließen.

»Aber«, rief Guido, »darüber, glaube ich, sind wir insgesamt einverstanden, daß es keine Gespenster gibt!«

»Wohl aber Zustände, in denen die Phantasie sich zur Oberherrin aller andern Kräfte aufwirft«, versetzte Konstantin lächelnd, »wofür ich Ihnen ein treffendes Beispiel nennen könnte.«

Auf mehrfache Aufforderung hin erklärte er sich schließlich bereit, von einem mehrere Jahre zurückliegenden Erlebnis zu berichten, das ihn und seinen damaligen Studiengenossen stark beeindruckt hatte. Die beiden Kommilitonen hatten auf einer Reise in die Schweiz einige Tage in München verbracht und waren dort von einem solchen Panoptikum lebender Figuren angezogen worden, das dem 1780 in Paris eröffneten berühmten Tussaudschen Kabinett mit seinen zahlreichen naturwahren Einzelfiguren nachgebildet worden war.

»Die meisten Gestalten«, so berichtete der Erzähler, »gehörten entweder der Geschichte schon an oder warteten bereits auf einen solchen Platz. Doch machte auf uns das bunte Durcheinander zum Beispiel der galanten höfischen Personen mit extremen Außenseitern der Gesellschaft einen ziemlich grellen Effekt, und oft wußte man nicht, ob es Zufall oder Absicht war, wie die Figurengruppen zueinander standen. Ja, manches Visavis machte auf uns geradezu einen lächerlichen Eindruck. Nach vielen der schreiendsten Kontraste zog ein Engelsgesicht unsere ganze Aufmerksamkeit dergestalt an, daß wir zum Beobachten seiner schlechten Nachbarschaft gar nicht kommen konnten. Es war die tugendhafte und dennoch wegen Vatermordes hingerichtete Beatrice Cenci, ganz ähnlich dem Gemälde, das wir früher in der Villa Aldobrandini zu Rom von ihr gesehen hatten. Die Gerechtigkeit hatte, aus diesen Zügen zu schließen, nie einen so heillosen Frevel begangen als ihre Hinrichtung.

›Indessen‹, so sagte ich mit scheinbarem Ernste zu meinem Begleiter, ›ist doch vielleicht an dem verbreiteten Aberglauben etwas dran, daß zwischen gewaltsam zu Tode gekommenen Personen und ihren irdischen Abbildern eine gewisse sympathetische Beziehung herrscht. Und meinst du nicht, daß trotz dem aufrichtigen Wunsche, das Bild belebt zu sehen, uns, wenn es geschähe, dennoch ein heftiges Grausen anwandeln könnte?‹

›Wohl möglich!‹ versetzte er.

›Sieh‹, fuhr ich fort, ›sieh, wie die Lippen sich bewegen.‹

›Nein, nein‹, antwortete er, ›so gespenstergläubig bin ich darum doch nicht. Ja, auf diese Gefahr könnte ich das liebliche Bild sogleich bei der Hand fassen.‹

›Versuch es nicht, Lieber! Ein Druck von diesen wächsernen Fingern müßte – ich gestehe es – bis tief ins innerste Leben schaudern.‹

›Und doch nicht‹, versetzte er, ›wenn man das holde Gesicht betrachtet, das nur gegen das Böse feindselig sein kann!‹

Ein Augenblick war es, wo ich mich unwillkürlich nach einem Klange aus der Nachbarschaft umsah, und ein zweiter, wo der Fall meines Freundes auf den Fußboden mich gewaltsam nach ihm zurückriß. Der Fall hatte allgemeines Aufsehen gemacht, was in den Zimmern war, strömte herzu. Mein Begleiter war um sein Bewußtsein gekommen. Ich stand schon darum große Angst aus, weil ich meinen unzeitigen Scherz als eine Mitursache ansah. Denn die unten neben ihm liegende abgebrochene Hand der Cenci deutete im voraus auf die Ursache hin.

Als er die Augen wieder geöffnet hatte, schloß er sie auch sogleich wieder und verlangte hinweg.

Erst am folgenden Morgen erzählte er mir, wie er die Hand der Figur ergriffen und wirklich einen Druck von dem kalten Wachs zu empfinden geglaubt habe.« –

»Hu!« rief Hilarie, als Konstantin hiermit schloß. »Nun, dächte ich, müßten wir für alle Wachsfiguren gehorsamst danken.«

»Behüte, liebe Freundin«, sprach Guido lächelnd, »da wären wir rechte Helden und Heldinnen, wenn wir uns durch eine solche Erzählung irremachen ließen. Denn so überreizt ist wohl heute unter uns keine einzige Phantasie, um ein ähnliches Begebnis befürchten zu dürfen.«

Sein Blick sagte deutlich genug, daß der Spott, zu dem sich dabei die Lippe verzog, auf Konstantin gemünzt war. Hilarie kämpfte zwar noch mächtig an gegen den Besuch des Kabinetts, als aber alles nichts half, entschloß sie sich, dennoch mitzugehen.

Es war, wie schon gesagt, zur vorgerückten Stunde, als die Gesellschaft an dem betreffenden Gebäude, das mit seinen Stockwerken einigermaßen bizarr in den schwarzen Himmel ragte, anlangte. Man fand das Portal noch unverschlossen und betrat die rondellartige Vorhalle. Vor dem Treppenaufgang in die oberen Ausstellungsräume stand mit einladender Geste die wächserne Gestalt eines Portiers, welche eine frappierende Lebendigkeit vortäuschte. Auf dem ersten Treppenabsatz angelangt, stieß Hilarie einen lauten Schrei aus, und bis auf Konstantin und Guido blieb die ganze Gruppe wie versteinert stehen. Von oben kam ihnen niemand anderes entgegen als die leibhaftige Doublette der unten auf ihrem Posten stehenden Wachsfigur. Diese Erscheinung gab sich aber bald als Besitzer des Kabinetts zu erkennen, der sich dieses makabren Einfalls auch noch wegen des damit verbundenen Gruseleffektes rühmte. Konstantin wechselte mit ihm einige wenige Worte, und dieser zeigte sich sehr bereitwillig, die unerwarteten späten Besucher mit seinem Zauberreich bekannt zu machen. Während so die mehr private Führung ihren Anfang nahm, hörte sich Guido die zuweilen sehr merkwürdigen und oft auch unrichtigen Erklärungen historischer Personen erst gar nicht mehr weiter mit an, sondern eilte voraus, diejenigen Figuren vorzugsweise betrachtend, deren Physiognomien ihm am meisten auffielen, so daß er allen übrigen bald völlig aus dem Gesichte kam. –

Hilaries Ängstlichkeit und Besorgnisse, wenn hinter ihr etwas sich regte, gaben den übrigen viel Stoff zur Lust, an der sie endlich selbst mit teilnahm. Nur hielt sie sich gemeiniglich in der Mitte der Schar, um nicht etwa abgesondert von ihnen zu werden.

»Ich möchte wissen«, flüsterte sie, »ob man hier eine Hand anfassen könnte, ohne etwas befürchten zu dürfen?«

»Ich stehe für nichts!« sprach Konstantin absichtlich geheimnisvoll.

Nach einer Weile sah man sie dann und wann mit großer Behutsamkeit nach dem Kleide der einen oder anderen wächsernen Gestalt greifen, welches immer sehr possierlich herauskam und den Beobachtern großes Vergnügen bereitete.

Guido war ihnen inzwischen so ganz in Vergessenheit geraten, daß sie ordentlich staunten, wie sie ihn im letzten Zimmer stehend fanden. Er schien wie betäubt, denn er bemerkte ihr Eintreten zunächst gar nicht. Wie gebannt starrte er immer nur in das Antlitz einer weiblichen Figur, dem wächsernen Abbild einer nach Haltung und Ordnung des Anzuges zu den gebildeten Gesellschaftskreisen gehörenden Dame. Und wirklich waren ihre Gesichtszüge von seltener Beseeltheit, in ihren Augen lag eine Sanftmut, die dem Beschauer bis ins Innerste drang.

Als Hilarie dem gänzlich Abwesenden die Hand auf die Schulter legte, fuhr dieser erschrocken zusammen.

»Nun, nun«, rief sie, »ich bin es ja. Aber mein Gott, was ficht Sie denn an; Sie sind ja eben bleich wie der Tod geworden?«

Statt einer Antwort aber eilte Guido von ihr weg zu Konstantin und sprach leise mit diesem, ihn vor das Frauenbild führend. Nur mit Mühe hatte die Neugier der andern sich der Nachfrage nach diesem seltsamen Betragen enthalten. Auch fürchtete man, daß der allzeit spöttische Skeptiker sich hier eines Umstandes bediente, um dem Glauben an irgendein übernatürliches Einwirken durch bezweckte Vorspiegelungen Nahrung zu geben. Doch diese Vermutung war diesmal weit gefehlt.

Erst als die Freunde wieder in Juliens Wohnung angelangt waren, konnte man Guido zum Sprechen bringen.

»Ja, ich will reden«, sagte er, allerdings zur Überraschung seiner Zuhörer mit einem so wunderlichen Tone, daß die Anwesenden den Gedanken an Verstellung sogleich aufgaben. »Ich muß sogar reden: Die höchst reizenden Züge der Gestalt, bei der Sie mich wiederfanden, erregten mein Interesse dermaßen, daß ich von ihrem Anschauen gar nicht ablassen konnte. Und – sollte man's denken – je länger ich sie vor mir hatte, desto fester ward der Glaube in mir, es sitze keine Wachsfigur, sondern ein wirkliches Wesen da. Meine Augen sahen deutlich die Regungen des schönen Lebens. Gleichwohl befiel mich eine Scheu, die Gestalt näher zu betrachten oder gar anzufassen. Da rief ich denn Konstantin zu mir, welcher lächelnd das Gesicht untersuchte und mich darauf selber dazu veranlaßte. Ja, in dem Augenblicke, als ich es nun anfühlte, war es unstreitig von nichts anderem als eben Wachs.«

»Da haben wir's«, rief Hilarie, »nun sind wir hierin ganz gleich geworden. Ärgerlich ist's indessen doch. Denn wenn selbst so radikale Zweifler zu der Erkenntnis kommen, daß Wachsfiguren spuken können, dann hat man ja überhaupt keinen Rückhalt mehr gegen seine eigene Gespensterfurcht.«

»Sagen Sie mir, Konstantin«, redete Guido diesen beim Fortgehen an, »konnte Ihr Kommilitone nach dem Erlebnis in München schließlich dennoch mit sich ins reine kommen, daß er es dabei bloß mit einem Streich seiner Phantasie zu tun hatte?«

»Allerdings!« war die Antwort. »Wie oft hat er nicht in der Folge darüber recht herzlich lachen können!«

»Wollte Gott«, rief Guido, »ich wäre schon auch soweit.«

»Sie glauben also noch immer an etwas Übernatürliches?«

»Leider, ja! So seltsam und widersinnig und gegen meine Grundsätze es ist, ich muß daran glauben, wenigstens in manchen Momenten.«

»Aber, lieber Guido, da haben Sie ja mit einem Male den

ganzen Gang einer gereizten Einbildungskraft. Morgen werden Sie sich gewiß die Sache geradeso denken wie ich.«

»Ich zweifle noch! Übrigens, Konstantin, habe ich eine Bitte an Sie; begleiten Sie mich doch bei nächster Gelegenheit zu dem Wachsfigurenbesitzer. Die bewußte Figur war auffälligerweise die einzige, über deren lebendes Urbild keine Beschilderung Auskunft gab. Ich muß aber durchaus wissen, wer das Original ist – oder war.«

»Ich finde hingegen«, erwiderte Konstantin, »Sie sollten Ihren jetzigen Empfindungen nicht neuen Stoff zu weiteren Grillen geben.«

»Sie meinen«, versetzte Guido, »die Behauptung, daß Verstorbene, vorzüglich wenn ihr Tod ein gewaltsamer gewesen, zuweilen zurückkehren, um ihre Bildnisse zu beleben? Sie haben auch wohl nicht unrecht mit dem zu besorgenden Eindrucke auf mich in diesem Falle. Aber alles wird doch wohl nicht zusammentreffen, um meine so schon außer Kontrolle geratene Phantasie noch mehr zu erhitzen. Übrigens ist noch ein ganz besonderer Grund da, an dem Tode des Urbildes zu zweifeln. Er besteht in dem Kostüm. Der Anzug jener Figur gehört ganz in unsere Tage, und – mir graut – an eine Hinrichtung ist doch wohl bei so reinen jugendlichen Zügen gar nicht erst zu denken.« –

Der Besitzer der Wachsfiguren versuchte bei einer Rücksprache am Tage darauf jede Identität der wächsernen Frauengestalt mit einer lebenden oder auch toten Person leichthin abzutun. Das ständige »Ich muß aber wissen, wer sie ist«, das Guido wiederholt hervorstieß, schien ihm aber doch eigentümlich auf die Nerven zu gehen. Schließlich redete er sich damit heraus, es handele sich in diesem Falle »um ein bloßes Ideal«.

Es ist selbstverständlich, daß dieses ausweichende Benehmen die Erregung des Fragestellers nur noch vermehrte. Er sah jedoch, daß hier kein Weiterkommen war.

Durch einen Zufall begünstigt, begegneten Konstantin und Guido, schon auf dem Heimwege, dem einzigen Bediensteten des Kabinetts, der, leicht angetrunken, schließlich für ein paar

Goldstücke sich zu folgender Auskunft herbeiließ. Er erklärte unter dem Siegel der Verschwiegenheit, daß es sich bei diesem Stück, wie er sich ausdrückte, um die Abbildung einer Dame handele, die sich Marie von Münzenberg nannte.

»Und sie lebt? Lebt wo?« rief Guido in höchster Erregung.

»Ohngefähr eine Woche, nachdem ihr wächsernes Abbild fertig war, das ihr Bräutigam bei meinem Herrn bestellt hatte«, fuhr der nicht mehr ganz sicher auf seinen Beinen stehende Informant fort, »ist sie leider, leider – auf einmal verschwunden, und man sagt sich eine Geschichte ins Ohr, eine Geschichte, bei der gewiß jeden ein Schauer anwandelt, der die Dame jemals gesehen hat.«

»Was heißt das?«

»Welche Geschichte?«

»Man sagt, sie sei hingerichtet worden. – Aber, mein Herr, was widerfährt Ihnen? Sollte sie vielleicht eine Verwandte von Ihnen gewesen sein?«

»Nein!« sprach der Erschütterte, sich fassend. »Der unselige Sinn Ihres ›gewesen‹ hat mich nur so ergriffen. Und Schuld wäre es, was dieser Engelsgestalt das Leben raubte?«

»Schuld und Unschuld, wer will das jetzt unterscheiden? Es soll einmal bei Nacht in einem schwarz ausgeschlagenen Zimmer von lauter schwarzgekleideten Männern mit umflorten Gesichtern Gericht über sie gehalten und sie dann zu der einen, ein Scharfrichter zu einer andern Türe eingelassen worden sein. Man soll sie auf einen Schemel in der Mitte niedergesetzt und der Scharfrichter ihr auf Befehl der schwarzen Männer, nach einigen Weigerungen, den Kopf abgeschlagen haben.«

»Das klingt gar märchenhaft!« rief Konstantin aus. »Auch erinnere ich mich, einmal etwas Ähnliches, ich glaube vom Scharfrichter zu Landau, gelesen zu haben, den man bei Nacht abgeholt, in einen Wagen zu steigen gezwungen und mit verbundenen Augen fortgefahren, dann Treppe auf, Treppe nieder, bis in ein Zimmer geführt hat, wo es geradeso aussah und zuging, wie Sie sagten.«

»Eben aus eines Scharfrichters Munde«, erwiderte der Bediente des Kabinetts, »kommt diese Erzählung des Vorfalls her. Vermutlich ist es die nämliche Geschichte.«

»Schwerlich!« versetzte Konstantin. »Ich müßte mich sehr irren, oder die, von der ich gelesen, hat sich schon weit früher ereignet.« –

Auf dem Heimwege sprach man mehr über die Geschichte. Konstantin zog sie schon darum in Zweifel, weil der heimliche Mord viel sicherer ohne alle Umstände als mit so lächerlichen, gravitätischen Formen vorzunehmen gewesen sei.

»Es ist ein Märchen, ein bloßes Märchen«, sagte Guido, wiederauflebend, »das mit ein paar Louisdor zur Genüge bezahlt und die Unruhe nicht wert ist, die es mir verursachte.«

Guidos Freunde zeigten ein großes Befremden, als von ihm, der den ganzen Winter mit ihnen zuzubringen gedacht hatte, am folgenden Morgen auf einmal Abschiedskarten einliefen. Besonders fiel die Sache Konstantin auf, der auch sogleich in seines Freundes Wohnung eilte. Allein dieser war schon mit dem frühesten abgereist. –

Einen Monat später kam folgender Brief an Konstantin: »Ihnen, mein Freund, hätte ich vor allen eine Erklärung meines plötzlichen Verschwindens zurücklassen sollen. Ich mache mir Vorwürfe, daß es nicht geschehen ist. Ach, wie viele, wie bittere Vorwürfe mache ich mir nicht überhaupt! – Sie werden sich entsinnen, wie wir an jenem Abend auseinandergingen. Sie werden sich denken, daß damals zuerst die Frage in mir entstehen mußte: Ist sie aber auch wirklich ein Märchen, die Geschichte, womit man mich abfand? Es stürmte wie nie in meiner Brust, und wenn sie Wahnsinn ist, die Ahnung, daß ich das Original der Wachsfigur irgendwo antreffen und mir zueignen müsse, so schreibt ein Wahnsinniger diesen Brief an Sie. Denn es blieb mir kaum Zeit, die Abschiedskarten herauszusuchen, so drängte mich's hinaus in eine fremde Welt. Veränderte Umgebungen taten mir durchaus not! Das fühlte ich, das fühlte ich noch jetzt in den verständigeren Momenten. Nur traurig, daß diese Stimmung sich eben bloß auf Augenblicke beschränkt und die ganze übrige Zeit meinem seltsamen Streben gewidmet ist!

Was doch ein einziger Abend aus dem Menschen zu machen vermag! Erklären Sie mir den Umstand. Erklären Sie mir die plötzliche Entstehung einer innern Gewalt, die mich hier- und dorthin drängt und treibt, eines mit einem Male ausgebrochenen Vulkans, der vielleicht nicht eher aufhört, als bis mein armes Dasein in Asche liegt.

Und noch eins! Wenn Sie mir verziehen haben, so machen Sie auch, daß unsere Freunde es tun. Julien können Sie alles mitteilen, was Sie wissen. Zu seiner Zeit sollt Ihr insgesamt wieder von mir hören. Zu seiner Zeit – sage ich und weiß doch nicht, ob die darunter verstandene jemals kommen werde!

Die Unordnung dieser Zeilen mag Ihnen ein schwacher Abriß von meinem Zustande sein. Sie fängt damit an, daß der Ort fehlt, wo ich sie schreibe. Das aber geschah absichtlich; ich scheute mich, allzu kindisch zu erscheinen. Falsche Scham! Nachdem Sie soviel wissen, kommt ein Mehr oder Weniger in keine Betrachtung. – Der Zweifel, ob das vorhin erwähnte Märchen wirklich Märchen sei, hat mich hierher, nach Landau, getrieben. Sie wollten doch etwas Ähnliches wie jene Hinrichtung von dem hiesigen Scharfrichter gelesen haben; nur scheine die Geschichte aus früherer Zeit herzurühren. Dieser Beisatz hielt mich indessen nicht zurück, hierher zu reisen und den Scharfrichter zu befragen. Der Mann wußte kein Wort. Ich war nur froh, daß er auch nicht wußte, wie weit ich gereist bin, um mir diese Auskunft von ihm zu holen.

Hier muß geschlossen werden. Der Postillon, der schon beim Anfange dieses Briefes mit Klatschen und Blasen mein Einsteigen zu beschleunigen suchte, hat bereits die ganze Nachbarschaft an die Fenster geblasen und geklatscht. Herzliches Lebewohl!« –

Julie erstaunte, als Konstantin diese Nachricht überbrachte. »Wer hätte das von diesem Guido versehen!« rief sie aus. »Ein so plötzlicher Übergang in eine ganz andere Natur hat doch in Wahrheit viel Unnatürliches!«

»Wie man's nimmt«, erwiderte Konstantin. »Guido besaß immer mehr Tiefe, als die Bildung, die man ihm aufgedrungen, gestattete. Sein überbetont intellektuelles Wesen zeugte stets von innerem Unfrieden. Unglückliche Ereignisse kannte er nicht an sich, daher rührt dieser Unfriede gewiß von den sezierenden Ansichten der Welt und der sich ihm vorspiegelnden Leere der Menschennatur her, die seine Lehrer ihm beigebracht hatten. Unter diesen Umständen ist eine plötzliche Empörung seiner innern Kraft, selbst bei einem ganz geringen Anstoße von außen, leicht denkbar. Die Folgen des Paroxismus sind freilich noch nicht vorauszusehen. Doch wollen wir hoffen, daß er ihn zum Heile, nicht zum Untergange führen werde.«

Den ganzen Winter sehnten sich Konstantin und dessen vertrautere Freunde vergebens nach Briefen von Guido. Außer Julien war jedoch niemand etwas von den nähern Umständen und dem letzten Schreiben mitgeteilt worden. Hilarie, die inzwischen Ludwig geheiratet hatte, sagte unter anderm einst in der Gesellschaft bei Julien: »Sollte ich nur ein einziges Mal dem hagern, auf einmal so melancholischen Manne die Leviten lesen können über sein dummes Verschwinden! Für so eine hochaufgeklärte Person schickte sich schon die Behauptung von dem Lebendigwerden der Wachsfigur nicht, geschweige gar das Verschwinden.«

»St, st!« fiel Konstantin ein, »wissen Sie wohl, daß man von Dingen, vor denen man sich fürchtet, still sein muß, wenn die Furcht einem nicht zu Kopfe wachsen soll?« –

Mitten unter den Scherzen über diesen Gegenstand langte ein Brief an Julien an, der große Aufmerksamkeit auf sich zog: ein Brief von Guido. – Er lebte seit einem Monat mit der Frau, die er inzwischen genommen hatte, auf seinem kaum zwei Meilen entfernten Gute und lud die ganze Gesellschaft für einen der nächsten Tage dahin.

»Also geheiratet!« rief Konstantin erfreut darüber, und es konnte nicht fehlen, daß wegen Guidos Talent zur Häuslichkeit mancherlei Urteile zum Vorscheine kamen.

Die Einladung war übrigens um so willkommener, da der Brief, ohngeachtet seiner Kürze, von einer wahrhaft freudetrunkenen Seele zeugte.

Hilarie betrachtete die Schriftzüge lange, ehe sie verwundert ausrief: »Wahrhaftig! Das hat unser aufgeklärter Geisterseher geschrieben. Ich kenne seine Lettern aus meines Mannes Stammbuche. Dem hat doch wohl die Ehe den Kopf zurechtgesetzt!«

Guidos Wunsche gemäß machte man sich sehr früh auf den Weg. Die Gegend um sein Gut überraschte außerordentlich. Bei einem Wäldchen voll schlagender Nachtigallen rief Hilarie aus: »Und hier, wo sogar ich mich zur Wehmut herablassen könnte, hier ist der tiefsinnige Mensch lustig geworden!«

Am Hause waren mancherlei Anstalten für den Abend zu bemerken: Vorrichtungen zur Beleuchtung auf der einen und zum Feuerwerk auf der anderen Seite.

Guido selbst erkannte man nicht mehr, als er die Gäste empfing, so rund und behaglich waren jetzt seine Züge.

Er entschuldigte die Abwesenheit der Gattin, die erst gegen Mittag eintreffen würde, zu deren heutigem Geburtstage das Fest heimlich von ihm bereitet war.

»Das beste, lieber Guido«, so fing Julie an, als während des Frühstücks im Garten die Erkundigungen oftmals einander gejagt und sich das Feld streitig gemacht hatten, ohne im ganzen zu einem klaren Resultate zu führen, »das beste wird sein, Sie teilen uns selbst und *auf einmal* soviel von Ihrem Schicksale mit, als wir davon wissen sollen. Ohne das werden wir beiderseits den ganzen Tag nicht fertig mit Fragen und Antworten, und der Erfolg unserer Bemühungen ist am Ende doch nur höchst unvollständig und lückenhaft.«

Guido zeigte sich sogleich bereit, ihren von den übrigen lebhaft unterstützten Wunsch zu erfüllen. Nachdem er alle die in dem Briefe an Konstantin berührten Umstände in der Kürze mitgeteilt hatte, fuhr er also fort: »Was werden Sie sagen, meine Freunde, von dem Vorgefühl, von der Torheit, wie man das Ungestüm, das mich durch ganz Deutschland und einen Teil von Frankreich trieb, nennen könnte, wenn Sie den Erfolg damit zusammenhalten? Ein Vierteljahr war ich überall meinem Zwecke nachgegangen, und das bewußte Märchen von der Hinrichtung irrte mich gar nicht mehr in der durch Träume und sinnvolles Wachen oft befestigten Überzeugung, daß ich das Wachsbild ohnfehlbar im Leben wiederfinden würde, ja müßte.

Vor drei Monaten komme ich endlich hier auf meinem Gute an, um mich von dessen Zustande zu überzeugen. Die Unordnung, die ich vorfand, nötigte mich zum Bleiben, und die Arbeit dabei tat mir wohl, jedoch ohne den Hauptgedanken zu unterdrücken oder auch nur zu stören.

Der Frühling war im Anzuge. In der ganzen Natur regte sich das neue Leben, und ein erfreulicher, grüner Schimmer lag über dem trostlosen Grau der so lange erstarrt gewesenen Erde ausgebreitet. Wie ein frohes Kind wandelte ich eines Nachmittags umher und gedachte der köstlichen Kraft und Fülle der ersten Jahre des Lebens. In solche Gedanken versunken, war ich gar weit vom Hause weggekommen. Ein kleines Gütchen in der Nachbarschaft, das ein Birkenwald von der übrigen Gegend absonderte, befand sich in der Nähe. Mannigfache schöne Erinnerungen knüpften mein Herz an diesen Flecken Erde, an den alten Garten, der noch ganz die frühere Physiognomie hatte und dazu von einer sehr sorgfältigen Wartung zeugte. – Aber die Blumen schliefen noch. Selbst der neugierige Krokus hatte seine heiteren, lebenslustigen Augen noch nicht aufgetan. – Alles dies sah ich durch die Lattentüre; da ich aber diese unverschlossen fand, so konnte ich mich nicht enthalten, des Gartens Boden selbst zu betreten.

Mein Auge ruht eine Zeitlang auf dem spiegelglatten Teiche. Da staune, da erschrecke ich; denn die Umrisse jener Wachsfigur, keine andern, schwimmen vor mir auf der leuchtenden Fläche. Und gewaltig, wie eine Furie, überfällt mich die Frage vom Hineinstürzen in die Arme der Wellengestalt, und die Furie hätte vielleicht ihren Willen durchgesetzt, wäre mein Blick nicht, gleichsam mechanisch, zur

Seite nach der Ursache des Scheines gegangen, wo ich – wer hätte es denken sollen – das lebendige Urbild gewahr werde.

Getroffen bis ins tiefste Leben, fehlt mir Sprache und Benehmen. Da grüßt mich der Engel freundlich und sagt mir, daß mein aufmerksames Beobachten des Teiches seine Wißbegierde nach dem Gegenstande auch erregt habe.

›Der Gegenstand sind zum Teil auch Sie, hauptsächlich Sie gewesen‹, antwortete ich ungeschickt genug. Aber wer an meiner Stelle hätte nach solch einer Revolution im Innern sogleich die passende Erwiderung finden mögen? Ich fühlte den Fehler, sobald er heraus war, und bat, daß sie mir den Aufschluß, den sie verlangte, ein andermal zu geben erlauben möchte. ›Denn, so fuhr ich fort, ›daß ich mit Ihnen heute zum ersten- und auch zum letztenmal sollte gesprochen haben, das werden Sie mir wohl nicht zumuten wollen? – Unfehlbar habe ich die Ehre, die Besitzerin dieses Grundstückes in Ihnen zu sehen?‹

Sie bejahte.

›Dann sind wir Nachbarn und müssen notwendig gute Nachbarschaft halten.‹

Ich hatte viel Mühe, meine Wärme und mein Auge zu mäßigen, das nach so langem, ängstlichem Suchen seinem Durste nach dieser Gestalt und dem milden, herrlichen Geiste darin nicht selbst zu gebieten verstand.

Ich erzählte von meiner Vorliebe für dieses Grundstück und diesen Teich. Der Zusatz entschlüpfte mir, daß der letztere durch ihr lebendiges Bild einen Abglanz des Paradieses für mich erhalten habe. Mit einem Worte, in der halben Stunde, welche dieses Gespräch dauerte, blitzte die Glut meines Herzens mehrere Male so auffallend hervor, daß ich selbst ratsam fand, mich zu entfernen, weil ich nur allzu wohl fühlte, für die erste Zusammenkunft sei zuviel geschehen.

Als ich ging, wußte ich, daß sie Marie von Malthau hieß und in einigen Tagen ihre Mutter erwarte, für welche sie diese kleine Besitzung erst ohngefähr vor zwei Monaten gekauft habe, und daß ich, was mir das liebste war, am folgenden Morgen wiederkommen durfte.

Unterwegs sowohl als nachher überlegte ich oft, warum ich nur angestanden, ihr über meine Freude beim Erblicken ihres Bildes und ihrer selbst etwas Näheres mitzuteilen; warum ich sie nicht gefragt, ob sie zu jener Wachsfigur wohl das Original gewesen sein möge. Die Ähnlichkeit zwischen ihr und der Figur ging wirklich bis in das kleinste Detail. Allein die Erzählung von der Hinrichtung des Urbildes jener Wachsfigur, sowenig ich auch an diese Erzählung glaubte, hielt mich doch auch in der Folge immer ab, ihr davon zu sagen, so daß ich die erste, ungeschickte Anrede, über die ich künftig Auskunft versprochen, als sie diese verlangte, mit meiner damaligen Bestürzung zu entschuldigen suchte.

Je öfter ich sie besuchte, desto einiger fühlten sich mein Geist und mein Herz mit den ihrigen, und der Bund für das Leben ward geschlossen.

Nur ihre Mutter fehlte noch, auf welche Marie sehnlich wartete. Statt ihrer war jedoch, wie sie mir eines Tages sehr traurig erzählte, ein Brief angelangt, der Mariens Hoffnung darauf völlig vernichtete.

Nun hielt ich schriftlich bei der Abwesenden um die Einwilligung an, nach deren Ankunft nichts die Herrliche vor meinem Drange schützen konnte, die Gemeinschaft unserer Zukunft durch Priestersegen zu besiegeln.

Wer Marie nie sah, nie hörte, der wird, der muß mich höchst unvorsichtig schelten, daß ich, als wir schon vom Altare zurückkehrten, noch keine Silbe von dem eigentlichen Herkommen meiner nunmehrigen Gattin wußte. Denn weder Geburtsort noch Land, noch sonstige Verhältnisse hatte sie mir entdeckt. Seufzend war ich bei meinen Fragen danach immer auf eine bessere Zeit verwiesen worden; ja, ich kannte nicht einmal den sicher nicht unwichtigen Umstand, der ihre Mutter und sie getrennt und letztere höchstwahrscheinlich sehr weit entfernt von ihrer Geburtsgegend in meine Nähe getrieben hatte. Aber der Einklang ihres ganzen Wesens, der auch bis ins kleinste und unbedeutendste geht, diese – Sabbatstille, möchte ich sagen, die bei einem ihr ursprünglich angehörenden, melancholischen Sinne die Weiblichkeit auf das reinste und süßeste ausspricht, erheben sie in meinen Augen über jeden Verdacht so weit, daß ich sogar für alle ihre früheren Handlungen mich freiwillig zum Bürgen stellen würde.«

Der Enthusiasmus, mit dem Guido in diesem Tone fortfuhr, war nicht gemacht, eine Einwendung und noch viel weniger eine Widerlegung zu erlauben, obschon das Verstummen der Gesellschaft von keiner absoluten Billigung seiner Ansichten und seines Verfahrens zu zeugen schien.

Er mochte das selbst fühlen, und da er zu weiterer Beglaubigung seines uneingeschränkten Lobes nichts weiter vorzubringen wußte und Mariens Ankunft von dem Gütchen, wo sie Geschäfte hatte, seiner Rechnung nach erst in einer Stunde erfolgen konnte, so zeigte er wenigstens ein Miniaturbild von ihr, welches er auf seiner Brust trug.

Wirklich äußerte dieses eine bedeutende Wirkung auf die meisten Gäste, sowohl wegen der ganz auffallenden Ähnlichkeit mit jener Wachsfigur als auch wegen des herrlichen Auges, weshalb das Bild der Figur weit vorzuziehen war. Ja, es kam mit dem Bilde eine gewisse Beruhigung über Guidos Zukunft in die Gesellschaft, so daß auch Julie, das Porträt noch in der Hand, mit vielem Feuer sagte: »Warum aber, mein Freund, haben Sie diesen Engel ihren Bekannten in der so nahen Stadt einen ganzen Monat vorenthalten? Das Leben ist ja so kurz, daß man dergleichen Bekanntschaft nie früh genug machen kann!«

»Da haben Sie wohl recht«, sprach Guido, ihr dankbar die Hand drückend. »Auch wäre ich gewiß viel eher mit meiner Einladung gekommen, wenn nicht durch meine lange Abwesenheit vom Gute alles hier in einem solchen Zustande gelegen hätte, daß es großer Vorbereitungen bedurfte, um Freunde hier sehen zu können. Und was eine Reise nach der Stadt betrifft, so ist meine Frau hierzu schlechterdings nicht zu überreden. Alle Städte überhaupt sind ihr so zuwider, daß ich es Ihnen nicht beschreiben kann. Auch meidet sie fremde Menschen außerordentlich. Von Ihnen allen habe ich ihr jedoch so viel gesagt, daß Sie schon als ihre Bekannten anzusehen sind und ich ihr ohnfehlbar große Freude mache, wenn ich sie heute mit Ihrer Anwesenheit überrasche. Denn noch weiß sie kein Wort von der Gesellschaft, die sie finden wird. Auf dem benachbarten Gütchen ist sie schon seit gestern mit einigen ökonomischen Verrichtungen beschäftigt, und so konnte ich mich mit den Vorbereitungen zu dem heutigen Tage ohne alle Störung und Entdeckung abgeben. Vielleicht gelingt es mir, sie allmählich von dem düstern Kreise abzulenken, dem sie sich noch allzusehr zuneigt. So hat sie eine besondere Vorliebe für die Gräber und ließ neulich bei einer schönen Mondnacht nicht eher nach, bis ich sie zum hiesigen Gottesacker begleitete. Hier warf sie sich sogleich mit dem Gesicht auf das erste Grab nieder, und als endlich meine Bitten sie davon trennten, da rannen Ströme von Tränen über ihr Gesicht. Ich fragte, warum der Hügel sie so besonders erschüttert habe.

›Nicht erschüttert, mein Herz‹, war ihre Antwort, ›beruhigt vielmehr! Mit diesen Tränen ist mir gar viele Angst von der Seele weggeflossen. Auch war es nicht grade dieser Hügel, der mir so wohltat, sondern die Gestalt eines Grabes überhaupt. – Hiervon künftig, vielleicht nächstens!‹ fügte sie zu Beseitigung der Frage hinzu, welche meine Blicke nicht verhehlen konnten.«

Hilarie schien am wenigsten von diesen Mitteilungen des Neuvermählten erbaut. Daher sagte sie, als jetzt ein Billett an ihn abgegeben wurde, Julien leise ins Ohr: »Ich wollte doch, daß wir die neue Bekanntschaft schon gemacht und den ganzen Tag überstanden hätten! Das sind meine Personen gar nicht, die sich ihre Beruhigung von Friedhöfen herholen. Am wenigsten aber gefallen sie mir dann, wenn sie eine so erstaunliche Ähnlichkeit mit Verstorbenen oder wohl gar Hingerichteten besitzen.«

Julie hörte kaum, was sie sagte. Ihre und aller übrigen Aufmerksamkeit richtete sich auf den plötzlich totenfahl und regungslos gewordenen Hauswirt und das Billett, welches seiner Hand entfallen war. Er schien selbst vom Stuhle heruntersinken zu wollen, so daß Konstantin, sein Nachbar, plötzlich zugriff und nach der Ursache des so rätselhaften Ereignisses fragte. Sprachlos deutete Guido auf das Billett am Boden, mit dem Winke, daß man es aufheben und lesen möge. Es enthielt folgendes in französischer Sprache: »Lebe wohl, mein Teurer, mein Geliebter! Die Umstände drängen mich von Dir! Kein Forschen aber nach meinem Aufenthalte! Darum beschwöre ich Dich bei unserer Liebe, bei meiner festen Hoffnung, einst wiederzukommen –«

»Von *ihr* also?« rief Konstantin, der den Zettel gelesen hatte, welcher nun aus einer Hand in die andere ging. Guido bejahte. An Trostgründe war, wie jedem einleuchtete, bei einem solchen Ereignisse und einer Liebe zu der Entwichenen, wie der seinigen, nicht zu denken. Sein Stummsein teilte sich den übrigen mit. Das erste Wort, das er endlich von sich gab, bestand in der Erklärung, daß er, ihrem Verlangen gemäß und noch im völligen Zutrauen auf sie, sich gewiß alles Forschens nach ihr sorgfältig enthalten werde. –

Sein Zustand schien der Einsamkeit zu bedürfen. Mehr aus diesem Grunde als des herrschenden Mißbehagens halber, machte man sich beizeiten auf den Rückweg, bei welchem die Unterhaltung in allen vier Wagen aus Hypothesen zu Erklärung des so ganz seltsamen Vorfalls bestand, die aber, bei näherer Beleuchtung, sämtlich nicht sehr haltbar waren.

Ein paar Tage darauf stand Julie des Morgens mit ihrem Bruder am Fenster, als ein Reisewagen zum benachbarten Tore hereinrollte.

»Ist das nicht Guidos Equipage?« fragte sie.

»Allerdings! Und wie stark aufgepackt. Will er vielleicht gar wieder in der Stadt bleiben?«

So war es auch wirklich. Noch keine halbe Stunde später stand er vor ihnen, dieses selbst zu erklären. Er war, man sah und hörte das, in seinem Innern zerstört und vernichtet.

»Noch immer ohne Nachricht?« fragte Julie mitleidsvoll, als er die längste Weile mit allen Zeichen des bittersten Lebensüberdrusses stumm dagesessen hatte.

»Nachrichten, o ja, die habe ich«, antwortete er mit Heftigkeit, »Nachrichten, die mir das Herz zu Stein und Eis machen.«

»Mein Gott«, rief Konstantin aus, »böse Nachrichten von der Entwichenen sind es, was Sie so in Verzweiflung setzt?«

»Böse«, erwiderte er lachend, »böse nicht eben, aber auch wahrlich keine guten. Überhaupt steht es sehr bedenklich mit dem Unterschiede der Worte: böse und gut – wenn es Abgeschiedenen verstattet ist, aus ihren Gräbern hervorzugehen und der Liebe heilige Gestalt mit einer solchen Virtuosität nachzuahmen; sie nachzuahmen, um allen Glauben an sie und an Gott selbst ins Lächerliche zu ziehen! – Sie staunen mich an. Hören Sie, und Ihr Staunen wird sich in Entsetzen verwandeln. – Gestern nachmittags – es war ein Tag an Glanze jenem gleich, wo ich Mariens Bekanntschaft machte, ein Umstand, der schon allein den demütigendsten, heillosesten Spott mit meinen damaligen, so tiefen und heiligen Gefühlen treibt! – Gestern also, wie ich ohngefähr in derselben Laune noch war, in der Sie mich neulich verließen, wird mir ein Herr Delafosse angesagt. Meine Unentschlossenheit, ob ich ihn annehmen soll oder nicht, ward durch des Mannes Ungeduld selbst beseitigt; er trat herein. Eine lange, blasse Gestalt in schwarzer Kleidung, übrigens bei noch ziemlich jungen Jahren und von der Natur nicht ungünstig behandelt.

›Mein Herr‹, so fing er, auf den Bedienten blickend, mit Zögern in französischer Sprache an; der Bediente entfernte sich hierauf, und der Fremde fuhr sehr bewegt und feierlich also fort: ›Sie haben vor kurzem geheiratet?‹

Die Frage beunruhigte mich, er merkte es und sprach: ›Um allen Mißverständnissen und Verwechselungen vorzubeugen, sagen Sie mir, ist dies das Gesicht der Dame, mit welcher Sie getraut worden sind?‹

Erschrocken fühlte ich sogleich nach meinem Medaillon auf der Brust. Denn das, welches er mir darbot, war das nämliche, so wie das Bild selbst in Stellung und allem mit dem meinigen übereinstimmte. Ein und derselbe Maler mußte beide Porträts gemalt haben; es schien mir sogar, als ob das meinige, das ich jetzt ebenfalls hervorzog und neben das andere hielt, nur die Kopie von dem seinigen sei. Ich bejahte seine Frage, und er fragte ferner: ›Kann ich Ihre Frau Gemahlin nicht sprechen?‹ Sein Ton dabei war so leise und bebend, daß ich auf genaue Verhältnisse zwischen ihm und ihr schloß, die sich durch meine Verbindung mit ihr gestört fühlten.

Ich konnte nur antworten, daß sie seit einigen Tagen abwesend sei.

›Meine Reise nach Deutschland‹, fuhr er fort, ›hat bloß den Zweck, sie aufzusuchen, so trostlos und peinigend auch das Zusammentreffen mit ihr mir werden möchte. Ein vor kurzem aus diesen Gegenden nach Frankreich zurückgekehrter Freund benachrichtigte mich, daß sich die Dame hier angekauft habe. – Ich eile hierher, überzeuge mich auch zweimal von weitem, daß sie es wirklich sei. Aber der Mut fehlt mir, sie anzureden. Wie ich nun wiederkomme, ist sie nicht mehr da und meine einzige Hoffnung auf Sie, mein Herr, gesetzt. Sagen Sie, wenn sie zurückkehrt, und erlauben Sie mir dann ein Gespräch mit der, die einst unter dem Namen Marie von Münzerberg meine Braut war.‹

›Münzerberg!‹ rief ich aus, mich des Namens wohl entsinnend, den ich vom Diener des Wachsfigurenkabinetts gehört hatte.

›Ich weiß‹, fuhr er fort, ›daß sie aus Ursachen, die mir leicht begreiflich sind, neuerlich den Namen Malthau angenommen hat. Das indessen ist etwas Außerwesentliches. Sagen Sie mir nur, wenn sie zurückkehren wird.‹

Der Schauer bei dem Namen, den er zuerst genannt, hatte mir alle Bedenken und Rücksichten rein aus der Seele geweht.

›Ich weiß es nicht!‹ sprach ich, zu mehrerer Bekräftigung den Zettel vorzeigend, den sie mir geschrieben hatte.

›Ja‹, sagte er, ›das ist ihre Hand, und es schmerzt mich sehr, die Dame verfehlt zu haben. Ihre Aufrichtigkeit aber, mein Herr, verpflichtet mich zu einer Mitteilung, die Ihnen doch vielleicht künftig von Nutzen sein könnte. Das Unwahrscheinliche dessen, was ich Ihnen zu entdecken habe, veranlaßt mich jedoch zu einer kurzen Einleitung.

Vor acht Jahren noch würde mir es selbst ganz widersinnig und fabelhaft geklungen haben, daß es mitten unter den Menschen Personen geben solle, die, ob sie schon alle ihre Verhältnisse und Bedürfnisse mit diesen teilten, dennoch einer ganz anderen Welt angehören könnten. Selbst das gebildetste Publikum ist über diesen Punkt noch bei weitem nicht genug unterrichtet. Allein ein besonderes Vertrauen, dessen mich während meines Aufenthalts zu Paris der große, nur allzu verkannte Cagliostro würdigte, hat mich mit Kenntnissen und Erfahrungen aus dem Natur- und Geisterreiche versehen, zu denen ich sonst nimmermehr gelangt sein würde. Seitdem weiß ich, daß dergleichen wunderbare und, den sie treffen, oftmals hart beschädigende Verbindungen gar nichts Seltenes sind, wiewohl sie nur selten erkannt werden. Dies glaube ich vorausschicken zu müssen, ehe ich Ihnen sagen konnte, mein Herr, daß Sie wirklich mit einer bereits Verstorbenen verheiratet sind!‹

Hier hielt er inne. Das Wort der schwarzen, blassen Gestalt klang selbst wie aus Geistermunde, es raubte mir erst die Sprache und dann das Bewußtsein.

›Mein Herr‹, so begann ich, nachdem dieses zurückgekehrt war und mein Auge eine Zeitlang auf dem Fremden geruht hatte, ›diese lebendige Gestalt der Liebe und des Lebens zugleich, diese sollte nur ein wiedergekommener Geist gewesen sein?‹

Er zuckte die Achseln und sagte: ›Wenn Sie gefaßt genug wären, so wollte ich versuchen, meinem Schmerze über das Ereignis, das Marien dahin brachte, Töne zu geben.‹

›Reden Sie, mein Herr‹, antwortete ich, ›wer einmal so viel gehört hat, der kann wohl auf *alles* gefaßt sein.‹

›Wohlan‹, sprach der Fremde. ›Der Sturm der Revolution, welcher so manche aus Frankreich hinausscheuchte, trieb andere in der neuen Republik herum, und so waren denn auch Mariens Eltern von Straßburg, ihrem Geburtsorte, tiefer ins Land, zuletzt nach * * * gekommen. Hier lernte ich die einzige Tochter kennen, verliebte mich heftig in sie und verließ das Haus ihrer Eltern eines Abends als Mariens Verlobter.

Ich gestehe, daß ich mit mir selbst darüber uneins war, ob die trübe Stimmung, die ich bald an dem Mädchen entdeckte, vielleicht von einer geheimen Abneigung gegen meine Person herrühre. Aber meine Liebe scheute die Untersuchung der Sache. Marie konnte ja wohl auch der mancherlei herben Verluste wegen, die ihre Eltern erlitten, die sehr sichtbare Verstimmung derselben teilen. Sie war überdies so gut und freundlich gegen mich, daß die eigentliche Liebe sich noch finden konnte, zumal da ich alles anzuwenden gedachte, ihr das Band der Ehe annehmlich zu machen.

Inzwischen liefen aus Straßburg Nachrichten ein, welche Mariens Vater so in Bedrängnis brachten, daß er für seine und seiner Familie Sicherheit fürchten mußte. Briefe waren aufgefunden worden, die der schlimmsten Denunziation Nahrung gaben. Kurz, auch Mutter und Tochter wurden, ihrer Korrespondenz halber, verdächtigt, gegen die herrschende Partei intrigiert zu haben. Kein Heil mehr als die sofortige Auswanderung.

Diese ward beschlossen. Als gemeine Leute verkleidet, gingen Mutter und Tochter eines Abends aus der Stadt. Allein Marie hat in der Angst und Bestürzung ein wichtiges Dokument vergessen. Sie eilt zurück, und im Tore wird sie von ihrer eigenen Schönheit verraten. Man verhaftet sie. Der männliche Anzug ist das erste Verbrechen, das man an ihr findet. Die andern folgen bald. Ich selbst, obschon einer der Angesehensten und von der herrschenden Partei Begünstigten der Stadt, werde vor Gericht gezogen. Man beschuldigt mich, ihr und der Mutter die falschen Pässe verschafft zu haben. Daß Marie verloren ist, leidet keinen Zweifel, mich aber glaube ich durch Leugnen retten zu können.

Ich werde mit ihr zusammengestellt. Gott im Himmel, welch eine Szene! Welch eine verdammliche Lebenslust verleitet mich, auf dem Leugnen zu beharren, dem Engel gegenüber, der zu sterben bestimmt ist! Sie wird gefragt, ob der Paß durch meine Hand gegangen sei. Sie weist die Frage mit Verachtung zurück. ›Der Bürger Delafosse‹, spricht sie, ›hat hierauf bereits geantwortet –‹

Aber meine Angst entgeht den Richtern nicht.

Man bringt Marien und mich in ein Verlies der alten Zitadelle, und schon in der kommenden Nacht wird ein geheimes Gericht zusammengerufen, das Urteil stand schon fest. Man wünschte, daß ich mich verraten möchte, und wies mir daher unter den sämtlich in Schwarz gekleideten Richtern einen Platz zu. An die herbeigeführte Marie stellte man nicht eine Frage. Doch trieb man das Zeremoniell auf eine so nervenaufreibende Art, daß ich in Wahnsinn auszubrechen jeden Augenblick befürchtete. Die Wände waren schwarz ausgekleidet, nur ein flackernder Kerzenschein durchgeisterte das Gewölbe. Der Scharfrichter stand bereit. Sein Schatten wuchs ins riesengroße an der gegenüberliegenden Wand. In diesem Augenblick hätte ich Marien zu Füßen stürzen sollen und unter Selbstbezichtigung meiner bisher erwiesenen Feigheit ein männliches Wort zu ihrer Rettung sprechen müssen. Doch ich war wie von Sinnen, ich wendete mich ab, mein Auge floh den Anblick der Schuldlosen, der geliebten, keiner politischen Verschwörung auch nur im geringsten fähigen Person. Ohnmächtige Angst war alles, was ich fühlte. Selbst die einen Augenblick Verwirrung stiftende Weigerung des Scharfrichters, sein Schwert hier zu gebrauchen, wo ein Irrtum denkbar war, konnte mich nicht anderen Sinnes machen. Ich ließ wie gelähmt vor meinen Augen das Entsetzliche geschehen –‹

Nachdem Delafosse also geendet hatte, starrte sein Auge dergestalt auf die Dielen hin, als ob noch immer Mariens Haupt vor ihm daliege. Ich sprang von meinem Stuhle, ging hastig auf und nieder, ergriff bewußtlos den Hut und legte ihn wieder ab. Doch setzte ich mich so weit als möglich von dem Manne in einen Winkel des Zimmers.

›Ich fühle‹, sprach der Fremde, ›was Ihr Entfernen von mir sagen will. Wollte Gott, ich selbst könnte aus mir herausgehen. Zuvor aber nur noch einmal Mariens Geist schauen und um ihre Verzeihung flehen! Das ist der Hauptzweck meiner Flucht aus dem französischen Reiche. Denn nach dem, was Sie nun wissen, können Sie wohl denken, daß diese Reise nach

Deutschland nichts anders ist als eine Flucht, welche mir die Rückkehr in mein Vaterland für immer abschneidet. Jetzt sagen Sie mir, ob Ihnen wenigstens der Aufenthalt von Mariens Mutter bekannt worden?‹

Ich konnte ihm hierüber Auskunft erteilen, und so schauerlich auch seine Gegenwart mich anspricht, so habe ich ihn doch in meinem Wagen mit hierhergenommen, da ich ja wohl aus einem Hause mußte, wo auf jedem Schritte mir die Spur des Geistes entgegentritt, mit dem ich vermählt gewesen bin – bis auf ihren letzten Zettel, in dem das Wort: ›Wiederkommen‹ mir jetzt so grauenhaft aussieht wie die ganze schreckliche Begebenheit.«

Ob sich denn durchaus keine andere Erklärung denken lasse, meinten Julie und Konstantin, denen die Geschichte gar zu unglaublich vorkam.

»Durchaus keine!« antwortete Guido. »Nur allzuviel hat mich dieser Delafosse unterwegs mit ganz ähnlichen Geschichten aus Cagliostros Munde unterhalten. Dazu hat mein neuer, mir sehr furchtbarer Bekannter es ausdrücklich bestätigt, daß auf seine Bestellung ein Wachsfigurenkünstler sie kurz vor ihrer Hinrichtung, sprich: Ermordung, mit großer Treue abgebildet habe. Er zeigte mir einen Brief Mariens, aus dem Gefängnis geschrieben, der schon von ihrer Verurteilung sagt und überdies das Eigentümliche ihrer Handschrift so sehr an sich trägt, daß kein Mißtrauen in denselben zu setzen ist. Außerdem kennt sogar der ganz unverdächtige Besitzer des Gasthofes, in dem wir vorhin eingetreten sind, den Franzosen aus früherer Zeit und versichert mich, er gelte in der ganzen Stadt für den rechtlichsten, solidesten Mann. Das wird auch durch die unverkennbare Wahrheitsliebe bestätigt, die sehr oft zu seinem großen Nachteile alles charakterisiert, was er mir vorgetragen hat.«

»Aber«, sprach jetzt Konstantin, des Freundes Hand ergreifend, »welchen Grund sollte ein solcher Geist gehabt haben, Sie so entsetzlich zu beunruhigen? Und sollten Sie nicht, wenn so etwas mit der – so zweifelhaften – Geisternatur sich vereinigen ließe, sollten Sie da nicht schon früher an der Person, die Ihr Herz so ganz auszufüllen schien, gewisse Umstände wahrgenommen haben, die Ihren Zweifel gegen dieselbe hätten erregen können?«

»Allerdings«, sagte er. »So zum Beispiel der mir unerklärliche Hang nach den Gräbern, von dem ich ja wohl schon erzählt habe.«

»Der«, versetzte Julie, »könnte wohl auch auf die Bedrängnisse der allgemeinen niederdrückenden Situation, insbesondere den Tod des Vaters, der nach den Erzählungen des Franzosen die Schrecken der Verfolgung nicht zu ertragen vermochte, sich bezogen haben!«

»Warum aber solches dann verheimlichen?« entgegnete Guido.

»Weil sie überhaupt von den Umständen ihres Lebens hat schweigen wollen und vielleicht fürchtete, die bestimmte Erwähnung irgendeiner in ihre früheren Verhältnisse genau verwebten Person könne weiterführen, als ihr Geheimnis ertragen möchte.«

»Mit einem Wort«, fuhr Guido fort, »mein Zutrauen war damals so groß, daß es jeden Zweifel niederschlug. Jetzt aber, jetzt erscheint mir auch die Verheimlichung ihres Ursprungs und der ganzen Geschichte so sonderbar, daß ich mich wegen meiner Beruhigung dabei einen Toren, einen recht gewöhnlichen, durch Leidenschaft geblendeten Toren schelten muß.«

Ein Besuch, der die Fortsetzung des Gesprächs verhinderte, bestimmte den tiefsinnigen, mit sich selbst und seinem Schicksale Zerfallenen, das Haus zu verlassen, wo nun die gewöhnliche Konversation ihre Rechte forderte, für die er, wie man denken kann, jetzt keinen Sinn hatte.

Für Guido folgten Wochen, die ihn an den Rand des Wahnsinns brachten. Immer wieder stand ihm Mariens Gestalt vor Augen, bald in leibhaftiger Wirklichkeit, bald als gespenstischer Schemen. Er mochte seine Vernunft zu Hilfe nehmen, wie auch immer, nach allem, was ihm Delafosse erzählt hatte, blieb sie dennoch in seiner Erinnerung, gleich welcher Art, ein vortreffliches Wesen. Und wenn schon die Nachricht, die so kurz auf ihr seltsames, ihn tief verwundendes Verschwinden folgte, nämlich daß sie eine aus dem Grabe Zurückgekehrte sei, ihn in den verzweifeltsten Zustand setzen mußte, so fand er doch mit seiner rückkehrenden Besonnenheit gar nicht mehr an ihr, was ihm ein Grauen vor ihr hätte erregen sollen. Die Wiederkunft Delafosses, der Mariens Mutter an dem bezeichneten Orte nicht mehr gefunden hatte und nun hier in der Stadt seinen Aufenthalt wählte, bewirkte, daß Guido eines Tages, wie er gekommen war, mit Sack und Pack aus der Stadt verschwand. Die eingestandene Feigheit des Mannes, der damals Marien hätte retten oder mit ihr sterben sollen, machte dessen Gestalt für ihn widerwärtig.

Als im Herbst desselben Jahres Guido abermals – absichtlich an einem der gewöhnlichen Versammlungstage – in Juliens Zimmer trat und niemand als ihren Bruder bei ihr fand, da rief sie ihm sogleich ihren Glückwunsch entgegen, weil sein Gesicht ihr sagte, daß er nicht mehr krank sei.

»Auch vormals«, versetzte er, »war ich nicht gerade körperlich krank, man müßte denn annehmen, daß das Leben selbst zuweilen dem frischesten Menschen zur bittersten Krankheit werden könne.

Doch hört, Ihr Lieben, wie es mir ferner ergangen ist. Ich reiste geradezu von hier auf mein Gut. Ganz in mich zurückgezogen, wurde der Gedanke an die verschwundene Gattin immer lebendiger in mir. Ich fühlte mich wie von ihr selbst umgeben, und die Plätze, wo sie sonst am meisten gelebt und geweilt hatte, waren für mich durch ihr Andenken geweiht und geheiligt. Zuzeiten wohnte ich auch in dem benachbarten Gütchen, wo ich sie zuerst erblickte. Da begab ich mich so gern an hellen Nachmittagen zu dem Teiche, und immer war es mir, als ob, wie damals, die Wellen Mariens herrliche Farbe und Gestalt nun bald wieder einmal annehmen müßten.

Und als ich einst auch so vor dem Teiche stand, da geschah es wirklich, und als ich mich darauf zur Seite wandte wie vormals, da war sie selbst neben mir, die Arme liebend nach mir ausgebreitet. Doch nun erfaßte mich, trotz der Lieblichkeit des ganzen Wesens, der Schauer, daß dieses einer andern

Welt angehöre. Ich war bis ins Innerste verstört. Heftiges Schaudern und innigste Liebe kämpften miteinander. Ich zögerte, sie in meine Arme zu nehmen.

›So liebst du mich nicht mehr, mein einziges Leben!‹ rief Marie. ›Ach, ich konnte, ich durfte dir die Gründe meines Verschweigens, meiner Flucht nicht entdecken, wie ich von Herzen gern gemocht. Zuviel stand auf dem Spiele!‹

Ich begriff nicht, was sie sagte, ich hörte nicht; mochte sie sein, wer sie wollte, Worte, Ton und Miene bestürmten mich dergestalt, daß ich sie an mein Herz reißen mußte.

›Ich bin‹, so sagte sie bald darauf, ›in Frankreich geboren und auf die schrecklichste Weise von dort hinweggedrängt worden. Schuldlos dem Tode schon, einem heimlichen Tode, bestimmt, hat der Wärter meines Gefängnisses Mitleid mit mir. Eine der vielen Gefangenen in seiner Verwahrung ist eben aus Angst und Verzweiflung gestorben, als er mich zur Hinrichtung führen soll. Da zieht er denn dieser Verstorbenen meine Kleidung an, und statt meiner wird sie mit verbundenen Augen, als ohnmächtig geworden, fortgeschleppt und ihr der Kopf abgeschlagen.

So ward ich gerettet, entkam auch eine Woche später der Stadt und dem ganzen unglücklichen Geschick.‹

›O mein Himmel, du bist es, du selbst!‹ rief ich aus und erzählte ihr, was ich gehört hatte.

›Armer Mann‹, sagte sie. ›Desto froher aber wird unsere Zukunft sein!‹

Sie erzählte mir hierauf, daß sie die Erscheinung ihres vormaligen Verlobten in der hiesigen Gegend und seine Aufmerksamkeit auf sie davongetrieben habe, weil seine unwürdige Schwäche sie wohl auch in Deutschland hätte verraten und unglücklich machen können, da sie sehr gut wisse, in welchem geheimen Zusammenhang Feigheit und Verrat stünden. Allen Argwohn zu vermeiden, habe sie sich deshalb schon früher in Deutschland von ihrer Mutter getrennt, dieser auch angelobt, bis zur gänzlichen Klärung aller Mißverständnisse und sie beschuldigenden Umstände selbst mich nicht mit ihrer Geschichte bekannt zu machen.

›Nun aber hat‹, fuhr sie fort, ›die völlige Rehabilitierung unserer Familie mir die Freiheit meiner Entschlüsse wiedergegeben, und meine Mutter ist bereits hier, um uns nie wieder zu verlassen!‹ «

Guido hatte seine Erzählung gerade beendet, als ein Wagen vor Juliens Hause vorfuhr, aus dem Marie und ihre Mutter – zwei den Jahren nach zwar entfernte, aber in Ansehung der Form einander sehr nahe, würdige Gestalten – ausstiegen. Ihnen wurde ein entsprechend herzlicher Empfang zuteil. Die übrigen noch erscheinenden Gäste erfreuten sich der von der Wirtin ihnen mitgeteilten, unerwarteten glücklichen Lösung eines Rätsels, das einige Konfusion unter den Beteiligten verursacht und gewissermaßen hier in diesem Hause begonnen hatte.

Hilarie versicherte noch besonders, daß sie nächstens mit ihrem Gemahl auf Guidos Gut einen unaufschiebbaren Besuch machen müsse, um die Wachsfigur, die Guido inzwischen erworben hatte, recht getrost bei der Hand zu fassen.

WILHELM HAUFF

Die Geschichte von dem Gespensterschiff

Mein Vater hatte einen kleinen Laden in Balsora. Er war weder arm noch reich und einer von jenen Leuten, die nicht gerne etwas wagen aus Furcht, das wenige zu verlieren, das sie haben. Er erzog mich schlicht und recht und brachte es bald so weit, daß ich ihm an die Hand gehen konnte. Gerade als ich achtzehn Jahr alt war, als er die erste größere Spekulation machte, starb er, wahrscheinlich aus Gram, tausend Goldstücke dem Meere anvertraut zu haben. Ich mußte ihn bald nachher wegen seines Todes glücklich preisen; denn wenige Wochen hernach lief die Nachricht ein, daß das Schiff, dem mein Vater seine Güter mitgegeben hatte, versunken sei. Meinen jugendlichen Mut konnte aber dieser Unfall nicht beugen. Ich machte alles vollends zu Geld, was mein Vater hinterlassen hatte, und zog aus, um in der Fremde mein Glück zu probieren, nur von einem alten Diener meines Vaters begleitet, der sich aus alter Anhänglichkeit nicht von mir und meinem Schicksal trennen wollte.

Im Hafen von Balsora schifften wir uns mit günstigem Winde ein. Das Schiff, auf dem ich mich eingemietet hatte, war nach Indien bestimmt. Wir waren schon fünfzehn Tage auf der gewöhnlichen Straße gefahren, als uns der Kapitän einen Sturm verkündete. Er machte ein bedenkliches Gesicht; denn es schien, er kenne in dieser Gegend das Fahrwasser nicht genug, um einem Sturm mit Ruhe begegnen zu können. Er ließ alle Segel einziehen, und wir trieben ganz langsam hin. Die Nacht war angebrochen, war hell und kalt, und der Kapitän glaubte schon, sich in den Anzeichen des Sturmes getäuscht zu haben. Auf einmal schwebte ein Schiff, das wir vorher nicht gesehen hatten, dicht an dem unsrigen vorbei.

Wildes Jauchzen und Geschrei erscholl aus dem Verdeck herüber, worüber ich mich zu dieser angstvollen Stunde vor einem Sturm nicht wenig wunderte. Aber der Kapitän an meiner Seite wurde blaß wie der Tod. »Mein Schiff ist verloren«, rief er, »dort segelt der Tod!« Ehe ich ihn noch über diesen sonderbaren Ausruf befragen konnte, stürzten schon heulend und schreiend die Matrosen herein. »Habt ihr ihn gesehn?« schrien sie. »Jetzt ist's mit uns vorbei.«

Der Kapitän aber ließ Trostsprüche aus dem Koran vorlesen und setzte sich selbst ans Steuerruder. Aber vergebens! Zusehends brauste der Sturm auf, und ehe eine Stunde verging, krachte das Schiff und blieb sitzen. Die Boote wurden ausgesetzt, und kaum hatten sich die letzten Matrosen gerettet, so versank das Schiff vor unseren Augen, und als ein Bettler fuhr ich in die See hinaus. Aber der Jammer hatte noch kein Ende. Fürchterlicher tobte der Sturm; das Boot war nicht mehr zu regieren. Ich hatte meinen alten Diener fest umschlungen, und wir versprachen uns, nie voneinander zu weichen. Endlich brach der Tag an. Aber mit dem ersten Anblick der Morgenröte faßte der Wind das Boot, in welchem wir saßen, und stürzte es um. Ich habe keinen meiner Schiffsleute mehr gesehen. Der Sturz hatte mich betäubt, und als ich aufwachte, befand ich mich in den Armen meines alten treuen Dieners, der sich auf das umgeschlagene Boot gerettet und mich nachgezogen hatte. Der Sturm hatte sich gelegt. Von unserem Schiff war nichts mehr zu sehen; wohl aber entdeckten wir nicht weit von uns ein anderes Schiff, auf das die Wellen uns hintrieben. Als wir näher hinzukamen, erkannte ich das Schiff als dasselbe, das in der Nacht an uns vorbeifuhr und welches den Kapitän so sehr in Schrecken gesetzt hatte. Ich empfand ein sonderbares Grauen vor diesem Schiffe. Die Äußerung des Kapitäns, die sich so furchtbar bestätigt hatte, das öde Aussehen des Schiffes, auf dem sich, so nahe wir auch herankamen, so laut wir schrien, niemand zeigte, erschreckte mich. Doch es war unser einziges Rettungsmittel; darum priesen wir den Propheten, der uns so wundervoll erhalten hatte.

Am Vorderteil des Schiffes hing ein langes Tau herab. Mit Händen und Füßen ruderten wir darauf zu, um es zu erfassen. Endlich glückte es. Noch eimal erhob ich meine Stimme; aber immer blieb es still auf dem Schiffe. Da klimmten wir an dem Tau hinauf, ich als der Jüngste voran. Aber Entsetzen! Welches Schauspiel stellte sich meinen Augen dar, als ich das Verdeck betrat! Der Boden war mit Blut gerötet, zwanzig bis dreißig Leichname in türkischen Kleidern lagen auf dem Boden, am mittleren Mastbaum stand ein Mann, reich gekleidet, den Säbel in der Hand, aber das Gesicht war blaß und verzerrt, durch die Stirn ging ein großer Nagel, der ihn an den Mastbaum heftete; auch er war tot. Schrecken fesselte meine Schritte, ich wagte kaum zu atmen. Endlich war auch mein Begleiter heraufgekommen. Auch ihn überraschte der Anblick des Verdeckes, das gar nichts Lebendiges, sondern nur so viele schreckliche Tote zeigte. Wir wagten es endlich, nachdem wir in der Seelenangst zum Propheten gefleht hatten, weiter vorzuschreiten. Bei jedem Schritt sahen wir uns um, ob nicht etwas Neues, noch Schrecklicheres sich darbiete; aber alles blieb, wie es war, weit und breit nichts Lebendiges als wir und das Weltmeer. Nicht einmal laut zu sprechen wagten wir aus Furcht, der tote, am Mast angespießte Kapitano möchte seine starren Augen nach uns hindrehen oder einer der Getöteten möchte seinen Kopf umwenden. Endlich waren wir bis an die Treppe gekommen, die in den Schiffsraum führte. Unwillkürlich machten wir dort halt und sahen einander an; denn keiner wagte es recht, seine Gedanken zu äußern.

»O Herr«, sprach mein treuer Diener, »hier ist etwas Schreckliches geschehen. Doch wenn auch das Schiff da unten voll Mörder steckt: so will ich mich ihnen doch lieber auf Gnade und Ungnade ergeben als längere Zeit unter diesen Toten zubringen.« Ich dachte wie er; wir faßten ein Herz und stiegen voll Erwartung hinunter. Totenstille war aber auch hier, und nur unsere Schritte hallten auf der Treppe. Wir standen an der Türe der Kajüte. Ich legte mein Ohr an die Türe und lauschte; es war nichts zu hören. Ich machte auf. Das Gemach bot einen unordentlichen Anblick dar. Kleider,

Waffen und anderes Gerät lagen untereinander. Nichts in Ordnung. Die Mannschaft oder wenigstens der Kapitano mußte vor kurzem gezecht haben; denn es lag alles noch umher. Wir gingen weiter von Raum zu Raum, von Gemach zu Gemach; überall fanden wir herrliche Vorräte in Seide, Perlen, Zucker usw. Ich war vor Freude über diesen Anblick außer mir, denn da niemand auf dem Schiff war, glaubte ich, alles mir zueignen zu dürfen; Ibrahim aber machte mich aufmerksam darauf, daß wir wahrscheinlich noch sehr weit vom Lande seien, wohin wir allein und ohne menschliche Hilfe nicht kommen könnten.

Wir labten uns an den Speisen und Getränken, die wir in reichlichem Maße vorfanden, und stiegen endlich wieder aufs Verdeck. Aber hier schauderte uns immer die Haut ob dem schrecklichen Anblick der Leichen. Wir beschlossen, uns davon zu befreien und sie über Bord zu werfen; aber wie schauerlich ward uns zumut, als wir fanden, daß sich keiner aus seiner Lage bewegen ließ. Wie festgebannt lagen sie am Boden, und man hätte den Boden des Verdecks ausheben müssen, um sie zu entfernen, und dazu gebrach es uns an Werkzeugen. Auch der Kapitano ließ sich nicht von seinem Mast losmachen; nicht einmal seinen Säbel konnten wir der starren Hand entwinden. Wir brachten den Tag in trauriger Betrachtung unserer Lage zu, und als es Nacht zu werden anfing, erlaubte ich dem alten Ibrahim, sich schlafen zu legen; ich selbst aber wollte auf dem Verdeck wachen, um nach Rettung auszuspähen. Als aber der Mond heraufkam und ich nach den Gestirnen berechnete, daß es wohl um die elfte Stunde sei, überfiel mich ein so unwiderstehlicher Schlaf, daß ich unwillkürlich hinter ein Faß, das auf dem Verdeck stand, zurückfiel. Doch es war mehr Betäubung als Schlaf; denn ich hörte deutlich die See an der Seite des Schiffes anschlagen und die Segel im Winde knarren und pfeifen. Auf einmal glaubte ich Stimmen und Männertritte auf dem Verdeck zu hören. Ich wollte mich aufrichten, um darnach zu schauen. Aber eine unsichtbare Gewalt hielt meine Glieder gefesselt; nicht einmal die Augen konnte ich aufschlagen. Aber immer deutlicher wurden die Stimmen; es war mir, als wenn ein fröhliches Schiffsvolk auf dem Verdeck sich umhertriebe. Mitunter glaubte ich, die kräftige Stimme eines Befehlenden zu hören; auch hörte ich Taue und Segel deutlich auf- und abziehen. Nach und nach aber schwanden mir die Sinne, ich verfiel in einen tieferen Schlaf, in dem ich nur noch ein Geräusch von Waffen zu hören glaubte, und erwachte erst, als die Sonne schon hoch stand und mir aufs Gesicht brannte. Verwundert schaute ich mich um; Sturm, Schiff, die Toten und was ich in dieser Nacht gehört hatte, alles kam mir wie ein Traum vor; aber als ich aufblickte, fand ich alles wie gestern. Unbeweglich lagen die Toten, unbeweglich war der Kapitano an den Mastbaum geheftet. Ich lachte über meinen Traum und stand auf, um meinen Alten zu suchen.

Dieser saß ganz nachdenklich in der Kajüte. »O Herr«, rief er aus, als ich zu ihm hereintrat, »ich wollte lieber im tiefsten Grund des Meeres liegen als in diesem verhexten Schiff noch eine Nacht zubringen.« Ich fragte ihn nach der Ursache seines Kummers, und er antwortete mir: »Als ich einige Stunden geschlafen hatte, wachte ich auf und vernahm, wie man über meinem Haupt hin und her lief. Ich dachte zuerst, Ihr wäret es, aber es waren wenigstens zwanzig, die oben umherliefen; auch hörte ich rufen und schreien. Endlich kamen schwere Tritte die Treppe herab. Da wußte ich nichts mehr von mir, nur hie und da kehrte auf einige Augenblicke meine Besinnung zurück, und da sah ich dann denselben Mann, der oben am Mast angenagelt ist, an jenem Tisch dort sitzen, singend und trinkend; aber der, der in einem roten Scharlachkleid nicht weit von ihm am Boden liegt, saß neben ihm und half ihm trinken.« Also erzählte mir mein alter Diener.

Ihr könnt mir es glauben, meine Freunde, daß mir gar nicht wohl zumut war; denn es war keine Täuschung, ich hatte ja auch die Toten gar wohl gehört. In solcher Gesellschaft zu schiffen war mir greulich. Mein Ibrahim aber versank wieder in tiefes Nachdenken. »Jetzt hab ich's!« rief er endlich aus; es fiel ihm nämlich ein Sprüchlein ein, das ihn sein Großvater, ein erfahrener, weitgereister Mann, gelehrt hatte und das gegen jeden Geister- und Zauberspuk helfen sollte; auch behauptete er, jenen unnatürlichen Schlaf, der uns befiel, in der nächsten Nacht verhindern zu können, wenn wir nämlich recht eifrig Sprüche aus dem Koran beteten. Der Vorschlag des alten Mannes gefiel mir wohl. In banger Erwartung sahen wir die Nacht herankommen. Neben der Kajüte war ein kleines Kämmerchen; dorthin beschlossen wir, uns zurückzuziehen. Wir bohrten mehrere Löcher in die Türe, hinlänglich groß, um durch sie die ganze Kajüte zu überschauen, dann verschlossen wir die Türe, so gut es ging, von innen, und Ibrahim schrieb den Namen des Propheten in alle vier Ecken. So erwarteten wir die Schrecken der Nacht. Es mochte wieder ungefähr elf Uhr sein, als es mich gewaltig zu schläfern anfing. Mein Gefährte riet mir daher, einige Sprüche des Korans zu beten, was mir auch half. Mit einem Male schien es oben lebhaft zu werden; die Taue knarrten, Schritte gingen über das Verdeck, und mehrere Stimmen waren deutlich zu unterscheiden. Mehrere Minuten hatten wir so in gespannter Erwartung gesessen; da hörten wir etwas die Treppe der Kajüte herabkommen. Als dies der Alte hörte, fing er an, den Spruch, den ihn sein Großvater gegen Spuk und Zauberei gelehrt hatte, herzusagen:

»Kommt ihr herab aus der Luft,
steigt ihr aus tiefem Meer,
schlieft ihr in dunkler Gruft,
stammt ihr vom Feuer her;
Allah ist euer Herr und Meister,
ihm sind gehorsam alle Geister.«

Ich muß gestehen, ich glaubte gar nicht recht an diesen Spruch, und mir stieg das Haar zu Berg, als die Tür aufflog. Herein trat jener große, stattliche Mann, den ich am Mastbaum angenagelt gesehen hatte. Der Nagel ging ihm auch jetzt mitten durchs Hirn; das Schwert aber hatte er in die Scheide gesteckt; hinter ihm trat noch ein anderer herein, weniger kostbar gekleidet; auch ihn hatte ich oben liegen sehen. Der Kapitano, denn dies war er unverkennbar, hatte ein bleiches Gesicht, einen großen, schwarzen Bart, wild rollende Augen, mit denen er sich im ganzen Gemach umsah. Ich konnte ihn ganz deutlich sehen, als er an unserer Türe vorüberging; er aber schien gar nicht auf die Türe zu achten, die uns verbarg. Beide setzten sich an den Tisch, der in der Mitte der Kajüte stand, und sprachen laut und fast schreiend miteinander in einer unbekannten Sprache. Sie wurden immer lauter und eifriger, bis endlich der Kapitano mit geballter Faust auf den Tisch einschlug, daß das Zimmer dröhnte. Mit wildem Gelächter sprang der andere auf und winkte dem Kapitano, ihm zu folgen. Dieser stand auf, riß seinen Säbel aus der Scheide, und beide verließen das Gemach.

Wir atmeten freier, als sie weg waren; aber unsere Angst hatte noch lange kein Ende. Immer lauter und lauter ward es auf dem Verdeck. Man hörte eilends hin und her laufen und schrein, lachen und heulen. Endlich ging ein wahrhaft höllischer Lärm los, so daß wir glaubten, das Verdeck mit allen Segeln komme zu uns herab, Waffengeklirr und Geschrei – auf einmal aber tiefe Stille. Als wir es nach vielen Stunden wagten hinaufzugehen, trafen wir alles wie sonst; nicht einer lag anders als früher. Alle waren steif wie Holz.

So waren wir mehrere Tage auf dem Schiffe; es ging immer nach Osten, wohin zu, nach meiner Berechnung, Land liegen mußte; aber wenn es auch bei Tag viele Meilen zurückgelegt hatte, bei Nacht schien es immer wieder zurückzukehren; denn wir befanden uns immer wieder am nämlichen Fleck, wenn die Sonne aufging. Wir konnten uns dies nicht anders erklären, als daß die Toten jede Nacht mit vollem Winde zurücksegelten. Um nun dies zu verhüten, zogen wir, ehe es Nacht wurde, alle Segel ein und wandten dasselbe Mittel an wie bei der Türe in der Kajüte; wir schrieben den Namen des Propheten auf Pergament und auch das Sprüchlein des Großvaters dazu und banden es um die eingezogenen Segel. Ängstlich warteten wir in unserem Kämmerchen den Erfolg ab. Der Spuk schien diesmal noch ärger zu toben; aber siehe, am anderen Morgen waren die Segel noch aufgerollt, wie wir sie verlassen hatten. Wir spannten den Tag über nur so viele

Segel auf, als nötig waren, das Schiff sanft fortzutreiben, und so legten wir in fünf Tagen eine gute Strecke zurück.

Endlich, am Morgen des sechsten Tages, entdeckten wir in geringer Ferne Land, und wir dankten Allah und seinem Propheten für unsere wunderbare Rettung. Diesen Tag und die folgende Nacht trieben wir an einer Küste hin, und am siebenten Morgen glaubten wir in geringer Entfernung eine Stadt zu entdecken; wir ließen mit vieler Mühe einen Anker in die See, der alsobald Grund faßte, setzten ein kleines Boot, das auf dem Verdeck stand, aus und ruderten mit aller Macht der Stadt zu. Nach einer halben Stunde liefen wir in einen Fluß ein, der sich in die See ergoß, und stiegen ans Ufer. Im Stadttor erkundigten wir uns, wie die Stadt heiße, und erfuhren, daß es eine indische Stadt sei, nicht weit von der Gegend, wohin ich zuerst zu schiffen willens war. Wir begaben uns in eine Karawanserei und erfrischten uns von unserer abenteuerlichen Reise. Ich forschte daselbst auch nach einem weisen und verständigen Manne, indem ich dem Wirt zu verstehen gab, daß ich einen solchen haben möchte, der sich ein wenig auf Zauberei verstehe. Er führte mich in eine abgelegene Straße, an ein unscheinbares Haus, pochte an, und man ließ mich eintreten mit der Weisung, ich solle nur nach Muley fragen.

In dem Hause kam mir ein altes Männlein mit grauem Bart und langer Nase entgegen und fragte nach meinem Begehr. Ich sagte ihm, ich suche den weisen Muley, und er antwortete mir, er sei es selbst. Ich fragte ihn nun um Rat, was ich mit den Toten machen solle und wie ich es angreifen müsse, um sie aus dem Schiff zu bringen. Er antwortete mir, die Leute des Schiffes seien wahrscheinlich wegen irgendeines Frevels auf das Meer verzaubert; er glaube, der Zauber werde sich lösen, wenn man sie ans Land bringe; dies könne aber nicht geschehen, als wenn man die Bretter, auf denen sie lägen, losmache. Mir gehöre von Gott und Rechts wegen das Schiff samt allen Gütern, weil ich es gleichsam gefunden habe; doch solle ich alles sehr geheimhalten und ihm ein kleines Geschenk von meinem Überfluß machen; er wolle dafür mit seinen Sklaven mir behilflich sein, die Toten wegzuschaffen. Ich versprach, ihn reichlich zu belohnen, und wir machten uns mit fünf Sklaven, die mit Sägen und Beilen versehen waren, auf den Weg. Unterwegs konnte der Zauberer Muley unseren glücklichen Einfall, die Segel mit den Sprüchen des Korans zu umwinden, nicht genug loben. Er sagte, es sei dies das einzige Mittel gewesen, uns zu retten.

Er war noch ziemlich früh am Tage, als wir beim Schiff ankamen. Wir machten uns alle sogleich ans Werk, und in einer Stunde lagen schon vier in dem Nachen. Einige der Sklaven mußten sie ans Land rudern, um sie dort zu verscharren. Sie erzählten, als sie zurückkamen, die Toten haben ihnen die Mühe des Begrabens erspart, indem sie, sowie man sie auf die Erde gelegt habe, in Staub zerfallen seien. Wir fuhren fort, die Toten abzusägen, und bis vor Abend waren alle ans Land gebracht. Es war endlich keiner mehr an Bord als der, welcher am Mast angenagelt war. Umsonst suchten wir den Nagel aus dem Holze zu ziehen; keine Gewalt vermochte ihn auch nur ein Haar breit zu verrücken. Ich wußte nicht, was anzufangen war; man konnte doch nicht den Mastbaum abbauen, um ihn ans Land zu führen. Doch aus dieser Verlegenheit half Muley. Er ließ schnell einen Sklaven ans Land rudern, um einen Topf mit Erde zu bingen. Als dieser herbeigeholt war, sprach der Zauberer geheimnisvolle Worte darüber aus und schüttete die Erde auf das Haupt des Toten. Sofort schlug dieser die Augen auf, holte tief Atem, und die Wunde des Nagels in seiner Stirne fing an zu bluten. Wir zogen den Nagel jetzt leicht heraus, und der Verwundete fiel einem der Sklaven in die Arme.

»Wer hat mich hierhergeführt?« sprach er, nachdem er sich ein wenig erholt zu haben schien. Muley zeigte auf mich, und ich trat zu ihm. »Dank dir, unbekannter Fremdling, du hast mich von langen Qualen errettet. Seit fünfzig Jahren schifft mein Leib durch diese Wogen, und mein Geist war verdammt, jede Nacht in ihn zurückzukehren. Aber jetzt hat mein Haupt die Erde berührt, und ich kann versöhnt zu meinen Vätern gehen.« Ich bat ihn, uns doch zu sagen, wie er zu diesem schrecklichen Zustand gekommen sei, und er sprach: »Vor fünfzig Jahren war ich ein mächtiger, angesehener Mann und wohnte in Algier; die Sucht nach Gewinn trieb mich, ein Schiff auszurüsten und Seeraub zu treiben. Ich hatte dieses Geschäft schon einige Zeit fortgeführt, da nahm ich einmal auf Zante einen Derwisch an Bord, der umsonst reisen wollte. Ich und meine Gesellen waren rohe Leute und achteten nicht auf die Heiligkeit des Mannes; vielmehr trieb ich mein Gespött mit ihm. Als er aber einst in heiligem Eifer mir meinen sündigen Lebenswandel verwiesen hatte, übermannte mich nachts in meiner Kajüte, als ich mit meinem Steuermann viel getrunken hatte, der Zorn. Wütend über das, was mir ein Derwisch gesagt hatte und was ich mir von keinem Sultan hätte sagen lassen, stürzte ich aufs Verdeck und stieß ihm meinen Dolch in die Brust. Sterbend verwünschte er mich und meine Mannschaft, nicht sterben und nicht leben zu können, bis wir unser Haupt auf die Erde legen. Der Derwisch starb, und wir warfen ihn in die See und verlachten seine Drohungen. Aber noch in derselben Nacht erfüllten sich seine Worte. Ein Teil meiner Mannschaft empörte sich gegen mich. Mit fürchterlicher Wut wurde gestritten, bis meine Anhänger unterlagen und ich an den Mast genagelt wurde. Aber auch die Empörer unterlagen ihren Wunden, und bald war mein Schiff nur ein großes Grab. Auch mir brachen die Augen, mein Atem hielt an, und ich meinte zu sterben. Aber es war nur eine Erstarrung, die mich gefesselt hielt; in der nächsten Nacht zur nämlichen Stunde, da wir den Derwisch in die See geworfen, erwachten ich und alle meine Genossen; das Leben war zurückgekehrt; aber wir konnten nichts tun und sprechen, als was wir in jener Nacht gesprochen und getan hatten. So segeln wir seit fünfzig Jahren, können nicht leben und nicht sterben; denn wie konnten wir das Land erreichen? Mit toller Freude segelten wir allemal mit vollen Segeln in den Sturm, weil wir hofften, endlich an einer Klippe zu zerschellen und das müde Haupt auf dem Grund des Meeres zur Ruhe zu legen. Es ist uns nicht gelungen. Jetzt aber werde ich sterben. Noch einmal meinen Dank, unbekannter Retter! Wenn

Schätze dich lohnen können, so nimm mein Schiff als Zeichen meiner Dankbarkeit!« Der Kapitano ließ sein Haupt sinken, als er so gesprochen hatte, und verschied. Sogleich zerfiel er auch, wie seine Gefährten, in Staub. Wir sammelten diesen in ein Kästchen und begruben ihn am Lande; aus der Stadt nahm ich aber Arbeiter, die mir mein Schiff in guten Zustand setzten. Nachdem ich die Waren, die ich an Bord hatte, gegen andere mit großem Gewinn eingetauscht hatte, mietete ich Matrosen, beschenkte meinen Freund Muley reichlich und schiffte mich nach meinem Vaterlande ein. Ich machte aber einen Umweg, indem ich an vielen Inseln und Ländern landete und meine Waren zu Markt brachte. Der Prophet segnete mein Unternehmen. Nach drei viertel Jahren lief ich, noch einmal so reich, als mich der sterbende Kapitän gemacht hatte, in Balsora ein. Meine Mitbürger waren erstaunt über meine Reichtümer und mein Glück und glaubten nicht anders, als ich habe das Diamantental des berühmten Reisenden Sindbad gefunden. Ich ließ sie auf ihrem Glauben; von nun an aber mußten die jungen Leute von Balsora, wenn sie kaum achtzehn Jahre alt waren, in die Welt hinaus, um gleich mir ihr Glück zu machen. Ich aber lebte ruhig und in Frieden, und alle fünf Jahre mache ich eine Reise nach Mekka, um dem Herrn an heiliger Stätte für seinen Segen zu danken und für den Kapitano und seine Leute zu beten, daß er sie in sein Paradies aufnehme.

HEINRICH HEINE

Der Geist des Doktor Saul Ascher

In jener Nacht, die ich in Goslar zubrachte, ist mir etwas höchst Seltsames begegnet. Noch immer kann ich nicht ohne Angst daran zurückdenken. Ich bin von Natur nicht ängstlich, aber vor Geistern fürchte ich mich fast so sehr wie der »Östreichische Beobachter«. Was ist Furcht? Kommt sie aus dem Verstande oder aus dem Gemüt? Über diese Frage disputierte ich so oft mit dem Doktor Saul Ascher, wenn wir zu Berlin, im »Café Royal«, wo ich lange Zeit meinen Mittagstisch hatte, zufällig zusammentrafen. Er behauptete immer, wir fürchten etwas, weil wir es durch Vernunftschlüsse für furchtbar erkennen. Nur die Vernunft sei eine Kraft, nicht das Gemüt. Während ich gut aß und gut trank, demonstrierte er mir fortwährend die Vorzüge der Vernunft. Gegen das Ende seiner Demonstration pflegte er nach seiner Uhr zu sehen, und immer schloß er damit: »Die Vernunft ist das höchste Prinzip!« – Vernunft! Wenn ich jetzt dieses Wort höre, so sehe ich noch immer den Doktor Saul Ascher mit seinen abstrakten Beinen, mit seinem engen, transzendentalgrauen Leibrock und mit seinem schroffen, frierend kalten Gesichte, das einem Lehrbuche der Geometrie als Kupfertafel dienen konnte. Dieser Mann, tief in den Fünfzigern, war eine personifizierte grade Linie. In seinem Streben nach dem Positiven hatte der arme Mann sich alles Herrliche aus dem Leben herausphilosophiert, alle Sonnenstrahlen, allen Glauben und alle Blumen, und es blieb ihm nichts übrig als das kalte, positive Grab. Auf den Apoll von Belvedere und auf das Christentum hatte er eine spezielle Malice. Gegen letzteres schrieb er sogar eine Broschüre, worin er dessen Unvernünftigkeit und Unhaltbarkeit bewies. Er hat überhaupt eine ganze Menge Bücher geschrieben, worin immer die Vernunft von ihrer eigenen Vortrefflichkeit renommiert und wobei es der arme Doktor gewiß ernsthaft genug meinte und also in dieser Hinsicht alle Achtung verdiente. Darin aber bestand ja eben der Hauptspaß, daß er ein so ernsthaft närrisches Gesicht schnitt, wenn er dasjenige nicht begreifen konnte, was jedes Kind begreift, eben weil es ein Kind ist. Einigemal besuchte ich auch den Vernunftdoktor in seinem eigenen Hause, wo ich schöne Mädchen bei ihm fand; denn die Vernunft verbietet nicht die Sinnlichkeit. Als ich ihn einst ebenfalls besuchen wollte, sagte mir sein Bedienter: »Der Herr Doktor ist eben gestorben.« Ich fühlte nicht viel mehr dabei, als wenn er gesagt hätte: Der Herr Doktor ist ausgezogen.

Doch zurück nach Goslar. »Das höchste Prinzip ist die Vernunft!« sagte ich beschwichtigend zu mir selbst, als ich ins Bett stieg. Indessen, es half nichts. Ich hatte eben in Varnhagen von Enses »Deutschen Erzählungen«, die ich von Klaustal mitgenommen hatte, jene entsetzliche Geschichte gelesen, wie der Sohn, den sein eigener Vater ermorden wollte, in der Nacht von dem Geiste seiner toten Mutter gewarnt wird. Die wunderbare Darstellung dieser Geschichte bewirkte, daß mich während des Lesens ein inneres Grauen durchfröstelte. Auch erregen Gespenstererzählungen ein noch schauerlicheres Gefühl, wenn man sie auf der Reise liest, und zumal des Nachts, in einer Stadt, in einem Zimmer, wo man noch nie gewesen. Wieviel Gräßliches mag sich schon zugetragen haben auf diesem Flecke, wo du eben liegst? so denkt man unwillkürlich. Überdies schien jetzt der Mond so zweideutig ins Zimmer herein, an der Wand bewegten sich allerlei unberufene Schatten, und als ich mich im Bett aufrichtete, um hinzusehen, erblickte ich –

Es gibt nichts Unheimlicheres, als wenn man bei Mondschein das eigene Gesicht zufällig im Spiegel sieht. In demselben Augenblicke schlug eine schwerfällige, gähnende Glocke, und zwar so lang und so langsam, daß ich nach dem zwölften Glockenschlage sicher glaubte, es seien unterdessen volle zwölf Stunden verflossen und es müßte wieder von vorn anfangen, zwölf zu schlagen. Zwischen dem vorletzten und letzten Glockenschlag schlug noch eine andere Uhr, sehr rasch, fast keifend grell und vielleicht ärgerlich über die Langsamkeit ihrer Frau Gevatterin. Als beide eisernen Zungen schwiegen und tiefe Todesstille im ganzen Hause herrschte, war es mir plötzlich, als hörte ich auf dem Korridor, vor meinem Zimmer, etwas schlottern und schlappen, wie der unsichere Gang eines alten Mannes. Endlich öffnete sich meine Tür, und langsam trat herein der verstorbene Doktor Saul Ascher. Ein kaltes Fieber rieselte mir durch Mark und Bein, ich zitterte wie Espenlaub, und kaum wagte ich das Gespenst anzusehen. Er sah aus wie sonst, derselbe transzendentalgraue Leibrock, dieselben abstrakten Beine und dasselbe mathematische Gesicht; nur war dieses etwas gelblicher als sonst, auch der Mund, der sonst zwei Winkel von $22^1/_2$ Grad bildete, war zusammengekniffen, und die Augenkreise hatten einen größern Radius. Schwankend und wie sonst sich auf sein spanisches Röhrchen stützend, näherte er sich mir, und in seinem gewöhnlichen mundfaulen Dialekte sprach er freundlich: »Fürchten Sie sich nicht, und glauben Sie nicht, daß ich ein Gespenst sei. Es ist Täuschung Ihrer Phantasie, wenn Sie mich als Gespenst zu sehen glauben. Was ist ein Gespenst? Geben Sie mir eine Definition. Deduzieren Sie mir die Bedingungen und Möglichkeiten eines Gespenstes. In welchem vernünftigen Zusammenhange stände eine solche Erscheinung mit der Vernunft? Die Vernunft, ich sage die Vernunft –« Und nun schritt das Gespenst zu einer Analyse der Vernunft, zitierte Kants »Kritik der reinen Vernunft«, 2. Teil, 1. Abschnitt, 2. Buch, 3. Hauptstück, die Unterscheidung von Phänomena und Noumena, konstruierte alsdann den problematischen Gespensterglauben, setzte einen Syllogismus auf den anderen und schloß mit dem logischen Beweise, daß es durchaus keine Gespenster gibt. Mir unterdessen lief der kalte Schweiß über den Rücken, meine Zähne klapperten wie Kastagnetten, aus Seelenangst nickte ich unbedingte Zustimmung bei jedem Satz, womit der spukende

Doktor die Absurdität aller Gespensterfurcht bewies, und derselbe demonstrierte so eifrig, daß er einmal in der Zerstreuung statt seiner goldenen Uhr eine Handvoll Würmer aus der Uhrtasche zog und, seinen Irrtum bemerkend, mit possierlich ängstlicher Hastigkeit wieder einsteckte. »Die Vernunft ist das höchste –«, da schlug die Glocke eins, und das Gespenst verschwand.

WILLIBALD ALEXIS
Die Erscheinung von Anklam

In der Nacht vom 9. auf den 10. Oktober 17.. zeigte sich in der Stadt Anklam eine Erscheinung. Es war dies die erste Erscheinung, die man in Anklam gesehen. Der Mond schien nur schwach, denn es war Neumond. Der Bürgermeister Andreas sah zum obern Fenster seines zweistöckigen Hauses hinaus. Um den Glockenschlag zwölf, ungefähr zur selben Stunde, wo die Fahrpost von Greifswalde ankommt – hiernach haben andere die Zeit gemessen –, hub die Erscheinung an. Zuerst hörte man Tritte wie von schweren Stahlschuhen; dann bog es um die Ecke, und eine männliche Gestalt in einem dunkeln Mantel kam die breite Straße heraufgegangen. Dasselbe hat auch der Klempnermeister Vogelbauer gesehen, den eine Indigestion genötigt aufzustehen. Seine Ehefrau fragte ihn, warum er nicht wieder ins Bette komme, er werde sich erkälten. Er antwortete nicht, aber flog bald darauf in die Kissen. Seine Glieder zitterten, und die Frau war die ganze Nacht durch für ihren Mann sehr besorgt. Doch ließ er sie nicht zum Apotheker gehen. Erst bei Tagesgrauen gestand er ihr, ein riesengroßer Mann sei die Straße heraufgekommen, vor des Bürgermeisters Haus habe er eine Weile gestanden und hinaufgeschaut; als er dabei den Mantel auseinanderschlug, sei eine blecherne Rüstung zum Vorschein gekommen. Andere halten dies für eine Täuschung der Phantasie, die bei einem Klempnermeister wohl sehr natürlich ist.

Die Erscheinung ging weiter. Die meisten, die sie gesehen, wollen Unmut in den Schritten bemerkt haben. Uneinig ist man darin, ob der Mantel blau oder schwarz gewesen. So ging die Erscheinung – dies ist durch Zeugen erwiesen – durch die ...gasse, am Markte hin, bei der Kirche vorüber, an der Stadtmauer entlang und in den Winkel. Dann hat der Ratsdiener Elias Tams sie wieder, grade wie oben beschrieben, herauskommen und auf des Bürgermeisters Straße einlenken gesehen. Es steht fest, und die Chroniken bestätigen es, daß man nie in Anklam einen Mann um diese Zeit im Mantel durch die Stadt gehen sah.

Wie der Bürgermeister zu Bette gegangen, hat er drei langsam wiederholte Schläge an einer Haustür gehört. Anfangs hat er geglaubt, da bis auf eins nur sein Haus einen Klopfer hatte, es poche jemand bei ihm. Er hat deshalb zu seiner Tochter hinuntergerufen, deren Kammer im Erdgeschoß auf den Garten hinausging, sie solle die Magd wecken. Da aber der Lichtschein aus war, schloß er, daß sie über ihrem Roman eingeschlafen sei, und stand selbst auf.

Soweit ist der völlige Beweis der Erscheinung geführt. Was sich nun zugetragen, beruht nur auf unbestimmten Aussagen. Schräg dem Bürgermeisterhause gegenüber steht ein anderes. An dieses andere klopfte dieselbe Gestalt, die er zuvor gesehen. Aber das Haus war ganz unbewohnt und verfallen. Der Tischlermeister Enzig hatte es kurz vor Ausbruch des Krieges gekauft; dann, als er sich davongemacht, war es subhastiert worden. Der neue Käufer hatte aber das Kaufgeld nicht erlegen können, worauf in nächster Resubhastation sich gar kein Käufer gefunden. Deshalb stand es wüst und leer, und der Rat prozessierte mit der Bürgerschaft über die Kosten des Abtragens. Denn solange Krieg war, mochte niemand in Anklam an Wiederaufbau denken.

Dieselbe Tür, aus der seit Jahr und Tag niemand getreten, öffnete sich vor des Bürgermeisters leibhaftigen Augen, die Erscheinung trat ein, und die Tür schloß sich wieder. Tams, der Ratsdiener, hatte ebenso vor des Bürgermeisters leibhaftigen Augen letzten Michaelis das Ratssiegel darauf gedrückt, und der Schlüssel befand sich auf dem Rathause oder beim Bürgermeister. Ein Gedanke an Diebstahl, so natürlich in anderen Zeiten, konnte in seiner Seele keine Macht gewinnen, weil, bis auf das Rohr aus den abgebröckelten Wänden, nichts zu entwenden stand.

Demungeachtet öffnete sich die Tür bald wieder, und eine vergrößerte Erscheinung kam heraus. Voran eine schwarzgekleidete Figur, so eine Zitrone in der Hand; demnächst die Erscheinung, die ihren Mantel kriegerisch über die Schultern zurückgeschlagen hielt, und an ihrer Hand eine andere Erscheinung, die aber nicht schwarz war, sondern weiß. Hinterher kam noch eine graue Erscheinung, ein hinkendes Mütterchen, die eine Laterne in der Hand hielt und keuchend die Tür schloß. Wie sie dem Paare nachhinkte, hielt sie hinauf zum Bürgermeister die Laterne und grinste ihn an. Das hat den Bürgermeister Andreas so erschreckt, daß er sogleich das Fenster zugeschlagen und sich tief in seine Kissen vergraben hat, denn es war just dasselbe Gesicht der Hexe, welche sein Großvater Johannes vor dreiundsiebenzig Jahren lebendig verbrennen ließ.

Die gute Stadt Anklam hätte nie erfahren, wo ihre Erscheinung geblieben, hätte nicht in derselben Nacht – was aber erst später an den Tag kam – glücklicherweise der berüchtigte und oft bestrafte Dieb Ernst Fritzenhofer auch einen Kirchendiebstahl versucht. Als er nämlich, es mochte eine Woche darauf sein, arretiert wurde – was jedesmal geschieht, wenn etwas in Anklam fehlt –, fand man zwar nicht die vermißte Angelegenheit, aber eine Quaste Lyoner Gold, offenbar von der Kanzeldecke der Hauptkirche. Inquiriert darüber, hat er nicht ohne innere Angst ein Geständnis abgelegt.

In der Absicht zu stehlen (dieses Wort hat er aber nie selbst gebraucht, vielmehr seine Entrüstung darüber bei Verlesung des Protokolls an den Tag gelegt), kletterte er über die fest verschlossene Kirchhofsmauer und durch ein Kirchenfenster, dessen schwache Stellen er sich zu Nutzen machte, in die Kirche. Kaum dort, hört er ein Geräusch. Die Kirchtür geht auf, und es tritt etwas ein, von dem er nicht weiß, was es ist. Angst ergreift ihn, er fliegt die Kanzeltreppe hinauf und birgt sich dort, indem er krampfhaft den Zipfel der Decke angreift. So blieb er fünf Minuten, wo er nichts hört, als daß es sich im Dunkeln schnaubt und anfangs leise, dann unruhiger das Schiff entlanggeht. Jetzt rasseln Schlüssel, die Kirchhofstür geht auf, ein Lichtschein fällt matt auf die bunten Kirchenfenster; auch das Portal der Kirche öffnet sich nun, und eine lange Prozession tritt ein. Ein Geistlicher in uralt katholischer Tracht geht ihnen entgegen, und das einzige Wort, was Ernst Fritzenhofer deutlich gehört, war des Priesters Stimme: »Sie haben sehr lange gemacht.«

Darauf fand unter dem Altar eine Kopulation statt, von welcher der Dieb aber nichts hörte, da der Priester sehr leise murmelte, auch der Todesschweiß auf seiner Stirn stand, nämlich des Diebes. Die Braut sah wie ein uraltes Mütterchen aus, dessen entsinnt er sich, schlohweiß gekleidet mit Flügelhaube und Steifkragen. Sie hatte auch einen Modergeruch, wie eben aufgestiegen aus dem Grabe; das aber hat er nie beschwören wollen. Der Bräutigam glich einem alten steinernen Ritterbilde. Eine häßliche alte Hexe leuchtete. Als die Ringe gewechselt und der Segen gesprochen, pustete die Alte ihr Licht aus. Es entstand ein buntes Durcheinandertrippeln, Schlüssel klingelten, und der Dieb erinnert sich, nichts mehr gehört zu haben als einen ängstlichen Ruf: »Ach, Herr Jesus!«, woraus man schließt, daß es christliche Gespenster waren.

Später hat er sich entsonnen, daß er ein Posthorn gehört, welches kein anderes sein können als von der Greifswalder Post, die nach Neu-Warp abfuhr. Es war dies das einzige Menschliche, was ihm in der Lage begegnet ist. Bald darauf war alles zerstäubt und zerstoben. Noch lange blieb Fritzenhofer zusammengekauert auf der Kanzel, die Glieder waren ihm erstarrt. Wie er endlich nach Hause gekommen – doch wußte er kaum, wie dies geschehen –, hat er gelobt, nie einen Kirchendiebstahl zu begehen, als er mit Entsetzen die Quaste von der Kanzeldecke in seiner Hand gefunden. Diese Quaste baumelte ihm sein ganzes Leben vor Augen. Wo er einsteigen wollte, schreckte sie ihn an den Fenstergardinen, bis er endlich im Holsteinischen, selbst an dem letzten Galgen der Provinz schwebend, das Bild der fatalen Quaste vergaß.

Wiewohl die Erscheinung in ihrer ganzen Ausdehnung nur eine Stunde gedauert, blieb sie doch das alleinige Gespräch während Wochen in der guten Stadt Anklam. Vor Fritzenhofers Geständnis quälte man sich mit ausschweifenden Vermutungen, und da jeder Einwohner etwas gesehen haben wollte, wuchs die Erscheinung in der Umgegend bis ins ungeheure. Aber worauf man riet: Die Gegengründe waren stärker. Eine Diebesbande konnte es nicht gewesen sein, wie hätte sie Nahrung in Anklam finden sollen? Mystische Orden waren ganz außer der Zeit. Für Entführungen in ganz Anklam nur ein Gegenstand. Falschmünzer endlich – eine so naheliegende Deutung – konnten in jenen Zeiten schon lange nicht mehr mit der neuen Münze Kurs halten.

Durch Fritzenhofers Geständnis wurde die unnatürliche Erklärung wieder natürlich. Sie gewann die Oberhand. Endlich mußte selbst ein wohlweiser Rat, da keine natürliche ausreichte, sich dazu bequemen. Bei Volk und Bürgern war sie längst gang und gäbe, zumal da man sich jetzt erinnerte, in dem Spukhause schon früher Licht gesehen zu haben, insonderheit seit vor langen Monaten bei Überfüllung der Stadt Einquartierung darin gelegt worden. So wurde unter dem Namen des Anklamer Gespenstes die Erscheinung in Vor- und Hinterpommern bekannt, und der Pöbel nannte sie unbegreiflicherweise den verwünschten Rittmeister, da ein solcher zuletzt darin solle einquartiert gewesen sein.

Die Sache wäre unaufgeklärt hingegangen, hätte nicht der Magistrat in seinem Monatsbericht die Erscheinung erwähnt. In Berlin konnte man damals kein Gespenst statuieren, am allerwenigsten eines in den Akten. Wiewohl der preußische Staat im Siebenjährigen Kriege einen großen Geist fühlte, so durfte man ihm doch nicht vorwerfen, daß darin Geister umgingen. Deshalb wurde von Berlin eine Kommission nach Anklam geschickt und die strengste Untersuchung geführt.

Klempnermeister und Ratsdiener deponierten, die Bürgerschaft wurde Mann für Mann befragt, und es kamen viele Dinge zur Sprache, wenn auch nicht die fraglichen. Das quästionierte Haus ward untersucht und jetzt auf Kosten des Staates abgetragen, wo man zwar einen Grund fand, aber nur einen steinernen. Was das seltsamste blieb, war, daß der

Bürgermeister die Hälfte seiner vorigen Aussage zurücknahm und nur das Klopfen des schwarzen Gespenstes beeidigte, von dem weißen und grauen und der Laterne aber meinte, es werde ein Traum gewesen sein. Ebenso der Dieb Fritzenhofer, den man schwören ließ, »daß er geträumt haben könnte«. Die Untersuchung wurde unterbrochen durch einen Einfall, nämlich der Schweden, endlich aber doch so viel ausgemittelt, daß in derselben Nacht ein Mann in einem schwarzen Mantel auf der Greifswalder Post durch Anklam nach Neu-Warp gereist sei. So hatte man wenigstens das Resultat, daß das quästionierte Gespenst mit der ordinären Post nach Anklam gekommen.

Aber die Bürgerschaft war sehr unzufrieden mit der aufklärenden Kommission. Man dankte ihr nicht die unsägliche Mühe. Vielmehr waren schon damals einige der Meinung, die Regierung habe kein Recht, den Anklamern wider deren Willen ihre Erscheinung aufzuklären. Es kam zum Prozeß, wovon die Akten noch beim Kammergericht in Berlin existieren unter dem Rubro: »Die Bürgerschaft von Anklam contra den Fiskus in puncto ihrer Erscheinung.« Es wurden Gutachten von den berühmtesten Gelehrten eingefordert. *Biester* meinte, dahinter stecke eine systematische Verschwörung der Jesuiten, welche zuerst die äußerste Grenzstadt des Königreiches infizierten, um über Uckermünde, Pasewalk, Prenzlow Schritt für Schritt bis zur Hauptstadt vorzudringen. Der selige *Nicolai* hielt das Ganze für Phantasmagorien, hinter welchen der Swedenborgianismus sein Spiel treibe. Er versuchte, die ganze Erscheinung selbst wieder zu träumen; er ist aber, aller Mühe ungeachtet, nie bis zur Zitrone gekommen. *Moritz* lehnte das Gutachten ab. In erster Instanz verlor, in zweiter gewann der Fiskus. Die Akten lagen schon beim Obertribunal, als die Regierung zu einem Entschluß kam. Als die Sache nämlich grundlos zu werden drohte – da bekanntlich in dritter Instanz ohne Gründe geurteilt wird* –, zeigte sich eine

* Nämlich ohne daß die Gründe den Parteien schriftlich mitgeteilt werden – eine weise Einrichtung, wie man sie kaum aus den Zeiten unserer Gesetzgebungen, wo der philosophische Verstand des 18. Jahrhunderts die Welt

besondere Gärung, die, zumal bei den Brauern, in Anklam nie ohne Resultat bleibt. Man fürchtete, die Grenzstadt könne sich vom Königreich losreißen und sich zur Freien Reichsstadt proklamieren. Unterrichtetere besorgten, sie wolle sich der Krone Schwedens unterwerfen, wie auch König Gustav III. gegen allen Zusammenhang mit Gespenstern durch seine Gesandten protestierte.

Da starb König Friedrich II. Es ward wieder in Preußen erlaubt, an Geister zu glauben, und die Regierung beschloß, die Anklamer nicht zum Äußersten zu treiben. Die Untersuchung wurde niedergeschlagen, die Anklamer behielten ihr Gespenst und das Geheime Obertribunal sein Urteil für sich. Aber in Anklam war man mit dem Bürgermeister unzufrieden. Man warf ihm vor, um Menschengunst habe er Gespenst und Wahrheit verleugnet. Mißvergnügt reiste er bald mit seiner Tochter nach Berlin, und als er von hier, seinem Wunsche gemäß, in das entfernte Preußen versetzt wurde, verschwand die letzte Hoffnung der Freunde der Natürlichkeit.

Lange Jahre nachher – die Honoratioren von Anklam, die dazumal lebten, waren schon sparsam geworden, der Bürgermeister Andreas schlummerte längst unter grünem Rasen an der Weichsel, und die Helden des Siebenjährigen Krieges wurden grau und stumpf – begab sich wieder etwas in Anklam, was einen Grund hatte.

Der erste Pfarrer der Kirche war an einem Tage mit seinem Küster gestorben, und – soweit war damals die Humanität fortgeschritten – sie wurden an ein und demselben Tage in *einem* Leichenzuge zur Erde bestattet.

Die Küsterwitwe, wohl dies schätzend und fühlend, was es zu bedeuten, versicherte weinend, das sei der glücklichste Tag ihres Lebens.

beherrschte, vermuten durfte. Ein »ewiger Streit« wird nie *endlich* durch Gründe geschlichtet, sondern durch die Offenbarung des Willens. Die Überzeugung läßt sich nicht mathematisch erzwingen. Es muß zuletzt ein Siegel der Autorität aufgedrückt werden, gegen das keine Advokatengründe helfen.

Die Totenglocken läuteten noch vom Kirchhof herüber, als der Husarenmajor***, seit vielen Jahren Kommandant der Stadt, bei der Pfeife und Bowle mit anderen Honoratioren zusammensaß. Er war ein humaner Mann mit den Bürgern, da er in die Stadt hineingeheiratet, und jetzt ein zufriedener Mann, da er seiner Frau, des ehemaligen Bürgermeisters Tochter, schon vier Monate früher die letzte Ehre erweisen. Man sprach von Tod und Leben und Auferstehung und von dem seligen Pfarrer, der ein Geisterseher gewesen sein sollte.

Es war Mitternacht geworden und die Stube ganz voll Dampf. Einige meinten, er wäre kein guter Christ gewesen, andere, er habe oft gelächelt und geäußert, daß er große Lust habe, nach seinem Tode zu spuken.

Es war den Gästen nicht angenehm, als der Major die Pfeife jetzt weglegte und das Zeichen zum Aufbruch gab. Denn der Wind heulte in den Schornsteinen, und vom Kirchturm schlug es zwölf. Da öffnete sich die Tür, und ein Gespenst trat ein. Es war der selige Pastor; er ging durch das Zimmer, machte vor jedem eine Reverenz, wie er im Leben zu tun gepflegt, trank ein volles Glas Punsch, mit Verbeugung gegen den Gouverneur, aus und ging dann hinaus. Noch hatte keiner eine Sterbenssilbe gesprochen, als die Türe wieder aufging und der selige Küster auch eintrat. Vollgetrunken, wie man ihn zuletzt gesehen, humpelte er, eine Zitrone in der Hand, dem Pfarrer nach. Aber dicht vor dem Major stolperte das Gespenst an einem Nagel und fiel der Länge lang hin. Als die Perücke ihm abfiel, war es Fritz, der tolle Sohn des Kommandanten.

Damals hielt man körperliche Züchtigungen für sehr gesund, wie es denn bekannt ist, daß es eigene Fuchtelklingen gab. Nachdem der Knabe, der schon tief in und über die Flegeljahre getreten, heulend und fußstampfend ins Dunkel hinausgeschickt war, kamen alte Gespenstergeschichten zum Vorschein. Man gedachte der Erscheinung von Anklam; der Akzise-Kontrolleur und der Kollaborator versicherten, die Sache sei für die Ewigkeit begraben; ein anderer aber meinte, der selige Pfarrer habe um das Gespenst gewußt, und der

Küster einmal im Trunke versichert, er sähe es noch durch die Gassen laufen.

Der Husarenmajor, der bisher geschwiegen, legte die Pfeife aus dem Mund und strich sich mit pfiffiger Miene den Knebelbart. Dann sagte er: »Das tue ich auch.«

Nun sahen ihn alle erschreckt an und fragten, ob er denn wisse, wer das Gespenst gewesen?

Der Major blies den letzten Rauch aus dem Munde und sagte: »Der Schlingel draußen.«

Man hätte dies für eine Albernheit gehalten, wäre es nicht der Kommandant von Anklam gewesen. Aber dieser blieb bei seiner Aussage, daß es eben der schreiende Bengel sei, und als man bescheiden einwarf, daß Fritz nach genauer Ausrechnung zu jener Zeit noch nicht geboren war, machte der Husarenmajor wieder eine sehr pfiffige Miene.

Indessen wurde neuer Tabak gebracht und noch eine rauchende Bowle Punsch bereitet, und der Husarenmajor, welcher sehr freundlich, seit er Witwer und beim Punsch gesprächig war, gab folgendes Licht über die Erscheinung von Anklam:

»Vor neunzehn Jahren lagen wir gegen die Schweden in Pommern, aber die Schweden waren's nicht allein, denen wir Husaren zu schaffen machten. Vielmehr war dazumal ein ganz anderes Soldatenleben als jetzt. Der alte Bürgermeister Andreas ist tot, und meine Eusebie, seine Tochter, Gott habe sie selig, wird nicht rot werden im Grabe. Sie war kugelrund, das netteste, ausgelassenste Mädchen, die fixeste Tänzerin auf den Kantonierungsbällen, und ich just ein so ausgelassener Rittmeister wie mein Fritz ein Tunichtgut. Wie es denn so in der Welt zu gehen pflegt, so ging es. – Winters im Quartier, des Frühlings auf das Pferd. Tränen sind Tränen; eine mehr oder weniger, dachte ich. Nun kamen Briefe, die konnte man gut zu Fidibus brauchen; ein ordentlicher Offizier gab sich überhaupt dazumal wenig ab mit Lesen. Aber einmal spät in der Nacht, es sollte morgens zu einer kleinen Bataille gehen, fiel mir so ein Schnitt Papier in die Augen, ich las ihn bei der tristen Zeltlampe immer wieder und wieder, und die Augen wurden mir ordentlich naß, als ich mich auf die Matratze niederwarf. Aus dem Scharmützel wurde nichts, aber alles machte Miene zu einem ordentlichen Treffen, wo es heiß hergehen konnte. Urlaub war schwer zu bekommen in jenen Zeiten und am allerwenigsten eine Heiratserlaubnis vom Alten Fritz für seine Husarenoffiziere. Aber ein Schuß in der Bataille, und ein Junge konnte auf die Welt kommen, ohne einen Vater zu haben. Ich schrieb zum erstenmal Briefe in meinem Leben, an den Pfarrer, an das Mädchen; jener war nicht diffizil, wie's damals wohl zu gehen pflegte, und der König hätte ihn auch nicht abgesetzt, um einen Spaß. Das Mädchen aber, Gott weiß, welche Ammen- und Muhmenhistörchen ihr um die Ohren klangen; sie meinte, ein honettes Mädchen könne nur ehrlich unter die Haube kommen, wenn sie in der Kirche getraut würde und einen ordentlichen Brautzug durch die Straßen hielt. Man mußte ihr den besonderen Appetit wohl vergeben, wie sie damals war. Bei Sonnenschein war's nicht zu tun, bei Mondenschein in tiefster Stille ließ sich's machen, wenn man den Romanengedanken des Mädchens nachgab. Was kümmerte mich's, wie sie's anordnete mit steifen Hauben und dem alten weißen Chorrock des Pfaffen aus Friedrich Wilhelms I. Zeiten. Ich wurde krank und saß auf dem Postwagen, bis ich Schlag zwölf Uhr als Gespenst in Anklam ausstieg.«

Man schüttelte den Kopf, und mancher hatte geahnt, daß es sich so verhalten.

»In diesem Hause«, fuhr der Major fort, »was aber damals alt war und verfallen – ich hatte darin als Einquartierung gelegen –, erwartete sie mich mit dem Küster und einer alten Hexe, die für ein paar Goldstücke gar gefällige Zeugen abgaben. Den Schlüssel hatte sie aus des Vaters Resgistratur gestohlen, aber das schlimmste blieb der Vater selbst, der oben zum Fenster nausschaute und ein gefährlicher wilder Mann war, wenn er's entdeckt hätte.«

»Aber die Hexe leuchtete ihm ins Gesicht«, fiel der Kontrolleur in die Rede, »und er erkannte eine Frau, die sein Vater hatte lebendig verbrennen lassen.«

»Kann wohl sein«, fuhr der Major lachend fort, indem er wieder aus vollen Zügen rauchte, »sie lebte aber noch vor zehn Jahren, und ich und Eusebie wurden vor achtzehn Jahren um Mitternacht in der Kirche ehrlich getraut.«

»Aber die Regierungskommission –«

»Kehrte mit einem großen Papierstoß und einer langen Nase zurück, dieweil der Pfaff ein Pfiffikus war und der alte Bürgermeister gerade da ins Geheimnis gezogen wurde, als nichts mehr zu verbergen war.«

»Also gar nichts von Gespenst?« sagte der Kollaborator mit langgedehntem Seufzer.

»Doch, eines«, setzte der Major ernst hinzu und die Pfeife weg. »Dasjenige, das mir in der Nacht vor dem Scharmützel erschien und mich zurücktrieb nach Anklam.«

JEREMIAS GOTTHELF
Der Mordio-Fuhrmann

Der Kanton Bern ist ein wunderliches Land, ein Land voll Gottes Herrlichkeit, aber auch voll Streitbarkeit: streitbare Köpfe, Köpfe wie Nagelfluh, streitbares Land, wo man die Hühner anbinden muß am Hause, damit sie nicht zu Tale rollen, streitbare Straßen, wahrhaftige Seufzerstraßen für ehrliche Rosse, für alle Fuhrleute, welche es mit ihren Rossen ehrlich meinen, für alle Lohnkutscher, welche in den Fall kommen, den übrigens ganz ehrlichen Bürgern, Handwerkern und selbst Edelleuten, welche alle drei Jahre mit Frau und sieben Kindern und einem Pferde eine Lustfahrt machen, gedachtes Pferd samt einer weiten Chaise anvertrauen zu müssen. Nun hat es Gott gewollt, daß gerade um die Stadt Bern herum, wo so viele Menschen wohnen, welche gerne so zahlreich und so wohlfeil als möglich Lustfahrten machen, so streitbare Straßen sind, daß einem die Beine krumm werden, wenn man bergunter geht, und geht man bergauf, so wird man ganz steif im Nacken, wenn man den vor den Füßen laufenden Weg betrachten will. So ist namentlich die Straße nach Aarberg, wiederum die nach Murten, beide scheinen recht eigentlich eingerichtet zu des Teufels Vogelherd, wo er die Tierschinder fängt, wenn sie reif sind, oder die angehenden sich notiert in seinem Notizenbuch. Auf einer von diesen beiden Straßen soll es wirklich nicht richtig sein, für gewisse Leute sehr gefährlich, wir sagen aber nicht auf welcher. Es schadet nämlich gar nichts, wenn die Mordio-Fuhrleute, Schinder von Kutscherknechten und Bürgersmänner, welche meinen, ein einspännig Chaischen sei eine Arche Noah, sich auf beiden Straßen sorgfältig in acht nehmen, nicht an des Teufels Leimrute hängenzubleiben.

Einmal, es war am Vorabend der Weihnacht, als längst jeder gute Christ zu Bette war, erscholl vor einem Wirtshause, welches an einer dieser Straßen steht, eine gewaltige Stimme. »Stallknecht, ausspannen!« rief die Stimme; dreimal rief sie so, und dem schläfrigen Stallknecht, welcher den Tag über viel roten und weißen Wein in seinem Leibe begraben hatte und selbigen gerne schlafen gelegt hätte, war es noch, als befehle sie das große Ordinäri (ein halb Mäß Hafer statt ein viertel). Als er mit der Laterne in der Hand schwerfällig herbeistolperte, sah er zwei wohlbekannte magere Rößlein, durch welche nicht bloß der Mond schien, wann er voll war, sondern sogar die Sterne in halbdunklen Nächten, an einem schwer beladenen Wagen, doch niemand dabei. »Wo ist der Daniel?« brummte der Stallknecht. »Liegt der besoffen am Wege oder schon drinnen, mag nicht mehr warten, bis man ihm das Fuhrwerk abnimmt? Der wird auch unglücklich, ehe es lang geht, und kommt unter die Räder.« So brummend, leuchtete er um das Fuhrwerk herum, fluchte auf einmal laut und rief: »Daniel, bist du ein Narr oder besoffen, was Hunds treibst du da!«

An einem hintern Rade hing der alte Daniel und schob mit aller Kraft an demselben vorwärts, hörte nichts, wußte nicht, wo er war, bis ihm der Stallknecht mit der Laterne ins Gesicht fuhr, ihn beim Arm packte und sagte: »Daniel, bist ja oben, die Rosse stehn, setz doch ab!« Da stierte Daniel lange in des Stallknechts sonst so wohlbekanntes Gesicht, endlich atmete er hoch auf, frug leise und heiser: »Wo ist er, oder ist er fort?« – »Wer?« frug der Stallknecht. »Wer war's? Ich merkte wohl eine fremde Stimme, aber gesehen habe ich niemand.« – »Ist er noch da?« frug Daniel bebend. – »Sehe niemand«, sagte der Stallknecht. »Wer war's?« – »Der Teufel«, sagte Daniel leise, »spann aus, um Gottes willen, so schnell du kannst, sonst kommt er wieder und nimmt uns beide.« – »Bist ein Narr«, sagte der Stallknecht, »wenn man niemand mehr zu fürchten hätte als den, so wäre gut sein in der Welt«; doch sagte er das mit einer Stimme, in welcher der rechte Mut nicht steckte. – »Schweig, versündige dich nicht«, sagte Daniel,

»wenn du erfährst, was ich, du redest anders.« – »Bleibst über Nacht?« frug der Stallknecht. – »Nicht um hunderttausend Gulden führe ich noch einen Schritt. O mein Gott, wie tut mir der ganze Leib so weh. Ich muß in die Stube hinein. Aber sieh, steht er nicht dort? Gott bewahre meine Seele, und die guten Geister loben den Herrn!« – Bald wäre der lange Daniel ins Kellerloch gefallen, dem Stallknecht war es auch unheimlich zumute; beide waren froh, in der hellen Stube zu landen, wo trotz dem Heiligen Abend und der späten Stunde noch nicht Feierabend war. Der Wirt kannte halt keine andern heiligen Tage als die, an welchen er tanzen ließ, die Musterungen und großen Märkte. Die Wochenmärkte in den umliegenden Städten waren seine ordinären Sonntage, sein Gott war das Geld, der Wein sein Heiland, denn der half ihm zu seinem Gott. Wie wird es aber einer Seele sein, wenn die mal aus dem Leibe muß, was hat die dann für Trost von ihrem Gott und ihrem Heiland? Wie ward es wohl dem Wirte, als später sein Heiland ihm den Hals brach? Ist das nicht ein seltsamer Heiland, welcher seinen Anbetern den Hals umdreht? Der Teufel schickt halt gar manchen in die Welt, die Menschen sehen ihn für einen Heiland an, und wenn sie am besten mit ihm dran sind, dreht er ihnen den Hals um. Gaben sich seinerzeit auch einige sechzig für den verheißenen Messias aus, und doch war nur einer der rechte und kam von Gott.

Wo der lange Daniel, der allbekannte Mordio-Fuhrmann, sonst in eine Wirtsstube trat, erregte er Aufsehen, doch nicht wegen seinem Aussehen, sondern wegen seinem Aufbegehren. Diesmal erregte er großes Aufsehen wegen seinem Aussehen. Er trat ein ganz zertrümmert, als ob er jeden Augenblick auseinanderfallen wollte; statt wie sonst in der Stube herumzustolpern mit der Peitsche in der Hand, den Gästen auf alle Weise lästig fallend, drückte er sich schnell in einen Winkel nieder, forderte eine gute Suppe statt einem Schoppen, seufzte tief auf, wischte sich den Kot aus dem Gesicht, kurz, er war ganz das Gegenteil von sonst.

Die Kellnerin oder das Stubenmädchen, wie wir im Berngebiet sagen, ein couragiert und schnippisch Ding, doch ohne das Widerwärtige, das couragierte und schnippische Kellner haben, sah ihm verwundert ins Gesicht und frug: »Daniel, Daniel, kömmst du aus der Löwengrube oder aus einem Mistloch, mit dir ist's nicht gut?« – Das könne nicht mit richtigen Dingen zugehen, sagte der Stallknecht, so habe er den Daniel nie gesehen, und was er aus der Stimme machen solle, welche gerufen und das große Ordinäri befohlen habe, wisse er nicht, so eine hätte er nie gehört, gar nicht wie von einem Menschen habe sie getönt. Daniel machte dazu ein Gesicht wie eine Kindbetterin, welche auf ihre Suppe wartet, seufzte übel und sagte: »Das große Ordinäri befohlen! In Gottes Namen, gib's, und wenn sie mehr mögen, gib's auch! Wo es um eine Seele geht, kömmt es auf einen Viertel Hafer mehr oder weniger nicht an!« Mit großer Hast machte er sich hinter die Suppe, aber je mehr er aß, desto mehr seufzte er, er schien sich nur zu erholen, um sein Elend in Worte fassen zu können. Die Spöttereien rundum hatte er seufzend und schweigend hingenommen. Als er den Löffel ablegte, holte er Atem tief herauf und sprach: »Lacht nur, solange ihr mögt, wird einmal euch begegnen, was mir, dann vergeht es euch von selbst.« – »Du wirst dir selbst begegnet sein«, sagte das schnippische Stubenmädchen, »mir ist das Lachen schon manchmal vergangen, wenn du zur Tür hereinkamst oder mir sonst begegnetest.«

»Doch kam es dir bald wieder«, sagte der lange Daniel, »und lache in Gottes Namen nur, solange du magst, Mareili. Wäre dir der begegnet, welcher mir begegnet ist, das Lachen wäre die für dein ganzes Leben vergangen.« – »Wer ist dir denn begegnet?« frug Mareili. »Du könntest einem bald zu fürchten machen.« – »Und wenn man sich schon mehr fürchtete, Mareili, glaube es mir, es schadete nichts; hätte man Furcht zu rechter Zeit, so hätte er keine Gewalt, und man müßte nicht erfahren, was ich«, sagte der Fuhrmann. – »Daniel, du bist sturm oder sonst nicht z'weg, gib Bericht, wer ist dir begegnet?« frug das Mädchen ungeduldig. – »Der Teufel!« antwortete Daniel leise und langsam. »Bist ein Narr«, sagte Mareili, »es ist ja keiner mehr; wer wollte sich doch vor dem fürchten!« – »Wer es nicht erfahren hat, sagt manches«, sagte der lange Daniel, »was ich geredet habe, mag mir Gott verzeihen, wenn er kann, jetzt weiß ich, was ich zu reden habe. Habe auch geglaubt, als er hinter dem Zaun hervorkam, es sei nur ein Nachtbub, welcher mich ängstigen wolle, und wollte ihm den Mutwillen mit der Peitsche vertreiben. Aber wohl, der belehrte mich anders und zeigte mir, wer es wär«, sagte Daniel blaß und matt. – Neugierig hatten die Gäste sich um ihn herumgedrängt und begehrten, er solle ordentlichen Bericht geben von vornen bis hinten. Allem nach sei was begegnet, so mir nichts, dir nichts ducke er sich nicht in die Ecke wie ein Kaninchen in einen Holzhaufen.

Wenn sie es begehrten, sagte Daniel, so wolle er schon erzählen, vielleicht, daß es für andere gut sei. »Im Städtchen hatte ich zu meinen zwei Faß Wein noch etwas geladen, ließ aber nicht füttern. Am Fuhrlohn zwacke man alle Tage ab, der Hafer werde alle Tage teurer, und bergauf gingen die Rosse leichter, wenn sie nicht die Bäuche vollgefressen hätten, dachte ich, ließ die Rosse draußen stehen, trank drinnen einen Schoppen oder zwei und aß ein Würstchen dazu oder zwei. Als ich fahren wollte, kam ein Fuhrmann aus dem Aargau, welcher vier Faß geladen hatte, vom Allerbesten, wie er sagte. Ob es so sei, nahm uns wunder, wir bohrten die Fässer an, und wirklich, diesmal log der Aargauer nicht, besseren habe ich selten getrunken. Begreiflich säumten wir uns lange dabei, fast war es finster, als ich aus dem Städtchen fuhr. Die Rosse wollten nicht laufen, wie ich auch auf sie schlug, es war, als sei ich verhext, und in den Sinn hätte es mir kommen sollen, es sei da was nicht richtig. Ich fütterte unterwegs noch für zwei Batzen Brot, in der Meinung, es ginge dann besser, aber es war alles eins. Es ist halt eine böse Welt und nichts mehr zu machen, mit den Leuten nicht, mit den Rossen nicht, jeder Bube will befehlen und nichts tun und die Rosse auch nur immer fressen und nicht ziehen. Gut ist's, daß man das Wasser umsonst hat, kostete es etwas, wetten wollte ich, sie söffen zum Trotz die Hälfte mehr. Sie fraßen das Brot so rasch, daß ich kaum meinen Schoppen trinken konnte. Der

Stallknecht fragte, ob er noch für zwei Batzen geben solle, es dünke ihn, sie würden es nehmen. Aber wer nicht arbeiten will, soll auch nicht fressen, sagte ich, hieb aus und fuhr. Die Rosse wollten nicht laufen, je stärker ich hieb, desto langsamer gingen sie vorwärts, es war mir, als müßte ich zur Haut ausfahren, und hätte sie ein Loch gehabt, groß genug, ich wäre hinausgefahren. So ging es, als ob wir Schnecken zum Vorspann hätten, bis da unten an den Berg, da standen die Rosse. Hü! sagte ich und hieb auf sie ein, daß mich dünkte, es sollten Steine entzweigehen, aber keinen Fuß rüherten sie, keinen Tritt gingen sie vom Fleck. Ich nahm nun eines nach dem andern am Zaum, mit der einen Hand riß ich vorwärts, hieb mit der andern drein, daß es mich dünkte, Haut und Fleisch sollten werden wie Wurstteig. Sie taten keinen Wank. Ich stieß mit den Stiefeln an Beine und Bäuche, es war all eins – ich war verhext.

Da in dieser Not gedachte ich an ein Mittel, von welchem ich oft gehört, es jedoch nie probiert hatte: Ich suchte meinen Schwamm zusammen, schlug ihn brennend und wollte ihn unter die Schwänze legen. Da, wie ich es tun wollte, kömmt plötzlich einer hinter dem Zaun hervor, reißt mir die Peitsche aus der Hand, steckt mir eine Ohrfeige, daß ich rundum fahre wie ein Kreisel, und sagt: ›Warte, du Mordio-Fuhrmann, dich will ich fahren lehren und zu Vorspann verhelfen!‹ Ich erschrak noch nicht, hab gar viel erfahren, brüllte ihn an, er sollte mich ruhig lassen, mein Fahren ginge keinen Hund an, nicht einmal den Teufel. ›Das will ich doch sehen‹, brüllte der, ›gerade der bin ich!‹, riß das Maul auf, streckte eine feurige Zunge hinaus, klafterlang, nahm mich beim Halse, drückte mich ans Rad, schrie: ›Greif in die Speichen!‹, hieb auf mich ein, daß es mir schien, als fahre ein Rasiermesser durch meinen Leib und zwei feurige Hörner wie Kirchtürme wüchsen auf seinem Kopfe. Und wie er nun fuhr! Es schaudert mich, und die Haare stehen mir zu Berge, wenn ich daran denke. Leise sprach er mit den Rossen, mich fluchte er an, daß der Boden zitterte, über die Pferde knallte er nur so hin, auf mich hieb er ein, daß es mich dünkte, es müsse Glied um

Glied mir vom Leibe fahren, und wollte es nicht gehen, so kam er hinter mich und drohte mir gar mit Schwamm.

Einmal wollte ich mich wehren, aber er faßte mich bei den Ohren und drückte mir das Gesicht ins Rad hinein, daß ich glaubte, ich müßte auf der Stelle gerädert sein. Ich fiel auf die Knie, aber mit dem Peitschenstecken hieb er mich auf, daß es mich dünkte, ich müsse zu Himmel fahren, und brüllte dazu: ›Wart, du Mordio-Fuhrmann, mußt doch einmal wissen, wie es deinen Rossen ist!‹ Ich habe beten wollen, aber nicht gewußt, wie, und kein Mensch kam, kein Fuhrwerk, und wie ich geschrien, niemand hörte es, und eine Ewigkeit war's, daß ich da fahren mußte, was man sonst in einer kleinen Stunde abtut. Als wir bald oben waren und ich bei mir selbst dachte, wenn es denn sein müsse, wenn der Teufel mich nehmen wolle, so wäre es mir doch wirklich lieber, er nehme mich, ehe wir ganz oben am Berge seien, da sei dann ja ein Wirtshaus und die Sache erstritten, brüllte er schrecklich: ›Stoße, speiche, schiebe, du verfluchter Hund und Fuhrmann, daß das Blut dir aus den Händen spritzt, sonst nehme ich dich, und dann für ewig. Tust du das möglichste, so schone ich diesmal deiner noch. Aber weißt! Es ist das letzte Mal, und mein sind die Mordio-Fuhrleute und Pferdeschinder allzumal, ich brauche sie, eine schöne Zahl habe ich schon beisammen. Wer die Rosse überladet, überstrengt, sie nicht füttert, sie stehenläßt im Winter in der Kälte, im Sommer in der Hitze, Fliegen und Bremsen zu blutigen Opfern, der ist mein. Und wenn ich solcher Schinder schon viele habe, so bedarf ich deren doch noch viele. Um Bern, ums Morgental herum, wo die Salz- und Steinfuhrleute, im Emmental, wo Käse und Kohlen geführt werden, da kriege ich meine Rekruten, und wenn das Bauen um Bern und Burgdorf recht angeht, so trage ich den versoffenen Weinfuhrleuten nichts mehr nach. Aber jetzt noch, du langer Daniel, könnte ich dich brauchen, darum schiebe und stoße, sonst –‹, und damit hieb er mich mit dem Peitschenstecken, daß mir Hören und Sehen verging, daß ich nichts wußte als Schieben und Stoßen, bis der Stallknecht mit der Laterne mir ins Gesicht fuhr.«

So erzählte der lange Daniel und setzte hinzu: »Es dünkt mich, wenn ich einen Tropfen Tee hätte, es täte mir wohl, es dünkt mich noch immer, er stehe hinter mir mit seinen feurigen Hörnern und stüpfe mich mit den spitzigen Stiefeln.« Und wie er das sagte, klapperte er mit den Zähnen, als ob er einen Storchenschnabel hätte. Der Stallknecht schlotterte, das Stubenmädchen schlotterte, die ganze Stube schlotterte, es war ein allgemeines Schlottern, wie es noch heutzutage über ganze Haufen kommt, und zwar um so eher, je weniger man denkt, und um so heftiger, je gewaltiger man sonst tut mit dem Maul.

Als die Erzählung aus war, setzte man sich wieder, und es begannen nun die Erklärungen, und wie bekannt ist, sind die Erklärungen immer viel länger als die Erzählungen und zumeist ungeheuer unerklärlich vor lauter Begreiflichkeit. Die einen redeten von einem Traum, einem innern Gesichte, dazu waren aber die blutigen Streifen über des langen Daniels Gesicht allzu sichtlich; andere von einer absichtlichen Lüge, dafür schlotterte aber der lange Daniel viel zu natürlich; andere von einem Gespenst, einem bösen Manne, welcher wiederkommen müsse, Teufel aber sei keiner, das wisse man längst. Ein Schneider späßelte über Teufel und Gespenst und meinte, nur dumme Leute glaubten noch so etwas, wer aber ein wenig wisse, was jetzt Trumpf sei, der glaube gar nichts mehr, als was er in seine fünf Finger kriegen könne. Das käme manchem Schneider bequem, hieß es, wenn man nicht mehr glauben dürfe, daß er Tuch stibitze! Aber eigentlich sei es doch schlecht von einem Schneider, daß er den Teufel leugne, und seien sie doch beide Vettern vom Ziegenbock her. Der Schneider ward zornig, fand aber doch gut, vor der Mehrheit sich zu ducken.

Während man in der Sache herumerklärte und diese anschwoll ganz kurios, war ein junger, schöner Bursche in die Stube gekommen und hatte einen Schoppen gefordert. Mareili und er schienen gut bekannt, hatten allerlei zu flüstern und zu winken, wenn sie nämlich glaubten, die Leute achteten sich ihrer nicht. Dieser Bursche mischte sich endlich auch in das Gerede und, wie es den meisten schien, noch recht vernünftig. Er sagte, allweg sei was an der Sache, das Gesicht des langen Daniel gebe es mit, aber daß es der Teufel selbst gewesen sei, glaube er nicht, so um eines Fuhrmanns willen sich hierher zu mühen, dazu werde der Teufel wohl zu stolz und vornehm sein. Aber es gebe noch andere Teufel; so wie ein Oberst Leutnante habe und Hauptleute, so habe auch der Teufel Untergebene, so einer werde es gewesen sein, es werde kaum fehlen. Von seiner Großmutter Stiefbase habe er etwas gehört, das werde wohl das Wahre sein.

Eine solche Andeutung spannte die Neugierde, der junge Bursche mußte heraus mit der Sprache.

»Eigentlich meint der Teufel es mit niemand gut, aber leider glauben dies nicht alle Leute«, so begann er zu erzählen. »Wieviel man auch auf ihm hält und ihm flattiert, es hilft doch nichts, wer ihm am meisten Ehre erweist, den nimmt er zuerst in die Hölle und plagt ihn obendrein vom Teufel. Nun machen ihm wohl keine Menschen soviel Komplimente, berufen sich zuerst auf ihn als die größte Autorität als Fuhrleute, nur Schweinehändler und Roßjuden vielleicht ausgenommen. Nun ist er aber auch gerade auf den Fuhrleuten am allermeisten und weiß sie auch danach zu gebrauchen. Der Teufel hat es auch wie andere Leute, es kömmt ihm zuweilen wunderlich in den Kopf, manchmal schießt ihm sogar der Bauteufel in den Leib, daß er meint, die ganze Hölle sollte zur Straße werden, Kasernen, Fabriken gebaut sein oder Dämme aus Schwefelpulver; dann muß gefuhrwerkt sein Tag und Nacht. Wirklich Pferde hat er begreiflich nicht in der Hölle, diese sind nur für die Menschen. Es wäre auch nicht billig, wenn die armen Tiere, nachdem sie hier genug geplagt worden, am Ende noch dem Teufel zu müßten. Als Rosse braucht er die gewesenen Fuhrleute, Kutscher, Engländer, kurz Pferdeschinder von allen Sorten und Klassen, spannt sie mit feurigen Ketten an feurige Wagen, ladet ihnen auf wie ein Narr, jagt sie mit feurigen Peitschenhieben, bis sie in die Knie fallen, die Hände blutig in den Boden graben, dann kriechen feurige Teufel ihnen auf den Rücken, stechen sie mit feurigen Sporen bis mitten in den Leib hinein. Haben sie keinen Hauch mehr im Leibe, stellt er ihnen feurigen Rostmist auf, welchen wirklich Rosse auf steilen Straßen in Not und Angst fallen lassen, den ihm seine Mistbuben, gewesene Rechtspraktikanten, welche böse Händel aufstöberten, auflesen müssen, ladet sie mit feurigem Wasser, welches die Rosse aus Langeweile vor den Wirtshäusern von sich ließen und welches die Wirte, welche Fuhrleute mutwillig locken oder säumen, sammeln und kredenzen müssen. Nun gibt es aber Zeiten, wenn der Bauteufel so recht absonderlich in ihm spukt, hauptsächlich seit er auch Eisenbahnen haben will von einem Schwefelkessel zum andern nicht bloß, sondern von jeder schlechten Kneipe bis zum Tor der Hölle, wo ihm die Rosse fehlen. Gar zu viele muß er an Wagen spannen, denn gar zu matt und schwach kriegt er die Fuhrleute, Kutscher usw., entweder versoffen oder wassersüchtig oder auszehrend, fast ohne die kleinste Kraft. Da muß er extra aus um Zuwachs, muß um junge Fuhrleute aus, muß ihnen den Tod beizen, daß sie ihm nicht so ausgemergelt, sondern rasch in voller Kraft zufallen, macht sie trunken oder schläfrig oder zornig, daß sie von den Pferden fallen, unter die Wagen kommen und jämmerlich und plötzlich sterben.

Einmal war's, daß er eine große Brücke bauen wollte von einem höllischen Pfuhl zu einem andern höllischen Pfuhl, aber tüchtige Deichselrosse fehlten ihm. Da sandte er seine Gehülfen aus, diese legten sich auf die Lauer auf allen steilen Straßen, absonderlich an den Markttagen, an welchen noch mancher Bauer zum Schinder wird, wenn er in der Stadt viel gelöst und noch dazu viel versoffen hat. Er selbst ging auf Bern als Weinhändler, mit Stegreifen an den Beinen und Schnäuzen im Gesicht, so konnte er am besten in allen Wirtshäusern herumstreichen und sich aussuchen, was er wollte: ein Sattelroß an seinen Hauptwagen. Endlich beim ›Wilden Mann‹ sah er einen Müllerssohn, der hatte eine gewaltige Gestalt, Kraft für sieben Mann, nach diesem wässerte dem Teufel alsbald das Maul. Der Müller hatte ein schweres Fuder Korn geladen, aber vier Pferde wie Elefanten vor dem Wagen und war nichts weniger als ein Roßschinder. Er ging mit seinen Rossen um mit Manier, und sie liebten ihn auch. Hörten sie seinen Schritt von weitem, so wieherten sie, und kam er ihnen nahe, so rieben sie ihre Köpfe an ihm ab und versuchten mit ihm zu schäkern, so gut sie es verstunden. Also hatte eigentlich der Teufel an diesem kein Recht und keine Hoffnung, bei ordinärem Lauf der Dinge ihn zu kriegen. Aber der Teufel macht Extragelegenheiten, und bei solchen hat er schon manchen in einer einzigen Stunde gefangen, welchen er lebenslang nie gekriegt hätte. Darum ist es eben die Kunst, aufzupassen und nie zu vergessen, daß der Teufel umhergeht wie ein brüllender Löwe und trachtet, wen er verschlinge. Neben dem Müller sah der Teufel ein großes Prachtmädchen stehn und daß dasselbe dem Müller besser gefiel als Wagen, Pferde und all das Korn auf dem Markte. Nun hat der Teufel alsbald los, wo der Griff sei, welchen er packen muß, wenn er was machen will. Er stöberte einen jungen, hübschen Wirtssohn auf, welcher in der gleichen Gegend, wo das Mädchen und der Müller wohnten, zu Hause war und beide kannte. Dieser kam dahergeschwänzelt, bat das Mädchen, es möchte mit ihm fahren im schönen Chaischen, wo gar ein sanft und weich Sitzen sei, ganz anders als auf dem schweren Wagen, mit welchem man überdies nicht vom Fleck käme. Bei der Bellevue im Ochsenloch könne man warten, bis Benz nachkäme.

Der Teufel kitzelte das Mädchen am Hochmut, daß ihm das Fahren im hübschen Chaischen besser gefiel als auf dem schweren Müllerwagen; ohne viel Komplimente saß es auf und rasselte auf dem leichten Fuhrwerk rasch dahin.

Benz hatte nicht viel dazu gesagt und, ehe ihn der Teufel stieß und stüpfte, nicht viel dabei gedacht.

Aber alsbald blies auch ihn der Teufel an, im Kopf begann es ihm zu gramseln, als ob eine Kolonne großer Ameisen eingezogen sei. Er sah es bei dem Wirtssohne allein im Chaischen sitzen, gedachte an die vielen Wälder, durch welche der Weg führte, an den Vorsprung, welchen sie hatten, an die lange, lange Gelegenheit zum Reden, zum Schmeicheln, zum Verleumden, zum Abspenstigmachen usw. Da kam eine Angst, eine Hast über ihn, als ob er ein heißes Fieber hätte, die Hände zitterten ihm, wie ein Bach lief der Schweiß über ihn nieder, kaum konnte er anspannen. So hatte er die Rosse noch nie an den Köpfen herumgerissen, noch nie so lange gehabt, bis jeder Zaum auf rechte Weise saß. Er vergaß, das Trinkgeld dem Stallknecht zu geben, riß einem Seeländer sein unsauber Wägelchen in Stücke und konnte kaum sich halten, mit dem schweren Frachtwagen im Galopp über das Pflaster dahinzurasseln. Wie aber jedes Fieber wächst bis zur Krisis, so brannte seine Ungeduld immer heißer, draußen ließ er die munteren Rosse traben, sie taten es freudig, warfen hoch aus, taten üppig mit ihrer Kraft, machten ihren Meister noch wilder, heftig knallte er mit der Peitsche, und je wilder es ging, desto wilder knallte die Peitsche. Als Rosse von guter Zucht wollten sie vernünftig tun, wie gewohnt halten und Schritt gehen bergauf und bergab, aber Benz hatte die Zügel seines Verstandes fallenlassen, wollte jagen bergab, bergauf. Daß die Rosse dampften wie ein Dampfkessel, die Knie schunden, sah er nicht. Der Teufel saß hinten auf dem Wagen, paßte den rechten Augenblick ab, den Rossen hinter die Ohren zu kriechen. Rosse haben Ähnlichkeit mit Menschen. Edle Rosse, unentweiht durch die Hände eines Mordio-Fuhrmanns, leisten vernünftigen Herren in Augenblicken der Not das Unmögliche, gehen in ihrer Rettung unter, aber gegen ungewohnte, unvernünftige Behandlung sträubt sich jedes Haar an ihnen. Hätten Benzens Rosse den Verstand gehabt, ihren Herrn zu fassen, zu begreifen, daß er seinem Mädchen nachwolle, sie wären für ihn in den Tod gelaufen; aber das wußten sie nicht, sie wurden unwirsch, der Teufel hatte leichte Arbeit. Sie standen stille, wenn Benz peitschte, gingen zurück, wenn er an den Zügeln riß, warfen aus, schlugen aus. Wilder ward Benz, wilder die Rosse, Benz und Rosse wüteten. Da ward Benz von einem Schlage des Vorderrosses getroffen, fluchend fiel er nieder, dem Fluchenden zermalmte der nachrollende Wagen den Kopf. Da ergriff ihn rasch der Teufel und fuhr mit ihm zur Hölle. Benz sah sein schönes Mädchen nimmer wieder, mußte Steine fahren in der Hölle als des Teufels Deichselroß.

Um Benz war großes Leid auf der Erde bei Menschen und Vieh, und sein Mädchen weinte sich die Augen aus. Darum war auch Erbarmen noch für Benz. Es ward ihm verheißen, wenn er einmal so einen rechten Hund von Pferdeschinder, einen Mordio-Fuhrmann, bekehren könne, daß derselbe seine Pferde nie mehr schinde, seine Seele nie dem Teufel übergebe, gegen Mensch und Vieh niemals mehr ärger als ein Vieh sei, so solle Benz von der feurigen Deichsel loswerden und zu seinem Elsi kommen. Die Heiligen Nächte sind sein, da wird er losgelassen von seinem Wagen und kann das Bekehren versuchen, wo er will und an wem er will. Aber ein schwer Ding muß das sein, denn bis jetzt ist er noch nicht erlöst, muß immer ans Bekehren hin, aber was richtet man aus mit einem versoffenen Fuhrmann! Doch sollten sie gewarnt sein, und wenn nicht mit dem armen Benz, so doch mit sich selbst Erbarmen haben, denn hinter welchem Benz umsonst gewesen, hinter diesen kommt kurz darauf der Teufel selbst, dreht ihm den Hals um und um, und fertig ist's mit der Bekehrung. Meiner Großmutter Stiefbase weiß mehr als hundert Geschichten, wie Benz seine Erlösung versucht und wie der Teufel den Halsstarrigen und Verstockten den Hals umgedreht hat.«

So erzählte der hübsche Bursche.

Solche Geschichten hört man andächtig, besonders wenn Mitternacht nahe ist. Alle sahen auf den langen Daniel, und dieser war ganz weiß geworden und wischte sich den kalten Schweiß von der Stirne. Still und scheu entfernten sich die Gäste. Wie wild und hart die Herzen sein mögen, wenige werden sein, welche nach einer solchen Geschichte in einer Heiligen Nacht, wenn sie gegen Mitternacht nach Hause gehen sollen, nicht schlottern ums Herz herum.

Als alle fort waren, sagte der lange Daniel zum Stallknecht: »Du, Joseph, kann ich nicht bei dir schlafen, alleine darf ich wahrlich nicht.« Ehedem hätte er nicht »wahrlich« gesagt, sondern: der Teufel solle ihn nehmen! Der Stallknecht willigte von ganzem Herzen ein, denn sehr unheimlich war es ihm ums Herz, seit er vernommen, daß der Teufel so nahe sei und so handlich. Möglich, daß ihm auf dem Herzen gestohlener Hafer schwer drückte oder daß er dachte, der Teufel könne sich eigentlich an Mordio-Stallknechte so gut machen als an Mordio-Fuhrleute. Ach, und der Dritte im Bunde wäre gerne unser Schneiderlein gewesen, aber Joseph, der Stallknecht, wies ihn barsch weiter. Für kein Geld hätte er in dieser Nacht bei einem Schneider geschlafen, von wegen dessen Verwandtschaft. Der arme Teufel mußte weiter, mußte Spießruten laufen zwischen den langen, langen Zäunen hindurch, wo jeder Zaunstecken Hörner zu haben und der Teufel selbst zu sein schien.

Am folgenden Morgen war es längst Tag, als der Stallknecht und der lange Daniel sich zeigten, beide ungeheuer zahm und freundlich. Daniel weinte fast, daß er an einem heiligen Sonntag auf der Straße sein müsse, dieweil man ihn erwarte und er die Kundsame nicht verlieren dürfe. Aber er hoffe, das rechne der Teufel nicht ihm an, sondern den Herren, dieweil diese mehr Verstand haben sollten und es ja heiße, daß die, welche den Verstand hätten und ihn nicht brauchten, mit doppelten Streichen gezüchtigt werden sollten. Doch ehe die Predigt aus sei und die Leute vom Heiligen Abendmahl kämen, fahre er nicht, er sei kein Hund nicht und wisse jetzt, daß er eine Seele habe; so redete Daniel. Er bat den Stallknecht, die Rosse recht zu füttern, besser sei es für beide, wenn sie nicht Hafer auf das Gewissen lüden, solcher Hafer brenne heißer als brennender Schwamm unter der Pferde Schwanz. Als er frühstückte, stellte er Butter und Käse beiseite und meinte, bloßes Brot sei genug, mancher Vornehme habe es nicht besser, und Frau und Kinder wären oft froh, wenn sie nur Brot hätten.

Mareili, das Stubenmädchen, machte erst ein spöttisch Gesicht und hatte allerlei Anzügliches in Bereitschaft für den zahmen langen Daniel. Aber erst betete derselbe lange, daß ihm fast der Kaffee kalt wurde, darein durfte es doch nicht reden, und als es nach geschlossenem Gebet einiges fliegenlassen wollte, sagte der lange Daniel weichmütig: »O Mädchen, bedenke zu rechter Zeit, was deinem Frieden dient. Heute ist's heilig für dich und mich, und lieber noch als alte Fuhrleute sind dem Teufel junge Mädchen, die holt er wohl nicht mit der Peitsche, aber mit Küssen und Flattieren!« Da ward das Mädchen rot, verschluckte die Rede und drehte rasch der Küche sich zu.

Als er glaubte, die heilige Handlung sei beendet, zäumte Daniel auf, nahm den Rest des Brotes mit für seine mageren Rößlein, redete mit ihnen so zärtlich, wie es einem halbhundertjährigen Fuhrmann möglich ist, führte sie mit einer Sorgfalt an den Wagen, als ob sie Prinzessinnen wären, und zwar von den feinsten.

»Hü, in Gottes Namen«, sagte der lange Daniel, als er abfahren wollte so leise und sanft, daß die Pferde es gar nicht verstunden, der Stallknecht nachhelfen mußte, aber auch lieblich und manierlich, daß Mareili fast das Lachen ankam und es doch nicht lachte, da es an den Teufel und das Flattieren und Küssen denken mußte.

Endlich fuhr Daniel ab und fährt noch immer, und der Teufel drehte ihm den Hals nicht um, aber Daniel war auch kein Mordio-Fuhrmann mehr, respektierte das Vieh, dachte an Weib und Kinder, an seine Seele, an Gott, heiligte, was als heilig den Menschen gegeben ist. Darum hatte der Teufel keine Macht über ihn, und dabei wurden seine Rosse fetter, er kam alle Tage in bessern Verdienst und wurde ästimierter von den Menschen.

Mareili aber, als es den jungen Burschen, welcher die Geschichte erzählt hatte, heiratete, soll in den Ehekontrakt haben tun lassen, daß derselbe nie gegen sich den Teufel aufbringe.

Er stellte dagegen die Bedingung, daß Mareili Gott ehre, nie vergesse, daß zu Weihnachten auch den Stubenmädchen der Heiland geboren worden sei, dann habe es keine Teufel zu fürchten, weder einen verkappten noch den wirklichen.

FRIEDRICH GERSTÄCKER
Der tote Zimmermann

Im Westen von Yorkshire, tief im Innern des Landes und von der großen Heerstraße selbst ziemlich abgelegen – denn Eisenbahnen gab es damals noch nicht in dem jetzt von ihnen nach allen Richtungen hin durchschnittenen England –, lag ein altes, wohl nicht gerade schon verfallenes, jedoch baufällig genug aussehendes Gebäude. Vor der Reformation hatte es zu einem Kloster gedient, von den Rundköpfen aber genommen und eine Zeitlang zu einer Art Kaserne benutzt, war es später durch Kauf an eine alte katholische Familie übergegangen, die allerdings kein Kloster wieder daraus machen konnte und wollte, aber doch auch soviel als möglich das alte Schloß von den Entweihungen zu befreien suchte, die ein fanatischer Pöbel damals, in der festen Überzeugung, dem lieben Gott damit einen ungemein großen Gefallen zu tun, ausgeübt hatte.

Die Klosterkirche oder Kapelle, von der die wütenden Reformatoren wenig mehr als die Gewölbe hatten stehenlassen – und diese ebenfalls nur aus dem Grunde, weil sie sie nicht einreißen konnten –, wurde wieder so weit hergestellt, daß sie den Namen eines »anständigen Gotteshauses« verdiente – wie es die Pastoren und Priester gewöhnlich nennen, wenn die Kirche ländlich und die Pfarrwohnung behaglich eingerichtet ist. Die hohen gewölbten Fenster, aus denen die wilden Soldaten all die zierlichen Steinhauereien, die gotischen Arabesken, Kreuze und Heiligenbilder mit größter Sorgfalt herausgeschlagen hatten, wurden frisch, aber einfach umgemauert und mit neuen Fenstern versehen. Die Zellen der Mönche dagegen, die eben den Hauptteil der Kaserne gebildet hatten, ließ der Eigentümer niederreißen und den Platz zu

Wirtschaftsgebäuden benutzen. Er war bis auf das Refektorium mit der innern Einrichtung fertig geworden, als er plötzlich starb und sein ganzes Vermögen und Grundeigentum, was sich meist auf dies alte Kloster und die dazugehörigen Ländereien beschränkte, seiner einzigen Erbin, einer Stiefschwester und alten Jungfer, hinterließ, die ihm bis dahin, mit Hilfe ihrer fast ebenso alten Dienstmagd, die Wirtschaft geführt hatte.

Diese verpachtete bald darauf das Gut an einen Fremden, einen Protestanten, der die Felder und sonstigen Wirtschaftsgebäude in vortrefflichen Stand brachte, sich aber dafür den Henker um die neueingerichtete Kapelle kümmerte und lieber zwei volle englische Meilen zu der dort errichteten protestantischen Kirche ritt, als daß er sich der kleinen Gemeinde in der alten Klosterkapelle angeschlossen hätte.

Die Dienstleute, fast lauter Katholiken, die mit dem früheren Besitzer gekommen oder sich später, aus protestantischen Umgebungen, hierher gezogen hatten, schüttelten darüber freilich mit dem Kopf und meinten, der alte Herr müsse sich im Grabe umdrehen, wenn er sähe, wie all seine Mühe und Arbeit nun so vergebens gewesen wäre und protestantische – und man könnte ebensogut sagen heidnische – Hände auf seinem Grund und Boden wirtschafteten. Die Schwester aber war ein viel zu vernünftiges Frauenzimmer, sich an solche Reden und Ideen zu kehren. Sie wußte recht gut, daß sie leben mußte. Und da sie natürlich nicht selber mehr Landwirtschaft treiben und Felder bebauen konnte, so verstand es sich von selbst, daß sie einen Pächter dazu nahm. Ob der nun später, wenn er einmal starb, in den Himmel und Abrahams Schoß oder an einen Ort kam, dessen eine gute Christin nur mit innerem Schauder gedenken konnte, ging sie auf der Welt nichts an. Sobald der Mann nur, solange er ihr Gut bewirtschaftete, seinen Zins ordentlich bezahlte, konnte ihr das übrige gleichgültig sein.

Ich erwähne dies aber nur hier deshalb, um eben zu rechtfertigen, daß sie von den noch streng katholischen Untersassen des kleinen Gebiets mit nichts weniger als günstigen

Augen betrachtet wurde. Diese schüttelten auch sehr häufig die Köpfe und meinten, das könne nun und nimmermehr zu einem guten Ende führen. »Das Fräulein«, wie sie übrigens allgemein von der Nachbarschaft zum Unterschied von andern Fräulein genannt wurde, die gewöhnlich noch ihren Geschlechtsnamen dabeigesetzt bekamen, bewohnte mit ihrer alten Dorothea die Zimmer des früheren Abtes, die danach von einigen Offizieren der Rundköpfe benutzt, später, nachdem sie anständig hergerichtet worden, von ihrem Bruder in Besitz genommen und dadurch die noch am besten erhaltenen Gemächer des ganzen Hauses waren.

Gleich an diese stieß das alte Refektorium des Klosters. Und dieses hatte ihr Bruder wollen mit mehreren Abteilungen durchschneiden und dadurch in kleinere Gemächer, die zu verschiedenen Zwecken benutzt werden konnten, verwandeln lassen. Hierbei aber vom unerbitterlichen Tod überrascht, war alles in dem großen Saale, wie es die Arbeiter eben verlassen, stehen- und liegengeblieben. Und es sah fast unheimlich aus, wenn man, aus dem Wohnzimmer tretend, die Tür öffnete und dann in den weiten, alten, graudüstern Saal hineinschaute, wo die Mauersteine neben den noch halb vergoldeten und mit Zieraten geschmückten, halb von profanen Händen abgekratzten und bekleckstcn Wänden aufgeschichtet oder unordentlich umhergestreut lagen; wo hier ein Balken über einem Heiligenbild, dem die Rundköpfe das früher glorienumstrahlte Angesicht schwarz übermalt hatten, in der Ecke lehnte, dort eine Leiter aus der Kreuzigung Christi an der Hinterwand ordentlich herausgefallen schien, während die Bilder selbst, beschmutzt und mit groben Pinselstrichen überschmiert, gar traurig und betrübt nur hier und da noch einen Arm oder ein Bein vorstreckten.

Der alte Herr hatte diese Kleinigkeiten eben gelassen, weil er einen Totalumbau des ganzen Saales beabsichtigte. Und dann wären die Wände ja doch von neuem wieder mit Kalk beworfen und übermalt worden.

Das alles beschloß »das Fräulein« abändern zu lassen, und zwar nicht allein des Saales und des dadurch verlorenen

Raumes wegen – lieber Gott, sie brauchte mit ihrer alten Magd sehr wenig Platz und hätte den recht gut entbehren können, ohne sich auch nur im mindesten einzuschränken! –, aber es war schon ein häßliches, ich möchte fast sagen, unheimliches Gefühl, wenn sie in ihrem Zimmer, das dicht daranstieß, saß und sich nur durch die schwere eichene Tür von dem wüsten Bauplatz mit seinen entweihten und geschändeten Bildern und dunkeln Ecken und Schutthaufen getrennt wußte. Und abends hätte sie manchmal darauf schwören wollen – wenn sie das überhaupt je getan –, daß sie Schritte und Geflüster in dem Saale gehört habe. Dorothea war leider halb taub und konnte nicht gut zum Zeugen aufgerufen werden. Aber selbst die Köchin, ein junges, leichtfertiges Ding zwar und sonst gerade in keiner großen Achtung bei ihrer Herrin, wurde, als man sie später danach fragte, ganz verlegen und versicherte dem Fräulein, sie wolle es nur gestehen, sie hätte etwas ganz Ähnliches in dem alten Saale auch schon gehört, und sie möchte ihm nicht mit seinen verunstalteten und mißhandelten Heiligenbildern abends nach Dunkelwerden zu nahe kommen – nicht um alles Geld in Yorkshire.

Arbeiter mußten deshalb her, um den Teil des Saales, der ihrer Zimmertür zunächst lag, aufzuräumen und eine Mauer quer durch die obere Abteilung zu führen. Hierdurch wurde nicht allein die weite Räumlichkeit gebrochen, sondern auch noch eine prächtige und luftige Speisekammer gewonnen, die nur noch einer Decke bedurfte, um benutzt werden zu können und das Wohnzimmer des Fräuleins von ihrer früheren unheimlichen Nachbarschaft vollkommen abzuschneiden.

Diese Decke, die aus etwa zehn Fuß von der Erde eingemauerten Balken bestand und nur einzig und allein noch mit Planken übernagelt zu werden brauchte, hatte ein unten im Ort wohnender Zimmermann, ein Irländer, zu vollenden übernommen. Und mit einigem Fleiß würde er auch imstande gewesen sein, in nur wenigen Tagen seinen Akkord zu erfüllen. Patrick O'Flannagan hatte aber, obgleich sonst eine seelensgute Haut, einen einzigen Fehler, der aber manche seiner guten Eigenschaften wieder nicht allein verdunkelte, sondern total in den Schatten drängte. Er trank nämlich. Und wenn ich sage: trinken, so meine ich nicht etwa unschuldiges Quellwasser, sondern echten irischen Whisky, schon aus Nationalgefühl, und von diesem solche Quantitäten, daß man es recht gut »trinken« nennen konnte.

Die Beendigung der Speisekammer verzögerte sich deshalb von Tag zu Tag. Und obgleich das Fräulein Patrick O'Flannagan immer drängte, sie zu beendigen oder ihr wenigstens einen Tag zu sagen, an dem er sie fest und bestimmt beendigt haben würde – denn wenn Patrick erst einmal sein Wort gegeben hatte, konnte man Häuser darauf bauen, wieviel mehr denn Speisekammern –, wich Patrick dem doch immer so geschickt aus, wie es wirklich nur ein Irländer unter solchen Umständen imstande ist. Er versprach allerdings, sie »in den nächsten Tagen« fertigzumachen, hing aber so viele Wenn und Aber und Bedingungen von »mit des Herrn Gnade das Leben behalten« und »gesund bleiben« und so weiter an, daß man schon von vornherein wissen konnte, der liebe Gott würde gar nicht imstande sein, all die Bedingungen, die Patrick stellte, zu erfüllen. Und der Erfolg lehrte auch, daß es gewöhnlich so herauskam.

Nun muß ich den Leser aber vorher noch mit Patricks Privatverhältnissen etwas näher, und sei es nur durch wenige Worte, bekannt machen.

Patrick O'Flannagan wohnte am äußersten Ende des kleinen Ortes, wohl zweihundert Schritt von den letzten Häusern entfernt, auf einem kleinen Stück »Bog« oder Sumpf, das er sich zum Andenken an seine traute »Smaragdeninsel«, wie ja das alte grüne Irland von seinen poetischen Söhnen genannt wird, ganz besonders ausgesucht und von dem früheren Eigentümer des Grundstücks, der viel auf ihn hielt, noch kurz vor dessen Tode erb- und eigentümlich bekommen hatte. Dort hauste er ganz allein mit seiner alten Mutter und einem jüngeren Bruder und mied nicht allein die übrigen Dorfbewohner, sondern wurde auch von ihnen gemieden; denn Patrick gehörte zu jener Partei der irischen Nation, die sich dem Protestantismus zugewandt und die Idee gefaßt hatte, daß sie auch ohne die Gebete ihrer bisherigen Patres einen Eingang in den Himmel finden könnten.

Es tut mir aber leid, hier gleich bemerken zu müssen, daß sich Patrick in der Tat ebensowenig um den Protestantismus bekümmerte, wie er sich früher um den Katholizismus bekümmert hatte. Alles, woran ihm hier auf Erden gelegen schien, war, seinen eigenen Körper, soviel das nur irgend in seinen Kräften stand, zu pflegen und sich so lange als möglich »im Leben zu erhalten«. Da er nun, wie er häufig äußerte, »mit sehr wenig Arbeit auskommen konnte«, hütete er sich wohl, seine Kräfte übermäßig anzustrengen. Und waren Kartoffeln und Whisky genug im Haus, dann hätte ich den Christenmenschen sehen mögen, der Patrick aus seinen eigenen vier Pfählen gebracht hätte. Solange noch eine dieser »irischen Zitronen« (wie die Kartoffeln dort auch häufig scherzhafterweise genannt werden) oder ein Tropfen des »Bergtaues« (der edlere Name für Whisky) im Hause waren, rührte und regte er sich nicht. Und erst wenn diese Vorräte zur Neige gingen, dachte er auf neue Arbeit und damit neue »Provisionen«.

Patrick war übrigens außerdem ein ungemein drolliger Kauz und wußte die komischsten Geschichten von der Welt mit einem Humor zu erzählen, in dem er von wenigen andern Menschen und von keinem auf zehn Meilen in der Runde übertroffen wurde. Da er sich auch noch außerdem als ein vortrefflicher und wackerer Sohn bewies und es seiner alten Mutter, die er zu sich genommen hatte, an nichts fehlen ließ, so war ihm das Fräulein und besonders Dorothea, was fast noch mehr sagen wollte, sehr gewogen. Sie wollten es ihm deshalb auch nicht gern zuleide tun, einen andern Arbeiter zur Beendigung der Speisekammer anzunehmen, obgleich ein nüchterner und rechtschaffener Zimmermann – noch dazu ein Katholik – nur wenige Meilen von dem Gut entfernt wohnte und seine Dienste auch schon mehrmals selber angeboten und durch andere hatte anbieten lassen.

Endlich aber konnte es das Fräulein nicht länger aushalten.

Sie war es müde geworden, immer und immer nur anzutreiben und sich die Vollendung der Arbeit aufs ungewisse hinaus versprechen zu lassen. Sie schickte also an einem Dienstagmorgen – denn montags war es immer nur eine höchst ungewisse Sache mit Patrick – den Kutscher, einen jungen, rüstigen Burschen, der die zwei Pferde zu besorgen, die alte Kutsche instand zu halten und nebenbei noch den kleinen Garten zu bestellen hatte, nach Patrick O'Flannagans Wohnung hinüber und ließ ihm sagen, er möchte augenblicklich einmal aufs »Kloster« (wie das Herrenhaus immer noch aus alter Gewohnheit genannt wurde) heraufkommen, weil das Fräulein etwas sehr Wichtiges mit ihm zu besprechen habe.

Solchen Ruf versäumte Patrick nie; denn er bekam dort nicht allein stets eine ganze Portion gute Ermahnungen, sondern zuletzt, wenn man ihn zu Worte kommen ließ und er ein paar von seinen Schwänken einschieben konnte, auch stets einen ausgezeichneten »Bittern«, wie ihn wirklich nur das Fräulein gegen Magenweh und andere häusliche Unfälle aufzusetzen wußte.

Diesmal sollte er aber nicht mit bloßen Ermahnungen und weitläufigen Versprechungen davonkommen. Das Fräulein blieb selbst gegen seine Beteuerungen unempfindlich und erklärte ihm rundheraus, daß es heute das letzte Mal sei, wo sie über die Beendigung dieser Arbeit spräche.

»Schämt Euch, Patrick!« sagte sie zuletzt. »Schämt Euch in Eure Seele hinein, mich hier, die ich es immer so gut mit Euch gemeint habe, um ein klein Stück Arbeit, das Ihr, wenn Ihr nur wolltet, in einem einzigen Tage vollenden könntet, so viel zu quälen und zu ärgern und so lange warten zu lassen, obgleich Ihr wißt, daß ich die ganze Arbeit, wo es mich nur ein Wort kostet, um denselben Preis bis morgen abend gemacht bekäme! Ich habe Euch also nun zum letzten Mal rufen lassen und verlange von Euch zu wissen, ob Ihr die Arbeit bis spätestens heute über acht Tage wollt getan haben oder nicht! Und ich gebe Euch mein Wort, daß, falls Ihr es nicht tut, morgen über acht Tage Meister Sharpsaw, den ich nicht zweimal dazu aufzufordern brauche, dabei ist! Und dann sind wir beide geschiedene Leute!«

So ernsthaft hatte das Fräulein noch nie mit ihm gesprochen. Und da nun gar noch Dorothea gerade mit dem bewußten Bittern dazukam, konnte Patrick zwei solchen, von so verschiedenen Seiten und mit so verschiedenen Angriffswaffen geführten Beweisgründen nicht länger widerstehen. Er akzeptierte Ermahnungen wie Bitten und versprach unter einem ganz besondern Grad von Rührung dem Fräulein feierlich, daß bis heute über acht Tage abends mit Sonnenuntergang – er behielt sich wohlweislich den letzten Termin offen – ihre Speisekammer gemacht sein solle, und Patrick O'Flanagan wäre der Mann, der sein Versprechen tot oder lebendig hielte.

»Pfui, Patrick!« sagte aber, während Dorothea mit der linken Hand ein andächtiges und zugleich abwehrendes Kreuz schlug, das durch des Mannes endlich gegebenes Wort schon wieder bedeutend milder gestimmte Fräulein. »Pfui, Patrick, wie könnt Ihr nur so häßliche, gotteslästerliche Reden führen! Trinkt nicht soviel, und Ihr könnt noch lange leben und manche Arbeit beginnen und fertigmachen! Ihr seid aber Euer ärgster Feind mit der Flasche! Und wenn Ihr das so forttreibt, möcht ich Euch allerdings nicht für ein langes Leben gutstehen. – Unmäßigkeit tötet die stärksten Naturen und wird auch die Eurige untergraben. Ja, ich weiß schon«, sagte sie lächelnd, als Patrick eine beteuernde Bewegung machte, »Eure Vorsätze sind immer gut genug; aber ich will nun auch sehen, ob es wahr ist, daß Ihr Euer fest gegebenes Wort wirklich haltet! Und bedenkt, daß es sonst das letzte Mal gewesen ist, daß ich Euch geglaubt habe!«

»Fräulein!« rief Patrick, nachdem er sein bisher still in der Hand gehaltenes Glas auf einen Zug geleert und auf den Tisch geschoben hatte – zugleich wohl darauf achtend, daß es wieder in Dorotheens Nähe und den Bereich der vollen, unter ihren Händen stehenden Flasche kam. »Fräulein, wenn ich diesmal mein Wort nicht halte, dann sollen die Jungen unten im Dorfe mit Fingern auf mich weisen und mich den Lügner

Patrick nennen! Nein, noch schlimmer: Ich will nicht eher wieder einen Bissen von Ihrem Brot oder einen« – er hielt hier erst einen Augenblick inne, den ihm von Dorothea freundlichst zum zweitenmal eingeschenkten Bittern zu sich herüberzuziehen und, wie es schien, nur mit einer geschickten Handbewegung zu leeren – »oder einen Tropfen von Ihrem Schnaps trinken«, fuhr er dann beteuernd und sich den Mund wischend fort, »bis ich Ihre Speisekammer fertiggemacht habe, schlechter, elendiger Kerl, der ich bin! Und tot oder lebendig, Fräulein, Sie haben einmal mein Wort! Und Patrick O'Flannagan mag sonst sein, wie er will, aber sein Wort hält er, darauf können Sie sich verlassen!«

Und damit drückte Patrick seinen alten Hut, den er bis jetzt unter den linken Arm gequetscht gehalten, wieder soviel als möglich in eine halbwege Form zurück, machte erst gegen das Fräulein und dann gegen Dorothea (Patrick war viel zu sehr Irländer, diese letztere zu versäumen) seine Abschiedsverbeugung und war im nächsten Augenblick durch die nächste Tür verschwunden.

Dorothea aber, als sie Patricks Glas weggenommen und ein etwas kleineres, zierlich geschnittenes dafür auf den Tisch gesetzt hatte – denn das Fräulein mußte nach solcher Aufregung jedenfalls ihren Lebensgeistern ein klein wenig zu Hilfe kommen –, schüttelte gar ängstlich und bedenklich mit dem Kopf und meinte, solche gotteslästerlichen Reden wie »lebendig oder tot« gefielen ihr nun und nimmermehr. Damit käme nie etwas Gutes zuwege, und es sei ein altes, aber gutes Sprichwort: Man solle den Teufel nicht an die Wand malen. Der Patrick wäre ein ganz guter Mensch, aber er glaubte an keinen Gott. Denn ob er nun Protestant sei oder »gar nichts«, das käme doch auf eins heraus. Und sie fürchte, sie fürchte – es passiere noch einmal etwas.

Das Fräulein lächelte aber darüber und versicherte Dorothea, Patrick sei ein ganz guter Mensch und ein noch besserer Sohn, wenn er nur das fatale Trinken wollte sein lassen. Und so eine Rede sei, wenn auch gerade nicht in der Ordnung, doch nur so leicht hingeworfen. Und der liebe Gott würde es schon nicht so genau damit nehmen. Und damit war die Sache für diesmal abgetan.

Dienstag, Mittwoch und Donnerstag vergingen, ohne daß sich Patrick im Kloster blicken ließ. Das Fräulein schüttelte schon bedenklich den Kopf und machte sich allerlei arge Gedanken über den liederlichen Zimmermann. Dorothea hatte aber von einem der Dorfleute gehört, daß er krank sei, und kam ordentlich ängstlich mit dieser Nachricht zu ihrer Herrin. Das änderte freilich die Sache, und Patrick O'Flannagan war also diesmal außer Schuld.

»Das wußte ich wohl«, sagte Dorothea auch, ihn verteidigend, »wenn Patrick nicht unwohl geworden wäre, hätte er gewiß schon jetzt sein Wort gehalten. Er ist wohl ein bißchen ein leichtsinniger junger Mensch« – Patrick war, beiläufig gesagt, achtunddreißig Jahre alt –, »aber kein schlechter! Und Sie sollen einmal sehen, Fräulein, sowie er nur wieder besser ist, kommt er mit Hobel und Säge angerückt! Dann ist er auch wie der Blitz mit der Arbeit fertig; denn ungemein schnell arbeiten kann der Patrick.«

Die beiden guten alten Seelen beschlossen denn auch, es nicht allein dabei bewenden zu lassen, sondern den Mittag noch wurde eine gute kräftige Suppe gekocht und der Kutscher damit betraut, diese dem Kranken hinauszutragen und sich zugleich nach seinem Befinden zu erkundigen.

»Das kommt aber von seinem leichtfertigen, unregelmäßigen Leben«, sagte das Fräulein, als Tommy, der Kutscher, mit dem großen steinernen Henkeltopf, den er vorsichtig in eine Pferdedecke eingeschlagen trug, befördert war; »wenn Patrick das böse, häßliche Trinken lassen wollte, wäre er ein ganz guter, brauchbarer Mensch. Das Trinken wird auch noch sein Tod sein. Und er verdiente eigentlich gar nicht, daß man sich so viel Sorge um ihn machte und so viel Mühe mit ihm gebe. Was sollte aber nachher aus der armen alten Frau, seiner Mutter, werden? Patrick ist doch ein guter Bursche!«

Es ist sonderbar, daß sich die Frauen so oft für liederliche Menschen interessieren. – Ist einer ordentlich und anständig, nun, so versteht sich das von selbst, und es bekümmert sich niemand um ihn. Er tut ja nicht mehr als seine Pflicht und Schuldigkeit, und wer soll ihm das danken? – Die liederlichsten Subjekte dagegen finden beim schönen Geschlecht gerade die regste Teilnahme. An ihnen ist noch etwas zu retten, hier ist noch ein Körper und eine Seele dem zeitlichen und ewigen Verderben zu entreißen, und das milde und weiche Frauenherz fühlt sich besonders dazu hingezogen, ja einen ordentlichen Beruf in dergleichen Aufopferung und Hingebung. Man möchte wahrhaftig manchmal recht aus freien Stücken auch ein liederliches Subjekt werden, nur um schöne, liebe Frauenaugen in zarter Sorgfalt um sich betrübt und bemüht zu sehen!

Vor allen Dingen wollen wir aber jetzt erst einmal mit dem Kutscher nach Patricks kleinem Haus gehen und sehen, wie sich unser vermeintlicher Kranker dort befindet.

Patrick O'Flannagan war nämlich nichts weniger als krank, sondern hatte nur ganz unverhofft an demselben Tag, wo er im Schlosse gewesen, von einem der benachbarten Dörfer ein paar Särge bestellt bekommen, die augenblicklich fertiggemacht werden mußten, und dabei so viel Geld verdient, daß er wieder recht gut eine Zeitlang auch ohne Arbeit auskommen konnte. Der nächste Dienstag war noch lange hin. Und mit ein paar Bekannten fing Patrick, der sich wieder einen guten Vorrat an Whisky eingelegt hatte, an zu zechen und jubilierte Tag und Nacht fort, daß es eine Freude war. Das Gerücht, daß er krank sei, war auch auf sehr natürliche Art und Weise entstanden. Ein Mann aus dem Dorfe wünschte eine Säge zu borgen; denn wenn sie nicht etwas von Patrick haben wollten, kam keiner zu ihm hinaus. Die alte Mrs. O'Flannagan aber, eine sechsundsiebzigjährige Frau, die nicht gern die Nachbarn wissen lassen wollte, daß ihr Sohn wieder einmal tüchtig angetrunken sei, fertigte ihn an der Tür mit der Antwort ab, Patrick O'Flannagen sei krank und sie könne keins von seinen Handwerkzeugen hergeben. Als Tommy deshalb mit der Suppe vor dem Haus erschien und Einlaß begehrte, kam die alte Dame zuerst in nicht geringe Verlegenheit. Tommy aber war ein guter Freund Patricks. Und besonders, was er in der Hand trug und was ihr so süß wie kräftige Fleischbrühe entgegenduftete, war keineswegs so vor der Tür abzuweisen wie jemand, der eine Säge borgen wollte. Und Tommy durfte eintreten.

»Bei Jesus, Tommy, acushla!« war das erste, was dem erstaunten Tommy der sterbenskrank geglaubte Patrick entgegenjubelte, das zweite aber ein volles Glas kochendheißer und vortrefflich gebrannter Whiskypunsch, den er zu Hause im Kloster nicht einmal zu riechen, viel weniger zu kosten bekam. Und Tommy, außerdem kein Kostverächter und ein zu pfiffiger Bursche, um nicht zu wissen, daß Festtag wäre, wenn die Leute in die Kirche gingen, blinzelte mit dem rechten zugekniffenen Auge nach Patrick hinüber und lieferte mit der einen Hand seine Suppe ab, während er mit der andern das dargereichte Glas annahm und auf einen Zug ausleerte.

»Und die Alte glaubt, Ihr seid sterbenskrank, Patrick!« schmunzelte Tommy, als er nach wirklich nur sehr kurzer Nötigung seinen Platz an dem kleinen Tisch neben den vier anderen schon vorhandenen Zechbrüdern eingenommen.

»Bin ich auch, Tommy – hick«, lallte Patrick, der heute einen fürchterlichen Schluckauf (außer seinem gewöhnlichen Schlucknieder) hatte, »bin ich auch, Tommy! Ich habe das – hick – ich habe das hitzige Fieber! Tommy, hick – hick – und ich vertreibe es mir jetzt – hick – homöopathisch, wie die Doktoren sagen – hick – mein Junge!«

»Kurioses Fieber das, Paddy«, sagte Tommy, der schon seinen Hut ablegte und anfing, es sich bequem zu machen, »kurioses Fieber! Kommt mir vor wie Kalklöschen, Paddy! Je mehr man dazugießt, desto hitziger wird's, Paddy!«

»Und wie geht's denn der Alten im Kloster – hick?« fragte Patrick jetzt, die Beine unter und die Arme auf den Tisch gerade vor sich ausstreckend und den Kopf ein ganz klein wenig mit einem recht schlauen Ausdruck in den roten, aufgedunsenen Zügen zur Seite beugend und nach Tom hinüberwinkend. »He, Tommy! Hick – was macht die – hick – hick – was macht die gute alte Seele?«

Patrick entblödete sich nicht, das ehrwürdige alte Fräulein

eine »gute alte Seele« zu nennen. Und was das schlimmste dabei war, Tom, der sonst einen unbeschreiblichen Respekt vor seiner Herrin zu haben schien, entsetzte sich nicht im mindesten darüber, sondern ließ sich sogar noch einmal einschenken und trank mit Patrick auf das Wohl dieser »guten alten Seele«.

Das alte Fräulein im Schloß und Dorothea, ja selbst die Köchin gerieten zuletzt, als der abgesandte Tom gar nicht wiederkam, in nicht geringe Besorgnis und wollten schon, wie es gegen Abend ging und selbst mit einbrechender Dämmerung der Bote noch nicht zurück war, einen andern Mann nach Patricks Hütte hinübersenden. Gerade als die drei oben zu solchem Kriegsrat beisammen waren, läutete es unten an der Tür. Das war Tom. Rosy sprang augenblicklich fort, ihm zu öffnen, und stieß ordentlich einen Schrei aus, als sie sein rotes Gesicht und seine starren Augen sah. Tom hatte aber gerade noch Besinnung genug, sich auf keine Erläuterungen einzulassen, ja, Rosy wäre vielleicht sogar böse auf ihn geworden, denn er bot ihr nicht einmal auf seine gewöhnliche Weise »Guten Abend«, hätte er ihr nicht, das Tuch fest vor das Gesicht pressend, zugeflüstert, er fühle sich unwohl und glaube, Patricks Krankheit sei ansteckend gewesen. Dann glitt er ihr unter den Händen weg, in sein Kämmerchen hinein und zu Bett. Und als die alte Dorothea nach einiger Zeit unter Zittern und Zagen zu ihm ging und ihm eine Tasse Tee, den sie schnell bereitet hatte, brachte, lag er tief unter seine Bettdecke gedrückt und ließ sie sein Gesicht nicht einmal sehen: so fror ihn. Das Bett schüttelte ordentlich.

Glücklicherweise sollten die armen Frauen aber diesmal mit dem bloßen Schreck davonkommen, denn am andern Morgen fühlte sich Tom schon wieder bedeutend besser und konnte sogar gegen zehn Uhr aufstehen und an seine gewöhnlichen Geschäfte gehen.

Das war Freitag. Von Patrick hörten sie den ganzen Tag nichts. Aber am nächsten Mittag brachte eine Magd von dem Gute mit der gewöhnlichen Butter auch die Nachricht, daß Patrick O'Flannagan vor einer Stunde etwa vom Schlag gerührt und gestorben sei und daß sie draußen im »Irischen Haus«, wie seine kleine Hütte von den Dorfbewohnern gewöhnlich genannt wurde, schon ihre gebräuchlichen Weh- und Leichenklagen hielten.

In der Nachricht lag übrigens nichts Außerordentliches. Patrick war überall als ein starker, ja unmäßiger Trinker bekannt. Und daß solche Leute sehr häufig der Schlag rührt, ist nichts Neues. Tom erschrak am meisten darüber. Er hatte noch so kürzlich mit dem jetzt Toten einen so fröhlichen Nachmittag verlebt. Und wenn er sich auch nicht verhehlen konnte, wie sehr er selber damals über die riesigen Mengen des starken Getränkes, die Patrick in sich hineingeschüttet, erstaunt gewesen sei, so war doch jetzt der Tod gar zu schnell und plötzlich in die Tür getreten, um sein ihm freilich schon längst verfallenes Opfer zu holen.

Für den Toten konnte nun freilich das Fräulein nichts mehr tun. Er war Protestant und sie Katholikin. Er durfte nicht einmal auf ihrem Kirchhof begraben werden, obgleich sie selber viel zu vernünftig darüber dachte, dagegen irgendeine persönliche Abneigung zu haben. Kaum eine halbe Meile auf der andern Seite des Irischen Hauses war aber eine kleine protestantische Kirche, wohin die alte Mrs. O'Flannagan regelmäßig zur Andacht ging. Und dorthin mußte er also auch jedenfalls beigesetzt werden.

Von ihrem Fenster aus konnte sie eben noch das kleine, einsam gelegene Häuschen, gerade an der andern Seite eines niedern Weidendickichts, das zwischen dem Gut und dem Hause lag, sehen. Und Sonntag nachmittag wurde der Sarg vom andern Dorfe herübergebracht, die Leiche hineingelegt und noch an demselben Abend zu ihrer letzten stillen Ruhestätte hinausgetragen.

Das Fräulein und Dorothea standen am Fenster, als die kleine Prozession sichtbar wurde. Und Dorothea faltete die Hände und sagte, während eine stille Träne dem guten alten Mädchen in die Augen trat: »Da tragen sie nun den armen, sonst immer so lustigen und muntern Patrick O'Flannagan auch in die kühle Erde! Wieviel Särge hat er für andere Leute gezimmert! Und jetzt liegt er selber in solch einem kleinen Bretterhäuschen! – Es ist doch eine schlimme Sache um das Sterben. – Und seine arme alte Mutter nun...«

»Der soll es, solange sie lebt, an nichts fehlen!« sagte das gute alte Fräulein rasch. »Laß nur die ersten Trauertage vorüber sein, Dorothea! Nachher magst du selber zu ihr hinübergehen und sie beruhigen, daß sie sich nicht etwa auch noch auf die paar Tage, die sie hier auf Erden zu wandeln hat, Nahrungssorgen macht.«

»Ach, Fräulein«, sagte da plötzlich die alte Dorothea und trocknete sich die Augen, wobei sie sich wohl absichtlich etwas von ihrer Herrin abwandte, »ich bin vielleicht recht kindisch; aber ich wollte doch, Patrick hätte das letzte Mal, als er hier war, als er hier in diesem gesegneten Zimmer war, nicht gesagt, er würde die Speisekammer da drin lebendig oder tot bis Dienstag fertigmachen! Das war doch eigentlich recht sündhaft gesprochen! Und wenn ihn der Himmel nur nicht dafür gestraft hat!«

Aufrichtig gesagt, hatte das Fräulein schon denselben Gedanken gehabt. Natürlich wollte sie sich aber von ihrer Magd nicht auf einer solchen Schwachheit ertappen lassen und sagte kopfschüttelnd: »Bah, bah, bah, Dorothea! Was sind das für Redensarten für ein vernünftiges Frauenzimmer! Das war allerdings eine alberne Rede von Patrick. Und ich wollte jetzt selber, er hätte nicht gesagt, was er gerade gesagt hat; nicht etwa, weil ich fürchte, sein Geist könne deshalb keine Ruhe haben«, setzte sie lächelnd hinzu, fuhr aber gleich wieder ernster fort, »sondern weil es ihm möglicherweise vor seinem Tode eine trübe Stunde gemacht hat, sein Wort nicht lösen zu können! Denn Patrick O'Flannagan mochte in manchen Stücken wirklich so leichtsinnig sein, wie er wollte, aber sein Wort, sobald er das einmal gegeben, hielt er. – Ich entbinde ihn aber hiermit feierlich davon!« sagte sie plötzlich etwas lauter, als das für Dorothea, die dicht neben ihr stand, gerade nötig gewesen wäre. Ja, sie warf sogar einen etwas scheuen Seitenblick nach der Tür hinüber, die zu der noch unvollendeten Speisekammer hinausführte, und setzte dann hinzu: »Es ist also nicht nötig, die Sache auch nur mit einem Wort weiter zu erwähnen. Ja, ich weiß nicht, ob ich nicht sogar besser tue, gleich hinüber nach dem nächsten Dorf zu schicken, um mir den andern Zimmermann, der sich mir angeboten hat, holen zu lassen, damit dieser die Arbeit vollende!« – »Das ist wahr, Fräulein! Ach, das tun Sie!« rief Dorothea rasch. »Dann haben wir hier unser Wort gebrochen und nicht die gehörige Zeit gewartet, und dann ist er vor Gott und der Welt davon entbunden.«

Das Fräulein wollte aber die Sache von dieser Seite nicht aufgefaßt haben. Dorothea sollte nicht etwa glauben, daß sie selber so abergläubisch wäre, auch nur auf eine solche Idee scheinbar einzugehen, und sie sagte deshalb kurz abbrechend: »Nein, es ist auch wahr, ich habe Patrick O'Flannagan versprochen, bis Dienstag abend zu warten! Und keine Entschuldigung, weshalb ich mein Wort nicht halten sollte! Also bleibt es dabei! Den Mittwochmorgen soll Tom hinübergehen und den andern Zimmermann herüberholen.«

Eine irische Begräbnisfeier ist wirklich in ihrer Art eine Merkwürdigkeit und muß einmal mit angesehen sein, wenn man sich einen rechten, richtigen Begriff davon machen will. Die Leute kommen bei einem solchen »Wake«, wie sie's nennen, allerdings zusammen, um über den Toten zu trauern. Aber wenn das nicht besonders dabei gesagt wird, daß sie wirklich trauern, würde es aus ihrem ganzen Benehmen und Singen und Jubilieren wahrhaftig nicht zu schließen sein. Die Frauen, ja, wehklagen wohl um den Hingeschiedenen. Und Mutter, Frau oder Schwester sitzen in der einen Ecke mit verhüllten Häuptern, und ihr schriller Not- und Schmerzensschrei dringt oft fast durch das Getobe der Zechenden. Die Männer aber tun gerade das Gegenteil von dem, was man bei einer Begräbnisfeier etwa von ihnen erwarten könnte. Bei keinem anderen Fest sind sie toller und ausgelassener. Und ebenso wie bei andern endet auch dieses gewöhnlich mit einer Schlägerei.

Die katholische Nachbarschaft kam deshalb auch dem Irischen Haus, solange das Wake dauerte – und das war bis ziemlich spät in die Nacht am Montag –, nicht zu nahe. Als Dorothea aber an dem Abend in ihr Kämmerchen ging, von dem sie ebenfalls über das Weidendickicht hinüber nach dem Irischen Haus sehen konnte, lag dies in Nacht und Dunkelheit verborgen. Und Dorothea ging, sich heute andächtiger als je bekreuzigend, in ihr Bett und betete noch manches, manches Ave für die arme Seele Patrick O'Flannagans.

Lange konnte sie auch nicht einschlafen. Es war ihr heut abend so merkwürdig ängstlich und beklemmt zumute. Und wohl drei- oder viermal fuhr sie, fast aufschreiend, im Bett in die Höhe; denn sie hätte darauf schwören wollen, sie höre den schweren, langsamen Schritt Patricks auf der Treppe, wie er sonst gewöhnlich mit seinem Werkzeug anzukommen pflegte. Aber das war natürlich nur Täuschung ihrer überdies etwas erregten Phantasie. Und sie mußte sich zuletzt immer selber gestehen, sie habe sich geirrt. Es hätte auch in der Tat niemand die Treppe heraufkommen können. Die Tür unten war fest verschlossen und verriegelt. Der Kutscher Tom schlief im Stallgebäude, und von den drei Frauen wollte sich wohl jede hüten, die Nacht irgend jemandem die Tür aufzumachen. Endlich schlief sie ein. Aber dadurch war sie nur um weniges gebessert; denn die ganze Nacht hörte sie fortwährend im Traum Hammer und Säge gehen und sah ein furchtbares Skelett auf einem der offenen Balken in der Speisekammer sitzen und sägen und Nägel einschlagen, als ob das so seine natürliche und ganz altgewohnte Beschäftigung gewesen wäre. Die Aufregung mochte sie aber doch ermüdet haben, denn sie wachte über dem Traum nicht auf, sondern schlief, bis am nächsten Morgen die aufsteigende Sonne ihre ersten goldenen Strahlen gegen die Fenster warf.

»Jesus, Maria und Joseph!« schrie sie aber, als sie kaum die Augen geöffnet und gewissermaßen munter geworden war, und fuhr wie ein Blitz und mit einem Schreck, daß ihr die Glieder wie im Fieberfrost flogen, unter die Decke zurück. – Die hintere Wand ihres Zimmers ging nämlich ebenfalls nach dem alten Saal zu und stieß dicht an den zur Speisekammer bestimmten Platz. Und sie hätte das Heilige Abendmahl darauf nehmen wollen, daß sie gerade da drüben, als sie nur den Kopf aus der Decke steckte, die schrillen, regelmäßigen Töne einer hin- und hergezogenen Säge gehört habe.

Erst unter der Decke fiel ihr nun wieder ein, was sie die Nacht eigentlich für entsetzliche Geschichten geträumt hatte, und ihre Phantasie müsse ihr also noch so eine Art Nachspiel des Traumes im Halbwachen vorgespiegelt haben. Aber es war so deutlich gewesen. Das Herz schlug ihr wie ein Schmiedehammer in der Brust. Aber, lieber Gott, die helle Sonne stand ja am Himmel, und heraus mußte sie doch einmal. – Vorher indessen faltete sie – immer noch unter der Decke, unter der sie spurlos verschwunden blieb – die Hände und betete ein frommes »Ave Maria« und »Alle guten Geister« – und dann noch eins und dann ein drittes. Und nun, ein frommes »Mit Gott!« murmelnd, warf sie entschlossen die Decke von sich und richtete sich auf.

Sie wäre aber ebensogern wieder hinuntergefahren, hätte sie nur die Furcht gelassen, denn deutlich, unbezweifelbar tönten von der Speisekammer her eins, zwei, drei, vier, fünf, sechs regelmäßige Hammerschläge, als ob jemand ein Brett auf einen der Balken festnagle. Sie horchte mit der gespanntesten Aufmerksamkeit. Und der kalte Schweiß trat ihr dabei auf die Stirn, denn sie gedachte in diesem Augenblick wieder ihres Traumes und des entsetzlichen Skeletts. Und es blieb kein Zweifel, in der Speisekammer wurde gearbeitet, sei das nun von einem lebendigen oder toten Zimmermann.

Hier aber allein ausharren, das Furchtbare allein ertragen – vermochte sie nicht. Mit einem Satz war sie aus dem Bett und an der Tür ihrer Herrin. Dorothea hatte in ihrem ganzen Leben keinen solchen Sprung gemacht. Dort aber ins Zimmer und auf deren Bett zu stürzen, die ebenfalls schon wach und leichenblaß darin saß, war das Werk eines zweiten Augenblicks. Und sie rief jetzt mit durch die Angst erstickter Stimme: »O du lieber gütiger Heiland! Er ist da, er ist gekommen, er hat Wort gehalten!« Dieser Ausbruch von Verzweiflung und vielleicht auch die Nähe eines menschlichen Wesens gab aber dem Fräulein viel von ihrer Geistesgegenwart zurück. Sie faßte Dorotheen bei der Schulter, schüttelte sie sanft und sagte beruhigend und beinahe mit fester Stimme: »Komm, komm, Dorothea! Sei kein Kind! Wer wird denn gleich das Schlimmste denken! Wir stehen in Gottes Hand, und kein böser Geist könnte uns etwas anhaben! Wir wissen aber noch gar nicht einmal, ob das ein Geist ist. Und mir fällt jetzt ein, daß die Leiter im Hofe ja immer noch angelehnt steht, durch welche die Maurer ihre Backsteine heraufschafften. – Wer weiß, ob nicht Tom gestern zu dem andern Zimmermann gegangen ist und ihn bestellt hat. Er mag vielleicht geglaubt haben, daß die Speisekammer doch jetzt von dem andern Arbeiter fertiggemacht werden müßte, und hat ihn dann wahrscheinlich, ohne mich vorher noch einmal darum zu fragen, auf heute morgen bestellt. Der Mann nun, der uns nicht aus dem Schlafe stören und gern pünktlich sein wollte, ist durchs Fenster in den alten Saal hineingestiegen.«

Das Fräulein hatte sich, während sie sprach, so in diese Idee hineingedacht, daß sie ihr selber wahrscheinlich erschien. Sie klopfte Dorotheen auf die Schulter und fuhr freundlich fort: »Komm, komm, Kind! Sei nicht so närrisch! Zieh dich an und mach Rosy die Tür auf! Die pocht schon seit fünf Minuten draußen, als ob sie die Gefache einschlagen wollte. Schämst du dich nicht, so furchtsam zu sein?«

Dorothea fühlte sich durch diese fast unbefangene Aufmunterung wirklich so ermutigt, daß sie aufstehen, schnell den Morgenrock überwerfen und die der Treppe zuführende äußere Tür aufschließen und aufriegeln konnte. Kaum war das aber geschehen, so wurde sie von der leichenbleich hereinstürmenden Rosy auch fast umgerannt. Und die Köchin konnte nur mit zitternden Lippen, als sie zum Fräulein ins Zimmer stürzte, die Worte herausbringen: »Haben Sie ihn gehört? Er ist da! Er ist gekommen!«

Das ominöse Sägen und Hämmern dauerte indessen ununterbrochen fort. Bretter wurden herüber- und hinübergeschoben, Nägel eingeschlagen, Planken abgesägt. Und sie konnten deutlich die Stücke hinunter auf den Estrich fallen hören. Es war gar kein Zweifel mehr, daß irgend jemand in dem alten Saale arbeitete. Und das Fräulein suchte auch Rosy mit ihren schon oben angeführten Gründen zu beschwichtigen. Dafür sprach auch das, daß Patrick sonst immer, wenn er an der Arbeit war, ununterbrochen pfiff und sang und den Takt dazu hämmerte, daß es sich ordentlich gut anhörte. Heute aber ging alles still da drin her, und das Geräusch des Handwerkzeuges war das einzige, was laut wurde.

Dazu aber – daß Tom nämlich einen andern Zimmermann bestellt haben sollte, schüttelte Rosy auf das ängstlichste wie auf das entschiedenste mit dem Kopf und behauptete so bestimmt, dies wäre nicht geschehen, daß ihr Fräulein sich gar nicht erklären konnte, woher sie das wissen wollte. Rosy versicherte aber, Tom habe sich noch gestern abend heißes Wasser bei ihr in der Küche geholt – und sie habe ihn gefragt, ob er an Geister glaube und ob ein Mensch, wenn er einmal ordentlich gestorben und begraben wäre und sechs Fuß unter der Erde läge, wieder heraufkommen und eine Speisekammer machen könne. Und da habe ihr Tom auch gesagt, das wäre Unsinn, und ein toter Mensch sei und bleibe tot, und sie – Rosy – sollte einmal sehen, morgen früh, als wie heute, werde ihn das Fräulein nach dem andern Zimmermann schicken. Und der werde nachher kommen und die Speisekammer fertigmachen. Und das wäre dann das Ende vom Geist. Das bewies doch jedenfalls, daß er bis jetzt noch nicht den andern gerufen hatte und dieser unmöglich von selber kommen könne.

Das Fräulein machte jetzt, hierdurch selber wieder etwas außer Fassung gebracht, den sehr vernünftigen, aber deshalb nicht weniger unausführbaren Vorschlag, ehe man sich weiter ängstige, nachzusehen, wer eigentlich im Saale arbeite. Wer sollte aber nachsehen?

Dorothea weigerte sich hartnäckig, der Tür selbst auch auf nur fünf Schritte nahe zu kommen, und erklärte feierlich, lieber aus dem Fenster springen zu wollen, als im Zimmer zu bleiben, wenn jemand nur Miene machen wolle, sie zu öffnen.

Ja, Rosy verwarf selbst den Vorschlag, durchs Schlüsselloch zu sehen, als unmöglich. »Heilige Mutter Gottes!« sagte sie und hielt sich schaudernd die Schürze vors Gesicht. »Wenn ich da so auf einer Seite ins Schlüsselloch hineinsehe und das Gespenst auf der andern – o du mein Heiland, es könnte das größte Unglück geben! Und mir ist es schon bei dem bloßen Gedanken wie Blei in die Glieder geschlagen!«

Das war auch eine schreckliche Idee. Und dem Fräulein schauderte selber dabei. Sie hätte es keinem andern Christenmenschen zumuten mögen. Was aber nun um des Himmels willen tun?

Rosy machte hier den ersten vernünftigen Vorschlag: sie wollte zu Tom hinuntergehen und den an das äußerste Ende des Hofes schicken. Die Fenster im Saal waren noch alle offen; denn selbst die Rahmen standen, herausgenommen, in der einen Ecke desselben. Und von dort aus konnte er jedenfalls die Stelle, wo »das Ding« arbeitete, übersehen und dann Nachricht bringen, was es sei und wie es aussähe.

Die Sache hatte weiter keine Schwierigkeit, als daß dann das Fräulein mit Dorothea allein hätte im Zimmer bleiben müssen. Und nachdem die alte Dame bestimmt wußte, daß es kein anderer Zimmermann möglicherweise sein konnte, wurde ihr selber, so ganz in der Nähe eines überirdischen Wesens und nur durch die dünne Tür von ihm getrennt, unheimlich und bange zumute. Dorothea schien, bei Rosys Vorschlag, große Lust zu haben, diese zu begleiten. Lieber Gott, wie das sägte und arbeitete in der Kammer! Es ging einem ja wie mit glühenden Messern durch die Seele! Nein, man mußte Gott auch nicht durch zu große Dreistigkeit versuchen! Und es war besser, einer solchen Sache friedlich aus dem Weg als ihr gerade entgegenzugehen. Das Fräulein beschloß also ebenfalls, sich Rosy anzuschließen, in deren Kammer unten zu gehen und dort mit Dorothea zu warten, bis Rosy Tom gerufen habe und dieser Nachricht bringen würde. Nachher konnten sie noch immer tun, was sie für gut fanden.

Das war ein Vorschlag zur Güte und so schnell ausgeführt

als gefaßt. Das Fräulein und Dorothea setzten sich in Rosys kleinem, freundlichem Kämmerchen – die erste auf den einzigen Stuhl, der darin stand, die andere aufs Bett – und beteten mit angsterfülltem Herzen zu ihrem Heiland, daß er den schweren Kelch an ihnen glücklich vorüberführen und alles noch zum besten kehren möge. Rosy blieb etwas lange aus. Endlich kam sie aber zurück und brachte die Nachricht, Tom sei augenblicklich hinübergegangen, wohin sie ihn beschieden habe, und werde, sobald er nur irgend etwas deutlich sehen und erkennen könne, direkt hierherkommen und ihnen Nachricht bringen.

»Und was sagte Tom?« fragte das Fräulein etwas ängstlich, denn sie hoffte noch immer, in Toms totalem Unglauben einigermaßen Trost zu finden. Hierin sollte sie aber vollkommen getäuscht werden; denn Tom war, nach Rosys Aussage, als sie ihm erzählte, was oben im alten Saale vorgehe, totenbleich geworden und hatte nur schwer bewogen werden können, die schwierige Mission zu unternehmen.

Was für Mittel Rosy angewandt, ihn doch endlich dahin zu bringen, sagte sie nicht; aber er war gegangen und konnte jetzt jeden Augenblick mit der Botschaft zurück sein.

Tom kam endlich. Aber er sah selber zuviel wie ein Geist aus, als daß er den geängstigten Frauen hätte können tröstliche Nachrichten bringen. Er zitterte am ganzen Leibe. Sein Gesicht war erdfahl, und die Augen traten ihm stier aus dem Kopfe.

Er hatte ihn gesehen. Es war Patrick O'Flannagan, wie er leibte und lebte, schneeweiß angezogen, wie sie die Leichen ins Grab legen – und mit einem weißen Tuch um die untere Kinnlade, um diese vor dem Niederfallen zu bewahren. Im Gesicht sah er dabei aus, nicht als ob er erst vor wenigen Tagen gestorben wäre, sondern als ob er schon ebensoviel Monate im Grabe gelegen hätte – die Augenhöhlen leer und schwarz und der übrige Teil des Gesichts eher wie ein leerer Schädel als ein Leichenantlitz.

»O mein Traum, mein Traum!« jammerte Dorothea. »Ich wußte ja, daß es so kommen würde!«

»Und was macht er?« fragte das Fräulein endlich nach einer ziemlich langen Pause, in der sie sich die größtmögliche Mühe gegeben hatte, ihr eigenes Entsetzen zu bezwingen. »Was macht er aber?«

»Was er macht?« wiederholte Tom erstaunt. »Er arbeitet, daß einem die Haare zu Berge stehen. Die Planken fliegen nur so, wenn er sie kaum anrührt, und legen sich selber auf ihre Plätze. Mit dem Hammer geht's, als ob er hundert Hände dazu hätte. Und es sollte mich gar nicht wundern, wenn er bis zum Frühstück mit der ganzen Bescherung fertig wäre.«

Das Fräulein hatte Tom noch nie so zerknirscht gesehen. Und der arme Mensch hatte dabei so tiefliegende Augen und bleiche Backen! Wenn er nur nicht selber krank war.

»Tom«, sagte sie plötzlich, einen neuen Gedanken erfassend, »das Fieber hat Euch neulich doch auch recht angegriffen! Jesus Maria, wie bleich Ihr ausseht! Legt Euch lieber zu Bett! Und ich will aus dem nächsten Städtchen den Doktor holen lassen.«

Tom wurde noch bleicher als vorher, so daß Rosy jetzt selber vor Angst die Hände faltete und ihr die großen hellen Tränen in die Augen traten. Einen Augenblick stand er stumm und sprachlos, ein Bild trostloser Angst und Sorge, da; dann aber plötzlich, als gerade von oben das Klopfen und Hämmern deutlich zu ihm heruntertönte, daß alle unwillkürlich einen scheuen Blick nach oben warfen, konnte er sich nicht länger halten. In diesem Augenblick konnte er nicht lügen und fiel auf einmal mit gefalteten Händen vor dem aufs äußerste erstaunten Fräulein nieder, ihr seine ganze Sünde von neulich und die Unwahrheit, mit der er sich der verdienten Strafe zu entziehen gesucht, zu bekennen. Er erzählte jetzt auch dem Fräulein – denn nun er erst einmal im Zug war, ging's ihm wie gedruckt von den Lippen –, wie entsetzlich Patrick an diesem Tage getrunken habe und daß er fast glaube, der Schlag habe ihn nur infolge jener unmäßigen Quantität des heißen, scharfen Getränkes getroffen.

Tom hätte übrigens zu einem solchen Bekenntnis keinen besseren Augenblick wählen können, denn das Fräulein war selber viel zu aufgeregt, um bei dem strafbaren Verfahren ihres Kutschers auch nur mit einem Gedanken weilen zu können. Sie schüttelte zwar bei der Erzählung des Geängstigten mißbilligend mit dem Kopfe, während Dorothea mit einem frommen Blick und Seufzer zum Himmel schaute und Rosy, ein Bild – aber ein liebliches – sprachlosen Staunens, danebenstand. Das war jedoch auch alles. Und sie fragte den Zerknirschten jetzt noch einmal ernsthaft, ob er sich auch wirklich nicht in der Person geirrt habe und ob das – Wesen, das da oben im alten Saale schaffte und arbeitete, dem seligen Patrick wirklich ähnlich sähe.

Tom, froh, diesmal so gut davongekommen zu sein und jetzt mit erleichtertem Herzen, bestätigte das aber auf das ernsthafteste und beharrlichste und fügte auch zum Beweis der Wahrheit hinzu, daß er zwei von den Gutsknechten herübergerufen und ihnen das – das Ding gezeigt habe. Und beide hätten nicht allein augenblicklich Patrick erkannt, sondern wären auch in demselben Moment, von plötzlicher Angst ergriffen, wie Spreu vor dem Wind auseinandergestoben.

Tom hatte aber ganz wahr erzählt. Als die Leute vom Gut die schauerliche Gestalt oben in dem überdies halbdunkeln Saale so allein und einsam bei der Arbeit sahen – eine Gestalt, die allem Rechte nach auf dem stillen Friedhof ruhig ausgestreckt liegen und der Ewigkeit entgegenharren sollte –, faßte sie ein panischer Schrecken, und sie stoben, so schnell sie ihre Füße trugen, auseinander, um die schreckliche Kunde, je rascher, desto besser, auf dem Gut und im Dorfe zu verbreiten.

Es dauerte auch gar nicht lange, so sammelte sich das ganze Dorf unter der alten Linde, die an dieser Seite des inneren Hofes stand und von wo aus man gerade in die Fenster des früheren Klostersaales hinaufsehen konnte. Männer, Frauen und Kinder standen in lautloser Angst dichtgedrängt um den knorrigen Stamm des Baumes herum. Ja, einige der mutigsten und auch wohl nichtsnutzigsten Jungen waren selbst in den Baum hinaufgeklettert und hatten sich dort einen besseren Überblick über das gefährliche Terrain zu verschaffen gesucht. Hals über Kopf stürzten sie aber von dort wieder herunter, als das Gespenst nur zum erstenmal das entsetzliche Leichengesicht nach ihnen hinüberdrehte und sie mit den leeren Augenhöhlen, in denen noch ein unheimlicher Schein zu glühen schien, anstierte.

Es hatte sich solcherart auf dem Hof wirklich eine ganz wunderliche Gruppe gebildet – die Männer vorn, aber auch soviel als möglich zurückgedrängt, als ob sie gerade keinen besondern Stolz darein setzten, dem, was ihnen vielleicht entgegentreten konnte, die Stirn zu bieten, einige sogar mit Mistgabeln und anderen häuslichen Gerätschaften bewaffnet, sich irgendeiner unbestimmten Gefahr zu erwehren oder fatale Gegenstände vom Leibe abzuhalten. Dicht dahinter gedrängt standen die Frauen. Und wie Mandeln in einem Kuchen, stak, zwischen die ziemlich feste Masse hingestreut, die ganze liebe Dorfjugend, da die Schule erstlich noch nicht angegangen war und auch sechs Schullehrer sie heute nicht von einem wirklichen Gespenst weg- und in die kleine Schulstube hineingebracht hätten.

»Da ist es«, flüsterte jetzt einer der Männer und zeigte vorsichtig mit dem Finger – sich wohl dabei hütend, den Arm nicht weit vom Körper wegzustrecken – nach einem der Fenster hinauf, »gerade da oben neben der einen Planke! Mein Heiland, ich glaube, es sitzt ganz in der Luft!«

»Und warum soll es denn nicht in der Luft sitzen können?« fragte ein anderer ebenso leise mit ängstlich gedämpfter, aber eifriger Stimme. »Ein Schatten kann ja auch an der Wand und unter der Decke kleben und braucht nicht immer oben auf dem Balken draufzusitzen.«

»Ich begreife nur nicht, wie es dann die Bretter so werfen kann!« wisperte der erste dagegen.

»Jetzt fängt's gleich wieder an zu hämmern«, unterbrach ihn hier ein anderer und richtete sich, soweit er das irgend möglich machen konnte, auf den Zehen in die Höhe. Keiner wagte zu atmen, und es herrschte eine lautlose Stille, bis endlich das Niederfallen des Hammers das prophezeite Geräusch verkündigte und es sich die draußen Harrenden leise untereinander bestätigten.

»Seht ihr's? – Da klopft's wieder, wie mit einem ordentlichen Hammer!«

»In dem Haus möcht ich nicht wohnen«, sagte eine junge Bauersfrau schaudernd, »und wenn sie mir den Fußboden mit Gold und Edelsteinen belegten und ich weiter nichts als Wein und Schokolade trinken sollte! Da müßte man ja keine ruhige Stunde mehr darin haben.«

»Ich auch nicht«, sagte eine andere, »und auf solchen Häusern, wo einmal der Gottseibeiuns gewirtschaftet, liegt kein Segen mehr. Das kommt aber davon, wenn man Protestanten ins Haus nimmt und guten Christen damit die Arbeit entzieht! Mein Schwager hätte die ganze Arbeit da oben schon in ...«

»Bst – bst!« unterbrach es sie hier von mehreren Seiten. »Jetzt sägt es wieder! O Jesus Maria! Jetzt dreht es sich um! Ha!« kreischten ein paar Frauen auf und fuhren zurück. Eine wurde sogar ohnmächtig und mußte weggetragen werden. Der Raum vor der Linde war im Nu frei geworden, und alles drängte sich in jähem Schreck nach hinten.

Das Gespenst hatte sich umgesehen und sie mit der entsetzlichen Totenlarve so wild angestiert, daß es den Beherztesten unter ihnen wunderlich zumute wurde. Und die Männer, die fast sämtlich dem lebendigen und noch kräftigen Patrick im Einzelkampfe entgegengetreten wären, bebten und zitterten jetzt wie die Kinder vor dem Schatten desselben, der ihrer Menge nur die bleichen Züge entgegenwandte.

Das Gespenst oben im Saal hatte sie bis jetzt augenscheinlich gar nicht gesehen oder, wenn gesehen, wie das von einem Gespenst kaum anders möglich sein konnte, doch nicht beachtet, ebenfalls nur sehr selten den Kopf nach ihnen hingewandt – und selbst dann immer, um irgendein Handwerkzeug zu suchen, ohne auch nur im mindesten das, was außer dem Saal vorging, eines Blickes zu würdigen.

»Es leidet ihn nicht draußen, er will machen, daß er wieder in sein Grab zurückkommt«, hatten die Männer geflüstert, »seht nur, wie er arbeitet, um das frevelhafte Gelübde zu erfüllen! Und wer weiß, ob er nicht so bis zum Jüngsten Tage fortarbeiten muß!« Und die Frauen hatten dann immer ein leises Gebet für die arme gepeinigte Seele gemurmelt. – Wenn es auch ein Ketzer gewesen, lieber Gott, er war ja jetzt tot! Und aus Frauenherzen keimt ja die schönste Blume unseres armen irdischen Lebens: das Mitleid.

Jetzt schien es mit dem Gespenst da oben aber anders zu werden. Es setzte sich auf das stumpfe Ende des einen Balkens, das Gesicht gerade nach außen gewandt, und stierte mit den bleichen, ausdruckslosen Zügen gerade auf sie, eine ganze Weile lang, hinunter. Dann schüttelte es mit dem Kopf, als ob es hätte sagen wollen: »Nein, nein, ich gehöre nicht mehr zu euch, ihr leichtsinnigen, gedankenlosen Menschenkinder! Meine Zeit ist vorbei! Meine Zeit ist vorbei!« Und ging dann wieder, wie von einer innern unbestimmten Gewalt getrieben, an die Arbeit.

Einige machten jetzt den Vorschlag, den Geistlichen zu holen, daß er das Gespenst bannen möge. Ein anderer aber behauptete, das wäre nicht nötig, Patrick hätte sich verpflichtet, diese Arbeit fertigzumachen. Und wenn das geschehen sei, was gar nicht mehr lange dauern könne, dann kehre er von selber wieder unter seinen Hügel zurück.

Dem widersprach aber einer der früheren Sprecher entschieden und rief, auf das eifrigste flüsternd: »Glaubt ihr denn, daß der je mit seiner Arbeit da oben fertig wird? Wie ist es denn dem Maurer an der schottischen Grenze gegangen, der sich auch an seinem Heiland versündigte und ein frevelhaftes Gelübde tat, was er alles mit seiner eigenen Kraft und ohne des Himmels Beistand zu leisten vermöge! Und er mußte Nacht für Nacht an dem Turm bauen, den er angefangen. Und wenn er nur noch ein paar Steine vielleicht einzusetzen hatte, um fertig zu sein, dann rissen es ihm die Geister wieder nieder, daß es polternd zusammenstürzte. Immer von neuem mußte er deshalb mit der trostlosen, nimmer endenden Arbeit beginnen. Und so wird es hier auch gehen!« setzte der Mann mit düsterer Stimme hinzu, während sich die Umstehenden segneten und bekreuzten. »Wenn er das letzte Brett auflegen, den letzten Nagel einschlagen will, dann bricht ihm das Ganze unter den Händen zusammen, und er kann wieder von vorn beginnen. Aber Ruhe kriegt er hier auf Erden nicht, bis seine Schuld gebüßt ist oder ein frommer Mann vielleicht die gehörige Zahl Seelenmessen für seine arme Seele liest.«

»Was macht es denn jetzt?« fragten hier einzelne, denen eine Fenstereinfassung vielleicht die Gestalt entzog, »ich kann nichts mehr davon sehen.«

»Es sitzt in der einen Ecke dort«, zischelten andere, ganz zusammengedrückt, »aber es ist zu dunkel dort hinten. Man kann nicht sehen, was es treibt.«

»Es bekreuzigt sich!« flüsterten einige. »Es fährt immer mit der einen Hand hinauf nach der Stirn.«

»Es ißt, bei der Mutter Gottes!« rief jetzt ein junger Bursch lauter als bisher, und zwar so laut, daß die neben ihm Stehenden seine Nähe nicht mehr für ganz sicher hielten und sich weiter von ihm fort drängten.

»Essen!« riefen aber andere wieder verächtlich. »Essen! Wer hat schon davon gehört, daß ein Gespenst ißt? – Jesus Maria, da kommt es!« Und als ob ein Kanonenschlag zwischen sie gefahren wäre, so stoben sie alle plötzlich auseinander, denn jenes unheimliche Wesen oben, was bis jetzt ihre Aufmerksamkeit so in Anspruch genommen, glitt wirklich plötzlich von einem der Balken herab und trat an eins der offenen, vom Sonnenlicht beschienenen Fenster. Einige der Herzhaftesten wagten es, sich umzusehen. Und es stand eine kurze Zeit an der Öffnung, bog sich heraus, als ob es aufs Dach schauen wollte, schüttelte wieder wie wehmütig mit dem Kopf und verschwand dann im Dunkel des Saales.

Im Kloster oben waren aber die Frauen auch nicht müßig gewesen. Als sie wiederholt durch Tom die Versicherung erhalten, es sei wirklich Patrick O'Flannagans Geist, der keine Ruhe im Grabe habe, bis er auf Erden sein Wort gelöst, hatten sie nämlich denselben Gedanken ausgeführt, der auch unten bei den Leuten angeregt worden, und zwar zu dem Geistlichen geschickt, um dessen Hilfe und Beistand anzurufen.

Das Gerücht dieses Wunders war indessen schon lange zu dem ehrwürdigen Mann gedrungen und fand ihn nicht mehr unvorbereitet. Mit allem Nötigen versehen, von dem Knaben, der die Räucherpfanne trug, begleitet und vollständig gerüstet, dem Teufel in jeder sich ihm zeigenden Gestalt mit dem Zeichen des Herrn bewaffnet entgegenzutreten, begab sich der Geistliche, von Tom schon angemeldet, nach dem Kloster, betete erst mit seinen Beichtkindern um Kraft zu dem bevorstehenden Kampf und stieg dann mit festen Schritten, von den Frauen ängstlich und in weiter Entfernung gefolgt, nach oben.

Er mußte durch des Fräuleins Zimmer, wo es allerdings noch ein wenig unordentlich aussah, denn heute morgen hatte natürlich nicht an Aufräumen gedacht werden können. Es war jetzt aber auch keine Zeit, auf so etwas Rücksicht zu nehmen, und der Priester trat mit schnellen, entschlossenen Schritten auf die Kammertür zu.

Das Geräusch der Säge und des Hammers im Saal hatte indessen aufgehört. Sie horchten einen Augenblick. Nicht ein Atemzug ließ sich hören. Sollte die ketzerische Seele schon vor der Annäherung des ehrwürdigen Mannes geflohen sein? Der Geistliche mochte wohl etwas Derartiges glauben, denn mit einer laut ausgesprochenen Gebet- und Bannformel ergriff er den Schlüssel, drehte diesen zweimal rasch um, drückte auf das Schloß und stieß die Tür weit auf.

Der Priester war ein beherzter, unerschrockener Mann und auf etwas Übernatürliches, schon als er die Schwelle des Hauses betrat, gefaßt gewesen. Er fuhr aber doch fast unwillkürlich einen Schritt zurück, und die Zunge klebte ihm am Gaumen fest, als er sich plötzlich der wunderlichsten, geisterhaftesten Gestalt gegenübersah, die ihm in seinem ganzen Leben – und der Mann war zweiundachtzig Jahre alt – vorgekommen.

Oben auf einem der Querbalken, die gerade durch den Saal befestigt waren, um die Decke der verhängnisvollen Speisekammer zu tragen, und auf denen die hierzu bestimmten Bretter schon teilweise festgenagelt, teilweise noch aufgeschichtet lagen, saß eine menschliche Gestalt in weißer, grober, baumwollener Hose und ebensolcher Jacke, mit einem weißen, breiten Tuch um die untere Kinnlade gebunden, wie das Tom ganz richtig beschrieben hatte. Bei Leichen ist es ja auch gebräuchlich, ihnen die Unterkiefer aufzubinden, bis sie erstarrt sind, damit sie auch nach dem Tode noch ein eher menschenähnliches Aussehen behalten und nicht so graß und abschreckend aussehen. – Das Gesicht leichenblaß, die Augen aber nicht aus düsteren Höhlen herausstarrend, wie den Leuten das von unten vorgekommen war, sondern allerdings schwarz, aber eher, wie es schien, angeschwollen, saß das »Ding« dort oben und hielt ein Papier, mit irgend etwas darin eingeschlagen, vor sich auf den Knien.

Der Geistliche behielt jedoch gar nicht Zeit, das alles so genau zu beobachten, wie ich es hier beschrieben habe. Seine innere Aufregung ließ ihn schon nicht dazu kommen. Er sah nur die geisterhafte Gestalt, die allerdings Patrick O'Flannagan, wenn auch im Gesicht auf eigentümliche Weise entstellt, auf ein Haar glich – was jedenfalls durch das Im-Grabe-Liegen herkommen mußte –, und er rief mit laut beschwörender Stimme, das Kreuz gegen das Gespenst emporhaltend: »Gehe ein zum Frieden, gemarterter Geist eines Unglücklichen! Und entweihe nicht diese heilige Stätte hier mit deiner unreinen Gegenwart! Weiche im Namen des Vaters! Weiche im Namen des Sohnes! Weiche im Namen des Heiligen Geistes! Hebe dich weg von hier, Satanas!«

»Guten Morgen, Ew. Ehrwürden! Bin es ich etwa, mit dem Sie sprechen?« sagte aber Patrick O'Flannagans Geist mit der größten Gemütsruhe und seinem breitesten irischen Dialekt, nahm zu gleicher Zeit aus dem vor ihm liegenden Papier ein großes Stück Brot und Käse heraus, das wenigstens an und für sich nicht das mindeste Geisterhafte an sich trug – und schob es in den Mund.

Patrick O'Flannagan hatte sich während seiner Lebenszeit nicht viel aus katholischen Geistlichen gemacht. Und es war kaum zu erwarten, daß er sich darin nach dem Tode geändert haben sollte.

Der Priester, als er sah, daß seine Bannrede nicht den mindesten Eindruck auf das entsetzliche Wesen zu machen schien, hatte schon hinter sich gegriffen, um die Räucherpfanne zu fassen und einen förmlichen Exorzismus zu beginnen. Da sah er zu seinem unbegrenzten Erstaunen, daß der Geist mit vollen Backen zu kauen anfing und ihm dabei zu gleicher Zeit auf das unbefangenste und freundlichste zunickte. Etwas Derartiges war ihm in seiner Praxis noch nicht vorgekommen.

»Patrick O'Flannagan«, rief er erstaunt aus, »haben sie denn nicht vor drei Tagen deine sterbliche Hülle zu Grabe getragen? Und ist dies nicht dein Geist, der am hellen Tage in Gottes Sonnenlicht umgeht und keine Ruhe finden kann?«

»Meine sterbliche Hülle haben sie noch viel schlimmer behandelt als bloß zu Grabe getragen, Ew. Ehrwürden!« sagte der Geist da mit einem unheimlichen Zug um den Mund. »O'Brian, der Schuft, und wenig genug dank ich's ihm, hat ihr das Paar schönste blaue Augen gegeben, das sie in ihrem ganzen Leben gehabt hat! Der Geist ist übrigens noch im Körper drin, wenn drei Gallonen vom besten irischen Whisky, der nur je Bergluft gekostet, überhaupt nämlich Geist genannt werden können.«

»Und bist du denn nicht gestorben, Unglücklicher?« rief der Priester, dessen Erstaunen bei den rätselhaften Worten des merkwürdigen Wesens, das ihm aber schon anfing, gar nicht mehr wie ein wirklicher Geist vorzukommen, mit jedem Augenblick wuchs.

»Gestorben? – Ich?« sagte Patrick und schob sich aufs neue ein Stück Brot in den Mund, das einen Thomas von seiner Identität hätte überzeugen können. »Noch nicht, wenigstens nicht, soviel ich weiß!« setzte er vorsichtigerweise hinzu. »Denn in den letzten sechs Tagen ist mehr mit mir vorgegangen, worüber ich eigentlich gern genaue Rechenschaft haben möchte. Doch können Sie das bei mir zu Hause erfahren.«

Der Priester sah ihn starr und verwundert an und wußte

natürlich gar nicht, wie er sich das Ganze zusammenreimen sollte. Er hatte selber vor einigen Tagen die bestimmte Nachricht erhalten, daß Patrick O'Flannagan vom Schlag gerührt und gestorben, nachher von dem protestantischen Geistlichen beerdigt sei. Ja, noch mehr: Er war gerade an demselben Nachmittag die Straße heruntergekommen und noch, einem kleinen Beipfad folgend, aus dem Weg geritten, als er den Begräbniszug – und das mit eigenen Augen – aus dem Irischen Hause herauskommen sah.

Die Frauen auf der Treppe, mit Tom im Nachzug, wußten nun gar nicht, was sie aus der wunderlichen Unterredung zwischen dem Geist und ihrem Pater schließen sollten. Sie hatten sich natürlich nicht nahe genug herangewagt, um das fürchterliche Wesen »von Angesicht zu Angesicht« zu sehen. Patricks nur zu wohl bekannte Stimme erfüllte sie schon mit Furcht und Grausen. Und sie erwarteten fast mit jedem Augenblick einen Kampf auf Leben und Tod zwischen dem hartnäckigen Geist und seinem Beschwörer.

Die Nachricht, daß der Pater im Hause sei und den Teufel austreiben werde, war indessen auch zu den Leuten draußen gedrungen. Und die gespannteste Neugier hielt alle in der Nähe des Gebäudes und so, daß sie die Fenster übersehen konnten, versammelt. Alle schienen ein unbestimmtes Gefühl zu haben, daß sie über kurz oder lang eine blaue Schwefelflamme zu einem der altgotischen Fenster würden herausfahren sehen. Und darauf warteten sie.

»Und hat Euch – Patrick O'Flannagan – nicht wahr und wahrhaftig der Schlag gerührt?« fragte der Priester, der wenigstens hierin seinen Zweifel wollte gehoben wissen.

»Der Schlag?« entgegnete ihm Patrick mit wieder etwas von seinem früheren Humor in den schrecklichen Zügen. »Der Schlag, Ew. Hochwürden? Ja, wenn Sie eine Menge Püffe rechts und links von einem der besten Boxer im ganzen süßen Irland einen Schlag nennen, so hat mich der allerdings gerührt! Ich möchte aber nicht gern von der Art zwei haben!«

»Wie bist du denn aber in die Leichenkleider gekommen, Unglücklicher?« rief der Pater, der jetzt natürlich nicht mehr umhin konnte zu sehen, daß er es mit einem wirklichen, körperlichen Wesen und mit nichts weniger als mit einem Geist zu tun habe. »Und wer ist aus deinem Hause begraben worden?«

»Leichenkleider?« wiederholte Patrick erstaunt und besah seine beiden Ärmel und Hosenbeine, »Leichenkleider? Wieso Leichenkleider? Wenn mir O'Brian – bad luck to him – einen Fetzen von meinen gewöhnlichen Sachen am andern gelassen hätte, so brauchte ich allerdings nicht meines Bruders Sonntagsjacke und Unterhosen anzuziehen. Und wenn Ew. Ehrwürden nur einmal zwei Minuten unter O'Brians Fäusten gewesen wären, würden Sie wohl auch ein Tuch ums Gesicht binden – und vielleicht zwei! Wer aber begraben ist«, sagte er, auf einmal ganz traurig und ernst werdend, »das ist eine andere und recht schmerzliche Geschichte, und Patrick O'Flannagan bringt von nun an in seinem Leben keinen Tropfen Whisky mehr über die Lippen. – Aber please, Yer honour«, setzte er dann wieder mit etwas von dem Altdrolligen in seinen Zügen hinzu und deutete dabei auf die Räucherpfanne, mit der und offenem Maule sich indessen der Chorknabe herbeigedrängt hatte, um dem merkwürdigen Gespräch zu lauschen, »ist es wirklich ein Geist, für den Sie mich gehalten haben, daß Sie mich vielleicht zum Fenster hinausräuchern wollen? Und darum haben auch wohl die guten Leute da unten den ganzen Morgen auf dem Hof gestanden und sind ausgekniffen, als ich ans Fenster trat (denn ich glaubte, sie hätten oben etwas auf dem Dache), als ob der Gottseibeiuns hinter ihnen wäre? Das ist gut!«

Patrick lachte still in sich hinein, legte aber dann sein Frühstück beiseitige, griff Hammer und Säge wieder auf und sagte: »Nein, das tut's nicht! Bis heut abend muß ich fertig sein! Und ich habe noch viel zu tun, Yer honour! Wenn Sie mich aber nach Feierabend ausräuchern wollen«, setzte er mit seinem trockensten Gesicht hinzu, »so stell ich mich Ihnen ganz zur Verfügung!«

Der Geistliche zog sich etwas verlegen zurück. Die Frauen wollten es aber erst gar nicht glauben, daß es Patrick

O'Flannagan selber und nicht Patrick O'Flannagans Geist gewesen sei, der den ganzen Morgen im alten Saale gehämmert und gesägt habe. Und das Fräulein schämte sich jetzt allerdings ein wenig, der allgemeinen Furcht so nachgegeben und sich nicht fester gezeigt zu haben. Es war aber doch so immer besser, daß es kein Geist gewesen. Sie wären in dem alten Hause sonst wohl nie ihres Lebens froh geworden. Dorothea jedoch, als sie sich endlich zu Patrick hingetraut oder dieser vielmehr zu ihnen herübergerufen wurde, schlug die Hände zusammen über die Jammergestalt und meinte gutmütig, es wäre kein Wunder, daß man ihn für einen Geist gehalten hätte, denn er sähe ja gar nicht mehr aus wie ein menschliches Wesen. Zu ihrem wirklich unbegrenzten Erstaunen verschmähte aber Patrick selbst den Bittern, den sie ihm brachte, und zwar nicht nur aus dem Grunde, daß er seine Arbeit noch nicht vollendet habe, sondern weil er überhaupt keinen mehr trinke. Und der Grund, den er dafür angab – wenn überhaupt noch einer außer seinem Gesicht nötig gewesen wäre –, rechtfertigte ihn vollkommen.

In das Trinken hineingeraten, hätte er sich fast die ganze Woche nicht wieder herausreißen können. Da sei seine Mutter, eine überhaupt altersschwache und sieche Frau, plötzlich ernstlich krank geworden und endlich, während er noch besinnungslos fortgezecht habe, gestorben. Was während seines trunkenen Zustandes vorgegangen, wußte er gar nicht, selbst nicht, weshalb er sich mit O'Brian geschlagen. Als er aber wieder zu sich kam, lag seine alte Mutter, von der er gar viel hielt, kalt und starr auf dem Stroh. Sie war gestorben, ohne daß er, der Sohn, ihre letzten Worte gehört und ihr die Augen zugedrückt hatte. Ja mehr: sie war gestorben, während er in dem nächsten Zimmer, vom übermäßigen Genuß des Whisky fast rasend gemacht, sang, schrie und jubelte. Und ihre sterbliche Hülle selbst hatten sie aus dem Hause getragen, ohne daß er imstande gewesen wäre, ihr die letzte Ehre zu erweisen.

Das war zuviel. Als er wieder zur Besinnung kam, machte er sich die bittersten Vorwürfe. Dabei aber blieb's nicht allein.

Er gab sich sein Wort, daß, solange er atme, kein Tropfen geistiger Getränke wieder über seine Lippen solle; denn er fühlte sich zu schwach, ohne ein solches Gelübde der Versuchung widerstehen zu können, und war jetzt, wie er hoffte, ein anderer Mensch geworden.

Was das übrige betrifft, wird es sich der Leser leicht denken können. Patrick hatte das dem Fräulein gegebene Wort nicht brechen wollen und war deshalb früh auf der schon früher erwähnten Leiter ins Fenster des alten Saales gestiegen, um seine Arbeit zu vollenden. Die übrigen schämten sich allerdings noch ein wenig voreinander, einem so tollen Gedanken Raum gegeben zu haben, am meisten aber Tom, dem in seiner Herzensangst das Bekenntnis seiner begangenen Sünde entfahren war. Und Tom gerade hatte deshalb später nicht wenig von Rosy zu leiden. In der allgemeinen Verlegenheit schlüpfte er jedoch glücklich mit durch. Und es wurde auch, wie sich das wohl denken läßt, sowenig als möglich von der Sache gesprochen.

Im Dorf aber hieß Patrick von dem Tag an nur »der tote Zimmermann«.

THEODOR STORM
Am Kamin

1

»Ich werde Gespenstergeschichten erzählen! – Ja, da klatschen die jungen Damen schon alle in die Hände.«

»Wie kommen Sie denn zu Gespenstergeschichten, alter Herr?«

»Ich? – Das liegt in der Luft. Hören Sie nur, wie draußen der Oktoberwind in den Tannen fegt! Und dann hier drinnen dies helle Kienäpfelfeuerchen!«

»Aber ich dächte, die Spukgeschichten gehören gänzlich zum Rüstzeug der Reaktion?«

»Nun, gnädige Frau, unter Ihrem Vorsitz wollen wir es darauf wagen.«

»Machen Sie nicht solche Augen, alter Herr!«

»Ich mache gar keine Augen. Aber wir wollen Stühle um den Kamin setzen. – So! Die Chaiselongue kann stehenbleiben. – Nein, Klärchen, nicht die Lichter ausputzen! Da merkt man Absicht und et cetera.«

»So fang denn endlich einmal an!«

»In meiner Vaterstadt ...«

»Wart noch; ich will mich vor dem Kamin auf den Teppich legen und Kienäpfel zuwerfen.«

»Tu das! – Also, ein Arzt in meiner Vaterstadt hatte einen vierjährigen Knaben, welcher Peter hieß.«

»Das fängt sehr trocken an!«

»Klärchen, paß auf deine Kienäpfel! – Dem kleinen Peter träumte eines Nachts – «

»Ach – Träumen!«

»Was Träumen? Meine Damen, ich muß dringend bitten. Soll ich an einer zurückgetretenen Spukgeschichte ersticken?«

»Das ist keine Spukgeschichte; Träumen ist nicht Spuken.«

»Halt den Mund, liebes Klärchen! – Wo war ich denn?«

»Du warst noch nicht weit.«

»Sst! – Der Vater erwachte eines Nachts – still, Klärchen! – von dem ängstlichen Geschrei des Jungen, welcher neben seinem Bette schlief. Er nahm ihn zu sich und suchte ihn zu ermuntern, aber das Kind war gar nicht zu beruhigen. ›Was fehlt dir, Junge?‹ – ›Es war ein großer Wolf da, er war hinter mir, er wollte mich fressen.‹ – ›Du träumst ja, mein Kind!‹ – ›Nein, nein, Papa, es war ein wirklicher Wolf; seine rauhen Haare sind an mein Gesicht gekommen.‹ Er begrub den Kopf an seines Vaters Brust und wollte nicht wieder in sein Korbbettchen zurück. So schlief er endlich ein. Draußen vom Turme hörte der Doktor nach einiger Zeit eins schlagen.

Im Hause des Arztes lebte eine ältliche Schwester desselben, welche den kleinen Peter ganz besonders in ihr Herz geschlossen hatte. – Es war eigentlich ein Range, der Junge; in einer Abendgesellschaft bei seinen Eltern hatte er uns einmal alle Sardellen von den Butterbröten weggefressen. Aber das tat der Liebe der Tante keinen Eintrag.

Am andern Morgen, als der Doktor aus seinem Schlafzimmer trat, war sie die erste, die ihm begegnete. ›Denke dir, Karl, was mir geträumt hat!‹ – ›Nun?‹ – ›Ich hatte mich in einen Wolf verwandelt und wollte den kleinen Peter fressen; ich trabte auf allen vieren, während der Junge schreiend vor mir her lief.‘ – ›Hu! Weißt du nicht, wieviel Uhr es gewesen?‹ – ›Es muß nach Mitternacht gewesen sein; genauer kann ich es nicht bestimmen.‹«

»Nun, und weiter, alter Herr?«

»Nichts weiter; damit ist die Geschichte aus.«

»Pfui! Die Tante ist ein Werwolf gewesen!«

»Ich kann versichern, daß sie eine vortreffliche Dame war. Aber, Klärchen, leg einmal Kienäpfel auf!«

»Ja – aber Träumen ist doch nicht Spuken –«

»Ärgere den alten Herrn nicht! Siehst du, ich weiß besser mit ihm umzugehen. Da erscheint der Trank, bei dem der selige Hoffmann seine Serapionsgeschichten erzählte. – Setzen Sie die Bowle vor den Kamin, Martin! – Es ist auch eine halbe Flasche Maraschino dazu, alter Herr!«

»Ich küsse Ihnen die Hand, gnädige Frau.«

»Das verstehen Sie ja gar nicht!«

»Ich kann das eigentlich nicht bestreiten. In meiner Heimat tut man nicht dergleichen; indessen, ich beginne wenigstens schon davon zu reden.«

»Trinken Sie lieber einmal! – Klärchen, damit du was zu tun hast, schenk einmal die Gläser voll!«

»Ich weiß nicht, meine Damen, ob Sie jemals durch die Marsch gefahren sind! Im Herbst und bei Regenwetter will ich es Ihnen nicht gewünscht haben; in trockner Sommerzeit aber kann es keinen besseren Weg geben, der feine graue Ton, aus welchem der Boden besteht, ist dann fest und eben, und der Wagen geht sanft und leicht darüber hin. Vor einigen Jahren führten mich Geschäfte nach der kleinen Stadt T. im nördlichen Schleswig, welche mitten in der nach ihr benannten Marsch liegt. Am Abend war ich in der Familie des dortigen Landschreibers. Nach dem Essen, als die Zigarren angezündet waren, gerieten wir unversehens in die Spukgeschichten, was dort eben nicht schwer ist; denn die alte Stadt ist ein wahres Gespensternest und noch voll von Heidenglauben. Nicht allein, daß allezeit ein Storch auf dem Kirchturm steht, wenn ein Ratsherr sterben soll; es geht auch nachts ein altes glasäugiges Pferd durch die Straßen, und wo es stehenbleibt und in die Fenster guckt, wird bald ein Sarg herausgetragen. ›De Hel‹ nennen es die Leute, ohne zu ahnen, daß es das Roß ihrer alten Todesgöttin ist, welche selbst zugunsten des Klapperbeins seit langem den Dienst hat quittieren müssen.

Von den mancherlei derartigen Gesprächen und Erzählungen jenes Abends ist mir indessen nur eine einfache Geschichte im Gedächtnis geblieben.

Es war vor etwa zehn Jahren – so erzählte unser Wirt –, als ich mit einem jungen Kaufmann und einigen anderen Bekannten eine Lustfahrt nach einem Hofe machte, welcher dem Vater des ersteren gehörte und durch einen sogenannten Hofmann verwaltet wurde. Es war das schönste Sommerwetter; das Gras auf den Fennen funkelte nur so in der Sonne, und die Stare mit ihrem lustigen Geschrei flogen in ganzen Scharen zwischen dem weidenden Vieh umher. Die Gesellschaft im Wagen, der sanft über den ebenen Marschweg dahinrollte, befand sich in der heitersten Laune; niemand mehr als unser junger kaufmännischer Freund. Plötzlich aber, als wir eben an einem blühenden Rapsfelde vorüberfuhren, verstummte er mitten im lebhaftesten Gespräch, und seine Augen nahmen einen so seltsamen glasigen Ausdruck an, wie ich ihn nie zuvor an einem lebenden Menschen gesehen hatte. Ich, der ich ihm gegenübersaß, ergriff seinen Arm und schüttelte ihn. ›Fritz, Fritz, was fehlt dir?‹ fragte ich. Er atmete tief auf; dann sagte er, ohne mich anzusehen: ›Das war mal eine schlimme Stelle!‹ – ›Eine schlimme Stelle? Es geht ja wie auf der Diele!‹ – ›Ja‹, entgegnete er, noch immer wie im Traum, ›es war doch nicht gut, darüber wegzukommen.‹ – Allmählich ermunterte er sich, und sein Gesicht erhielt wieder Leben und Ausdruck; aber er wußte auf unsre Fragen keine andre Antwort zu geben. Dieses kleine Ereignis, was allerdings für den Augenblick die Stimmung etwas herabdrückte, war indessen, nachdem wir den Hof erreicht hatten, durch die Heiterkeit der Umgebung und unsre eigne Jugend bald vergessen. Wir ließen uns durch die alte Wirtschafterin den Kaffee in der Gartenlaube anrichten, wir gingen auf die Fennen, um die Ochsen zu besehen, und nachdem abends die mitgebrachten Flaschen in Gesellschaft des alten Hofmannes geleert waren, fuhren wir alle vergnügt, wie wir ausgefahren waren, wieder heim.

Acht Tage später war unser Freund des Nachmittags im Auftrage seines Vaters nach dem Hofe hinausgeritten. Am Abend kam sein Pferd allein zurück. Der alte Herr, der eben aus seinem L'hombre-Klub nach Hause gekommen war, machte sich sogleich mit allen seinen Leuten auf, um nach seinem einzigen Sohn zu suchen. Als sie mit ihren Handlaternen an jenes blühende Rapsfeld kamen, fanden sie ihn tot am Wege liegen. Was die Ursache seines Todes gewesen, vermag ich nicht mehr anzugeben.«

»Und geht es noch so rüstig
Hin über Stein und Steg,
Es ist eine Stelle im Wege,
Du kommst darüber nicht weg.«

»Aha! Unser poetischer Freund improvisiert.«

»Das nicht, Herr Assessor; der Vers ist schon gedruckt. Aber Klärchen scheint wieder mit meiner Geschichte nicht zufrieden zu sein; sie rührt mir gar zu ungeduldig in der Bowle.«

»Ich? – Da hast du ein Glas Punsch! Ich sage schon gar nichts mehr.«

»Nun, so höre!«

»Mein Barbier – von dem hab ich diese Geschichte – ist der Sohn eines Tuchmachers. Als der Vater noch jung war, kam er eines Abends auf seiner Gesellenwanderung in eine kleine schlesische Stadt. Auf der Herberge erfuhr er, daß er bei einem der ältesten Meister in Arbeit treten könne. – ›Will nur hoffen, daß es mit dir Bestand haben wird‹, setzte der Herbergswirt hinzu. – ›Mit Gunst, Herr Vater‹, entgegnete der Gesell, ›traut Ihr mir nicht, oder fehlt's da wo im Hause bei den Meistersleuten?‹ – Der Wirt schüttelte den Kopf. – ›Was denn aber, Herr Vater?‹ – ›Es ist nur‹, sagte der Alte, ›seit die da drei Gesellen haben wollen, ist der dritte nach Monatsfrist allzeit wieder fremd geworden.‹

Unser Geselle ließ sich das nicht anfechten, sondern ging noch an demselben Abend zu seinem neuen Meister. Er fand ein paar alte Leute, die ihn freundlich ansprachen, und zur Stärkung nach der Wanderung ein solides bürgerliches Abendbrot. Als es Schlafenszeit war, führte der Meister ihn selbst durch einen langen Gang des Hintergebäudes in das obere Stockwerk und wies ihm dort seine Schlafkammer an. Der Gelaß für die beiden andern Gesellen befinde sich unten; es sei aber darin nicht Platz für ein drittes Bett.

Als der Meister ihm gute Nacht gewünscht, stand der junge

Mann noch einen Augenblick und horchte, wie sich die Schritte des Alten über die Treppe hinab entfernten und dann unten in dem langen Gange allmählich verloren. Hierauf besah er sich sein neues Quartier. – Es war eine lange, äußerst schmale Kammer mit kahlen, weißen Wänden; unten, die ganze Breite der Querwand einnehmend, stand ein Bett; daneben ein kleiner Tisch und ein kleiner Stuhl aus Föhrenholz; das war die ganze Ausstattung. Das einzige, sehr hohe Fenster mit kleinen, in Blei gefaßten Scheiben schien, soviel er bei dem Mondschein draußen erkennen konnte, nach einem großen Garten hinaus zu liegen. – Aber er hatte das alles mit schon träumenden Augen angesehen, und nachdem er sich unter das derbe Deckbett gestreckt und das Licht ausgelöscht hatte, fiel er bald in einen tiefen Schlaf.

Wie lange derselbe gedauert, konnte er später nicht angeben; er wußte nur, daß er durch ein Geräusch, das mit ihm in der Kammer war, auf eine jähe Art erweckt worden sei. Und bald darauf hörte er deutlich ein Kehren wie mit einem scharfen Reisbesen, das von der Richtung des Fensters her allmählich sich nach der Tiefe der Kammer zu bewegte. Er richtete sich auf und blickte mit aufgerissenen Augen vor sich hin; die Kammer war fast hell vom Mondschein; die eine Wand war ganz davon beleuchtet; aber er vermochte nichts zu sehen als den völlig leeren Raum.

Plötzlich, und ehe es noch ganz in seine Nähe gekommen war, war alles wieder still. Er horchte noch eine Weile und suchte sich vergebens einen Vers darauf zu machen; endlich, ermüdet wie er war, fiel er aufs neue in einen festen Schlaf.

Am andern Morgen, als zwischen ihm und dem Meister die Sache zur Sprache kam, erfuhr er von diesem, daß allerdings einzelne, welche vor ihm in der Kammer geschlafen, ein Ähnliches dort gehört haben wollten; es sei indes immer nur zur Zeit des Vollmonds gewesen und übrigens niemandem etwas dadurch zu nahe geschehen. – Der junge Tuchmacher ließ sich beruhigen; und in den Nächten, die nun folgten, wurde auch sein Schlaf durch nichts gestört. Dabei ging ihm im Hause alles nach Wunsch; Arbeit und Verdienst war regulär, und auch mit seinen beiden Nebengesellen hatte er sich auf guten Fuß gestellt.

So ging ein Tag nach dem andern hin, bis endlich wieder die Zeit des Vollmonds herangekommen war. Aber er hatte nicht darauf geachtet, denn es war schwere, bedeckte Luft, und kein Schein fiel in die Kammer, als er sich am Abend schlafen legte. – Da plötzlich erweckte ihn wieder jener schon halbvergessene Ton. Eifriger noch und schärfer, so dünkte es ihn, als das erstemal kehrte und fegte es bei ihm in der Kammer, und seltsamerweise, jetzt, wo es fast dunkel war, meinte er gegen das Fenster hin einen sich bewegenden Schatten zu sehen. Aber wie zuerst wurde auch jetzt nach einer Weile alles wieder still, ohne daß es sein Bett erreicht oder daß er etwas Genaueres zu erkennen vermocht hätte. Er konnte indessen diesmal den Schlaf so bald nicht wiederfinden und hörte vom Kirchturm eine Stunde nach der andern schlagen; endlich brach draußen der Mond durch die Wolken und schien in die Kammer, aber er beleuchtete nur die nackten Wände.

Der Gesell, sowenig angenehm ihm diese Dinge waren, beschloß bei sich, gegen jedermann zu schweigen, am wenigsten aber sich von jenem Unheimlichen vom Platze verdrängen zu lassen. – Wie gewöhnlich gingen auch die nun folgenden Nächte ohne Störung vorüber. – Nach Verlauf eines Monats kehrte er spät in der Nacht von einem benachbarten Orte zurück, wohin ihn sein Meister mit einem Geschäftsauftrage gesandt hatte. Er ging, als die Stadt erreicht war, nicht durch die Straßen, sondern an der Stadtmauer entlang, um durch den Garten in das Hinterhaus zu gelangen, wozu er den Schlüssel von seinem Meister erhalten hatte. Es war heller Mondschein. Schon in der Nähe des Hauses, während er zwischen den Rabatten auf dem geraden Steige des Gartens entlangging, warf er zufällig einen Blick nach dem Fenster seiner Kammer hinauf. – Da saß oben ein Ding, ungestaltig und molkig, und guckte durch die Scheiben in den Garten hinab.

Der junge Mann verlor plötzlich die Lust, mit solcher

Gesellschaft noch länger in Quartier zu liegen. Er kehrte um und suchte sich für diese Nacht ein Unterkommen in der Herberge. Am andern Morgen aber – so erzählte mir sein Sohn – nahm er seinen Abschied und verließ die Stadt, ohne jemals erfahren zu haben, womit er so lange in einer Kammer gehaust habe.«

»Kann ich mir auch nichts bei denken.«

»Geht mir ebenso, alter Herr.«

»Ich dächte doch, das wäre eine echte rechte Spukgeschichte; oder was fehlt denn noch daran?«

»Sie hat keine Pointe.«

»So? – Aber ein Teil dieser Geschichten tritt eben mit dem Reiz des Rätsels an uns heran und drängt uns, den Dingen nachzuspüren, die, wenngleich selber längst vergangen, noch solche Schatten aus dem leeren Raume fallen lassen.«

»Nun, und Ihre Geschichte?«

»Will ich ganz dem Scharfsinn der Damen überlassen und Ihnen lieber etwas anderes erzählen, wo ein solcher Zusammenhang sich von selbst ergibt, indem der Reflex der Begebenheit mit dieser selbst scheinbar in einen Moment zusammenfällt.

Auf dem Gymnasium zu H. hatte ich einen Schulkameraden, einen fleißigen und geschickten Menschen, mit welchem ich, da er in meiner Nachbarschaft wohnte, in fast täglichem Verkehr lebte. Als er eben in Sekunda eingetreten war, starb der Vater, welcher ein kleines städtisches Amt bekleidet hatte, und hinterließ Sohn und Witwe in den bedrängtesten Umständen. – Mit Hülfe von Stipendien, deren es dort viele gab, hätte mein Freund dessenungeachtet wohl seinen Plan, die Rechte zu studieren, durchführen können; aber der lebhafte Wunsch, schon jetzt etwas zu verdienen und dadurch die letzten Jahre seiner alternden Mutter zu erleichtern, veranlaßte ihn, vom Gymnasium abzugehen und auf dem dortigen Amtshause als Lohnschreiber einzutreten. Unser Umgang wurde dadurch nicht unterbrochen; wir machten wie sonst des Mittags unsern gemeinschaftlichen Spaziergang, und abends, wenn er aus seiner Kanzlei nach Hause gekommen war, saßen wir in dem von ihm und seiner Mutter gemeinschaftlich bewohnten Zimmer und nahmen miteinander die Lektionen durch, welche am folgenden Tage in der Schule vorkommen sollten; denn er hatte seine Lebenspläne keineswegs gänzlich aufgegeben, und wo der Abend nicht reichte, nahm er unbedenklich die Nacht zu Hülfe. So habe ich manche Stunde dort verbracht in gemeinsamer Arbeit oder in gemütlichem Gespräch. Die Mutter pflegte mit ihrem Strickzeug neben uns vor der kleinen Lampe zu sitzen. Ich sehe noch das stille, etwas kränkliche Gesicht, wenn sie mitunter von der Arbeit aufblickte und mit einem Ausdruck der Sorge und der zärtlichen Verehrung die Augen auf ihrem einzigen Kinde ruhen ließ. Er nahm dann wohl, wenn er es bemerkte, ihre blasse Hand und hielt sie fest in der seinigen, während er in dem vor ihm liegenden Buche weiterlas. Aber es ging dann nicht wie sonst, es war, als wenn die Zärtlichkeit für seine Mutter ihm die Gedanken zerstreute, und ich erinnere mich noch, wie ihm bei solchem Anlaß plötzlich die Tränen aus den Augen sprangen und er dann mit einem Lächeln und einem kurzen Blick auf sie ihre Hand sanft in ihren Schoß zurücklegte.

Es war eine Luft des Friedens und der Stille in diesem Zimmer, wie ich sie nirgend sonst empfunden habe. An der einen Wand stand ein altes, dürftiges Klavier; mitunter sangen wir daran; dann legte die alte Frau ihr Strickzeug in den Schoß, und war es zufällig eine Melodie aus ihrer Jugend, so stand sie auch wohl auf und ging mit unhörbaren Schritten und leise vor sich hin summend im Zimmer auf und ab. Wenn es aber an der Wand auf der kleinen Schwarzwälder Uhr zehn geschlagen hatte, begann sie allmählich einen unruhigen Blick auf die große, dunkle Gardinenbettstelle zu werfen, die im Hintergrunde des geräumigen Zimmers stand. Dann nahmen wir unsre Bücher, sagten ihr gute Nacht und gingen eine Treppe tiefer in die kleine Schlafkammer ihres Sohnes, wo wir noch einige Stunden unsre Studien fortzusetzen pflegten. Sie mochte dann schon ruhig in dem oberen Zimmer schlummern; denn es lag nach einem inneren Hofe, wo die nächtliche Ruhe durch nichts gestört wurde.

Aber dieses Leben mit seinem bescheidenen Glücke sollte nach einigen Jahren sein Ende erreichen. Kurz vor meinem Abgang zur Universität erkrankte die Mutter. Es war der Keim des Todes, der schon lange in ihr gelegen und nun zur Entfaltung kam; weder sie noch ihr Sohn verkannten das. Auf ihren Wunsch besuchte ich sie noch einmal, ehe ich abreiste. Das sonst so freundliche Zimmer war jetzt düster und öde, die Fenster tief verhangen, und aus den Kissen unter dem dunklen Betthimmel sah das leidende Gesicht der guten Frau. Während ihre magere Hand die meinige ergriff, sagte sie nur: ›So leben Sie denn recht wohl!‹

Aber wir fühlten beide, daß das ein Abschied für das Leben sei.

Was nun folgt, habe ich später aus dem Munde meines Freundes gehört; denn ich selbst verließ schon am Tage darauf die Stadt. – Er hatte sich, als die Schwäche der Mutter plötzlich in ungewöhnlicher Art zugenommen, die Erlaubnis ausgewirkt, seine Arbeiten zu Hause zu fertigen, und saß nun im Krankenzimmer an dem entlegensten Fenster, von dem er ein wenig die Gardine zurückgeschlagen, bald emsig schreibend, bald einen sorglichen Blick nach den dunklen Vorhängen des Bettes hinüberwerfend. Wenn die Mutter wachte, saß er in dem alten Lehnstuhl vor ihrem Bett und sprach leise zu ihr oder las ihr aus der Bibel vor; oder er war nur bei ihr, daß ihre Augen zärtlich auf ihm ruhen konnten. Dort blieb er auch des Nachts sitzen, und wenn die Kranke im Anschauen seines blassen, überwachten Antlitzes ihn bat: ›Georg, leg dich schlafen! Georg, du hältst es ja nicht aus!‹, oder wenn sie ihm versicherte: ›Geh nur; gewiß, es hat heut nacht noch nicht Gefahr‹, so faßte er nur um so fester die heiße Hand der Mutter, als müsse sie gerade jetzt, wenn er sich entfernen wollte, ihm entrissen werden.

Eines Nachts aber, da eine Linderung der Schmerzen eingetreten war und da er sich kaum noch aufrecht zu erhalten vermochte, hatte er sich dennoch überreden lassen. – Unten in seiner Kammer lag er unausgekleidet auf seinem Bette; traumlos, in tiefem, bleiernem Schlaf. Oben beim Schein der Nachtlampe in sanftem Schlummer hatte er die Mutter zurückgelassen. Währenddes verging die Nacht, und der Tag fing an zu grauen, da wurde er plötzlich wie mit sanfter Gewalt aus dem Schlaf emporgezogen. Als er aufblickte, sah er die Tür der Kammer geöffnet und eine Hand, die mit einem weißen Tuch zu ihm hereinwehte. Unwillkürlich sprang er vom Bett auf; aber er hatte sich geirrt, die Tür seiner Kammer war eingeklinkt, wie er in der Nacht sie aus der Hand gelassen. Fast ohne Gedanken ging er die Treppe zu dem Krankenzimmer hinauf.

Es war still drinnen, die Nachtlampe war herabgebrannt, und unter dem dunklen Betthimmel fand er beim trüben Schein der Dämmerung die Leiche seiner Mutter. Als er sich bückte, um die Hand der Toten an seinen Mund zu drücken, die über den Rand des Bettes herabhing, faßte er zugleich ihr weißes Schnupftuch, das sie zwischen den geschlossenen Fingern hielt.«

»Und Ihr Freund? – Wie ist es dem ergangen?«

»Es ist ihm gut ergangen; denn er hat nach mancher Not und schwerer Arbeit seinen Lebensplan verwirklicht; und er lebt noch jetzt wie unter den Augen und in der Gegenwart seiner Mutter; ihre Liebe, die sie so ohne Rückhalt ihm im Leben gab, ist ihm ein Kapital geworden, das auch in den schwersten Stunden ihn nicht hat darben lassen.«

»Aber Klärchen, was hältst du denn die Hände vor den Augen?«

»Oh – mir graut nicht.«

»Aber du weinst ja!«

»Ich ... Warum erzählst du auch so dumme Geschichten!«

»Nun! So mag es denn die letzte sein; ich wüßte für heute auch nichts Besseres zu erzählen.«

2

»Aber es ist noch einmal wieder Sommer geworden, alter Herr! Wo bleiben da unsre Geschichten? Ein Kaminfeuer läßt sich doch bei sechzehn Grad Wärme nicht anzünden!«

»Gnädige Frau, wenn es auch wetterleuchtet draußen, wir sind immerhin schon dicht an den November heran. Der Teetisch tut es auch für heute; lassen Sie nur den Kessel sausen, ich meinerseits bin mit dem Akkompagnement zufrieden. Freilich –«

»Was denn freilich?«

»Wenn der Teekessel ein Vertreter des häuslichen Herdes sein soll, so muß er unbedingt auf einem Kohlenbecken kochen; und zwar auf Torfkohlen, gehörig durchgeglühten. Das hält auch besser Dauer als jene ungemütliche Maschinerie.«

»Nun, alter Herr, es soll mir auf ein Kännchen Sprit nicht ankommen!«

»Bleibt aber doch immerhin die Apothekerflamme der Berzeliuslampe! Indessen, da es hierorts weder einen Torf noch einen Teekomfort gibt – Sie kennen das Ding wohl nicht einmal? –, so akzeptiere ich das Kännchen Sprit.«

»Nun, so tun Sie Ihre Mauskiste auf. Was haben Sie zu erzählen?«

»Ich habe heute, da ich an einem neueröffneten Putzladen vorbeiging, lebhaft einer alten Freundin in der Heimat gedenken müssen. Sie war die Tochter eines Handwerkers aus einem Nachbarstädtchen und wohnte längere Zeit in einem meinen Eltern gehörigen Häuschen, dessen Hof an den Garten unsres Wohnhauses grenzte. Sehr gegen ihre Neigung suchte sie ihren Unterhalt durch Putzarbeiten zu erwerben, die sie für die weibliche Bevölkerung der Umgegend verfertigte. Auch verhehlte sie sich keineswegs, daß ihr die Sache ziemlich übel von der Hand ging, und wenn sie nur irgend Feierabend machen konnte, schloß sie die verhaßte Arbeit in die Kommodenschublade und nahm statt dessen eins ihrer geliebten Bücher zur Hand, oder sie griff auch wohl selbst zur Feder und brachte eine kleine Geschichte oder irgendeinen sinnigen Gedanken zu Papier. Die Beschränktheit ihrer Lebensverhältnisse, verbunden mit dem Drang, allerlei feingeistige Nahrung zu sich zu nehmen — denn Rahels Briefe waren ihre Lieblingskost –, hatten eine seltsame, aber nicht uninteressante Auffassung der Dinge bei ihr hervorgebracht; und wir haben über das Gartenstaket hinweg manch kurzweiliges Plauderstündchen miteinander abgehalten.«

»Hans!«

»Was denn, Frau?«

»Du verdunkelst da etwas. Durch jenes Häuschen führte ein Richtweg nach der Hauptstraße; und neben dem Wege war das Stübchen der Putzmacherin. Gesteh es nur, Hans; dort hast du gesessen zwischen Lilien und Rosen!«

»Aber, meine Damen, meine Freundin war keineswegs eine Sandsche Geneviève, sondern eine gesetzte, hagere Person von fünfundvierzig Jahren!«

»Aber sie hatte noch sehr blanke, braune Augen, Hans, und die lebhafte Röte ihres Angesichts zeugte von der Erregbarkeit ihres Herzens, und wenn sie mir damals auch in gewählten Worten ihre Freude über unsre Verlobung aussprach, weil der böse Leumund die Besuche des jungen Mannes nun nicht mehr mißdeuten könnte, so habe ich doch darin das verhüllte Bekenntnis gegenseitiger Neigung nicht verkennen können.«

»Ich will unsre beiderseitige Zuneigung keineswegs herabsetzen. Jene Äußerung meiner Freundin aber dürfte wohl nur von einer übermäßigen Jungfräulichkeit herrühren, wie sie durch ein zu langes Verweilen im ledigen Stande mitunter hervorgetrieben wird. Denn als sie später dennoch sich verheiratete und zum Erstaunen der Welt eines tüchtigen Knaben genas, hat sie sich anfänglich nicht überwinden können, den Jungen an die Brust zu legen, weil, wie sie sich ausdrückte, das Kind andern Geschlechts sei.«

»Hans! – Du lügst ja; sie hat sich ja gar nicht verheiratet.«

»Nicht? – Nun, da verwechsle ich die Geschichte. Sei dem, wie ihm wolle, diese meine Freundin, der ich ein treues Gedächtnis bewahre, war im Heimlichen wie im Unheimlichen sehr zu Hause. Von ihren mancherlei Geschichten ist mir indessen – verzeih, Klärchen! – nur ein Traum im Gedächtnis geblieben!

Es existierte – so erzählte sie mir – vorzeiten in unsrer Gegend eine reiche holländische Familie, welche allmählich fast alle großen Höfe in der Nähe meiner Vaterstadt in Besitz bekommen hatte – vorzeiten, sage ich; denn das Glück der van A. hatte nicht standgehalten. In meiner Kindheit lebte von der ganzen Familie nur noch eine alte Dame, die Witwe des längst verstorbenen Pfennigmeisters van A., die übrigen Glieder der Familie waren gestorben, zum Teil auf seltsame und gewalttätige Weise ums Leben gekommen; und von den ungeheuren Besitzungen war nur noch ein altes Giebelhaus in der Stadt zurückgeblieben, in welchem die letzte dieses Namens den Rest ihrer Tage in Einsamkeit verlebte. Ich habe sie damals oft gesehen, das schmale, scharfgeschnittene Gesicht von dem dichten Haubenstrich eingefaßt; aber wir Kinder hatten Scheu vor ihr, es lag etwas in ihren Augen, das uns erschreckte. Auch ging allerlei unheimliches Gerede, nicht allein über den Erwerb des Vermögens in früherer Zeit, sondern auch über die Mittel, durch welche der verstorbene Pfennigmeister den Ruin desselben aufzuhalten versucht habe. Ob es ein Mißbrauch seines Amtes oder was es sonst gewesen sein sollte, erinnere ich mich nicht mehr; wohl aber, daß man die überlebende Witwe als die eigentliche Urheberin davon betrachtete. Gleichwohl war es immer eine Art Fest für mich, wenn ich, wie dies wohl bei einer Bestellung für meine Eltern geschah, einige Minuten in ihrem hohen, mit altmodischen Seltsamkeiten angefüllten Zimmer verweilen durfte. Ich sehe sie noch vor mir, wie sie neben dem Glasschrank strack und steif in ihrem Lehnstuhl saß, zwischen Schriften und Rechnungsbüchern umhertastend oder ein großes Strickzeug mit ihren hageren Fingern bewegend. Nur einmal habe ich einen anderen Menschen als ihre alte Magd bei ihr angetroffen; und die kurze Szene, von der ich damals Augenzeuge wurde, machte auf mich einen tiefen Eindruck, ohne daß ich mir über die Bedeutung derselben klarzuwerden vermocht hätte. Es war ein zerlumptes Weib aus der Stadt, das vor der alten Dame stand. Bei meinem Eintritt warf sie ihr einen harten Speziestaler vor die Füße und ging dann unter höhnenden, leidenschaftlichen Worten zur Tür hinaus. Die Frau van A., die nichts darauf erwidert hatte, stand jetzt von ihrem Lehnstuhl auf und ging, ohne von mir Notiz zu nehmen, eine lange Weile im Zimmer auf und ab, indem sie die Hände umeinanderwand und halblaute klagende Worte hervorstieß. – Plötzlich eines Morgens hieß es, daß sie gestorben sei, und schon am Nachmittag wußte ich mich in das Sterbehaus zu schleichen und betrachtete durch das Fenster der Stubentür mit einem aus Grauen und Neugier gemischten Gefühle das wachsbleiche Gesicht, das aus dem weißen Kissen der Alkovenbettstelle hervorragte. Dann nach einigen Tagen kam die Begräbnisfeier; ich verspeiste mit großem Appetit die leckeren Butterkringel, die beim Leichenschmaus in der Nachbarschaft verteilt wurden, und sah von unsern Treppensteinen aus den mit schwarzem Tuch bezogenen Sarg aus dem alten Hause hinaus- und die lange Straße hinabtragen.

Einige Wochen später träumte mir, daß ich in der Dämmerung auf unserm langen Hausflur spielte. Bei der immer stärker hereinbrechenden Dunkelheit überfiel mich mit einem Male ein Gefühl von Einsamkeit, und ich wollte eben in die Stube zu meiner Mutter gehen, als ich die Haustürglocke schellen und die alte Frau van A. hereintreten sah. Ich war mir vollständig bewußt, daß sie tot sei, und schlüpfte, da sie näher kam, nur kaum an ihr vorbei in die Wohnstube, wo meine Mutter eben das Licht angezündet hatte. Während ich zu ihr lief und mich an ihrer Schürze festhielt, bemerkte ich, daß die Verstorbene in eine bunte Nachtjacke und einen weißen wollenen Unterrock gekleidet war, wie ich sie in frühen Morgenstunden wohl mitunter gesehen hatte. Sie ging auf den kleinen, in die Wand gemauerten Beilegeofen zu und streichelte mit zitternden Händen die daran befindlichen Messingknöpfe; dabei wandte sie den Kopf zu meiner Mutter und sagte mit einer traurigen Stimme: ›Ach, Frau Nachbarin, darf ich mich wohl ein bißchen wärmen? Mich friert so sehr!‹ Und als sie, leise vor sich hin seufzend, noch eine Weile stehenblieb, bemerkte ich, daß unten der Saum ihres wollenen Rockes an mehreren Stellen angebrannt war. – Wie der Traum ausgegangen, weiß ich nicht; ich dachte am andern Morgen nicht eben lange daran und sagte auch niemandem davon. Aber er erneuerte sich. Einige Nächte darauf träumte mir, daß ich abends wie gewöhnlich mit meiner Näharbeit neben meiner Mutter in der Stube sitze, da schellte es draußen an der Haustür. ›Sieh zu, wer da ist!‹ sagte meine Mutter; und als ich die Tür öffne, um hinauszusehen, steht wieder die Frau van A. vor mir, in derselben Kleidung, wie ich sie das vorige Mal gesehen. Von dem entsetzlichsten Grauen befallen, springe ich zurück und krieche längs der Wand unter den großen Tisch, welcher in der Ecke am Fenster stand. Wie das erste Mal ging die Frau, leise vor sich hin jammernd, an den Ofen. ›Mich friert, ach, wie mich friert!‹ sagte sie, und ich hörte deutlich, wie ihre Zähne aufeinanderschlugen. Bei dem Schein des auf dem Tische stehenden Lichtes bemerkte ich jetzt auch, daß sie bloße Füße hatte, aber seltsamerweise, es waren große Brandwunden an denselben, und auch der wollene Rock war heute weit mehr verbrannt als in der vorigen Nacht. Und dabei stand sie fortwährend und klammerte sich mit den Händen an den Ofen, nur mitunter einen Seufzer oder ein tiefes Stöhnen ausstoßend.

Der Traum wollte mich diesmal am Morgen nicht wieder verlassen.

Während des Frühstücks duldete mein Vater nicht, daß irgend etwas Aufregendes oder Unangenehmes von uns vorgebracht wurde. Als aber später meine Mutter aufstand und in die Küche ging, folgte ich ihr und erzählte ihr dort genau, was mir in den beiden Nächten geträumt hatte. Ich sehe noch die Bestürzung, die sich während meiner Erzählung in ihrem Gesicht ausdrückte. Ich hatte kaum geredet, als sie die Hände über dem Kopf zusammenschlug und in ihrer plattdeutschen Mundart ausrief: ›Herr Gott im Himmel, ganz min egen Droom!‹ Dann erzählte sie mir, wie sie in denselben Nächten im Traum genau dasselbe erlebt hatte wie ich. – Später hat sich indessen der Traum bei uns nicht wiederholt.«

»Woher ist die tote Frau gekommen?«

»Ich kann Ihnen hierauf leider keine Antwort geben.

Aber zwei andre Fragen treten bei dieser Geschichte, an deren Wahrheit ich keinen Grund zu zweifeln habe, wenigstens an mich noch näher heran. War der eine Traum nur die Quelle des andern, wie das bei dem Wolfe so augenscheinlich der Fall zu sein scheint, oder gab es noch ein Drittes, worin dieselben ihren gemeinsamen Ursprung hatten?

Lassen Sie mich Ihnen indessen sogleich noch einen anderen Vorfall erzählen.

Vor einigen Jahren verlebte ich, wie Sie wissen, mit meiner Frau ein paar Wochen auf dem Gute meines Bruders. Wenn wir des Tags zwischen Wiesen und Kornfeldern umhergeschlendert oder auch wohl mit den Kindern in den nahen Wald gefahren waren, so stand abends im Hause ein sehr behaglicher Teetisch für uns bereit, an dem sich auch wohl der eine oder andre von den benachbarten Hofbesitzern einzufinden pflegte. Bei solcher Veranlassung beklagte sich eines Abends mein Bruder gegen seinen nächsten Gutsnachbar, einen Mann, mit dem es sich sehr angenehm plauderte, daß ihm seit einiger Zeit fortwährend kleine Quantitäten Frucht von seinem Boden abhanden gekommen, ohne daß er den Dieb zu entdecken vermocht hätte. Nachdem alles durchgesprochen war, was etwa zur Aufklärung der Sache dienen mochte, sagte Herr B.: ›Mir selbst ist es in einem ähnlichen Falle nach dem Sprichwort ergangen: Gott gibt's den Trägen im Schlaf.‹ – Auf näheres Befragen erzählte er dann folgendes:

Wie Sie wissen, pflegte ich die zu meinem Haferboden führende Falltür jeden Abend mit einem Vorlegeschloß zu verschließen und den Schlüssel beim Zubettgehen mit in meine Schlafkammer zu nehmen. So habe ich es schon seit vielen Jahren gehalten. In dem Herbste, ehe Sie im Frühjahr darauf in unsre Nachbarschaft kamen, bemerkte ich mehrfach, wenn ich des Morgens auf den Boden kam, daß in der Nacht jemand, und zwar in scheinbarer Hast, über dem Hafer gewesen sei. Denn es war bald an dem einen, bald an dem andern Ende des Haufens darin gewühlt, und eine Menge Körner lagen unordentlich über die Dielen zerstreut, was ich an den Abenden vorher, wo ich zufällig auch dort gewesen war, nicht bemerkt hatte. Mein erster Gedanke war, daß mein Kutscher, dem ich seit einiger Zeit, zu seinem großen Ärger, die Rationen für die Pferde etwas beschränkt hatte, aus Liebe zu dem armen Viehzeug zum Spitzbuben geworden sei. Allein aus verschiedenen Gründen mußte ich den Verdacht aufgeben.

Da träumte ich eines Nachts, ich stehe im Mondschein auf dem Haferboden am Fenster. Wie ich dahin gelangt sein sollte, wußte ich nicht anzugeben; denn es war mir sehr wohl bewußt, daß die Falltür verschlossen sei. Plötzlich höre ich unter derselben einen Schlüssel in dem Vorlegeschloß umdrehen; gleich darauf hebt sich die Tür, und ich sehe bei der in dem Raume herrschenden Mondhelle das Gesicht eines Menschen von der Treppe her auftauchen, in dem ich deutlich einen alten Arbeiter erkannte, der schon seit vielen Jahren bei mir gearbeitet und den ich in keiner Weise in Verdacht gehabt hatte. Während er noch mit dem Arm die Tür zurückdrängt, scheint auch er mich gewahr zu werden, denn die Tür fällt wieder zu, und ich sehe nichts mehr.

Aber ich erwache. Das Gesicht war so lebhaft gewesen, daß mir das Herz klopfte, und dabei schien der Mond so grell in die Kammer; gerade wie ich es im Traum gesehen. Ich wollte aufstehen und die Sache sogleich untersuchen, aber ich schalt mich einen Narren; auch war es kalt draußen, über den Hof zu gehen, und das Bett war so behaglich warm. Mit einem Wort, ich konnte mich nicht überwinden und schlief endlich wieder ein.

Am anderen Morgen, als ich beim Frühstück saß, trat der alte Martin zu mir in die Stube. Er sah verstört aus, drehte seine Mütze in den Händen und stand eine ganze Weile vor mir, ohne ein Wort hervorbringen zu können. ›Jagen Sie mich nicht fort, Herr‹, sagte er endlich, ›es ist aus großer Not geschehen.‹ – ›Wie meint Er das, Martin?‹ fragte ich. Er sah mich an. ›Ich wollte auch schon sogleich auf den Boden zurück‹, sagte er dann, ›aber ich war so sehr erschrocken, als ich Sie da so am Fenster stehen sah.‹ – Während ich in diesem Augenblick vielleicht nicht weniger erschrak, erfuhr ich nach und nach die näheren Umstände des Diebstahls und die unglücklichen Verhältnisse, die den bisher ehrlichen Mann zum Verbrecher gemacht hatten.«

»Hier schwieg der Erzähler. Von meinem Bruder erfuhr ich später, daß er dem alten Martin damals gründlich geholfen und ihn auch bis zu dessen Tode auf dem Hof behalten hat. – Da hätten wir also eine Geschichte, wo der Wachende durch den Träumenden zum Visionär wird. – Aber der Tee dürfte indessen fertig sein; vielleicht ist Klärchen so gütig?«

»Aber was sehen Sie denn so in die Tasse, alter Herr? Er ist vorschriftsmäßig präpariert.«

»O der! Der prophezeit aus der Teetasse oder vielmehr aus der Tasse Tee wie die Hexe aus dem Kaffeesatz. Nämlich nicht etwa das Schicksal, sondern den Bildungsgrad der Familie, in der die Tasse präsentiert wird; und wenn wir hier nicht so ganz unzweifelhaft gebildete Leute wären, ich glaube, er wäre imstande, mitunter daran zu zweifeln.«

»Was ist das, alter Herr! Verteidigen Sie sich, oder – prophezeien Sie lieber einmal; Sie haben die Tasse ja in Händen.«

»Meine gnädigste Frau, Sie werden mir zugeben, daß, so wie das Bier der Feind, so der Tee der Freund der denkenden Menschen ist; und es dürfte daher die Art, wie dieser Freund in einem Hause behandelt respektive mißhandelt, wie er serviert und genossen wird, zu allerlei nicht gar zu fehltreffenden Schlußfolgerungen in der angedeuteten Beziehung berechtigen.«

»Das ist ja aber eine ganz unverschämte Theorie!«

»Ich will mich schlafen legen; denn jetzt folgt das ganze Rezept der Teebereitung.«

»Nein, Kläre, es folgt nicht, obgleich so etwas von einem Küstenmenschen zu hören euch hier nur ersprießlich sein könnte.«

»Seien Sie nicht so grob, alter Herr!«

»Ich bestrafe mich durch Schweigen. Aber Herr T. wird Ihnen die Geschichte erzählen, die ich ihm schon seit lange am Gesichte angesehen habe.«

»Sie haben nicht fehlgesehen; es ist mir allerdings etwas eingefallen, das sich dem vorhin Erzählten anschließt, nur daß es noch um einen Schritt darüber hinausgeht.«

»Wir sind bereit zu hören.«

»Als ich vor einigen Jahren, es war um Ostern, in B. in Garnison stand – so erzählte mir der Hauptmann von K. –, wollten die dortigen Offiziere einer schönen Fremden einen Abschiedsball geben, mit der wir den Winter über viel und gern getanzt hatten. Eine unumgängliche Reparatur war Veranlassung, daß wir auf den Saal des Kasinos verzichteten und uns nach einem andern Lokal umtun mußten. Das hatte indessen in B., das an dergleichen Räumlichkeiten etwa nicht reich ist, seine Schwierigkeiten. Es wurde ein Komitee von vier Festordnern niedergesetzt, zu denen auch ich gehörte, und demselben das ganze Arrangement der Sache, vor allem aber die Aufspürung des Ballsaales, aufgetragen. Endlich, nach vielen Bemühungen, war er gefunden; in einem großen, ziemlich baufälligen Hause der Vorstadt, das in früheren Jahren, als B. noch Universitätsstadt war, zum öffentlichen Tanzlokale gedient hatte. Jetzt wurde es in seinen oberen Räumlichkeiten als Kornspeicher benutzt; der ungeheure Saal selbst stand gegenwärtig leer und ungebraucht. Aber mochte er schon in seinen besten Zeiten sich nur einer bescheidenen Ausrüstung erfreut haben, jetzt, mit den vor Feuchtigkeit triefenden Wänden, mit der dumpfen Luft hinter den geschlossenen Fensterläden dünkte er mich beim ersten Eintritt in der Tat wie eine große Gruft. Desto mehr gab es für uns zu tun; denn wodurch ließe sich ein tanzlustiges Offizierskorps wohl entmutigen. Es gab indessen ein neues Hindernis zu überwinden. Der Pächter des Hauses hatte eben eine

Quantität Korn gekauft, welche in den nächsten Tagen auf dem Saal gelagert werden sollte, da die Böden so gut wie besetzt waren. Wir ließen uns auch das nicht anfechten; wir gingen zu dem Herrn Agenten, wir plauderten mit ihm, wir machten uns liebenswürdig und brachten es auch wirklich dahin, daß der nachgiebige Mann, augenscheinlich wider bessere Einsicht, das Korn in den oberen Räumen des Gebäudes unterbringen ließ. Dann wurden Maurer, Tischler, Tapezierer in Arbeit gesetzt; in dem alten Saale wurde gelüftet, gehämmert, drapiert und gestrichen; und täglich ging einer oder der andre von uns dahin, um die Arbeiten zu beaufsichtigen und anzuordnen. – Plötzlich, zu meinem großen Bedauern, wurde ich nach H. abkommandiert. Da war kein Ausweg, ich mußte auf den Ball verzichten. An meiner Stelle trat auf meinen Vorschlag der Hauptmann von L. in das Festkomitee, mein ältester und intimster Jugendfreund.

Ein paar Tage nachdem ich meinen neuen Bestimmungsort erreicht hatte, saß ich eines Nachmittags, mit Briefschreiben beschäftigt, auf meinem Zimmer. Ich schrieb an L., den ich um die Nachsendung einiger Effekten und die Bezahlung einiger kleiner Schulden ersuchen wollte. Ich hatte auch sonst noch so manches auf dem Herzen, was ich dem Freunde mitteilen mußte. So saß ich, ganz in meinen Brief vertieft. Als ich aber zufällig einmal die Augen aufschlage, sehe ich zu meiner Verwunderung L. selbst in der Ecke des Zimmers stehen und mit wunderbar ausdruckslosen Augen nach mir hinstarren. Er sprach nicht; aber er führte mit einer schwerfälligen Gebärde die Hand an die Lippen und schien sich damit etwas aus dem Munde zu ziehen. Es kam mir vor, als ob es Getreidekörner seien. Indem ich aber die Augen anstrengte, um schärfer zu sehen, wurde die Gestalt undeutlich, und bald sah ich nichts mehr als die nackten Wände. Erst jetzt, als ich mich in dem hellen Zimmer wieder allein fand, überkam mich das Gefühl des Unheimlichen; ich stand auf und verschloß den angefangenen Brief in meinem Sekretär, ich konnte mich nicht überwinden, ihn zu Ende zu schreiben.

Einige Tage darauf erhielt ich von einem andern Kameraden die Nachricht, daß an jenem Vormittage der mit Getreide überlastete Boden oberhalb des Saales eingestürzt sei. Als man das Korn hinweggeräumt, hatte man unter demselben die Leiche des Hauptmanns von L. gefunden, der, da die Arbeiter zum Mittagessen fortgegangen waren, sich zur Zeit des Unfalls allein in dem schon fast vollendet umgestalteten Festlokale aufgehalten hatte.«

»Horacio sagt, es sei nur Einbildung!«

»Wer sprach da? – Du, Alexius? Endlich!«

»Ich habe schon zu Anfang eurer Geschichte hier an der Portiere gestanden und zugehört, wie ihr von den Träumenden auf den Sterbenden gekommen seid. Es bleibt nun noch eins übrig; und wenn ihr hören wollt, so werde ich mich nicht scheuen, diesen letzten Schritt zu tun. – Nein, bleibt nur ruhig sitzen! Es läßt sich auch von hier aus erzählen.

Ich habe diese seltsame Geschichte von einem nahen Verwandten, der sie zum Teil selbst erlebt, teils später aus nächster Quelle erfahren hat. Er hielt sich vor mehreren Jahren vorübergehend in B. auf, wo derzeit auch der in wissenschaftlichen und künstlerischen Kreisen bekannte Geheime Medizinalrat W. lebte. Eines Abends, da er in Gesellschaft mit demselben zusammentraf, geriet die Unterhaltung in Veranlassung eines soeben erschienen Buches ›Über das Leben der Seele‹ unmerklich in jene dunkle Region, wo wir so gern mit unsicherem Finger umhertasten. Man besprach die Fortexistenz der Seele nach dem Vergehen des Körpers und endlich auch die Möglichkeit einer Einwirkung der Toten auf die Lebendigen. Der alte Medizinalrat hatte bei dieser letzten Wendung des Gesprächs schweigend in seinem Lehnstuhl gesessen. Nun erhob er den weißgepuderten Kopf und sagte: ›Meine verehrten Herrschaften, wenn dergleichen möglich wäre, so würde ich es ohne Zweifel an mir erfahren haben; ich will auch nicht leugnen, daß mir mitunter die Gedanken so gekommen sind; jedoch geschehen ist mir niemals etwas.‹ Auf näheres Andringen fuhr er dann fort: ›Es ist kein Hehl dabei, ich kann es in diesem vertrauten Kreise wohl mitteilen, zumal Sie den, welchen es betrifft, gekannt und auch wohl wertgehalten haben. Ich meine unsern verstorbenen Freund, den Justizrat Z. Sie werden sich erinnern, daß er jahrelang an einem Herzleiden kränkelte, bis es endlich seinem tätigen Leben ein plötzliches Ziel setzte. Der Zustand des Kranken war derart, daß darüber die differentesten Meinungen bei den zu Rate gezogenen Ärzten herrschten. – Während der letzten Monate hatte ich mit diesem werten Freunde, der sich rücksichtlich des annahenden Todes keineswegs einer Täuschung hingab, vielfache Gespräche gepflogen, wie wir sie heute abend hier gehört haben; namentlich liebte er es, sich hypotetischen Grübeleien über einen notwendigen Zusammenhang des Körpers mit der Seele hinzugeben. Nur daraus vermag ich es zu erklären, daß der sonst so verständige Mann von einer fast unbegreiflichen Angst vor einer demnächstigen Sektion seiner Leiche heimgesucht wurde, welche er andererseits von der wissenschaftlichen Neugier meiner Herren Kollegen mit gutem Grund erwarten konnte.

So kam es eines Abends, daß ich, der ich ihn mit jeweiliger Zuziehung des Professors X. in den letzten Jahren behandelt hatte, ihm auf sein dringendes Verlangen das feierliche Versprechen gab, bei Eintritt des Todes die Eröffnung seiner Leiche unter jeder Bedingung zu verhindern. – Kurz ehe dieser erfolgte, mußte ich in Veranlassung einer amtlichen Kommission die Stadt verlassen, nachdem ich die Sorge für diesen wie für meine anderen Kranken dem Professor X. übertragen hatte. – Ich kehrte erst nach mehrtägiger Abwesenheit in die Stadt zurück. Es war schon dunkel. Als ich an dem Hause des Justizrats Z. vorüberfuhr, sah ich mit Verwunderung, daß die beiden Wohnzimmer desselben erleuchtet waren; das fiel mir auf, denn die Fenster des Krankenzimmers lagen auf dem Hofe hinaus. Ich ließ den Kutscher halten und begab mich nun unmittelbar aus dem Wagen in das Haus. Bei meinem Eintritt in das erste Zimmer blinkten mir von seiner Kommode die Skalpelle und sonstige Gerätschaften entgegen; dabei der für einen Anatomen unverkennbare signifikante Geruch. Aus der angrenzenden Stube hörte ich die diktierende Stimme des Professors; ich brauchte nicht weiter zu erfahren, ich wußte alles, was geschehen war. – Als ich die zweite Tür öffnete, sah ich den Leichnam meines Freundes auf dem Tisch liegen; er war schon geöffnet, die Intestina zum Teil herausgenommen, die Sektion in vollem Gange. Ich war heftig bewegt – und statt auf die gelehrten Auseinandersetzungen des Professors X. und des ihm assistierenden Arztes einzugehen, teilte ich ihnen meine dem Toten gegebene feierliche Zusage mit. Die Herren wollten dieselbe zwar nur als ein Beruhigungsmittel gelten lassen, wie solches dem Kranken wohl ohne weitere Absicht gegeben wird, indessen schließlich mußten sie mir dennoch versprechen, von weiterem Verfahren abzustehen und die herausgenommenen Teile in den Körper zurückzulegen. Ich verließ sie dann und fuhr nach meiner Wohnung; ermüdet von der Reise, voll Schmerz um den Tod des Freundes und belastet mit einer unheimlichen Trauer, daß ich ihm das gegebene Wort nun dennoch nicht hatte halten können. – Es ist nun fast ein Jahr vergangen, aber gleichwohl, ich bin niemals daran gemahnt worden.‹

Der Medizinalrat schwieg, und es entstand eine augenblickliche Stille in der Gesellschaft, die wohl dem Andenken des Verstorbenen gelten mochte. Mit einem Male aber richteten sich die Blicke der Anwesenden wieder auf den Erzähler, der seinen Lehnstuhl verlassen hatte und mit vorgestreckten Händen in der Stellung eines Horchenden dastand. In dem faltenreichen alten Gesicht war der Ausdruck der höchsten Spannung, ja der Bestürzung nicht zu verkennen. Nach einer Weile hörte man ihn halblaut, wie zu sich selber, sagen: ›Das ist entsetzlich!‹ Als hierauf der Herr des Hauses, einer seiner ältesten Freunde, ihn sanft bei der Hand ergriff, richtete er sich langsam auf und blickte in der Gesellschaft umher, als wolle er gewiß werden, wo er sich befinde. ›Meine verehrten Herrschaften‹, sagte er dann, ›ich habe soeben etwas erfahren – was und woher, erlassen Sie mir, Ihnen mitzuteilen. Nur so viel mag ich sagen, daß meine vorhin geäußerten Ansichten dadurch im wesentlichen berichtigt werden dürften. –

Zugleich muß ich bitten, mich für heute abend zu entlassen; ich habe einen notwendigen Gang zu tun.‹ – Der Medizinalrat nahm Hut und Stock und verließ die Gesellschaft. Als er draußen war, ging er quer über den Markt nach der Wohnung des Professors X., den er in seinem Studierzimmer antraf. Er redete ihn ohne weiteres an: ›Sie erinnern sich noch des Justizrats, Herr Professor, und der von Ihnen geleiteten Sektion seiner Leiche?‹ – ›Gewiß, Herr Medizinalrat.‹ – ›Auch des bei dieser Gelegenheit gegebenen Versprechens?‹ – ›Auch dessen.‹ – ›Aber Sie haben mich getäuscht, Herr Kollege!‹ – ›Ich verstehe Sie nicht, Herr Kollege.‹ – ›Sie werden mich schon verstehen, wenn Sie mir nur erlauben wollen, dort einige Bücher in dem dritten Fach Ihres Repositoriums hinwegzuräumen!‹ Und ehe der andere noch zu antworten vermochte, war der aufgeregte Greis schon herangetretten, und nachdem er mit zitternden Händen einige Bände beiseite gelegt, holte er aus der Ecke des Faches einen Glashafen hervor, in welchem sich ein Präparat in Spiritus befand. Es war ein ungewöhnlich großes menschliches Herz ›Es ist das Herz meines Freundes‹, sagte er, das Glas mit beiden Händen fassend; ›ich weiß es, aber der Tote muß es wiederhaben; noch heute, diese Nacht noch!‹ – Der Professor wurde bestürzt; er war überzeugt, daß kein Mensch dem Medizinalrate seinen heimlichen Besitz verraten haben konnte. Aber er gestand demselben, daß in der Tat an jenem Abend das anatomische Gelüste über seine Gewissenhaftigkeit den Sieg davongetragen habe.

Das Herz des Toten wurde noch in derselben Nacht zu ihm in den Sarg gelegt.«

»Pfui! Wer befreit mich von diesem Schauder?«

»Schauder? Du sprichst ja wie ein moderner Literarhistoriker.«

»Ich? Weshalb?«

»Weil du in dem Grauen nur die Gänsehaut siehst.«

»Nun, und was wäre es denn anders?«

»Was es anders wäre? – Wenn wir uns recht besinnen, so

lebt doch die Menschenkreatur, jede für sich, in fürchterlicher Einsamkeit; ein verlorener Punkt in dem unermessenen und unverstandenen Raum. Wir vergessen es; aber mitunter dem Unbegreiflichen und Ungeheuren gegenüber befällt uns plötzlich das Gefühl davon; und das, dächte ich, wäre etwas von dem, was wir Grauen zu nennen pflegen.«

»Unsinn! Grauen ist, wenn einem nachts ein Eimer mit Gründlingen ins Bett geschüttet wird; das hab ich schon gewußt, als meine Schuhe noch drei Heller kosteten.«

»Hast recht, Klärchen! Oder wenn man abends vor Schlafengehen unter alle Betten und Kommoden leuchtet, und ich weiß eine, die das sehr eifrig ins Werk setzen wird. Es könnte sogar sehr bald geschehen, denn es ist spät, meine Herrschaften; Bürger-Bettzeit, wie ich fast in dieser auserwählten Gesellschaft gesagt hätte.«

HEINRICH SEIDEL

Die Nebeldroschke

Man hat immer geglaubt, Gasbeleuchtung und Eisenbahnen seien der Tod der Gespenster. Das ist nicht richtig; ein Gespenst gewöhnt sich an alles. Wenn das abschreckende Neue erst alt geworden ist und Generationen in seiner Gewöhnung aufgewachsen sind, so wagt sich schüchtern das nebelbeinige Phantom wieder hervor aus dem Asyl alter, verfallener Waldschlösser, wo es ein trauriges und angezweifeltes Dasein führte, und in neuen Formen und veränderten Gestalten kehrt es zurück in sein Verhältnis zu den Lebenden. Selbst das nüchterne, moderne Berlin besitzt eine eigentümliche, furchtbare Gespenstergattung, die in nebligen und dunstigen Nächten mit empfänglichen Gemütern ihr grauliches und wunderbares Spiel treibt.

Es ist bisher nicht aufgeklärt worden, welches Verbrechen der unglückliche Kutschergeist, der des Nachts die Nebeldroschke führt, zu sühnen hat. Vermutungen sind manche vorhanden. Man erzählt davon eine ähnliche Sage wie von jenem Fuhrmann, dessen Geschäft ihm so wohlgefiel, daß er sich verschwor, den Himmel gern entbehren zu wollen, wenn er nur ewig als lustiger Fuhrmann weiter kutschieren dürfe. Sein Wille ging in Erfüllung; er kam nicht in den Himmel, wohl aber an den Himmel, wo er im Sternbild des Großen Wagens über dem Mittelstern der Deichsel ewig durch den unendlichen Raum dahinsaust. In sternklaren stillen Winternächten hört man zuweilen das Knallen seiner Peitsche.

Diese Sage, entsprechend auf den Nebeldroschkenkutscher angewendet, hat leider nicht den Vorzug der Wahrscheinlichkeit für sich; denn der Wunsch, statt in den Himmel – ja sogar statt in die Hölle – zu kommen, ewig eine Berliner

Droschke zu fahren, eine solche Verirrung des menschlichen Geistes ist undenkbar! Übrigens mag ihre Entstehung sein, welche sie wolle – die sagenbildende Kraft des Volkes wird mit der Zeit schon das Richtige feststellen –, soviel bleibt sicher, die Nebeldroschke ist eine Tatsache! Dies weiß ich durch die Versicherung eines ebenso ehrenwerten als glaubwürdigen Mannes, des Herrn Tobias Gründler, der dieses Fahrzeug aus eigener Anschauung und Benutzung kennengelernt hat.

Herr Tobias Gründler ist ein junger Mann ohne Aberglauben und Vorurteile. Er schwört auf Häckel und Darwin, von deren Schriften er allerdings nie eine Zeile gelesen hat und über deren Theorien seine Vorstellungen überaus dunkel und unklar sind. Herr Gründler gehört nämlich zu jenen Verehrern des Fortschritts, denen es nicht um dessen Verständnis zu tun ist, sondern ihm nur anhängen, weil er das Lärmmachende in der Welt ist und weil sie gern einen Schimmer von Starkgeistigkeit um sich verbreiten möchten. Es wäre beleidigend, wollte man Herrn Gründler auch nur den Hauch des Glaubens an Geister und Gespenster und ähnliches längst überwundenes Ammentum zumuten; allein, wenn man das Gespräch auf die Nebeldroschke bringt, so legt sich seine Stirn in nachdenkliche Falten, seine Augen nehmen einen besonderen Ausdruck an, und er gewinnt die Miene eines Menschen, dem man im Skat bei einem sonst unantastbaren Null die Farbe anspielt, darin er den König blank hat.

Es war eines schönen Abends bei Moselbach; Herr Gründler bestellte gerade den sechsten Schoppen jener Sorte von Moselwein, der unter dem Namen »Kutscher« den Liebhabern des Säuerlichen bekannt ist, und sein Gemüt war infolgedessen in einer angenehmen, mitteilsamen, zu Aufschlüssen geeigneten Stimmung, die bei solchem Getränk eigentlich wunderbar erscheint und wohl auch nur durch lange Gewöhnung erworben werden kann. An diesem Abend hat er mir sein Erlebnis mit der Nebeldroschke anvertraut.

»Vor einem Jahre im Herbst«, erzählt Herr Gründler, »feierten wir den Geburtstag eines meiner Bekannten, eines

Bildhauers, in dessen Atelier. Wie Sie sich wohl denken können, wurde viel Punsch getrunken, eine eigentümliche Sorte, Herbstpunsch genannt – ein teufelsmäßiges Getränk, dessen Rezept direkt aus der Hölle stammt. Ich erinnere mich, daß ich nach seinem Genuß sehr heiter wurde. Draußen war eine echte, naßkalte, neblige Herbstnacht; der erste Schnee war gefallen und wieder im Vergehen; die ganze Natur war melancholisch! Der Mensch aber fühlte sich verlockt, ihr ein Schnippchen zu schlagen und nun doppelt lustig zu sein. Es ist mir dunkel im Gedächtnis, daß ich in jener Nacht mit Menschen Brüderschaft getrunken habe, die mir niemals vorher oder nachher in meinem Leben wieder begegnet sind. Ich habe eine dämmerige Vorstellung von einer schwärmerischen Neigung zu dem Gipsmodell einer Venus und daß ich nur mit Mühe zurückgehalten werden konnte, ihr auf den Knien meine Liebe zu erklären und ihr Punsch zu trinken zu geben. Über diesen Moment hinaus werden alle meine Vorstellungen verworren, bis ich mich im Nebel allein auf der Straße wiederfinde, durch den nassen Schnee patschend, in einem dunklen Drange, meine weitentlegene Wohnung und mein sicheres Bett zu gewinnen. Der nächste Weg dorthin führte im Zickzack durch viele Straßen, die ich mit der müden Verdrossenheit eines Droschkenpferdes durchtappte. – Nach einer Weile erwachte in mir der Wunsch zu fahren; bis jetzt aber war mir auf meinem Wege noch keine Droschke begegnet. Die Straßen waren bei der späten Nachtzeit schon wie ausgestorben. Endlich an der nächsten Ecke leuchtet ein matter, verschwommener Schein durch den Nebel; dort hielt ein Wagen. Trotz meiner Müdigkeit faßte mich ein seltsames Grauen, ein Widerwille gegen dieses Gefährt, als ich ihm näher trat. Obgleich ich es mit den Händen berühren konnte, wollte es sich doch nicht mit klarer Bestimmtheit aus dem Nebel ablösen. Bei dem alten Schimmel, der gesenkten Hauptes dastand, konnte man kaum unterscheiden, wo das Pferd anfing und wo der Nebel aufhörte. Vom Gesicht des Kutschers sah ich nur einen blassen Schein; mir war, als sähe er mich mit hohlen Augen auffordernd an und winkte mit seiner Peitsche. Mir schauderte, und ich tappte weiter. – An der nächsten Ecke traf ich wieder eine Droschke. Merkwürdig, es war zweifellos dieselbe wie vorher; sie zeigte sich meinen Blicken bestimmter, und ich sah deutlich, wie der alte Schimmel, ganz der nämliche von der früheren Ecke, aus seinen Nasenlöchern zwei gleichmäßige Dunstströme in den Nebel hinausblies, als sei noch nicht genug von diesem Stoff vorhanden. Der Kutscher sah mich wiederum mit den hohlen Augen auffordernd an und winkte schweigend mit der Peitsche; wieder ging ich vorüber.

Ich will gehängt sein, wenn an der nächsten Ecke nicht ganz dieselbe Droschke hielt, der ich schon zweimal begegnet war! Jetzt trat sie mir so deutlich entgegen, wie es bei dem starken Nebel nur erwartet werden konnte. Meine Müdigkeit war inzwischen so groß geworden, daß sie meine Besorgnis überwand; mit rasch gefaßtem Entschluß trat ich näher und rief dem Kutscher Straße und Nummer meiner Wohnung zu. Dann hielt ich ihm das Geld hin, das er zu fordern hatte, allein er nahm es nicht, sondern schüttelte traurig das Haupt und winkte mir schweigend mit der Peitsche einzusteigen.

Mein Geist war zu müde, um sich zu verwundern; auch daß die Droschke, wie ich beim Einsteigen bemerkte, die Nummer ›0‹ führte, erregte kaum meine Aufmerksamkeit. Ich muß sofort eingeschlafen sein, denn außer einer dumpfen Verwunderung, daß die Räder der Droschke beim Davonfahren gar kein Geräusch machten und daß der Huftritt des Schimmels durchaus unvernehmlich blieb, ist mir von dem, was zunächst geschah, nichts in der Erinnerung geblieben.

Wie lange ich in dieser Weise gefahren bin, weiß ich nicht genau; doch als ich endlich wieder zu mir kam, zeigte mir der hellere Schein des Nebels, daß der Anbruch des Morgens nicht mehr fern sei. Ich konnte mich in die Sachlage anfangs nicht finden. Dies geräuschlose Dahinfahren erschien mir so fremdartig, so spukhaft und geheimnisvoll, daß ich zunächst dachte, ich sei in einem Traum befangen. Ich blickte aus dem Fenster: so weit ich sehen konnte, eine weite, mit zerfließendem Schnee bedeckte Fläche. In kleinen Vertiefungen stand blankes Wasser. Zuweilen glitt die in Nebel gehüllte Gestalt eines Baumes oder eines niedrigen Busches vorüber, und plötzlich ward mir klar, daß ich mich gar nicht mehr in der Stadt befand. Meine erste Regung war natürlich, den Kutscher zum Halten zu bringen und ihn zur Rede zu stellen. Vor mir, durch das Glasfenster, sah ich seinen breiten, dunklen Rücken; der Kopf war etwas nach vorn geneigt, vielleicht war der Mensch eingeschlafen, und der Schimmel nachtwandelte in dunkler Sehnsucht nach den Gefilden seiner Jugend eigene Wege. Ich rief, ich schrie, ich klopfte ans Fenster, allein dies machte keine Wirkung. Endlich nahm ich meinen Stock und steckte ihn durch das kleine, halbmondförmige Loch des Vorderfensters, um den Kutscher aus seiner Ruhe aufzustören, allein ohne jeglichen Widerstand fuhr der Stock durch den Leib des Rosselenkers hindurch, und die Droschke fuhr weiter. Da überfiel mich ein kaltes Grausen, wie ich es nie zuvor gekannt hatte. In einer Art von stillem Wahnsinn bohrte ich meinen Stock fortwährend in den gespenstischen Fuhrmann hinein, in der dunklen Hoffnung, endlich doch noch auf einen Widerstand zu stoßen; allein blasser und blasser wurde jetzt sein Umriß und verschwamm in dem alles erfüllenden Nebel. Fast gleichzeitig empfand ich ein Brausen in den Ohren, ein Klingen ... ein Ruck, ein scharfer Stoß – ich verlor die Besinnung!

Als ich wieder zu mir kam, war es Tag, soweit es unter den obwaltenden Witterungsverhältnissen überhaupt Tag sein konnte. Ich saß allein auf weitem Felde in einer Schneelache, und ringsum war nichts als der dichte, traurige Nebel.

Müde, erfroren und in der jämmerlichsten Stimmung machte ich mich auf und fand nach langem Suchen eine Chaussee, die mich nach etwa einer halben Stunde zu bewohnten Gegenden in die Straßen Berlins zurückführte.

Seit jener Zeit bin ich niemals wieder in einer Berliner Nachtdroschke gefahren«, sagte Herr Tobias Gründler, seine Erzählung schließend.

Dann rief er den Kellner herbei und bestellte den siebenten Schoppen, den »Nebelkutscher«.

KURT VON WALFELD
Eine Gespenstergeschichte

In unseren Tagen, in denen die Welt von Spiritisten und Antispiritisten, von Gedankenlesern und hypnotischen Zaubermeistern durchzogen wird, übt alles Übersinnliche einen ganz besonders pikanten Reiz aus und erregt entweder Schauer oder spöttische Kritik, immer aber Neugier und Interesse.

Wir möchten daher eine ebenso interessante als eigentümlich sich lösende Gespenstergeschichte unseren Lesern mitteilen, welche wir in Sauvenières eigenartigem Buch über das Visionäre gefunden haben.

Wir wollen der Lösung auch nicht andeutungsweise vorgreifen, um unseren Lesern den Genuß des Schauers nicht zu entziehen, der so angenehm ist, wenn man vor dem traulichen Kamin sitzt und draußen die Herbststürme an die Fenster rütteln.

Erzählen wir also einmal einfach die Tatsache.

Zur Zeit, als noch nicht die Eisenbahnen überall das Land durchzogen, reiste man von Frankreich nach Spanien über die Bergwege der Pyrenäen in Diligencen, deren Wagen, von breitem, massivem Bau, sehr niedrig auf ihren Rädern gingen. Sie hatten eine Art von kapuzenförmigem Überdach vorn, um den Kutscher und den Majoral zu beschirmen.

Der Majoral war eine Art von Aufseher und zugleich Reisemarschall für die Insassen der Diligence, ähnlich unseren alten Postkondukteuren, meist voll Scherz und Humor, gespickt von Anekdoten und stets bereit, mit jedem, der ihn dazu aufforderte, ein Glas irgendeiner angenehmen Flüssigkeit zu leeren.

Diese mit grellen, meist roten und gelben Farben angestrichenen Diligencen wurden von acht oder zehn Maultieren gezogen und ließen an Schnelligkeit nichts zu wünschen übrig; denn die von dem Kutscher unausgesetzt angetriebenen Maultiere flogen fast immer im Galopp davon, während der Kutscher durch einen eigentümlichen, dem Kriegsruf der Indianer vergleichbaren Ton die Echos der Berge weckte. Der Majoral pflegte während dieser rasenden Fahrt dann häufig von seinem Sitz an den Beschlägen des Verdecks mit außerordentlicher Geschicklichkeit herabzuklettern, um, auf dem Wagensitz stehend, sich zu erkundigen, ob die Passagiere alle wohlauf wären, ihnen merkwürdige Geschichten von Reiseunfällen oder Anekdoten von ausgezeichneten Personen, die in seiner Diligence gefahren wären, zu erzählen.

An steilen, ansteigenden Stellen stieg dann der Majoral ab, um zu Fuß dem Wagen zu folgen. Die meisten Reisenden taten dasselbe – man erleichterte gern die Arbeit der Maultiere, welche sich auf ebenem Wege so tapfer gezeigt hatten, und wer sich mit einer Erfrischung für die Reise versehen hatte, der teilte dann wohl mit seinen Mitreisenden einen Becher Xeres oder Rivesaltes, und man betrachtete, bevor man wieder in den Wagen stieg, den prachtvollen Sonnenuntergang hinter den Hochbergen der Pyrenäen.

Zu jener Zeit, von welcher man sich heute, während man die Welt auf der Bahn von Eisenschienen durchfliegt, kaum noch eine Vorstellung machen kann, fuhren zwölf Reisende in einer jener, mächtigen Häusern gleichenden Diligencen von Frankreich nach Spanien. Man war miteinander, wie das damals stets geschah, bekannt geworden, die Unterhaltung war lebhaft, und während des herabdunkelnden Herbstabends, der in den Bergen geheimnisvolle Nebel aufsteigen und umherschweifen läßt, unterhielt man sich von Zauberern und Wahrsagern, Berggeistern und Gespenstern.

Einer der Reisenden war ein junger Mann von etwa fünfundzwanzig Jahren; er reiste, wie er sagte, für ein großes Handlungshaus und zeigte bei allen Erzählungen von geheimnisvollen Erlebnissen, welche seine Reisegefährten zum besten gaben, die absoluteste Ungläubigkeit, so daß einige derselben empfindlich zu werden begannen, da sein ungläubiger Spott einen Zweifel an ihrer Wahrheitsliebe einzuschließen schien.

Unter den Reisenden befand sich ein Andalusier von etwa fünfzig Jahren, dem Anschein nach einer jener Viehhändler, welche an der spanischen Grenze sehr ausgedehnte Geschäfte betreiben. Er hatte eine ernste, finstere Miene, und aus seinem gelbbraunen Gesicht blitzten zwei durchdringende schwarze Augen unter dichten Brauen hervor. Er hatte die Geschichte einer merkwürdigen Wahrsagung erzählt, und der junge Kaufmann brach in ein lautes Lachen aus.

Der Andalusier sah ihn streng an und sagte: »Mein junger Mann, Sie lachen so leicht über die Geschichten, die ich Ihnen erzähle, daß ich überzeugt bin, Sie würden ebenso leicht zittern und beben, wenn Ihnen jemals etwas Ähnliches widerfahren sollte.«

Der junge Mann lachte noch lauter und sagte: »Sie wollen mich für feig halten, mein Herr, das ist, erlauben Sie mir, eine Unverschämtheit!«

Der Andalusier ergriff den Arm des jungen Mannes und drückte ihn so stark, daß dieser schmerzhaft zusammenzuckte.

»Wahren Sie Ihre Worte, mein Herr!« sagte er drohend. »Ich erkläre Ihnen, denn ich habe ähnliche Erfahrungen gemacht, daß Sie vor dem ersten Gespenst, das Ihnen erscheinen würde, ohnmächtig zusammenbrechen möchten.«

»Lassen Sie mich los, mein Herr!« rief der junge Kaufmann, indem er die Hand des Andalusiers zurückstieß; »wenn je ein Gespenst die Kraft Ihrer Finger besäße, dann freilich würde ich nicht gern mit ihm in Berührung kommen.«

Die übrigen Reisenden unterbrachen das Gespräch, das eine peinliche Wendung zu nehmen begann. Der Andalusier lehnte sich in seine Wagenecke zurück, und man fuhr weiter.

Die Nacht sank vollständig herab. Man kam zur nächsten Station und nahm das Diner in der Posada ein. Man aß die gewöhnliche Tortilla, stark gebratene Hammelskoteletten und in Öl gebratene Kartoffeln, dazu Orangen und Äpfel, trank noch den feinen Kaffee und rauchte Zigarillos.

Die zwölf Reisenden unterhielten sich lebhaft miteinander. Der Andalusier saß still und ernst da. Das Gespräch kehrte wieder zu den geheimnisvollen und übernatürlichen Dingen zurück, welche vorher alle so lebhaft beschäftigt hatten, und der junge Kaufmann lachte in der freundlich erleuchteten Gaststube noch lauter über alle derartigen Geschichten, als er es vorher bei der Fahrt durch die Berggründe getan.

Da stand der Andalusier auf und sagte mit feierlichem Ton: »Wohlan, mein Herr, Sie fordern mich heraus, ich will beweisen, was ich gesagt habe, daß Sie den Anblick einer übernatürlichen Erscheinung nicht ertragen können – ich will Ihnen eine verstorbene Person, die Sie mir selbst bezeichnen sollen, erscheinen lassen, und wenn Sie derselben gegenüber dann noch lachen und spotten, so will ich nichts mehr sagen.«

Der junge Mann schien zu schwanken.

Der Andalusier lachte spöttisch.

»Nehmen Sie an, nehmen Sie an«, sagten begierig die übrigen Reisenden, welche ungemein neugierig waren, die Kunst des Alten zu prüfen, »oder wir werden glauben, daß Sie sich fürchten!«

»Gut denn«, sagte der Kaufmann endlich, »ich nehme an.«

»Nun denn«, sagte der Andalusier, »so halte ich eine Wette von tausend Franken, daß Sie schon die erste Erscheinung nicht ertragen und niemals eine zweite verlangen werden, für angemessen.«

»Tausend Franken? Nicht doch – ich bin nicht in der Lage, eine solche Summe zu riskieren«, sagte der junge Mann.

»Da Sie alle Geistererscheinungen mit solcher Sicherheit leugnen«, sagte der Andalusier, »so sind Sie ja sicher, die Wette zu gewinnen.«

»Nun denn«, erwiderte der junge Mann, »ich bin nur imstande, hundert Franken zu wetten, wollen Sie dieselben annehmen, so halte ich Ihre Wette.«

Der Andalusier lachte und zuckte voll Verachtung die Achseln.

»Glauben Sie«, sagte er, »daß ich für diese elende Summe Geister beschwöre und sie zwinge, auf die Erde zurückzukehren? Nein, mein Herr, ich wette tausend Franken, halten Sie die Summe – wenn nicht, so werden Sie mir erlauben zu glauben, daß Sie sich fürchten!«

Die übrigen Reisenden waren durch dieses Gespräch zur äußersten Neugier gereizt – alle wünschten, um jeden Preis eine Probe von der Kunst des Andalusiers zu sehen. Einer der Reisenden sagte: »Gut denn, ich schlage den Herren vor, eine Kommandite zu machen. Ich setze meinerseits hundert Franken.«

»Ich auch – ich auch!« tönte es ringsum, und in wenigen Minuten lag die Summe von tausend Franken auf dem Tisch.

Man händigte dieselbe dem jungen Kaufmann ein, um die Wette anzunehmen und im Falle des Gewinnens jedem seinen Anteil auszuzahlen. Sollte er seine Wette verlieren, hatte man seine Neugier mit hundert Franken bezahlt.

Der junge Kaufmann schien nicht ganz zufrieden mit dieser Lösung der Wettfrage, er wurde bleich und unruhig, aber er hörte, wie man sich einige spöttische Zweifel an seinem Mut zuflüsterte, und sagte mit etwas unsicherer Stimme: »Gut denn, ich nehme an! Die Herren sollen sehen, daß ich die Wette für sie gewinne, und der Spaß wird jedem von Ihnen hundert Franken einbringen.«

Der Andalusier verlangte von dem Gastwirt ein besonderes Zimmer, um seine Beschwörungen zu machen – er wählte ein Gemach aus, das zu ebener Erde lag und von dem aus eine Tür in den Garten der Posada führte.

Der Beschwörer ließ den skeptischen jungen Kaufmann in dieses Zimmer eintreten, das ganz finster war, dann schloß er die Tür und blieb selbst mit den übrigen Reisenden draußen im Garten. Seine funkelnden Augen hafteten auf der Tür, und während er unverständliche Worte vor sich hin sprach, hatte die Spannung der Reisenden den höchsten Grad erreicht.

Nach einiger Zeit hörte man die Stimme des jungen Mannes aus dem Zimmer heraus, welcher lachend rief: »Nun, wird es bald? Ich habe nicht Lust, bis morgen hier zu bleiben, und die Diligence wird weiterfahren wollen!«

»Wir haben Zeit, wir haben Zeit!« sagte der Majoral, welcher zitternd vor Neugier neben dem Beschwörer stand.

»Sehen Sie etwas?« fragte dieser laut.

»Nichts!« ertönte aus dem Zimmer die Antwort zurück.

Noch einige Augenblicke verflossen, der Andalusier machte Zeichen mit den Händen und fuhr fort, dumpf vor sich hin zu sprechen. »Und nun?« fragte er.

Der junge Mann antwortete mit leicht zitternder Stimme: »Ich sehe einen weißen Nebel in einer Ecke des Zimmers – Ihr laßt wohl einen Dampf ein, um mich zu schrecken!«

»Was wird aus dem Nebel?« fragte der Andalusier.

Immer ängstlicher klang die Stimme des Kaufmanns aus dem Zimmer. »Der Nebel nähert sich mir... er nimmt eine Gestalt an – eine menschliche Gestalt... ja, ja, aber ich fürchte mich nicht – ich weiß ja, daß alles ein Spiel ist!«

»Wen wollen Sie sehen?« fragte der Andalusier.

Eine Zeitlang zögerte der Kommis, dann hörte man ihn mit dumpfer Stimme sagen: »Meine Mutter!«

»Sehen Sie hin!« befahl der Andalusier.

Man hörte die Herzen der Reisenden ringsumher schlagen. Keiner wagte zu sprechen.

Einige Minuten verflossen; dann plötzlich hörte man einen durchdringenden Schrei in dem Zimmer.

»Mein Gott – mein Gott!« rief der junge Mann. »Es ist meine Mutter – ich sehe sie hier im Sterbekleide: sie öffnet ihre Augen – sie kommt – sie umarmt mich... O mein Gott, ich ertrage es nicht... Verdammter Zauberer, höre auf, ich kann nicht mehr – zu Hilfe – zu Hilfe!«

Man hörte einen schweren Fall in dem Zimmer. Die Reisenden rissen die Tür auf – sie fanden den Kommis in Krämpfen am Boden liegen. Man sprengte ihm frisches Wasser in das Gesicht, man schüttelte ihn – man ließ ihn scharfen Essig riechen. Alle waren entsetzt über diesen Ausgang der Probe – man fürchtete für die Gesundheit und das Leben des jungen Mannes.

Endlich erholte er sich. Mit einem tiefen Atemzuge schlug er die Augen auf und blickte entsetzt nach der Ecke des Zimmers hin, als fürchte er, dort noch einmal die furchtbare Gestalt zu erblicken, die der Andalusier vor ihm hatte erscheinen lassen. Dann plötzlich erfaßte ihn eine wilde Wut.

»Wo ist er?« rief er. »Wo ist der Nichtswürdige, der ein so frevelhaftes Spiel mit mir getrieben hat? Denn Betrug ist es dennoch gewesen – heilloser Betrug! Es ist nicht möglich, daß die Toten wiederkommen!«

Er blickte wild umher.

Die Umstehenden wollten den Andalusier vor seiner Wut schützen. Dieser aber war nicht da – er mußte im Garten zurückgeblieben sein.

»Wo ist er? – Wo ist er?« rief der junge Kommis, und mit geballten Fäusten stürzte er schnell wie ein abgeschossener Pfeil in den Garten hinaus, ehe die übrigen ihn zurückhalten konnten. Sie folgten ihm. Alles war finster draußen. Man war auf etwas Entsetzliches gefaßt und rief dem Andalusier zu, daß er sich vor dem Wütenden in acht nehmen möge – aber alles blieb still. Man erwartete vergebens den einen oder den anderen. Endlich wurde Licht gebracht. Man durchsuchte den Garten; er war am andern Ende durch eine niedrige Hecke vom Felde abgeschlossen. Der Garten war leer, der Geisterbeschwörer war ebensogut verschwunden wie der skeptische Zweifler, und mit ihnen verschwunden waren und blieben die tausend Franken, welche die Reisenden zusammengeschossen hatten, um die Wette zu halten.

Einige lachten, andere fluchten, aber die Tatsache bestand unabänderlich, und als der Majoral ankündigte, daß die Maultiere vorgelegt seien und daß man die Reise fortsetzen müsse, da stiegen die zehn übrigen Reisenden, jeder um hundert Franken erleichtert, in die Diligence und rollten durch die Bergschluchten der Pyrenäen weiter dem Lande der Kastanien zu. Der Majoral aber hatte für seinen Anekdotenschatz eine merkwürdige und amüsante Geschichte gewonnen, welche er noch lange nachher den späteren Reisenden erzählte.

KARL EMIL FRANZOS

Allerlei Geister

Es war im letzten Sommer, des Abends, an unserm Stammtisch auf Rigi-Scheidegg. Wer zuerst davon zu reden begann, weiß ich nicht mehr, aber plötzlich waren wir mittendrin im dicksten Gespensternebel. Zu verwundern war's nicht, man spricht nie lieber vom Unheimlichen, als wenn einem so recht heimelig zumut ist. Dieselben vertrauten Gesichter wie all die Sommer vorher, derselbe alte Tisch, dasselbe Luzerner Bier, dasselbe schummerige Licht und sogar derselbe Windzug von Fenster zu Fenster. Die Grünen, die zum dritten oder zweiten oder gar – es gibt wirklich und wahrhaftig auch solches Volk! – zum ersten Mal auf der Scheidegg sind, mögen am bequemen Mitteltisch im hellen Licht sitzen, wir alten Rigileute bleiben immer stolz in unsrer halbdunklen Ecke, und wenn wir das Jahr über unten in der Ebene wehmütig des letzten und sehnsüchtig des nächsten Sommers auf der Höhe gedenken, dann ist's nicht bloß der schimmernde Glanz des Sees und der Firne, der uns lockt, sondern auch das Stammtischchen da. Wenn die Sonne hinter dem Jura versunken und der letzte rote Schein verglommen ist, pflegen wir hier zusammenzusitzen und einander zu erzählen, was eben jeder weiß.

An jenem Abend also waren's Gespenstergeschichten. Über eines aber waren wir natürlich von vornherein einig: ernsthafte Leute sprechen nicht von Gespenstern, weil es keine gibt; auch kommen Träume nur aus dem Magen, und wer auf Ahnungen etwas gibt, ist ein abergläubischer Narr.

»Ein Narr«, wiederholte der Herr Professor und strich über die Tischplatte. Seine Frau aber lächelte über das ganze gute, alte, feine Gesicht, das einst sehr schön gewesen sein muß, und meinte: »Freilich. Aber gelt, daß ich einmal eine solche Närrin war, ist dir doch recht?«

»Aber das war ja keine Ahnung«, fuhr er auf, »sondern ein logischer Schluß deiner Vernunft. So begreife doch endlich...«

»Hab ich längst! Aber merkwürdig war's doch!«

Und da wir's nun natürlich hören wollten, so erzählte sie: »Es sind nun so an die dreißig Jahre her, ich war damals noch Mädchen und lebte in meinem Elternhaus im äußeren Pfaffengässel in Augsburg, nah am Dom. Diesen logischen Herrn da kannte ich damals schon seit sechs Jahren, und ebensolang war ich schon seine Braut. Da meine gute Mutter die Wirtschaft selbst führte und das Warten darauf, bis die Erlanger Philosophenfakultät den Fritz zum Außerordentlichen und mich zur Frau Professorin machen würde, doch nicht meine ganze Zeit in Anspruch nahm, so sah ich mich nach einer Nebenbeschäftigung um und fand sie bald. Eine Jugendfreundin meiner Mutter, die Frau eines Unterbeamten der Fugger, war einige Jahre vorher auf eine ebenso klägliche wie seltsame Weise verunglückt. Die Frau sitzt eines Tages in ihrer Wohnung in der Jakoberstraße am offenen Fenster über eine Näherei gebückt; dem Haus gegenüber winden sie eben an einem Neubau Balken empor; der eiserne Haken, um den der Strick gelegt ist, wird locker und springt aus dem Holz; die Balken poltern zur Erde, und der schwere eiserne Haken saust der Frau auf den Schädel nieder. Eine Stunde darauf ist sie tot. Nun, die Fuggers sind ja brave Herren und sorgen für ihre Leute, aber den Waisen die Mutter zu ersetzen ist auch ihnen nicht möglich, und so gab's in der Wohnung am ›Milchberg‹, wohin der Verwitwete gezogen war, viel zu schaffen. Meine Mutter und ich sahen oft nach den Kindern, und als die beiden ältesten Mädchen heranwuchsen, ging ich täglich nach dem Essen, um zwei, zu ihnen und gab ihnen Unterricht in dem bißchen, was ich selber wußte.

Bei einem dieser Gänge also geschah es. Ich weiß nicht, ob Sie Augsburg kennen, und wenn ja, so waren Sie schwerlich am ›Milchberg‹; es ist ein enges armseliges Gäßchen, nah bei

Sankt Ulrich. Am Eingang wurde eben seit dem Frühling ein Haus gebaut, das Gerüst füllte fast das ganze Gäßchen. Vier Monate lang, vom April bis zum Juli, war ich täglich neben und unter dem Gerüst hin- und dann wieder zurückgegangen, hatte zuweilen emporgesehen, wie sie die Balken, die Mörteleimer, die Steine hinaufwanden, und mir nie etwas andres dabei gedacht, als daß da eben ein Haus gebaut würde. An jenem Tag aber, den ich nie vergessen werde, es war ein Montag, der vierte Juli, war's anders. Ein glühheißer Tag; von Sankt Ulrich schlägt's eben zwei. Ich trete vom Maximiliansplatz her ins Gäßchen, ein Trog mit Steinen wird eben hinaufgewunden, und wie ich's sehe, faßt mich urplötzlich eine furchtbare, sinnlose Angst, und rascher, als ich bis drei zählen könnte, bin ich die drei Stufen zum Bäckerladen empor, dem Neubau gegenüber, und reiße die Türe auf. ›Was wünschen –‹, beginnt die Frau drinnen, weiter kommt sie nicht. Ein furchtbares Krachen, und die Steine hageln nieder und zermalmen den Arbeiter an der Winde. Ich wäre ohne den Sprung in den Laden unfehlbar gleichfalls erschlagen worden.« Sie atmete etwas tiefer als sonst und sagte dann lächelnd: »Merkwürdig ist's doch, nicht wahr?«

»Gewiß«, bestätigten einige. Einer aber, der Herr Eisenbahndirektor, meinte: »Sie sahen eben die Last über sich schweben, und der Gedanke, daß bei einem Neubau auch ein Unglück geschehen kann, lag Ihnen auf diesem Gang ganz besonders nahe.«

»Das habe ich mir selbst immer gesagt«, erwiderte sie. »Aber ich darf beteuern, daß ich seit Monaten an derselben Stelle viel größere Lasten schweben sah und ruhig darunter hinging und daß ich weder vorher noch in jenem Augenblick an den Tod der armen Frau dachte.«

»Sie aber gedachte Ihrer!« rief die Frau Kanzleirat, die zwar aus dem gottlosen Berlin ist, aber sehr fromm. »Der Geist der Abgeschiedenen, an deren Kindern Sie so edelmütig handelten, warnte Sie!«

»So wird's wohl gewesen sein«, sagte der Herr Professor trocken. »Aber bei aller Dankbarkeit für den seligen Geist, der mir meine Braut gerettet hat, kann ich ihm denn doch den Vorwurf nicht ersparen, daß er nicht auch den Arbeiter gewarnt hat. Es wäre sozusagen in einem Aufwaschen gegangen, und der Mann hatte Weib und Kind... Nein! Nein!« rief er dann fast leidenschaftlich. »Wir wollen die Toten nicht aus ihren Gräbern bemühen, damit sie uns Menschen auf Erden noch ein wenig dümmer machen, als wir ohnehin sind.«

Einige stimmten zu, am lautesten unser Senior, ein Basler Ingenieur. »So ischt's rächt!« rief er in seinem schönsten Hochdeutsch. »Man mueß alles aufkläre – bis aufs I-Tüpfele –, natürlich das ausg'nomme«, fügte er mit seltsamem Lächeln hinzu, »was beim beschte Wille unerklärlich blaibt!«

»Und ist Ihnen derlei bekannt?« fragten wir eifrig.

Der alte Herr zwirbelte seinen milchweißen Spitzbart.

»Ja«, sagte er dann trocken, »aber verzählt wird's net. Denn Unerklärliches zu verzähle, wär letz (verfehlt). Aber zum Ersatz will ig Ihne zu ainer andern G'schicht verhelfe. Unsre liebe Frau Hofrat weiß aine, aine gar schöne! Gelt, Frau Hofrat, die G'schicht vom Riekele? Vor zehn oder zwölf Jahre habe Sie's hier ämol verzählt. Seitdem sind ja neue da!« Und er warf einen halb grimmigen, halb bemitleidenden Blick auf uns Zuzügler, die wir wirklich noch nicht seit zehn Sommern unsre Füße unter diesen ehrwürdigen Stammtisch strecken.

Die Angeredete war einen Augenblick bleich geworden. »Nein, nein!« wehrte sie ängstlich ab. Auch ihr Gatte widerriet. »Es greift dich an, sooft du daran denkst!« Da wir aber mit Bitten nicht abließen, so begann die Frau Hofrat endlich: »Sie wissen, ich habe meine Mädchenjahre in Ludwigsburg bei Stuttgart verbracht, wo mein Vater Kommandierender war. Das Haus, wo er dann im Ruhestand lebte, war ein langgestreckter Bau; zu ebener Erde waren Büros untergebracht, im ersten Stockwerk hausten wir. Die Mansarden waren damals bis auf zwei Zimmerchen mit altem Gerümpel vollgestopft. In diesen beiden engen, niedrigen Kämmerchen wohnte eine uralte Frau, die Witwe eines Leutnants, der schon lange Jahre tot war. Alle Welt meinte, daß ihn das unehrbare Leben seiner Frau so früh unter die Erde gebracht, aber das war doch lange nicht das Schlimmste, was man ihr nachsagte. Wo etwas Böses im Städtchen geschah, sollte es die ›Alt-Leutnanten‹ angestiftet haben, und da sie sich – die kärgliche Pension reichte eben nicht – in ihren alten Tagen auf Kurpfuscherei und Kartenschlagen verlegte und auch da keine krummen Wege scheute, so mochte sie wirklich manches auf dem Gewissen haben. Freilich soviel nicht, als sie büßen mußte: sie galt allgemein als Hexe, und es kam schließlich so weit, daß kein Ludwigsburger sie noch in seinem Haus dulden wollte. Da sie nun ganz allein stand – die einzige Tochter, mit der sie zudem entzweit war, hatte sich nach auswärts an einen Handwerker verheiratet –, so erbarmte sich ihrer mein Vater, weil sie doch nun einmal den Namen eines braven Offiziers trug, und räumte ihr die beiden Kämmerchen ein. Aber selbst meine Mutter, so mildtätig sie sonst war, sah es nicht gern, und nun gar erst das Gesinde! Meines Vaters Leibdiener, der Christoph, jammerte, die Hex werde uns alle in Grund und Boden hineinzaubern, und unsre Köchin, die Bärbel, kam schluchzend und händeringend zu mir: ›Gnädig' Fräul'n! B'hüt Sie Gott, i bleib nimmer!‹ Sie blieb aber schließlich doch, weniger deshalb, weil ich sechzehnjährige und sehr aufgeklärte Dame ihr bündig nachwies, daß es keine Hexen gäbe, sondern weil die treue Seele unser Haus in der bevorstehenden Bedrängnis nicht verlassen wollte.

Trotz dieser Aufgeklärtheit aber, das muß ich gestehen, wurde auch mir bang zumut, als die Alte eines Nachmittags – es war im März achtzehnhundertfünfundsechzig – einzog. Voran brachte der Christoph den armseligen Hausrat auf einem Karren herbeigeschleppt, dann folgte die Alte und hinter ihr die liebe Jugend der Stadt. Es war wohl das häßlichste menschliche Wesen, das ich je gesehen habe, diese hagere, gebückte Greisin mit der Hakennase, den Triefaugen, dem ewig wackelnden zahnlosen Kinn. Diesem Äußeren entsprach auch die knarrende, näselnde Stimme, mit der sie den Jungen die unflätigsten Schimpfworte zurief.

Mein Vater tröstete alles Weibliche im Hause, daß wir von der neuen Nachbarin, die sogar ihre eigene Treppe hatte, nicht viel sehen und hören würden, aber es war doch mehr, als uns allen lieb war. Daß sie ab und zu in der Küche erschien und sich dies und jenes erbat, wäre gerade genug gewesen, denn nach jedem solchen Besuche schickte die Bärbel die Suppe versalzen, das Fleisch verbrannt auf den Tisch und erklärte unter Tränenströmen, daß sie jetzt doch gehen müsse. Zudem trieb die Alte, obwohl sie dem Vater das Gegenteil versprochen, auch nun ihr lichtscheues Wesen fort. Zuweilen drang ein abscheulicher Geruch durch die Korridore, wenn sie ihre Tränklein braute. Auch zog sie uns nicht eben die beste Gesellschaft ins Haus; freilich waren es neben argem Gesindel auch vornehme Damen, welche die Hintertreppe emporhuschten, um sich wahrsagen zu lassen, aber angenehm war dies auch nicht. Da entschloß sich mein Vater kurz und erklärte der ›Leutnanten‹ schon nach zwei Wochen, knapp vor Ostern, daß sie eine andre Wohnung suchen müsse, den Zins wolle er bezahlen. Es sollte nicht dazu kommen. Am Karfreitag kam eine bucklige Nähmamsell, die sich in der Mansarde Rat in Liebesnöten hatte holen wollen, schreckensbleich in unsre Küche gestürzt, die ›Alt-Leutnanten‹ liege oben tot, mit verzerrtem Gesicht und verrenkten Gliedern, der Teufel habe sie geholt. Das ganze Haus lief zusammen, aber in die Kammer traute sich niemand, bis mein Vater selbst hinaufstieg. Da wies es sich, daß die Alte nur in Krämpfen lag. Sie erholte sich auch bald, aber der Arzt riet doch dringend, sie ins Spital zu schaffen. Dagegen aber sträubte sie sich so verzweiflungsvoll, daß mein guter, weicher Vater nicht in sie dringen mochte. Und damit dies unselige, verlassene Stück Menschheit nicht ganz ohne Pflege bleibe, beschloß er, ihr eine Magd zu mieten. Es währte aber lange, bis sich eine dazu bereitfand, es mit der Hexe zu versuchen. Riekele hieß sie, und auch ihr Leumund war nicht der feinste. Natürlich vertrugen sich die beiden schlecht genug. Die Alte, die nun immer schwächer wurde und das Bett nicht verlassen konnte, wollte die Magd immer um sich haben und quälte sie dann durch ihr Mißtrauen. Das wollte sich das Riekele nicht gefallen lassen, schimpfte und zeterte und lief halbe Tage davon. Dann gellte der Ruf der Alten ›Riekele! Riekele!‹ aus der Mansarde durchs ganze Haus. So schwach sie sonst war, die knarrende, näselnde Stimme hatte nichts von ihrer Kraft eingebüßt. ›Riekele! Riekele!‹ Wir wurden alle ganz nervös davon, bis der Christoph entsendet wurde, die Widerspenstige wieder herbeizuschaffen.

So war's endlich voller Frühling und Pfingsten geworden, und damit auch die Unglückliche oben etwas davon habe, brachte ich ihr am Pfingstsonntagmorgen auf Befehl meiner Eltern Blumen und Backwerk in die Kammer. Als ich eintrat, verschlug's mir fast den Atem, so abscheulich roch es drin, trotz der offenen Fenster; die Alte ließ auch, fast sterbend, nicht von ihrem Tränkleinbrauen. Bei meinem Anblick versteckte sie hastig mit zitternden Händen die Karten, die sie vor sich ausgebreitet hatte, unter der Bettdecke und grinste mich an; das verfallene, wachsgelbe Gesicht wurde dadurch noch unheimlicher. Sie dankte mir und schimpfte dann auf Riekele und die eigene Tochter. Die Magd blieb die Antwort nicht schuldig, verteidigte auch die Tochter, die ja in ihrem Heimatsdorf wohne und ihr als braves Weib bekannt sei. Da begann die ›Leutnanten‹ vor Wut zu zittern. ›Wart nur, bis ich tot bin‹, krächzte sie drohend. Ich aber lief entsetzt davon. Einige Tage darauf, am Donnerstag, nachmittags um die fünfte Stunde, als ich auf meiner Stube saß und im Schweiße meines Angesichts aus Chateaubriands ›René‹ übersetze, hörte ich plötzlich durch die stille, heiße Luft einen Ton, der mich entsetzt zusammenfahren ließ. Wie ein Röcheln klang es, und dann: ›Riekele! Riekele!‹ Der Ruf war mir immer durch Mark und Bein gegangen, heute lähmte er mich fast, so schrill klang er, recht wie der Hilferuf eines Ertrinkenden. Endlich raffte ich mich auf, eilte den langen Korridor entlang in die Gesindestube und trug dem Christoph auf, nach der Alten zu sehen. Gleich hinter ihm stieg auch das Riekele die Treppe empor. Sie hatten die Alte neben ihrem Lager auf der Diele gefunden, und diesmal war sie wirklich tot. Auch der

Arzt bestätigte es. Was ich gehört hatte, war ihr letzter Ruf in Todesnöten gewesen.

Da es zu spät war, sie noch am selben Abend ins Leichenhaus zu schaffen, so ließ mein Vater die Totenfrauen holen, sie aufzubahren. Das taten sie, aber bei der Leiche zu wachen, davon wollten sie nichts wissen. Und das Riekele schon gar nicht. Sie wollte nicht dabeisein, rief sie, wenn heut nacht der Teufel unter Donner und Blitz zu seiner Braut käme, und außerdem habe ihr ja die Hexe täglich gedroht, ihr nach dem Tode was anzutun. Da ließ mein Vater die Kammer oben schließen.

Sie werden begreiflich finden, daß ich an jenem Abend nicht so bald einschlief wie sonst. Furcht empfand ich nicht, aber doch ein leises Grauen, und zum erstenmal seit den zwei Jahren, wo ich diese Stube bezogen hatte, empfand ich es peinlich, daß sie von dem Schlafzimmer meiner Eltern und der Mägdestube weit entfernt lag; es war die Eckstube des Hauses, dicht unter der Mansarde der Alten. Ich wälzte mich auf meinen Kissen und lauschte. Kein Laut, kein Windhauch, es war eine schwüle, dunkle, totenstille Nacht. Und endlich schlief ich ein.

Plötzlich war ich wieder wach. Was mich geweckt hatte, wußte ich sofort: noch hallte der Donner nach, und schon zuckte wieder ein Blitz durchs Dunkel, daß mein Zimmer und die Linden draußen wie in Flammen standen. Und dann abermals ein furchtbares Dröhnen. Ein heftiges Gewitter zog dicht über der Erde hin, so beängstigend nah, daß es wohl genügt hätte, die Nerven aufzuregen. Nun hätte ich zudem kein Menschenkind sein müssen, um mich nicht der Worte des Riekele zu erinnern. Mißverstehen Sie mich nicht, ich glaubte nicht, daß der Böse da seine Braut hole, aber denken mußte ich daran, als so die Blitze niederfuhren und das ungeheure Gedröhne fortwährte ... Da – ein grellerer Blitz als zuvor und dann ein Krachen, als ginge die Welt unter, es mußte in nächster Nähe eingeschlagen haben. ›Herr Gott im Himmel!‹ schrie ich auf und begann laut zu beten, da – da stockte mir die Stimme vor Entsetzen. Denn durch den Nachhall des

Donners, das Geprassel des niederströmenden Regens hörte ich es, hörte es ganz deutlich: ›Riekele! Riekele!‹ Die Stimme der Alten aus der Mansarde ...«

Die Erzählerin war bleich geworden, vielleicht auch einige andre Damen am Tische, und mühsam fuhr sie fort: »Was ich zuerst dabei empfand, kann ich nicht sagen, ich war wohl völlig gelähmt vor Entsetzen, dann begann ich wieder laut zu beten, und zwischendurch dachte ich: du träumst! Ich krallte meine rechte Hand in den linken Arm, daß die Nägel ins Fleisch drangen – ich empfang es schmerzhaft, nein, ich träumte nicht! Und auch eine Täuschung meiner erregten Sinne war es nicht. Denn nun hörte ich es wieder: ›Riekele!‹ – die wohlbekannte häßliche Stimme mitten durch das Dröhnen des Donners, und dann, als er aufgehört, noch deutlicher, ja überlaut: ›Riekele! Riekele!‹ Immer dringlicher klang es, wieder recht wie in Todesnot ... Es war gräßlich!« Sie hielt inne und atmete tief auf.

»Ich denke«, meinte der Direktor, »die alte Frau war scheintot gewesen.«

»Das glaubte auch ich, als ich wieder klar denken konnte«, sagte die Frau Hofrat. »Und der Gedanke daran, was die Greisin wohl litt, wenn sie sich nun so im Dunkel auf der Bahre wiederfand, das Mitleid mit der Unglücklichen ließ mich den Bann des Entsetzens abschütteln. Ich erhob mich und eilte ans Fenster. ›Frau ...‹, die Stimme versagte mir, dann aber schrie ich förmlich: ›Frau Leutnanten, ich schick Ihnen Hilfe!‹

›Gott Lob und Dank!‹ tönte die knarrende Stimme, aber nicht von der Höhe herab, sondern von der Straße empor. ›Endlich a menschliche Stimm! – Machet mer auf! So a Wetter! Ich bin d'Frau Müllere aus Markgröningen. Wie geht's meiner Mutter?‹ – Das Riekele hatte tags vorher ihre Freundin, die Tochter der Alten, von der Erkrankung der Mutter brieflich benachrichtigt, und sie hatte sich sofort auf den Weg gemacht.«

Die Damen atmeten erleichtert auf; ich glaube, auch einige Herren ...

»Na, was sage Sie?« fragte der Basler stolz. »Ischt das net ä schöne Gschicht?«

»Und ob!« riefen wir. Der Professor aber hob den Zeigefinger. »Und lehrreich, meine Herrschaften, sehr lehrreich. Da haben wir einen Beitrag zur Genesis beglaubigter Gespenstergeschichten. Nehmen Sie an, das junge Mädchen hätte das Entsetzen nicht überwunden, dann wäre die Frau Müllere aus Markgröningen weggegangen, hätte den Rest der Nacht in einem Gasthof verbracht und wäre erst am Morgen wiedergekommen. Ob sie dann im Entsetzen über den Tod ihrer Mutter gleich erzählt hätte, daß sie schon nachts dagewesen, und ob das gnädige Fräulein das erfahren hätte? Kaum! Sie sehen, es hing an einem Haar, und unsre verehrte Freundin könnte bis an ihr Lebensende als Ohrenzeugin erzählen, wie die Hexe noch als Tote nach dem Riekele gerufen, um ihm, wie angedroht, den Hals umzudrehen!«

»Das wäre furchtbar gewesen«, sagte die Frau Hofrat.

»Furchtbar«, bestätigte einer, der bisher stumm dagesessen. Es war ein norddeutscher Zeitungsschreiber, der Witzbold unsrer Tafelrunde, aber diesmals war sein Antlitz so ernst, ja düster, wie wir es nie vorher gesehen hatten. »Ich kenne einen, der in der Zeit, wo er an einen ähnlichen Vorfall glauben mußte, fast den Verstand verloren hätte.«

»Der ware Sie selbscht?« fragte der Basler. Die Vermutung lag nahe.

»Nein!« sagte der Journalist zögernd. »Es ist die Geschichte eines – eines Kollegen. Der Mann lügt höchstens am Schreibtisch und in den Ferien niemals. Sie dürfen ihm seine Geschichte glauben.« Es sollte scherzhaft klingen, kam aber sehr ernst heraus.

Und in derselben Tonart erzählte er nun: »Die Geschichte begab sich vor langen, langen Jahren, am Freitag, dem neunten August achtzehnhundertzweiundsiebzig, in einem Zimmer des ›Hotels de Prusse‹ am Wilhelmsplatz zu Posen, in der Abenddämmerung zwischen acht und halb neun. Zu besagter Stunde also saß der Held dieser Geschichte todmüde an seinem Schreibtisch, wartete auf den Druckerjungen, der ihm seinen Anteil zur Korrektur bringen sollte, und dachte – dachte an vielerlei.

Aber schließlich doch nur an eines, wovon er zu jener Zeit seine Gedanken überhaupt selten loßreißen konnte, an den großen und, wie er damals glaubte, nie überwindbaren Schmerz seines noch so jungen Lebens. Natürlich eine Liebesgeschichte und sogar eine in der jetzt ganz unbeliebten sentimentalen Tonart; ich will's also kurz machen. In der Universitätsstadt, wo er seine letzten Semester zubrachte, verliebte er sich in ein schönes, vornehmes Mädchen. Das war kein Wunder, aber daß auch sie ihn liebte, kam einem Wunder gleich, denn er war nicht schön, nicht gewandt und hatte nichts als das bißchen, was er im Gehirn trug: sehr wenig Jurisprudenz und sehr viel törichte Träume von einer Dichterlaufbahn. Nachdem dies Wunder an ihm geschehen war, wurde er fleißig und trieb die Studien, die ihm bis dahin so gleichgültig gewesen, Tag und Nacht; es war ja der einzige Weg, sie zu erringen, einem Beamten gab man sie vielleicht, einem jungen Menschen, der Dichter werden wollte, gewiß nicht. Bis dahin sahen sich die Liebenden zuweilen heimlich im Haus einer guten alten Tante, die auch schwieg, aber ihre Zofe leider nicht. Und so machte der Vater der Tochter eines Abends, als sie heimkam, eine furchtbare Szene, und sie flüchtete vor seinem Zorn in den Garten des Hauses. Da irrte sie drei Stunden umher, weinend, glühend vor schmerzlichster Erregung, und es war ein häßlicher, naßkalter Novemberabend und sie ein schlankes, zartes Geschöpf. Am nächsten Morgen lag sie fiebernd zu Bett, der Arzt sprach von einem starken Katarrh, der bei ihrer Anlage freilich nicht ohne Gefahr sei, jedoch hoffentlich bald vorübergehen werde. Aber er ging nicht vorüber, der Husten wurde immer schlimmer, und um Mitte Januar achtzehnhundertzweiundsiebzig erkannte der Arzt, daß die Ärmste verloren sei. Als er es den Eltern sagte, taten sie freilich alles, was in ihrer Kraft stand, und weil das Mädchen meinte, sie werde gesund werden, wenn man ihren einzigen Wunsch auf Erden erfülle, so luden sie den jungen Mann ins Haus, und die Verlobung mit der

Todkranken wurde gefeiert. Was er seit dem November gelitten hatte und nun bei der Feier empfand, soll nicht gesagt sein. Das Mädchen hoffte nun wieder, und auf ihr Drängen mußte ihr sogar das Brautkleid bestellt werden. Aber sie hat es nur an jenem Märztag getragen, da man sie in den Sarg legte, ein grünes Kränzlein auf den goldenen Flechten.

Als der junge Mensch vom Begräbnis heimkam, da schloß er sich in seine Stube ein und grübelte, wohin er sich nun wenden sollte. Dicht unter seinen Fenstern floß ein rascher grüner Bergfluß vorüber. Der rauschte ihm einen Rat zu, den er gern, o so gern beherzigt hätte, wenn ihm eine Gewißheit darüber gewesen wäre, daß er auf diesem Wege die Geliebte wiederfinden werde. Da er aber dies nicht wußte, so beschloß er weiterzuleben, schenkte den dicken Arndts und die andern Bücher einem gleich armen Kollegen und ging in die Welt. Zunächst weit weg, nach Wien, und von da, schon im Mai – ein günstiger Zufall hatte ihm das Ämtchen verschafft – als Korrespondent eines Wiener Blattes nach Berlin und Ende Juli, wieder durch einen freundlichen Zufall, als Chefredakteur eines Lokalblattes nach Posen. Es war eine schwierige, dornenvolle Stellung, deren Lasten selbst eine geübte Kraft auf die Dauer nicht hätte ertragen können, geschweige denn eine junge, ungeübte. Sämtliche Redakteure des Blattes waren kurz vorher ausgetreten und hatten ein Konkurrenzblatt begründet; er mußte nun, ohne die Verhältnisse der Stadt und der Provinz zu kennen, ohne des Polnischen mächtig zu sein, das alte Blatt zu halten suchen. Es fehlte an allem, sogar an einem Redaktionslokal – das hatten die Konkurrenten behalten –, und so mußte er mit drei jungen Leuten, die acht oder vierzehn Tage dabei waren, in einem großen Zimmer jenes Hotels die Spalten zu füllen suchen, so gut es ging. Es ging nicht gut, und das drückte ihn, aber daß er nun von morgens sieben bis tief in die Nacht hinein arbeiten mußte wie eine Maschine, das war ihm gerade recht, denn während der Arbeit fühlte er sein Weh nicht und fand nach zwölf oder vierzehn Stunden solcher Anstrengung wohl auch einen festen, bleiernen Schlaf.

In solcher Arbeit war ihm auch jener Freitag verflossen. Um sieben waren die jungen Kollegen gegangen, dann hatte er auch den Diener heimgeschickt, nun wartete er auf die Korrektur seines Leitartikels. Er fühlte sich müde, so recht todmüde, nicht bloß von der Arbeit, sondern auch von der Hitze, die tagsüber geherrscht. Auch jetzt noch, wo die Dämmerung den Platz draußen und das Gemach füllte, war die Luft schwül. Es war still um ihn, sehr still, von draußen her tönte nur zuweilen der Klang von Schritten, das Rollen eines Wagens zu ihm empor. Im Nebenzimmer hörte er den Hotelgast, der es bewohnte, heimkommen und vernahm durch die dünne Tür deutlich, wie der Mann halblaut den Refrain eines Berliner Gassenhauers vor sich hin sang, dann verstummte auch dieser Laut. Er schloß die Augen, aber er schlief nicht. Er gedachte seiner Toten, und in dieser Stunde, da seine Nerven überreizt waren, schalt er sich einen Feigling, daß er damals nicht das Fenster seiner Stube geöffnet und hinabgesprungen... Und wie er so saß und sann, da – da geschah es...«

Die Stimme des Erzählers brach sich, und als er fortfuhr, fielen die Worte langsam, tonlos von seinen Lippen: »Da geschah es... Ich höre plötzlich draußen auf dem Korridor ein Geräusch wie das Knistern eines schweren, seidenen Gewandes. Es kommt näher und näher. Eine Frau im Seidenkleid, denke ich, aber wie langsam sie geht! Und dann wundere ich mich, daß ich es durch die Türe so deutlich höre. Da knarrt die Tür in den Angeln und tut sich langsam auf, durch die Dämmerung sehe ich eine weiße, schlanke Frauengestalt zu mir eintreten. Ein furchtbarer Schreck durchzuckt meine Glieder, ich fahre vom Stuhl empor, wende mich ihr zu. Sie tritt näher heran, mit langsamen, müden Schritten – immer näher –, und nun kann ich die Züge unterscheiden. Sie ist es, sie! Und so, wie ich sie zuletzt gesehen habe, im Brautkleid, das Kränzchen auf den schweren blonden Flechten. Auch die Züge sind dieselben, wie ich sie zuletzt gesehen, ehe sie mich von der Leiche rissen, wachsgelb und verfallen, aber friedlich. Nur die Lider sind nicht geschlossen, sondern ich sehe wieder einmal die Augen, die großen, leuchtenden blauen Augen meiner Anna. Nur diese Augen sprechen zu mir, die Lippen sind geschlossen, die Hände hängen schlaff nieder, aber die Augen sagen: Erschrick nicht, Karl, ich komme, dich zu trösten! Und sie schreitet langsam näher und näher. Da schreie ich auf, meine Sinne vergehen, ich stürze nieder...«

Wieder atmete er tief auf. Als er fortfuhr, zitterte die Stimme nur unmerklich: »Als ich erwachte, lag ich auf dem Sofa des Zimmers; die Kerzen waren angezündet, der Kellner rieb mir die Stirn mit einem nassen Tuch, das Stubenmädchen hielt mir Essig unter die Nase, und ein wohlbeleibter junger Mann mit einem gutmütigen, breiten Gesicht und stattlichen Bartkoteletten hielt meine Hand und fragte: ›Wie geht's, löbliche Redaktion? Um den Arzt hab ich schon geschickt.‹ Ich blickte ängstlich um mich, mir wirbelte es noch im Hirn. ›Ist sie... Wer sind Sie?‹ stieß ich hervor; ich hatte etwas andres fragen wollen... Wer der Mann war, war mir sehr gleichgültig. Vermutlich mein Wandnachbar, der Mann mit dem Gassenhauer.

Das bestätigte er auch. ›Reise in Kurzwaren. Und wie ich heiße?‹ Er lächelte schamhaft. ›Es ist möglich, daß Sie den Namen schon gehört haben! Hochachtend zeichnet einer löblichen Redaktion ergebenster Moritz Kohn. Aber da ist ja schon der Doktor!‹ Ich ergriff die Hand des Arztes, zu dem ich in den wenigen Wochen volles Vertrauen gefaßt, wie ein Ertrinkender das Rettungsseil. ›Doktor‹, stöhnte ich, ›es war furchtbar...‹ – Er ließ die drei gehen. ›Ohnmacht, hab schon gehört.‹ Er griff nach meinem Puls. ›Starkes Fieber... Morgen!‹ befahl er, als ich sprechen wollte. ›Für heute weiß ich genug, es ist gekommen, wie ich's Ihnen vorausgesagt habe. Solche Überanstrengung hält auf die Dauer kein Roß aus.‹

Er geleitete mich auf mein Zimmer, das im selben Stockwerk lag, und gab mir ein Pulver ein. ›Zur Beruhigung‹, sagte er. Es war aber ein starkes Schlafmittel. Als ich am nächsten Morgen erwachte, ging's schon auf zehn. Der Arzt stand vor mir und hielt meine Hand in der seinen. ›Sie stehen auf und gehen in den Park‹, befahl er, ›gearbeitet wird heute nicht, ich habe mit dem Verleger gesprochen; die jungen Herren werden es schon machen. Ihre Geschichte und meine Strafpredigt lassen wir für morgen.‹

Ich tat, wie er befahl. Daß ich zur Arbeit unfähig war, fühlte ich selbst. Ich war wie zerschlagen, mir war dumpf im Hirn, und die Erinnerung an das furchtbare Erlebnis lauerte darin wie eine Wetterwolke.

Erst als ich unter den Bäumen saß, im hellen Sonnenschein, spielende, lachende Kinder um mich her, ordneten sich meine Gedanken. Im Herzen blieb mir mein Weh, so tief, so grenzenlos, wie es nur am ersten Tag gewesen, aber im Hirn ward's heller. Nein, die Toten kommen nicht wieder, und mein armes Lieb hatte Ruhe im Grabe. Ich war vor Ermattung eingeschlafen und hatte so gräßlich geträumt. Oder nein, ich war wohl wach gewesen, aber meine maßlos überreizten Sinne hatten mir etwas vorgegaukelt. Das war's, eine Vision! Ich rief mir zurück, was ich über ähnliche Erscheinungen gehört und gelesen hatte. Alle Anzeichen stimmten. Und diese Erkenntnis gab mir die Kraft zurück, schon am Nachmittag wieder die Redaktion zu betreten und meine Pflicht zu tun. Der Raum erschien mir im grellen Sonnenlicht, während die Scheren und Federn meiner jungen Mitarbeiter knisterten, so nüchtern, daß sich das Grauen immer mehr von mir löste. Ich konnte an alles denken, den Leitartikel, das Feuilleton, das Vermischte, sogar an den Dank dachte ich, den ich Herrn Moritz Kohn schuldete. Abstatten konnte ich ihn freilich nicht, der Mann war schon im Morgengrauen mit dem ersten Zug abgereist.

Als der Arzt am nächsten Morgen bei mir eintrat, nickte er befriedigt. ›Ihr Aug ist wieder klar‹, sagte er ›nun lassen Sie sich ein Wort zur Vernunft sagen. Sie sind jung, leidlich unverbraucht, aber schon die unsinnige Arbeit muß sie zugrunde richten. Und nun obendrein aufregende Weibersachen.‹ – ›Weibersachen?‹ stammelte ich entsetzt. – ›Nun ja, Sie hatten am Freitagabend eine heftige Szene mit einer jungen Dame. Sie werden doch dem Arzt gegenüber nicht leugnen wollen?

Der Merkursjüngling, der Levy – oder hieß er Kohn? –, hat ja durch die Tür Ihrer beider Stimmen gehört!‹

Ich fühlte, wie meine Glieder erstarrten. Mir war's, als striche mir eine eisige Hand über den Rücken und dann übers Haar, vom Hinterhaupt gegen die Stirne. Es war furchtbar schmerzhaft, jedes einzelne Haar fühlte ich sich in die Kopfhaut bohren. Ich glaube, damals geschah an mir, was man oft ausspricht, was aber die wenigsten Menschen zu erleben verdammt sind: mein Haar sträubte sich... Ich versuchte zu sprechen, aber mir war's, als presse mir diese eisige Faust auch die Kehle zu. ›Es ist nicht wahr!‹ schrie ich endlich heiser.

›Es ist wahr‹, erwiderte der Arzt unwillig. ›Der Mann hat sogar den Namen des Frauenzimmers deutlich verstanden: Anna! – Glauben Sie doch nicht, daß ich Ihnen Moral predigen will, ich spreche als...‹ Weiter kam er nicht. ›Was haben Sie?‹ rief er erschreckt und faßte meine Hand.

In der Tat, unheimlich genug mag ich ausgesehen haben, denn unheimlich sah's in mir aus. Ich war in jener Minute hart, sehr hart am Wahnsinn. Und wahrscheinlich hätte er mich damals übermannt, wenn nicht ein Mensch neben mir gewesen wäre, an den ich mich klammern, dem ich alles erzählen konnte.

Ich habe den braven Mann vor drei Jahren, als die Naturforscherversammlung in unsrer Stadt abgehalten wurde, wiedergesehen. Da hat er mir gestanden, daß dies vielleicht die schwerste Stunde in seiner Praxis gewesen ist. Er machte sich damals stärker, als er war, und sagte wohl ein dutzendmal: ›Natürlich eine Vision – der Mensch hat gelogen!‹ Aber wie sollten wir uns beide dies glauben? Woher wußte er dann, daß mir ein Weib erschienen und daß es Anna hieß? Auch was er dem Arzte über das Gespräch berichtet hatte, konnte wahr sein: Ich hatte sie entsetzt weggewiesen, sie mich angefleht, zu ihr zu kommen. Vielleicht hatte sie wirklich gesprochen... mein Herr und Gott, was konnte nun noch als unglaublich gelten?

Der Arzt faßte sich wieder. ›Beruhigen Sie sich! Wir werden

den Mann finden und die Wahrheit ans Licht bringen! Der Wirt weiß wahrscheinlich, für wen er reist.‹

Der Wirt wußte es nicht; der Commis war zum erstenmal bei ihm eingekehrt und schon am nächsten Morgen unter Klagen, daß er hier keine Geschäfte gemacht, abgereist. Aber einer oder der andre Kaufmann in Kurzwaren mußte sich wohl seines Besuchs erinnern. Heute, am Sonntag, waren ja die Läden geschlossen, aber morgen wollte ich Umfrage halten.

Bei jedem großen Unglück, pflegt man zu sagen, ist auch ein klein wenig Glück. So auch hier: Ich hatte für den nächsten Tag eine Aufgabe zu erfüllen. Sooft sich mir die Gedanken verwirren, das Grauen übermannen wollte, sagte ich mir: Der Moritz Kohn, du mußt ihn finden! Freilich, an die Nacht, die diesem Tag folgte, werde ich mein Leben lang denken.

Am Montagmorgen machte ich mich auf den Weg. Die Herren Kurzwarenhändler von Posen waren wohl erstaunt, als sie mich so hastig und verstört fragen hörten, für welches Haus Herr Moritz Kohn, der am Freitag dagewesen, reise. Aber eine Antwort erhielt ich nirgendwo, denn niemand schien ihm einen Auftrag gegeben zu haben. Die einen erinnerten sich seines Besuchs überhaupt nicht – sie seien ja soviel von Reisenden überlaufen –, die andern hatten ihn kurz abgewiesen. Und als ich ihren Rat erbat, wie ich ihn etwa finden könnte, zuckten sie lächelnd die Achseln. ›Lieber Herr‹, erwiderte mir einer mit einem Gleichnis, das er aus seiner Branche holte, ›Moritz Kohn, Handlungsreisender – da finden Sie eher eine Nadel in einem Heuschober!‹

Das war nun wieder das Unglück in dem bißchen Glück! Aber wenn auch der Mann so und nicht anders hieß, zu finden mußte er doch sein. Ich inserierte in einigen politischen Zeitungen, daß jener Herr dieses Namens, der am 9. August 1872 im ›Hotel de Prusse‹ in Posen verweilt, flehentlich gebeten werde, mir seine Adresse anzugeben. Keine Antwort! Und ebensowenig Erfolg hatte dasselbe Inserat in den kaufmännischen Fachblättern. Da entschloß ich mich, ein Zirkular drucken zu lassen und an Tausende von Häusern zu versenden, die in Kurzwaren reisen ließen. Darauf kamen zwei oder drei Antworten, ein Herr Moritz Kohn reise für sie und sei damals im Osten gewesen, vielleicht in Posen; Briefe erreichten ihn unter der und der Adresse. Aber der Richtige war nicht darunter. Und so sorgte das Schicksal, dieser Meister der Tragikomödie, daß auch in meinem furchtbaren Erlebnis der Zug des Lächerlichen nicht fehle.

Aber derselbe Meister, der mich ins Elend gebracht, rettete mich auch wieder, und zwar durch ein Mittel, das bei ihm sehr beliebt ist, ein scheinbares Unglück wurde mein Glück. Meine Kollegen hatten mir schon früher zuweilen ängstlich zugeflüstert, unser Verleger verhandle mit seinen früheren Redakteuren, die das Konkurrenzblatt begründet, und wir würden eines Tages brotlos sein. Ich hatte nichts darauf gegeben, weil der Mann mich auf meine Frage entrüstet des Gegenteils versichert, vielleicht auch, weil mir damals alles gleichgültig war, den Moritz Kohn abgerechnet. Aber als sich nun die Fusion wirklich vollzog, traf's mich doch hart, namentlich da wir in brutalster Art vor die Türe gesetzt wurden und ich sogar das rückständige Gehalt durch einen Anwalt einklagen mußte. Nachdem dies besorgt war, kehrte ich mit den wenigen Talern, die ich erspart hatte, nach Berlin zurück.

Ich kam eines Nachmittags an, stieg in einem keinen Haus in der Königgrätzer Straße, dem ›Westendhotel‹, ab und ging sofort wieder aus, einen Kollegen aufzusuchen, der in der Potsdamer Straße wohnte; vielleicht wußte er mir eine Stellung, denn lang durfte ich nicht feiern. Und wie ich in diese Straße einlenke, hält ein Wagen der Pferdebahn an, und ich sehe einen beleibten Mann mit einem Musterkofferchen in der Hand abspringen. Ich schreie auf – diese Nase, diese Bartkoteletten –, das ist er! Ich rufe seinen Namen, er wendet sich erstaunt um. Er erkennt mich nicht, als ich auf ihn zutrete, erst als ich meinen Namen nenne, ihn an das ›Hotel de Prusse‹ erinnere, lächelt er. ›Sie sind's, löbliche Redaktion? Auch aus Posen weg? Ja, in Polen ist nichts zu holen! Jetzt bin ich Stadtreisender hier. Es geht mir nicht sehr herrlich, aber doch besser –‹

Ich ziehe ihn in den Torweg des nächsten Hauses. ›Herr Kohn‹, sage ich, ›es hängt der Verstand, das Leben eines Menschen davon ab, ob Sie die Wahrheit sagen! Haben Sie damals wirklich eine weibliche Stimme in meinem Zimmer reden gehört?‹

Er lächelt verschmitzt. ›Diskretion Ehrensache‹, sagt er. Aber wie er mir ins Gesicht sieht, wird er ernst, und als ich ihn nochmals um die Wahrheit beschwöre, sagt er: ›Nein! Die Anna – so hieß sie ja? – habe ich nicht gehört!‹

›Aber woher wissen Sie, daß sie Anna hieß?‹

›Weil Sie plötzlich den Namen gerufen haben – es ist mir durch Mark und Bein gegangen –, und dann höre ich einen schweren Fall. Aber wie ich zu Ihnen ins Zimmer trete, war sie schon fort.‹

›Und das war das einzige, was Sie gehört haben?‹

›Das einzige‹, beteuert er, ›so wahr mir Gott wieder zu einem guten Erwerb verhelfen soll... Aber, löbliche Redaktion, Sie weinen ja...‹ In der Tat, schluchzend war ich dem Stadtreisenden Moritz Kohn um den Hals gefallen.«

So schloß er, und welche Bemerkungen nun unsre Runde an das sonderbare Erlebnis knüpfte, will ich nicht erst hierhersetzen.

Am freudigsten war unser braver Herr Professor von dem guten Ausgang berührt. »Wieder ein Beitrag zur Entstehungsgeschichte solcher abergläubischer Märchen«, sagte er gewichtig, »und Verzeihung, Frau Hofrat – noch interessanter als der Ihrige. Ja, wenn jeder so tapfer und beharrlich einer Erklärung nachginge, so ließe sie sich immer finden.«

»Immer«, sagte der Basler. »Rächt habe Sie, Herr Professor. Aber wenn Sie's mir schriftlich gebe wollte, so wär mier's rächt beruhigend.«

»Können Sie haben«, erwiderte der Gelehrte etwas gereizt. »Mit Siegel und Unterschrift! Nur heraus mit dem Märchen, das Sie auf der Pfanne haben, die Aufklärung besorge ich!«

»Ja, erzählen Sie!« riefen wir. »Jetzt ist's Ehrensache!«

»Aber Ehrensache ist auch«, sagte der Herr Professor, »daß Sie uns keinen Bären aufbinden.«

»Werd ig net!« sagte der Basler ernst. »Und kurz werd ig's mache. Denn ig denk selber gar net gern dran!«

Er legte die Zigarre aus der Hand und begann: »D' Gaischter, scheint's, liebe die haiße Tag. Denn auch meine G'schicht spielt an ainem solchen oder richtiger die Nacht drauf. So vierzig Jahr sind's her. Ig war ä junger Ingenieur, zwai Jahr hatt ig in Spanien gearbait, nu war ig z' Basel etabliert, Arbait hatt ig kaine. Da schraib ig mein Vettern Arnold in Lugano: ›Viellaicht gibt's im Tessin eppis z' verdiene?‹ Und richtig, nach ain Monat schraibt er mier: ›Wenn D' auch mit Wasser B'schaid waischt, so komm, d' Leut im Val Blenio wolle den Fluß reguliere!‹ Ig laß es mier net zwaimal sage, pack ain, zwai Tag später bin ig in Biasca, am dritten in Olivone. Darnach schau ig mier d' Sach an und sag dene Leute: ›Euer Brenno ischt ä tück'sch Luder, hier Dämme baue, wär letz (verfehlt), höher nauf mueß was g'schehe‹ und fahr am vierte Tag immer den Brenno hinauf nach Campo, der Sindaco von Olivone mit mier. So komme mier an die Stell, wo der Brenno ä Luder wird. Vom Chirone herab kommt er noch sanft und laicht wie ä jung's Maidle g'laufe, aber da kommt von rechts aus dem Val di Campo und von links ä Bergbach, der net ämol ä aigenen Name hat, aber der ischt der schlimmste. ›Der wird z'erscht bändigt‹, sag ig dem Sindaco, ›sonst ischt all's für d' Katz. Liegt da ä Dorf?‹ – ›Ja‹, sagt er, ›Davresco, aber das ischt ä elends Nescht.‹ – ›No‹, sag ig, ›ä Pallascht werde Sie mir ja net hinbaue. I geh nauf, irgendwo find ig schon ä Schlafstell. Schicke Sie mier morge d' Arbaiter! Ade!‹ – Er fahrt nach Olivone z'rück, und ig geh den Fußpfad nach Davresco rauf. Rings nichts als Schtain und Wasser, und d' Sonn schticht furchtbar. Endlich, am späten Abend, komm ig zu dene paar elende klaine Häusli. Überall finschter, nur in einem ischt noch Licht; i guck nain, ä rächte schwarze Höhl, da sitze drai Männer um ä Öllämple und trinke. Ig tret ain und bitt um ä Nachtquartier. Die drai schaue mich an, als wär ig vom Mond runterg'falle. Ig sag's noch ämol, oder wann's eppe hier net möglich wär, so möchte sie mich zur Oschteria waise. Da sagt endlich der aine: Nain, hier wär schon die Oschteria und er der Padrone, aber wie ig denn herkäm nach Davresco? Ig hätt mich wohl verirrt. ›Nain‹, sag ig, und verzähl's ihne. Wie ig fertig bin, schaut d' Padrona ihren Mann an und er sie. ›No ja‹, sagt er, ›ä Schtub hätte mer, aber sie ischt schlächt vermöbliert.‹ – ›Das tät nichts‹, sag ig und laß mier ä Foglietta Wain gebe und eppis Salami und Polenta, mehr war in dem herrliche Hotel nit z' habe. Und wie ig so eß und trink, hör ig, wie die baide Gäscht mit dem Wirt lais schwätze und der ain so recht mitlaidig sagt, ig wär doch noch ä jungs Blut, 's wär schad um mich! Drauf zuckt der Wirt d'Achseln und sagt, hoffentlich lief's guet ab! Und dem Luigi wär auch net all's z' glaube. – ›Das scho‹, maint der andre, worauf der Wirt, der bemerkt, daß ig lure (aufpasse), ihm zuwinkt, 's Maul z' halte.

Gar zu behaglich, das werde Sie glaube, war mier schon früher net z'mut, und nun gar auf diese Rede. Aber z' tun war nichts, und so bitt ig den Wirt, wie ig's Esse heruntergewürgt hab, mich aufs Zimmer z' bringe, schtaig hinter ihm die Trepp, ä rächte Hühnerlaiter, empor und schau mich g'hörig um, im Notfall den Ausweg z'finde. 's war aber obe nur die aine Kammer, ä rächts Loch, nichts als d' vier Wänd, von dene der Mörtel abbröckelt, drüber 's schiefe Dach, in einer Eck ä Bett mit eppis Heu drin und ä Schtuhl – sonst nichts. Auf den Schtuhl setzt der Wirt 's Licht, wünscht mier ä guete Nacht und will gehe. ›Noch ains, Padrone‹, sag ig und zieh main Revolver hervor, ›verschrecke Sie net, wenn Sie heut nacht schieße höre. Der da geht gar laicht los!‹ Er schaut mich verdutzt an. ›Guete Nacht‹, sag ig, und er geht.

Ig riegle die Tür zu, das war zum Glück möglich, und leucht' d' Wänd ab nach ainer g'haime Tür. Richtig! An einer Stelle klingt's hohl, aber da steckt auch ä Schlüssel. Ä Schrank, in d' Wand aingemauert, hübsch hoch und brait. Na, das war ja nichts Unhaimliches, ig ruck also den Stuhl vor die Tür, stell 's Licht drauf, brait main Plaid übers Heu und leg mich hin, den Revolver in der Hand. Und weil ig sehr müed war, so war ich nach ainer kurzen Wail fest aing'schlafe.

Und da hatt ig nu ä seltsamen Traum. Wohl gemärkt, maine Herren und Damen, daß es nur ä Traum war, waiß ig ganz genau. Also: ig seh mich im selben Zimmer auf deme Heu liege, den Stuhl mit dem Licht an der Tür. Da öffnet sich der Wandschrank, und heraus schlüpft ä junger Mensch in Ledderhose und ainer gälben Jack, 's Haar kurz verschore. Jetzt kehrt er sich zu mier, und ig seh sain G'sicht deutlich, so rächt ä wüeschts Galgeg'sicht. Er schlaicht zum Licht und löscht's aus, und dann tappt er auf mich zu. Ig stöhn auf, aber rühren kann ig mich net. Und im nächsten Augenblick fühl ig saine baiden Hände an mainer Gurgel, und er würgt und würgt. Aber dabai spür ig, daß er mir nur den linken Daumen einbohrt, den rächten nicht. Endlich kann ig mich rühre, graif mit baide Händ nach saine und schaff mier Luft. Und dabai fühl ig, daß ihm an der Rächten der Daumen fehlt. Aber da hat er mich wieder g'faßt und preßt mir wieder die Gurgel z'samme. Da schrai ig auf und – bin wach.

Wach bin ig, aber ig zittre an alle Glieder und 's ischt dunkel in der Kammer. Ig graif zum Schwäfelholz, schtraich ains an, geh zum Stuhl. Das Licht wird ausgebrannt sein, denk ig, aber nain – es war noch ä guet Stück da. Ig zünd's an, und da seh ig: der Wandschrank steht offen. Und doch könnt ig drauf ä Aid laischte, daß ig ihn vorhin fest geschlosse hab. Und wer hat 's Licht ausg'löscht?

Mich überlauft's kalt. Aber dann nehm ig mich zusamm, leuchte hinain. Der Schrank ischt leer wie früher. Auch sonst ischt in der Kammer nichts Unrächtes zu sehe. Da leg ig mich wieder hin, aber aingeschlafe bin ig die Nacht nimmer.«

»Und das war alles?« rief der Herr Professor triumphierend. »Das Licht hatte der Wind in der zugigen Dachkammer gelöscht, und die Tür des Wandschrankes hatten Sie selbst offengelassen!«

»Möglich«, erwiderte der Basler gelassen, »sogar wahrscheinlich. Aber die G'schicht hat noch ä Poschtschkriptum, und mit dem werde auch Sie net fertig. Wie 's heller Tag ischt, übermannt mich die Müdigkeit, und ig schlaf ein. Wie ig aufwach, zaigt maine Uhr auf neun. Ig schtaig die Treppe herab, da komme baide Wirtsleut aus der Kammer unte heraus und rufe: ›Gott sai Dank, 's ischt Ihne also nichts geschehe!‹ – ›Nain‹, sag ig, ›was soll mier denn g'schehe sain?‹ – ›Und Sie habe guet g'schlafe?‹ – ›Das net‹, sag ig, ›ig hatt ä häßlichen Traum!‹ – Da sehe die baide ainander an und werde blaich wie Kalk. ›Alle Hailige!‹ rueft die Padrona. ›Was habe Sie im Traum g'sehe?‹ – ›Ainen wüeschten jungen Kerl‹, sag ig, ›in Ledderhose und ä gälber Jack.‹ Da wirft sich 's Waib vor mier auf die Knie und rueft: ›Ischt das wahr, Herr, bai Ihrer Säligkait, ischt das wahr?‹ Und der Mann packt mich an der Bruscht und schrait wie verrückt: ›Habe Sie saine Hand g'sehe? Der Daumen an der Rächten?‹ – Da war 's Verschrecke an mier, und ig bin wohl blaich geworde und hab gezittert wie die zwai. ›Ja, der hat ehm g'fehlt‹, sag ig, ›aber was ischt's damit?‹ Aber es hat lang gewährt, und die baide habe ä halbe Schtunde wie verrückt g'heult und gebätet, bis der Mann endlich sagt: ›Ig will's Ihne sage, aber schwaige Sie drüber, mache Sie main Haus net noch verrufener, als es schon ohnehin ischt. Vor anderthalb Jahre, im Herbscht, kehrt ain raicher Viehhändler aus dem Graubünden bai mier ain, und ig quartier ä raisenden Fleischergesellen aus dem Lombardischen, der die Nacht vorher in der Stub übernacht hat, Valerio Costa hat er g'haiße, aus und geb sie dem Händler. Der Valerio sollt hier unte im Gang schlafe. Der aber sagt, das ließ er sich net g'falle und er geh' auf Campo. Statt dessen versteckt er sich in der Näh, und abends, wie wir alle da zusamme sitze und der Händler eine Foglietta nach der andern trinkt, schlaicht er sich hinauf und versteckt sich im Wandschrank. Wie er den Händler schnarche hört, staigt er aus dem Schrank, löscht 's Licht und will den Mann erwürge. Der wehrt sich verzwaifelt und baißt ihm im Todeskampf den rächte Daumen ab. Der Valerio nimmt 's Geld und entflieht. Am nächste Morge finde wir den Händler tot, der Verdacht fällt auf uns. Aber Gott ischt uns gnädig: wie sich der Valerio in Olivone unte die Hand verbinde läscht, fällt's dem Barbierer auf, er hält ihn an. Und wie sie dort erfahre, was hier geschehe ischt, und den Valerio ins Gebät nehme, geschteht er auch glaich, und im nächsten Frühling haben sie ehm z' Lugano g'hängt. Wir habe Gott auf den Knien gedankt, daß unsre Unschuld ans Licht komme ischt, aber nun laßt er den Valerio als Geschpenscht bei uns umgehe. Z'erscht hat ihn der Luigi, der Flaischer aus Campo, g'sehn, als er bei uns übernachtet hat, da habe mer uns getröschtet, der Luigi lügt. Aber jetzt Sie! O Herr, wodurch habe wir das verdient?‹

Ig hab's ehm net z' sage gewußt«, schloß der Basler. »Nichts, rain gar nichts hab ig ehm z' sage gewußt. Aber Sie, Herr Professor, was habe Sie mier z' sage?«

»Einiges!« rief der Gelehrte. »Der Sindaco von Olivone hat Ihnen, als er Sie vor dem Nest warnte, doch wohl eine nähere Andeutung gemacht?«

»Kai Wörtle!«

»Dann gibt's nur eine Erklärung: Sie hatten den Prozeß ein Jahr zuvor in den Zeitungen gelesen!«

»Da war ig in Spanien und las kain Schwaizer Blatt. Ig habe es vorher net g'hört, net g'lese.«

Darauf schwieg der Professor – und wir mit.

»Elf Uhr!« rief der Direktor endlich und erhob sich. Wir wünschten einander gute Nacht und gingen auf unsre Zimmer.

Der Professor stieg mit mir die Treppe empor. »In den ›Fliegenden Blättern‹«, sagte er plötzlich, indem er anhielt, ›stand vor einigen Jahren eine merkwürdige Geschichte. Karlchen kommt heim und erzählt, wie ihn der Wind vom Kirchturm heruntergeweht hat, er ist aber unten heil angekommen. Alle Welt zerbricht sich den Kopf, wie das möglich war, bis Tante Rieke endlich das Richtige findet: Karlchen hat wieder einmal gelogen... Nicht war, die Geschichte ist gut?«

»Sehr gut!« erwidere ich lachend.

Aber seltsam – ich konnte doch in der Nacht darauf lange nicht einschlafen...

PAUL HEYSE

Martin, der Streber

Zu den Stammgästen, die sich zweimal wöchentlich am Honoratiorentische des Gasthofs »Zur Blauen Traube« zu versammeln pflegten, war heut ein fremder Gast hinzugekommen, ein ernsthafter junger Herr, der, obwohl er die Mitte der Zwanziger noch nicht überschritten hatte, mit gereifter, auffallend selbstgewisser Würde auftrat und ohne Verlegenheit am Gespräch der älteren Herren teilnahm. Der Stadtpfarrer, ein trefflicher, bei alt und jung beliebter Mann, hatte ihn eingeführt und als seinen Schwestersohn, den Kandidaten N., vorgestellt, der soeben seine Examina rühmlich bestanden habe und gekommen sei, um sich nun auch von dem alten Oheim auf den Zahn fühlen zu lassen. Dieser hatte schon früher mit einigem Familienstolz von dem Neffen gesprochen und des guten Rufes gedacht, den das hoffnungsvolle junge Kirchenlicht um sich verbreitet habe. Nun aber, da der so gut Empfohlene in Person sich eingestellt hatte, war dem jovialen alten Herrn, der sonst den vertrauten Kreis durch seine gute Laune belebte, eine gewisse Verlegenheit anzumerken, die ihn zerstreut und einsilbig machte.

Der Grund blieb nicht lange verborgen.

Das Städtchen, das sonst nicht zu den ansehnlichsten des Landes zählte, hatte das Glück, unter den Männern, die sein leibliches und geistiges Wohl behüteten, wohl ein Dutzend aufgeweckter Köpfe zu besitzen, Leute von klarem Blick und gesunder Lebenserfahrung, mit mancherlei Interessen, die in kleineren Verhältnissen sonst leicht verkümmern. So pflegte denn die Unterhaltung an diesem Stammtische sich nicht, wie anderwärts üblich, nur um Kirchturmsfragen und kleinen Klatsch zu drehen oder in öde Kannegießerei auszuarten. Fast alle Teilnehmer hatten ein Stück Welt durchfahren, ehe sie hier in bescheidenen Ämtern und Berufen vor Anker gingen, und einige witzige Köpfe, der Stadtrichter, der Rentamtmann, der Apotheker, nicht zuletzt der Herr Stadtpfarrer selbst, sorgten dafür, daß den soliden Debatten auch die Würze des Humors nicht fehlte. Wer fremd in diese Gesellschaft eintrat, pflegte den ersten Abend genug mit Zuhören und Lachen zu tun zu haben, um mehr als ein gelegentliches Wort dazwischenzuwerfen.

Der junge geistliche Herr aber schien es als seine Aufgabe zu betrachten, gleich am ersten Abend über seine Gaben und Tugenden und seinen Beruf zum Seelsorgeamt keinen Zweifel bestehen zu lassen.

Der Apotheker hatte ein lustiges Geschichtchen zum besten gegeben. Vor etlichen Tagen war eine Frau zu ihm gekommen mit der Frage, ob er ihr nicht ein Mittel gegen das Träumen zu geben wisse. Sie sei in eine andere Wohnung gezogen und habe gleich am ersten Abend geträumt, sie sei gestorben und in den Sarg gelegt worden, habe aber ihr Bewußtsein behalten. Da seien durchs offene Fenster Bienen hereingeflogen und hätten sich auf ihren Leib gesetzt, so daß sie überall schmerzhafte Stiche empfunden habe, doch ohne sich wehren zu können. Als sie dann aufgewacht, habe sie nur allzu deutlich die Spuren des Traums an ihrer Haut wahrnehmen können. Ähnlich in der nächsten Nacht. Da sei sie aber nicht nur lebend, sondern in solcher Jugend und Schönheit unter einer Schar guter Freundinnen herumgewandelt, daß alle sie voll Neid und Eifersucht angeblickt hätten. Auf einmal sei der ganze Schwarm auf sie eingedrungen, mit Nadeln bewaffnet, die sie ihr ins Fleisch bohrten, um sie aus der Welt zu schaffen. Darüber sei sie denn aufgewacht und habe wiederum die Stichmale deutlich an sich vorgefunden. Ob er ihr nicht dagegen helfen könne.

»Ich blieb ganz ernsthaft«, berichtete der Apotheker, »ließ mir einige der im Traum erhaltenen Wunden zeigen und erklärte dann der guten Dame, dagegen gebe es allerdings ein Mittel, das ich ihr in einer Pulverschachtel vorwies. – Ob sie es in Wasser oder in Oblaten einzunehmen habe? – Es sei nur zu äußerlichem Gebrauch bestimmt. Sie müsse damit vor dem Schlafengehen ihr Bett bestreuen, dann werde sie vor Bienen- und Nadelstichen Ruhe haben.

Vier Tage hörte ich nichts mehr von meiner Träumerin. Endlich erschien sie wieder und erschöpfte sich in Danksagungen. Das Mittel habe prächtig geholfen, nun sei aber leider die Schachtel leer, und sie bitte um eine neue Portion des kostbaren Arcanums.

Ich war jetzt ehrlich genug, zu gestehen, daß die Schachtel nur persisches Insektenpulver enthalten habe, daß ich ihr aber für die Zukunft raten möchte, die neue Wohnung gründlich zu reinigen und alle Möbel untersuchen zu lassen, um die bösen Traumgeister ein für allemal zu vertreiben.«

Man lachte über das Histörchen, und auch der junge Kandidat ließ sich zu einem mitleidig überlegenen Lächeln herab, das mehr der Gesellschaft galt, die sich an einem so billigen Spaß ergötzte, als der Beschränktheit jener Frau. Als dann noch einer und der andere aus seiner Bekanntschaft mit dem geringeren Volke Beispiele von abergläubischen Träumen mitteilte und zuletzt die Bemerkung fiel, Träume kämen nicht immer, wie die gemeine Rede gehe, aus dem Bauch, sondern jeder Teil unseres Körpers könne den Anstoß dazu geben, fühlte sich der Gast gleichsam verpflichtet, dem Gespräch einen höheren Schwung zu verleihen, und äußerte in seiner milden und doch überaus sicheren Art, er habe eine höhere Ansicht von der Natur und dem Wert der Träume als jene materialistische. Für ihn seien sie eine der wertvollsten Bürgschaften für die Göttlichkeit und Unvergänglichkeit der Seele, die sich im Schlaf, von den Störungen der Zeitlichkeit befreit, ihres ewigen Ursprungs erinnere und in Ahnungen und Gesichten den Schleier lüfte, der dem irdischen Menschen das Jenseits verhülle.

Auf diese feierliche Äußerung blieb es in dem befreundeten Kreise stockstill. Nur der Stadtpfarrer hüstelte, als sei ihm der Rauch seiner Zigarre auf die Brust gefallen, und rückte unruhig auf dem Stuhl hin und her. Sein Neffe aber, der dies

Verstummen zu seinen Gunsten auslegte, als ein Zeugnis für den tiefen Eindruck, den seine idealere Anschauung auf diese wackeren, aber etwas vulgären Weltmenschen gemacht, fühlte sich dadurch angeregt, in demselben Tone fortzufahren.

Er erzählte also, daß er schon als Knabe ein Streben nach höherer Erkenntnis gefühlt habe und, wenn er sich recht schmerzlich der Schranken seiner Menschlichkeit bewußt geworden, fast immer durch verheißungsvolle Träume getröstet worden sei. Nun erzählte er einige von diesen mit solcher Geläufigkeit, daß der Verdacht nahe lag, es sei nicht das erste Mal, daß er mit solchen Offenbarungen eine andächtig lauschende Zuhörerschaft erbaute. Zumal vor schwärmerisch gläubigen Frauen und Jungfrauen mußte er damit Glück gemacht haben, da es in diesen fast mit dichterischer Kunst komponierten Nachtgesichten von verklärten Gestalten, Engeln und Erzengeln wimmelte und zum Schluß fast immer der ganze Himmel in glänzender bengalischer Beleuchtung aufflammte. Besonders rührend und wirkungsvoll stellten sich die ehrwürdigen abgeschiedenen Seelen seiner Eltern dar. Er hatte sie nur als Kind gekannt, aber sie waren mit ihm geistig verbunden geblieben, und seine gute Mutter nahm die Gelegenheit wahr, dem einzigen Sohn allerhand weise Lehren und einen Vorgeschmack jener höheren Erkenntnisse zu geben, nach denen den jungen Theologen so begierig verlangte. Beim Erwachen freilich war dieser Teil der übersinnlichen Erlebnisse seinem Gedächtnis wieder entschwunden. Der irdische Geist faßt ja nicht, was höher ist als alle Vernunft. Nur ein Nachgefühl überschwenglicher Seligkeit verbürgte ihm, daß solche Träume mehr als Schäume waren.

Er hatte sich bei der Schilderung jener himmlischen Erscheinungen so in Eifer geredet, daß sein hübsches, rosiges Gesicht glühte und seine Vergißmeinnicht-Augen leuchteten. Den weiblichen Mitgliedern seiner Gemeinde mußte er in solch erhöhter Stimmung unwiderstehlich erscheinen. Hier aber, am Tisch der Männer, begegnete er einem hartnäckigen

Stillschweigen, das ihm selbst auf die Länge nicht ganz geheuer vorkam. Auch sah er um den Mund des Apothekers ein paar verdächtige ironische Blitze zucken und den Rentamtmann, der vorhin alle Träume aus dem Nachtessen hergeleitet hatte, die breiten Schultern in die Höhe ziehen und den Kopf hin und her wiegen, wobei er ein wunderliches Knurren hören ließ, wie eine große Dogge, der man ein ihr nicht zusagendes Futter in den Trog geschüttet hat.

Um einer zweifelsüchtigen Kritik seiner erbaulichen Mitteilungen zuvorzukommen, was er bisher noch niemals nötig gehabt hatte, wandte der sonderbare junge Schwärmer sich an seinen Nebenmann zur Linken und sagte: »Haben Sie niemals ähnliche nächtliche Offenbarungen erlebt, Herr Stadtrichter? Mag auch mein Beruf mich besonders dafür begabt und empfänglich machen, ich sollte doch meinen, niemand, selbst nicht dem Ungläubigsten, könne die Gnade einer solchen Erleuchtung völlig versagt sein.«

»Zu meinem Bedauern, werter Herr«, versetzte der Angeredete, »muß ich gestehen, daß ich überhaupt niemals träume. Oder vielmehr ohne Bedauern, zu meiner Beruhigung. Denn da nach Ihrer Vorstellung ein jeder die Sorgen und Freuden seines Berufes auch in seinen nächtlichen Seelenzustand mit hinübernimmt – was würde für mich verstaubten Aktenmenschen dabei herauskommen, als daß ich mich auch im Traum mit all den leidigen Dingen, Verbrechen und sonstigen Menschlichkeiten herumschlagen müßte, die mir über Tag in meinem richterlichen Geschäft zu schaffen machen. Mir würden höchstens abgeschiedene Spitzbuben, Brandstifter und Raubmörder begegnen, die mir schwerlich einen Blick in höhere Erkenntnisse öffneten, zumal sie, wie es heißt, nicht in die oberen Regionen übersiedeln, sondern an einem gewissen niederen Ort ihre irdische Strafzeit fortsetzen. Aber wenn Sie mich darum für einen Ungläubigen halten möchten, wären Sie sehr im Irrtum. Auch mir, mein werter Herr Kandidat, ist einmal eine – wie Sie es nannten – nächtliche Offenbarung zuteil geworden, und ich habe lange darüber nachgegrübelt, was es damit für eine Bewandtnis gehabt haben möge. Wenn die Herren nichts dagegen haben, möchte ich das seltsame Abenteuer Ihnen mitteilen.«

Alle am Tisch gaben eifrig ihre Zustimmung zu erkennen. Einige stießen einander an und warfen sich heimlich vergnügte Blicke zu. Denn der Sprecher war wegen seines sarkastischen Humors und seiner Kunst zu erzählen bekannt, und man hoffte, er werde dem hochtönenden Neuling eine kleine Lektion erteilen und die Gesellschaft an ihm rächen für die Langeweile, die sie während seiner himmlischen Phantasien erduldet hatte.

Der Stadtrichter aber blickte mit sehr ernsthafter Miene vor sich hin, tat ein paar kräftige Züge aus seiner Meerschaumpfeife und begann.

Diese Geschichte is lögenhaft to vertellen, aber wahr is se doch, denn wie künnt man se sonst vertellen? Ich muß diese Einleitung zu der berühmten Geschichte vom Swinegel der meinigen vorausschicken, weil man sich vielleicht wundern möchte, dergleichen von mir zu hören, der ich schon von Amts wegen verpflichtet bin, allen rätselhaften Vorgängen auf den Grund zu gehen und selbst dem Augenschein nicht zu trauen, wenn die Sache sonstigen allgemeingültigen Naturgesetzen zu widersprechen scheint.

Diesmal aber konnte ich leider kein Zeugenverhör anstellen, denn der einzige Zeuge war ich selber.

Was ich als solcher erlebte, war folgendes.

Sie müssen wissen, Herr Kandidat, daß ich in einem sehr kleinen Landstädtchen geboren bin, in welchem mein Vater Bürgermeister war. Meine Freunde sagen mir nach, ich geriete jedesmal in eine lyrische Aufregung, wenn auf meinen Geburtsort die Rede komme. Ich leugne diese Schwäche nicht, teile sie aber mit all meinen Landsleuten und bin überzeugt, wer je Gelegenheit hatte, das unscheinbare Nest, das aber in der malerischen Wald- und Hügellandschaft liegt, von Angesicht kennenzulernen, wird unserm hochgesteigerten Lokalpatriotismus wenigstens mildernde Umstände zuerkennen. Sind wir unter uns, so lassen wir unsern Gefühlen den Zügel schießen und sehen mitleidig auf die nächstgelegenen größeren Städte herab. Daß einer aus unserer Mitte sich »draußen im Reich« auf die Länge wohl fühle, ohne wenigstens von Zeit zu Zeit einmal wieder nachzusehen, ob unsere Wälder noch so grün, unser Kirchturm noch so grau ist, wie in seiner Jugendzeit, ist nicht denkbar. Auch heiratet selten ein Stadtkind eine »Fremde«, und wenn ich für meine Person eine Ausnahme gemacht habe – aber das gehört nicht hierher.

Mein eigener Vater hatte »draußen« ein Jahr lang Jura studiert, war dann aber durch die Erinnerung an eine Schülerliebe wieder nach Hause gelockt worden und, um früher seinen eigenen Herd zu gründen, in das Geschäft eines Oheims eingetreten.

Mit der Zeit hatte er sich emporgebracht und endlich, da er doch einen Anflug von Rechtsgelehrsamkeit hatte, die Bürgermeisterstelle erlangt.

Der Stolz unseres Städtchens war das Landgericht. Sonst besaßen wir von öffentlichen Institutionen nur noch eine treffliche Feuerwehr, eine musterhafte Armenanstalt und die Bürgerschule, die ihre Zöglinge bis zur Tertia des Gymnasiums heranbildete. Es verstand sich von selbst, daß ich sie erst absolvieren sollte, um später mich anderswo für das Universitätsstudium vorzubereiten, denn der Sohn meines Vaters sollte gleichfalls die juristische Laufbahn betreten, nur nicht, wie dieser, auf halbem Wege wieder umkehren.

An diese spätere Zeit dachte ich mit stillem Grauen, weil sie mich von meiner lieben Heimat trennen würde. Desto begieriger genoß ich alle Freuden der Gegenwart, und da wir auf der Schule von der jetzt so viel beschrienen Überbürdung noch nichts verspürten, hatte ich Muße genug, mit gleichgesinnten Schulkameraden in der Umgegend herumzustreifen, wo jeder Busch und Baum, jeder Bach und Wiesenfleck uns bekannt war.

Einer war unter uns, der Sohn einer Kaufmannswitwe, der an diesen wilden Knabenlustbarkeiten fast nie sich beteiligte. Er hieß Martin Röseler, wir nannten ihn aber Martin, den Streber, oder auch nur Streber schlechtweg. Den Spitznamen hatte er sich zugezogen, da er, wenn wir ihn von seinen Büchern und Heften weglocken wollten, sich damit zu entschuldigen pflegte, er habe keine Zeit zum Spielen, das Streben nach dem Höheren gehe vor.

Das klingt nun sehr pedantisch für einen zwölf- oder dreizehnjährigen Schulbuben. Auch wurde er unbarmherzig damit aufgezogen und für einen Philister und Duckmäuser erklärt. Wer ihn aber genauer betrachtete, wie seine sinnigen Augen bei irgendeiner schönen Dichterstelle leuchteten oder der hübsche rote Mund sich zusammenpreßte, wenn es galt, eine schwere Frage zu beantworten, als habe er eine harte Nuß zu knacken, dem mußte er nicht als ein weibischer Stubenhocker erscheinen, sondern als ein nachdenklicher Träumer, in dem einmal ein geisteskräftiger Mann erwachen würde.

Mich hatte er von früh an für sich gewonnen, und wir wurden die besten Freunde. Nur ihm hatte ich es zu danken, daß ich nicht ganz und gar verwilderte, sondern bei all meinem Leichtsinn auch in der Schule gut fortkam, denn heimlich hatte ich einen ungeheuren Respekt vor ihm, wie er an den schwersten und heikelsten Rätseln herumgrübelte und schon lange vor der Konfirmation mit den Mysterien des Glaubens sich zu schaffen machte. Das Was stand ihm fest, über das Wie zerbrach er sich rastlos den Kopf. Am liebsten wäre er Theologe geworden, da er dachte, das Studium der Gottesgelehrtheit werde ihm all seine Zweifel lösen. Dazu aber reichten die Mittel seiner alten Mutter nicht aus. Alles, was sie für ihn tun konnte, war, ihn in ein Lehrerseminar zu schicken, wo eine Freistelle offen war. Und so trennten wir uns zu der gleichen Zeit von den Unseren und der Heimat. Ich kam hierher aufs Gymnasium, er in das näher gelegene L***, wo er seinen mehrjährigen Kursus durchmachen sollte, um dann – hoffentlich – in seiner Vaterstadt eine bescheidene Anstellung zu finden.

Bei ein paar Ferienbesuchen, die ich zu Hause machte, traf ich den guten Streber, da ihm zum Reisen die Mittel fehlten, nicht an. Unser Briefwechsel, der in der ersten Zeit ziemlich lebhaft und von seiner Seite ausführlich gewesen war, schlief durch meine Schuld nach und nach ein, und während meiner Universitätsjahre hörte ich nur dann und wann von ihm, da er auch nach der Rückkehr aus dem Seminar sein eingezogenes Leben fortsetzte und sich bei meinen Eltern nicht blicken ließ.

Ich aber, sobald ich das erste Examen hinter mir hatte und nun nach Hause kam, um eine Weile als Praktikant an dem heimatlichen Landgericht zu arbeiten, ich hatte nichts Eiligeres zu tun, als den alten Schulfreund wieder aufzusuchen. Über die Beschämung, daß ich ihm so lange nicht geschrieben hatte, half mir sein herzlicher Empfang hinweg. Er begrüßte mich, als ob wir uns gestern erst getrennt hätten, und wirklich fand ich ihn auch ganz, wie er mir im Gedächtnis gestanden hatte, mit dem alten sinnigen Knabenblick und dem ernsten Zug um den Mund, äußerlich freilich herangereift, eine hübsche, schlanke Jünglingsfigur. Seit einem Jahre bekleidete er eine Hilfslehrerstelle an unserer Stadtschule, mit einem bettelhaften Gehalt, über das er sich aber nicht beklagte. Wir tauschten unsere Erlebnisse aus. Die seinen bestanden in nichts anderem als in einem ansehnlichen Zuwachs seiner Kenntnisse, und – setzte er mit einem verschämten Lächeln hinzu – »in letzter Zeit habe ich eine Bekanntschaft gemacht, eine Bekanntschaft, von der ich eine neue Epoche in meinem Leben datiere«.

Ich war darauf gefaßt, von einer rührend bescheidenen Liebschaft zu hören. Da ich aber nach dem Namen des Mädchens fragte, schüttelte er lachend den Kopf – denn er konnte auf seine Manier auch ganz lustig sein – und gestand mir, daß es sich nur um die Bekanntschaft mit Schopenhauers Werken handle.

Dann aber wurde er gleich wieder ernst, ja fast traurig. »Siehst du«, sagte er, »es ist wirklich so etwas, wie du vermutet hast, ein Zustand, wie er bei Liebenden stattfinden soll, die bald himmelhoch jauchzen, bald zu Tode betrübt sind. Du weißt, daß ich immer nach höherer Erkenntnis gestrebt habe – aus dem Übernamen, den ihr mir deshalb gegeben, mache ich mir einen Ehrennamen, wie einstmals die Geusen –, und nun dachte ich, als ich auf dieses Goldbergwerk tiefsinniger Gedanken stieß, das der merkwürdige Mann vor uns aufgedeckt hat, ich würde auf einmal reich werden und sorgenfrei leben können. Darin hatte ich mich sehr getäuscht. Wenn ich ihm eine Weile gefolgt bin und glaube, sicher in seinen Fußstapfen wandeln zu können, entschwindet er mir plötzlich, und ich weiß nicht aus noch ein. Ein Glück, daß auch er, wie unsere Kirche, eine Unsterblichkeit verheißt; da werden wir doch das Weltgeheimnis mit helleren Augen anschauen. Hier unten freilich komm ich mir manchmal vor wie der große Kondor, den ich in einer Menagerie gesehen habe. Er stierte in seinem Käfig gewöhnlich mit halb erstaunten, halb traurigen Augen vor sich hin. Plötzlich hob und schwang er seine starken Fänge, als wollte er aus dem niederen Kerker hinaus in die höchsten Lüfte steigen. Er stieß sich aber nur den Kopf an der hölzernen Decke und knickte wieder zusammen mit einem scharfen Wehlaut, der mir in die Seele schnitt. Nun, unser Käfig wird ja einmal geöffnet werden, und dann – dann excelsior!«

Ich war damals in betreff der Fortdauer nach dem Tode sehr skeptisch geworden und hielt mit meinen Zweifeln nicht zurück. Da aber kam ich nicht gegen ihn auf. Er hatte diese Materie nach allen Richtungen gründlich studiert, demonstrierte mir die Leibnizsche Lehre von der unteilbaren, unzerstörbaren Monade, die wir unsere Seele nannten, von der Verpflichtung der Gottheit, wenn wir uns auf Erden redlich fortentwickelt, nach diesem Leben uns einen Tummelplatz zu neuem Wirken und Lernen anzuweisen, was ja auch Goethe, der alte Heide, gegen Eckermann zuversichtlich ausgesprochen habe, und auch die Fäden der Liebe, die hienieden abgerissen, müßten einmal wieder angeknüpft und in einem höheren Lichte fortgesponnen werden.

»Nun«, sagte ich, »mir soll's recht sein. Nur verlange nicht, daß ich mir eine feste Hoffnung darauf mache. Ich muß immer an jenen denken, der erklärte, er glaube nicht an Unsterblichkeit; denn wenn es hernach nichts damit wäre, würde er sich ärgern, so lange umsonst daran geglaubt zu haben.«

Er war so wenig Pedant, daß er selbst über diesen alten Scherz zu lachen vermochte. Überhaupt rührte sich in ihm, da er jetzt vierundzwanzig Jahre alt war, neben seinem geistigen Dichten und Trachten ein Trieb nach heiterem Lebensgenuß, den er nun freilich als ein armer Magister, der eine alte Mutter zu ernähren hatte, nicht befriedigen konnte. Neben seinem Schulamt gab er eine Menge Privatstunden, die aber auch nur kärglich honoriert wurden. Was er einnahm, brachte er der alten Frau. Sie war mit den Jahren geizig geworden und gönnte dem erwachsenen Sohn nur ein schmales Taschengeld.

An den vielfachen Vergnügungen, die man im Städtchen veranstaltete, um die jungen Leute beiderlei Geschlechts zueinander zu bringen, nahm er nur selten teil, hielt sich auch dann in schüchterner Entfernung, da er nicht tanzte. Doch sah ich es an den großen, glänzenden Augen, mit denen er diese oder jene junge Ballschönheit verfolgte, daß sein Blut so jung und feurig pulsierte, wie das der gedankenlosesten unserer Altersgenossen, denen das Streben nach höherer Erkenntnis nie eine schlaflose Stunde gekostet hatte.

Drei Jahre blieb ich in seiner Nähe, drei sehr erquickliche Jahre, in denen wir uns täglich sahen und ich noch miterlebte, wie auch eine andere Bekanntschaft als die des alten Frankfurter Philosophen »in seinem Leben Epoche machte«. Das junge Wesen, um das sich's dabei handelte, war freilich der gerade Widerpart jenes großen Denkers, ein reines Stück Natur, aber der alten Mutter in einer ihrer glücklichsten Stunden vom Schoß geglitten. Blutjung war das Mädel, als mein Freund sein zuerst ansichtig wurde, nicht über sechzehn, natürlich ein Nachbarskind, das über Nacht die Kinderschuhe vertreten hatte und zum erstenmal an einer großen Landpartie der ganzen Stadtjugend teilnahm. Sehr geputzt war es eben nicht, die Eltern waren kleine Leute. Aber mit dem frisch gebügelten Sommerfähnchen, dem alten Strohhut mit blauem Bande und seinen wundervollen braunen Augen konnte sich's neben den stolzesten Honoratiorentöchtern sehen lassen. Freund Martin war zufällig von der Partie, da sie ohne große Kosten verlaufen sollte. Kaum erblickte er die junge Nachbarin, so war es um ihn geschehen, für diesen und alle folgenden Tage. Doch zu einer Annäherung kam es noch nicht.

Nur am anderen Morgen gestand er mir, es sei ihm völlig klargeworden, daß dieses Thildchen, wie sie gerufen wurde, die ihm vom Himmel bestimmte Lebensgefährtin sei. Ich staunte ein wenig, woher ihm diese überirdische Erleuchtung gekommen, zumal er noch kein Wort mit seiner Erkorenen gesprochen hatte. Er war aber in einem Zustande so seliger Trunkenheit, daß ich ihn mit meiner nüchternen Vernunft nicht behelligen mochte.

Bald darauf mußte ich ihn verlassen, mein Staatsexamen zu machen. Ich wurde dann gleich hier, wo ich, wenn es die Heimat nicht sein sollte, am liebsten blieb, am Stadtgericht beschäftigt, lernte meine künftige Frau kennen und bürgerte mich dadurch so fest ein, daß ich mehrere Jahre selbst zu flüchtigen Besuchen bei den Meinigen keine Zeit fand.

Erst der Tod meines Vaters rief mich wieder nach Hause zurück. Ich war nicht in der Stimmung, mich viel mit alten Freunden und Bekannten abzugeben. Nur meinen guten Streber besuchte ich. Ich fand einen ganz verwandelten Menschen. Zwischen ihm und seiner ersten Liebe war es richtig geworden, Martins alte Mutter inzwischen gestorben, er konnte nun daran denken, einen eigenen Hausstand zu gründen, und schon über sechs Wochen sollte gehochzeitet werden. Die dringende Einladung dazu mußte ich ablehnen. Ich sah aber das Brautpaar zusammen und gewann die Überzeugung, daß mein guter Martin gerade die gefunden hatte, die ihm geben würde, was ihm während seiner dürftigen Jugend gefehlt hatte. »Wie gefällt sie dir?« fragte er mich mit einem glückseligen Gesicht, das die Antwort vorwegnahm. »Nun«, sagte ich, »zu einer Streberin wirst du dein Frauchen schwerlich erziehen, dafür wird sie dir zu gewissen anderen höheren Erkenntnissen verhelfen, die auch nicht zu verachten sind, und dir mit ihrer kleinen Hand die Stirne glätten, wenn die sich vor unfruchtbarem Spintisieren über das Weltgeheimnis in gar zu häßliche Falten legt.«

Er lachte. Zumal ich ihm den Vers aus der Zauberflöte zitierte:

Mann und Weib und Weib und Mann
reichen an die Gottheit an.

»Dies Eritis sicut Deus ist mir zwar etwas zweifelhaft«, sagte er. »Aber wenn ich auch nicht mit meinem Thildchen philosophieren werde, neben ihr werd ich's doch wohl nicht lassen können, und sie wird mich so wenig darin stören wie meinen großen Namensvetter – er meinte den Doktor Martinus – seine Käthe im Weiterforschen nach den Geheimnissen des Glaubens.«

Dann schrieb er mir noch ein paarmal als junger Ehemann, und wieder kam unsere Korrespondenz, da ich ein fauler Antworter bin, ins Stocken. Mein Amt nahm mich zu sehr in Anspruch und in den Mußestunden meine eigenen Familienfreuden. Von den seinen erfuhr ich nur, daß ihm seine kleine Frau einen Knaben geboren hatte. Der glückstrahlende Brief, in welchem er mir das meldete, und meine Gratulation waren die letzten Lebenszeichen, die wir austauschten. Und da ich sonst in meiner Vaterstadt keine Verwandten mehr hatte und mit anderen Korrespondenten nicht säuberlicher verfahren war als mit meinem alten Spezial, hörte ich von dem, was sich bei mir zu Hause zutrug, so gut wie nichts mehr. Denn in die Weltgeschichte griff das gute alte Nest nicht ein, und sein Name wurde in den Zeitungen nie genannt.

Das ertrug ich trotz meines lebhaften Heimatgefühls etliche Jahre, vier oder fünf, dann aber überfiel mich eines Tages die Nostalgie mit solcher Macht, daß ich mir mitten im Jahre, ohne die Gerichtsferien abzuwarten, eine Woche Urlaub nahm, um einmal wieder die Luft meiner Jugend zu atmen.

Ich hatte mich nicht angemeldet und freute mich darauf, auch meinen guten Martin zu überraschen. Auf der letzten Station vor meinem Reiseziel verließ ich die Eisenbahn. Ich wollte die zwei kleinen Meilen, die mich noch von der geliebten Stätte, wo meine Wiege gestanden, trennnten, in behaglichem Schlendern zurücklegen. Es war schönes Wanderwetter, die Hitze des Tages verging in dem sanften Abendwind, die Gegend, die ich so gut kannte, zeigte sich in all ihren Reizen unter der günstigsten Beleuchtung, erst des Abendrots, dann des halben Monds, über den leichte Streifwolken hinzogen. So übereilte ich mich gar nicht, rastete, je näher ich dem Städtchen kam, immer häufiger an dieser und jener Stelle, die mir lustige Erinnerungen weckte, verirrte mich sogar einige Male, da in den Ansiedelungen sich manches geändert hatte, und brauchte reichlich vier Stunden zu einem Wege, den ich sonst in weniger als zweien zurückgelegt hatte.

Als ich dann endlich aus dem letzten Wäldchen heraustrat und über Felder und Wiesen die Türme und Dächer des kleinen Orts in die duftige Mondhelle hinaufragen sah, fühlte ich mich einigermaßen ermattet. Am Waldesrande stand ein Bänkchen, mir wohlbekannt. Da ließ ich mich nieder, um einen Augenblick zu ruhen und das hübsche Bild wieder einmal in mich aufzunehmen. Es mag aber wohl nicht lange gedauert haben, da fielen mir die Augen zu und taten sich erst wieder auf, als ich vom Turm der Kirche die späte Stunde schlagen hörte – zehn, elf oder gar zwölf Schläge, ich hatte nicht genau folgen können, jedenfalls war's hohe Zeit, das Nachtquartier aufzusuchen. Denn man pflegte auch in unserm ersten Gasthof früh zu Bett zu gehen.

Wie ich mich nun aufrichte und meine Schritte beschleunige, seh ich nicht weit von mir, auf dem Wiesenwege, der neben der Fahrstraße dem Tor zuläuft, eine dunkle Gestalt, die sich in derselben Richtung fortbewegt: ein schlanker, schwarzgekleideter Mann, dessen lange Rockschöße zwischen den hohen Schafgarben und anderen Unkräutern wunderlich hin und her wehten, während der Kopf, der unbedeckt war, weit zurück im Nacken saß, als ob der Wanderer gespannt die Sterne observierte.

Nicht zwei Minuten konnte ich im Zweifel bleiben, wen ich vor mir hatte, sosehr mich's wunderte, zu dieser nachtschlafenden Zeit ihn hier draußen anzutreffen. Zugleich überkam mich eine lebhafte Freude, wie schön der Zufall es gefügt hatte, daß ich den alten Freund heute noch und in so traulicher Nachtstille wiedersehen sollte.

»Martin!« rief ich. »Bist du's wirklich. Was in aller Welt hat ein zärtlicher Gatte und Vater um Mitternacht hier draußen zu suchen?«

Er war bei meinen ersten Worten stillgestanden und wandte sich nach mir um, als ob er seinen Ohren nicht traute. »Du bist's?« sagte er kaum hörbar. »Guten Abend, Wilhelm!« – Seine Stimme klang fremd und wie halb erloschen; über sein Antlitz flog nur einen Augenblick ein leiser Schimmer, dann wurde es wieder düster, und die Augen senkten sich zu Boden, als wär's ihm peinlich, mir offen ins Gesicht zu sehen. Auch wunderte mich's, daß er mir nicht wie sonst, wenn wir uns längere Zeit nicht gesehen hatten, beide Hände entgegenstreckte. Das machte auch mich befangen. Statt ihn zu umarmen, trat ich nur nahe zu ihm hin und betrachtete ihn mit bekümmerter Teilnahme.

»Wie siehst du denn aus, mein Alter?« sagte ich. »Es scheint dir seither nicht zum besten gegangen zu sein, trotz deines häuslichen Glücks. Dein Gesicht ist schmal geworden, dein Näschen so dünn, daß man fast die Sterne durchschimmern sehen kann. Und nun läufst du ohne Hut in der Nachtluft herum und kannst dir unter dem starken Tau den schönsten Rheumatismus zuziehen. Laß uns nur geschwind zur Stadt zurückgehen, du erzählst mir im Gehen, wie das so mit dir gekommen ist.«

Ich wollte ihn unterfassen, aber er wich mir mit einer ängstlichen, nicht gerade unhöflichen, aber sonderbar fremden Gebärde aus und wandelte mit seinen langen Schritten neben mir hin durch das Gras. »Du hast ganz recht gesehen«, sagte er, nachdem wir beide ein wenig verstummt waren, »es geht mir auch nicht zum besten. Obwohl es eigentlich undankbar ist zu klagen. Sie haben's gewiß gut mit mir gemeint. Ich bin ja befördert worden.«

»Befördert?« rief ich. »Aber davon höre ich ja das erste Wort. Bist du zum Rektor avanciert und hast dich in deiner neuen Stellung überarbeitet, daß du so heruntergekommen aussiehst?«

Er schüttelte leise den Kopf, immer mit dem tiefsinnig wehmütigen Ausdruck.

»Nein, Wilhelm«, sagte er, »so ist's nicht. Ich bin gar nicht mehr in unserer Schule. Sie haben wohl Rücksicht darauf genommen, daß ich mir immer an den Schranken meiner Erkenntnis die Stirne wund stieß, und mir einen Gefallen zu tun gedacht, wenn sie mich in eine höhere Bildungsanstalt versetzten. Da bin ich nun schon eine ganze Weile, habe nichts zu tun, als mich selbst in die Schule zu nehmen, auch sonst könnt ich sorgenfrei leben, wenn nur nicht –«

Er brach plötzlich ab und sah wieder zu den Sternen hinauf. Der Mond stand hinter einer grauen Wolke.

»Ich verstehe kein Wort von dem, was du mir da erzählst, Martin«, sagte ich. »Was ist das für eine höhere Bildungsanstalt? Hat dir das Ministerium etwa ein paar Jahre Urlaub gegeben, um noch auf eine Universität zu gehen? Und was soll nun in Zukunft daraus werden?«

»Wenn ich das selbst wüßte!« erwiderte er mit einem Seufzer. »Das ist es ja eben, daß niemand mir das sagen kann, auch da nicht, wo ich mich jetzt befinde und wo man sonst so vieles weiß. Das traurigste ist, daß ich eingesehen habe, mit dem guten Willen, zu begreifen, was einem offenbart wird, sei es nicht getan. Das ›Ding an sich‹ kann einem noch so dicht auf den Leib rücken, man hat nicht die Organe, es anzupakken und festzuhalten. Wie sollte man das auch können? So lange man man sein bißchen Persönlichkeit behält, ist man ein begrenztes Wesen. Wenn ein solches in den Abgrund des Unbegrenzten, des Absoluten blickt, gehen ihm höchstens die Augen über, doch nicht auf, und am Ende kann es noch blind darüber werden, so daß es selbst für die niederen Erkenntnisse nicht mehr taugt. Das ist traurig.«

Dann, nach einer Pause: »Entsinnst du dich noch, Wilhelm, daß ich dir einmal von dem Kondor erzählt habe, der sich in seinem Käfig den Kopf an der Holzdecke blutig stieß, sooft er seine Flügel dehnen wollte? Ein solcher Gefangener ist noch besser daran als unsereins. Unser Käfig ist mit uns selber verwachsen. Auch wenn die Seele nicht mehr an der harten Schädeldecke des Gehirns sich Beulen stößt – sie selbst ist eingekerkert in ihrer Unteilbarkeit und Unzerstörbarkeit, aus der sie nicht heraus kann. So eine arme Strebermonade ist dann übler daran als genügsamere, die sich nichts Besseres wünschen, als sich die liebe Sonne wenigstens aufs Dach scheinen zu lassen, da Monaden bekanntlich keine Fenster haben.«

Ich hatte ihm mit immer wachsendem Erstaunen zugehört. »Bist du nun auch dahintergekommen, alter Freund«, rief ich, »daß die Bäume der Erkenntnis nicht in den Himmel wachsen? Nun, wenigstens wird es deiner lieben Frau und dem Buben zugute kommen, wenn du auf das Spekulieren hinfort verzichtest und die Metaphysik denen überlässest, die Metier davon machen.«

Er blieb stehen und senkte den Kopf mit einer tiefschmerzlichen Gebärde auf die Brust.

»Meine Frau?« flüsterte er, und seine Stimme klang noch heiserer. »Von der bin ich ja getrennt.«

»Wie?« rief ich. »Sie haben dir nicht erlaubt, die süße kleine Person in deine höhere Bildungsanstalt mitzunehmen? Etwa bloß, weil sie keine metaphysischen Anlagen hatte? Oder seid ihr gar –«

Ich konnte den Satz nicht vollenden. Es schien mir zu ungeheuerlich, daß diese Ehe, die ich so recht im Himmel geschlossen glaubte, auf Erden nicht Bestand haben sollte, daß die junge Frau am Ende gar etwas verschuldet haben könnte, was diesen liebevollsten aller Gatten genötigt hätte, von ihr zu gehen.

»Ja«, fuhr er fort, »es ist wirklich so, man hat uns geschieden. Warum es nötig war? Ich weiß es nicht. Keins von uns hat etwas verschuldet, was eine so grausame Maßregel in meinen Augen rechtfertigen könnte. Aber gegen solche höheren Ratschlüsse gibt es keine Appellation. Es ist noch anderen meiner jetzigen Kollegen nicht besser ergangen. Viele aber ertragen es leichter, weil sie vorher nicht so glücklich waren.

Ich dagegen – du kennst mich ja und kennst auch sie –, nein, das doch nicht. Ich selbst habe erst in der Ehe erfahren, was für einen Schatz ich an ihr besaß. Und mein Junge, mein prächtiger, kleiner Junge –! Oh, es ist bitter, und darüber würden auch ganz andere geistige Freuden und ungeahnte Erleuchtungen nicht hinweghelfen. Drei Jahre hab ich sie besessen, gerade lange genug, um zu erkennen, wie recht du hattest, mich an den Vers zu erinnern: Mann und Weib und Weib und Mann! – Wenn eine irdische Monade überhaupt so vermessen sein kann, von Gottähnlichkeit zu reden, hier ist sie oder nirgends, und es wird ihr auch gar nicht bange davor. Was darüber ist, ist vom Übel, wenn es nicht überhaupt der bare Unsinn ist.«

Ich konnte, da ich ihn mit fast wilder Desperation dies und noch anderes in demselben Ton vor sich hin reden hörte, lange keine Worte finden, ihm mein schmerzliches Mitgefühl auszusprechen. Auch grübelte ich ratlos über den Sinn mancher seiner Äußerungen und war doch zu diskret, ihn geradzu zu befragen, da ich einen trübseligen Eheroman hinter der abgerissenen Beichte witterte.

Endlich, als er erschöpft verstummte, kam ich mit der Frage heraus, was ihn denn bewogen habe, diese Gegend wieder aufzusuchen, wo er so Trauriges erlebt. Da nickte er mit dem Kopf und hauchte: »Du hast sehr recht, es ist auch eine Torheit, aber es ist stärker als ich. Das gescheiteste wäre, mich in das Unabänderliche zu ergeben. Mein Gott, man hat ja auch in meiner jetzigen Lage noch manche Freuden und stille Genugtuung, wenn wieder ein dunkler Punkt sich lichtet und eifriges Streben eine kleine Strecke weiter hinaufführt. Die meisten meiner Kollegen sind auch ganz zufrieden damit, und einige dünken sich wunder wie groß, wenn sie den Schleier, der das Weltgeheimnis deckt, wieder um einen halben Zoll gelüftet haben. Die haben eben nicht so viel zu Hause zurückgelassen wie ich. Und so kann ich mir nicht helfen: obwohl ich weiß, daß ich mir den Stachel nur tiefer ins Herz drücke, wenn ich wieder einmal das Verlorene mit Augen sehe – es reißt mich wie mit Stricken zurück, ich frage gar nicht danach, was die Oberen dazu für Augen machen mögen, wenn ich ohne Urlaub fortrenne, aber her muß ich, und sollt ich hernach zur Strafe in ein dunkles Loch gesperrt werden, wo ich tage- und wochenlang, vom Licht getrennt, hungern und dursten müßte nach dem Brote der Wahrheit und dem Quell der Erkenntnis.«

Indem er dies sagte, schlug er einen Seitenpfad ein, der vom Stadttor ablenkte und auf ein schattiges Wäldchen zuführte. Dieses zog sich eine kleine Anhöhe hinan und war im Sommer ein beliebter Tummelplatz besserer Familien. Denn in dem Försterhause dort, das zwar keine eigentliche Gastwirtschaft ausübte, wurden Getränke verabreicht, an denen man im Schatten hoher Eichen und Linden sich erfrischen konnte.

»Wohin führst du mich?« fragte ich höchlich erstaunt.

Er gab aber keine Antwort, sondern wandelte mit immer hastigeren Schritten mir voran.

Der Mond war aus den Streifwolken herausgetreten und warf seine Strahlen so kräftig durch die Baumwipfel, daß, wo sie hinfielen, jeder Kiesel und Grashalm deutlich zu erkennen war. Die Vorderseite des Hauses lag im Schatten. Der verstummte Freund aber eilte daran vorbei und machte erst an dem niedrigen Zaune halt, der das Blumengärtchen an der Rückseite des Hauses von dem freien Waldrevier abgrenzte. Zwei große Hunde hatten dort geschlagen und fuhren mit wütendem Gebell gegen die Latten des Zauns, als sie uns kommen hörten. Sie machten Anstalten, hinüberzusetzen und uns anzufallen. Martin aber trat dicht an sie heran und bewegte wie grüßend die rechte Hand gegen sie. Da wurden sie plötzlich kleinlaut. Ich sah, wie ihr Fell sich sträubte und beide mit eingezogenem Schweif, zitternd und winselnd nach dem Hause zurückkrochen. Da blieben sie zusammengeduckt liegen, auch als wir durch die nur angelehnte Gittertür eintraten.

Hier unter den Blumenbeeten war's taghell. Martin aber hielt sich nicht dabei auf, etwa aus Rosen, Levkojen und Reseda ein Sträußchen zu pflücken zur Erinnerung. Er schritt geradewegs auf ein Fenster zu, dessen Flügel hinter den Gitterstäben halb offenstanden, die Nachtkühle hereinzulassen. Ein dünner weißer Vorhang, der in der Mitte auseinanderging, ließ einen Teil des Zimmers überschauen. Mein Freund aber stellte sich so dicht davor, daß ich nur über seine Schulter hineinblicken konnte.

Da sah ich in dem weißen Viereck, das der Mond ins Innere strahlte, das Fußende eines Bettes, daneben eine Wiege. Das Kind, das darin lag, mochte von dem Bellen der Hunde aufgeschreckt worden sein, es focht mit den Ärmchen um sich her und fing an zu weinen. Sofort erhob sich in dem Bette neben ihm eine junge weibliche Gestalt, setzte sich aufrecht in die Kissen und langte sich das Würmchen herüber. Dann öffnete sie ihr Nachtjäckchen und legte das Kind an die volle Brust, über die der Mond hinspielte, während das Gesicht im Schatten blieb. Das Kind ließ aber, nachdem es ein Weilchen getrunken, den kleinen Kopf zurücksinken und setzte sein Schreien fort. Da schwang sich die Mutter mit ihm vom Lager herab und trug es nun mit halblautem Singsang das Zimmer auf und ab, bis es sich beruhigte. Nun trat auch ihr Gesicht zuweilen aus dem Schatten hervor, gar lieblich mit den halb verschlafenen, halb zärtlichen Augen unter dem weißen Nachthäubchen, während die bloßen Füße sacht über die blanken Dielen schritten. »Herrgott«, sagte ich unwillkürlich vor mich hin, »das ist ja –«

Über die Gestalt des Freundes vor mir lief es wie ein zukkender Schmerz. Er trat plötzlich zurück, da die Frau sich dem Fenster näherte, um es zu schließen. »Jawohl«, flüsterte er, »das ist sie, meine Thilde, nicht mehr meine! Ist sie nicht noch schöner geworden? Und sieht sie aus, als ob sie nicht glücklich wäre, als ob ihr irgend etwas fehlte, ich zum Beispiel? Und das soll einem nicht das Herz abdrücken!«

Das junge Weib hatte das schlafende Kind in die Wiege gelegt und war selbst wieder unter die Decke geschlüpft. Es war mir rätselhaft, wie sie hier in das Forsthaus kam. Vielleicht zur Sommerfrische? Und der Säugling... »Ich wußte nicht, daß du noch ein Kind hattest!« sagte ich, nur um das peinliche Schweigen zu brechen.

»Es ist ihr Kind«, antwortete er mit dumpfer Stimme, »ihres und seins. Hast du nicht dahinten neben ihrem Bett noch ein zweites gesehen? Darin schläft ihr jetziger Mann, der Förster, unser Schulkamerad Wenzel. Nur ein Jahr, nachdem wir getrennt wurden, hat sie ihn geheiratet. Kann ich es ihr verdenken, daß sie wieder versorgt sein wollte, da sie von mir nichts behielt als meine armselige Bibliothek und das bißchen Hausrat und dazu meinen Buben? Und doch hat mir's weh getan. Ich hatte sie mehr geliebt, als ich sagen kann.«

Er wandte sich ab, ein seltsames Stöhnen erschütterte seine Brust.

»Erkläre mir nur«, sagte ich, »warum hat sie den Knaben behalten? Wenn du nicht schuld an der Scheidung warst –«

Er antwortete nicht und wandte sich wieder der Gittertür zu. »Laß uns fort«! sagte er. »Es tut mir nicht gut – ich wußt es wohl –, aber wie gesagt, es zog mich mit Gewalt –«

»Wenn der Junge aber heranwächst«, fuhr ich fort, da mich diese Ungerechtigkeit gegen den guten Menschen empörte, »dann wird man ihn dir doch nicht vorenthalten, du wirst ihn wiedersehen und seine geistige Erziehung nicht dem Stiefvater überlassen.«

Er trat über die Schwelle des Gartenpförtchens, blieb aber stehen und wandte sich mit einer Gebärde der Angst nach dem Hause um.

»Wiedersehen?« rief er mit einem qualvollen Ton, der mühsam von seinen fahlen Lippen brach. »Das ist es ja gerade, wovor mir graut. Meinen Jungen wiedersehen, wenn wir beide einander fremd geworden sind, er seinen Vater, sein Vater ihn wie eine neue Bekanntschaft betrachten muß, vielleicht der andere neben ihm, der mir sein Sohnesherz entwendet hat, und vollends sie, die indessen einem anderen Kinder geschenkt und unser erstes Glück vergessen hat wie einen Morgentraum – davor bewahre mich eine gütige Vorsehung, wenn es eine gibt! Hätt ich einen Mord auf dem Gewissen, ein solches Wiedersehen wäre doch eine zu harte Strafe dafür. Nein, versinken, vergessen, bis auf den letzten blassen Schatten der Erinnerung, und müßten in den schwarzen Abgrund auch alle die hohen und herrlichen Erleuchtungen mit hinuntertauchen, nach denen ich, der blöde Narr, der ich war, mich zeitlebens gesehnt habe!«

Ich war tief erschüttert durch diesen Ausbruch einer fassungslosen Qual. »Armer Freund«, stammelte ich, »dir ist grausam mitgespielt worden. Aber das Unrecht, das man dir angetan hat, ist gewiß zu einem Teil wenigstens wiedergutzumachen. Wenn dir auch die Frau jetzt verloren ist, den Knaben wenigstens muß man dir lassen, ich selbst will bei dem Gericht, das ihn dir abgesprochen, für dich appellieren; sage mir nur –«

Er schüttelte mit einem bitteren Auflachen den Kopf. In diesem Augenblick trat eine Wolke vor den Mond, die ihn völlig verhüllte, so daß wir unter den dichten Bäumen in schwarzer Finsternis standen. Als der Himmel sich wieder lichtete und ich mich umsah, wo der Freund geblieben, war er nicht mehr an meiner Seite.

Ich rief seinen Namen, ich suchte ihn, in hellem Ärger, daß er mich ohne Abschied verlassen, hinter allen Büschen und Bäumen – er blieb verschwunden.

Unmutig trat ich endlich aus dem Wäldchen heraus und schlug den Weg nach der Stadt wieder ein. Vom Kirchturm drang ein einzelner dumpfer Schlag zu mir herüber – wahrhaftig, es war ein Uhr nach Mitternacht. Keine Menschenseele weit und breit, auch in den Gassen, die ich nun betrat, nur der leichenhaft blasse Mondschein auf allen Dächern und Mauern.

Ich hatte lange am Tor des Gasthofs zu schellen, bis mir ein schlaftrunkener Hausknecht öffnete. Zum Glück erkannte er mich, und ich gelangte ohne Schwierigkeiten in ein leeres Zimmer, das über Tag nicht gelüftet worden war, so daß ich vor dumpfer Schwüle und fieberhafter Aufregung lange nicht zum Schlafen kam.

Als ich spät am anderen Morgen im Gastzimmer unten frühstückte und mein alter Gönner, der Wirt, sich zu mir setzte, mich zu unterhalten, kam gleich die Rede darauf, wie die Zeit vergehe und manchen mitnehme, der sich dessen nicht versehe. »Von all meinen alten Kameraden«, sagte ich, »die ich nicht wiederfinden soll, ist mir's am meisten leid um den guten Martin Röseler. Wie ist denn das zugegangen, daß er von seiner Frau geschieden worden ist und die Stelle an einer höheren Schule bekommen hat?«

Der Mann sah mich mit großen Augen an.

»An einer höheren Schule?« sagte er. »Nun, gewissermaßen freilich – Sie drücken sich sehr eigentümlich aus, Herr Stadtgerichtsassessor –, übrigens hat es all seine Bekannten gewundert: Er war immer gesund gewesen, wenn auch von zarter Konstitution, vielleicht aber das nächtliche Studieren – der Herr Oberlehrer hatte soviel Streben –, kurz und gut, er bekam es auf der Brust, hustete, wollte sich schonen – und nicht drei Monate, nachdem er sich gelegt hatte, mußten wir ihn begraben.«

Ich erschrak heftig über diese Mitteilung und hatte Mühe, meine Bewegung zu verbergen. Mein guter Martin nicht mehr unter den Lebenden, und doch, in der vergangenen Nacht –? Es war mir wohl manches bei der Begegnung mit ihm befremdlich, ja unheimlich gewesen, aber auch sein plötzliches Verschwinden hatte mich noch nicht aufgeklärt, und nun blieb mir kein Zweifel: Eine Offenbarung aus einer anderen Welt war mir zuteil geworden, an die ich nur mit leisem Grauen zurückdenken konnte.

»Er soll sehr schwer gestorben sein«, fuhr der Wirt fort, der sich meine Verstörung mit der Trauer um den alten Freund erklärte; »mein Gott, er hatte ja auch das schönste Leben, die Frau war gut zu ihm und er immer noch so verliebt wie ein Bräutigam, und seinen kleinen Jungen vergötterte er förmlich. So was läßt einer nicht gern im Stich. Na, die Frau hat sich ja wieder verheiratet, sie hat nicht zu klagen. Und ihrem ersten Mann hat ihr zweiter einen schönen Grabstein machen lassen, die Inschrift hat der Oberlehrer noch selbst bestimmt in seiner Krankheit, bloß den Namen, das Geburts- und Todesjahr und darunter ein lateinisches Wort –«

»Excelsior!« ergänzte ich und dachte in meinem stillen Herzen: Armer Freund Streber! Wenn es wahr ist, was du mir heute nacht vertraut hast, so ist dein letzter Wunsch, der auch dein Lebenswunsch war, nur mangelhaft in Erfüllung gegangen!

Keiner von den Zuhörern gab einen Laut von sich, als der Stadtrichter seine Erzählung geendet hatte.

Erst nach einer ganzen Weile hörte man den Kandidaten sich räuspern, wie wenn er sich zu einer längeren Rede anschicken wollte. Da stand der Stadtpfarrer auf und sagte: »Die Herren müssen mich heut entschuldigen, ich habe noch in einer amtlichen Angelegenheit einen Bericht fertigzumachen, und morgen ist Samstag, wo ich auf die Predigt studieren muß. Lassen Sie sich nicht stören, und Ihnen, werter Freund«, wandte er sich an den Stadtrichter, »sage ich besten Dank für die merkwürdige Geschichte, die Sie uns erzählt haben, indem ich mir vorbehalte, die Gedanken, die mir dabei gekommen sind, ein andermal unter vier Augen gegen Sie auszusprechen. Bleibst du noch hier, lieber Neffe, oder willst du mich nach Hause begleiten? Den Hausschlüssel könnte ich dir durch das Mädchen schicken.«

Der junge Mann erhob sich mit seiner unerschütterlichen Gelassenheit. »Ich will doch lieber mit dir gehen Onkel«, sagte er. »Auch ich habe mir mancherlei Gedanken gemacht, die aber, wie ich glaube, in diesem Kreise wenig Anklang finden würden. So wünsche ich allerseits gute Nacht!«

Als Onkel und Neffe das Gastzimmer verlassen hatten, zwinkerte der Apotheker dem Stadtrichter zu und sagte, in sich hinein lachend: »Der hochwürdige junge Herr fände wohl auch ohne die Begleitung des Herrn Onkels heute nacht den Weg nach Hause. Dem habt Ihr gehörig heimgeleuchtet, Gevatter!«

ALFRED SCHÖNE
Der blaue Schleier

Die Arbeitslast der vergangenen Sommer- und Herbstmonate war so groß gewesen, daß ich leider nicht früher als in der ersten Woche des November daran denken konnte, mir ein wenig Erholung zu gönnen.

Ein dauernder Landaufenthalt war bei der vorgerückten Jahreszeit unmöglich, und so entschloß ich mich zu einer Reise. Nach kurzen Stationen in Südwestdeutschland lockte es mich, den Rhein wiederzusehen. Zudem erinnerte ich mich, daß ich früher einige Jahre hindurch wiederholt etliche Wochen recht angenehm in einem kleinen, vortrefflichen Hotel zu B. am Rheine verbracht hatte, und die mir verbleibenden Urlaubstage in so anmutigem Aufenthalte zu verbringen, deuchte mich ein vortrefflicher Abschluß meiner Erholungsreise.

Nach kurzer Fahrt kam ich abends sieben Uhr in B. an. Mit meinem bescheidenen Gepäck beladen, ging der Stationsdiener voran zum Hotel Rheineck. Bergab durch die echt mittelhochdeutsch gepflasterten Gassen führte der Weg an der alten Kirche vorbei zum Rheinufer. Durch die Baumreihen hindurch, welche die Stadt entlang die Ufer säumten, schimmerten die Lichter des am jenseitigen Ufer liegenden Städtchens und spiegelten sich im Flusse, der, durch die Herbstregen angeschwellt, in dunklen Wogen vorüberrauschte. Dunkel war auch der Himmel, und kaum vermochte man die Umrisse der Berge am gegenüberliegenden Ufer zu erkennen. Wir bogen nach links ab, da das Gasthaus rheinabwärts am Ende der Stadt liegt. Während ich zwischen den Baumreihen hindurch, dem einförmigen Schritte des Dieners folgend, im Dunkel vorsichtig meinen Weg suchte, malte ich mir aus, wie ich das wohlbekannte Haus finden werde. Ich, der einzige Gast, unerwartet, aber willkommen. Man gibt mir das hübsche Eckzimmer mit der Aussicht auf den Rhein. Nach dem Abendessen trinke ich eine Flasche »Eigenes Gewächs« mit dem Wirte und lasse mir von dem alten eingefleischten Jagdfreunde Geschichten erzählen. Nachher, so dachte ich, lese ich oben im warmen Zimmer noch einige Seiten in einem guten Buche; noch einen Blick aus dem Fenster, wenn auch erfolglos, denn gleichmäßig dunkle Nacht breitet sich vor mir aus, und dann erwünschter Schlaf in dem rühmlich zu erwähnenden Bette. Morgen früh wird der erste Blick die dichten Nebel zeigen, die über dem Flusse lagern und das Tal erfüllen. Nach dem Frühstück aber wird's sich zu regen beginnen, und wenn des Mittags die schwächliche Novembersonne dennoch den Sieg gewinnt, wird Berg und Fluß, Burg und Stadt, das schöne wohlbekannte Bild in hellem Glanze vor mir aufleben. So dachte ich.

Inzwischen waren wir in die Nähe des Gasthauses gekommen. Aber statt des dunkeln Gebäudes, das ich mit den Augen suchen zu müssen erwartete, blinkten mir hell erleuchtete Fenster entgegen. Hell erleuchtet war alles: der Speisesaal links im Erdgeschoß, das Rauchzimmer rechts von der Freitreppe, die Korridorfenster in beiden oberen Stockwerken, selbst in den Logierzimmern schimmerte Licht, und an den Fenstern bewegten sich dunkle Schatten vorüber. Mich beschlich eine düstre Ahnung, und etwas herabgestimmt betrat ich den Vorraum. Kaum vermochte der vorschnell von mir verabschiedete Stationsdiener mein Handgepäck abzustellen. Denn wohin ich auch sah, überall standen und hingen Gewehre, Jagdtaschen, Stöcke, Jagdröcke, dicke Decken, Jagdstiefel, Jagdkappen und Mützen von unergründbarem Formenreichtum. Aus dem Speisesaal klangen fröhliche Stimmen und das Geräusch eines festlichen Mahles; im Rauchzimmer, dessen Türe geöffnet war, saßen fünf bärtige Männer mit gerötetem Antlitz bei etwelchen Weinflaschen und starrten mich Ankömmling mit jener unartigen Zuversicht an, wie sie nur ein außerordentlich gutes Gewissen, verbunden mit beharrlich fortgesetztem Weingenuß, zu erzeugen pflegt.

Kleinlaut wandte ich mich nach links. Da saß in seinem Privatzimmer vor dem Pulte rechnend der Wirt. Diese Beschäftigung war mir an ihm fremd. Sonst aber war er ziemlich unverändert trotz der etlichen Jahre, die ich ihn nicht gesehen hatte. Etwas dicker, etwas röter im Gesicht, etwas weißer noch in Bart- und Haupthaar – im ganzen jedoch völlig der alte. Ganz der alte auch darin, daß er, als ich ihn begrüßte und fragte, ob er mich noch kenne, mich prüfend ansah, ruhig sitzen blieb und nur mit einem unverständlichen Knurren antwortete. Da erschien seine Frau, eine wohlaussehende Matrone, als rettender Engel, ihr »Guten Abend und schön willkommen, Herr Doktor!« klang so freundlich wie je zuvor. Aber freilich schloß sich daran die traurige Mitteilung, daß das ganze Haus voll, kein einziges Zimmer frei sei. Eine große Jagdgesellschaft war am Nachmittage eingetroffen, um wie alle Jahre in den dichten Waldungen, die sich westlich des Rheins hinziehen, gemeinsam dem Weidwerk nachzugehen. Überdies seien noch zwei größere Zimmer durch Besuch von Verwandten okkupiert. »Indessen«, fuhr die gute Frau fort, »weggehen lassen wir einen alten Gast des Hauses nicht. Ich habe mir eben überlegt, daß wir Rat schaffen können. Während Sie zu Nacht essen, lasse ich Ihnen eines unserer Privatzimmer richten, in dem Sie für diese Nacht vorliebnehmen müssen. Und morgen werden wir weitersehen.« Das nahm ich gerne an und ging in den Speisesaal, wo ich mich am unbesetzten Ende der langen Tafel niederließ und vom alten, hagern Kellner als wohlbekannter Gast freudig begrüßt wurde. Während ich mein Nachtmahl mit großem Appetit verzehrte, musterte ich die gegenübersitzende Jagdgesellschaft, welche nach kurzer, durch mein Eintreten hervorgerufener Pause ihre lebhafte Unterhaltung wiederaufgenommen hatte. Einige der Herren erinnerte ich mich in früheren Jahren hier schon angetroffen zu haben, die meisten aber waren mir völlig unbekannt. Und einen suchte ich vergebens, doch hörte ich seinen Namen mehrfach nennen, und ein leerer

Stuhl, vor dem auf dem Tische eine halbvolle Weinflasche stand, ließ mich vermuten, daß er auch im Hause und nur augenblicklich abwesend sei. Es war ein ehemaliger Dragoneroffizier, der vor Jahren schon den Dienst quittiert hatte. Er wurde Rittmeister tituliert und lebte als reicher Gutsbesitzer in der Nähe einer niederrheinischen Stadt. Ein frischer, stattlicher Mann von etwa vierzig Jahren war er, hochgewachsen, mit feurigen Augen und, wie aus seinen Berichten über verschiedene Erlebnisse in Italien, Spanien und Frankreich zu erraten war, mit nicht minder feurigem Herzen.

Er, der Wirt und ich, wir hatten vor Jahren einmal an einem warmen Augustabend beieinandergesessen und geplaudert; eine Flasche nach der anderen wurde leer, und bläuliche Tabakswolken durchzogen den Saal. Dann kam der Gesang an die Reihe. Der Rittmeister hatte eine prächtige Stimme, einen schönen Bariton, war musikalisch sehr begabt, sang aber freilich als vollkommner Naturbursche, und sein Motto war leider: Je lauter, desto besser. Ich setzte mich an das alte, hektische Piano, und nun folgten die Lieder in sonderbarstem Wechsel. Bald verfielen wir in Volks-, Studenten- und Jägerlieder, für die mein Gedächtnis Wort und Weise getreulich bewahrte. Der Wirt sang ein ungemein sentimentales Lied, in welchem der Jäger ein »Mägdelein« fragte, ob sie wohl »seine Frau Jägerin« sein mochte. Unter lebhaftem Beifall erhob er sich dann, ging auf seine Frau zu, die mit einem mir unbekannten Mädchen von schlanker Gestalt im Hintergrunde des Zimmers saß, gab ihr einen herzhaften Kuß und wischte sich die Tränen aus den Augen. Mittlerweile war es spät geworden — drüben über dem rechten Ufer wurde bereits der Himmel dämmerhell. So wurde der Schluß gemacht mit Geibels »Der Mai ist gekommen«. Der Rittmeister hatte sich erhoben und stand zu meiner Linken. Und während ich begleitete und er mit schmetternder Stimme sang, konnte ich, nach rechts blickend, sehen, daß es die gute Frau Wirtin fertiggebracht hatte, trotz des Lärmens einzuschlafen. Doch neben ihr leuchteten ein Paar schöne tiefdunkle Augen, die freilich keineswegs mir, sondern dem Rittmeister zugewandt waren. Der Wirt aber saß hinter uns und verstärkte die künstlerische Wirkung der Musik, indem er beim Refrain den Takt durch mächtige Schläge auf den Tisch markierte, daß Flaschen und Gläser zusammenklirrten. Das Lied war zu Ende, und alsbald war auch er mit unbegreiflicher Schnelligkeit auf seinem Stuhle eingeschlafen, wurde aber von seiner inzwischen wieder erwachten Ehehälfte alsbald sicher zu Bette geleitet. Die schöne Zuhörerin hatte sich entfernt; auch ich fühlte mich so mächtigen künstlerischen Eindrücken nicht länger gewachsen. »Gute Nacht, Rittmeister«, sagte ich und ging auf mein Zimmer.

Diesen Rittmeister also hätte ich gerne wiedergesehen. Als aber der leere Stuhl durchaus leer blieb, wartete ich nicht länger und verließ den Saal. Die Wirtin rief mir noch zu, daß ich das Zimmer Nr. 19 im zweiten Stock hätte – freilich nicht nach dem Rhein hinaus, aber anders war's nicht möglich.

Durch die Enttäuschung bei der Ankunft war mein Gemüt erheblich verwundet. Aber die Worte der Wirtin legten sich darauf wie lindernder Balsam. Denn, daß ich's nur gestehe, ich bin ein wenig abergläubisch. Von einem bestimmten Augenblicke meines Lebens an – wie gut weiß ich ihn!, aber das behalte ich für mich – bilde ich mir ein, daß mir die Zahl 19 Glück bringt. Freilich hat sie mir bis jetzt weit eher das Gegenteil eingetragen, und ich könnte vielmehr sagen, daß sie in engster Verbindung mit dem bittersten Herzeleide steht, das mir bisher widerfahren ist. Indessen, wer sich einbildet, daß Erfahrungen und Vernunftgründe irgend etwas gegen den Aberglauben vermögen, der kennt ihn herzlich schlecht, und so betraf ich mich denn darauf, daß all mein Mißmut durch meine Zimmernummer plötzlich verscheucht war. Ich wünschte der Wirtin gute Nacht und stieg, mein Licht in der Hand, ins zweite Stockwerk hinauf. Die Türe zu Nr. 19 war bloß angelehnt, Licht schimmerte durch die Türspalte, und als ich, die Dienerin darin vermutend, öffnete, klang mir eine Männerstimme daraus entgegen.

»Du Böse!« hörte ich sagen. »Kaum kommen wir als uralte sechsmonatliche Eheleute, der silbernen Hochzeit so nahe, hier in dein Vaterhaus zurück, aus dem wir als Neuvermählte gezogen waren, und schon verlässest du die Seite deines greisen Gatten, dem du Stütze sein solltest und Führerin durchs Leben!«

Der diesen scherzenden Vorwurf aussprach, war mein Rittmeister, ganz derselbe, wie ich ihn zum letzten Male sah. Nur daß die Stimme weicheren Klang, das Auge tieferen Ausdruck gewonnen hatte. Und das etwas übermütige siegesbewußte Wesen, das mir vordem so gut an ihm gefiel, schien nun gegen eine dankbare Empfindung glücklichen Besitzes ausgetauscht – kein schlechter Tausch, wie mir vorkommen wollte. Nach der Ursache dieser seiner Umwandlung hatte ich nicht weit zu suchen: sie stand neben ihm und antwortete ihm leise lächelnd: »Während du dich im Schlafzimmer umkleidetest – nunmehr gehst du doch wohl nicht wieder hinunter zu deinen lustigen Weidgesellen? –, hörte ich, daß gegenüber hier dies Zimmer zurechtgemacht wurde. Da mußte ich des früheren Bewohners so recht lebhaft gedenken, ich ging herüber, und während hier unser Traudchen das Zimmer für den fremden Herrn rüstete, dem es für heute nacht eingeräumt worden ist, sah ich mich in dem kleinen Raume um, den er so unerwartet mit der neuen Heimat vertauschen mußte. So seltsam mir auch manches an ihm vorkam – nun ich hier in seinem Zimmer stehe, tut mir's im Herzen weh, daß er von hinnen gegangen ist; ich vergesse alles und empfinde nur das eine, daß wir es beide herzlich gut miteinander gemeint haben.« Dabei hielt sie ein eingerahmtes Bild vor sich nieder, so daß es von der Lampe auf dem Tische beleuchtet wurde. Sie hatte eine schlanke, ziemlich hohe Gestalt. Ein ernstes liebevolles Gesicht war von dunkelblondem Haar umsäumt. Die Stimme war eigentümlich verschleiert, durch den Tonfall ihrer Rede klang es halb wie leise Frage, halb wie schüchterne Entschuldigung. Als sie zu ihrem Gatten aufblickte, erkannte ich sie. Das waren jene tiefdunkelblauen Augen, die ich damals an dem Abende leuchten gesehen hatte. Nur freilich, nicht das junge Mädchen von damals stand am Tische, sondern eine glückliche junge Frau, bald wohl auch eine gesegnete Mutter.

»Du hast gewiß recht, Eva«, erwiderte ihr Mann und betrachtete, den Arm über ihre Schulter legend, mit ihr das Bild, »nur daß ich, wie ganz natürlich, an dem armen Gesellen viel mehr die kuriosen Seiten bemerkt habe als die vortrefflichen, an denen ich übrigens sicherlich nicht zweifle.«

Daß mich der Rittmeister sofort erkannte, als er bei diesen Worten emporsah, um der Geliebten das Bild aus der Hand zu nehmen und wieder über dem Schreibtische aufzuhängen, überraschte mich angenehm. Unsere Begrüßung war herzlich. Indem er mich seiner jungen Gattin vorstellte, gedachte er jenes Abends, wo wir der Muse des Gesanges so energisch gehuldigt hatten.

»Ich erinnere mich Ihrer sehr gut«, sagte sie darauf. »Es ist wahr, die Herren hatten den Abend Vaters Wein sehr eingehend geprüft, und der Übermut hier sang so arg laut, daß es zuletzt schon nicht mehr schön war. Aber Ihnen habe ich's innerlich gedankt, daß Sie so unermüdlich am Klavier begleiteten und alle die schönen Lieder auswendig spielen konnten. An dem Abend hab ich Sie um Ihre Musik beneidet, gerade darum, denn ich war ihm schon damals von Herzen gut. Aber er wußte es nicht und hat mich lange warten lassen.«

Sie sagte das so schlicht und einfach, ohne jede Spur von Ziererei, daß es mich tief im Herzen rührte. Dazu die verschleierte Stimme, ein ganz kleiner Anklang an Frankfurter Dialekt – kurz, alles einte sich zu einem Eindruck anmutiger Herzensgüte und unschuldiger Reinheit.

Während wir diese Worte wechselten, war das Zimmer in Ordnung gebracht, Feuer im Kamin angezündet worden, und die alte Dienerin hatte sich entfernt. Nun sagten auch wir uns gute Nacht und morgen auf Wiedersehen. Dann verließen sie das Zimmer; über dem Korridor drüben war ihnen ihre Stätte bereitet, ich hörte ihre Türe sich schließen, bald verstummte alles drüben, und nun war ich allein.

Ja, recht und ganz allein. Unwillkürlich dachte ich an die öde Junggesellenwohnung daheim, wo niemand als meine Bücher und mein altgedienter Schreibtisch meiner warteten, und traurige Gedanken an ein einsames Leben bewegten mich, während ich zerstreuten Blickes das Zimmer musterte.

Es war klein, aber behaglich. Rechts an der Tür ein Kamin, in dem ein lustiges Feuer brannte. Ihm gegenüber war eine Wandnische durch das Bett ausgefüllt und mit dunkeln Vorhängen geschlossen. Gegenüber der Tür, zwischen den beiden Fenstern, stand ein kleiner Schreibtisch, über welchem an der Wand allerlei Fotografien befestigt waren. Rechts und links vom Kamin befanden sich zwei niedrige Sessel; ein alter solider, mit Leder bezogener Lehnstuhl stand am runden Tische in der Mitte des Zimmers. Auf dem Tische brannte eine Lampe, deren breiter Schirm mit einem dichten grünen Lampenschleier bedeckt war. Auch meiner alten Gewohnheit hatte man gedacht, denn eine Flasche »Eigenes Gewächs«, von hohen grünen Römergläsern flankiert, glänzte verheißungsvoll neben der Lampe.

Ich öffnete meinen Koffer, machte es mir bequem, und schon wollte ich den Novellenband hervorholen, um da fortzufahren, wo ich gestern abend abgebrochen hatte, als ich bemerkte, daß auf dem Schreibtisch eine Anzahl Bücher aufgestellt war. Nun habe ich von jeher die leidige Gewohnheit gehabt, in den Büchern herumzustöbern, die ich auf meinen Reisen in fremden Zimmern, im Gasthof oder der Mietswohnung antraf. Viel Kurioses und Seltsames habe ich dabei gefunden und abends im Bette lesend verschlungen; aber ich habe doch auch manchen glücklichen Fund getan. So auch diesmal. Wie ein guter Freund glänzte mir die illustrierte Ausgabe von Musäus' Volksmärchen entgegen, die mir von der Knabenzeit her sehr ans Herz gewachsen sind. Ich nahm das Buch aus der Reihe heraus und setzte mich in den großen Lehnstuhl an den runden Tisch.

Doch nicht lange hatte ich in dem Buche geblättert, als ich es hinlegte. Zu viele Geister waren in mir wachgerufen, als daß ich fremdem Worte hätte Gehör leihen können. Auch der Wein versagte mir seinen Beistand. Es war nicht die frühere Sorte: Er deuchte mich viel zu schwer, und nach dem ersten Schluck schob ich das Glas beiseite, lehnte mich in den Stuhl zurück und verfolgte sinnend die leichten Rauchwolken meiner Zigarre.

Wie lange mein Wachtraum gewährt hat, weiß ich nicht, nur das weiß ich, daß ich den abgerauchten Stummel eben ins Feuer werfen wollte, als plötzlich eine dünne, ein wenig heisere Stimme zu mir sagte: »Bitte um Verzeihung, Herr Doktor, wenn ich störe…«

Ich blickte voller Erstaunen auf. An der anderen Seite des Tisches stand ein junger Mann, der soeben die Türe hinter sich gänzlich geräuschlos zumachte. Wie er sie geöffnet haben mochte, ohne von mir bemerkt zu werden, war mir rätselhaft.

Seine äußere Erscheinung hatte in einem Hotel nichts Auffälliges: schwarzer Anzug, Frack, weiße Krawatte, das spärliche rotblonde Haar von der Mitte der Stirn bis in den Nacken hinab musterhaft gescheitelt. Das alles charakterisierte den Oberkellner oder den Geschäftsführer eines modernen Hotels.

Beim ersten Blick erkannte ich ihn wieder. Es war der Sohn des Hauses, mit dem ich mich bei früheren Besuchen gerne unterhalten hatte. Nicht daß er mir gleich von Anfang an besonders liebenswürdig erschienen wäre. Im Gegenteil! Er schien ein vollendeter Geck; trotz seiner Sommersprossen und wasserblauen Augen eitel wie ein lyrischer Tenor; eingebildet auf seine inneren Vorzüge, sein Französisch und Englisch, seine höhere Bildung, seine Geschäftskenntnisse und vor allem auf seine verständige praktische Lebensanschauung. In summa, er war eigentlich unausstehlich und eine vollendete Probe fadenscheiniger Halbbildung. Bei meinen früheren Besuchen hatte er mich anfangs als Musterexemplar seiner Gattung amüsiert. Ich hatte ihn nicht eben geschont, wenn er Gelegenheit suchte, sich geltend zu machen. Trotzdem aber oder vielleicht gerade deshalb schenkte er mir die Ehre, mich auszuzeichnen. Er fungierte keineswegs als Kellner, sondern vielmehr als Geschäftsführer des Hauses, führte die Bücher und die Korrespondenz, und neben dem ungehobelten weidmännischen Vater, der sich um wenig mehr als um den Keller kümmerte, und der geschäftigen Mutter, welche für Küche

Illustration von Ingrid Schuppan
zu Jeremias Gotthelf, »Der Mordio-Fuhrmann«

Illustration von Volker Pfüller
zu Friedrich Gerstäcker, »Der tote Zimmermann«

Illustration von Johannes K. G. Niedlich
zu Theodor Storm, »Am Kamin«

Illustration von Ulrich Schreiber
zu Karl Emil Franzos, »Allerlei Geister«

und Hauswesen sorgte, vermittelte er gleichsam den Zusammenhang des Hauses mit der modernen Eleganz und den feineren Forderungen der Neuzeit, weshalb ich ihn denn auch mit Vorliebe den »Kulturträger« nannte.

Mit dem Vater stand er schlecht, die Mutter schien er sehr zu lieben. Erst nach wiederholten Begegnungen hatte ich außer fatalen Zügen seiner Natur doch auch recht liebenswürdige Seiten an ihm kennengelernt. Und schließlich glaubte ich einiges Verständnis zu finden für sein einigermaßen widersprüchliches Benehmen. Denn in wiederholten Gesprächen zeigte sich mir sein problematischer Charakter durchaus auch von einer beachtlichen geistigen Regsamkeit angespannt.

Es mußte wohl eine längere Zeit vergangen sein, als ich endlich erwiderte: »Sie stören mich nicht im geringsten – im Gegenteil! Ich bin so munter, daß ich an Schlaf nicht denken mag. Und es ist hübsch von Ihnen, daß Sie einen alten, treuen Kunden Ihres Hauses noch begrüßen wollen. Der Empfang unten durch Ihren Herrn Vater, daß ich's offen sage, war nicht eben sehr ermutigend. Setzen Sie sich nun da an den Kamin, trinken Sie einen Schluck, und erzählen Sie mir, wie's Ihnen ergangen ist.«

»Meinen verbindlichsten Dank«, antwortete er. »Einen Augenblick werde ich von Ihrer gütigen Erlaubnis Gebrauch machen.«

Er setzte sich ziemlich steif in den Sessel, lehnte jedoch sowohl den Wein als die angebotene Zigarre ab.

»Der alte Mann ist nur mein Stiefvater«, fuhr er mit ziemlich monotoner Stimme fort, »sein barsches Wesen ist freilich oft quälend für ihn selbst und seine Nächsten. Er hat mich oft recht hart behandelt. Jetzt kümmern wir uns eigentlich nicht mehr umeinander. Sein ein und alles ist nun mal die Jagd. Und da ich mich dabei recht ungeschickt anstellte, habe ich seine Geringschätzung mir gegenüber noch mehr herausgefordert. Weil er nun gar keinen Sinn für höhere Bildung, für Aufklärung und dergleichen hat, ist es ihm unangenehm, solche Interessen bei anderen wahrzunehmen, und er höhnt und spottet dann derb und peinigend bis aufs Blut. Außerdem ist mein Stiefvater streng katholisch, während ich von Hause aus protestantisch erzogen worden bin. Er wählt immer klerikal. Das ist nun freilich nichts für mich.«

Ich schlug vor, für heute sowohl Politik als Religion aus unserem Gespräch auszuklammern. »Sprechen wir doch zu dieser Stunde einmal von etwas Persönlichem. Erzählen Sie, wo stammen Sie her, mit wem war Ihre Mutter in erster Ehe verheiratet?«

Er nickte bejahend. »Ich will gerne erzählen. Freilich bin ich heute nicht so lebendig wie sonst, die Glieder sind mir so gleichsam ein wenig eingeschlafen. Das kommt wohl von dem weiten Fußmarsch in die Bergwaldungen. Aber ich freue mich so sehr, Sie wiederzusehen; außerdem ruht es sich hier im Sessel so behaglich, und das Kaminfeuer tut ganz gut. Ich sehe es herzlich gern, daß die Mutter Ihnen mein Zimmer abgetreten hat – wem gönnte ich es lieber als Ihnen.«

Die Verwunderung, die mir einiges in diesen Worten einflößte, bemerkte er nicht, und sagte weiter: »Meine ganze Kinderzeit und mein ganzes bisheriges Leben ist mir zudem gerade heute wie im Traumreich noch einmal vorübergegangen, und ich habe mich dabei unaussprechlich glücklich gefühlt. So selig wie noch nie im Leben. Sehen Sie, Herr Doktor, ich habe oft über die Unsterblichkeit nachgedacht, und wenn es eine gibt, wie es wohl nach dem Tode sein möge. Ich will nur sagen, daß ich mir die Seligkeit der Toten gar nicht anders vorstellen kann als die Empfindungen, die mir eben heute wieder so recht lebendig geworden sind. Wie selig ruht man da in den unschuldigsten Erinnerungen. Lebhaft trat heute besonders eine Szene aus meiner Kindheit in mein Bewußtsein. Der Vater war Förster. Ich liebte den Wald wie mein zweites Ich. Einmal, es war ein recht heißer Sommertag, lag ich unter den Bäumen, weit vom Hause entfernt. Das war eine Stille! Nur den Specht hörte man bald näher, bald ferner an den Stamm pochen. Der eigentümliche Waldgeruch war stark und fast betäubend, und das helle Sonnenlicht brütete über den Wipfeln. Da erfaßte mich auf einmal eine namenlose Angst, das erschreckende Gefühl eines bereits unwiederbringlichen Verlustes, so daß ich mein Leben sinnlos und verloren sah. Es muß wie eine Art Vorgesicht gewesen sein. Denn als ich mich heute aus tiefstem Herzenskummer in den Wald flüchtete, kannte ich den Grund meiner Herzensnot nur allzu genau... Eva... Doch ich will der Reihe nach erzählen. Damals lief ich dem elterlichen Hause zu, durchs Unterholz durch, die Sandgrube hinunter, wie's kam, ohne auf Weg und Steg zu achten. Dort angekommen, brach ich schluchzend vor der Mutter nieder, die mich zu beschwichtigen suchte.

Später wurde ich in die Stadt aufs Gymnasium geschickt. ›Du kannst so‹, sagte mein Vater, ›einen lateinischen Forstmann abgeben, querköpfig und verdreht bist du genug dazu.‹ Die Eltern waren arm und sparten sich meine Ausbildung vom Munde ab. Wenn man so auf dem Lande aufgewachsen ist, kann man sich in der Stadt und in die neuen Verhältnisse nicht so schnell eingewöhnen. Außerdem hing ich nach wie vor meinen Träumereien nach; meine Schulkameraden nannten mich bald nur mehr spöttisch den ›Dichter‹. Ich habe manche verzweifelte Stunde durchlebt, weil ich bei meiner Unbeholfenheit durchaus nicht mit mir ins reine zu kommen wußte. Da starb mein Vater. Ich hatte nicht einmal erfahren, daß er krank war, so rasch war es gegangen. Nie vergesse ich's, wie er auf dem Totenbette aussah. Das liebe, ernsthafte Gesicht so grau und kalt; die Mundwinkel ein wenig wie zu einem seltsamen Lächeln verzogen. Im Rheintal, wo wir lebten, haben die Menschen die Gewohnheit, dem Toten seine besten Kleider anzuziehen. Aber ich kann gar nicht sagen, wie unheimlich das aussah, so als wollte die Leiche mit auf der Brust gefalteten Händen im Frack und mit weißer Binde auf einen Ball gehen.«

Der Erzähler streckte sich bei diesen Worten im Sessel lang aus, faltete die Hände und ahmte, ebenfalls im Frack und um den Hemdkragen die weiße Binde, eine solche Lage nach. Erst jetzt machte ich mir Gedanken darüber, warum er wohl, wie es natürlich gewesen wäre, für seinen Spaziergang in die Bergschluchten der umgebenden Wälder sich nicht entsprechend umgekleidet hatte. Auch zeigten seine Lackstiefeletten keinerlei Schmutzreste. Die ganze Erscheinung war vielmehr nach der gebräuchlichen Redensart »wie aus dem Ei gepellt«. Und doch mußte sein Ausflug in die Waldeinsamkeit von längerer Dauer gewesen sein, seiner eigenen Darstellung nach und auch wegen des Umstandes, daß ich ihn den ganzen Abend, trotz des vollen Hauses, wo jede Hand nötig war, nicht zu Gesicht bekommen hatte. Es mochte wohl mit diesen Ungereimtheiten zusammenhängen, daß mir jetzt sein Auftauchen in meinem Zimmer einigermaßen befremdlich zu werden begann. Ich sah ihm in das nun vom Lampenschein heller beschienene Gesicht, das erschreckend bleich und starr aussah. Ein eigentümliches, mir selbst kaum erklärbares Gefühl von Beklommenheit und Angst um ihn beschlich mich.

Er hatte die ganze Zeit über regungslos, wie gelähmt, in der hingestreckten Stellung ausgeharrt. Jetzt richtete er sich endlich wieder auf und fuhr mit seiner Erzählung fort: »Für meine Mutter und mich kamen schwere Zeiten. Vermögen war keines da; nur ein Vierteljahr durften wir noch im Waldhaus wohnen, bis es Vaters Nachfolger eingeräumt werden mußte. Der Abschied von dem alten, lieben Hause war schmerzvoll. Mich überkam eine Vorahnung, daß sich eine Umwandlung für mein ganzes Leben bereite, die all das zerstören würde, was bisher mein Glück ausgemacht hatte.

Damals übernahm meine Mutter die Stelle einer Wirtschaftsführerin hier im Hotel meines nachmaligen Stiefvaters, der vor nicht allzulanger Zeit seine erste Frau verloren hatte. Ich weiß es, daß der Entschluß, diesen Mann zu heiraten, meiner Mutter nicht leicht geworden ist, daß sie es nicht zum geringen Teil des achtjährigen Töchterchens willen tat, welches der Witwer aufzuziehen hatte und das ihr mittlerweile sehr ans Herz gewachsen war. Dafür wollte sich der neue Stiefvater auch meiner annehmen und für mich treu und väterlich sorgen.

Das hat er auch getan, freilich auf seine Weise. Aber von der Forstakademie wollte er gleich von Anfang an nichts wissen. Und meine Vorliebe für alles Poetische war ihm gänzlich zuwider. Seine Absichten mit mir zielten auf ganz praktische Zwecke. Wer Geld hat, hat heutzutage alles – das war sein Grundsatz. Und so schickte er mich erst einmal auf die Handelsschule. ›Dann, wenn du ein fixer Geschäftsmann geworden bist‹, sagte er zu mir, ›gehst du auf Reisen, lernst in der Welt große Hotelbetriebe kennen, und wenn wir zusammenpassen, kannst du später hier unser Geschäftsführer werden.‹ Die alten Liebhabereien wurden so gleichsam begraben, und ich zog den neuen Menschen an. Nur eines ist von früher her noch geblieben: daß ich in dem Wald meine Zuflucht nehmen muß, wenn mir die aufgedrungene Umgebung gar zu eng und bedrückend das Gemüt beschwert. Und an Bekümmernis hat mir's dann im weiteren Leben wahrlich nicht gefehlt.‹

In Gedanken versunken, eher einer Wachsfigur ähnlich als einem Menschen, saß jetzt mein nächtlicher Gast da – wieder für eine lange Zeit in tiefes Schweigen gehüllt. Ich konnte ihn erneut ungeniert beobachten, denn er schien auf mich gar nicht mehr zu achten. Für Augenblicke hatte ich die Empfindung, als würden meine Glieder bleischwer, so lastete seine Körperlichkeit in meine eigene Phantasie hinüber. Ja, ich trug selbst mit an der Last seines Daseins. Wie hatte ich mich in ihm getäuscht. Da war nichts mehr von dem geckenhaften Wesen nach meiner früheren Überzeugung. Als hätte er meine Gedanken geahnt, hörte ich nun wieder, leiser noch als vorhin, seine Stimme mit der Erzählung fortfahren: »Dieses Herumscharmutzieren und Vornehmtun hat mir nun freilich selbst nie recht gefallen. Daß unsereins auch immer so auf Äußerlichkeiten achten muß. Immer elegant sein, Zuvorkommenheit zeigen! Sich den Leuten als gebildetes Etablissement einprägen! Mein Stiefvater rief mich nur mehr Jean, um darauf anzuspielen, daß ich französisch spreche. Mein Name Johann erschien ihm zu einfältig. Reputation war ihm alles, so wie er diese verstand. Und dabei ist mir oft der Gedanke gekommen, wie gut das wäre, wenn man all dies Blendwerk nicht brauchen und einfach lieben, hassen, leben und sterben könne, wie einen Gott geschaffen. Doch für mich ist nun jede Rückkehr zu spät.«

»Das sagen Sie nicht«, wandte ich ein, »Vergangenes ist freilich nicht ungeschehen zu machen, aber ein Zuspät gibt's gottlob doch wohl nicht. Warum lassen Sie nicht einfach alles hinter sich und gehen weg? Sie sind mit der Welt nicht unbekannt, sind noch jung, und bei einigem festen Willen ließe sich doch ein neuer Lebensanfang machen.«

»Halb und halb habe ich das schon früher im Sinne gehabt«, antwortete er, »seit heute aber ist mir's zum festen Entschluß geworden. Und seltsam genug, gerade während des tiefen Schlafes zwischen den Bäumen des Waldes muß mir diese Gewißheit gekommen sein; denn ich weiß, daß ich, als ich einschlief, die feste Absicht hatte, hier in diesem Hause auszuhalten, trotz allem Schmerz und Herzeleid, das nun noch hinzugekommen war. Aber als ich erwachte, fühlte ich in mir den Entschluß, daß ich fort müsse, fort, gleichviel, wohin. Nur war mir's, als ob mir noch etwas fehle, als hätte ich etwas vergessen.«

»Übertreiben Sie jetzt nicht doch etwas?« unterbrach ich ihn. »Wie Sie zu Ihrem Stiefvater stehen, so kann Ihnen seine Abneigung schwerlich solche Affektionen hervorrufen. Ärger und Verdruß, ja, aber Herzenskummer doch wahrlich nicht!«

»Und doch und doch«, rief er voller Verzweiflung, »ein Geheimnis ist es ohnehin nicht mehr. Es handelt sich ja um seine Tochter, um die Eva –«

Ich erschrak im tiefsten Inneren.

Er sprach weiter: »Wir sind im Alter so etwa sechs Jahre auseinander; trotzdem wir durch Vater und Mutter sozusagen Geschwister geworden waren, haben wir uns anfangs eigentlich wenig nahegestanden. Erst als ich meine Militärzeit in Frankfurt abdiente, wo Eva zur gleichen Zeit in einem Mädchenpensionat untergebracht war, da entspann sich zwischen uns so etwas wie eine zärtliche Zuneigung. Mit welchen Listen und mit welcher Geduld habe ich's einzurichten gewußt – trotz der strengen Aufsicht, der sie unterzogen war –, sie auf Spaziergängen in die Taunusanlagen oder am

Main entlang von ferne zu begleiten. Leider bin ich kurzsichtig. Da war es ein rechtes Glück, nicht nur, daß sie schlank und groß war, sondern daß sie einen so langen blauen Schleier um den Hut trug, der mir als sicheres Erkennungszeichen diente. Ja, dieser Hut mit einem blauen Schleier, einer mehr ins Violette gehenden Farbe, wie ich sie seither nicht wieder gesehen habe, daran knüpften sich damals alle meine Empfindungen, alles Sehnen und alles Hoffen. Haben Sie ihre liebliche verschleierte Stimme einmal gehört?« unterbrach er sich und stützte den Kopf in beide Hände.

Ich nickte, im Innersten bestürzt.

»Eines Tages«, redete er wie im Selbstgespräch weiter, »es war so recht im vollsten Frühling, sah ich sie aus dem Tore ihres Pensionates heraustreten, allein, sie schien mir wie verstört zu sein. Ich hatte sie eine längere Zeit, viel zu lange für ein liebendes Herz, nicht gesehen, nicht gesprochen. Ich folgte ihr vorsichtig, um sie nicht zu kompromittieren, bis zu einer Gärtnerei. Sie sprach mit der Gärtnersfrau. Diese verschwand in einem Gewächshaus, Eva blieb an einem voll blühenden Fliederbaume stehen, schaute zur Erde nieder und machte überhaupt einen bekümmerten Eindruck. Dabei sah ich, daß sie mit dem Schleier ihres Hutes an einem Zweig hängengeblieben sein mochte, denn ein Stück davon hing halb abgerissen herunter. Rasch trat ich auf sie zu. ›Guten Tag, Eva!‹ sagte ich voller Beklommenheit. Sie wendete sich um, ich sah, daß sie weinte. ›Um Gott, Eva, du weinst, was ist geschehen?‹ – Ich erfuhr, daß ihre liebste Freundin und Zimmergenossin nach kurzer Krankheit am Abend zuvor sanft entschlafen sei. Nun wolle sie Blumen holen, um ihr den Totenkranz zu winden. Ihre Tränen flossen, über uns war blauer Himmel, neben uns duftete der Fliederbaum und wiegte sich leise im Frühlingswind. Dazu der Gesang der Lerchen. Die widersprechendsten Empfindungen überwältigten mich: Schmerz, Wehmut und inbrünstige Liebe! ›Arme Eva‹, sagte ich, und ohne daß wir es wußten, hatte ich sie mit dem Arme umfaßt. ›Arme Eva!‹ – weiter fiel mir nichts ein. Um nur etwas zu sagen – so töricht ist man –, flüsterte ich:

›Weißt du, daß dein Schleier zerrissen ist?‹ Die Verlegenheit war auf beiden Seiten. Sie griff unwillkürlich über die Schulter, zog ihn vor und betrachtete das lose daran hängende, halb zerrissene Stück. Wie gedankenlos riß sie es vollends ab. Da schoß es mir durch den Kopf: ›Eva, schenke mir das Stück!‹ Still gab sie es mir und sagte nichts. Von ferne näherten sich die Schritte der Gärtnersfrau. ›Leb wohl!‹ sprach ich leise und erreichte noch unbemerkt das Tor.

Seit jenem Tage wußte ich, daß ich sie über alle Maßen liebgewonnen hatte. Wir sprachen vorhin von der ewigen Seligkeit. Aber das weiß ich, daß ich ohne die Eva mir keine solche mehr vorstellen kann.«

Zum ersten Male, seit er sprach, versagte ihm die Stimme. Dann sammelte er sich und sagte: »Seit jenem Tage weiß ich aber auch, daß die Eva mich liebhat. Lieb nicht wie eine Schwester, nein!, so wie ich sie liebhabe für Zeit und Ewigkeit. Gesagt hat sie mir's nie. Aber ehe ein Mädchen so etwas sagt –! Und dann, urteilen Sie selbst, ob das nicht klar und deutlich genug war, daß sie mir den Schleier schenkte, so ohne weiteres, ganz ohne Bedenken! Ich bin meiner Sache ganz sicher, so etwas hat man im Gefühl. Es steht mir felsenfest, daß wir einander gehören!

Einst beim Abschiede hatte mir die Mutter gesagt: ›Mein lieber Junge, wo ein redliches Herz ist, da findet sich auch ein zweites dazu.‹ Ich sah darin eine Ermutigung. – Als Talisman trug ich bei mir einen kleinen Lederbeutel mit einer Locke von ihrem Haar und dem Gemsbart vom Hute meines Vaters. In dieses Täschchen verschloß ich nun auch das Stück von Evas blauem Schleier. Seit der Zeit habe ich es nie von mir gelassen und es gehütet wie meinen Augapfel. Und da habe ich mir angewöhnt, so von Zeit zu Zeit mit der Hand an den Hals zu greifen, um zu sehen, ob es noch da ist. Die anderen, und auch Sie, Herr Doktor, haben sicher geglaubt, daß ich aus Eitelkeit den Sitz meiner Krawatte prüfe, nicht wahr?«

Er hob unwillkürlich seine Hand ein wenig; bevor ich aber antworten konnte, fuhr er bereits fort: »Als ich mein Jahr abgedient hatte, kam ich hierher nach Hause. Trotz dem

Abraten der Mutter trat ich vor den Stiefvater hin, er möge Eva mir zur Frau geben. Sie war damals noch immer in der Pension. Der Alte sah mich groß an: ›Hat man je gehört, daß sich Stiefgeschwister heiraten?‹

Ich wandte ein, daß ich und die Eva ja doch eigentlich gar nicht miteinander verwandt wären. Da fuhr er auf. Mir komme es darauf an, das reiche Mädchen wegzukapern. Er habe es besser mit ihr vor. Was konnte ich dawider tun? Der Alte war hartnäckig und von der Art Menschen, die leider nun einmal nicht anders können, als überall und allen anderen niedrige und gemeine Beweggründe zuzutrauen. Als alle eindringlichen Vorstellungen nichts halfen, beschloß ich, es mit der Geduld zu versuchen. Wir waren beide noch jung und konnten warten. Die Eva war in dieser Zeit selten zu Hause und oft lange Zeit bei Verwandten und Pensionsfreundinnen zu Besuch. Auch ich war oft wochenlang auf Reisen, die ich im Interesse des Hauses und unserer großen Kellerei unternahm. So sind die Jahre vergangen.

Da komme ich heute mit dem Vormittagszuge nach einer mehrwöchentlichen Abwesenheit zurück. Die Reben haben dieses Jahr gut angesetzt und versprechen eine ausgezeichnete Ernte. In solchen Aussichten kauft, wer Geld hat, oft gut und billig von den kleinen Produzenten ein, welche Keller und Fässer für den neuen Jahrgang leer machen wollen. Ich hatte gute Geschäfte abgeschlossen und war guter Dinge. Mir war zumute, wissen Sie, wie das einem zuweilen so ohne allen Grund geht, als müsse mir heute noch ein großes Glück begegnen. Vielleicht, dachte ich, ist der Alte mit deinen guten Einkäufen zufrieden und gibt endlich seinen Widerspruch auf... Wie ich ins Zimmer trete, wer steht vor mir?«

Es wurde ihm schwer, mit fester Stimme zu sprechen, aber er bezwang sich.

»Um es kurz zu machen«, sagte er, »denn Sie erraten's freilich nicht: die Eva und der Rittmeister, den Sie ja auch von früher kennen. Und beide werden mir als Brautpaar vorgestellt. – Über den Rittmeister hab ich nichts zu sagen, er war ganz, wie es sich gehört. Daß er strahlend und glücklich aussah, wie hätte mich das wundern sollen. Die Mutter schaute mit stiller Besorgnis auf mich. Die Eva selbst war einfach und natürlich wie eine rechte Schwester. Ich aber, ich mußte meine ganze Kraft aufbieten, um auch nur einigermaßen harmlos dreinzuschauen! Nein, viel mehr! Ich mußte am Familienglück ersichtlich teilnehmen. Den Vormittag hielt ich noch durch. Doch nach dem gemeinschaftlichen Mittagmahle fühlt ich, daß es mit meiner Widerstandskraft zur Neige gehe. Freilich zog mich's zur Mutter. Aber wozu sollte ich ihr Herz noch schwerer machen, als es ohnehin schon war?

Schließlich tat ich wie früher, wenn es allzu hart kam. Ich lief hinauf in den Wald und suchte mir ein stilles Fleckchen. Doch diesmal... Denn erst wie ich da oben unter den Bäumen lag, am Waldsaum, grade über dem Friedhofe, der den Berg lehnan geht, da wurde mir's erst vollends klar, daß mir die Eva für immer verloren sei. Und ohne daß ich darüber nachgedacht hatte, stand mir alles sonnenklar vor der Seele, wie's gekommen sein mochte. Die Eva war geopfert worden, rein geopfert von ihrem Vater. Mit dem Hotel geht's seit einigen Jahren nicht eben vorwärts. Die zwei neuen großen Gasthöfe grade am Dampfschifflandungsplatz machen dem Hause schlimme Konkurrenz. Die besten und sichersten Kunden sind die großen Jagdgesellschaften, die, wie Sie wissen, sich schon seit langem während der ganzen Jagdzeit hier bei uns aufhalten. Ohne die könnten wir kaum bestehen. Der aber, der diese Gesellschaften zusammengebracht hat, ist der Rittmeister. Er ist recht eigentlich die Seele davon; wenn er wegbliebe, gingen alle die anderen mit ihm. Und nun werden Sie, wie ich, einsehen, warum der Stiefvater nicht nein gesagt hat und nicht nein sagen konnte, selbst wenn er gewollt hätte, als ihn der Rittmeister um Evas Hand gebeten hat. Und die Eva – nun, sie ist eine gute Tochter...«

Mit starrem Erstaunen hörte ich ihn an. Wie seltsam waren die Widersprüche zwischen seinen Worten und dem, was ich kurz zuvor mit eignen Augen und Ohren wahrgenommen hatte.

Dieser zwielichtige Eindruck wurde noch stärker, als er

weitersprach: »Und dazu der herrliche Frühling! So wie jener, an dem sie mir beim blühenden Fliederbaume den Schleier geschenkt hatte. Und während ich so in meinen Schmerz versunken hinabstarrte, sehe ich auf einmal unten, ganz unten am Rhein, zwei Gestalten Arm in Arm langsam wandeln und auf dem Hute der schlanken Dame den blauen Schleier.

Da hab ich so etwas wie einen schmerzhaften Schlag durch meinen ganzen Körper gefühlt, so schmerzhaft wie noch nie etwas im Leben. Dann überkam mich eine große Müdigkeit, ich lehnte mich zurück und weiß nicht mehr, wie ich eingeschlafen bin. Da ist mir im Traume gewesen, als durchlebte ich mein ganzes Leben noch einmal von Anfang an. Und sowie ich an die Eva dachte, dämmerte so leise ein Gefühl in mir auf, daß ich etwas nicht habe, daß mir etwas fehle. Endlich, wie mit einem scharfen Ruck, greife ich nach dem Lederbeutel an meinem Hals. Das Täschchen mit dem Schleier fehlt! Wie ich heruntergekommen bin zum Hause, weiß ich nicht mehr. An den hellen Fenstern und dem Lärmen konnte ich bemerken, daß die ganze Jagdgesellschaft unvermutet eingetroffen sein möge. Freilich sind sie sonst immer nur im Herbst oder Winter während der Jagdzeit dagewesen. Auf keinen Fall wollte ich gesehen werden. Durch die Nebentüre unten im Kellergeschoß, die der Hausknecht meist zuzuschließen vergißt, habe ich mich die Treppe hinaufgeschlichen. Erst wie ich die Türe meines Zimmers öffnete und Sie am Tische sitzend erkannte, bin ich eigentlich völlig aufgewacht und zu Verstande gekommen. Und nun«, er erhob sich langsam und trat an den Schreibtisch, »erlauben Sie noch einen Augenblick, daß ich das Gewünschte suche. Dann gehe ich wieder und lege mich schlafen. Es ist spät geworden.«

Während er dies sagte, suchte er in und auf dem Schreibtische, vergeblich, wie es schien. Da rührte er an ein großes, in einem Futteral steckendes Buch, das mitten auf der Schreibtischplatte lag. Langsam zog er es aus der Umhüllung und schlug es auf. Ein Päckchen, in weißes Papier eingehüllt, lag darin. Er nahm es, wandte sich und legte es auf den runden Tisch, so daß die Lampe es beleuchtete. »Ein schwarzes Siegel?« sagte er fragend. »Was kann das sein?« – Hastig brach er es auf und schlug das Blatt auseinander. »Da bist du ja«, sprach er leise und zog ein Lederbeutelchen heraus, öffnete es und hielt mit ernster Miene das Stück eines blauen Schleiers in der Hand. Eine Haarlocke und ein Gemsbart fielen auf den Tisch. Er steckte alles zusammen wieder in das Täschchen, zog die Schnur wieder fest und nestelte an seiner Halsbinde.

Auf einmal sehe ich, wie er die beiden Enden der weißen Krawatte verwundert betrachtet.

»Um Gottes willen«, ruft er erschrocken, »wie sehe ich denn aus?« Sein Blick gleitet an seiner Gestalt herunter. »Frack, und ganz schwarz, und weiße Binde – eine weiße Krawatte? So angetan bin ich doch wahrlich heut nicht im Walde gewesen. Ich sehe ja aus, als wollte ich auf einen Ball gehen – oder –«

Wie mechanisch hatte er das Täschchen um den Hals gehängt und unter dem Hemd verborgen. Dabei beugte er sich nieder und sah den Papierumschlag, auf dessen Innenseite etwas geschrieben stand. Er nahm ihn, hielt ihn an die Lampe und las...

Mit einem Ruck richtete er sich steif auf. Nie vergesse ich das eigentümlich verwandelte Antlitz, das ich vor mir sah, noch den Blick, mit dem er mir sagte: »Ich muß gehen. Leben Sie wohl!«

Schon war er an der Türe, leise öffnete sie sich und schloß sich leise hinter ihm. Ich war allein; draußen krähte der Hahn, und die Lampe verlosch. Zu den Fenstern herein schimmerte die erste Dämmerung.

Als ich die Kerze angezündet hatte, leuchtete mir das Papier mit den Schriftzügen entgegen.

Ich nahm es und las, von etwas ungefüger Frauenhand geschrieben, folgende Worte:

»Dieses Täschchen mit seinem Inhalt trug mein lieber Sohn Johannes, als wir ihn am 3. Mai 1878, am Verlobungstage unserer Tochter Eva, nach langem Suchen oben im Walde über dem Friedhofe friedlich in dem Herrn entschlafen fanden. Ihm zum Andenken habe ich's in meines seligen Mannes alte Familienbibel gelegt. Gott gebe meinem geliebten Kinde die ewige Ruhe und tröste die trauernde Mutter.

Magdalene Bürgers«

Wie ich auf den Bahnhof gekommen bin, weiß ich nicht. Gellend pfiff der Frühzug, und als er mich von dannen führte, glänzte hoch oben auf dem Friedhofe, der links von der Bahn den Berg hinauf sich zieht, aus den entlaubten Bäumen hervor ein weißes Kreuz in der ersten kalten Helle des Novembermorgens.

RUDOLF LINDAU
Wahngebilde

11. November

Ich fühle mich seit einiger Zeit nicht mehr wohl, und es ist mir der Gedanke gekommen, daß dies von der peinlichen Aufregung herrühren könnte, in der ich mich häufig befinde. Auf andere Weise kann ich es mir nämlich nicht erklären, weshalb ich mich im Alter von achtundzwanzig Jahren, bei meiner kräftigen Körperbeschaffenheit und bei dem geregelten und angenehmen Lebenswandel, den ich führe, so schwer, müde und traurig fühle und so oft von Schlaflosigkeit und Reizbarkeit gequält werde. Die Natur jener peinlichen Aufregung aber ist derart, daß ich sie selbst meinem Arzte nicht anvertrauen kann, der, nachdem er mich aufmerksam untersucht und viele Fragen über meine Lebensgewohnheiten und über meine Eltern an mich gerichtet hat, den Kopf schüttelt und sagt, nach allem, was er festgestellt habe, müßte ich kerngesund sein, wäre es wohl auch und sollte nur einige Tage Geduld haben: die kleinen Störungen, über die ich mich beklage, seien unbedenklich und würden bald von selbst vergehen; er wolle mich jedoch im Auge behalten. – Ich besuche ihn seitdem regelmäßig. Er schenkt mir jetzt etwas mehr Aufmerksamkeit, hat mir Bewegung in der freien Luft, kalte Bäder, geistige Ruhe verordnet und wiederholt mir bei jeder Gelegenheit, ich sollte mich vor allen Dingen wegen meiner Gesundheit nicht aufregen; ich sei nicht krank. – Der Doktor hat gut reden: Ich fühle, daß er unrecht hat und daß ich leidend bin. Er weiß es möglicherweise auch. Nun, dann belügt er mich eben! Mancher Arzt hält es für erlaubt, seinen Patienten die Unwahrheit zu sagen.

Ich gelte bei allen meinen Freunden und Bekannten für einen entschlossenen, mutigen Mann. Niemand hat mich jemals zittern sehen, obgleich ich doch schon manche Gefahr in meinem Leben bestanden, ja, mich häufig freiwillig in Gefahr begeben habe, nur um damit Beweise meiner Unerschrockenheit abzulegen. Aber ich bin von Natur sehr ängstlich; ich fürchte mich eigentlich vor allem, was mein Leben bedroht oder zu bedrohen scheint: vor Dieben und Mördern, Feuer und Wasser, Pferden und Hunden, Krankheit und Tod, und ich kann die Qualen nicht beschreiben, die ich in meinem Leben ausgestanden habe, um dies unter der Maske kaltblütiger Furchtlosigkeit zu verbergen. Neulich abends, um nur ein Beispiel von vielen anzuführen, trennte ich mich von einer kleinen Gesellschaft befreundeter Männer und liebenswürdiger junger Frauen und Mädchen, um mich durch den Tiergarten auf kürzestem Wege nach meiner Wohnung zu begeben. Ich trat gelassen, den Rauch einer Zigarre in die Luft blasend, unter die Bäume und schritt eine Minute anscheinend unbekümmert weiter. Aber als die Stimmen meiner Freunde verhallt waren und mich das undurchdringliche Dunkel des stillen Parks umfing, da ergriff mich Schaudern und Grausen. Doch wagte ich nicht umzukehren, aus Furcht, einem meiner Bekannten wieder zu begegnen und bei diesem den Verdacht zu erwecken, blasse Furcht habe mich aus den verödeten dunklen Alleen in die hellen Straßen zurückgetrieben. Ich schritt schnell und bebend weiter; hinter jedem Baum fürchtete ich einen Angreifer hervorspringen zu sehen; das Fallen eines verdorrten Zweiges schreckte mich; ich stand still und lauschte klopfenden Herzens auf jeden Laut, der sich um mich vernehmen ließ; ich schritt vorsichtig weiter, ich hätte, wie von wütenden Feinden verfolgt, davonlaufen mögen, aber Furcht hemmte meine Schritte, und so ging ich weiter, jede Minute zu einer Stunde tödlicher Angst ausdehnend, bis ich, in Schweiß gebadet, vollständig ermattet, die andere Seite des Tiergartens erreicht hatte und mich wieder auf belebter Straße unter Menschen befand. – Die Aufregung und Angst hatten mich förmlich krank gemacht; ich konnte, als ich im Bett lag, stundenlang keine Ruhe finden, und als ich am nächsten Morgen aus unerquicklichem

Schlafe, in dem mich wüste Träume verfolgt hatten, erwachte, da erhob ich mich schwerfällig und niedergeschlagen, wie jemand, der eine langwierige Krankheit mit Mühe überwunden hat. Im Laufe des Tages erholte ich mich schnell und vollständig. Aber bei einigem Nachdenken sage ich mir, daß es gar nicht zu verwundern gewesen wäre, wenn jene grausige Viertelstunde mein Haar gebleicht hätte. – Nun habe ich aber derartiges zu Hunderten von Malen durchlebt. Nein, das kann kein Mensch lange aushalten. Ich fühlte mich am Ende meiner Kräfte. – Was soll ich tun, um zu gesunden? Meine Feigheit bekennen? Lieber sterben! – Der Gedanke an Antonie allein genügt schon, um mir den Mund zu versiegeln und mich bei dem Beschluß verharren zu lassen, die Welt über mich zu täuschen – bis zum äußersten, und sollte ich darüber zugrunde gehen. Das Bewußtsein, einen ehrenvollen Kampf zu kämpfen, hält mich aufrecht. Ja, es ist im hohen Grade ehrenwert, in allen Lagen des Lebens wie ein mutiger, entschlossener Mann nicht nur zu erscheinen, sondern tatsächlich zu handeln und dabei im Grunde seines Herzens ein elender Feigling zu sein. Das nenne ich einen Sieg über das Fleisch! – Welches Verdienst hat der von Natur Furchtlose, mutig zu sein? Nicht das geringste. Doch beneide ich ihn! Wie die gefallsüchtige einsame Häßliche die umschwärmte Schönheit beneidet.

20. Januar

Ich hatte auf vorgestern abend eine der immer so willkommenen Einladungen von Frau N. erhalten. Ich wußte, daß ich keine größere Gesellschaft bei ihr vorfinden würde, und war deshalb überrascht, als ich auf der Treppe, die ich nachdenklich, wie ich es jetzt so häufig bin, gesenkten Hauptes emporstieg, plötzlich einer eigentümlichen Erscheinung gegenüberstand. Eine Dame blickte mich lächelnd an, gleichsam als wollte sie sagen: Sie erwarten doch nicht, daß ich Ihnen ausweiche? Wollen Sie mir gefälligst Platz machen? – Aber sie sprach kein Wort, und ihr Lächeln hatte etwas Befremdliches. Sie war jung und schön, und sie hatte eine unverkennbare

Ähnlichkeit mit Antonie. Sie war wie diese groß, schlank, weiß, mit rötlichblondem Haar, aber während Antonies Augen blau und klar sind, hatte die Fremde goldigbraune Augen und dichte, lange, dunkle strahlenförmige Wimpern, die, als sie die breiten Wimpern niederschlug, ihre Wangen zu berühren schienen; die schmalen, bleichen Lippen des edelgeformten Mundes waren fest geschlossen. Die ganze Erscheinung erinnerte mich sofort an das Bild einer indischen Göttin, das ich kurz vorher in einem mir vom Buchhändler zugesandten Prachtwerk über Asien längere Zeit betrachtet hatte. Die Dame vor mir trug ein gelblichweißes Kleid von kostbarem Seidendamast, über das ein langer, ebenfalls weißer Burnus geworfen war. Ein eigentümlich durchdringender Wohlgeruch, wie von Myrrhen und Zedern und Palmen, strömte von ihr aus.

Ich trat, ehrerbietig den Hut ziehend, beiseite, und sie ging langsam unhörbaren Schrittes so dicht an mir vorüber, daß ich meinte, sie müsse mich berühren. Aber ich empfand davon nichts. Oben auf der Treppe blieb ich stehen und sah mich nach ihr um. Sie stand unten, die breiten Augenlider weit geöffnet, und blickte mich unverwandt an. Ich blieb auf meinem Platze wie gebannt. Da umhüllte mich wieder der eigenartige Wohlgeruch von Myrrhen und Zedern, und es war mir, als stände etwas neben mir und hätte gesprochen. »Gib mir dein Herz!« – so klang es in meinen Ohren. Aber es war wie ein Hauch, und wennschon ich die Worte unterschied, so hörte ich doch nicht den Klang einer Stimme. Da war die Erscheinung verschwunden. Ich lauschte einige Sekunden. Die Tür mußte geöffnet werden; ich wartete darauf, einen Wagen fortfahren zu hören. Aber alles blieb still im Hause.

Ich klingelte. Der alte Diener der Frau von N. öffnete mir die Tür.

»Wer ist die Dame, die soeben fortgegangen ist?« fragte ich.

»Wir haben keinen Besuch gehabt, Herr Doktor. Die gnädige Frau und das gnädige Fräulein sind während des ganzen Abends allein geblieben.«

»Dann kam sie vielleicht aus dem zweiten Stockwerk«, fuhr ich fort.

»Die Wohnung über uns steht seit drei Wochen leer, und der Herr Professor im dritten Stock wird zu dieser Stunde schwerlich einen Damenbesuch empfangen haben.«

»Ja, aber Friedrich, ich bin doch soeben einer jungen Dame auf der Treppe begegnet und habe sie gegrüßt!«

Der Diener zuckte die Achseln und sah mich etwas verwundert an, aber antwortete nicht. – Frau von N., in deren Diensten er seit vielen Jahren steht, ist sehr mit ihm zufrieden, und er mag auch für sie ein ganz brauchbarer Mensch sein; aber er hat in seinem Benehmen fremdem Besuch gegenüber eine gewisse Dreistigkeit, von der auch die besten unter den alten Dienern sich nicht immer ganz frei zu halten wissen. Ich bin bisher zu freundlich mit ihm umgegangen, er nimmt sich mir gegenüber mehr heraus, als er sollte, ich muß ihn kürzer halten. – Einstweilen ließ ich mir von ihm die üblichen Hilfsleistungen beim Ausziehen meines Überrocks gefallen und hieß ihn vorausschreiten, um mich anzumelden.

Frau von N. und ihre Tochter empfingen mich mit höflicher Freundlichkeit, der ich jedoch eine gewisse Verlegenheit anzumerken glaubte. Ich habe Antonie meine Liebe noch nicht zu gestehen gewagt, aber es ist undenkbar, daß sie meine Empfindungen nicht längst erraten hätte. Bis vor kurzem habe ich immer zuversichtlich gehofft, daß sie dieselben erwiderte. Seit einiger Zeit jedoch ist ihr Benehmen mir gegenüber, wenn auch nicht unfreundlicher, so doch entschieden weit zurückhaltender geworden, als es früher war. Ich möchte beinahe sagen, sie bemüht sich jetzt, mich von sich fernzuhalten. Ich kann mir diesen Wechsel ihrer Gesinnung nicht erklären. – Gebrechlichkeit, dein Name ist Weib!

Frau von N. hatte in einem Buche gelesen, das sie, als ich eintrat, beiseite legte. Antonie zeichnete. Sie hat sehr viel Anlagen dazu, aber ich kann nicht billigen, daß sie ihr Talent dazu benutzt, um andere lächerlich zu machen. Ich habe mehrere von ihr gezeichnete Karikaturen gesehen, die für diejenigen, die unfreiwillig dazu gesessen hatten, keineswegs schmeichelhaft waren. Ich bin überzeugt, daß sich in ihrer Sammlung auch ein Zerrbild von meiner harmlosen Person vorfindet und daß Antonie, wenn ich abwesend bin, mit anderen darüber lacht. Mehr als einmal, namentlich in jüngster Zeit, habe ich sie überrascht, wie sie mich mit forschenden Blicken beobachtet. Das schickt sich nicht! Ein junges Mädchen soll einen jungen Mann, auch wenn sie in ihm ihren zukünftigen Lebensgefährten erblickt, nicht so scharf ansehen.

Ich setzte mich an den runden Tisch, um den auch Mutter und Tochter Platz genommen hatten, und war bald in Unterhaltung mit der Mutter über allerhand gleichgültige Sachen. Antonie beteiligte sich nur wenig an unserem Gespräch. Neben dem Album, in dem sie zeichnete, lagen mehrere bunte Stifte, die sie abwechselnd benutzte, und dazwischen befand sich auch ein Messer mit langem Stiel und kurzer, breiter, zweischneidiger Klinge, das sie von Zeit zu Zeit zum Anspitzen der Zeichenstifte benutzte. Ich hatte das Messer früher nicht gesehen oder wenigstens noch nicht bemerkt. Die Klinge war auf das feinste mit bleichgoldenen Damaszierungen geschmückt und der lange schmale Stiel aus hartem rotbraunem Holze mit kleinen Stücken aus Perlmutter, Silber und Gold bedeckt, die auf demselben mosaikartig eingelegt waren und das Bild eines fremdartigen Tieres darstellten, eines Drachen, so glaubte ich, aus dessen weitgeöffnetem Rachen eine lange spitze Zunge schlangenartig hervorleckte.

Ich nahm das Messer und betrachtete es. Gleich darauf fuhr Antonies Hand suchend über den Platz, auf dem es gelegen hatte.

»Ach bitte, das Messer!« sagte sie, als sie es in meiner Hand erblickte.

Ich reichte es ihr hin, die Klinge zwischen zwei Fingern, so daß sie den Griff bequem erfassen konnte. Sie tat dies, während sie auf die Zeichnung vor sich blickte, und als sie das Messer unaufmerksam an sich zog und ich dabei wohl eine ungeschickte Bewegung machte, schnitt ich mich in den Daumen und Zeigefinger der linken Hand. Ich empfand einen heftigen, stechenden Schmerz, gar nichts im Verhältnis zu der an sich unbedeutenden Verletzung, die ich mir zugefügt hatte. Ich konnte einen leisen Aufschrei nicht unterdrücken und schloß unwillkürlich, auf eine Viertelsekunde vielleicht, die Augen. Aber in diesem kurzen Moment erblickte ich deutlich die Frauengestalt, der ich auf der Treppe begegnet war. Sie lächelte wieder, aber diesmal nicht auffordernd und freundlich. Ein Ausdruck boshafter Befriedigung lag auf ihren Lippen und flimmerte aus ihren goldenen Augen.

»Haben Sie sich weh getan?« fragte Frau von N. teilnehmend.

»Nein«, sagte ich und versuchte zu lächeln. »Es ist nicht der Mühe wert, davon zu sprechen. Der kleine Schmerz hatte mich überrascht.«

Ich öffnete die beiden verletzten Finger, die ich unwillkürlich aneinandergepreßt hatte, und betrachtete die Wunde, die sofort stark zu bluten anfing. Ich umwickelte sie schnell mit einem Tuche.

Antonie hatte sich erhoben und sagte: »Warten Sie einen Augenblick, ich werde den Schaden verbinden.«

Sie entfernte sich schnell und kehrte bald darauf zurück mit einer Schüssel voll kalten Wassers, einem Tuch und einem Stück Linnen. Ich mußte die beiden Finger in das Wasser tauchen, das sich in kurzer Zeit tiefrot färbte. Nachdem ich die Hand sodann wieder getrocknet hatte, legte mir Antonie sorgfältig einen guten Verband an, aus reinem feinem Linnen. Sie kam mir dabei mit ihrem schönen Gesicht ganz nahe, und ich dachte mir, wenn ich sie jetzt küsse, dann ist meine Liebeserklärung gemacht und alles in Ordnung; ja, es kamen mir sogar in Gedanken ganz läppische Worte, in die ich meine Erklärung kleiden wollte: »Sie haben mein Herz viel tiefer verwundet als meine Hand. Wollen Sie, schöne Samariterin, nicht auch mein krankes Herz heilen?« Aber ich hielt diese Albernheit zurück, nicht ohne Mühe, wie ich zu meiner Beschämung gestehe. Antonie würde sich schön gewundert haben, sie, die mich als einen ernsten, gesetzten Menschen kennt, der allen sentimentalen Torheiten feind ist.

Nachdem die kleinen Wunden verbunden waren und der herbeigerufene Diener das blutige Wasser hinausgetragen hatte, legte Antonie die verschiedenen Sachen, die sie zum Zeichnen gebracht hatte, zusammen.

»Woher kommt die Mordwaffe?« fragte ich lächelnd, auf das Messer deutend. »Ich sehe sie heute zum ersten Male, wenn ich nicht irre.«

»Sie irren sich nicht«, antwortete Antonie. »Denken Sie sich, ich habe das Messer, als ich gestern abend nach Hause kam, gefunden. Es lag vor der Haustür und blitzte und glänzte im Schein der Laterne. Es mußte unmittelbar, ehe ich es fand, dort hingefallen sein, denn es wäre sicherlich jedem Vorübergehenden aufgefallen. Ich blickte nach rechts und links, aber die Straße war leer. Mama meint, das Messer wäre wertvoll; aber der Gegenstand scheint mir doch zu geringfügig, als daß ich mich entschließen könnte, als ›ehrliche Finderin‹ der Polizei von meinem Funde Anzeige zu machen.«

»Zeigen Sie mir das Messer noch einmal«, sagte ich.

Sie reichte es mir, und ich ergriff es vorsichtig und betrachtete es aufmerksam. Die lange, schlangenartige Zunge im Rachen des Bildes bewegte sich schnell hin und her; ich sah es ganz deutlich; aber das war natürlich eine optische Täuschung.

»Das ist feine, altindische Arbeit«, sagte ich mit Kennermiene.

»Muß ich es zurückgeben?« fragte Antonie. »Schade! Es gefällt mir.«

»Behalten Sie es nur vorläufig noch«, antwortete ich. »Ich werde in geeigneter Weise Anzeige davon machen, daß es gefunden ist, so daß der, der es verloren hat, es wiederbekommen kann, wenn er sich die kleinste Mühe darum gibt.«

»Ich kann gefundene Sachen nicht im Hause leiden«, sagte Frau von N. »Das alte gute Gesetz sollte noch gelten: Findet jemand Gut auf der freien Straße über der Erde, so soll er es dem nächsten Pfarrer zur Verwahrung geben.«

Ich hatte bis jetzt noch nicht von meiner Begegnung auf der

Treppe gesprochen. Zuerst war ich davon durch den Gedanken an Friedrichs mürrische Blicke abgehalten worden, sodann hatte mich die Geschichte mit dem Messer in Anspruch genommen. Jetzt aber fiel mir die Sache wieder ein. – Was gingen mich Friedrichs Blicke an.

»Ich bin, als ich zu Ihnen kam, auf der Treppe einer jungen Dame begegnet. Ich glaubte, sie käme von Ihnen, aber Friedrich behauptet, Sie hätten heute abend niemand empfangen und es befinde sich auch niemand im Hause, von dem die Dame hätte kommen können.«

»Es war doch nicht etwa eine Diebin, die sich in das Haus geschlichen hatte?« fragte Frau von N. besorgt.

»Nein«, sagte ich, »darüber kann ich Sie vollständig beruhigen, gnädige Frau. Es war eine sehr vornehme, sehr schöne, reichgeschmückte junge Dame, die, nach ihrem Anzuge zu schließen, aus einer Gesellschaft kam oder sich in eine begeben wollte. Sie hatte eine ganz auffallende Ähnlichkeit mit Fräulein Antonie.«

Ich wurde aufgefordert, ausführlicher zu erzählen, und ich tat es. Mutter und Tochter sahen mich dabei aufmerksam an, und ich bemerkte, daß sie einmal Blicke der Verwunderung oder der Beunruhigung untereinander wechselten.

»Das ist ja sonderbar!« sagte Frau von N., als ich geendet hatte. »Wer mag das gewesen sein?«

Friedrich wurde gerufen und gefragt. Er zuckte die Achseln und sagte mürrisch: »Es ist ja ganz unmöglich, daß der Herr Doktor einer Dame auf der Treppe begegnet sei. Der Herr Doktor belieben zu scherzen.«

Ich hätte den unverschämten Menschen ohrfeigen mögen.

Frau von N. machte verlegen eine beschwichtigende Handbewegung, die Friedrich zum Schweigen brachte. Als er gegangen war, trat eine peinliche Pause ein.

»Nun, gesehen habe ich die Dame«, sagte ich bestimmt, »so klar und deutlich, wie ich Sie vor mir sitzen sehe. Und vom Himmel kann sie doch nicht herabgefallen sein, und in die Erde wird sie auch nicht versunken sein, und an Gespenster glaube ich nicht!«

Da empfand ich einen schmerzlichen Stich in der Brust. »Lüge doch nicht!« sagte mir eine innere Stimme. »Du glaubst ja an Gespenster! Du fürchtest dich vor ihnen! Nimm dich in acht, daß sie dich heute abend nicht schrecken!«

Es überrieselte mich eiskalt. Ich konnte kein Wort hervorbringen. Frau von N. versuchte, von gleichgültigen Dingen sprechend, die Unterhaltung wieder in Gang zu bringen, aber es gelang ihr nicht, und als ich mich nach einer kleinen Weile erhob, um mich zu entfernen, versuchten die Damen nicht, mich zurückzuhalten. Ich hatte das sichere Gefühl, ihnen an jenem Abend nicht gefallen zu haben. »Jetzt sprechen sie gewiß recht unfreundlich über mich«, sagte ich mir, als ich langsam meiner Wohnung zuging. Es war elf Uhr – ich hörte eine nahe Turmuhr schlagen –, als ich vor derselben anlangte. Ich öffnete die Haustür. Das Gas war ausgelöscht, und tiefes Dunkel herrschte auf dem Flur und auf der Treppe.

21. Januar

Ich konnte gestern abend nicht weiterschreiben. Es war spät geworden, und ich kann seit Wochen bereits nur noch am Tage meine Gedanken ruhig sammeln und zu Papier bringen. Wenn es draußen still wird, so stört mich jede, auch die kleinste Unterbrechung der Ruhe in meinem Zimmer. Es ist eigentümlich, welch unheimliches Geräusch sich in allen Ecken desselben verbirgt, das nur Nacht und Stille abwartet, um, mich schreckend, laut zu werden.

Ich habe meinen Schreibtisch an das Fenster stellen lassen. Solange die Sonne am Himmel steht und ich Menschen in der Straße vorübergehen sehe, bin ich ruhig. Aber die Nacht ist schrecklich. Früher genügte zu meiner Beruhigung, daß ich Licht in meinem Zimmer brennen und meinen wachsamen kleinen Hund vor dem Bette schlafen ließ; aber jetzt fühle ich namenlose Beängstigung, sobald ich die Augen geschlossen habe. Scheußliche Bilder, fratzenhafte Verzerrungen von Mensch und Tier tauchen vor meinen geschlossenen Augen auf, bis ich sie wieder aufreiße. Der Schlaf flieht mich, und nur äußerste Ermattung bringt ihn mir endlich. Wenn ich mich nicht vor Franz schämte, so würde ich ihn im Nebenzimmer schlafen und die Verbindungstür zwischen den beiden Räumen offen lassen.

Als ich vorgestern abend in das Haus trat, herrschte dort Nacht und Stille. Ich suchte in meinen Taschen nach Schwefelhölzern, um Licht zu machen. Ich fand die kleine Büchse nicht, in der ich sie aufzubewahren pflegte und die mich gewöhnlich nie verläßt. Ich blieb einen Augenblick unschlüssig an der Tür stehen. – Was sollte ich tun? Das Haus wieder verlassen, in den Klub gehen und dort Licht suchen? Nein! Ich schämte mich vor mir selbst ob meiner Feigheit. Ich bin daran gewöhnt, gegen dieselbe anzukämpfen. »Ich will ihr nicht unterliegen«, sagte ich mir und schritt tastend vorwärts, um die Treppe zu finden. Da hörte ich dicht neben mir Kichern und Flüstern. Ich machte schnell einen Schritt nach der Richtung hin, woher das Geräusch kam, und suchte mit den Händen. Aber ich fühlte nur die kalt schwitzende Mauer des Flurs. Die Berührung mit dem nassen Gegenstand hatte etwas Ekelhaftes, doch beruhigte sie mich: zwischen mir und der Wand wenigstens befand sich nichts Fremdes.

Jetzt hatte ich das Treppengeländer erfaßt und stieg nun schnell die Stufen empor, die nach dem zweiten Stockwerk führen, das ich bewohne. Dabei ging ich an dem großen Fenster aus bemalten Scheiben vorüber, durch das vom Hofe aus während des Tages mattes Licht auf die Treppe fällt. Jetzt hätte es dunkel sein sollen, denn die Nacht war finster, und im Hof brannte keine Laterne. Aber die Scheiben leuchteten in schwachem grünlichem und rötlichem Lichte, und in dieser Beleuchtung erblickte ich, oben an der Treppe stehend, dieselbe wunderbare Erscheinung, die mir bei Frau von N. begegnet war. Sie winkte mir.

»Komm, komm! Gib mir dein Herz!«

Meine Rechte klammerte sich an das Geländer, die Linke streckte ich abwehrend der Erscheinung entgegen. Da empfand ich, wie wenn ein großer Vogel sich mit weichem, lautlosem Flügelschlage auf mich herabsenkte: eisige Luft, mit starkem Duft von Myrrhen und Zedern gesättigt, umhüllte mich, und ich fühlte, wie meine linke Hand erfaßt und an weiche, kalte Lippen geführt wurde, die sich in langem, sehnsüchtigem Kusse darauflegten.

Ich mußte wohl die Augen geschlossen haben, denn ich erinnere mich nicht, noch irgend etwas gesehen zu haben. Ich kam erst wieder zu mir, in meinem Zimmer stehend und heftig die Klingel ziehend, um den Diener zu rufen. Er erschien mit verschlafenem Gesicht, wahrscheinlich sehr verdrießlich darüber, daß ich ihn in seiner Ruhe gestört hatte. Die Anmaßungen der heutigen Diener sind mir unausstehlich. Die Leute wollen gut behandelt, gut genährt, gut bezahlt sein und nichts dafür tun. Wozu habe ich denn einen Diener, wenn er nicht zu meiner Verfügung sein soll, sobald ich seiner bedarf?

Auch mein Hund begrüßte mich nur gleichgültig. Früher, wenn ich nach Hause kam, sprang er an mir in die Höhe, winselte und bellte vor Freude und zerrte mich sozusagen an den Tisch, auf dem das für ihn bestimmte Biskuit lag. Jetzt geht er mit hungrigen Augen um mich herum, bis ich es ihm gegeben habe, verschlingt es gierig und legt sich dann in eine Ecke, ohne sich weiter um mich zu kümmern. Ich habe einmal irgendwo gelesen, das Beste am Menschen wäre der Hund. Der Hund ist auch nicht viel wert.

»Was sehen Sie mich so an?« fragte ich Franz.

Der Lümmel stand vor mir und starrte mich mit weit aufgerissenen Augen an, als wäre ich ein Wundertier und er sähe mich zum erstenmal.

»Der Herr Doktor sehen blaß aus«, stammelte er mit geheuchelter Teilnahme, um seine Unverschämtheit zu entschuldigen. »Ist dem Herrn Doktor etwas zugestoßen?«

»Was soll mir zugestoßen sein?« antwortete ich verdrießlich. »Bringen Sie mir Tee.«

Er entfernte sich. Sobald ich allein war, trat ich vor den Spiegel. Dabei fiel mein Blick zuerst auf die Stutzuhr, die auf dem Kaminsims stand. Halb zwölf Uhr! Eine halbe Stunde hatte ich gebraucht, um von der Haustür in mein Zimmer zu gelangen! Was war in der Zeit nicht alles vorgefallen! Ich schauderte zusammen. – Und nun warf mir der Spiegel mein Bild zurück. War ich das? Mir graute vor mir. Aus weitgeöffneten Augen starrte mir ein totenblasses Gesicht entgegen mit bläulichen Lippen und wüstem, feuchtem Haar, das in dunklen Strähnen auf der Stirn wie angeklebt war. Ich sank auf einen Sessel und blieb dort, in blödes Grübeln versunken, regungslos sitzen, bis Franz wieder in das Zimmer trat und mir den Tee brachte.

»Befehlen der Herr Doktor noch etwas?«

Ich ließ mir mein Nachtzeug bringen, entkleidete mich, zog mir den Schlafrock an, nahm ein Buch in die Hand und machte es mir vor dem verglimmenden Kaminfeuer in dem behaglich warmen Zimmer bequem, wie jemand, der in der Lage sein will, einen bewegten Tag in einer gemütlichen Weise zu beschließen.

»Haben der Herr Doktor sich verletzt?« fragte Franz, auf meine verbundene Hand deutend.

»Ich habe mich geschnitten«, antwortete ich verdrießlich. »Es ist nichts.«

Die Aufdringlichkeit des neugierigen Menschen langweilte mich. Die Hand schmerzte mich seit einigen Minuten empfindlich. Ich fühlte das Blut hineinschießen wie eine heiße spitze Masse, die an den wunden Stellen bohrte und brannte, sich auf eine Sekunde zurückzog, um mich dann von neuem und immer heftiger zu peinigen. Und plötzlich war mir ganz klar, daß es nur die spitze Zunge des Drachen sein konnte, die nach den Wunden leckte und mich so schmerzhaft verletzte. Es war wie eine Offenbarung! Die Hand war stark angeschwollen, und ich konnte sie kaum noch gebrauchen.

Franz hatte sich entfernt. Der Hund war ihm nachgegangen, aber ich hatte ihn zornig zurückgerufen, und er war mit eingekniffenem Schwanze in die äußerste Ecke des Zimmers gekrochen, wo er sich zusammengekauert hatte und zu schlafen schien. Aber er wachte. Seine Ohren bewegten sich unruhig hin und her, und zuweilen blinzelte er mit den Augen und sah mich ängstlich an. – Das dumme Tier! Und ich habe es immer nur gut behandelt. Ich rief den Hund zu mir. Er erhob sich träge und näherte sich mir langsam.

»Nun, hierher!« befahl ich barsch. Er blieb zwei Schritte vor mir stehen. Ich packte ihn am Gehänge und zog ihn zu mir heran. Er stieß ein klägliches Gewinsel aus und wollte mir die Hand lecken. Aber wie erschreckt wich er gleich darauf einen Schritt zurück und sah mich fragend an. Ich hielt ihm die Hand hin. Es war die linke, die kranke Hand. Er sog die Luft in kurzen harten Stößen ein, ohne seine Nase der Hand zu nähern. Ich rief ihn wiederum. »Waldmann!« Er bewegte sich nicht und sah mich nur noch kläglicher an. Da übermannte mich der Zorn. Ich erhob mich und versetzte ihm wütend einen Fußtritt, der ihn in eine Ecke schleuderte, in der er laut heulend zusammenbrach. Ich hätte ihn erwürgen mögen, und es kostete mich eine so große Anstrengung, ruhig zu bleiben, daß ich heftig zu zittern begann. Ich sank in den Sessel vor dem Kamin zurück. Das Heulen des elenden Tieres ging allmählich in ein immer leiser werdendes Ächzen und Winseln über; aber es verstummte nicht ganz, es veränderte sich, und nach und nach wurde daraus wie ein Rauschen und Flüstern. Eisige Kälte schnürte mir das Herz zusammen, und plötzlich vernahm ich dicht an meinem Ohr die bekannten Worte: »Gib mir dein Herz!«

Ich blickte scheu von unten herauf nach der linken Seite. Da stand sie wieder neben mir, die unbeschreiblich schöne, furchtbare Erscheinung. Ihre goldenen Augen waren sehnsüchtig auf mich gerichtet. Die schmalen, blutroten, feuchten Lippen wie zum Kusse leicht geöffnet.

»Gib mir dein Herz!« wiederholte sie langsam, eindringlich, flehend. »Oh, gib mir dein Herz! Gib es mir – bitte, bitte!«

»Wer bist du?« fragte ich leise und ernst.

»Gib mir dein Herz! Sag, daß du es mir gibst! Nur ein Wort! Gib es mir!«

»Wer bist du?« wiederholte ich bestimmter, ungeduldiger. Alle Furcht war von mir gewichen.

»Ich liebe dich! Gib mir dein Herz!«

»Ich will wissen, wer du bist! Hörst du mich? Verstehst du mich?«

»Ich bin deine Braut!« hauchte sie leise, traurig. »Deine Braut, die nun so vereinsamt ist. Oh, gib mir dein Herz!«

Dazu mußte ich lachen.

»Meine Braut hat andere Augen als du!« rief ich.

Sie nickte langsam, verständnisvoll.

»Und siehst du denn nicht, daß sie mir meine Augen genommen und mir fremde eingesetzt haben? Und siehst du denn nicht, daß diejenige, die jetzt meine Augen trägt, eine Fremde ist, die dich nicht liebt? Sie täuscht dich. Ich liebe dich! – Oh, gib mir dein Herz!«

Das machte mich stutzig. Es war mir ja schon selbst klargeworden, daß Antonie oder diejenige, die ich dafür hielt, mich nicht mehr wie früher behandelte. Nun begann ich klarer zu sehen.

»Die Person, die mir heute abend so weh getan hat, ist gar nicht Antonie von N.?« fragte ich.

Sie antwortete nicht.

»Du bist es?« fuhr ich fort, mich ruhig erhebend und sie anblickend.

Sie deutete mit einer langsamen, schwingenden Bewegung des Armes nach dem Fenster. Was sollte das bedeuten?

»Bist du meine Antonie?« fragte ich leiser, zärtlicher. Ich wünschte jetzt eine bejahende Antwort. Mein ganzes Herz schlug dem schönen Wesen entgegen.

»Ich bin dein! Deine Braut!« hauchte sie. »Gib mir dein Herz!«

»Ich gebe es dir!« rief ich laut.

Da fühlte ich mich von kalten, weichen, weißen Armen umfangen, und schwellende heiße Lippen schlossen mir den Mund und nahmen mir den Atem. Die Sinne vergingen mir.

Als ich wieder zu mir kam, war es finster um mich her. Ich erhob mich. Ich war in meinem Zimmer. Durch das Fenster drang das fahle Licht des weißen, schweren Winterhimmels. Der Schnee fiel in dichten Flocken. Ich erhob mich, unsagbar ermattet, und schlich, ohne irgend etwas zu denken, nach meinem Schlafzimmer, wo ich mich auf das Bett warf und in einen totenähnlichen Schlaf versank.

Dies ist genug für heute. Es wird dunkel. Sie kann jeden Augenblick erscheinen.

25. Januar

Unter den neuen Erfindungen gibt es wirklich ganz vortreffliche. Ein jeder lernt aber nur einen kleinen Teil derselben nach ihrem Werte schätzen. So habe ich z. B. jahrelang in den Zeitungen die illustrierte Anzeige eines Krankenstuhles gesehen, »der zweiunddreißig verschiedene Stellungen annehmen kann«, ohne je zu ahnen, welcher Segen ein solches Möbel für die leidende Menschheit ist. Seit heute früh besitze ich nun aber einen solchen Sessel, und ich bin sicherlich berechtigt, dessen Erfinder höher zu schätzen als den Entdecker von Amerika. Ich wüßte in der Tat nicht, welchen Vorteil ich je davon gehabt hätte, daß den Vereinigten Staaten jetzt eine gewisse Bedeutung in der Geschichte der Menschheit beigemessen wird; mir haben sie, soviel ich mich erinnere, nie einen Dienst erwiesen, und meinetwegen hätte ganz Amerika bis zum Ende der Zeiten in der verlassenen Meereseinsamkeit verbleiben können, aus der es von neugierigen, habsüchtigen und eroberungslustigen Menschen ganz unnützerweise gezogen worden ist. Aber zu welchem Danke bin ich nicht dem sinnreichen Manne verpflichtet, der in seinem menschenfreundlichen Trachten den Sessel erdacht hat, auf dem ich mich in diesem Augenblick befinde, und der sich, genau wie der Prospektus es besagt, »allen Stellungen und Lagen des menschlichen Körpers anschmiegt«. Ich fühle, daß ich mich, dank diesem Sessel, sicherlich bald wieder ganz wohl befinden werde.

Ich sitze am Fenster. Mein Sessel ist zum bequemen Arbeitsbüro geworden: Vor mir auf einem zierlichen Tischchen liegen Papier und Feder, auf einem Stuhle daneben Bilder, Bücher und andere hübsche Sachen, und so kann ich, je nachdem es mir beliebt, lesen oder schreiben, ohne daß ich etwas anderes als meinen rechten Arm zu bewegen habe; oder wenn es mir paßt, zum Fenster hinaussehen und beobachten, was draußen vorgeht.

Der Tag ist trübe. Die graue, nebelschwere Luft ist in den tiefhängenden farblosen Himmel hineingewachsen und bildet mit diesem ein formloses Ganzes: geheimnisvoll verschwommen, furchtbar, grenzenlos – wie die Ewigkeit!

Soeben ritt ein junger Soldat vorüber mit hoher, breiter Brust, kräftigen, langen Gliedmaßen, blondem Haar, blauen Augen und heller, gesunder Gesichtsfarbe – ein richtiger Germane. Sein Pferd war ein mächtiges braunes Tier, das die schwere Last auf seinem breiten Rücken tänzelnd trug. Vor meinem Fenster glitt es auf dem glatten Pflaster aus und war einen Augenblick in Gefahr zu stürzen. Aber der Reiter riß den Gaul mit Zügel und Schenkeln zusammen; er bäumte sich in kurzen stoßenden Sätzen unter dem schweren Druck, der auf seine Flanken und sein Maul ausgeübt wurde: Die Funken stoben unter den schlagenden, stampfenden Hufen; aber das Tier fühlte bald, daß es seinen Meister gefunden hatte, und nachdem es den Kopf noch einigemal zornig hin und her geworfen hatte, ging es gefügig weiter. Roß und Reiter ein Bild gebändigter Kraft!

Ja, wer so gesund und stark wäre wie jener junge Reitersmann! – Ich fühle mich doch recht schwach und elend.

Franz, der mir heute früh etwas vorgeweint hat – früher wäre ich immer so gut und freundlich gewesen und seit einiger Zeit so streng und mißtrauisch geworden –, behauptet, ich müsse einen Arzt um Rat fragen. »Schön«, habe ich gesagt, »rufen Sie den Doktor.« Ich wollte Ruhe haben. Franz ist davongelaufen, als gelte es, mir das Leben zu retten.

Gestern ließ Frau von N. anfragen, wie es mir ginge. Die Dreistigkeit der Menschen ist unglaublich. Erst haben sie mich zu ermorden versucht, und nun, nachdem ihnen dies nicht gelungen ist, erkundigen sie sich nach meinem Befinden. Ich weiß nicht, was Franz seinem Kollegen Friedrich bestellt haben mag; wenn er meine Antwort auf die Anfrage wiedergegeben hat, so werden die Leute ihre Freude daran gehabt haben. Was ich übrigens köstlich finde, ist, daß die alte N.

ihre Tochter zu küssen glaubt, wenn sie die diebische Person mit Antonies Augen an ihr Herz drückt, die jetzt unter ihrem Dache haust und sich für ihre Tochter ausgibt. Wer mag sie eigentlich sein? Ich habe Antonie verschiedene Male danach gefragt, aber sie gibt mir keine Antwort. Sie küßt mich, und dann vergesse ich alles, alles. Nur daß sie mich liebt, das weiß ich, und daß ich ihr mein ganzes Herz gegeben habe.

Sie kommt nun jeden Abend, sobald es im Hause still geworden ist und ich Franz entfernt habe. Ich weiß nicht, wie die Zeit hingeht, ich weiß auch nicht, wann sie mich verläßt. Sie nimmt mich in ihre weichen Arme, wiegt mich und singt dazu – unverständliche fremde Worte, die nicht enden –, und dann schlafe ich ein. Wenn ich erwache, so ist sie gegangen. Dann suche ich das Bett auf, aber ich finde dort keine Ruhe mehr. Schmerzen und Kälte plagen mich. Heute früh hatte ich Schüttelfrost. Das ist etwas sehr Unangenehmes. Aber Furcht kenne ich nicht mehr, gar nicht mehr!

Ein Wagen hält vor der Tür. – Der Doktor...

Eine Stunde später

Das ist eine sehr komische Geschichte. So böse habe ich meinen guten alten Doktor noch gar nicht gesehen. Das hübscheste war, wie er Franz ausschalt. Einen leichtsinnigen, pflichtvergessenen Menschen nannte er ihn. Warum er nicht schon vor acht Tagen zu ihm gekommen wäre! Der dumme Kerl plinste und plärrte und wollte sich entschuldigen, aber der Doktor ließ ihn gar nicht zu Worte kommen und wies ihm die Tür. Nun sieht der gute Franz einmal, daß doch auch noch andere Menschen als ich mit ihm unzufrieden sind.

Es scheint nämlich, daß die Wunde an meiner Hand vernachlässigt worden ist. Sie sieht in der Tat abscheulich aus. Ich mag gar nicht davon sprechen oder daran denken.

Der Doktor ist sofort zur Frau von N. gefahren, um das Messer zu untersuchen, mit dem mich die falsche Antonie zu ermorden versucht hat. Ich würde die Schmerzen, die ich auszustehen habe, gern ertragen, wenn ich sicher sein könnte, daß die Elende der verdienten Strafe nicht entginge. Sie hat mich vergiften wollen. Der Doktor hat das Wort Pyämie nicht ausgesprochen, aber ich habe es auf seinem bleichen Gesichte gelesen.

Ich bin neugierig, wie sich die Sache entwickeln wird.

O die Schmerzen und die Kälte!

26. Januar

Heute sind sie zu zweien gekommen, mein Doktor und ein Professor. Die Blicke, welche die beiden Auguren untereinander austauschten, haben mich höchlich amüsiert, und ich habe für sie gelacht.

»Nun«, sagte ich, »lieber Doktor, müssen die Finger herunter? Oder vielleicht die Hand? Oder der Arm? Oder die ganze linke Seite? Genieren Sie sich nicht! Nur an mein Herz dürfen Sie nicht kommen, das habe ich fortgegeben.«

Der Doktor antwortete mir gar nicht.

»Was ist an zwei Fingern gelegen!« fuhr ich fort. »Ich habe deren zehn. Da bleiben mir immer noch acht. Das ist mehr, als ich gebrauche. Oder an einem Arme? Ich würde doch immer noch einen übrigbehalten. Es ist doch ein lächerliches Vorurteil, daß der Mensch zwei Hände und zwei Arme haben soll, um glücklich zu sein. Die Einäugigen sind zufriedene Leute, sagt ein französisches Sprichwort. Die Einarmigen auch. Das sage ich.«

Wenn ich nur die kranke Hand erst los wäre! Die Schmerzen, die sie mir verursacht, sind oft kaum noch zu ertragen.

Es riecht in meiner Wohnung wie in einem Hospital. Man hat desinfiziert. Im Nebenzimmer ist ein sauberer Tisch gedeckt, auf dem die Sache vor sich gehen soll. Es freut mich. Es ist Zeit. Die Schmerzen sind unsagbar. Und dann die eisige Kälte, der furchtbare Frost! Hu! Ich muß auch wieder hübscher werden, sonst könnte Antonie aufhören, mich zu lieben. Schrecklich sehe ich aus: aufgedunsen, blutlos, grün und gelb. Wenn ich mich nur erinnern könnte, was sie mir gestern abend gesagt hat. Aber das ist unmöglich. Sie spricht eine ganz merkwürdige Sprache. Ich verstehe jedes Wort, solange sie spricht, aber gleich darauf habe ich alles wieder vergessen.

Nun, mein alter Waldmann! Du siehst mich ja so traurig an. Bin ich denn so krank? Tut dir dein armer Herr leid?

In einer Viertelstunde kommt der Doktor wieder. Ich soll nur ruhig sein. Ich würde keine Schmerzen haben. – Ich bin ganz ruhig. Ich hätte mir die Sache gerne angesehen; aber er sagt, ich müßte mich chloroformieren lassen. Man wird mir eine Maske vorlegen...

In der zeitlosen Ewigkeit

Der menschliche Geist kann nicht fassen, was nun ist, und die menschliche Sprache hat keinen Ausdruck dafür. Eine unüberbrückbare Kluft liegt zwischen dem Vergangenen und dem Werden, denn nun gibt es keine Zeit mehr. Alles, was war, ist verschwunden im grenzenlosen Abgrund des Nichtseins, und was besteht, besteht einzig durch *mich* – Gebilde meines Willens und Wollens. Schöpfer meiner Welt, dich verehre ich – *mich*!

Ein anderes Mal

Daß sie ein Vampir war, das wußte ich, schon als ich noch für einen Menschen galt. *Mein* Blut war es, das ihre Lippen rötete, ihre Brust erwärmte, ihren Atem erglühen machte. Aber sie wollte mein Herz – mein Herz wollte sie! Furchtbar war das Ringen, denn sie hatte Dämonengewalt. Verstümmelt ging ich siegreich aus dem Kampfe hervor. – Ich fühle dein Pochen, mein Herz, o mein Herz, du mein geliebtes Herz!

Zur Stunde des Sirius

Menschenzeitliches Gewürm umringt mich und glotzt mich mit blöden Augen an. Einige von ihnen nähern sich mir, kommen bis in mein stilles Gemach, darunter ein weißhaariges altes Geschöpf, dessen milde Freundlichkeit meinen Zorn ob seiner Zudringlichkeit entwaffnet. Es bietet mir Speise und Trank – als ob *ich* dessen bedürfte! Doch ich willfahre dem törichten Begehren, um nicht in meiner göttlichen Einsamkeit gestört zu werden. – Aber nun verschwindet! Ich kenne euch nicht, will euch nicht kennen. Fort mit euch aus der maßlosen Ewigkeit in die enge Zeitlichkeit! Allein – allein stehe ich da, unnahbar, furchtbar. – Ich ziehe mich zurück, seinbewußt. – Der Vorhang fällt.

Si vales, bene est; ego valeo!*

* Lat. Abschiedsgruß: Wenn du dich wohl befindest, ist es gut, ich befinde mich wohl!

OSKAR PANIZZA

Die Kirche von Zinsblech

> »Sind angenehm in Leibkleidern als nackend, doch tödliche Farbe, gehen zerteilt an beiden Orten den Platz hinauf, lassen sich bloß sehen, als ob sie erscheinen, ungeredet, und gehen alsdann wieder hinab in das Grab.«
>
> Luzerner Osterspiel, Totenauferstehung

Auf einer meiner einsamen Wanderungen durch Tirol hatte ich mich eines Abends vergangen. Infolge eines schief stehenden Wegweisers fand ich mich bei längst eingetretener Dunkelheit noch mitten im Walde, während ich bei untergehender Sonne längst am Orte meines Ziels hätte eintreffen sollen. Ich kam zwar endlich in ein Dorf, welches ich aber weder in dieser Gegend vermutete, noch, soviel ich mich erinnerte, auf einer meiner Karten verzeichnet fand. Es mochte jetzt gegen elf Uhr nachts sein. Alle Haustüren waren verschlossen, die Fensterscheiben schwarz. Aus Besorgnis um ein Nachtquartier klopfte ich an eine Scheibe, deren bleiern schepperndes Geräusch die Worte »Zinsblech! Zinsblech!« vernehmen ließ. Dies war aber nur der Laut auf den kleinen runden Scheiben mit Bleieinfassung; die größeren Scheiben, an die ich klopfte, tönten »Pinzgau! Pinzgau!« Nirgends die Antwort einer menschlichen Stimme. Nach wenigen Schritten stieß ich auf die Ortstafel, neben welcher das einzige Licht im Dorf zu brennen schien, bei dessen Schein es mir gelang zu lesen: »Gemeinde Zinsblech; Landgericht Pinzgau«. Es folgten noch einige Bemerkungen bezüglich Aushebungsbezirk, Steuereinziehung usw., und am Schlusse hieß es: »Das Ortsgeschenk wird in Haus Nummer 666 gereicht.« – Nachdem ich mit meinem Geklopfe »Zinsblech! – Pinzgau!« mehrere gänzlich menschenleere Straßen durchwandert hatte, wobei mir das Unglück passierte, eine Scheibe einzuschlagen, die auf diesen Mord ihres Ichs mit dem gläsernen Sterbeseufzer »Grinzsau!«

antwortete, kam ich an die Kirche. Ein großes, hochaufsteigendes Gebäude im nüchtern romanischen Stil mit wuchtigen Formen; außen roh bemörtelt; das Dach von Schiefer; am Ende ein hoher Turm mit in Zacken aufsitzendem Turmhelm, dessen sich verjüngende Spitze ein goldenes Kreuz und auf dem Kreuz einen Hahn trug. Merkwürdigerweise stand die Kirchentür, die mit Schweinfurter Grün angestrichen war, sperrangelweit offen. Ich trat ein und ging, nachdem ich unglücklicherweise an den kupfernen Weihkessel angestoßen war, der mit dem schilpend abgewetzten Laut »Pinzfrech!« antwortete, vorsichtig durch die Kirchenstühle auf den Altar zu. Vor dem Altar lag eine dicke, wollige Plüschdecke. Alles war mäuschenstill. Ich war so ermüdet, daß ich mich versuchsweise hinlegte.

Obwohl es beim Eintritt ganz dunkel war, konnte ich doch schon nach kurzer Zeit allgemeine Umrisse, Nischen und Vorsprünge unterscheiden. Die Altäre waren geschmückt mit den in Landeskirchen üblichen eingerahmten Tabletten, auf denen lateinische Sprüche waren, mit versilberten Leuchtern, Klingelspiel, alles in einfachster, wenig kostspieliger Form; auf Sockeln an der blanken, weißgetünchten Wand herum standen einige Apostel, Märtyrer und Ortsheilige mit ihren gewöhnlichen Werkzeugen und Symbolen. Gesichter, Haltung und Gewandung waren in jener übertrieben brünstigen und pathetischen Darstellungsweise, wie sie das Spätrokoko um die Mitte dieses Jahrhunderts bis in die letzte Dorfkirche brachte. Rechts von dem langen Fenster, auf das mein Blick unwillkürlich vor dem Einschlafen gerichtet war, stand ein Petrus mit einem scharf zur Seite gewandten vollbärtigen Kopfe, in dessen eigentümlich grinsenden Zügen sich Stolz und Verschmitztheit ausdrückte; halb, so schein es, blickte er auf den auf der anderen Fensterseite stehenden Jeremias, der traurig und verlegen seine Papierrolle gesenkt hielt, halb zum Fenster hinaus, seinen großen, schwarzen Schlüssel krampfhaft in das Mondlicht haltend, das, scharf am Rand des Kirchendaches herabgleitend, langsam durch das linke Seitenschiff der Kirche strich. – Mit diesem Bild schlief ich ein.

Wie lange ich geschlafen, kann ich nicht sagen. Ich erhielt plötzlich einen Stoß in die Seite, wie von einem harten Gegenstand. Erwachend bemerkte ich vor mir einen Mann in einem langen, roten Gewand. Unter dem Arm trug er ein großes, schiefes Holzkreuz; dieses Holzkreuz war an mich gestoßen. Der Mann kümmerte sich um mich gar nicht, sondern schritt ernst und gemessen dem Altare zu. Und nun erkannte ich, daß er nur einer unter vielen war, die in einer langen Reihe geordnet aus den Kirchenstühlen herauskamen in der Richtung zum Altar. Die ganze Kirche war prächtig und taghell erleuchtet. Auf allen Altären brannten Kerzen. Vom Chor herab tönte ein langsam einschläferndes Gesumse der Orgel. Weihrauch und Kerzendampf lagerten sich in festen, bleigrauen Schwaden zwischen den weißgetünchten Pfeilern und der Wölbung. In dem Zug der geheimnisvoll dahinschleichenden Menschen bemerkte ich eine Menge seltsamer Gestalten. Da ging an der Spitze eine junge, prächtige Frau in einem blauen, sternbesäten Kleid, die Brüste offen, die linke halb entblößt. Durch Brust und Kleid hindurch ging ein Schwert, so zwar, daß das Kleid gerade noch getroffen war, als sollte es dadurch emporgehalten werden. Sie blickte fortwährend mit einem verzückten Lächeln an die weiße, kalkige Decke empor und hielt die Arme in brünstiger Gebärde über die Brust gekreuzt, so daß man den Eindruck gewann, als jubiliere sie innerlich über irgendeinen Gedanken. Wobei ich nochmals bemerkte, daß das Schwert links, bei der linken Armbeuge, bis zum Heft in der Brust stak.

Dies war die vorderste Person. Aus der hinter ihr folgenden Reihe fielen manche durch ihre wunderliche Tracht auf. Die meisten hatten bestimmte Werkzeuge in der Hand. Der eine eine Säge, der andre ein Kreuz, der dritte einen Schlüssel, der vierte ein Buch, einer gar einen Adler, und ein anderer trug ein Lamm auf dem Arme mit herum. Niemand wunderte sich über den anderen, keiner sprach mit dem anderen. Aus dem Schiff der Kirche führten drei Stufen zu der erhöhten Estrade, wo der Altar stand. Jeder wartete mit seinem in bestimmter Haltung getragenen Werkzeug, bis der vordere die drei Stufen droben war, um nicht mit ihm zusammenzustoßen. Was mich am meisten wunderte: Niemand kümmerte sich um mich. Ich blieb völlig unbemerkt. Und selbst der Mann, der mit seinem schiefbalkigen Kreuz an mich gestoßen war, schien davon nichts bemerkt zu haben. Eine zweite weibliche Person fiel mir durch ihre pathetische Haltung im Zuge auf: eine blonde Frau, nicht mehr jung, mit hübschen, aber abgewitterten, abgelebten Zügen. Sie trug ein ganz weißes Kleid, ohne Falbel oder Borde; in der Mitte mit einem Strick gebunden. Dieser Strick war aber vergoldet, die Brüste vollständig entblößt. Doch schaute niemand auf diese üppig quellenden Brüste hin. Reiche, blonde Flechten, vollständig aufgelöst, wallten den ganzen Rücken hinab. Sie trug den Kopf tief auf die Brust gesenkt und schaute verzweifelt auf ihre, nicht wie gewöhnlich gefalteten, sondern nach auswärts umgeknickten Hände – die Geste, die auf dem Theater Verzweiflung darstellt. Tränen perlten fortwährend von ihren Wimpern, fielen von da auf ihre Brüste, dann auf das Kleid und auch noch auf die manchmal unter dem Kleid hervorkommenden Füße. – Es wäre unmöglich, alle die aufzuzählen, die hier so still und selbstverständlich, wie zu einer regelmäßigen Übung, hinaufwanderten; aber der Mensch mit der verkniffenen Fratze, der anfangs seinen Schlüssel so energisch in das Mondlicht hielt und den ich vor dem Einschlafen unwillkürlich noch auf dem Postament betrachtet hatte, war auch dabei.

Trotz des eintönigen Orgelspiels war mir seit dem Erwachen ein zischendes Geräusch hinter meinem Rücken am Altar nicht entgangen. Ich blickte mich jetzt um und bemerkte dort einen hochaufgeschossenen, ganz weiß gekleideten Menschen, der fortwährend in den an ihm vorbeiwandernden, teilweise vor ihm haltmachenden Zug hineinflüsterte: »Nehmet hin und esset! Nehmet hin und esset!« Es war eine unsäglich feine Figur: schlank, grazile Glieder, geistvolles Profil, griechische Nase. Dunkle, glattgescheitelte Lockenwellen fielen über Schläfe, Ohr und Nacken; ein durchsichtiger, jünglinghafter Flaum bedeckte Kinn und Lippen. Doch bemerkte ich an seinen Händen Blut. Er stand am äußersten linken Ende des Altars und schob den je zu zweit vor ihm stillstehenden und auf einem roten Schemel knienden Menschen des Zuges ein rundes, weiß angestrichenes Stück in den Mund, während diese unter brünstigem Augenaufschlag an die Decke blickten. Er flüsterte immerzu: »Nehmet hin und esset! Nehmet hin und esset!« Und »Nähmet hin und ässet!« prallte es von den halbkugelförmigen Hohlwänden hinter dem Altar zurück. Soweit war alles gut. Auffallend war mir zwar, woher dieser Mensch die weißen, runden Stücke nahm. Er langte wohl fortwährend in den Brustlatz seines Gewandes hinein, dort konnte aber ein Vorrat von den weißen Münzen unmöglich sein; einmal weil dieses Austeilen ewig fortging und kein Ende nahm, ferner auch ein Unterkleid, wie man deutlich sehen konnte, nicht da war und weil schließlich die Dünnbrüstigkeit dieses abgehärmten Menschen eine so exzessive war, daß, was sich im Profil darbot, notwendig dem Körper selbst angehören mußte. Auch bewegte er die feine, höchst schlank gebaute Hand so tief nach innen, daß für mich, soweit meine allerdings der Täuschung fähigen Sinne in Betracht kamen, kein Zweifel bestand, daß er die kreidigen Zwölfkreuzerstücke aus seinem Körper selbst nahm.

Ich sagte, soweit war alles gut: die Leute, die Frau mit dem Schwert in der Brust voraus, marschierten hinter dem Altar herum, um auf der rechten Seite wieder zu ihren Plätzen in den Kirchenbänken zurückzukehren. Aber was war denn auf dieser rechten Seite? Dort stand ein ähnlicher Mensch – mehr ein mythologischer Zwitter als ein Mensch – in einem schwarzen, protestantischen Predigertalar, vorn am Hals die viereckigen weißen Tabletten oder Bäffchen, hinter denen ein schwarz behaarter Hals zum Vorschein kam. Hinten am Gesäß teilte sich das Predigerkleid, und ein schwarzer, affenartiger Wickelschwanz rollte sich dort heraus von so respektabler Länge, daß er, die Breite des Altars überspannend, mit dem Rücken des auf der linken Seite amtierenden weißen Menschen in stete Berührung kam. Unten guckten zwei hufartige Füße heraus, und oben auf dem Predigerhalse saß ein Kopf, dessen wilder Haarwuchs, verbunden mit einem gelben

Kolorit, eingefurchten, denkfaltigen Zügen und einer stumpfigen Nase, einem deutschen Professorengesicht an Häßlichkeit wenig nachgab. Eine goldne Brille komplettierte diese aus Ärger, Bitterkeit und Ekel zusammengesetzte Physiognomie. – Eigentümlich war es, daß er fast pendelartig dieselben Bewegungen und Gesten machte wie sein weißes Gegenüber auf der anderen Altarseite. – Er hielt einen schwarzen Becher in der Hand, aus dem er seiner ähnlich wie drüben vorbeiparadierenden Gesellschaft zu trinken gab. Dabei rief er in einem heiseren, grölenden Ton der jedesmal vor ihm knienden Person zu: »Nehmet hin und trinket!« Und jedesmal führte er den Becher hinter sich herum, am Gesäß vorbei, um ihn dann der nächsten Person an die Lippen zu setzen. Was war nun aber das für eine Gesellschaft auf dieser rechten Seite? Eine merkwürdige und ganz anders geartete als drüben! Da war ganz vorne ein Mensch mit einer langen Nase und zurückweichendem Kinn, einen Dreimaster am Kopfe, den ausgemergelten Körper in eine französische Uniform à la Louis XV. gesteckt, mit zurückgeschlagenen roten Rockflügeln, einen Degen zur Seite, in der rechten Hand einen Krückstock und zu allem Überfluß unterm linken Arm noch eine Flöte. Er hielt den Kopf immer schief, sah sehr eindrucksvoll drein und schien genau zu wissen, was er tat. – Da war ferner ein feiner, eleganter Kerl in spanischem Kostüm, Trikots bis fast an die Lende, Pluderhosen, gestepptes, panzerartiges Wams, darüber einen goldbordierten kurzen Mantel à la Philipp II., Schnallenschuhe, Samthut und Straußenfeder. Das Gesicht war gealtert, aber noch leichtfertig aufgelegt. Einen gezückten, bunten Degen in der Rechten, tänzelte er, die Champagnerarie aus Mozart trällernd, die drei Stufen zum Altar hinauf, mit Wohlwollen auf die Zeremonien des schwarzgeschwänzten Predigers sich vorbereitend. Unter den Frauenzimmern bemerkte ich eine in einem weißen, griechischen Gewand mit goldener Falbel, die Arme nackt und mit goldenen Spangen, die Brüste verführerisch halb entblößt; auf dem blonden, feingeschnittenen Haupt ein Königsdiadem und unter dem Arm eine Lyra. Mit ihren fröhlichen, fast ausgelassenen Manieren bildete sie einen wirksamen Gegensatz zu der blonden, schluchzenden Frau auf der anderen Seite. – Es waren noch manche wunderbare, wie es schien, aus allen Gegenden und Zeiten zusammengewürfelte Gesellen da. Da war einer in einem langen, dunkeln, schleppenden Magistergewand, ein Barett auf dem ernsten Gesicht, eine düstere, grübelnde Scholastenmine, unter dem Arm ein geheimnisvolles Buch mit ägyptischen Lettern, der mit zu Boden gewandtem Blick schweigend in der Reihe einherging. Gleich hinter ihm ging ein junges Mädchen mit mildem, weichem Gesichtsausdruck, die einen abgehauenen bärtigen Kopf auf einer Schüssel trug. Der Kopf schien der eines Denkers zu sein; das Mädchen lächelte und schien mit heiteren Gedanken beschäftigt zu sein. Aber weitaus die hervorragendste Figur in dem ganzen Zug war ein untersetzter, starkknochiger Mann mit rundem, glattrasiertem Gesicht und Stiernacken im schwarzen Predigergewand, der mit emporgeworfenem Kopf und selbstbewußter Miene einherging, unter dem linken Arm eine Bibel, unter dem rechten eine Nonne; dies war überhaupt das einzige Paar im ganzen Zug.

Schon oben sagte ich: Soweit war die Sache ganz gut. Und die Sache wäre auch weiterhin ganz gut gewesen; der linke Zug ging rechts um den Altar herum, der rechte links herum, um auf diese Weise in ihre Kirchenstühle zurückzukehren. Wie aber, wenn diese zwei Züge von so entgegengesetztem Charakter sich hinter dem Altar begegneten? Und das mußten sie! – Ich versäumte leider dieses Zusammentreffen. Fortwährend beschäftigt mit dem Durchmustern besonders des rechten Zuges, hörte ich plötzlich eine grelle heisere Lache aufschlagen. Ich wandte mich um und sah den schwarzgeschwänzten Menschen, der auf der rechten Seite den Kelch mit dem verdächtigen Inhalt kredenzte, sich mit einer höhnischen Fratze nach der anderen Seite umsehen, wo der weiße, sanfte Mann bleich und starr wie ein Toter stand. Hinter dem Altar sah ich die Spitzen beider Züge sich mit verdächtigen Mienen gegenseitig messen. In diesem Moment verlöschten sämtliche Kerzen. Ein dicker, schwefliger Dampf verbreitete sich im ganzen gewölbten Haus; das einschläfernde Summen der Orgel wurde von einem keifenden, gelfenden Aufschrei wie von einem blechernen Akkord unterbrochen, als hätte man eine der Orgelpfeifen mit einem Beil verwundet. Es entstand ein fürchterlicher Tumult; ich hörte harte Körper stürzen, Werkzeuge aufschlagen, Leuchter und Schüsseln zu Boden fallen, vernahm weibliches Wehklagen, männliche Kernflüche, Lachen und Schreien. Dazwischen rief eine mokante, kropfige Stimme, die, glaube ich, dem Schwarzen gehörte, mit einem eigentümlichen, jüdelnden Jargon: »Ja, ja! Nähmet hin und ässet! Ja, ja! Nähmet hin und trinket!« – Halb aus Furcht, erschlagen zu werden, halb aus Unmöglichkeit in der stickigen Luft weiter zu atmen, tappte ich mich im Finstern dem Ausgang zu, der, wie ich wußte, zur Rechten lag. Im Vorübergehen streifte ich am Weihkessel an, der mit einem »Spring Sau!« mir den Abschied gab, und gelangte glücklich ins Freie.

Es war noch immer Nacht; doch sah man im Osten die Dämmerung heraufkommen. Ich eilte so rasch wie möglich diejenigen Gassen entlang, von denen ich glaubte, daß sie mich am schnellsten ins Freie brächten. Ich kam an einem erleuchteten Fenster vorbei, Bäcker schoben dort gerade auf langen Brettern das neue Brot in die Röhren; ich war nur froh, mich wieder in irdischer Gesellschaft zu finden. Doch eilte ich, aus dem Dorf zu kommen, holte, auf der Landstraße angekommen, tüchtig aus und gelangte nach mehrstündigem Marsch gegen Morgen in eine kleine Ortschaft von harmlosem Aussehen mit freundlichen Leuten, überall offenen Türen und einer wenig hervorstechenden Kirche, dagegen mit einem vortrefflichen Wirtshaus, wo ich nicht nicht säumte, mich zu erfrischen.

Acht Tage später las ich – inzwischen in die Kreisstadt gelangt – im Amtsblatt folgende Bekanntmachung:

»In vergangener Nacht wurden in der hiesigen Ortskirche grauenhafte Zerstörungen angerichtet. Die Bildsäulen der Heiligen und Kirchenväter wurden von ihren Sockeln gestürzt, die Embleme ihnen aus der Hand gebrochen, Arme und Beine abgeschlagen etc. – Da die ziemlich leicht zugängliche Armenbüchse unberührt war, auch sonst Wertvolles nicht entwendet wurde, stellt sich das Ganze als ein Akt rohen Mutwillens und moralischer Verderbtheit dar. Verdacht richtet sich gegen einen Handwerksburschen, der spätnachts ins Dorf kam und es gegen Morgen in der Richtung nach*** verließ. Es wird gebeten, auf diese zu vigilieren. Derselbe, von dem jede nähere Beschreibung fehlt, ist im Betretungsfalle festzunehmen und anher einzuliefern.

Gemeinde Zinsblech. Landgericht Pinzgau.

Der Bürgermeister (Datum)«

GUSTAV MEYRINK

Eine Suggestion

23. September

So. Jetzt bin ich fertig mit meinem System und sicher, daß kein Furchtgefühl in mir entstehen kann.

Die Geheimschrift kann niemand entziffern. Es ist doch gut, wenn man alles vorher genau überlegt und in möglichst vielen Gebieten auf der Höhe des Wissens steht. Das soll ein Tagebuch für mich sein, kein anderer als ich ist es zu lesen imstande, und ich kann jetzt gefahrlos niederschreiben, was ich zu meiner Selbstbeobachtung für nötig halte. – Verstekken allein genügt nicht, der Zufall bringt es an den Tag.

Gerade die heimlichsten Verstecke sind die unsichersten. – Wie verkehrt alles ist, was man in der Kindheit lernt. – Ich aber habe mit den Jahren zu lernen verstanden, wie man den Dingen ins Innere sieht, und ich weiß ganz genau, was ich zu tun habe, damit auch nicht eine Spur von Furcht in mir erwachen kann.

Die einen sagen, es gibt ein Gewissen, die anderen leugnen es; das ist dann beiden ein Problem und ein Anlaß zum Streite. – Und wie einfach doch die Wahrheit ist: Es gibt ein Gewissen, und es gibt keines, je nachdem man daran glaubt. Wenn ich an ein Gewissen in mir glaube, suggeriere ich es mir. Ganz natürlich.

Seltsam ist dabei nur, daß, wenn ich an ein Gewissen glaube, es dadurch nicht nur *entsteht,* sondern auch sich ganz selbständig meinem Wunsche und Willen *entgegenzustellen* vermag. –

Entgegenstellen! – Sonderbar! – Es stellt sich also das Ich, das ich mir einbilde, dem Ich gegenüber, mit dem ich es mir selbst geschaffen habe, und spielt dann eine recht unabhängige Rolle. –

Eigentlich scheint es aber auch in andern Dingen so zu sein. Zum Beispiel schlägt manchmal mein Herz schneller, wenn man von dem Morde spricht, und ich stehe dabei und bin doch sicher, daß sie mir nie auf die Spur kommen können. Ich erschrecke nicht im geringsten in solchen Fällen – ich weiß es ganz genau, denn ich beobachte mich zu scharf, als daß es mir entgehen könnte, und doch fühle ich mein Herz schneller schlagen.

Die Idee mit dem Gewissen ist wirklich das Teuflischste, das je ein Priester erdacht.

Wer wohl der erste war, der diesen Gedanken in die Welt brachte! – Ein Schuldiger? Kaum! Und ein Schuldloser? Ein sogenannter Gerechter? – Wie hätte der sich so in die Folgen einer solchen Idee hineindenken können?

Es kann nur so sein, daß irgendein Alter es Kindern als Schreckgespenst dargestellt hat. – Mit dem Instinkt der drohenden Wehrlosigkeit des Alters gegenüber der keimenden brutalen Kraft der Jugend.

Ich kann mich ganz gut erinnern, wie ich noch als großer Junge für möglich gehalten hätte, daß sich die Schemen der Erschlagenen an die Fersen des Mörders heften und ihm in Visionen erscheinen. –

Mörder! – Wie listig schon wieder das Wort gewählt und gebaut ist. – Mörder! Es liegt ordentlich etwas Knirschendes drin.

Ich denke, der Buchstabe Ö ist die Wurzel, aus der das Entsetzliche ausklingt. –

Wie einen die Menschen mit Suggestionen ordentlich umstellt haben!

Aber ich weiß schon, wie ich diese Gefahren entwerte. Tausendmal habe ich mir dieses Wort an einem Abend vorgesagt, bis es die Schrecklichkeit für mich verloren hat. – Jetzt ist es mir ein Wort wie jedes andere. –

Ich kann mir ganz gut vorstellen, daß einen ungebildeten Mörder die Wahnideen, von den Toten verfolgt zu werden, in den Irrsinn hetzen, aber nur den, der nicht überlegt, nicht wägt, nicht vorausdenkt. – Wer ist denn heutzutage gewohnt, in brechende Augen voll Todesangst kaltblütig hineinzuschauen, ohne ein inneres Leck davonzutragen oder in gurgelnde Kehlen den Fluch zurückzudrosseln, vor dem man sich heimlich ja doch fürchtet. – Kein Wunder, daß so ein Bild *lebendig* werden kann und dann eine Art Gewissen erzeugt, dem man schließlich erliegt.

Wenn ich über mich nachdenke, muß ich bekennen, daß ich eigentlich geradezu genial vorgegangen bin.

Zwei Menschen kurz hintereinander zu vergiften und dabei alle Spuren des Verdachtes zu verwischen ist wohl schon Dümmeren, als ich bin, geglückt, aber die Schuld, das eigene Schuldgefühl zu ersticken, noch ehe es geboren, das –. Ich glaube wirklich, ich bin der einzige –

Ja, wenn einer das Unglück hätte, allwissend zu sein, für den gäbe es schwerlich einen inneren Schutz: so aber habe ich wohlweislich meine eigene Unwissenheit benützt und klug ein Gift gewählt, das eine Todesart erzeugt, deren Verlauf mir gänzlich *unbekannt* ist und auch bleiben soll.

Morphium, Strychnin, Zyankali – alle ihre Wirkungen kenne ich oder könnte ich mir vorstellen: Verrenkungen, Krämpfe, blitzartiges Niederstürzen, Schaum vor dem Munde. – Aber Curarin! – Ich habe keine Ahnung, wie bei bei diesem Gift der Todeskampf aussehen mag, und wie sollte sich da eine Vorstellung in mir bilden können? Darüber nachzulesen, werde ich mich natürlich hüten, und zufällig oder unfreiwillig etwas darüber mit anhören zu müssen, ist ausgeschlossen. – Wer kennt denn überhaupt den Namen Curarin?

Also! Wenn ich mir nicht einmal ein Bild von den letzten Minuten meiner beiden Opfer (welch albernes Wort) machen kann, wie könnte mich ein solches je verfolgen? – Und sollte ich dennoch davon träumen, so kann ich mir beim Erwachen die Unhaltbarkeit einer solchen Suggestion direkt *beweisen*. Und welche Suggestion wäre stärker als ein *solcher Beweis!*

26. September

Merkwürdig, gerade heute nacht träumte ich, daß die beiden Toten links und rechts hinter mir hergehen. – Vielleicht weil ich gestern die Idee vom Träumen niedergeschrieben habe?

Da gibt es jetzt nur zwei Wege, um solchen Traumbildern den Eintritt zu verrammeln: entweder sich fortwährend dieselben innerlich vorzuhalten, um sich daran zu gewöhnen, wie ich es mit dem dummen Wort »Mörder« mache, oder zweitens diese Erinnerung ganz auszureißen aus dem Gedächtnisse.

Das erstere? – Hm. – Das Bild war zu scheußlich! – Ich wähle den zweiten Weg.

Also: »Ich will nicht mehr daran denken! – Ich will nicht! Ich will *nicht, nicht, nicht* mehr daran denken! – Hörst du! – Du sollst gar nicht mehr daran denken!«

Eigentlich ist diese Form: »Du sollst nicht usw.« recht unüberlegt, wie ich jetzt bemerke, man soll sich nicht mit »Du« anreden – dadurch zerlegt man sozusagen sein Ich in zwei Teile: in ein Ich und ein Du, und das könnte mit der Zeit verhängnisvolle Wirkungen haben!

5. Oktober

Wenn ich das Wesen der Suggestion nicht so genau studiert hätte, könnte ich wirklich recht nervös werden: Heute war es die achte Nacht, daß ich jedesmal von demselben Bilde geträumt habe. – Immer die zwei hinter mir her, auf Schritt und Tritt.

Ich werde heute abend unter die Leute gehen und etwas mehr als sonst trinken.

Am liebsten ginge ich ins Theater – aber natürlich gerade heute ist »Macbeth«.

7. Oktober

Man lernt doch nie aus. – Jetzt weiß ich, warum ich so hartnäckig davon träumen *mußte.* – Paracelsus sagt ausdrücklich, daß man, um beständig lebhaft zu träumen, nichts anderes zu tun brauche, als ein- oder zweimal seine Träume niederzuschreiben. Das werde ich aber nächstens gründlich bleibenlassen.

Ob das so ein moderner Gelehrter wüßte? Aber auf den Paracelsus schimpfen, das können sie.

13. Oktober

Ich muß mir heute genau aufschreiben, was passiert ist, damit nicht in meiner Erinnerung etwa Dinge dazuwachsen, die gar nicht geschehen sind. –

Seit einiger Zeit hatte ich das Gefühl – die Träume bin ich Gott sei Dank los –, als ob stets jemand links hinter mir ginge.

Ich hätte mich natürlich umdrehen können, um mich von der Sinnestäuschung zu überzeugen – das wäre aber ein großer Fehler gewesen, denn schon dadurch hätte ich mir selbst gegenüber zugegeben, daß die *Möglichkeit* von etwas Wirklichem überhaupt vorhanden sein *könne*. – Das hielt so einige Tage an. – Ich blieb gespannt auf meiner Hut.

Wie ich nun heute früh an meinen Frühstückstisch trete, habe ich wieder dieses lästige Gefühl, und plötzlich höre ich ein knirschendes Geräusch hinter mir. – Ehe ich mich fassen konnte, hatte mich der Schreck übermannt, und ich war herumgefahren. – Einen Augenblick sah ich ganz deutlich mit wachen Augen den toten Richard Erben, grau in grau – dann huschte das Phantom blitzschnell wieder hinter mich, aber doch nicht mehr so weit, daß ich es nur wie vorher bloß ahnen kann. – Wenn ich mich ganz grad richte und die Augen stark nach links wende, kann ich seine Konturen sehen, sowie im Augenschimmer; drehe ich aber den Kopf, so weicht die Gestalt im selben Maße zurück.

Es ist mir ja ganz klar, daß das Geräusch nur von der alten Aufwärterin verursacht sein konnte, die keinen Augenblick still ist und sich immer an den Türen herumdrückt.

Sie darf mir von jetzt ab nur in die Wohnung, wenn ich nicht zu Hause bin. Ich will überhaupt keinen Menschen mehr in der Nähe haben. –

Wie mir das Haar zu Berge stand! – Ich denke mir, daß das

davon kommt, daß sich einem die Kopfhaut zusammenzieht.

Und das Phantom? Die erste Empfindung war ein Nachwehen aus den früheren Träumen – ganz einfach; und das plötzliche Sichtbarwerden entstand ruckweise durch den plötzlichen Schrecken. – Schrecken, Furcht, Haß, Liebe sind lauter Kräfte, die das Ich zerteilen und daher die eigenen, sonst ganz unbewußten Gedanken sichtbar machen können, daß sie sich im Wahrnehmungsvermögen wie in einem Reflektor spiegeln.

Ich darf jetzt längere Zeit gar nicht unter die Leute und muß mich scharf beobachten, denn das geht so nicht mehr weiter.

Unangenehm ist, daß all das gerade auf den Dreizehnten des Monats fallen muß. – Ich hätte wirklich gegen das alberne Vorurteil mit dem Dreizehnten, das eben auch in mir zu stecken scheint, von allem Anfange an energisch kämpfen sollen. – Übrigens, was liegt an diesem unwichtigen Umstande? –

20. Oktober

Am liebsten hätte ich meinen Koffer gepackt und wäre in eine andere Stadt gefahren.

Schon wieder hat sich die Alte an der Tür zu schaffen gemacht.

Wieder dieses Geräusch – diesmal rechts hinter mir. – Derselbe Vorgang wie neulich. – Jetzt sehe ich rechts meinen vergifteten Onkel, und wenn ich das Kinn auf die Brust drücke – so quasi auf meine Schultern schiele –, alle beide links und rechts.

Die Beine kann ich nicht sehen. Es scheint mir übrigens, als ob die Gestalt des Richard Erben jetzt mehr hervorgetreten, näher zu mir gekommen wäre.

Die Alte muß mir aus dem Hause – das wird mir immer verdächtiger, aber ich werde noch einige Wochen ein freundliches Gesicht machen, damit sie nicht Mißtrauen schöpft.

Auch das Übersiedeln muß ich noch hinausschieben; es

würde den Leuten auffallen, und man kann nicht vorsichtig genug sein.

Morgen will ich wieder das Wort »Mörder« ein paar Stunden lang üben, es fängt an, unangenehm auf mich zu wirken – und mich wieder an den Klang gewöhnen. –

Eine merkwürdige Entdeckung habe ich heute gemacht: Ich habe mich im Spiegel beobachtet und gesehen, daß ich beim Gehen mehr mit dem Ballen auftrete als früher und daher ein leichtes Schwanken spüre. – Die Redensart vom »festen Auftreten« scheint einen tiefen, inneren Sinn zu haben, wie überhaupt in den Worten ein psychologisches Geheimnis zu stecken scheint.

Ich werde darauf achten, daß ich wieder mehr auf den Fersen gehe.

Gott, wenn ich nur nicht immer über Nacht die Hälfte von dem vergäße, was ich mir tagsüber vornehme. – Rein, als ob der Schlaf alles verwischen würde.

1. November

Letztes Mal habe ich doch absichtlich gar nichts über das zweite Phantom niedergeschrieben, und doch verschwindet es nicht. – Gräßlich, gräßlich. – Gibt es denn keinen Widerstand?

Ich habe doch einmal ganz klar unterschieden, daß es zwei Wege gibt, um mich aus der Sphäre solcher Bilder zu rücken. – Ich habe doch den zweiten eingeschlagen und bin dabei immerwährend auf dem ersten!

War ich denn damals sinnesverwirrt?

Sind die beiden Gestalten Spaltungen meines Ichs, oder haben sie ihr eigenes unabhängiges Leben?

Nein, nein! – Dann würde ich sie ja füttern mit meinem eigenen Leben! – Also sind es doch wirkliche Wesen! – Grauenhaft! – Aber nein, ich *betrachte* sie doch nur als selbständige Wesen, und was man als Wirklichkeit betrachtet, das ist – das ist –. Herrgott, barmherziger, ich schreibe ja nicht, wie man sonst schreibt. – Ich schreibe ja, als ob mir jemand diktierte. – Das muß von der Geheimschrift kommen, die ich immer erst übersetzen muß, ehe ich sie fließend lesen kann.

Morgen schreibe ich das ganze Buch noch einmal kurrent ab. – Herrgott, stehe mir bei in dieser langen Nacht.

10. November

Es sind *wirkliche Wesen,* sie haben mir im Traum ihren Todeskampf erzählt. – Jesus, schütze mich – ja, Jesus, Jesus! – Sie wollen mich erdrosseln! – Ich habe nachgelesen: Es war die Wahrheit – Curarin wirkt so, genau so. – Woher wüßten sie es, wenn es nur Scheinwesen wären? –

Gott im Himmel, warum hast du mir nie gesagt, daß man nach dem Tode weiterlebt – ich hätte ja keinen ermordet.

Warum hast du dich nicht mir als Kind geoffenbart? –

Ich schreibe schon wieder so, wie man spricht; und ich will nicht.

12. November

Ich sehe wieder klar, jetzt, wo ich das ganze Buch abgeschrieben habe. – Ich bin krank. Da hilft nur kalter Mut und klares Wissen.

Für morgen früh habe ich mir den Dr. Wetterstrand bestellt, der muß mir genau sagen, wo der Fehler lag. – Ich werde ihm alles haarklein berichten, er wird mir ruhig zuhören und das über Suggestion verraten, was ich noch nicht weiß.

Er kann im ersten Augenblick unmöglich für wahr halten, daß ich wirklich gemordet habe – er wird glauben, ich sei bloß wahnsinnig.

Und daß er es sich zu Hause *nicht* mehr überlegt, dafür werde ich sorgen. – Ein Gläschen Wein!

13. November

. . . .

. . . .

GEORG HEYM
Das Schiff

Es war ein kleiner Kahn, ein Korallenschiffer, der über Kap York in der Harafuhra-See kreuzte. Manchmal bekamen sie im blauen Norden die Berge von Neuguinea ins Gesicht, manchmal im Süden die öden australischen Küsten wie einen schmutzigen Silbergürtel, der über den zitternden Horizont gelegt war.

Es waren sieben Mann an Bord. Der Kapitän, ein Engländer, zwei andre Engländer, ein Ire, ein Franzose, ein Portugiese und der chinesische Koch. Und weil sie so wenig waren, hatten sie gute Freundschaft gehalten.

Nun sollte das Schiff herunter nach Brisbane gehen. Dort sollte gelöscht werden, und dann gingen die Leute auseinander, die einen dahin, die andern dorthin.

Auf ihrem Kurs kamen sie durch einen kleinen Archipel, rechts und links ein paar Inseln, Reste von der großen Brücke, die einmal vor einer Ewigkeit die beiden Kontinente von Australien und Neuguinea verbunden hatte. Jetzt rauschte darüber der Ozean, und das Lot kam ewig nicht auf den Grund.

Sie ließen den Kahn in eine kleine schattige Bucht der Insel einlaufen und gingen vor Anker. Drei Mann gingen an Land, um nach den Bewohnern der Insel zu suchen.

Sie wateten durch den Uferwald, dann krochen sie mühsam über einen Berg, kamen durch eine Schlucht, wieder über einen bewaldeten Berg. Und nach ein paar Stunden kamen sie wieder an die See.

Nirgends war etwas Lebendes auf der ganzen Insel. Sie hörten keinen Vogel rufen, kein Tier kam ihnen in den Weg. Überall war eine schreckliche Stille. Selbst das Meer vor ihnen war stumm und grau. »Aber jemand muß doch hier sein, zum Teufel«, sagte der Ire.

Sie riefen, schrien, schossen ihre Revolver ab. Es rührte sich nichts, niemand kam. Sie wanderten den Strand entlang, durch Wasser, über Felsen und Ufergebüsch, niemand begegnete ihnen. Die hohen Bäume sahen auf sie herab wie große gespenstische Wesen, ohne Rauschen, wie riesige Tote in einer furchtbaren Starre. Eine Art Beklemmung, dunkel und geheimnisvoll, fiel über sie her. Sie wollten sich gegenseitig ihre Angst ausreden. Aber wenn sie einander in die weißen Gesichter sahen, so blieben sie stumm.

Sie kamen endlich auf eine Landzunge, die wie ein letzter Vorsprung, eine letzte Zuflucht, in die See hinauslief. An der äußersten Spitze, wo sich ihr Weg wieder umbog, sahen sie etwas, was sie für einen Augenblick starr werden ließ.

Da lagen übereinander drei Leichen, zwei Männer, ein Weib, noch in ihren primitiven Waschkleidern. Aber auf ihrer Brust, ihren Armen, ihrem Gesicht, überall waren rote und blaue Flecken wie unzählige Insektenstiche. Und ein paar große Beulen waren an manchen Stellen wie große Hügel aus ihrer geborstenen Haut getrieben.

So schnell sie konnten, verließen sie die Leichen. Es war nicht der Tod, der sie verjagte. Aber eine rätselhafte Drohung schien auf den Gesichtern dieser Leichname zu stehen, etwas Böses schien unsichtbar in der stillen Luft zu lauern, etwas, wofür sie keinen Namen hatten, und das doch da war, ein unerbittlicher eisiger Schrecken.

Plötzlich begannen sie zu laufen, sie rissen sich an den Dornen. Immer weiter. Sie traten einander fast auf die Hacken.

Der letzte, ein Engländer, blieb einmal an einem Busch hängen; als er sich losreißen wollte, sah er sich unwillkürlich um. Und da glaubte er hinter einem großen Baumstamm etwas zu sehen, eine kleine schwarze Gestalt wie eine Frau in einem Trauerkleid.

Er rief seine Gefährten und zeigte nach dem Baum. Aber es war nichts mehr da. Sie lachten ihn aus, aber ihr Lachen hatte einen heiseren Klang.

Endlich kamen sie wieder an das Schiff. Das Boot ging zu Wasser und brachte sie an Bord.

Wie auf eine geheime Verabredung erzählten sie nichts von dem, was sie gesehen hatte. Irgend etwas schloß ihnen den Mund.

Als der Franzose am Abend über die Reling lehnte, sah er überall unten aus dem Schiffsraum, aus allen Luken und Ritzen scharenweise die Armeen der Schiffsratten ausziehen. Ihre dicken braunen Leiber schwammen im Wasser der Bucht, überall glitzerte das Wasser vor ihnen.

Ohne Zweifel, die Ratten wanderten aus.

Er ging zu dem Iren und erzählte ihm, was er gesehen hatte. Aber der saß auf einem Tau, starrte vor sich hin und wollte nichts hören. Und auch der Engländer sah ihn wütend an, als er zu ihm vor die Kajüte kam. Da ließ er ihn stehen.

Es wurde Nacht, und die Mannschaften gingen herunter in die Hängematten. Alle fünf Mann lagen zusammen. Nur der Kapitän schlief allein in seiner Koje hinten unter dem Deck. Und die Hängematte des Chinesen hing in der Schiffsküche.

Als der Franzose vom Deck herunterkam, sah er, daß der Ire und der Engländer miteinander ins Prügeln geraten waren. Sie wälzten sich zwischen den Schiffskisten herum, ihr Gesicht war blau vor Wut. Und die anderen standen herum und sahen zu. Er fragte den Portugiesen nach dem Grund dieses Zweikampfes und erhielt die Antwort, daß die beiden um einen Wollfaden zum Strumpfstopfen, den der Engländer dem Iren fortgenommen hätte, ins Hauen gekommen wären.

Endlich ließen sich die beiden los, jeder kroch in einen Winkel der Kajüte und blieb da sitzen, stumm zu den Späßen der anderen.

Endlich lagen sie alle in den Hängematten, nur der Ire rollte seine Matte zusammen und ging mit ihr auf Deck.

Oben durch den Kajüteneingang war dann wie ein schwarzer Schatten zwischen Bugspriet und einem Tau seine Hängematte zu sehen, die zu den leisen Schwingungen des Schiffes hin und her schaukelte.

Und die bleierne Atmosphäre einer tropischen Nacht, voll

von schweren Nebeln und stickigen Dünsten, senkte sich auf das Schiff und hüllte es ein, düster und trostlos.

Alle schliefen schon in einer schrecklichen Stille, und das Geräusch ihres Atems klang dumpf von fern, wie unter dem schweren Deckel eines riesigen schwarzen Sarges hervor.

Der Franzose wehrte sich gegen den Schlaf, aber allmählich fühlte er sich erschlaffen in einem vergeblichen Kampf, und von seinem zugefallenen Auge zogen die ersten Traumbilder, die schwankenden Vorboten des Schlafes. Ein kleines Pferd, jetzt waren es ein paar Männer mit riesengroßen altmodischen Hüten, jetzt ein dicker Holländer mit einem langen weißen Knebelbart, jetzt ein paar kleine Kinder, und dahinter kam etwas, das aussah wie ein großer Leichenwagen, durch hohle Gassen in einem trüben Halbdunkel.

Er schlief ein. Und im letzten Augenblick hatte er das Gefühl, als ob jemand hinten in der Ecke stände, der ihn unverwandt anstarrte. Er wollte noch einmal seine Augen aufreißen, aber eine bleierne Hand schloß sie zu.

Und die lange Dünung schaukelte unter dem schwarzen Schiffe, die Mauer des Urwalds warf ihren Schatten weit hinaus in die kaum erhellte Nacht, und das Schiff versank tief in die mitternächtliche Dunkelheit.

Der Mond steckte seinen gelben Schädel zwischen zwei hohen Palmen hervor. Eine kurze Zeit wurde es hell, dann verschwand er in die dicken, treibenden Nebel. Nur manchmal erschien er noch zwischen den treibenden Wolkenfetzen, trüb und klein, wie das schreckliche Auge der Blinden.

Plötzlich zerriß ein langer Schrei die Nacht, scharf wie mit einem Beil.

Er kam hinten aus der Kajüte des Kapitäns, so laut, als wäre er unmittelbar neben den Schlafenden ausgestoßen. Sie fuhren in ihren Hängematten auf, und durch das Halbdunkel sahen sie einander in die weißen Gesichter.

Ein paar Sekunden blieb es still; auf einmal hallte es wieder, ganz laut, dreimal. Und das Geschrei weckte ein schreckliches Echo in der Ferne der Nacht, irgendwo in den Felsen, nun noch einmal, ganz fern, wie ein ersterbendes Lachen.

Die Leute tasteten nach Licht, nirgends war welches zu finden. Da krochen sie wieder in ihre Hängematten und saßen ganz aufrecht darin, wie gelähmt, ohne zu reden.

Und nach ein paar Minuten hörten sie einen schlürfenden Schritt über Deck kommen. Jetzt war es über ihren Häuptern, jetzt kam ein Schatten vor der Kajütentür vorbei. Jetzt ging es nach vorn. Und während sie mit weit aufgerissenen Augen einander anstarrten, kam von vorn aus der Hängematte des Iren noch einmal der laute, langgezogene Schrei des Todes. Dann ein Röcheln, kurz, kurz, das zitternde Echo und Grabesstille.

Und mit einem Male drängte sich der Mond wie das fette Gesicht eines Malaien in ihre Tür, über die Treppe, groß und weiß, und spiegelte sich in ihrer schrecklichen Blässe.

Ihre Lippen waren weit auseinandergerissen, und ihre Kiefer vibrierten vor Schrecken.

Der eine der Engländer hatte einmal den Versuch gemacht, etwas zu sagen, aber die Zunge bog sich in seinem Munde nach rückwärts, sie zog sich zusammen; plötzlich fiel sie lang heraus wie ein roter Lappen über seine Unterlippe. Sie war gelähmt, und er konnte sie nicht mehr zurückziehen.

Ihre Stirnen waren kreideweiß. Und darauf sammelte sich in großen Tropfen der kalte Schweiß des maßlosen Grauens.

Und so ging die Nacht dahin in einem phantastischen Halbdunkel, das der große versinkende Mond unten auf dem Boden der Kajüte ausstreute. Aber auf den Händen der Matrosen erschienen manchmal seltsame Figuren, uralten Hieroglyphen vergleichbar, Dreiecke, Pentagrammata, Zeichnungen von Gerippen oder Totenköpfen, aus deren Ohren große Fledermausflügel wuchsen.

Langsam versank der Mond. Und in dem Augenblick, wo sein riesiges Haupt oben hinter der Treppe verschwand, hörten sie aus der Schiffsküche vorn ein trockenes Ächzen und dann ganz deutlich ein leises Gemecker, wie es alte Leute an sich haben, wenn sie lachen.

Und das erste Morgengrauen flog mit schrecklichem Fittich über den Himmel.

Sie sahen sich einander in die aschgrauen Gesichter, kletterten aus ihren Hängematten, und mit zitternden Gliedern krochen sie alle herauf auf das Verdeck.

Der Gelähmte mit seiner heraushängenden Zunge kam zuletzt herauf. Er wollte etwas sagen, aber er bekam nur ein gräßliches Stammeln heraus. Er zeigte auf seine Zunge und machte die Bewegung des Zurückschiebens. Und der Portugiese faßte seine Zunge an mit vor Angst blauen Fingern und zwängte ihm die Zunge in den Schlund zurück.

Sie blieben dicht aneinandergedrängt vor der Schiffsluke stehen und spähten ängstlich über das langsam heller werdende Deck. Aber da war niemand. Nur vorn schaukelte noch der Ire in seiner Hängematte im frischen Morgenwind, hin und her, hin und her, wie eine riesige schwarze Wurst.

Und gleichsam wie magnetisch angezogen, gingen sie langsam, in allen Gelenken schlotternd, auf den Schläfer zu. Keiner rief ihn an. Jeder wußte, daß er keine Antwort bekommen würde. Jeder wollte das Gräßliche so lange wie möglich hinausschieben. Und nun waren sie da, und mit langen Hälsen starrten sie auf das schwarze Bündel da in der Matte. Seine wollene Decke war bis an die Stirn hochgezogen. Und seine Haare flatterten bis über seine Schläfen. Aber sie waren nicht mehr schwarz, sie waren in dieser Nacht schlohweiß geworden. Einer zog die Decke von dem Haupte herunter, und da sahen sie das fahle Gesicht einer Leiche, die mit aufgerissenen und verglasten Augen in den Himmel starrte. Und die Stirn und die Schläfen waren übersät mit roten Flekken, und an der Nasenwurzel drängte sich wie ein Horn eine große blaue Beule heraus.

»Das ist die Pest.« Wer von ihnen hatte das gesprochen? Sie sahen sich alle feindselig an und traten schnell aus dem giftigen Bereich des Todes zurück.

Mit einem Male kam ihnen allen zugleich die Erkenntnis, daß sie verloren waren. Sie waren in den mitleidlosen Händen eines furchtbaren unsichtbaren Feindes, der sie vielleicht nur für kurze Zeit verlassen hatte. In diesem Augenblick konnte er aus dem Segelwerk heruntersteigen oder hinter einem

Mastbaum hervorkriechen; er konnte in der nämlichen Sekunde schon aus der Kajüte kommen oder sein schreckliches Gesicht über den Bord heben, um sie wie wahnsinnig über das Schiffsdeck zu jagen.

Und in jedem von ihnen keimte gegen seine Schicksalsgenossen eine dunkle Wut, über deren Grund er sich keine Rechenschaft geben konnte.

Sie gingen auseinander. Der eine stellte sich neben das Schiffsboot, und sein bleiches Gesicht spiegelte sich unten im Wasser. Die andern setzten sich irgendwo auf die Bordbank, keiner sprach mit dem andern, aber sie blieben sich doch alle so nahe, daß sie in dem Augenblick, wo die Gefahr greifbar wurde, wieder zusammenlaufen konnten. Aber es geschah nichts. Und doch wußten sie alle, es war da und belauerte sie.

Irgendwo saß es. Vielleicht mitten unter ihnen auf dem Verdeck, wie ein unsichtbarer weißer Drache, der mit seinen zitternden Fingern nach ihren Herzen tastete und das Gift der Krankheit mit seinem warmen Atem über das Deck ausbreitete.

Waren sie nicht schon krank, fühlten sie nicht irgendwie eine dumpfe Betäubung und den ersten Ansturm eines tödlichen Fiebers? Dem Mann am Bord schien es so, als wenn unter ihm das Schiff anfing zu schaukeln und zu schwanken, bald schnell, bald langsam. Er sah sich nach den andern um und sah in lauter grüne Gesichter, wie sie in Schatten getaucht waren und schon ein schreckliches Blaßgrau in einzelnen Flecken auf den eingesunkenen Backen trugen.

Vielleicht sind die überhaupt schon tot, und du bist der einzige, der noch lebt, dachte er sich. Un bei diesem Gedanken lief ihm die Furcht eiskalt über den Leib. Es war, als hätte plötzlich aus der Luft heraus eine eisige Hand nach ihm gegriffen.

Langsam wurde es Tag.

Über den grauen Ebenen des Meeres, über den Inseln, überall lag ein grauer Nebel, feucht, warm und erstickend. Ein kleiner roter Punkt stand am Rande des Ozeans, wie ein entzündetes Auge. Die Sonne ging auf.

Und die Qual des Wartens auf das Ungewisse trieb die Leute von ihren Plätzen.

Was sollte nun werden? Man mußte doch einmal heruntergehen, man mußte etwas essen. Aber der Gedanke, dabei vielleicht über Leichen steigen zu müssen...

Da, auf der Treppe, hörten sie ein leises Bellen. Und nun kam zuerst die Schnauze des Schiffshundes zum Vorschein. Nun der Leib, nun der Kopf, aber was hing an seinem Maul? Und ein rauher Schrei des Entsetzens kam aus vier Kehlen zugleich.

An seinem Maul hing der Leichnam des alten Kapitäns; seine Haare zuerst, sein Gesicht, sein ganzer fetter Leib in einem schmutzigen Nachthemde kam heraus, von dem Hunde langsam auf das Deck gezerrt. Und nun lag er oben vor der Kajütentreppe, aber auf seinem Gesicht brannten dieselben schrecklichen roten Flecken.

Und der Hund ließ ihn los und verkroch sich.

Plötzlich hörten sie ihn fern in einem Winkel laut murren, in ein paar Sätzen kam er von hinten wieder nach vorn, aber als er an dem Großmast vorbeikam, blieb er plötzlich stehen, warf sich herum, streckte seine Beine wie abwehrend in die Luft. Aber mitleidslos schien ihn ein unsichtbarer Verfolger in seinen Krallen zu halten.

Die Augen des Hundes quollen heraus, als wenn sie auf Stielen säßen, seine Zunge kam aus dem Maul. Er röchelte ein paarmal, als wenn ihm der Schlund zugedrückt würde. Ein letzter Krampf schüttelte ihn, er streckte seine Beine von sich, er war tot.

Und gleich darauf hörte der Franzose den schlürfenden Schritt neben sich ganz deutlich, während das Grauen wie ein eherner Hammer auf seinen Schädel schlug.

Er wollte seine Augen schließen, aber es gelang ihm nicht. Er war nicht mehr Herr seines Willens.

Die Schritte gingen geradenwegs über das Deck, auf den Portugiesen zu, der sich rücklings gegen die Schiffswand gelehnt hatte und seine Hände wie wahnsinnig in die Bordwand krallte.

Der Mann sah offenbar etwas. Er wollte fortlaufen, er schien seine Beine mit Gewalt vom Boden reißen zu wollen, aber er hatte keine Kraft. Das unsichtbare Wesen schien ihn anzufassen. Da riß er gleichsam wie im Übermaß seiner Anstrengung seine Zähne auseinander, und er stammelte mit einer blechernen Stimme, die wie aus einer weiten Ferne heraufzukommen schien, die Worte: »Mutter, Mutter.«

Seine Augen brachen, sein Gesicht wurde grau wie Asche. Der Krampf seiner Glieder löste sich. Und er fiel vornüber, und er schlug schwer mit der Stirn auf das Deck des Schiffes.

Das unsichtbare Wesen setzte seinen Weg fort, er hörte wieder die schleppenden Schritte. Es schien auf die beiden Engländer loszugehen. Und das schreckliche Schauspiel wiederholte sich noch einmal. Und auch hier war es wieder derselbe zweimalige Ruf, den die Todesangst aus ihrer Kehle preßte, der Ruf: »Mutter, Mutter«, in dem ihr Leben entfloh.

»Und nun wird es zu mir kommen«, dachte der Franzose. Aber es kam nichts, alles blieb still. Und er war allein mit den Toten.

Der Morgen ging dahin. Er rührte sich nicht von seinem Fleck. Er hatte nur den einen Gedanken: Wann wird es kommen? Und seine Lippen wiederholten mechanisch immerfort diesen kleinen Satz: »Wann wird es kommen, wann wird es kommen?«

Die Nebel hatten sich langsam verteilt. Und die Sonne, die nun schon nahe am Mittag stand, hatte das Meer in eine ungeheure silberne Platte verwandelt, die selber wie eine silberne Sonne ihr Licht in den Raum hinausstrahlte.

Es war wieder still. Die Hitze der Tropen brodelte überall in der Luft. Die Luft schien zu kochen. Und der Schweiß rann ihm in dicken Furchen über das graue Gesicht. Sein Kopf, auf dessen Scheitel die Sonne stand, kam ihm vor wie ein riesiger roter Turm, voll von Feuer. Er sah seinen Kopf ganz deutlich von innen heraus in den Himmel wachsen. Immer höher, und immer heißer wurde er innen. Aber drinnen, über eine Wendeltreppe, deren letzte Spiralen sich in dem weißen Feuer der Sonne verloren, kroch ganz langsam eine schlüpfrige weiße Schnecke. Ihre Fühler tasteten sich in den Turm herauf, während ihr feuchter Schweif sich noch in seinem Halse herumwand.

Er hatte die dunkle Empfindung, daß es doch eigentlich zu heiß wäre, das könnte doch eigentlich kein Mensch aushalten.

Da – bum – schlug ihm jemand mit einer feurigen Stange auf den Kopf, er fiel lang hin. Das ist der Tod, dachte er. Und nun lag er eine Weile auf den glühenden Schiffsplanken.

Plötzlich wachte er wieder auf. Ein leises, dünnes Gelächter schien sich hinter ihm zu verlieren. Er sah auf, und da sah er: Das Schiff fuhr, das Schiff fuhr, alle Segel waren besetzt. Sie bauschten sich weiß und blähend, aber es ging kein Wind, nicht der leiseste Hauch. Das Meer lag spiegelblank, weiß, eine feurige Hölle. Und in dem Himmel oben, im Zenit, zerfloß die Sonne wie eine riesige Masse weißglühenden Eisens. Überall troff sie über den Himmel hin, überall klebte ihr Feuer, und die Luft schien zu brennen. Ganz in der Ferne, wie ein paar blaue Punkte, lagen die Inseln, bei denen sie geankert hatten.

Und mit einem Male war das Entsetzen wieder oben, riesengroß wie ein Tausendfüßler, der durch seine Adern lief und sie hinter sich erstarren machte, wo er mit dem Gewimmel seiner kalten Beinchen hindurchkam.

Vor ihm lagen die Toten. Aber ihr Gesicht stand nach oben. Wer hatte sie umgedreht? Ihre Haut war blaugrün. Ihre weißen Augen sahen ihn an. Die beginnende Verwesung hatte ihre Lippen auseinandergezogen und die Backen in ein wahnsinniges Lächeln gekräuselt. Nur der Leichnam des Iren schlief ruhig in seiner Hängematte.

Er versuchte sich langsam an dem Schiffsbord in die Höhe zu ziehen, gedankenlos. Aber die unsagbare Angst machte ihn schwach und kraftlos. Er sank in seine Knie. Und jetzt wußte er, jetzt wird es kommen. Hinter dem Mastbaum stand etwas. Ein schwarzer Schatten. Jetzt kam es mit seinem schlürfenden Schritt über Deck. Jetzt stand es hinter dem Kajütendach, jetzt kam es hervor. Eine alte Frau in einem schwarzen, altmodischen Kleid, lange weiße Locken fielen ihr zu beiden Seiten in das blasse alte Gesicht. Darin steckten ein paar Augen von unbestimmter Farbe wie ein paar Knöpfe, die ihn unverwandt ansahen. Und überall war ihr Gesicht mit den blauen und roten Pusteln übersät, und wie ein Diadem standen auf ihrer Stirn zwei rote Beulen, über die ihr weißes Großmutterhäubchen gezogen war. Ihr schwarzer Reifrock knisterte, und sie kam auf ihn zu. In einer letzten Verzweiflung richtete er sich mit Händen und Füßen auf. Sein Herz schlug nicht mehr. Er fiel wieder hin.

Und nun war sie schon so nahe, daß er ihren Atem wie eine Fahne aus ihrem Munde wehen sah.

Noch einmal richtete er sich auf. Sein linker Arm war schon gelähmt. Etwas zwang ihn stehenzubleiben, etwas Riesiges hielt ihn fest. Aber er gab den Kampf noch nicht auf. Er drückte es mit seiner rechten Hand herunter, er riß sich los.

Und mit schwankenden Schritten, ohne Besinnung, stürzte er den Bord entlang, an dem Toten in der Hängematte vorbei, vorn, wo die große Strickleiter vom Ende des Bugspriets zu dem vordersten Maste herauflief.

Er kletterte daran herauf, er sah sich um.

Aber die Pest war hinter ihm her. Jetzt war sie schon auf den untersten Sprossen. Er mußte also höher, höher. Aber die Pest ließ nicht los, sie war schneller als er, sie mußte ihn einholen. Er griff mit den Händen und Füßen zugleich in die Stricke, trat da- und dorthin, geriet mit einem Fuße durch die Maschen, riß ihn wieder heraus, kam oben an. Da war die Pest noch ein paar Meter entfernt. Er kletterte an der höchsten Rahe entlang. Am Ende war ein Seil. Er kam an dem Ende der Rahe an. Aber wo war das Seil? Da war leerer Raum.

Tief unten war das Meer und das Deck. Und gerade unter ihm lagen die beiden Toten.

Er wollte zurück, da war die Pest schon am anderen Ende der Rahe.

Und nun kam sie freischwebend auf dem Holze heran wie ein alter Matrose mit wiegendem Gang.

Nun waren es nur noch sechs Schritte, nur noch fünf. Er zählte leise mit, während die Todesangst in einem gewaltigen Krampf seine Kinnbacken auseinanderriß, als wenn er gähnte. Drei Schritte, zwei Schritte.

Er wich zurück, griff mit den Händen in die Luft, wollte sich irgendwo festhalten, überschlug sich und stürzte krachend auf das Deck, mit dem Kopf zuerst auf eine eiserne Planke. Und da blieb er liegen mit zerschmettertem Schädel.

Ein schwarzer Sturm zog schnell im Osten über dem Stillen Ozean auf. Die Sonne verbarg sich in den dicken Wolken, wie ein Sterbender, der ein Tuch über sein Gesicht zieht. Ein paar große chinesische Dschunken, die aus dem Halbdunkel herauskamen, hatten alle Segel gesetzt und fuhren rauschend vor dem Sturme einher mit brennenden Götterlampen und Pfeifengetön. Aber an ihnen vorbei fuhr das Schiff riesengroß wie der fliegende Schatten eines Dämons. Auf dem Deck stand eine schwarze Gestalt. Und in dem Feuerschein schien sie zu wachsen, und ihr Haupt erhob sich langsam über die Masten, während sie ihre gewaltigen Arme im Kreise herumschwang gleich einem Kranich gegen den Wind. Ein fahles Loch tat sich auf in den Wolken. Und das Schiff fuhr geradenwegs hinein in die schreckliche Helle.

JAKOB ELIAS PORITZKY
Der Unbekannte

Hast du Begriff von Öd und Einsamkeit?
Goethe

Er kam in den letzten vierzehn Tagen nie vor zwölf oder ein Uhr nach Hause. Und er war dann immer ein kleines bißchen betrunken. Er begriff nicht, warum die Leute diesen schwebenden Zustand »angeheitert« nannten, denn es war niemals – nein, weiß Gott –, es war niemals auch nur die leiseste Spur eines Anfluges von Heiterkeit in ihm. Er war vielmehr todestraurig wie ein kranker Hund. Wenn er erst trinken mußte, um das, was sich in seiner Seele verrückt hatte, wieder ins rechte Gleis zu bringen, wie sollte dann der schattenlose Unbekannte, der beständig um ihn herumschlich und ihn sogar am hellen Tag verfolgte und quälte und schreckte, wie sollte der ihn dann heiter werden lassen, weil er eine Flasche Puy la Coste trank oder auch zwei und manchmal auch noch eine halbe! Das vertrieb ihn nicht, den gespenstigen Wesenlosen. Die ganze Welt schien nur so sonderbar verschwommen und sank in einen feinen Nebel zurück. Dann war's, als schritten die Menschen geisternd über die Straßen und als führen die Wagen auf dicken Filzrädern. Die Laternen brannten so still; aber es konnten ebensogut eine Art eiserner Unholde sein mit einem glühenden Auge im gläsernen Kopf. Das Grauen aber saß in ihm und schlief nicht. Und je mehr er sich seinem Hause näherte, desto trauriger wurde sein Blut.

An der Haustür stockte sein Fuß; sein Herz begann laut zu hämmern, und er fühlte, daß er in derselben Sekunde vollkommen nüchtern wurde. Und wenn er dann aufschloß und über die dunklen Flurteppiche schritt, schienen unsichtbare Hände große Bütten voll Kummer und Gram und Grausen über ihn auszuschütten. Er hörte, wie ihm aus allen Ecken warnende Stimmen zuhauchten: »Geh nicht weiter! Um Gottes willen, geh keinen Schritt weiter!«

Denn er war nicht zu Hause in seinem Heim. Die Stille seiner Zimmer schrie ihn an und reizte ihn, laut auf und nieder zu gehen und vor sich hin zu pfeifen, damit ein wenig Leben in die toten Räume käme. Dann klopften gewöhnlich die Leute, die unter ihm wohnten, an ihren Plafond, und dann hielt er sofort inne mit dem Hinundherlaufen, und seine Nerven wurden etwas ruhiger.

Es waren also noch Menschen wach im Hause, trotzdem es schon stark auf ein Uhr ging. Wenn ihm jetzt etwas zugestoßen wäre, hätte er nur laut zu schreien brauchen, und man würde sicher nach oben gerannt sein, um nach ihm zu schauen. Und dann hätte man in seinem Gesicht die höllische Angst sitzen sehen; hätte gesehen, welch ein furchtbares Grauen ihn eben auf dem Platz festgenagelt hatte, auf dem er saß und vor sich hin stierte und bange war, die leiseste Bewegung zu machen. Ja, das war das einzige, was ihm in diesen vierzehn Tagen geholfen hatte. Wenn er mitten in der Nacht das empörte Klopfen von unten vernahm, wurden seine stürmischen Nerven sofort ruhiger, und sein fieberhaft klopfendes Herz betete aus Dankbarkeit.

Gewöhnlich gegen drei Uhr, wenn die entfliehende Nacht den Tag aufzurütteln begann, machte diese Angst einer Müdigkeit Platz, die ihn wie ein Segen befiel. Wo er gerade saß oder lag, sank er um wie eine Bleiplatte und schlief bis tief in den Morgen hinein...

Bis gegen ein Uhr war er heute wieder in einer Weinkneipe, die nur Callot hätte malen können, ein einzelner Trinker gewesen, war taumelig nach Hause gegangen, wund bis ins Allerinnerste und voller Unglückswitterung. Und er saß nun in seinem Zimmer, gelähmt vor Angst und unfähig, zu denken oder sich zu bewegen, unfähig, Licht zu machen. Er hatte es ganz gern, im Dunkeln hin und her zu gehen, so daß er seiner selbst nicht ansichtig werden konnte und glauben konnte, er sei körper- und gestaltlos.

Die Leute unter ihm hatten heute nicht geklopft. Und er

war auf und ab geschritten wie ein sporengestiefelter Dragoner und hatte eine Stunde lang gepfiffen, daß die unter ihm verrückt werden mußten vor Wut. Aber kein Laut drang herauf, nicht der leiseste Protest gegen den Lärmbold. Das machte ihn stutzig, und er hielt jäh inne.

Was war los? Waren sie verreist? Sie hatten einen Säugling in der Wiege, und die alte Großmutter, die ihn hütete, war ja krank und lahm.

Ja, es mochte wohl so sein, daß sie verreist waren. Er erinnerte sich, daß die Frau des Hauswarts etwas davon geschwatzt hatte, daß die jungen Leute verreisen würden, zu einer Hochzeit irgendwelcher Verwandten. Wenigstens waren doch aber das Kind und die Greisin sicher zu Hause. Und er wußte es vom Portier, daß die jungen Eheleute, die unter ihm wohnten, der Alten den Auftrag gegeben hatten, mit dem Besenstiel trutzig nach oben zu hämmern, wenn er mitternachts wieder seine Anfälle von Besessenheit kriegen sollte und ihr Kind im Schlaf stören würde.

Warum klopfte nun niemand?

Die unheimliche Stille sauste in seinen Ohren. Es war so still, daß er die Uhr in der Westentasche ticken hörte. Und im ganzen Hause kein Laut sonst. Er zog die Stiefel aus wie ein erfahrener Dieb und huschte in drei Riesenschritten leise wie eine große Katze ans Fenster. Vorsichtig drückte er das Antlitz gegen die Scheiben und schaute hinaus; aber der Rachen der Dunkelheit hatte die Bäume und die Sträucher und den Springbrunnen verschluckt, die drunten im Garten standen. Es war, als hätte man ihm eine ebenholzschwarze Wand vors Fenster gestellt.

Sonst saß wenigstens der Wind auf den Bäumen und spielte eine kleine Melodie auf seiner melancholischen Flöte, und die Blätter, die von dem Liede bewegt wurden, raschelten so, als klatschten sie Beifall. Oder der Portier hatte manchmal vergessen, den Springbrunnen abzustellen, und der stilisierte Delphin aus grauem Stuck spie die ganze Nacht einen erbarmungswürdig schwindsüchtigen Wasserstrahl in die Luft, der mit anheimelndem leisem Geplätscher in das kleine Becken zurückfiel. Oder am Himmel blinkten die blauen und grünen und weißen Sterne vergnügt herab, als wollten sie sagen, daß man auch in der dunklen unendlichen Einsamkeit heiter strahlen könne. Oder er hörte aus einem tieferen Stockwerk den Gong einer Wanduhr anschlagen.

Das alles brachte doch ein wenig Leben und ließ ihn nicht immerfort an das Grauen denken, das er im Rücken hatte. Aber heute war es totenstill über ihm und unter ihm und draußen. Er hielt es nicht länger aus; seine Nerven waren durcheinander wie ein Telefonnetz, in das der Sturm wütend hineingehauen hat.

Erst wollte er laut hinausschreien; aber dann hatte er eine eiskalte Angst vor seiner eigenen Stimme und vor dem Wahnsinn, den er mit diesem Schrei aus seinem leichten Schlummer wecken würde. Er fühlte, daß er am ganzen Körper kalt wurde, als hätte der feuchtkühle Schatten eines Gespenstes sich an ihn geschmiegt. Aber so viel Macht hatte er noch über seinen Verstand, daß er wußte, er müsse sofort aus diesem grauenvollen Zimmer flüchten, in dem sicher jemand war. Jemand, der unsichtbar war und nicht greifbar, nicht nennbar und nicht in Worten zu beschreiben. Sein Gefühl wußte, daß jemand bei ihm war, hinter ihm, immer hinter ihm ... der ihn nun seit zwei Wochen verfolgte und nie von ihm abließ. Eine leise Bewegung nur – und er war verloren. Aber wenn er sich einmal duckte und zu entkommen suchte? Er konnte so leise gehen wie ein Wiesel. Seine Tür war gut geölt und knarrte nicht ein bißchen.

Er mußte es versuchen. Er bückte sich ganz sachte und leise, daß es nur in seinen Kniescheiben einen kleinen dumpfen Knacks gab; aber den konnte der hinter ihm nicht hören. Dann kroch er mit stillstehendem Herzen und angehaltenem Atem auf allen vieren zur Tür, erhob sich ganz langsam und drückte vorsichtig auf die Klinke. Aber ehe er die Tür geöffnet hatte, waren doch gute dreihundert Sekunden verstrichen.

Und dann rannte er, wie von bösen Geistern gejagt, in zwei, drei Sätzen zur Flurtür, riß sie auf und sprang im Dunkeln, jeweils drei oder vier Stufen nehmend, die Treppe hinunter, zur Tür der Leute, die unter ihm wohnten und die er allmitternächtlich durch seinen Lärm so ärgerte.

An der Tür stand er wieder still und lauschte. Seine Lungen gingen wie Blasebälge, und sein Herz klopfte, als säße ein Specht in seiner Brust. Er bebte vor Furcht. Alle seine Sinne waren jetzt im Ohr. Ihm war, als würden sich selbst die Poren seines ganzen Leibes auftun, um zu erhorchen, ob der Unbekannte schon wieder hinter ihm her war. Wenn er jetzt nur von ihm berührt worden wäre, oder hätte er da hinter ihm nur ganz sacht auf seinen Rücken getippt – er wäre tot umgefallen, wie vom Blitz getroffen. So sehr warteten seine Nerven auf das Schreckliche, das er nicht benennen konnte.

Hinter der Tür regte sich niemand. Aber die Großmutter mußte zu Hause sein. Er wußte es zu genau. Und wenn es sein Leben kostete, er mußte einen Menschen sehen und hören ... Er klopfte mit der Zeigefingerspitze an die Tür, so leise und dumpf, wie ein Käferchen im Balken klopft. Dann lauschte er wieder, den Kopf hart am Schlüsselloch. Ihm schien, daß er über eine Stunde schon so stand; aber es regte sich nichts. Ein huschender Gedanke brachte ihm Erlösung: Zum Hause hinaus! Rasch zum Hause hinaus. Er tastete vorsichtig an seiner Hosentasche herum; aber er bemerkte zu seinem Entsetzen, daß er den Hausschlüssel nicht bei sich hatte. Er hatte ihn oben gelassen in der Manteltasche ...

Jetzt war er gefangen. Aber ein furchtbares Grausen gab ihm den Mut, noch einmal zu pochen. Er klopfte ein wenig lauter als vorhin und erschrak vor dem stumpfen Laut. »Um Gottes willen!« sagte jemand in ihm. »Wo nimmst du diese Dreistigkeit her? Wenn der hinter dir dich nun ergreift?«

Eine qualvolle Lähmung befiel seine Glieder, und es wurde ihm abwechselnd kalt und heiß. Er vergaß für einige Sekunden Ort und Zeit und hatte das Gefühl, als müsse er geduckt in seinem Grabe stehen und auf den erlösenden Tag warten. Während dieser augenblicklichen Lethargie der Sinne und der Gedanken machte er unwillkürlich eine Bewegung und streifte dabei mit dem Ärmel den Türpfosten. Im selben Nu sprang die Angst in ihm empor und warf sich über seinen

Verstand. Er hatte die deutliche Empfindung, daß der Unbekannte hinter ihm ihn jetzt betastet hatte. Seine Nerven wurden blitzartig alarmiert, und er schrie wie ein Besessener, heiser vor Grauen: »Machen Sie auf!«

Es war ein rauhes Röcheln, das aus seiner Kehle kam; so, als erwürge ihn jemand. Er hämmerte mit beiden Fäusten an die Tür und krächzte verängstigt rasch zum Schlüsselloch hinein: »Um Gottes willen, machen Sie doch auf!« Und dabei immer ein ruckartiges, wahnsinniges Rückwärtsschauen, ob der Unbekannte hinter ihm ihn noch nicht packte.

Da man ihm nicht öffente und kein Laut von drinnen kam, verwirrte sich ihm der Rest von Bewußtsein. Er wußte jetzt nur das eine noch klar: Er mußte da hinein, und wenn er darüber zusammenbrechen sollte. Und mit der verzehnfachten Kraft des Wahnsinns warf er seinen ganzen Körper wuchtig gegen die Tür, stemmte sich dagegen und brach sie ein. Die Tür schlug krachend an die Wand, er schlüpfte in den Korridor und warf die Tür geschwind wieder zu. Dann stand er still und horchte.

War der Unbekannte auch draußen geblieben?

Er rannte in ein paar Sätzen durch den Korridor in die Stube hinein und warf auch hier die Tür zu. Vorsichtigerweise riegelte er sie ab.

Ah – nun konnte er wieder atmen. Sein schattenhafter Verfolger war sicherlich ausgesperrt. Und er kicherte in sich hinein. »Ja, wir sind fix!« Er hatte wieder ein bißchen Mut, trotzdem es in der Stube finster war wie unter Rabenflügeln. Es roch nach Milch, nach Gummi und nach den süßlichen, faden Ausdünstungen eines Säuglings.

Er nahm nun die Zündhölzer aus seiner Tasche und rieb ein Streichholz an. Der knappe, zuckende Lichtschein flackerte auf, beleuchtete die obere Ecke eines breiten Schrankes, fiel auf Hutschachteln und auf ein Bettchen und einen Stuhl, auf dem die Alte saß und offenbar schlief. Aber die Möbel sahen so sonderbar fremd und tot aus, als gehörten sie gar nicht in menschliche Wohnungen. Und die Alte hatte den Mund so hexenhaft grinsend offen.

Wenn sie nun erwachte und ihn erblickte! War er denn toll? Sie konnte ja auf der Stelle sterben vor Entsetzen. Dann war er ihr Mörder, und dann war der Tod im Zimmer...

Der Tod...

Und mit einem Male durchzuckte es ihn wie ein elektrischer Schlag, und er wußte plötzlich kraft seines Gefühls, daß der Tod der Unbekannte war, der die ganzen Tage und Nächte hinter ihm her war. Er hatte ihn gewittert. Er wußte es, so sicher wie er wußte, daß er zwei Hände hatte.

Aber er brauchte sich ja nur leise wieder hinauszuschleichen, so daß die Alte nicht wach wurde, dann wurde sie gewiß nicht hingemäht von dem Schreck.

Er wollte sich im Dunkeln hinaustappen, aber er fand die Tür nicht. Es wurde ihm wieder heiß, und die Wellen der Angst schlugen wieder über ihm zusammen und trieben den kalten Schweiß auf seine Stirn. Jetzt war es nur die Angst, heil und unbemerkt hinauszukommen. Aber sein Instinkt ließ ihn im Dunkeln die Tür nicht wiederfinden. Er rieb wieder ein Streichholz an, erblickte ein Licht auf dem Nachtschränkchen und zündete es an, indem er die Flamme mit seinem Körper deckte. An der Wand erschien sein riesenhafter Schatten, und der Kopf war ins Ungeheuerliche vergrößert. Das Licht fiel in ein kleines Bettchen, wo mit abgestrampelten Beinen ein Kind lag, das wie ein schlafender Leichnam aussah. Es atmete so leise, daß man es nur atmen hören konnte, wenn man den Kopf dicht zum Munde herabbeugte.

Er betrachtete das Kind ein paar Sekunden lang, dann erblickte er sich in einem Spiegel. Aber er sah nur seine Stirn, die weiß war wie Quarz, und seine irren, marmorstarren Augen. Nun wandte er sich zur Tür. Er sah die Alte auf dem Stuhl sitzen, und an ihr mußte er vorbei. Ihr Kopf war nach hinten gesunken; die gebrochenen Augen stierten offen zur Decke, und die Hände waren schmerzhaft verrenkt. Er blickte sie jäh an, und im selben Augenblick sträubten sich seine Haare, und er erstarrte wie im Krampf.

Das Licht fiel ihm aus der Hand. Mit einem dumpfen Klirren schlug es am Boden auf und erlosch im Fallen...

KARL HANS STROBL

Die arge Nonn'

Eines Nachts erwachte ich plötzlich aus tiefem Schlaf. Mein erster Gedanke war eine gewisse Verwunderung darüber, daß ich überhaupt erwachte; denn ich hatte tagsüber auf dem Trümmerfeld der Jesuitenkaserne zu tun gehabt und war sehr ermüdet. Ich legte mich auf die andere Seite und versuchte einzuschlafen. Aber da hörte ich einen Schrei, der mir den Schlaf verscheuchte. Es war ein Schrei der Angst, und im Augenblick saß ich aufgerichtet im Bett. Zuerst versuchte ich mich zurechtzufinden. Wie es oft nachts zu geschehen pflegt, wußte ich nicht, wo ich die Tür und wo ich die Fenster zu suchen hatte. Ich besann mich endlich, daß ich merkwürdigerweise nur in einer Lage schlafen kann, die von Nord nach Süd gerichtet ist, und nun wußte ich, daß ich die Tür zur Rechten und das Fenster zur Linken hatte. Im Bett zu meiner Rechten schlief meine Frau ihren ruhigen, friedlichen Kinderschlaf. Nach einer Weile, die ich gespannt horchend verbrachte, legte ich mich wieder zurück und überzeugte mich davon, daß ich doch geträumt haben müsse. Seltsam stark und wild freilich mußte dieser Traum gewesen sein, aus dem ein Schrei noch so deutlich in die Dämmerung meines Bewußtseins drang. Erst nach zwei Stunden schlief ich wieder ein.

Am Tage ließ mich meine Arbeit nicht dazu kommen, meinen Gedanken, die sich unaufhörlich mit meinem Traum beschäftigen wollten, ungestört nachzuhängen. Zwischen den Trümmern der Jesuitenkaserne herumkletternd, mußte ich die Demolierungsarbeiten leiten und überwachen. Die Sonne war unbarmherzig, der Staub des abgebrochenen Gemäuers hüllte mich ein und legte sich auf meine Lungen. Pünktlich um elf Uhr, wie alle Tage, fand sich der Vorstand des Landesarchivs, Doktor Holzbock, bei mir ein und erkundigte sich nach dem Fortschreiten der Arbeiten. Er interessierte sich ungemein für die Zerstörung des uralten Gebäudes, das in seinen ältesten Teilen fast in die Gründungszeit der Stadt zurückreichte. Da er die Geschichte des Landes zu seinem Studium gemacht hatte, erhoffte er von der Sezierung dieses ehrwürdigen Körpers manche Aufschlüsse. Wir standen in dem großen Hofe und sahen zu, wie die Arbeiter das erste Stockwerk des Hauptflügels abtrugen.

»Ich bin überzeugt«, sagte er, »daß wir noch viel Sonderbares finden werden, wenn wir erst zu den Fundamenten kommen. Auf die Zeugnisse der Vergangenheit wirkt eine Kraft, die der physikalischen Schwerkraft verwandt ist, sie zieht sie zum Grunde. Ich kann Ihnen nicht sagen, wie mich solche alten Gebäude fesseln, wenn sie eine so reiche Geschichte haben wie dieses. Zuerst ein Kaufmannshof, dann ein Nonnenkloster, dann eine Festung der Jesuiten und endlich eine Kaserne. Auf einem verhältnismäßig übergroßen Teil der alten, von Wällen eingegürteten Stadt gebaut, scheint sie von allen Ereignissen berührt worden zu sein, jede Äußerung des Lebens in sich hineingesogen zu haben, so daß ihre Spur zurückblieb. An diesen Ablagerungen, an diesen Schichten, deren Übereinander die Folgen der Zeit bedeutet, könnte man eine Geologie der Geschichte aufstellen. Ich glaube, daß wir noch seltsame Dinge in diesem alten Mauerwerk entdecken werden – nicht bloß Töpfe mit alten Münzen und übertünchte Fresken, sondern auch versteinerte Abenteuer und fossile Schicksale.«

So sprach der fanatische Archivarius, und uns gegenüber arbeiteten die Spitzhauen an dem festen Mauerwerk. Ein Bogengang war da oben bloßgelegt, und ich mußte mir die aufeinanderfolgenden Züge von Kaufleuten, Nonnen und Jesuiten vorstellen, die einen Teil ihres Lebens unter dem lastenden grauen Gewölbe dieses Ganges zugebracht hatten. Während Doktor Holzbock seine Rhapsodie fortsetzte, faßte ich, da ich den Verführungen der Romantik nicht widerstehen kann, den Entschluß, einmal nachts die Ruine aufzusuchen. Ich wollte den Reiz des Unheimlichen auf mich wirken lassen und mich mit den Geistern des Ortes befreunden.

In dieser Nacht erwachte ich, genauso wie in der vorigen, aus dem Schlaf und hörte kurz darauf den furchtbaren Schrei. Ich hatte mich gefaßt gemacht, ihn zu hören, und strengte mich an, genau festzustellen, woher er komme. Aber in dem entscheidenden Augenblick faßte mich eine unerklärliche Angst, so daß ich wirklich nicht genau wußte, ob er aus dem Inneren unseres Hauses oder von der Straße kam. Kurz nachher glaubte ich, von der Straße die Schritte laufender Menschen zu hören. Bis zum Morgen lag ich in unruhigem Halbschlaf, in dem ich mich mit dem Rätsel dieses Schreies beschäftigte. Als ich beim Frühstück meiner Frau von dieser Sache sprach, lachte sie zuerst. Dann aber sagte sie besorgt: »Ich glaube, du fängst an, nervös zu werden, seitdem du in der alten Jesuitenkaserne beschäftigt bist. Nimm doch Urlaub und laß dich von einem Kollegen vertreten. Du bist übermüdet und hast Pflichten gegen deine Gesundheit.« Aber ich wollte nichts davon wissen; denn das Graben im Schutt dieses alten Gebäudes, das Suchen nach den Dingen, von denen der Archivar so viel erwartete, war mir zur Leidenschaft geworden. Nur soviel erreichte meine Frau, daß ich ihr versprach, ich würde sie wecken, wenn ich selbst nachts erwachen sollte.

Auch in dieser Nacht fuhr ich wieder aus dem Schlaf. Hastig und ängstlich rüttelte ich meine Frau wach, und wir saßen nebeneinander aufrecht in den Betten. Da kam auch schon der Schrei, gellend und ganz deutlich – von der Straße herauf. »Hörst du ... jetzt, jetzt ...« Aber meine Frau zündete Licht an und leuchtete mir ins Gesicht. »Mein Gott, wie du aussiehst! Es ist doch nichts. Ich höre gar nichts.« Ich war so außer mir, daß ich sie anschrie: »Schweig doch ... und jetzt ... jetzt laufen sie unten auf der Straße.« – »Du tust mir weh«, rief meine Frau, denn ich drückte ihren Arm, als müsse ich sie durch Anwendung von Gewalt überzeugen. »Hast du nichts gehört?« – »Nichts! Gar nichts!«

Ich sank in die Polster zurück. Schweißbedeckt, erschöpft wie nach einer schweren körperlichen Arbeit und unfähig, den besorgten Fragen meiner Frau irgendeine beruhigende Antwort zu geben. Gegen Morgen, als sie schon wieder schlief, wurde ich mir darüber klar, was ich zu tun hatte, um meinen Verstand zu erhalten. Durch ein völlig gelassenes und besonnenes Betragen während des Tages gelang es mir, meine Frau glauben zu machen, daß ich mich beruhigt habe. Ich scherzte während des Nachtmahls über meine nächtlichen Halluzinationen und gab ihr das Versprehen, heute bis zum Morgen zu schlafen und mich weder um den Schrei noch um den Tumult auf der Straße zu kümmern. Ich gab ihr sogar das Versprechen, sofort nach Beendigung der besonders verantwortungsvollen Arbeiten um einen längeren Urlaub anzusuchen. Kaum aber hörte ich an den Atemzügen meiner Frau, daß sie eingeschlafen war, als ich mich erhob und mich wieder ankleidete. Da ich keinerlei unsinnige Gedanken in mir aufkommen lassen wollte, nahm ich Kants »Kritik der reinen Vernunft« vor und versuchte, mich in die strengen und logischen Vorstellungsreihen zu versenken. Aber als es gegen Mitternacht ging, kam eine Unruhe über mich, die mich unfähig machte weiterzulesen. Es war unmöglich, dem eisernen Zwang des Buches zu folgen. Ein Stärkeres zog mich von ihm weg. Leise erhob ich mich und ging vor das Haus. An meinem wachsenden Zittern merkte ich, daß die Zeit herankam. In die Vertiefung des Hauseingangs gedrückt, wartete ich; meinen ganzen Mut hatte ich aufzubieten, aber ich war entschlossen, die Qual meiner Nächte durch ein rasches Aufdecken der natürlichen Ursachen zu beenden. Zwanzig Schritte entfernt brannte eine Gaslaterne und gab genügend Licht für den Teil der Straße vor meinem Haus. Ein junger Mann, der offenbar etwas zuviel getrunken hatte, kam an der jenseitigen Häuserfront bis zu dem gegenüberliegenden Haus, wo er stehenblieb und nach einigen mißlungenen Versuchen endlich das Tor aufschloß. Ich hörte die Geräusche seiner Heimkehr noch im Hausflur und auf dem Beginn der Treppe. Dann war wieder alles still. – Und plötzlich flammte der

Schrei in diese Stille. Ich taumelte in den tiefen Schatten zurück und griff nach der Klinke, deren kaltes Metall ich deutlich in der Hand fühlte. Verzweifelt und außer mir vor Angst, wollte ich flüchten. Aber obwohl ich das Haustor nicht versperrt hatte, konnte ich nun nicht öffnen. Da hörte ich schon die eilenden Schritte vieler Menschen auf der Straße, und nun flog etwas an mir vorüber. Ich konnte nicht erkennen, ob es nur ein Schatten oder ein Mensch war. Im Augenblick des Sehens schien es nicht die Schwere eines Menschen zu besitzen, aber es hinterließ sofort den vollen Eindruck der Körperlichkeit: einer Frau, die im rasendsten Lauf die Straße herabkam, einer Frau in einem langen wallenden Gewand, das sie, um besser laufen zu können, aufgenommen hatte. Und hinterdrein kam, wenige Schritte hinter ihr, eine ganze Schar von Männern in sonderbaren Trachten, die unserer Zeit fremd sind. Auch bei ihnen wiederholte sich diese Erscheinung: wie Schemen vorübergleitend, hinterließen sie die Vorstellung der Körperlichkeit. Ich weiß nicht, welcher Wahnsinn mich erfaßte und mich zwang, hinter ihnen dreinzulaufen. Es mag eine dem Wahnsinn der Schlacht verwandte Art gewesen sein, jenes Wahnsinns, der stärker ist als die Furcht und den Soldaten in das feindliche Feuer wirft. Niemals bin ich so gerannt wie damals; es war weniger ein Laufen als ein Gleiten und Schweben, wie man es sonst nur aus Träumen kennt. Ich sah immer die Jagd vor mir, die Frau voran und die Schar der Männer hinterdrein. Es schien mir, als laufe ich schon so lange, und dennoch spürte ich keine Erschöpfung. Plötzlich verschwand die Frau, ich sah noch ein irres Hin und Her der verfolgenden Männer, und dann schien es, als ginge alles in den Schatten der Nacht ein. Zu meinem Erstaunen stand ich vor dem Plankenzaun, der das Trümmerfeld der Jesuitenkaserne umzieht. Am Eingang, über dem die Tafel mit der Aufschrift angebracht war: »Nichtbeschäftigten ist das Betreten des Platzes verboten!« Ich riß die Tür auf und stürmte hinein. Da stand der Nachtwächter, ganz in der Nähe des Eingangs an einen Balken gelehnt und grüßte, als er mich plötzlich vor sich sah. Stolz darauf, daß ihn mein Überfall auf dem Posten gefunden hatte, gab er sich einen Ruck und wollte seine Meldung abstatten. Aber ich ließ ihn nicht zu Worte kommen: »Haben Sie nicht eine Frau gesehen? Eben jetzt... sie trug ein graues, langes Gewand, das sie zusammengerafft hielt, und lief hier hinein!«

»Ich habe nichts gesehen, Herr Baumeister, gar nichts.«

»Aber zum Teufel, sie kann doch nicht in Luft zerflossen sein! Haben Sie nicht am Ende geschlafen? Mit offenen Augen geschlafen.«

Der Wächter war sehr gekränkt über meinen Verdacht und versicherte mit allem Nachdruck, daß er nicht geschlafen und doch nichts gesehen habe. Nun begann ich selbst zu suchen. Überall kroch ich herum, blickte in alle Winkel der Höfe und übersah keines der vielen Zimmer und Zimmerchen, über deren zackig abgebrochenen Wänden die Decke der vom Widerschein der Stadt erhellten Nacht hing. Über gefährliche Reste des Mauerwerks wagte ich mich, in jedem Augenblick vom Zusammensturz bedroht, um in sonst unzugängliche Kammern blicken zu können.

Dann wieder rannte ich an halboffenen Galerien entlang, auf deren schmutziger Malerei der Schein der Laternen seltsame Schattenspiele trieb. Die Kirche, die einst von dem alten Gebäude vollständig eingeschlossen gewesen war, so daß nur Dach und Turm über die grauen Mauern ragten, war nun schon zum größten Teile freigelegt, und hier gab es eine Menge Schlupfwinkel. Aber auch hier fand ich nichts, und ich ging mit schwerem Kopf und zitternden Knien nach Haus; immerwährend legte ich mir zurecht, was ich gesehen hatte, und gab den Dingen neue Deutungen, aber ich wurde nur immer verwirrter.

»Heute hast du hoffentlich nichts gehört?« fragte meine Frau.

»Nein – ich habe fest geschlafen«, log ich und versteckte meinen Kopf rasch in der Waschschüssel, damit meine Frau nicht die Zeichen dieser Nacht auf meinem Gesicht entdecken sollte.

An diesem Tag machten wir auf dem Trümmerfeld eine

Entdeckung, die den Archivar in höchstes Entzücken versetzte. Bei der Abtragung eines schönen alten Portals, das bedeutenden Kunstwert hatte, mußte mit besonderer Sorgfalt vorgegangen werden, denn man wollte dieses Denkmal alter Kunst an anderer Stelle wieder aufstellen. Über zwei Pilastern, die eine reiche Ornamentik mit Blumen- und Früchtemotiven zeigten, schwang sich ein schöner Bogen über die Einfahrt. Auf den Simsen über diesen Bogen standen Heiligenstatuen im Geschmack des siebzehnten Jahrhunderts. Heilige, die ihre Attribute vor sich hin hielten wie Hieroglyphen ihres Schicksals. Als man einen heiligen Jakobus von seinem Postament heben wollte, fiel der Kopf vom Hals, rollte ein paar Schritte weiter und blieb im Schutt liegen. Man sah im Ansatz des Kopfes eine zylindrische Vertiefung, als ob da einmal eine Eisenstange darin befestigt gewesen wäre, und als man den Rumpf herabgehoben hatte, fand sich, daß dieser Vertiefung eine Fortsetzung in dem Rumpfe der Statue entsprach. Zuerst machte ich den Arbeitern wegen ihrer Unachtsamkeit Vorwürfe, aber Doktor Holzbock, der den Kopf aufgehoben hatte und gespannt betrachtete, unterbrach mich: »Die Leute können nichts dafür, lieber Freund. Das ist kein neuer Bruch, sondern ein alter. Keine zufällige Trennung, sondern eine beabsichtigte, und es würde mich nicht wundern ...«

In diesem Augenblick kam einer der Arbeiter auf mich zu und reichte mir eine kleine Rolle schmutzigen Papiers: »Das war in dem Loch drin«, sagte er, »und vielleicht steht etwas darauf ...«

Der Archivar sah mich an und nahm mir die Rolle aus der Hand. Mit aller Sorgfalt versuchte er, sie aufzurollen, und endlich gelang es ihm, sie auf dem Zeichentisch meiner Bauhütte auszubreiten und mit Reißnägeln zu befestigen. Es war ein Stück des starken Urkundenpapiers, auf dem die wichtigsten Verträge der Vergangenheit aufgezeichnet zu werden pflegten. Umsonst suchte ich mich in dem Gewirr der roten und schwarzen Linien zurechtzufinden. Es schien ein Plan zu sein, und als ich alle meine Kenntnisse als Baumeister vergebens aufgeboten hatte, um seinen Sinn zu finden, gab ich meine Bemühungen auf. Doktor Holzbock aber erklärte, er sei entschlossen, das Ppier zu enträtseln, und bat mich, ihm zu gestatten, daß er den Fund mit sich nehme.

Noch vor Feierabend kehrte er zurück und winkte mir schon von weitem mit der Hand. Ganz feierlich legte er die Hand auf meinen Arm und führte mich durch eine kleine Nebentür in die Kirche, wo wir ungestört waren. Ein wunderbarer Abendhimmel, in dem auf unergründlichen purpurroten und smaragdenen Tiefen violette Boote mit weißen Segeln der Nacht entgegenfuhren, gab der einsamen Kirche etwas von seinen Farben. Die hohen, barocken Silberleuchter, zwischen denen wir standen, waren rötlich überhaucht, die heilige Agnes an der Wand gegenüber ließ ihre Wehmut verschwinden und erhielt durch die grellen Reflexe eine lodernde Sinnlichkeit im Ausdruck. Die Heiligenstatuen, die Kanzel, die Engel unterhalb der Emporen waren verändert, als wären sie vom Zwang des Tages erlöst und freuten sich auf die Nacht, in der sie ganz frei sein konnten und vielleicht ein Leben lebten, von dem wir nichts ahnen.

Inzwischen hatte der Archivar unseren Plan aus der Tasche gezogen und begann: »Ich war mir nach einigem Nachdenken darüber klar, daß der Plan, so wie wir ihn zu sehen bekamen, sinnlos sei oder vielmehr daß er seinen Sinn verberge. Wenn wir das Gewirr von Strichen betrachten, so ahnen wir gerade soviel, daß es ein Plan sein könnte, aber wir sind nicht imstande, festzustellen, was er zu bedeuten hat. Das Aussehen des Papiers, den Buchstaben nach, die sich hie und da unter den Linien finden, kann ich mit ziemlicher Sicherheit behaupten, daß es aus dem siebzehnten Jahrhundert stammt, und zwar aus dessen erster Hälfte, also aus einer Zeit, in der dieses Bauwerk noch ein Nonnenkloster war. Nun habe ich eine alte Chronik gefunden, in der gerade in dieser Zeit des Klosters recht oft und recht wenig freundlich gedacht wird. Sie wissen, daß man damals manchen Klöstern die sonderbarsten Dinge nachsagte. So weiß auch meine Chronik über dieses Kloster sehr viel zu berichten, aber im ganzen wenig Erbauliches. Hatte unsere Vermutung recht, daß das aufgefundene Papier einen Plan vorzustellen habe, so mochte er wohl irgendwelche Geheimnisse des alten Bauwerks bezeichnen und dann absichtlich verwirrt worden sein, um anderen unverständlich zu erscheinen. Eine andere Erwägung stärkte mich in meiner Vermutung. Das Portal, mit dessen Abtragung Sie heute begonnen haben, befand sich an einem der Innentrakte?«

»Jawohl. Es ziert die Einfahrt des Verbindungsflügels zwischen dem nördlichen und dem südlichen Trakt, und zwar die gegen den sogenannten Dreifaltigkeitshof liegende Front.«

»Gut, und es wird Ihnen nicht entgangen sein, daß dieses Portal mit der Spitze bis in die Höhe des zweiten Stockwerks reicht, so daß einzelne der Figuren, das heißt die Köpfe der Statuen, ohne Schwierigkeiten aus den Fenstern dieses zweiten Stockes zu erreichen sind.«

»Gewiß. Wir können es uns ja ansehen.«

»Bleiben Sie nur, es ist ganz sicher so. Die Köpfe einiger Figuren, darunter auch der des heiligen Jakobus, sind also aus den Fenstern des zweiten Stockes ohne Mühe abzunehmen, wenn sie vom Rumpfe getrennt sind. Man kann ganz gut in einer geschickt angebrachten Vertiefung ein gefährliches Papier verstecken.«

»Sie meinen also ...?«

»Habe ich Ihnen nicht gleich gesagt, daß es kein frischer Bruch sei? Nun war ich also vollkommen davon überzeugt, daß sich hinter dem wirren Gekritzel unseres Planes ein Geheimnis verberge. Wie aber sollte ich dahinterkommen? Ich mußte mir alles wohl überlegen, bevor ich irgendein chemisches Reagens anwendete, denn die Gefahr war nicht ausgeschlossen, daß ich damit alles verdarb. Als Urkundenforscher habe ich oft Gelegenheit gehabt, die vielfältigen und sinnreichen Geheimmittel des Mittelalters zu bewundern. Ich kenne viele seiner Rezepte für Geheimschriften. Die sympathetischen Tinten spielen unter diesen eine große Rolle. Und die einfachste Art der sympathetischen Tinten ist die, deren Züge nach dem Trocknen wieder unsichtbar werden und erst hervorkommen, wenn man das Papier erwärmt. Hier konnte von dieser Art keine Rede sein, denn unser Plan war ohnehin schon genug verkritzelt. Aber war nicht das Gegenteil möglich? Daß die unwichtigen und verwirrenden Linien beim Erwärmen verschwanden und nur die wichtigen Linien stehenblieben? Das war ein Versuch, den ich machen konnte, ohne Schaden für unseren Schatz befürchten zu müssen. Nun, mein lieber Freund, ich habe ihn gemacht, und er ist vollkommen gelungen. Wollen Sie einmal zusehen?«

Doktor Holzbock zog eine kleine Taschenlampe hervor und entzündete sie. Dann legte er seinen Plan an den Zylinder an. Wir warteten schweigend in der hereinbrechenden Dämmerung, die nur von dem furchtsamen Licht der kleinen Lampe gestört wurde. Nach einigen Minuten glaubte ich zu beobachten, daß einige der Linien blässer wurden, sie verschwanden endlich ganz, und es blieb nur eine Anzahl von ihnen zurück.

»Ein regelrechter Plan, ein Grundriß«, sagte ich.

»Es wird nun Ihre Aufgabe sein, ihn zu lesen«, erwiderte er.

In einem Augenblick hatte ich mich zurechtgefunden. »Hier haben wir den Dreifaltigkeitshof, hier ist der Kreuzgang, hier das bezeichnet die Kirche, und von der Sakristei aus geht ... was ist das? Diesen Linien hier entspricht kein Bauwerk, das muß ... ja, das ist ohne Zweifel ein unterirdischer Gang, der aus dem Kloster führt.«

Der Archivar war vor Freude außer sich, daß sich seine Vermutungen bestätigten. Und auch ich war erregt; denn es schien mir, als müsse die Entdeckung auf irgendeine Weise mit meinen nächtlichen Erlebnissen in Zusammenhang stehen. Schon war ich im Begriff, ihm davon zu erzählen, als mich eine eigentümliche Scheu zurückhielt. Ich habe mich immer davor gehütet, von Angelegenheiten, die erst im Beginn der Entwicklung stehen, viel zu sprechen; denn ich fürchtete die Wirkung des gesprochenen Wortes! Das Wort ist mächtiger, als unser Alltagsverstand denkt, und es beeinflußt die Zukunft auf eine geheimnisvolle und unfehlbare Art. Aber Doktor Holzbock mußte doch etwas von den Vorgängen in mir bemerkt haben, denn er fragte mich fast besorgt: »Was ist Ihnen, Sie sehen so merkwürdig drein?«

Aber ich zog ihn, ohne zu antworten, in die Sakristei. Hier begann ich nach den Maßen, die der Plan angab, die Wände abzusuchen. Ich fand, daß dort, wo der Beginn des unterirdischen Ganges sein sollte, ein ungeheurer Kasten an der Wand stand. Es war einer jener riesigen Kästen, die einen ganzen Reichtum an Meßgewändern und Kostbarkeiten verbergen, ein gut gearbeitetes Stück alter Handwerkskunst. Ein Ungetüm, schwer wie ein Felsblock, mit reichen Schnitzereien verziert, ein Koloß von dem Boden bis zur Decke. Der Archivar setzte seine Entstehungszeit in das sechzehnte Jahrhundert. Wir waren beide davon überzeugt, daß sich der Eingang hinter diesem Kasten befinden müsse, aber wir waren uns auch darüber klar, daß wir das Ungeheuer nicht von der Stelle bewegen konnten, wenn wir den geheimen Mechanismus nicht kannten. – »Genug für heute«, sagte Doktor Holzbock, und er wußte mich zu überreden, daß ich nach Hause ging, obzwar ich anfangs beabsichtigte, in der Sakristei die Nacht über zu bleiben, als hätte ich irgendeine Kostbarkeit vor Dieben zu bewachen.

Unser Fund und die Vermutungen, die wir an den Plan knüpften, beschäftigten mich so sehr, daß meine Frau behauptete, ich sei ganz verstört. Sie setzte mir so lange zu, bis ich ihr versprach, schon früher, als ich es mir vorgenommen hatte, um meinen Urlaub anzusuchen. Obzwar ich entschlossen war, diese Nacht nicht wieder außer dem Bett zu verbringen, zwang mich ein sonderbares Gefühl, in dem sich Angst mit Neugier mischte, aufzustehen und die dunkle Stunde unten auf der Gasse zu erwarten.

Es schlug zwölf Uhr, und gleich darauf hörte ich den furchtbaren Schrei. Das Geräusch laufender Menschen kam näher, und die Verfolgung ging an mir vorüber, genauso wie in der vorigen Nacht. Diesmal sah ich deutlich, daß das Weib ein langes, nonnenartiges Gewand trug, das über der Brust ein wenig offenstand, als habe sie es eilig umgeworfen. Einen Augenblick kehrte sie mir ihr Gesicht zu, ein blasses, schönes

Gesicht, in dem dunkle Augen ein seltsames Licht aussandten. Wieder war ich gezwungen, laufend der Jagd zu folgen, und wieder verschwand das Ganze bei der den Trümmerplatz umgebenden Planke. Ich glaubte aber deutlich gesehen zu haben, daß das verfolgte Weib die Tür aufriß und den Bauplatz betrat.

»Haben Sie heute wieder nichts gesehen?« schrie ich den Nachtwächter an. Der Mann zog sich ängstlich vor mir zurück und erklärte, er habe nichts gesehen. »Ich weiß es aber, daß sie hier hereingekommen ist. Sie müssen eine Frau gesehen haben.« Als der Nachtwächter dabei beharrte, keine Frau und überhaupt keinen anderen erblickt zu haben, stieß ich ihn beiseite und begann zu suchen. Ohne mir darüber Rechenschaft zu geben, warum ich eigentlich so darauf entbrannt war, der Sache auf den Grund zu kommen, kletterte ich alle Trümmerhaufen ab, untersuchte alle Mauerreste und glaubte hundertmal in den tiefen Schatten eine Frau in einem langen, grauen, nonnenartigen Kleid zu sehen. Einmal wandte ich mich plötzlich um, weil es mir war, als folge sie mir im Mondenschein nach, mit so leisen Tritten, so dicht hinter mir, daß ich ihr Atmen hören konnte. Ich öffnete die Kirche mit dem Schlüssel, den ich heute abend in einer dunklen Absicht in der Tasche meines Rockes gelassen hatte. In diesem Augenblick überdachte ich nicht, daß sie doch keinesfalls in die verschlossene Kirche geflüchtet sein konnte. Nachdem ich mich davon überzeugt hatte, daß kein lebendes Wesen in der Kirche war, betrat ich die Sakristei und zog meinen Plan hervor. Hell und grün lag der Mondschein auf dem alten Schrank, daß die Schnörkel wie aus Bronze gearbeitet schienen. Die schönen Schnitzereien sprangen aus einem braungoldenen Grund hervor, und der Übermut der vielen Putten schien in dem Licht lebendig zu werden. Ein Bild über dem alten Schrank, das ich bei Tage nicht beachtet hatte, fiel mir auf. Es war ein altes Gemälde, von Weihrauch und Kerzenflammen geschwärzt, und nur das Gesicht der Heiligen, das es darstellen mochte, trat wie hinter den Schatten der Jahrhunderte hervor. Oder war es nicht das Gesicht einer Heiligen? War es nicht etwa das Porträt einer Frau, die einmal in diesen Mauern gelebt hatte? Es schien mir belebter und persönlicher als ein Heiligenbild, und jetzt im grünen Mondlicht war es mir, als habe ich dieses Gesicht schon einmal gesehen. Diese dunkeln, flammensprühenden Augen brannten sich in die meinen.

Ich zitterte in einer unerklärlichen Furcht. Und plötzlich kam mir ein banger Gedanke. Man hat oft das Empfinden, als sei einer dieser Gedanken, die uns so plötzlich überkommen, nicht in uns geboren, als sei er gar nicht unser Eigentum, als komme er irgendwie von außen her, als werde er uns mitgeteilt, genauso wie der Gedanke eines Fremden. Dieses Empfinden war so stark, daß ich den Eindruck hatte, der Gedanke sei neben mir ausgesprochen worden, als habe mich jemand gewarnt... mit einer flüsternden Frauenstimme gewarnt. Jawohl, gewarnt... denn der Sinn dieses fremden Gedankens war eine Warnung. Es war, als ob mir jemand zuflüsterte, ich sollte mich hüten, den Gang aufzudecken, der auf meinem Plan verzeichnet war. Ich wollte den Gedanken abschütteln und versuchte, seine Entstehung aus der absonderlichen Stille, aus diesem wie mit Weihrauch gesättigten Schweigen begreiflich zu finden. In dem alten Mauerwerk der Sakristei, das durch die Erschütterung der Arbeit, durch die Zerstörung der angrenzenden Gebäude beunruhigt worden sein mochte, rieselte es unaufhörlich. Das Mondlicht schien von diesem Geriesel erfüllt, als bestehe es aus Körnern eines silbernen Sandes, der durch die Sanduhr der Zeit gleitet. Je mehr ich mich bemühte, meine Aufmerksamkeit mit diesen Beobachtungen der Umgebung zu beschäftigen, desto hartnäckiger kam die Warnung wieder: Ich sollte mich hüten, meinen Plan zu verfolgen, ich würde sonst ein schweres Unglück auf mich herabziehen. Immer wieder versuchte ich, mich krampfhaft auf die wunderlichen Spiele des Mondlichtes hinzulenken, und immer eindringlicher und bohrender wurde der fremde Gedanke. Einen Moment lang war es mir, als lege mir jemand die Hand auf die Schultern und flüsterte nahe bei meinem Ohr. Und dann spürte ich ganz deutlich, wie ein fremder Wille über den meinen Herr werden wollte. Ich sah auf und blickte in die dunkeln, flammensprühenden Augen des Bildes über dem Schrank...

Da kam es mir mit einem Male ganz schmerzhaft klar zum Bewußtsein: vorhin, als die Jagd an mir vorbeiging, hatte ich diese Augen schon gesehen, es waren die Augen der verfolgten Frau. Obzwar ich nicht furchtsam bin, erschrak ich so sehr, daß mich die Besinnung verließ. Ich schrie nicht auf und lief nicht davon, aber ich tat etwas, was viel ärger war: langsam, die Augen fest in denen des Bildes, zog ich mich Schritt vor Schritt zurück, als gelte es, einer wirklichen Gefahr zu entkommen. Dabei hielt ich den großen Kirchenschlüssel fest in der Hand, wie man bei einem Überfall von Räubern das nächste Gerät als Waffe benutzt. Endlich war ich in der Kirche und warf die Tür der Sakristei zu. Es widerhallte unter den in Dunkelheit verlorenen Wölbungen. Die Bilder und Statuen schienen ihre Stellungen verändert zu haben und mit höhnischen Grimassen auf mich herabzusehen.

Rasch verließ ich die Kirche.

Der Rest der Nacht war schlaflos bis in den Morgen hinein. Obzwar ich erst in der Dämmerung einschlief, erwachte ich dennoch bald; denn ich wollte sofort mit der Arbeit in der Sakristei beginnen lassen. Trotz der nächtlichen Warnung war ich entschlossen, den Gang aufzudecken. Meine Furcht war am Tage keine Macht, die mich bestimmen konnte.

Als ich den Bauplatz betrat, fand ich dort bereits den Archivar, der von der gleichen Ungeduld wie ich hergetrieben worden war. Ich wählte eine Anzahl geschickter Arbeiter aus und gab an, wie sie es anfangen sollten, den ungeheueren Schrank von seiner Stelle zu rücken. Das Bild über dem Schrank, das ich mit einigem Bangen betrachtete, war ein gewöhnliches, unter einer dicken Schmutzkruste verborgenes Dutzendgemälde, von dem man wenig mehr als einen bleichen Fleck – das Gesicht der dargestellten Heiligen – deutlicher erkennen konnte. Es war nicht im geringsten unheimlich, und ich wollte eben den Archivar um seine Meinung über das Bild befragen, als er mich ansprach.

»Hören Sie«, sagte er, »es muß recht hübsch in diesem Nonnenkloster zugegangen sein. Gestern, spätabends, nahm ich noch die Chronik vor, und ich denke, daß uns dieser Gang einige Dinge von Interesse verraten wird. Ich glaube, ich habe Ihnen bereits einige Andeutungen darüber gemacht, was die Chronik von diesem Kloster berichtet. Gestern habe ich mir noch einmal alles durchgelesen, weil ich hoffte, einen Anhaltspunkt für unsere Forschungen zu gewinnen. Die Scheu der Nonnen, ihr Kloster in Verruf zu bringen, war hier einer wüsten Schamlosigkeit gewichen. Man gab sich ganz offen den schlimmsten Ausschweifungen hin, und die Chronik berichtet, daß oft genug Gläserklirren und freches Gelächter die ganze Nacht hindurch die Nachbarschaft empörte. Es muß eine Art von Wahnsinn gewesen sein, eine Raserei, die das ganze Kloster angesteckt hatte und die Nonnen zu den wildesten Orgien anstachelte. Oft genug sahen die Bürger auch die Kirche selbst erleuchtet, und an dem Lärm war zu hören, daß man das Gotteshaus zur Stätte des Gelages erkoren hatte. Als Teilnehmer an diesen Orgien wurden die Geistlichen der Stadt herangezogen, und wenn sie anfangs nur bei Nacht und heimlich in das Kloster Einlaß fanden, so kamen sie später ganz offen auch am hellen Tage. Man sah die Männer oft wankend, mit gedunsenen Gesichtern das Haus verlassen, und man sah betrunkene Nonnen in den Höfen und im Klostergarten herumtaumeln. Den frommen Bürgern, denen dieses Treiben ein Greuel war, ist es nicht zu verdenken, daß sie die Anzeige beim Bischof machten. Der Bischof kam zur Untersuchung selbst herbei, aber er fand nichts als eine Schar frommer Nonnen, die in diesem Kloster ein beschauliches, dem Gebet geweihtes Leben führten, wie es sich für die Bräute Christi schickt. Und eine Umfrage bei der Geistlichkeit der Stadt ergab nur die Bestätigung dieser Beobachtung. Die verleumderischen Anzeiger wurden vor ein Gericht gestellt, das sie unter dem Druck der bischöflichen Autorität zu harten Strafen verurteilte. Als der Bischof der Stadt den Rücken gekehrt hatte, begann das unverschämte Treiben von neuem. Aber es wagte niemand mehr, eine Anzeige zu machen, aus Furcht, selbst in Strafe zu verfallen. Unter allen den lockeren Nonnen war Schwester Agathe die ärgste. Ihr genügten die im Kloster veranstalteten Orgien bald nicht mehr. Es muß ein ganz seltsames Weib gewesen sein, von einer entsetzlichen, teuflischen Brunst, die alles an sich riß und vernichtete. Sie muß die Unersättlichkeit eines Raubtieres besessen haben; denn die Chronik erzählt von ihr, daß sie oft auf heimlichen Wegen das Kloster verließ und sich nachts in der Stadt herumtrieb. In den Frauenhäusern und den Spelunken der Vorstädte war sie zu Gast und saß unter dem Gesindel, unter den Spielern und Trunkenbolden, als ob sie zu ihnen gehöre. Dabei war sie von adeliger Geburt, aus einer der vornehmsten Familien des Landes. Alle durch Generationen sorglich verhehlte Laster ihres Geschlechts waren in ihr widerlich in Erscheinung getreten. Wenn ihr ein junger Mann gefiel, so umklammerte sie ihn und ließ ihn nicht mehr frei, wüst und wild wie eine Bacchantin riß sie ihn zu sich herab. Man kannte sie bald in der ganzen Stadt und sprach von ihr wie von einem Alpdrücken, einem Gespenst. Man nannte sie nur die ›arge Nonn'‹. Nun geschah es, daß die Lustseuche in die Stadt verschleppt wurde. Auch Agathe wurde von ihr ergriffen, aber sie war nicht imstande, ihren Trieben Einhalt zu tun, und setzte ihr Leben fort. Nach wie vor tanzte sie in den Schenken, saß unter dem Gesindel und fiel wie ein Vampir junge Männer auf der Straße an.«

»Was haben Sie?« unterbrach sich Doktor Holzbock. »Sie sehen so krank aus.«

Ich wehrte ab und bat ihn, einen Augenblick mit seiner Erzählung einzuhalten, um den Fortschritt der Arbeiten zu prüfen. Rings um den ungeheueren Schrank war der Fußboden aufgerissen, an den Wänden war der Mörtel abgekratzt, aber es war nicht gelungen, den Schrank auch nur um eine Linie zu verrücken.

»Ich glaub halt«, sagte der Polier, »der Kasten is in der Wand verankert.«

Es konnte nicht anders sein, aber dann mußte man ihn gleich damals mit der Wand verbunden haben, als man die

Sakristei anbaute. Dann war entweder unser Plan eine Mystifikation oder...

Wir sahen uns an, und der Archivar sprach meine Gedanken aus: »Der Weg geht durch den Schrank hindurch.« Ich war aufgeregt, außer mir vor Ungeduld über den neuen Aufenthalt und wütend über soviel Hindernisse.

»Wie sollen wir aber herausfinden, wo man hindurchging? Wir müßten den ganzen Kasten in Stücke brechen, und das dürfen wir nicht, da er Kircheninventar ist. Was sollen wir tun?« Der Archivar war fast ebenso ungeduldig wie ich.

Während Doktor Holzbock nachsann, suchte ich den Kasten ab, drückte auf alle vorspringenden Ornamente, zog alle Schubfächer auf, sofern sie nicht versperrt waren, und maß alle Dimensionen ab, um vielleicht aus irgendeinem seltsamen Verhältnis auf verborgene Türen schließen zu können.

»Geben Sie sich keine Mühe«, sagte der Archivar, »dieser Kasten, der sicher ganzen Generationen von Neugierigen sein Geheimnis vorenthalten hat, wird es auch uns nicht ohne weiteres verraten. Wir müssen in den Archiven suchen, vielleicht...«

Ich hörte nicht weiter zu, denn indem ich mit den Augen die Höhe des Kastens abschätzte, war mein Blick auf das darüberhängende Bild gefallen. Und plötzlich war es mir, als würde mir dieses Bild den Schlüssel geben müssen. Zur Verwunderung des Archivars befahl ich, eine Leiter an den Schrank zu legen, und kletterte hinauf. In so großer Nähe des blassen Gesichtes, Auge in Auge mit ihm, wollte das Grauen der Nacht wieder über mich kommen. Aber ich bezwang mich und begann das Porträt zu untersuchen. Die dicke Schmutzschicht ließ selbst in dieser Nähe wenig mehr erkennen, als daß die Dargestellte ein nonnenartiges Gewand trug, während der Kopf von Hauben oder Bändern frei war und von Haaren umringelt schien. Seltsam genug waren diese Haare, eher wie Schlangen durcheinandergewirrt, wie man wohl den Kopf einer Medusa malen mochte. Aber der schlechte Zustand des Gemäldes ließ kein sicheres Urteil zu. Um den Hals trug sie an einer Schnur einen Schmuck. Kein

Kreuz, wie man es sonst wohl bei Nonnen finden mag, sondern eine Art Brosche, eine bloße Verzierung, ein Ornament. Es sah wie eine Lilie aus, die in ein Polygon eingeschlossen ist. Es war mir, als hätte ich dieses Ornament auch unten auf dem Kasten gesehen, die Lilie bald in einem Sechseck, bald in einem Rhombus und dann wieder in einem Fünfeck wie hier.

»Doktor«, rief ich, indem ich die Leiter herabstieg, »ich glaube, ich bin dem Rätsel auf der Spur.«

»Und die Spur haben Sie da oben auf dem Bild gefunden?«

»Ich glaube es. Die Lilie im Fünfeck ist der Schlüssel. Suchen wir.«

Obzwar ich ganz genau wußte, das Ornament gesehen zu haben, war ich dennoch so verwirrt, daß ich es nicht sogleich wiederfand. Wie in einem Nebel verschwammen mir die Bestandteile des Schrankes, und vergebens kämpfte ich gegen die Müdigkeit an, die ich mir jetzt, im Augenblick der Entscheidung, nicht zu erklären wußte. Es war ungefähr so, wie es einem Erfrierenden zumute sein muß. Da rief der Archivar neben mir aus: »Hier ist eine Lilie im Fünfeck! Und was nun?«

Meine Spannkraft war plötzlich wieder zurückgekehrt, als stünde ich nun vor einem Unabwendbaren, wo kein Zweifel über den Ausgang mehr steht. Ich untersuchte die Lilie, während uns die Arbeiter neugierig umstanden. Es war mir, als gebe das Holz unter meiner Hand nach, ich drückte mit aller Kraft – da ging ein Ächzen durch den alten Schrank, ein tief aus dem Innersten kommendes Ächzen, und ein schmaler Spalt zerschnitt den Schrank von oben bis unten. Wir stemmten die Schultern an, aber die rostigen, jahrhundertelang nicht gebrauchen Angeln gaben nur widerwillig nach. Ruckweise mußten wir die Tür öffnen und hatten so Zeit, den sinnreichen Geheimmechanismus zu bewundern. Äußerlich folgte auch dieser Teil des Schrankes der Breitegliederung, beim Druck auf die Lilie aber vereinigten sich die scheinbar getrennten Flächen zu einer Tür. Im selben Maße, in dem sich diese öffnete, schoben sich die Fächer des Schrankes nach links und rechts auseinander, und wir standen vor der Hinterwand des Kastens. Hier war es nicht schwer, den Knopf zu finden, auf den wir drücken mußten, um auch diese Tür offen zu haben.

Die dunkle Mündung eines Ganges lag dahinter. Ich wollte mich hineinstürzen, aber der Archivar hielt mich zurück. »Geduld, wir müssen erst erproben, ob die Luft da drinnen atembar ist.« Eine Kerze wurde an einen Stock gebunden, angezündet und in den Gang gehalten. Sie brannte mit einer wilden Flamme, das geschmolzene Stearin fiel in großen Tropfen in die Dunkelheit.

Wir betraten den Gang.

Einige Stufen hinab, dann geradeaus, dann wieder einige Stufen hinab und geradeaus. »Ich glaube, wir befinden uns auf dem geheimen Weg der argen Nonn'«, flüsterte der Archivar. Er glaubte es bloß, ich war dessen gewiß. Trotzdem die Luft hier verhältnismäßig frisch war, war mir doch sehr beklommen zumute.

»Mariandjosef«, sagte plötzlich der Arbeiter, der mit der Kerze voranging, und blieb stehen. Die Wände sprangen hier in die Dunkelheit zurück, der Gang mündete in eine Art Gruft, in deren Mitte auf Holzgestellen vier hölzerne Särge standen. Ganz einfache, schmucklose Särge, deren Form und Zuschnitt gleichwohl um einige Jahrhunderte zurückwies. Der Archivar hob einen Deckel ab, eine Nonne lag darin mit einem mumienartig eingetrockneten Gesicht, die Hände über der Brust gekreuzt, die Kleider waren zerfallen, so daß an manchen Stellen das Fleisch, das der Verwesung widerstanden hatte, durch die Löcher sichtbar wurde.

Wir hoben auch von den übrigen Särgen die Deckel ab. In dem vierten Sarg lag Agathe, die »arge Nonn'«. Ich erkannte sie sofort, es war das Weib, das nachts verfolgt von einer Schar wütender Männer an meinem Haus vorüberlief, es war das Urbild des Gemäldes in der Sakristei.

Da sagte der Archivar neben mir: »Wissen Sie auch, daß hier unter diesen Leichen Schwester Agathe, die arge Nonn', sein dürfte?«

»Ich weiß es; diese dort ist es. Ich erkenne sie wieder. Sehen

Sie nur, wieviel besser sie aussieht als die andern. Man merkt, daß die andern wirkliche Leichname sind, daß aber diese ...«

Doktor Holzbock faßte meine Hand und sagte: »Wir wollen trachten, bald wieder aus diesem Gange herauszukommen, die Luft hier unten scheint doch gefährlich zu sein. Vorwärts!«

Es ging nicht mehr weit vorwärts. Nach dreißig Schritten mußten wir haltmachen. Ein Teil der Decke war hier eingestürzt und hatte den Gang verschüttet. Nach meiner Berechnung befanden wir uns hier unter der Straße, und ich sah, daß der Einsturz erst vor kurzem erfolgt sein mußte, wahrscheinlich infolge der Erschütterung durch die schwer beladenen Lastwagen, die den Schutt des alten Gebäudes wegschafften. Da die Gefahr bestand, daß noch andere Teile nachstürzen konnten, gab ich den Auftrag, augenblicklich einen Schacht von der Straße aus durchzustoßen, alles genau zu untersuchen und alle Vorkehrungen zu treffen, um einen Unglücksfall zu verhüten. Dann kehrten wir durch die Gruft zurück. Im Vorbeigehen überzeugte ich mich davon, daß meine Beobachtungen richtig gewesen waren. Sie sah wirklich anders aus als die drei andern. Fast als ob sie noch lebte. Ihre Haut war noch gespannt, hatte einen Schimmer von Farbe, und ihre glatte Stirn leuchtete. Sie war noch immer schön, und es schien mir im Licht der Kerze, als blinzle sie unter den Augenlidern hervor, als verfolge sie unser Tun mit listigen, verstohlenen Blicken.

Als wir in der Sakristei angelangt waren, mußte ich mich niedersetzen. Ich war atemlos, und meine Beine zitterten.

»Ich muß Ihnen erklären«, sagte der Archivar, »wie ich zu der Behauptung komme, daß eine der Mumien dort unten Schwester Agathe ist. Meine Chronik gibt die Erklärung dafür in der Fortsetzung ihrer Geschichte dieses Klosters. Die Seuche, deren Priesterin Agathe war, griff um sich, und endlich brach eine furchtbare Empörung der Bürgerschaft aus. Man lauerte der Nonne auf und wollte sie erschlagen. Aber es war, als ob die Gefahr ihrer Lust nach Abenteuern noch einen Ansporn gegeben hätte. Sie trieb es noch toller als vorher, und es ist seltsam, daß sie eine Menge von Beschützern fand, von jungen Männern, die sie liebten, trotzdem sie wußten, daß sie von ihr vergiftet wurden. Ich sagte schon, daß sie ein fürchterliches Weib gewesen sein muß. Ihre Macht über die Leiber war schrankenlos. Eines Tages aber zog ein bewaffneter Haufe vor das Kloster und verlangte die Auslieferung der Schwester Agathe. Die Wut des Volkes war aufs äußerste gestiegen, und man drohte, das Kloster zu stürmen und anzuzünden, wenn die arge Nonn' nicht herausgegeben würde. Da sah sich die Äbtissin gezwungen, mit den Aufrührern zu verhandeln. Sie versprach, Agathe zu bestrafen, und erbat sich eine Frist von drei Tagen. Den Besonneneren unter den Stürmern gelang es, die Annahme dieses Anerbietens durchzusetzen. Nachdem die drei Tage abgelaufen waren, erschien der Haufe wieder vor dem Kloster und vernahm von der Äbtissin, daß die Schwester Agathe plötzlich erkrankt und gestorben sei. Die Chronik läßt es unklar, ob wirklich der Äbtissin ein Zufall zu Hilfe kam oder ob man, um die Bürger zu beruhigen, einen Mord beging. Die Zeiten waren danach angetan, daß man das letztere mit ebensoviel Wahrscheinlichkeit annehmen konnte als das erstere. Aber die erhoffte Beruhigung trat nicht ein. Trotzdem ein Begräbnis stattgefunden hatte und ein Sarg in die Erde versenkt worden war, trotzdem man sich davon überzeugen konnte, daß ein Stein mit dem Namen der argen Nonn' auf diesem Grabe errichtet worden war, tauchten Gerüchte auf, Schwester Agathe lebe noch. Wie es früher häufig vorkam, daß man an den Tod sehr verruchter oder sehr geliebter Personen nicht glauben konnte, so war es auch mit ihr. Man wollte die Nonne da und dort gesehen haben, man berichtete von den Streifzügen, die sie unternahm, auf denen sie junge Männer überfiel, und endlich war man davon überzeugt, daß die Äbtissin eine Komödie gespielt habe, um die drohende Gefahr abzuwenden. Andere, die geneigt waren, den Tod der Schwester Agathe zu glauben, fanden, daß es eine Entweihung der heiligen Friedhofserde sei, ihren Leichnam neben die Körper braver und frommer Bürger zu betten. Die Gläubigen und die Mißtrauischen vereinigten sich in dem Verlangen, daß das Grab geöffnet werden müsse, um sich zu überzeugen, daß die Nonne darin sei. Es muß ein furchtbarer Haß gewesen sein, der dieses Weib verfolgte. Als man im Kloster von der Absicht der Wütenden erfuhr, nahm man zur Nachtzeit den Leichnam aus seinem Grab und brachte ihn in das Kloster zurück. Meine Chronik schildert die ganze Geschichte so, als ob es sich um einen ernsthaften Aufstand gehandelt habe, der die Bürger fortriß, wieder vor das Kloster zu ziehen, als sie das Grab leer fanden. Man zeigte ihnen von einem Fenster aus den Leichnam der Nonne. Steine und Holzstücke flogen gegen die Tote, ein Schuß wurde gegen sie abgefeuert. Und die Chronik fügt hinzu, daß unter den Empörten die jungen Männer die Empörtesten waren, die sie geliebt hatten, als sie noch lebte. Da man im Kloster erkannte, daß die Schwester Agathe auch durch den Tod nicht vor dem Haß ihrer Verfolger geschützt war, behielt man den Leichnam und setzte ihn in einer Gruft bei, in der man sonst solche Nonnen verbarg, die man aus irgendeinem Grund getötet hatte. Diese Gruft haben wir heute gefunden. Sie liegt auf dem Wege, auf dem sie sonst zu ihren Abenteuern ausging.«

»So ist es«, sagte ich.

»Und nun müssen Sie mir sagen, wie sie auf den Gedanken kamen, daß wir die arge Nonn' gefunden haben. Sie hatten ja noch nicht den Schluß meiner Geschichte gehört? Und wie sie gerade die eine der Mumien als Schwester Agathe bezeichnen konnten? Und was Sie darauf brachte, gerade jenes Bild dort um ein Zeichen zu befragen, wie wir weiterkommen sollten?«

Was sollte ich dem Archivar sagen? Konnte ich ihm von meinen nächtlichen Erscheinungen erzählen? Ich suchte ihn durch eine Gegenfrage auf die Spur zu bringen: »Haben Sie nicht eine Ähnlichkeit zwischen diesem Bild und der Toten dort unten gefunden?«

»Nein«, sagte Doktor Holzbock und betrachtete das Bild, das jetzt im hellen Vormittagssonnenschein recht deutlich sichtbar war. »Übrigens müßte man es ganz in der Nähe betrachten ...« Und er legte die Leiter an, die noch von vorher in der Ecke lehnte. Aber er war nicht imstande, das Bild von der Wand herabzunehmen. Ich – ich – weigerte mich, ihm zu helfen. Ich rief zwei Arbeiter zu seiner Unterstützung herein und verließ ihn, denn ich konnte mich des abergläubischen Gedankens nicht erwehren, daß dieses Bild besser an der Wand bleiben sollte. Wieder gewannen die Erscheinungen meiner Nächte auch am hellen Tage in solcher Weise über mich Gewalt. Ich sah mich in eine sehr absonderliche Geschichte verstrickt, und ich fühlte mit Grauen, daß ich mich nicht befreien konnte. Es lag wie Schlingen um mich. Als ich im hellen Sonnenschein im Staub und Lärm der Arbeit draußen stand, faßte ich den Entschluß, unbekümmert um das, was nach mir geschah, mich morgen krank zu melden und einen Urlaub anzutreten. Aber vorher wollte ich noch diese Nacht meine Beobachtungen zu Ende bringen; denn ich war überzeugt, daß eine Art Entscheidung fallen mußte.

Nach einer Viertelstunde kam der Archivar mit seinen beiden Arbeitern und erklärte, daß es auf keine Weise gelungen sei, das Bild von der Wand herabzubringen, wenn man nicht etwa den Rahmen zerbrechen oder die Leinwand herausschneiden wollte. »Zucken Sie nicht mit den Achseln«, sagte er, »Sie tun, als ob Sie mehr von allen diesen merkwürdigen, geheimnisvollen Dingen wüßten als meine Chronik. Sie werden mir noch Ihre Ansicht über alles das sagen müssen, denn ich beabsichtige, über unsre Funde einen Aufsatz für die ›Blätter des Geschichtsvereins‹ zu schreiben.«

Damit ging er und hinterließ mir den Eindruck eines sehr braven, gelehrten, von romantischen Neigungen nicht sehr geplagten Mannes.

Dieser Tag war mir endlos. Alle Stunden hatten graue Gesichter und schlichen an mir vorüber wie gelangweilte, träge Schatten. Als der Abend kam, merkte meine Frau meine Aufregung, und ich konnte sie nur durch das Versprechen beruhigen, mich schon morgen der Arbeit zu entziehen. Es wurde elf Uhr, und noch immer brannte das Licht am Bett meiner Frau. Gerade heute schien sie nicht einschlafen zu können, und ich war außer mir vor Angst, daß mein Vorhaben vereitelt werden könnte. Endlich, es ging schon gegen zwölf, beugte sie sich noch einmal über mich, und da ich tat, als schlafe ich, löschte sie mit einem Seufzer das Licht aus und war zwei Minuten später nicht mehr im Stande zu hören, wie ich mich leise erhob und das Zimmer verließ. Eben, als ich vor die Haustür trat, schlug es auf dem Turm der alten Klosterkirche zwölf Uhr. Ich hörte den Schrei, dann das Geräusch laufender Menschen, und nun flog das Weib an mir vorüber – es war Agathe, die furchtbaren, glimmenden Augen sahen mich an –, dann kam die Meute der Verfolger.

Ich raste hinterdrein.

Es war wieder dasselbe traumhafte Gleiten und Schweben, in dem mir die Häuser links und rechts wie steile Wände erschienen, die unseren Lauf bestimmten. Nur zweierlei sah ich mit voller Deutlichkeit. Die Gruppe der Verfolger vor mir und den Nachthimmel über uns, der von vielen einzelnen weißen Wolkenschollen bedeckt war, wie ein Fluß mit Eisschollen zur Zeit der Schneeschmelze. In den Spalten und Rissen der Wolkenschollen tauchte von Zeit zu Zeit die Mondsichel auf, ein Boot auf dem dunkeln, abgründigen Wasser des Himmels.

Nun ging die Jagd neben der Planke des Trümmerplatzes hin, und nun verschwanden die Gestalten vor mir. Aber es war kein unschlüssiges Hinundherlaufen der Verfolger wie sonst, sondern sie schienen wie von einem Trichter verschlungen. Es war mir, als wirbelten sie durcheinander und empor wie eine Rauchsäule und würden dann von der Erde eingesogen. Da stand ich auch schon vor dem Schacht, der im Laufe des Tages auf meinen Befehl gegraben worden war. Die ausgehobene Erde lag um seine Mündung, einige Bretter und zwei rote Laternen gaben den Vorübergehenden eine Warnung. Aber die Bretter über der Öffnung, die zu der Gruft hinunterführte, waren zur Seite geworfen. Ich riß die Tür des Zaunes auf und lief – ohne erst den Nachtwächter zu suchen, der auf irgendeinem anderen Teil des ausgedehnten Platzes sein mochte – zwischen den Schutthaufen hindurch dem großen Hof zu, der noch durch Reste der umgebenden Gebäude bezeichnet war. Ich weiß nicht, welche Stimme mir sagte, daß ich hier sein müsse; es war ein Zwang, dem ich mich nicht entziehen konnte. Kaum hatte ich ein Versteck hinter dem Rest eines großen Laubenbogens gefunden, als ich schon den Hof von Gestalten erfüllt sah.

Was ich nun erblickte, ist fast unmöglich zu beschreiben. Es war alles wie im Traum und doch vollkommen deutlich. Die Gestalten kamen von der Kirche her, die ich im Mondlicht vor mir sah. Ob sie aber durch die Tür kamen, die weit offenstand, oder ob sie aus den Wänden quollen, vermag ich nicht anzugeben. Es schien mir nur, als wären ihrer so viele, daß sie nicht auf einmal hätten aus der Tür kommen können. Das seltsamste aber war, daß ich sie alle in lebhaftester Bewegung sah, in einem Durcheinander von Gebärden, daß ich sah, wie sie aufeinander einschrien, wie sie sich zuriefen, sich zur Seite stießen und unter wilden Gestikulationen vordrängten, ohne daß ich mehr vernahm als das Geräusch vieler Schritte. Keines der Worte, die ich doch sprechen sah, wurde laut, keiner der Rufe drang bis zu mir. Ich hatte den Eindruck, als sähe ich die Vorgänge auf einer Bühne, von der ich durch eine dicke, für den Schall undurchlässige Glaswand getrennt war, so daß ich die Handlung bloß sehen, aber keinen Ton hören konnte. Dieser Eindruck wurde dadurch verstärkt, daß die Akteure dieser aufgeregten Szene im Kostüm erschienen. Sie trugen zumeist das behagliche und bequeme Bürgergewand des sechzehnten Jahrhunderts, einige von ihnen aber waren lockerer, wie Studenten, oder ernster und feierlicher, wie Ratsherren, gekleidet.

Es gibt ein gewisses Maß des Entsetzens, bei dem alle Besorgnis um das eigene Ich verschwunden ist und man nur durch die Augen lebt, während alle anderen Sinne gleichsam ausgeschaltet scheinen. Dieses Maß hatte ich erreicht, und ich kann mich dafür verbürgen, daß sich alles das, was ich sah, auch wirklich zutrug. Der ganze Hof war von Gestalten erfüllt, und einige Male kamen einzelne von ihnen so nahe an meinem Versteck vorüber, daß ich deutlich ihr etwas starres Gesicht sehen konnte. Nach einer Weile aufgeregten Durcheinanderlaufens richtete sich die Aufmerksamkeit aller auf das offene Tor der Kirche, und aus ihm kam eine Gruppe von Männern hervor, in deren Mitte ein Weib geführt wurde. Man stieß sie mit Fäusten vorwärts, schlug ihr ins Gesicht und zerrte an dem Strick, den man um ihren Hals gelegt hatte. Ich sah sie mit den Schultern zucken, als ob sie bloß ein lästiges Insekt abwehren wollte. Einer der Studenten drängte die übrigen zurück, stürzte vor, schien ihr irgendeine Beschimpfung ins Gesicht zu schleudern und schlug sie mit der Breite des blanken Raufdegens zweimal über den Kopf. Da hob das Weib die glatte, weiße Stirn und sah den Mann mit dunklen, flammensprühenden Augen an. Es war Schwester Agathe, die arge Nonn'. Unter unaufhörlichen Schlägen und Fußtritten zerrte man sie bis in die Mitte des Hofes, wo eine Anzahl schwarzgekleideter Ratsherren stand. Hochaufgerichtet sah ich ihre Gestalt in einem blassen, ängstlichen Mondlicht vor einer Gruppe von Männern, in der der gemeinsame Haß der ganzen wütenden Menge verkörpert schien. Das weiße Tuch war vom Kopf der Nonne zurückgeglitten, und sie sah so aus wie auf dem Bild in der Sakristei. Jetzt trat einer der Ratsherren vor, und während die Menge von allen Seiten herandrängte, brach einer ein weißes Stäbchen über dem Kopf der Nonne und schleuderte es ihr mit einer Gebärde des Abscheues vor die Füße. Da wich das Volk zurück und ließ einen Platz frei, auf dem die Nonne neben einem Block stand; von diesem Block erhob sich ein Mann in einem roten Mantel. Ich sah alle Einzelheiten der schauerlichen Exekution. Ich sah, wie der Mann ein blankes, breites Schwert hervorzog und den roten Mantel abwarf, wie er das Kleid der Nonne öffnete, so daß der weiße Hals und die schönen Schultern sichtbar wurden, und wie er sie vor dem Block in die Knie zwang. Ich hätte schreien mögen und war doch dankbar, daß die dunkeln, drohenden Augen endlich von mir abgewandt waren, die sich in den letzten Minuten starr nach meinem Versteck gerichtet hatten, als hätten sie mich dort erblickt. Nun lag der Kopf auf dem Block, nun sah ich das Richtschwert in hohem Schwung im Mondschein, und

Illustration von Carl Hoffmann
zu Paul Heyse, »Martin, der Streber«

Illustration von Horst Hussel
zu Alfred Schöne, »Der blaue Schleier«

Illustration von Johannes K. G. Niedlich
zu Rudolf Lindau, »Wahngebilde«

Illustration von Carl Hoffmann
zu Karl Hans Strobl, »Die arge Nonn'«

nun sprang ein Blutstrahl auf. Aber er fiel nicht zur Erde, zerstäubte nicht in einzelne Tropfen, sondern blieb in der Luft stehen, als wäre er im Augenblick erstarrt, während der Kopf vom Bock fiel und, als folge er einem letzten Antrieb der Gerichteten, geradenwegs auf mich zurollte. Da schleuderte die Menge ihre Hüte in die Luft und brach in einen ungeheuren Jubel aus, dessen Gebärden ich deutlich sah, obwohl ich keinen Laut vernahm, und wie in einer plötzlichen Eingebung stürzten sie sich alle auf den Leichnam, stießen, schlugen und zerrten ihn herum, als wäre ihre Wut noch immer nicht ganz befriedigt. Der Kopf aber rollte indessen weiter, ohne seine Richtung zu verändern, auf mich zu und blieb endlich dicht vor meinem Versteck liegen. Die dunkeln, flammensprühenden Augen sahen mich an, und ich hörte Worte, die ersten während der ganzen schrecklichen Szene, Worte aus dem Munde des Kopfes: »Du sollst der argen Nonn' gedenken.«

Da verschwand alles vor mir, das Getümmel der Menge, der Kopf, der Henker samt dem Block, und nur die rote Sichel des erstarrten Blutstrahls schwebte einen Augenblick im grünen Mondlicht.

Es bleibt nichts mehr übrig, als hinzuzufügen, daß man am nächsten Morgen den Körper der Schwester Agathe in der Gruft in einem schrecklichen Zustand auffand. Er war durch Stöße und Schläge entstellt, alle Glieder waren gebrochen und der Kopf durch einen glatten Schnitt vollkommen vom Rumpf getrennt. Man vermutete einen Fall sexuellen Wahnsinnes und stellte die eingehendsten Untersuchungen an, in deren Verlauf auch ich vernommen wurde. Aber die Nachforschungen der Behörden ergaben kein Resultat, denn ich hütete mich wohl, zu erzählen, was ich nachts gesehen hatte.

Ein fürchterliches Verbrechen versetzte am Morgen des 17. Juli 19.. die ganze Stadt in Aufregung. Als das beim Ingenieur und Baumeister Hans Anders bedienstete Mädchen nach mehrfachem vergeblichem Klopfen an der Schlafzimmertür ihrer Herrschaft endlich gegen zehn Uhr vormittags noch einmal an der Tür rüttelte, fand sie, daß diese unversperrt sei, und betrat das Schlafzimmer. Die junge Frau lag in ihrem Bett – inmitten einer Blutlache. Von dem Herrn war nichts zu sehen. Schreiend lief das Mädchen davon, und als man endlich aus ihr mühsam herausgebracht hatte, was sie gesehen, schickte der junge Student aus dem dritten Stock, der Besonnenste unter aufgeregten und entsetzten Hausgenossen, sofort nach der Rettungsgesellschaft und der Polizei. Die Kommission erschien und stellte fest, daß ein Verbrechen vorliege. Die junge Frau war schon seit mehreren Stunden tot; der Kopf war durch einen mit ungeheuerer Kraft geführten Schnitt glatt vom Rumpfe getrennt. Sonst war alles in der Wohnung in Ordnung geblieben, nur eines der Bilder im Schlafzimmer war von der Wand herabgenommen und vollständig zertrümmert. Der Rahmen in kleine Stücke zerschlagen, die Leinwand in Fetzen zerrissen. Keine Spur deutete auf das Eindringen des Mörders von außen, das Dienstmädchen bestätigte, daß die Herrschaften gestern wie sonst zu Bett gegangen seien. Als man sie fragte, ob sie vielleicht in der letzten Zeit Zwistigkeiten zwischen Anders und seiner Frau bemerkt habe, sann sie einen Augenblick nach und erklärte dann, daß ihr nichts aufgefallen sei als eine zunehmende Schweigsamkeit beider und manchmal ein nervöses Zittern der Frau. Trotz dieser Aussage blieb nichts anderes übrig, als anzunehmen, daß Frau Anders aus bisher nicht erkennbaren Gründen von ihrem Mann ermordet worden und daß dieser dann entwichen sei. Die Beobachtungen der Hausgenossen stimmten mit denen des Dienstmädchens überein, aber aus all diesen Angaben ließ sich kein Schluß auf ein ernstes Zerwürfnis ziehen, aus dem eine solche furchtbare Tat hätte folgen können. Der Gerichtsarzt aber erklärte, daß man durch einen Mangel an äußeren Anzeichen eines Zwistes nicht verführt werden dürfe, an eine vollständige Übereinstimmung der Gatten zu glauben; denn gerade bei Menschen von hoher Kultur, wie Hans Anders und seine Frau gewesen seien, spielten sich solche Katastrophen geräuschlos und nach innen ab; und dadurch bestärkte er nur die Ansicht des Polizeikommissars, der sofort die eifrigsten Nachforschungen nach dem Gatten der Ermordeten anordnete.

Man fand Hans Anders nachmittags auf einer Bank im Stadtpark, mit bloßem Kopf, Hut und Spazierstock neben sich, eben damit beschäftigt, eine Zigarette zu drehen. Ohne Widerstand folgte er der Aufforderung des Wachmannes, indem er sagte, er habe selbst schon daran gedacht, auf die Polizei zu gehen und eine Aufklärung des Vorfalls abzugeben. Lächelnd und in bester Laune betrat er das Amtszimmer des Polizeikommissars und bat ihn um einen Augenblick Gehör, er wolle ihm mitteilen, warum er dem Weibe den Hals abgeschnitten habe.

Entsetzt starrte ihn der Kommissar an. »Herr, Sie geben zu, Ihre Frau ermordet zu haben?«

Anders lächelte. »Meine Frau? – Nein!« Und nun gab er eine so seltsame und unverständliche Erklärung ab, daß weder der Kommissar noch der Untersuchungsrichter, dem der Fall noch am selben Abend abgetreten wurde, daraus etwas zu verstehen imstande war. Nur soviel konnte man daraus entnehmen, daß Herr Anders bekannte, der Frau mit dem türkischen Handschar aus seiner Waffensammlung den Kopf abgeschnitten zu haben, daß er jedoch behauptete, daß diese Frau nicht seine Frau gewesen sei. Als er sah, daß man ihn durchaus nicht verstehen wollte, berief er sich auf seinen Bekannten, den Archivar Doktor Holzbock, der durch seine Aussagen alles bestätigen werde. Ehe man jedoch den Archivar noch vorgeladen hatte, erschien er selbst freiwillig vor dem Untersuchungsrichter und gab folgende Aussage ab:

»Ich erachte es für meine Pflicht, durch meine Angaben in die furchtbare Geschichte des Hans Anders etwas Licht zu bringen, soweit sich eben in eine so geheimnisvolle und höchst sonderbare Angelegenheit Licht bringen läßt. Seit langer Zeit mit ihm bekannt, fand ich mich fast alltäglich auf dem Trümmerfeld der ehemaligen Jesuitenkaserne ein, wo Anders die Demolierungsarbeiten leitete. Meine historischen und archäologischen Arbeiten sind Ihnen ja bekannt, und ich hoffte, auch bei der Abtragung des mehrere Jahrhunderte alten Bauwerkes wieder einiges Interessantes zu entdecken. Gewisse Anzeichen brachten mich auf die Spur eines geheimen Ganges, und Anders, dessen Tüchtigkeit als Baumeister außer Frage steht, folgte dieser Spur mit so viel Scharfsinn und Glück, daß es uns gelang, eine alte Gruft mit einigen mumifizierten Leichen zu entdecken. Sie werden sich erinnern, daß man eine dieser Leichen am Tage nach Auffindung der Gruft in einem Zustand antraf, der auf ein Verbrechen schließen ließ. Die Untersuchung aber hat damals bekanntlich kein Resultat ergeben. Einige Tage später kam Hans Anders zu mir. Ich muß vorausschicken, daß mir schon in der letzten Zeit an ihm sein verändertes Wesen aufgefallen war; er war unruhig, ganz gegen seine sonstige energische und doch liebenswürdige Art machmal wie geistesabwesend und dann wieder mürrisch auffahrend, manchmal aber zitterte er, als ob er von einer schrecklichen Angst gefoltert werde. Dieser Zustand fiel mir bei seinem Besuch besonders auf, und als ich ihn fragte, was ihm fehle, gab er mir eine ausweichende Antwort. Nach einer Weile endlich, als er nicht länger seine Unruh zu meistern vermochte, begann er: ›Heute ist mir ihr Bild ins Haus geschickt worden.‹ – ›Welches Bild?‹ – ›Das Porträt der Schwester Agathe, der argen Nonn'.‹ – ›Was Ihnen nicht einfällt, das hängt in der Sakristei fest, so fest, daß man es nicht von der Wand nehmen kann.‹ – ›Nicht wahr‹, sagte er, ›Ihnen ist es nicht gelungen, das Bild herabzunehmen? Aber ich schwöre es Ihnen, daß es jetzt in meiner Wohnung hängt.‹ – ›Wer hat es denn in Ihr Haus gebracht?‹ – ›Ich weiß es nicht, es kam in meiner Abwesenheit. Ein fremder Mann brachte es, hängte es an die Wand und ging wieder, ohne zu sagen, wer ihn geschickt habe.‹ – ›Aber es muß doch auszuforschen sein, wer ihn beauftragt hat, Ihnen das Bild zu bringen!‹ – ›Das ist es eben, ich kann es nicht feststellen. Ich ging endlich zum Pfarrer, aber auch der wußte nichts davon; als ich ihn fragte, ob er keine Ansprüche darauf erhebe, da das Bild doch zum Kircheninventar gehöre, entgegnete er, er sei froh, das Bild los zu sein, und er habe sich schon längst vorgenommen, es einmal zu entfernen. Das Furchtbare ist aber, daß ich das Porträt nicht einmal zurückstellen könnte, selbst wenn ich wollte.‹ – ›Warum?‹ – ›Weil es jetzt an meiner Wand ebenso fest hängt wie früher in der Sakristei. Es ist unbegreiflich, aber dennoch unbestreitbar, und ich bitte Sie, mich zu besuchen, um sich davon zu überzeugen, daß ich die Wahrheit spreche.‹

Ich muß gestehen, daß mir diese Mitteilung des Baumeisters recht sonderbar vorkam; denn das Bild, um das es sich handelte, war nach der Behauptung des Hans Anders das Porträt der Schwester Agathe, einer der Nonnen, deren Mumien wir in der Gruft gefunden hatten. Um den Aufgeregten zu beruhigen, versprach ich ihm, ihn an einem der nächsten Tage zu besuchen, und erinnerte mich meines Versprechens, als ich gegen Ende der Woche einmal zufällig an seiner Wohnung vorbeiging. Hans Anders war ausgegangen, aber ich traf seine Frau daheim an.

›Ach, ich freue mich sehr‹, sagte sie, ›daß Sie zu uns kommen; ich war schon entschlossen, Sie aufzusuchen. Sie sind der einzige Bekannte meines Mannes, mit dem er näher verkehrt; er hält sehr viel von Ihnen, und ich hoffe darum, daß Sie etwas Einfluß auf ihn haben werden.‹ Als ich meine Bereitwilligkeit ausgedrückt hatte, ihr zu Diensten zu sein, begann sie mir unter Tränen zu klagen, daß ihr Mann krank sein müsse. Er gehe so seltsam verstört herum, spreche tagsüber kaum ein Wort und werfe sich nachts schlaflos im Bett hin und her. Er habe ihr schon vor mehreren Tagen versprochen, sofort Urlaub zu nehmen und abzureisen, denn er sei sichtlich überarbeitet und müde, aber er sei jetzt nicht dazu zu bewegen, die Stadt zu verlassen. ›Mein Gott‹, sagte sie, ›ich wage es kaum mehr, vom Arzt zu sprechen. Bei diesem Wort fährt er auf und macht mir Vorwürfe, als ob ich ihm irgendeine erniedrigende Handlung zumute.‹ Ich bestätigte Frau Blanka, daß man trachten müsse, ihren Gatten zu einer Reise zu bewegen. Wenige Augenblicke später kam Anders nach Hause.

Er begrüßte mich sichtlich erfreut, gab auch seiner Frau einen Gruß, aber irgendeine Ahnung sagte mir, daß etwas zwischen den beiden Gatten stehe. Ein Schatten, ein wesenloses Ding, ein unsichtbarer Einfluß, der auf beide wirkte und sie trennte. Auf Frau Blanka wirkte dieser Einfluß als Angst und auf Anders – ich glaubte zuerst mich zu irren, aber ich sah meine Beobachtung bestätigt – als Abscheu vor seiner Frau. Ein mit Furcht gemischter Abscheu. Das erschien mir höchst seltsam, da ich wußte, daß Anders seine Frau ungemein geliebt hatte. Nach einer kurzen, gleichgültigen Unterredung zog sich Frau Blanka zurück, um mir für meine versprochene Einwirkung auf Hans Gelegenheit zu geben.

Kaum war sie draußen, so faßte mich Anders am Arm und zog mich nach dem Schlafzimmer mit sich. ›Kommen Sie‹, flüsterte er, ›Sie sollen sie sehen.‹

Über einer Ottomane hing – den Betten gegenüber – das Bild aus der Sakristei. Ein grüner Vorhang hing zurückgezogen neben ihm. Es ist ein etwas unheimliches Bild, ein Gesicht, das von wilden Sünden zu erzählen scheint, und wenn es wirklich die Schwester Agathe vorstellen sollte, so entspricht es wohl allem, was eine alte Chronik von dem lästerlichen Treiben dieser Nonne berichtet. Ich ging auf das Bild los, mit der Absicht, den Versuch zu machen, es herabzunehmen. Denn ich wollte Anders beweisen, daß seine unsinnigen Einbildungen der Wirklichkeit weichen müßten.

Aber da sprang er auf mich zu, mit so zorniger Gebärde, daß ich erschrak, und stieß mich zurück. ›Was fällt Ihnen ein, es ist unmöglich. Nun hängt es einmal an der Wand dort, und keine Macht der Welt bringt es von dort weg.‹ Er hatte offenbar vergessen, daß er mich vor wenigen Tagen selbst ersucht hatte, mich in seiner Wohnung von der Richtigkeit seiner Erzählung zu überzeugen.

›Aber warum‹, fragte ich, ›haben Sie das Bild gerade in Ihrem Schlafzimmer anbringen lassen? Dieses Gesicht kann in die friedlichsten Träume Verwirrung bringen.‹

›Ich sagte Ihnen schon‹, antwortete Anders, ›daß ich nicht zu Hause war, als das Bild kam. Der Mann, der es brachte, hängte es, ohne weiter zu fragen, hierher, und ich kann es nun nicht mehr entfernen. Ich habe es versucht, einen Vorhang über das Bild zu ziehen. Aber‹ – seine Stimme wurde vor Aufregung ganz heiser – ›sie duldet den Vorhang nicht. Wenn ich ihn abends vorziehe, so ist er um Mitternacht wieder zurückgezogen. Sie sieht mich immer an, immerfort an, mit diesen entsetzlichen Augen. Ich kann es nicht ertragen. Und wissen Sie, warum sie mich so ansieht? Ich will es Ihnen sagen.‹ Er zog mich von dem Bild fort und flüsterte mir zu, so leise, daß ich ihn kaum verstand: ›Sie hat mir Rache geschworen, und sie hält Wort. Sie plant etwas Furchtbares, und ich glaube zu ahnen, was sie will.‹ Und plötzlich unterbrach er sich durch eine, wie mir damals schien, mit seinen Gedanken unzusammenhängende Frage: ›Haben Sie meine Frau genau angesehen?‹ Aber ehe ich antworten konnte, fuhr er schon wieder fort: ›Unsinn! Es ist ein Unsinn, was ich mir manchmal einbilde‹, und dann kehrte er wieder zurück: ›Sie will mich vernichten, weil ich den unterirdischen Gang aufgedeckt habe, weil ich den Durchstich zur Straße anordnete und ihren Verfolgern dadurch die Möglichkeit gab, in die Gruft zu dringen.‹ Meine Einwände wies Anders mit einer Handbewegung zurück. ›Glauben Sie mir nur, Doktor, es ist so. Ich habe die Sache genau erwogen, und wenn Sie gesehen hätten, was ich gesehen habe, so würden Sie mir zustimmen.‹

Ich sollte erst später erfahren, was Anders mit diesen dunklen Anspielungen meinte. Die Worte dieser Unterredung prägten sich meinem Gedächtnis mit größter Treue ein, das Gesicht des Baumeisters, das er flüsternd dicht an das meine brachte, werde ich immer vor mir sehen. Aus seinem ganzen Gebaren gewann ich den Eindruck, daß er sehr krank sei, aber mein Zureden, er möge die Stadt verlassen und auf einige Wochen in die Berge gehen, war umsonst.

›Ich muß aushalten‹, sagte er, ›es wäre vergebens, ihr entfliehen zu wollen. Sie würde mich in dreitausend Meter Höhe ebenso auffinden wie hier.‹

Das unheimlichste an seinem Wesen war, daß er offenbar mit irgendeiner gespenstischen Vorstellung wie mit einer realen Macht zu kämpfen hatte, und ich machte Frau Blanka darauf aufmerksam, daß sie hier zuerst ihren Einfluß geltend machen müsse. ›Einfluß?‹ sagte sie, und die Tränen waren der armen Frau nahe. ›Ich habe nicht einmal so viel Einfluß, daß er mich den Arzt holen läßt.‹

Um der Frau einen Gefallen zu tun, sandte ich am nächsten Morgen meinen Freund Doktor Engelhorn zu Anders. Aber der Baumeister bekam einen Wutanfall, und Engelhorn mußte schleunigst seinen Rückzug antreten.

Gerade damals mußte ich verreisen; denn ich wollte einer wichtigen Urkunde wegen das Archiv des Schlosses Pernstein durchsuchen. Es dauerte einige Tage, bis ich die Urkunde gefunden hatte, beim Suchen aber hatte ich einige andere, höchst interessante Stücke entdeckt, so daß sich mein Aufenthalt noch um einige Tage verlängerte. Für den Rückweg benutzte ich die Bahn nur einige Stationen weit und stieg dann aus, um in einem frischen Marsch quer durch schöne Wälder die Stadt zu erreichen. Als ich an dem Wirtshaus eines beliebten Ausflugsortes vorüberkam, blickte ich zufällig über den Zaun des Gartens und sah Hans Anders an einem Tisch sitzen. Ich muß gestehen, daß mir seine Geschichte vor meiner Arbeit vollkommen in den Hintergrund geraten war, und in diesem Augenblick fiel es mir schwer aufs Herz, daß ich meine Freundespflicht so sehr vernachlässigt hatte. Um wenigstens sofort zu erfahren, wie es um ihn stand, trat ich in den Wirtshausgarten und begrüßte ihn. Ich sah, daß Anders viel getrunken hatte, und weil dies bei dem sonst sehr nüchternen Mann ganz ungewöhnlich war, brachte ich es sofort mit seiner dunklen Geschichte in Zusammenhang.

›Oh, Doktor, Archivarius‹, rief er mir entgegen, ›ich freue mich sehr, wirklich außerordentlich, und begrüße Sie im Namen der Wissenschaft.‹ Anders sprach viel und laut, daß er die Aufmerksamkeit der zehn oder zwölf im ganzen Garten verteilten Gäste erregte. Während ich mein Viertel südmährischen Weines trank, trank er deren drei, und als es schon dämmerte, gelang es mir, ihn zum Heimmarsch zu bewegen.

Wir gingen längs des Flusses und sahen durch den das Tal erfüllenden Nebel die Lichter der Königsmühle vor uns, als Anders endlich von dem zu sprechen begann, was ihn, wie ich bemerkte, doch unausgesetzt beschäftigte: ›Nun endlich weiß ich, was sie will.‹

›Aber so sprechen Sie doch nicht immer von *ihr*‹, fuhr ich auf, ›als ob Sie es mit einer wirklichen Person zu tun hätten!‹

Hans Anders sah mich an und verstand meinen Einwand nicht, so sehr war er bereits in seinen Vorstellungen heimisch. ›Und wissen Sie, was vor meinen Augen geschieht? Es ist furchtbar. Sie hat sich meiner Frau bemächtigt!‹

›Also, was soll das wieder heißen?‹

›Sie hat sich meiner Frau bemächtigt, und vor meinen Augen geht die Verwandlung vor sich. Bei den Augen hat es begonnen, ein fremder, lauernder Blick tauchte in ihnen auf, mit dem sie mich beobachtete, mein Gehen und Kommen, jede meiner Bewegungen. Wenn ich etwas sagte, dann glomm es in diesen furchtbaren Augen wie Hohn. Dann aber änderte sich auch die Gestalt. Meine Frau war kleiner und stärker, das Weib, das jetzt neben mir sitzt und schläft oder tut, als ob es schlafe, denn unter den geschlossenen Lidern beobachtet es mich, ist schlanker und größer. Sie umkreist mich, spinnt mich ein. Sie hat mir mein Weib gemordet und von ihrem Leib Besitz ergriffen, um mir ganz nahe zu sein, und an dem Tag, an dem sie dem Bild an der Wand vollständig gleicht, wird sie sich meiner ganz bemächtigen. Aber ich bin entschlossen, ihr zuvorzukommen.‹

Ich erkannte mit Entsetzen, daß die nervöse Aufregung des Mannes bereits solche Fortschritte gemacht hatte, daß man fast schon von einer Geistesstörung sprechen konnte. Es war höchste Zeit, mit Energie einzuschreiten, und ich sann am nächsten Tage mit meinem Freund Doktor Engelhorn eben darüber nach, was zu tun sei, um der armen Frau zu helfen, als Frau Blanka bei mir eintrat. Sie sah sehr angegriffen aus, blaß, mit tiefliegenden Augen, und war mager geworden, so daß sie mir etwas größer vorkam.

›Ich weiß alles, gnädige Frau‹, sagte ich.

Da begann sie zu weinen. ›Ach, was können Sie wissen. Sie können nicht entfernt auch nur ahnen, was ich leide. Mein Leben ist mir zur Hölle geworden. Das ist in meinem Fall keine Phrase, sondern bittere Wahrheit. Ich halte es nicht länger aus; mein Mann hat sich ganz verändert, ich sehe deutlich, daß er einen Abscheu vor mir hat. Er beobachtet mich unaufhörlich, immer fühle ich seine schrecklichen Blicke auf mir, und er tut, als erwarte er von mir etwas Böses. Manchmal wendet er sich plötzlich und mit grimmiger Gebärde um, als glaube er, daß ich ihm nachschleiche. Dabei spricht er fast gar nichts, und wenn ich ihn anrede, so antwortet er, als sei jedes Wort eine Falle. Und wenn ich es versuche, den Grund seines sonderbaren Benehmens zu erfragen, so lacht er fürchterlich... Gestern abend nun, er war den ganzen Nachmittag fortgewesen und kam etwas berauscht nach Haus, als ich eben im Begriff war, mich auszukleiden, stand er plötzlich hinter mir. Er war vorher in seinem Zimmer gewesen, und ich hatte durch die Glastür gesehen, daß er in einem Heft blätterte und las. Auf einmal aber stand er hinter mir. Ganz unhörbar war er mir nachgegangen, und als ich mich nun umwandte, faßte er mich am Halse und sagte: Ein schöner Hals und schon einmal durchschnitten. Da fürchtete ich mich und wollte wissen, was er damit meine. Er aber lachte nur wieder so gräßlich und wies auf das alte Bild, das in unserem Schlafzimmer hängt: Frage die dort, oder besser, frage dich selbst! Ich konnte die ganze Nacht nicht schlafen und dachte über seine seltsamen Worte nach. Am Morgen aber stand ich auf und ging nach seinem Zimmer, um das Heft zu holen, von dem mir schien, als müsse es in irgendeinem Zusammenhang mit seinem veränderten Wesen stehen. Es lag noch auf dem Schreibtisch und war von meinem Mann fast ganz vollgeschrieben. Ich erinnerte mich, daß er in den letzten Wochen in dieses Heft geschrieben hatte, in seltsamer Hast, oft wie verstört und so gereizt, daß ihn jedes Geräusch in seiner Nähe außer sich brachte, und ich hätte etwas darum gegeben, wenn ich gewußt hätte, welche Arbeit ihn da so sehr fesselte und erregte. Als ich aber beginnen wollte zu lesen, kam eine schreckliche Angst über mich und überwand meine Neugier. Ich wagte nicht, es auch nur aufzuschlagen, weil ich... nun, weil ich fürchtete, etwas Entsetzliches zu erfahren.

Darum bringe ich Ihnen dieses Heft und bitte Sie, es zu lesen und mir dann zu sagen, was zu tun ist. Teilen Sie mir soviel davon mit, als Ihnen gut dünkt.‹

Damit überreichte sie mir dieses Heft, dieses Heft, das ich Ihnen hier übergebe, Herr Landgerichtsrat. Sie werden höchst merkwürdige Aufzeichnungen darin finden, und ich überlasse es Ihrem Scharfsinn, sich in dieser Geschichte, die mir dadurch noch verwickelter wird, zurechtzufinden.* Doktor Engelhorn und ich versuchten der Frau ihre Besorgnis auszureden, und obzwar wir überzeugt waren, daß die Gefahr ganz nahe sei, taten wir so, als habe sie nichts zu befürchten. So erreichten wir, daß sie einigermaßen beruhigt nach Hause ging, nachdem wir ihr versprochen hatten, die Aufzeichnungen ihres Mannes zu lesen und ihr gleich am nächsten Morgen darüber zu berichten. Und das war ein unverzeihliches Versäumnis.

Dieser Mangel an Geistesgegenwart, an energischer Entschlossenheit ihrer Freunde, hat die arme Frau das Leben gekostet. So ist es mit uns Menschen, wir sehen die Gefahr ganz deutlich, aber wir unterlassen es, ihr rechtzeitig zu begegnen.

Als wir, Doktor Engelhorn und ich, das Heft durchgelesen hatten, sahen wir uns an. ›Er ist irrsinnig‹, sagte ich. Aber Doktor Engelhorn ist ein sonderbarer Mensch. Obzwar er der Vertreter einer exakten Wissenschaft ist, hat er sich daneben doch eine Art von Aberglauben an allerlei ›Nachtzustände‹ der menschlichen Seele bewahrt. Er pflegt bei jeder Gelegenheit das Wort ›Es gibt mehr Dinge zwischen Himmel und Erde usw.‹ zu zitieren, und wenn die medizinische Wissenschaft vor einem Rätsel steht, gibt es niemand, der sich mehr darüber freut als Doktor Engelhorn.

Ich war daher auch gar nicht besonders erstaunt, als er mich zweifelnd ansah. ›Irrsinnig? Ich weiß nicht, ob ich dir recht geben soll. Er macht nicht diesen Eindruck auf mich. Es gibt Zustände, die dem Irrsinn verzweifelt ähnlich sehen und

* Wir haben die Aufzeichnungen des Hans Anders an den Beginn dieses Berichtes gestellt.

doch nicht Irrsinn sind. Um dir das zu erklären, müßte ich aber...‹

›Nun, was soll es denn sonst sein?‹ unterbrach ich ihn.

Aber er zuckte bloß mit den Achseln: ›Ich weiß es nicht.‹

Diese Unterredung, Herr Landgerichtsrat, fand am späten Abend statt. Am nächsten Morgen hörte ich, daß Frau Blanka ermordet worden sei. Was der furchtbaren Tat unmittelbar vorhergegangen ist, können wir nur von Hans Anders selbst erfahren. Wir können nur vermuten, daß er sich durch den Mord von seinem Gespenst befreien wollte, und die Zertrümmerung des Bildes läßt sich damit ganz wohl in Zusammenhang bringen. – Es wird die Sache des Gerichtes sein, darüber zu entscheiden, ob das letzte Wort in dieser seltsamen Geschichte nicht doch der Psychiater zu sprechen haben wird.«

Soweit die Aussage des Archivars Doktor Holzbock.

Der mysteriöse Fall des Hans Anders wurde zwei Tage später durch den Tod des Baumeisters zu einer Art von Ende gebracht. Man fand ihn im Untersuchungsgefängnis in sitzender Stellung, an die Wand zurückgelehnt, eine Hand auf dem Herzen, den rechten Arm schlaff herabhängend, in einer so seltsam verdrehten Art, daß der Gefängnisarzt ihn kopfschüttelnd zu untersuchen begann. Er stellte fest, daß der Arm mehrfach gebrochen und verrenkt war, als sei er von einer furchtbaren Gewalt zermalmt worden. Als eigentliche Todesursache aber erkannte der Gefängnisarzt einen Herzschlag infolge plötzlichen Schreckens.

ERNST SCUPIN
Schloß Valnoir

An einem trübseligen, ereignislosen Nachmittag hockten wir wieder einmal stumpfsinnig zusammen. Leutnant d. L. Brummelmeier, in friedlichen Zeitläuften Privatdozent für Zoologie, hatte gerade ein wenig aufregendes und allseitig unbeachtetes Privatissimum über lebendgebärende Zahnkarpfen vorgetragen, da überbrachte mir plötzlich der Regimentsadjutant einen Befehl, sofort nach Chateau Valnoir zu reiten und dann über die Möglichkeit der dortigen Unterbringung des Divisionsstabes zu berichten.

»Auf der Karte ist das Chateau nicht verzeichnet, es soll aber mitten im Walde in südwestlicher Richtung liegen, na, Sie werden's schon finden. Wenn Sie wollen, kann Sie auch einer der anderen Herren begleiten.«

Nach einem Augenblick des Zögerns fügte der Adjutant noch leiser und leicht lächelnd hinzu: »Übrigens, nehmen Sie sich in acht, es scheint da nicht ganz geheuer zu sein, die Pisangs machen ganz runde, erschrockene Augen, wenn sie nach dem Waldchateau, das offenbar noch keiner von ihnen gesehen hat, gefragt werden.«

Auf einmal stand Dr. Brummelmeier vor mir, flehendes Bitten in seinen bebrillten Kinderaugen: »Hören Sie, Bester, nehmen Sie mich mit!« Und mit einem unsagbar komisch wirkenden stolzbewußten Blick auf den breit grinsenden langen Salten: »Man will doch auch mal was erleben und aus dem Stumpfsinn hier fort.«

Nun ritten wir schon zwei gute Stunden. Immer nach Südwesten. Der zerfahrene Weg führte durch immer dichtere, wild wuchernde Bestände. Ab und zu meldete irgendwo ein Fasan, sonst blieb alles still und drückend. Die Fliegen und

Bremsen, die das heraufziehende Gewitter spürten, wurden allgemach lästig.

Eine peinliche, nervöse Spannung hatte sich meiner und der Pferde bemächtigt, selbst Brummelmeiers alter braver Schwadronszossel begann zu schnauben und mit den Ohren zu spielen, nur der gute Doktor schien völlig unberührt und verbreitete sich behaglich über den ihm hochwichtig erscheinenden Unterschied zwischen der gemeinen Stubenfliege Musca domestica und der äußerlich leicht mit ihr zu verwechselnden Stechfliege Stomoxis calcitrans.

Das Unwetter war indessen mit einer unwahrscheinlichen Schnelligkeit herangekommen. Die stillstehende Luft glomm in einem giftig fahlen Gelb, und nur die obersten Baumwipfel packte manchmal eine kurze heftige Sturmwelle. Kalter Schweiß brach mir aus allen Poren, und eine atemlose wilde Angst krallte sich mir ins Herz. Brummelmeier beendete gerade mit meckerndem Lachen sein zoologisches Privatissimum mit dem Satze: »Tja, sehen Sie, das wäre nun wieder einer der häufigen Fälle in der Natur, daß eine ganz gemeine blutgierige Bestie sich unter der scheinheiligen Maske eines braven Haustieres verbirgt« – da fuhr mit grellem Knall ein breiter Blitz vor uns in eine uralte Eiche und spaltete einen starken Ast ab, der mit weithin dröhnendem Krach zur Erde prasselte. Dann war's mit eins tiefschwarze Nacht um uns.

Einige Augenblicke lautloser Stille. Dann schien sich die Hölle zu öffnen. Aus den Haselbüschen glotzten glühende Augen. Dann wieder wimmerte es von irgendwoher, als läge jemand in höchster Todesnot, und nun gellte ein schrilles, herzloses Lachen auf, das mir das Blut erstarren ließ. Dort, wo ich vorhin die grasige Lichtung gesehen hatte, tanzten blaue Flammen einen wilden, haltlosen Reigen. Polternd raste eine hetzende Jagd durch das Gehölz. Todesschreie heulten schmerzgepeinigt auf, und immer wieder, immer wieder dazwischen das schrille, grauenvolle Lachen. Ein gespenstisches Riesentier umkreiste uns in lautlosem Fluge und streifte mit seidig-weichen Schwingen meine Wange. Grauengeschüttelt rief ich nach meinem Begleiter, und der gute Doktor antwortete mit seiner aufreizenden Ruhe: »Nur zu, machen wir aber, daß wir weiterkommen, es wird gleich tüchtig herunterpladdern!«

Die zitternden Pferde waren kaum weiterzubringen, und während wir uns Schritt für Schritt mühsam vorwärts kämpften, heulte und schrie es und lachte und tobte es um uns, als wären alle bösen Geister gegen uns verbündet. Mir schlugen in wildem Grauen die Zähne aufeinander, den guten Doktor aber hörte ich hinter mir: »Syrnium aluco, der Waldkauz, und Athene noctua, der Steinkauz, kommen hier also in engster Nachbarschaft vor; na, die Kerle machen ja einen netten Radau!«

Dann tauchte plötzlich ein helles, ruhiges Licht vor uns auf: wenige Schritte noch, und wir hielten vor einem Schloßtor altertümlicher Bauart. Von dem Schloßbau selbst war bei der nachtschwarzen Finsternis nichts zu erkennen. Den schweren metallenen Klopfer stieß ich wuchtig zweimal gegen die Tür, da öffnete sie sich mit widerwilligem Kreischen, und wir blickten in eine weite waffen- und rüstungsgeschmückte Halle.

Eine scheußliche Alte, einer Hexe im Kindermärchen ähnlich, schielte aus triefigen, rotgeränderten Augen giftig zu uns herüber, kam dann aber heran, nahm die Pferde ab und ließ uns eintreten.

»Die Gräfin wird sofort kommen«, versicherte sie uns im Weggehen.

Die schmerzhafte Spannung meiner Nerven wollte auch jetzt noch nicht nachlassen, in allen Gliedern zerrte und riß es, und jedes Nervchen zuckte mir in peinvoller Qual. Brummelmeier betrachtete indessen mit sichtbarem sachlichem Interesse die an den Wänden hängenden Geweihe und schritt gerade einer ihn besonders lockenden Gruppe ausgestopfter Tiere zu, da öffnete sich eine uns bisher entgangene Wandtür, und die Schloßherrin trat ein.

Eine rutenschlanke, hohe Gestalt, die in einem enganliegenden, schwarzen Samtkleid voll zur Geltung kam. Über dem elfenbeinblassen, feinen Gesicht scheitelte schlicht kohlschwarzes, volles Haar. In der Linken führte sie mit spielender Lässigkeit eine dünne Reitgerte.

»Die Herren suchen Quartier?« wendete sie sich an mich. »Bitte, mein Haus steht zur Verfügung.« Auf ein Zeichen mit einer kleinen, silbernen Handglocke stand die alte Hexe wieder vor uns.

»Margot, führe die Herren in ihre Zimmer!«

Und zu uns gewandt: »Ich darf die Herren wohl dann zu einem bescheidenen Nachtmahl erwarten.«

Da hatten wir nun unseren Auftrag überraschend gut und schnell erledigt. Dem langen Korridor nach zu urteilen, den wir unter Führung der Alten durchschritten, waren wir hier in einem hochfeudalen, allen Ansprüchen des Divisionärs voll entsprechenden Schloß, und auch die Zimmer, die wir nun angewiesen erhielten, waren von einer beruhigenden Pracht. Und doch – die grauenvolle Spannung, die atembeklemmende Angst vor etwas Fürchterlichem, Unbekanntem wollte nicht von mir weichen. Ich sagte mir selbst, daß das alles wohl an der atmosphärischen Spannung liege, denn das Gewitter lastete noch immer lautlos über dem gespenstischen Walde, aber selbst die drolligen, zufriedenen Zurufe, mit denen Brummelmeier mir die Auffindung jedes von ihm neu entdeckten Komfortstückes verkündete, vermochten mich nicht zu beruhigen.

Die Gräfin erwartete uns im reichgedeckten Speisesaal. Eine prachtvolle, große Dogge mit wunderbar sanften Augen schmiegte sich an sie, ein überwältigend schönes Bild. Und doch habe ich noch nie einen so verängstigten, flehenden, ja direkt menschlichen Ausdruck in den Augen eines Tieres gesehen. Mit vollendeter Eleganz nahm die Gräfin unseren Handkuß entgegen, lud uns dann mit graziöser Handbewegung zu Tisch und hörte mit gelassener Aufmerksamkeit zu, als ich ihr den Zweck unseres Besuches mitteilte. Sofort erklärte sie sich bereit, den Divisionsstab unterzubringen, und beruhigte mich auch über das Vorhandensein von Ställen und Mannschaftsquartieren. Und doch, trotz aller liebenswürdigen Bereitwilligkeit, trotz allen offenbaren Entgegenkommens: Es war da etwas in ihren Zügen, was mich beunruhigte, ein feines, ironisches Lächeln, das alle ihre Zusagen Lügen strafte.

Brummelmeier ergriff die erste sich darbietende Gelegenheit und fragte in seinem harten, ungelenken Schulfranzösisch nach einzelnen präparierten Tieren, die auch hier wie in der Vorhalle herumstanden und -hingen. Als er sich als Zoologe decouvriert hatte, führte uns die Gräfin schließlich in ein als Damenboudoir kostbar eingerichtetes Nebengemach, in dem zahllose Käfige mit allerlei Vögeln standen. Mit glühendem Interesse eilte der Doktor von Käfig zu Käfig, kam aber alsbald mit sichtlicher Bestürzung zu uns zurück und sagte mit rührender Offenheit: »Ja, um Gottes willen, gnädigste Gräfin, Sie haben ja da alles verkehrt gemacht. Bei keinem einzigen der Tiere sind die Lebensbedingungen richtig getroffen. Es muß ja eine entsetzliche Marter für die armen Wesen sein, so zu leben – ja, sie *können* einfach so nicht leben!«

Mit unendlich verächtlichem, hartem Blick blitzte die Gräfin den tierfreundlichen Sprecher an, warf den Kopf stolz zurück und sagte: »Sie müssen!«

Dabei sauste die Reitgerte schneidend durch die Luft und traf hart den Kopf der Dogge, die weh zusammenzuckte, dann aber näher herankroch und die strafende Hand ihrer Herrin demütig leckte. Mit trockenem Lachen wies uns die Gräfin schließlich noch einen Käfig, dessen eine Seite eine längliche, um ihre Längsachse bewegliche Trommel aus Drahtgeflecht zeigte. Mit dem Goldknauf der Reitpeitsche schlug sie scharf gegen den holzverkleideten Käfig, und sofort sprang ein schwarzes Eichhörnchen in die Trommel, die sich nun unter dem Gewicht des Tieres schnell zu drehen begann. Das Bemühen des Tieres, im Gleichgewicht zu bleiben, beschleunigte das Tempo, die Trommel drehte sich immer heftiger und heftiger. Schließlich konnte das Eichhörnchen doch nicht mehr folgen und rollte ermattet in dem Drahtgeflecht herum.

Brummelmeier hielt die noch immer rotierende Trommel schließlich fest, blickte mitleidig auf das wie leblos daliegende

Tier, dann weiteten sich seine guten Augen in sprachlosem Entsetzen: »Ja, hier sind ja unzählige nadelscharfe Spitzen im Innern der Trommel angebracht, das arme Tier muß sich ja die Sohlen schauderhaft verletzen!«

Und wieder das harte Lachen.

Als wir dann zu unseren Zimmern hinaufgingen, blieb der Doktor plötzlich auf einer Treppenstufe stehen, faßte nach seiner Gewohnheit nach dem obersten Knopf meines Waffenrockes und sagte: »Ein scheußliches Weibsbild! Und wissen Sie, alle diese Tiere, die das Frauenzimmer hier mit raffinierter Grausamkeit quält, haben so etwas grauenvoll Menschliches im Blick. Als wären sie von dem Zauberstabe dieser Circe nur in ihre jetzige Gestalt verwandelt.«

Eine Stunde etwa muß ich geschlafen haben, da weckte mich eine seltsame Unruhe. Es war mir, als hörte ich meinen Kameraden im Nebenzimmer in höchster Todesangst röcheln und dazwischen abwechselnd das grelle Lachen, das mich vorher im Walde erschreckt hatte, und wieder das harte, grausam genießende Lachen unserer Schloßherrin.

Völlig ermuntert, lauschte ich eine Weile angestrengt: Nichts! Dann rief ich den Doktor, bekam aber keine Antwort. Nun hielt es mich nicht länger. Die elektrische Lampe in der Hand, eilte ich in das Nebenzimmer. In geisterhafter Blässe lag Brummelmeier im Bett, schlaff hing die linke Hand zu Boden, aus der rechten Halsseite tröpfelten aus nadelfeinen Wunden zwei dünne Strählchen Blut. Der Doktor war tot. An der Gardine aber hing plump und satt an scheußlichen Hakenkrallen eine riesige Fledermaus und funkelte mich mit tückischen Augen wütend an.

In namenloser Wut griff ich nach dem auf des Doktors Nachtkasten liegenden Revolver, da – schlug grell eine fahlgelbe Blitzlohe ins Zimmer, und mir schwanden die Sinne.

Unser guter alter Divisionsarzt stand an meinem Bett, als ich erwachte: »Na, Gott sei Dank, mein Lieber, daß wir Sie durchgebracht haben.«

»Ja, wie komme ich denn hier ins Lazarett?«

»Nun, direkt aus dem Walde, wir fanden Sie neben einer vom Blitz getroffenen alten Eiche liegen.«

»Und Brummelmeier?«

»Den hat's leider gehascht, der arme Kerl ist vom Blitze erschlagen worden. Er wird morgen begraben.«

Auf meine Bitte wurde ich zur Leiche des Kameraden gebracht. Die nadelfeinen Halswunden hoben sich deutlich von dem blutleeren weißen Halse ab.

»Typische Blitzverletzung«, meinte der Divisionsarzt.

Am Tage von Brummelmeiers Begräbnis habe ich dann unser Erlebnis erzählt. Der Divisionsarzt hörte mir ernst zu, faßte dann meine Hand und sagte gütig: »Also, lieber Freund, zunächst mal sechs Wochen Urlaub in ein ruhiges Sanatorium. Sie scheinen doch einen argen Nervenschock erlitten zu haben.«

Das Schloß Valnoir, das auf keiner Karte stand, hat tatsächlich nie existiert. Aber die eingeborenen Pisangs machen ganz runde, erschrockene Augen, wenn man sie danach fragt.

ALEXANDER MORITZ FREY

Die Ernte

Jemand hat leise gerufen. Hat nicht eben jemand meinen Namen gesagt und den Dienstgrad dazu, den ich im Felde gehabt habe? Weshalb bin ich aufgewacht? Es ist mitten in der Nacht und drei Minuten nach drei. Oder hat die Klingel angeschlagen, ganz dünn und zirpend nur? Ich will aufstehen und nachschauen.

Der Gang in meiner Wohnung ist matt erleuchtet, also brennt das Licht im Treppenhause, von dem aus ein Schein hereinfällt. Soll ich den Drücker für die Haustür in Bewegung setzen? Es ist nicht nötig, denn schon höre ich jemand die Steintreppen aufwärts tappen. Ich spähe durchs Guckloch und sehe vorerst nichts als einen Teil des breiten, runden Treppenhauses, das sich als ungeheure Wendeltreppe emporschraubt in diesem turmartigen Gebäude von sieben Stockwerken.

Mit den stapfenden Tritten im gleichen Takt geht keuchender Atem, widerhallend – auch der Atem – in dieser steinernen Riesenröhre. Ein Mensch kommt an meinem Spähloch vorüber – ein Mann; er geht gebückt und trägt eine schwere Last über Schultern und Rücken... Vorbei. Ich habe seine Augen nicht sehen können, aber er mag von meiner Statur sein, und er hat blondes Haar wie ich. Da kommt er noch einmal in meinen Gesichtskreis – entfernter und höher –, aufwärts in der Schraubung der Wendeltreppe. Ich erfasse das Bild ganz, und ich sehe, daß er einen menschlichen Körper über Schulter und Rücken geworfen trägt. Vorbei.

Was ist das? Wird hier ein Lebloser ins Haus geschafft? Was bedeutet das? Wird ein Toter verschleppt? Wenn irgendwo ein Verbrechen begangen wurde – seit wann trägt man das Opfer in menschliche Wohnungen? Man schafft es doch fort – fort aus dem Hause der Untat. Fort aus jedem Umkreis von Häusern, hinein in ein saugendes Wasser, in einen modrigen Kanalschacht, in eine Dunggrube, allenfalls in einen Keller. – Aber treppaufwärts? Haben wir im Felde Leichen treppaufwärts getragen? Lächerlicher Gedanke. Wir waren so viel mit Toten beisammen, aber das ist nie vorgekommen. Loch an Loch haben wir mit ihnen gehaust; die Ratten waren die Dritten im Bunde, und sie haben – wie oft – den Toten die Augen ausgefressen.

Weshalb muß ich daran denken? Einmal haben wir eine große Truhe gehabt und die tägliche Beute des Krieges darin verwahrt, bis wir sie begraben konnten. Aber auch in die Truhe haben die Ratten hineingefunden. Hob man leise und unversehens den Deckel – ganze Knäuel entwirrten sich, und immer sind zwei am Fraß der Augen gewesen. Ihr Mütter und Geliebten gefallener Männer – euch blieb Schlimmes erspart! Habt ihr eure Toten blaugrün und zum Bersten gedunsen gesehen, schauerlichste Spukgestalten nach dem Ende durch Gas? Habt ihr sie ohne Kinn und Lippen und Nase und Augen gesehen und dennoch lebend – lallend für kurze Zeit noch und lebend –, an Stelle des ganzen Gesichts eine blutige Fleischfläche, weil ein einziger Granatsplitter alles weggerissen hatte? Habt ihr sie nach den nächtlichen Besuchen der massenhaften Ratten gesehen? – Geht, ihr alle habt nie erfahren, welch schamlose Bestie der Krieg ist.

Aber Leichen treppaufwärts tragen – das ist selber mir neu. Fast möcht ich sagen, das ist unheimlicher als alles, was ich in vier Jahren über mich habe ergehen lassen müssen.

Ruhig, mein Herz! Wer sagt denn, daß da eine Leiche Steinstufen hinaufgeschleppt wird? Über mir, der ich allein in dieser kleinen Wohnung des Zwischenstockes hause, wohnen viele Menschen. Herr Anwalt Baumann im zweiten Stock oder besser noch der dicke Doktor Machholz im vierten hat sich heute nacht betrunken und läßt sich durch einen Dienstmann nach Hause tragen. Das ist alles. Ruhig, mein Herz. Ich will wieder zu Bette gehen.

Das Scharren von Pferdehufen auf der Straße unter meinem Fenster... Ein altertümlicher Wagen hält vor der Haustüre. Wo habe ich ihn oder einen ähnlichen schon gesehen? Einen ähnlichen? Ganz den gleichen! Diese alte Kalesche ist mir doch in einem kleinen französischen Dorf aufgefallen – in Méricourt war es, von dem später kaum ein Stein auf dem anderen blieb –, und ich habe mich damals gefragt, welchen Zwecken diese prunkvoll-komische und umständliche Reisekutsche noch dienen sollte. Mitten in einem zusammengeschossenen Bauerngehöft stand sie – ehrwürdig und rätselhaft unversehrt. Wenn sie die Reise von Frankreich bis tief hinein in deutsches Land gemacht hat, muß sie viele Wochen unterwegs sein. Wer kommt angereist in ihr – und in mein Haus?

Unsinn – Hirngespinste! Ich will mich zur Ruhe legen. Hat unsereiner nicht Ruhe verdient sein ganzes ferneres Leben lang? Nach ihr allein sehne ich mich.

Tappen nicht wieder Tritte – die gleichen Tritte – die Treppe herauf?

Weshalb zittere ich? – Ach, ich bin dünn bekleidet, und dieses steinerne Treppenhaus mit seinen endlosen Rundwänden, durch eine dünne Tür nur von mir getrennt, haucht eisigen Atem herein. Durchs Guckloch sehe ich den nämlichen Mann mit der nämlichen Last.

Angst? Nein. Ich mache die Tür auf, und ich trete hinaus auf die Wendeltreppe. Er ist vorbei und wendet sich um nach mir, langsam, wie seine Last es verlangt – gar nicht erschrocken, nicht im mindesten ertappt, gar nicht befremdet. Er bleibt nicht stehen, er versäumt keine drei Sekunden, keuchend stapft er weiter treppaufwärts. Ich aber glaube in mein eigenes Gesicht gesehen zu haben!

Ich will nichts mehr wissen. Ich erwürge Ahnungen. Es ist so mörderisch kalt – eine Kälte, die aus mir selbst bricht. Aber meine Stirn steht in Flammen.

Ich liege wieder im Bett und vergrabe mich in die Kissen. Eine eiserne Tür dröhnt – fern und aus der Höhe, hallend durch den ganzen Bau. Gibt es eiserne Türen hier im Haus?

Freilich, ich entsinne mich, fast jeder Speichereingang hat jetzt eine Eisentür. Das ist Vorsorge der Baupolizei. Welch eine freundliche Behörde! Sie meint es gut mit den Menschen. Aber ich fürchte mich. Es ist sehr lächerlich – ich fürchte mich. Wovor? Alle Türen sind gut verriegelt. Verriegle dich selbst und schlafe!

Es ist heller Tag. Ich stehe auf und kleide mich an. Ich will gleich hinaus in die Sonne. Welch gutmütiger Tag! Nichts Schlimmes ist geschehen, alles ist in der Reihe. Die elektrischen Bahnen brausen befreiend durch mich hindurch. Könnte je dieses Roß dort angezweifelt werden, in seinem glänzenden braunen Fell, das den lustigen gelben Postwagen durch die klarste Wintersonne zieht? Postwagen – Reisewagen. Es gibt lächerliche alte Reisekaleschen, die weit fort irgendwo langsam vermodern und in sich selbst zusammenfallen. Mögen sie! – Ein Hund kommt auf mich zu. Du gutes Mitgeschöpf, dein Schwanzstummel wedelt mir nichts als Liebe! Wie sehr kann ich sie brauchen! – Aber dort drüben geht ein Mann, der trägt einen häßlichen Sack über Schulter und Rücken. Ganz verkrümmt ist er unter der Last, und sein blondes Haar beunruhigt mich.

Ich muß plötzlich umkehren. Ach, ist es schon wieder vorbei mit dem fröhlichen Tag? Ich muß sehr schnell nach Hause gehen. Glaubte ich denn wirklich, darum herumzukommen? Mir kann kein Postgaul helfen und kein freundlicher Hund. Glaubte ich, einfach daran vorbeizukommen?

Ich muß unweigerlich nachsehen, ob es eiserne Türen gibt in meinem Haus, und wenn sich eine findet, muß nachgesehen werden, was hinter ihr ist – was jetzt hinter ihr verborgen liegt.

Ich hole den Speicherschlüssel aus meiner Wohnung und schraube mich diese endlosen Stufen empor, die steinern schweigen in einem fahlen Tageslicht, das wie Mehl herniederstäubt aus der trüben Glaskuppel des Treppenhauses. Ich bin nie bis hier hinauf gelangt. Meine Wirtschafterin, die vor vierzehn Tagen davongegangen ist, hat mir gesagt, es finde sich oben nur spärlicher Speicherkram: ein paar alte große Koffer, ein Papageienkäfig, ein paar leere Kisten. Und wir hätten den größten Speicher, weil wir die kleinste Wohnung im Hause haben. Diese Begründung sah ich nicht ein, aber sie blieb darauf bestehen.

Eine eiserne Tür ist da, und der Schlüssel paßt. Es ist hier sehr dämmerig; hätte ich nur meine kleine Feldlaterne mitgenommen. Wo ist in dieser Flucht von Lattenverschlägen der größte Raum, der mir gehört? – Die Augen gewöhnen sich an das Helldunkel, und nun sehe ich, daß jede dieser hölzernen Gittertüren Zettel und Namen trägt, von sorgsamer Hand geschrieben und hingepappt. Ein prächtiger Hausverwalter! Ich wohne also nicht nur unten im Zwischenstock – auch hier oben. Wenn jemand mich hier oben besuchen will, wenn er etwas für mich abzugeben hat, kann er nicht fehlgehen. Wie – etwas abzugeben hat? Wahrhaftig, es sieht aus, als seien diese albernen Zettel mit ihren pedantischen Namenaufschriften, wie sie gewiß kein vernünftiger Speicher sonst besitzt – als seien diese Zettel herausfordernderweise da. Ich weiß nicht – irgendwie herausfordernderweise.

Da ist des dicken Doktor Machholz' Speicher. Ihn erkennt man auch ohne aufgeklebten Namen. Leere Flaschen sind reihenweise aufmarschiert und stehen sich als zwei Schlachtfronten gegenüber. Die eine Armee kommandiert eine Sektflasche, trotz Staub und Düsternis blitzend im Stanniol ihres Halsschmuckes. Aber die andere Armee ist ohne Führer und zeigt Verwirrung: Das vornehme, bauchige Gefäß, das an ihrer Spitze stand – Behälter einst eines feinen Alkohols – liegt getötet am Boden; ich meine: zertrümmert durch einen Kalkbrocken, der wie eine Fliegerbombe von der Decke herabgefallen ist.

Weiter! Das sind müßige Narrheiten! Ist denn immer noch Krieg in mir, und werden selbst aus Flaschen Soldaten? Krieg ist vorbei, und Flaschen sind Flaschen.

Hier ist mein Speicherabteil. Nun – es sieht aus darin, wie ich es mir vorgestellt habe. Der Raum ist wirklich unverhältnismäßig groß. Hier könnte man – mehr als ein Dutzend

Menschen könnte man hier unterbringen. – Zwecklose Überlegung – man bringt nicht Menschen in Speicherräumen unter. Was heißt überhaupt: man bringt sie unter? Es kann sich doch nur um *lebende* Menschen handeln. Nebeneinander hinschichten könnte man hier mehr als ein Dutzend. – Wem wäre damit gedient?

Der Papageienkäfig nimmt sich gut aus. Wohnlich und reich macht er den ganzen Raum. – Ob ich in die Koffer hineinschaue? Da ich mir's überlege und ein wenig davor zurückweiche, muß ich es natürlich tun.

Welch ein Wirrwarr aus Mottenfraß und Kleideraas zerfällt in diesen bauchigen Ungetümen! Hier muß einmal Ordnung geschaffen werden, wie in mir selbst. Diese unnützen Überbleibsel einer abgelaufenen Zeit, die die Seele verpesten, müssen vernichtet werden. Sie haben ihre Rolle gespielt.

Nun ist der letzte Koffer flüchtig durchstöbert. Er schnappt zu und schnappt wie ein gefräßiges Tier nach meinem Kopf. Sachte, mein Lieber! Den brauche ich noch, nachdem ich ihn durch vier unsagbare Jahre gerettet habe.

Ich kann gehen, ich kann diesen Ort verlassen. Ich habe meine Pflicht getan. Mein Speicher ist rein und ohne Schande und ohne Verbrechen.

Ich werde die heutige Nacht sehr gut schlafen. Ich habe die vergangene viel geträumt – oder auch nicht geträumt; ich bin wach gelegen und habe nachgedacht. Bin ich auch aufgestanden? Ja, ich bin auch aufgestanden, war an der Tür – am Fenster – wieder an der Tür. War wirklich –?

Sicher ist eines: Ich werde heute abend sehr müde sein, und ich werde ausgezeichnet schlafen.

Es ist drei Uhr drei Minuten nachts. Das Treppenhaus – ich höre es fraglos durch zwei Türen – widerhallt von schlürfenden Tapsen. Ein rhythmisches Atmen durchkeucht die Riesenröhre.

Der Mann geht vorbei – genau wie gestern. Heute schleppt er ein weibliches Wesen aufwärts – aus einem rosa Unterrock schlottern Frauenstiefel. Ich hole meine Feldlaterne und folge nach. Was bliebe mir anderes zu tun übrig? Man zwingt mich zu dieser Maßregel. Ich mische mich nie in fremde Angelegenheiten; diese scheint mir eine eigene werden zu wollen.

Genau wie gestern dreht sich der Leichenträger für einen Augenblick herum; ich sehe in ein Gesicht, das meinem gleicht; es ist fahl und schweißbeperlt von einer Arbeit, die sich in dieser Nacht schon des öfteren wiederholt hat.

Er steigt weiter, unverzagt, und ich steige dicht hinter ihm. Wie langsam wir vorwärts kommen! Nehmen diese Stufen und Absätze vor schlafenden Wohnungen und wieder Stufen kein Ende? Immer vor mir in Brusthöhe wippen die Frauenstiefel. Ich erkenne sie. Sie gehören der Madame Marguerite Godbert, deren Haus in Avion durch einen einzigen Schuß umgelegt wurde und sie begrub.

Eiserne Tür und hölzerner Verschlag stehen schon offen – ja, und mein Speicherraum ist bereits gut versorgt. Mehr als ein Dutzend liegen nebeneinandergeschichtet, und Frau Marguerite Godbert füllt den letzten Winkel aus.

Der Mann steht mitten im Raum und wischt sich den Schweiß von der Stirn. Er bemüht sich, nicht auf die vielen Füße zu treten, die alle nach der Mitte zusammenströmen. Zieht eine kraus eingeteilte, bedruckte Karte aus der Tasche – und ich sage zu mir mit meiner eigenen Stimme: »Hier ist deine Leichenkarte. Du ersiehst aus ihr deinen Anspruch. Kontrolliere durch sie die Richtigkeit der Lieferung. Obwohl sie eine Abart der Fleischkarte ist, rechnet sie nicht nach Grammen, sondern großzügig nach Köpfen – bildlich gesprochen: bei manchem fehlt ja der Kopf. – Eine gerechte Verteilung wird der Welt gewährleistet. Da die Deutschen weitaus die meisten Gegner erlegt haben und während des Krieges stets maßlos stolz darauf waren, beginnt die ›Große internationale Gesellschaft zur Verteilung der Kriegsernte‹, die ihren Sitz in Haag hat, mit Deutschland. England, Frankreich und die anderen Länder werden später versorgt werden. Niemand wird übergangen... Bitte, nimm!«

Und ich halte die Karte in der Hand und der Mann vor mir macht Anstalten, militärisch zu grüßen, aber er besinnt sich anders und geht ohne Abschied zur eisernen Tür. Seine Tritte verhallen in der Tiefe. Oh, könnte ich gehen mit diesem Teil meiner selbst! Oder ist er schlechter daran, als was hier oben in der Kammer von mir bleibt? Vielleicht muß er weiter tote Körper in zahllose Häuser schaffen. Ich aber stehe hier. Eine reiche Ausbeute. Eine namenlose schreckliche Beute, achtsam sortiert. Neben den weißen Franzosen liegen die Marokkaner und neben den Marokkanern die Engländer. Aber am schlimmsten ist jener Winkel dort. Da ruhen zwei Frauen und ein Kind. Und die eine Frau sagt – sie bewegt kein Glied ihres zerquetschten Körpers, nicht einmal die grünen Lippen, aber ich weiß, daß sie spricht – sie sagt: Pourquoi m'avez-vous tuéeeeee?

Dieses »tué« ist endlos lang, es ist wie ein allerletztes Ausseufzen der platten Brust, und der dünne Laut verkriecht sich zwischen den Kisten. Dort wird er bleiben, um als würgende Frage immer bereit zu sein – klagend – anklagend.

Aber ich empöre mich gegen diese Qual. Wie komme ich dazu, mich hinrichten zu lassen? Und ich sage: »Ich habe Sie doch gar nicht getötet, Frau Marguerite Godbert. Die Engländer waren es, die Ihr Haus zusammengeschossen haben.«

Will da nicht einer der Engländer den Arm heben? Es sieht so aus. Der mit dem faustgroßen Loch an der Schläfe und dem vorgequollenen Augapfel, über den dunkelblau das geschlossene Lid sich spannt. Tastend zupft er mit gelben Runzelfingern am eingetrockneten Schmutz seiner Wundränder.

»So lebst du, Kamerad –!« sage ich grenzenlos beglückt und beuge mich zu ihm.

Aber er ist tot. Ein süßlicher Geruch steigt kalt von ihm auf; den kenne ich zu gut. Er ist längst schon tot. Sein Körper ist nur ein wenig von der Kiste herabgerutscht, und der Arm, irgendwie gehemmt, hat die Bewegung nicht mitgemacht: so kam der Griff nach dem Kopfe zustande. – Jedoch er redet, der Engländer. »Ich bin William Dunbar«, preßt er durch die entblößten Zähne, »du erinnerst dich – mit dem du zusammen in Heidelberg warst. Wie magst du sagen, daß ich die Französin getötet habe? Wir schossen auf die Deutschen, und die Deutschen schossen auf uns. Hast du übrigens nicht damals in Heidelberg, als wir über den kommenden Krieg sprachen, erklärt, nie würdest du dich dazu mißbrauchen lassen, auf Menschen zu schießen? Und hast es trotzdem vier Jahre hindurch getan.« – »Und erinnern Sie sich«, murmelt ein Franzose, »an die Jahre in Zürich, wo Sie dem Antivivisektionsverein beitraten? Ich war auch Mitglied. Wir bekämpften das Experiment am lebenden Tier. Und nun haben wir beide Jahre hindurch – hahahahaha!«

Er lacht traurig und so schallend, daß ein Gewoge von Tönen den Treppenturm auf und nieder brandet.

Ich beginne mich zu verteidigen – ich fühle gleich, es ist umsonst. Ich bin grenzenlos verzweifelt. Ich erkläre: »Konnte ich denn anders? Ich habe damals wohl geprahlt, ich werde nie auf Menschen schießen, aber man zwang mich schließlich dazu. Man zwang mich. Und ich habe jahrelang dorthin Mordwaffen abgedrückt, wo ich Menschen sah – wo ich nur Lebendige vermutete. War ich nicht berechtigt – war ich nicht verpflichtet, solches zu tun?«

Alle schweigen.

Weil ich hilflos umherblicke, fällt mir der Papageienkäfig in die Augen. Ein schwärzliches Geschiebe wogt hin und her in ihm, und ich erkenne, daß er angefüllt ist mit einem Knäuel von Ratten. Sie leben – und die Menschen sind tot.

Euch will ich den Garaus machen, beschließe ich.

»Viel schöne Tiere!« flüstert zärtlich eines der toten Kinder, das sich nicht ängstigen gelernt hat vor irgendwelchem Getier.

Recht! Sind sie nicht auch Geschöpfe des Ewigen? frage ich mich. Wer hat sie zu dem verhaßten Geschmeiß gemacht, als das sie verschrien sind? Ich will sie frei lassen, sie werden Hunger haben.

Und ich öffne die Käfigtür; sie huschen hinaus und hinweg in die Dunkelheit des großen Speichers. Sie werden später zurückkommen und an dem sich sättigen, was hier am Boden liegt und schweigt.

Dieses atemlose Schweigen drosselt mich, und erneut auf innere Rettung bedacht, schreie ich: »War ich nicht berechtigt, solches zu tun? Man hat doch auch auf mich geschossen!«

»Ich habe auf niemanden geschossen«, haucht die Französin.

Oh, mein Gott, ich weiß, sie will sagen: »... und liege doch hier!«

Und ich falle auf die Knie. Reue schlägt über mir zusammen, und ich schluchze: »Du hast recht, Frau, und auch ihr, Kameraden, habt recht mit euren Zweifeln. Ich hätte nicht töten dürfen. Ich nicht. Mir selbst habe ich ruchlos das Wort gebrochen, ich habe mich vergewaltigt, ich bin ein Verbrecher. Der ich begnadet war zu erkennen, was gut und menschlich ist – ich habe die Gnade verraten an die Gewalt. Die Gewalt hätte mich ausgelöscht – vielleicht. Als Feigling wäre mir unrühmlicher Tod widerfahren. Aber ich Feigling hätte denen Mut gemacht, die auf meinem Wege gewesen sind. Und wenn hundert sich geweigert hätten zu töten, gleich mir, hätten sich auch tausend geweigert. Und wenn tausend widerstanden wären, wären zehntausend ihnen gefolgt. Und die Welt wäre weniger durchtränkt mit Blut, und der gute Same wäre gesät in alle Welt – und was hier um meine verruchte Knie verwest, hätte nicht unerbittlich die letzte Fahrt zu mir gemacht.«

Die Worte versagten mir. Ich weiß nichts mehr – nichts mehr unter dem groß aufgeschlagenen Auge des Todes, das mit keiner Wimper zuckt, während es mich immerfort ansieht – so lange, bis mein eigener Blick blind wird und grenzenlose Nacht mich überspült und hinwegrafft.

WOLF DURIAN

Die Haare der Lady Fitzgerald

Als ich eintrat, saß Sir John Fitzgerald einsam beim Kamin der hohen düsteren Halle, von deren Wänden fahle Gesichter alter Ahnenbilder starrten. Die schwere Standuhr tickte dumpf. Hohle Stille war ringsum.

Sir John sah sich nicht nach mir um. Er hatte die Spitzen der langen, blassen Finger gegeneinandergelegt und blickte starr auf die erloschene Glut. Von dem vorgeneigten Gesicht sah ich nichts als einen schmalen, kalkweißen Streif; nächtige Augenhöhlen, von buschigen Brauen schwer überschattet, scharfe spitze Linien von Kinn und Nase, schmale, blasse Lippen, in deren Winkel eine Falte tief sich eingrub wie ein Zeichen.

Ich wartete, bis der Lord mich anreden würde. Die Uhr stand zehn Minuten vor Mitternacht. Stumm und reglos saß der Lord. Ich wartete. Unheimlich wehte feuchte, kalte Stille durch das alte Schloß. Dann schlug die Uhr zwölf dumpfe Schläge.

Seltsam. Schlag um Schlag vernahm ich – dumpf-bang – und hörte keinen Schall. Der Laut drang ins Gehirn. Er bohrte sich durch mein Bewußtsein in die Phantasie – dumpfe, bange Schläge –, und mein Gehör blieb unberührt. Keine Schallwelle rührte mein Trommelfell.

Der letzte Schlag war kaum verhallt, da drang vom Sessel her ein tiefer Seufzer. Sir John stand auf und drehte mir sein Gesicht zu. Seine Lippen formten Worte, und ich vernahm sie. Nie zuvor hatte ich eine Stimme von so reinem Wohllaut vernommen wie die Sir Johns. Aber mein Ohr blieb taub und tot.

»Sie sind Taucher?« war die Frage gewesen.

»Ja, Mylord«, wollte ich antworten, aber meine Stimme versagte. Ich strengte mich an zu reden – vergeblich. Die Stimmbänder versagten den Dienst. Mein Mund blieb stumm.

Sir John nickte. Er hatte mich verstanden. Ich sah ihn eine zweite Frage stellen.

»Sie waren dabei, als die ›Ozeania‹ torpediert wurde?«

»Ja, Mylord«, bemühte ich mich zu antworten. Und da ich aus dem Ausdruck in Sir Johns Gesicht schließen konnte, daß er verstand, was ich nur aussprechen wollte und nicht konnte, setzte ich hinzu: »Das Schiff wurde torpediert am siebten September neunzehnhundertsechzehn, um fünf Uhr vierzehn Minuten nachmittags.«

»Richtig.« Sir John nickte. Sein Gesicht mit dem spitzen Kinn bog sich jetzt vorwärts und gewann den Ausdruck ängstlicher Spannung, als die dritte Frage gestellt wurde.

»Glauben Sie mit Bestimmtheit die Stelle wiederfinden zu können, wo das Schiff versank?«

»Das könnte ich wohl«, entgegnete ich. »Die ›Ozeania‹ wurde westlich von Sankt Agnes in der Gruppe der Scillyinseln torpediert und sank vor unsern Augen in den Grund.«

Daraufhin sah ich aus Sir Johns Augen einen Strahl der Freude dringen. Seine Gesichtsmuskeln gerieten in zitternde Bewegung. Es währte einige Zeit, bis er wieder Gewalt über sich hatte. Was nun kam, sprach er hastig, mit überstürzender Stimme, als könnte er kaum erwarten, es auszusprechen und mir mitgeteilt zu wissen. »Lady Rowena Fitzgerald Evans, meine Frau, ist mit der ›Ozeania‹ gesunken. Sie fuhr am dritten September von Baltimore ab und sollte am zehnten oder elften in Southampton eintreffen. Statt ihrer kam die Nachricht des Untergangs: Rowena mit den großen, sanften braunen Augen, umflossen von der Flut rotgoldener Haare, Rowena mit dem schmeichelnd herben Lächeln auf den kleinen roten Lippen, Rowena, der vollendete Ausdruck von Schönheit und Liebe, sollte nicht mehr wiederkehren in meine Arme, die voll glühender Sehnsucht sich ihr entgegenbreiteten. In dem Bauch eines Schiffes verschlossen, sank sie auf den Grund des Meeres. Tot unter anderen Toten. Vom Wasser in einen Winkel gepreßt. Quallen und Seesterne kriechen über den elfenbeinzarten Körper, saugen ihr erstarrtes Blut aus der totenkalten Haut. Fische benagen ihre feinen weißen Finger. Oh... großer Gott...!«

Schluchzen erstickte die Rede. Unter schwerer Last brach der Körper Sir Johns zusammen. Er mußte sich in den Lehnstuhl setzen und war unfähig zu sprechen. Seine Brust durchtobten krampfhafte Zuckungen. Stöhnend wand sich der Mann unter der Übergewalt von Schmerz. Sein Gesicht färbte sich dunkel. Ich fürchtete einen Erstickungsanfall und wollte zu Hilfe eilen, aber der Lord winkte ab. Unter mächtiger Anspannung des Willens gelang es ihm dann, wieder Herr seiner selbst zu werden.

»Die Haare...«, stieß er keuchend hervor, »Haare... ich muß Rowenas Haare haben. Sie hatte die schönsten Haare unter allen Frauen, die die Sonne bescheint. Sie war von himmlischer Schönheit an Seele und Leib, aber die Haare überstrahlten alles. An Rowena denken heißt an Rowenas rotgoldene Haare denken. Ich muß ihre Haare mit meinen Händen berühren, muß mein Gesicht in ihrer seidigen Masse baden, muß meine Lippen darauf pressen... eher kann ich nicht sterben. Hunderttausend Pfund Sterling, wenn Sie mir Lady Rowenas Haare bringen... mehr... Gold, soviel Sie wollen, wenn Sie mir Rowenas Haar vom Grund des Meeres heraufholen.«

»Lady Rowenas Haar vom Grund des Meeres heraufholen?«

»Ja«, rief Sir John mit einer Stimme, die hohl durch des Saales Höhe hallte, »ja, das sollen Sie... das müssen Sie.«

Ich bedachte mich nicht lange. Hunderttausend Pfund Sterling bedeuteten viel für einen armen Menschen wie mich. In meiner Eigenschaft als Tiefseetaucher war ich schon oft in versunkene Wracks auf dem Meeresgrund eingedrungen und hatte Briefschaften und Wertsachen geborgen. Warum sollte ich nicht die Haare einer schönen Frau heraufholen können? War dies Haar so schön und goldrot, wie der Lord es beschrieb, so mußte es zu finden sein, auch wenn Verwesung und Verderbnis im Laufe der Zeit weit fortgeschritten waren. Haar blieb immer Haar. Ich würde suchen, bis es gefunden war. Ich würde es abschneiden und das Zeichen zum Aufziehen geben.

»Ich will es tun«, sprach ich.

Sir John sprang auf, daß der Sessel dröhnend gegen den Kamin stürzte. »Sie werden mir Rowenas Haar bringen?«

»Ja«, sagte ich, »ich will tun, was ich kann, um es Ihnen zu bringen.«

»Wann werden Sie es bringen?«

»In dreizehn Tagen kann ich zurück sein.«

»In dreizehn Tagen«, wiederholte er mit leiser, liebkosender Stimme.

Er reichte mir die schmale weiße Hand.

Sie war steif und eisig kalt.

Durch die hohe Halle dröhnte dumpf-bang der Schlag der Uhr. – Eins –.

In diesem Augenblick saß der Lord in seinem Sessel. Sein Gesicht war vorwärts geneigt. Ich sah den schmalen, kalkweißen Streif mit den nachtschwarzen Augenhöhlen.

»Gute Nacht, Mylord«, flüsterte ich.

Keine Antwort.

Stumm und reglos saß der Lord.

Ich schritt davon. Dumpf klangen meine Schritte.

Es war ein trüber, kühler Tag. Über der See lag milchweiß der dichte Nebelschleier wie ein Leichentuch. Wir hatten Anker geworfen. Während meine Leute die Vorbereitungen trafen, stand ich an Deck, in meinen dicken Flauschmantel gewickelt, und rauchte eine Opiumzigarette. Ich erwähne diese Einzelheiten, weil sie beim Schreiben vor meinem Gedächtnis mit greifbarer Deutlichkeit auftauchen. Dies unbegreifbare Erlebnis spielte sich ab von Anfang bis Ende im Rahmen alltäglich nüchterner Wirklichkeit. Es roch nach Teer auf dem kleinen Schiff, wie immer. Die Leute schwatzten und lachten. Es waren die gewohnten Gesichter und Gesten, die mich immer auf meinen Fahrten begleiteten. Auch die Begebenheiten bei der Abfahrt von Landsend, die Stimmungen während der Fahrt, die beiden Segelschiffe, die von Wolf Rock her gespensterbleich im silbergrauen Morgennebel aufwuchsen und unsern Kurs nach Norden kreuzten, sind in meiner Erinnerung geblieben.

Die See war unruhig. Aber ich brannte danach, meine Aufgabe hinter mich zu bringen, und beschloß, um vier Uhr nachmittags zu tauchen. Die Lotung hatte ergeben, daß das Wrack in einer Tiefe von dreiundvierzig Metern auf dem Grund des Meeres lag. Ich ließ die Brust- und Rückengewichte auf fünfundachtzig Pfund verstärken. Dann legte ich den Anzug und die Bleischuhe an und ließ mir den Helm aufschrauben. Punkt vier Uhr stieg ich in die See hinab. Ich beschreibe nun genau die körperlichen Empfindungen, wie ich sie während des Tauchens hatte. Nicht als ob es außergewöhnliche Wahrnehmungen gewesen wären. Es waren die bei jeder Tiefseeunternehmung auftretenden gewohnten Erscheinungen, deren Eintreten und Wirkung ich im voraus kannte und erwartete. Wenn ich sie hier ausführlich schildere, so geschieht es nur, um darzutun, daß es sich um körperliches Erleben handelte. Eben die Erinnerung an diese Einzelheiten ist es, die sich in mir wie ein Tor von Eisen vor die Möglichkeit des Begreifens legt. Ich habe mit körperlichen Hemmnissen, zum Teil unter Schmerzen, erlebt und kann doch eine Erklärung der merkwürdigen Tatsachen, die sich in der Folge ergaben, nur im Gesichtswinkel phantastischen Traumerlebens finden.

Um meine Kraft zur Lösung der Aufgabe zu sparen, die in dem Wrack meiner harrte und ohne Zweifel starke Nerven forderte, hatte ich Befehl gegeben, langsam und unter gewissenhafter Einhaltung der verlangten Pausen die Leinen abzuwickeln und scharf auf alle Zeichen zu achten, die ich aus der Tiefe geben würde. Bis zu etwa zwölf Metern Tiefe sank ich innerhalb einer Minute ohne größere Beschwerden als jenem körperlichen Mißbehagen, Summen in den Ohren, Druckempfindung auf Schläfen und Augenlidern, das jedesmal zu Anfang des Tauchens sich einstellt. Ich gab das erste

Zeichen. Nach etwa fünf Minuten Pause verschwand die Übelkeit. Ich zog die Signalleine und ließ mich langsam in die Tiefe gleiten. Unter dem allmählich zunehmenden Druck des Wassers erzeugte sich jetzt allmählich anwachsend die Empfindung schwerer körperlicher Anstrengung. Das Blut schoß zu Kopf. Funken sprühten vor den Augen. Atembeschwerden und Beklemmungsgefühle setzten ein. Ich gab das Zeichen und wartete ab, bis sich der Körper den neuen Druckverhältnissen angepaßt hatte. Von nun an wiederholte sich derselbe Vorgang in immer kürzeren Fristen. Sobald das Übelbefinden kam, gab ich das Zeichen und verhielt mich ruhig in der Schwebe. Die Übelkeit verlor sich meist nach kurzer Zeit. Schließlich blieb der Druck auf Schläfen und Gehirn zurück. Das Denken wurde erschwert und verkürzt. Ich konnte noch mit klarem Bewußtsein die Handlung des Tauchens überdenken und die nächstliegenden Maßnahmen in Erwägung ziehen, verlor aber die Vorstellung der mir bevorstehenden Aufgabe aus den Gedanken. Vor dem körperlichen Empfindungsvermögen zog es sich wie ein Schleier zusammen. Die Sinne stumpften ab, Eindrücke verloren Wesen und Form und wirkten in traumhafte Ferne verflüchtigt. Jeder Entschluß, jede Bewegung erforderte Übermaß an Zeit und Anspannung. Kurz vor dem Ziel ließ ich eine lange Pause eintreten. Nach etwa zwanzig Minuten hatten sich die Gefühle der Überanspannung verloren, und eine gewisse behagliche Empfindung setzte ein. Der Eintritt dieses Zustandes der zeitweiligen Anpassung war mir immer das Zeichen zur Aufnahme der Arbeit gewesen. Ich säumte jetzt nicht länger, gab das geeignete Maß von Luft in den Anzug und ließ mich auf den Grund hinabgleiten. In fahlgrünem Halblicht erblickte ich vor mir wie durch eine dicke, rohgeschliffene Glasscheibe hindurch die dämmerhaften Umrisse des Wracks. Es schien mit Ausnahme der Schußwunde wenig beschädigt und lag für mein Vorhaben günstig. Das Deck war leicht zur Seite geneigt, aber ohne Hilfsmittel gangbar. Ich sparte durch diesen Umstand viel Zeit und Mühe. Es ist zu bedenken, daß eine leichte Arbeit, die an der Luft zehn Minuten beanspruchte, in der Tiefe, in der ich mich jetzt befand, eine ganze kostbare Stunde forderte, daß körperliche Anstrengung oder rasche Bewegung ausgeschlossen war. Im besten Fall konnte ich zwei Stunden lang ohne Lebensgefahr verweilen.

An einem herabhängenden Tau zog ich mich auf das Deck hinauf, hielt mich am Geländer fest und schritt vorsichtig auf der schiefen, glatten Ebene vorwärts, dem Vorderschiff zu. Hier lag, wie ich wußte, der Damensalon der ersten Kajüte. Die Tür stand weit offen. Ich trat ein. Ein Schwarm silbern flimmernder Fische stob davon. Von den Stufen der Treppe stießen sich zwei stachelstarrende Ungetüme mit Feueraugen und Kugelbäuchen ab und verschwanden im Innern. Grabesstille umgab mich. Durch die Fenster strömte fahl das Halblicht. Allmählich wuchsen aus Dunkel und Schweigen Umrisse verschleiert vor mir auf. Über den geschweiften, seidegepolsterten Stühlen im Stil Louis des Sechzehnten, über den Schränken und den gedrehten Balustraden sah ich große, träge Quallen hängen. Langsam schritt ich durch den Raum hindurch, in dem einst Lachen und Geplauder klang. Die Tür des Frühstückszimmers war verschlossen. Mit einem Axthieb sprengte ich sie auf. In der Öffnung bildete sich ein gurgelnder Trichter. Da schossen aus dem Strudel blitzschnell zwei, drei Leichen auf... an mir vorbei und in die Höhe. Leises Frösteln kroch mir durch das Mark. Weiter schritt ich. Glotzäugig tauchten Tiefseefische vor mir auf und trieben vorüber. Ein langer Braunfisch rannte aus dunklem Winkel heftig gegen mein Glasauge. Der plumpe Helm erschreckte ihn – vorbei.

Die Treppe stieg ich hinab zum Speisesaal. Die Tür war verschlossen. Es kostete Mühe, sie gegen den Druck der dagegenpressenden Wasserlast zu öffnen. Ich stemmte die Schulter an. Es gelang. Eine Wolke schwarzen Schlamms wirbelte auf und hüllte mich in graue Finsternis. Träge schwelte der Qualm zur Seite. Ein furchtbares Bild starrte aus mystischem Licht mir entgegen. Ein Saal, ein langer düsterer Saal. Und von der Decke hing es hernieder in entsetzlichem Schweigen – Leiche an Leiche.

Die Strömung drang durch die Öffnung gegen sie an... allmählich, leise begannen die Leiber zu schwanken, zu hüpfen. An der Saaldecke schwebend, erfaßte sie rhythmische Schwingung, schlotternd pendelten leblose Glieder, um und um drehten sich grinsend verzerrte Puppengesichter, feist verquollen, mit leeren Augenhöhlen. Es prallten die aufgetriebenen Leiber gegeneinander, stießen sich ab, hüpften vorwärts, pendelten. Es wuchs an gegen mich. Entgegen schwebte mir eine Frau in weißem Nachtkleid, grinsend aus verglasten Mienen tänzelte sie heran, auf mich zu. Ich wollte die Saaltür vollends öffnen. Sie sperrte. Ich stemmte mich mit den Fäusten dagegen, rüttelte. Jäh gab sie nach. Von der Wand ab schnellte ein Körper. Der Anprall warf mich nieder. Aufwärts schoß die Leiche davon... Vorüber quirlte grinsend der Leichnam der Frau in wallendem Nachtkleid und ward nach oben gerissen. Es war das Zeichen. Oder war es die Strömung, die nun stärker geworden. Plötzlich setzten alle Leichen sich in Bewegung. Sie pendelten, hüpften, schwankten, quirlten. Sie drängten an gegen die weitgeöffnete Saaltür. In den Winkeln ballte es sich zu strudelnden Klumpen. Es entwirrten sich Reihen hüpfender, pendelnder Leichname. An den Wänden schob es sich grinsend und kreisend heran. An mir vorüber zogen sie alle in der langen grauenvollen Polonaise des Todes. Auf schossen sie jäh, nach oben gesogen, emporgerissen im Wirbel. Leiche um Leiche, Paar um Paar, in Klumpen verkrallt. Sie tanzten heran aus den fernen Ecken des Saales, über Stühle und Tischplatten hin. Der Saal wurde leer. Ich sah mich um, sie waren fort, alle, alle bis auf einen, der geblieben war. Einer saß da in schwarzem Anzug, zwischen Stuhl und Tischrand gepreßt. Reglos saß er, die Spitzen der langen, blassen Finger gegeneinandergelegt. Das Gesicht nach vorne geneigt. Glasgrünes Dämmerlicht zeichnete einen schmalen, kalkweißen Streifen Gesicht, nächtige Augenhöhlen unter buschigen Brauen, spitze Linien von Nase und Kinn, schmale Lippen, in deren Winkel eine Falte tief sich eingrub wie ein Zeichen.

– Sir John Fitzgerald.

HERBERT BARBER
Die Erzählung des Fürsten Niglinsky

Wir hatten stundenlang über Geistersehen, Halluzinationen und ähnliches geplaudert. Fürst Niglinsky, ein ehrwürdiger Greis, der sich an der Unterhaltung fast gar nicht beteiligt hatte, lehnte sich jetzt in seinem Stuhl zurück und erzählte folgende Geschichte:

Ich besaß einst einige Zehner Werst von Moskau entfernt ein Gut. Obwohl ich mich ziemlich häufig in der Kremlstadt aufhielt, nahm ich mir dennoch nie Zeit und Mühe, diese Besitzung zu besuchen. Ein alter Verwalter, Fedor Tudowich Ranin mit Namen, den ich bei der Erwerbung der Domäne mit übernommen hatte, erstattete mir von Zeit zu Zeit schriftlich Bericht über Betrieb, Einnahmen und Ausgaben, Personalwechsel und sonstige Neuigkeiten.

Eines Tages kamen mir von dritter Seite höchst unerfreuliche Dinge über mein Gut und seinen Verwalter zu Ohren. Ranin, meldete man mir, sei ein notorischer Lügner und pflichtvergessener Schuft, der die Erträgnisse der Wirtschaft vertrinke und verspiele, mir zweifellos Potemkinsche Dörfer vormache und mein Anwesen langsam, aber sicher zugrunde gehen lasse.

Statt sogleich hinzufahren und die Dinge an Ort und Stelle zu untersuchen, ließ ich es mir genügen, umgehend ein Schreiben an Ranin abzusenden, in dem ich ihn um sofortige, restlose Aufklärung und genauen Rechenschaftsbericht anging. Nach einigen Tagen kam seine Antwort. Sie war ausweichend, unklar, verlogen. Ich geriet in Wut. Ein zweiter Brief folgte, schärfer und drohender als der erste. Ich entbot Ranin für die nächste Woche, mit Büchern und sonstigem Beweismaterial ausgerüstet, persönlich zu mir nach Moskau.

Wer nicht kam, war er. Dafür überraschte er mich seinerseits wieder mit einem Schreiben. Es war in leidenschaftlicherem Tone gehalten als das erste, strotzte aber ebenso wie jenes von Lügen, Beschönigungen und dummdreisten Vertröstungen. Trotz meiner Empörung wollte ich die Sache noch nicht auf das Äußerste treiben. Ich wartete noch einige Tage, ließ meinen Groll abklingen und schrieb dann zum dritten Male. Dieser Brief kam einem Ultimatum gleich. Ein Ausweichen auf meine Forderungen, eine Mißachtung meiner Befehle hielt ich diesmal für vollkommen unmöglich. Doch Wochen vergingen.

Ranin kam nicht. Ranin schrieb nicht. Endlich, Ende November, erfolgte die Antwort. Sie enthielt wieder nichts als Ausflüchte und flehentliche Bitten, mich zu gedulden, Vertrauen zu haben, keine voreiligen Schritte zu unternehmen, einen alten, kranken Mann nicht leichtsinnig ins Verderben, in den Tod zu stürzen usw.

Jedes Wort war eine aufgelegte Heuchelei.

Ich raste.

Das war mir denn doch zuviel!

Ranin mußte entsetzt werden. Da mein Aufenthalt im Schlosse unbedingt notwendige Vorbereitungen erheischte, telegraphierte ich dem Schurken sofort und kündigte ihm meine Ankunft für den Sonnabend der laufenden Woche an. Gleichzeitig ersuchte ich die dortige Ortsbehörde vertraulich, alle Schritte meines Verwalters unauffällig zu überwachen und gegebenenfalls seine Flucht mit Gewalt zu verhindern.

Ich war in diesen Tagen in die schlechteste Laune von der Welt gebracht. Unannehmlichkeiten aller Art hatten sich wie zum Trotz gehäuft. Und infolge der Nervosität, die mich Tag und Nacht nicht verließ, meldete sich zum Überdruß mein altes Augenleiden wieder. Bei leichter Benommenheit des Kopfes legte es sich von Zeit zu Zeit über meinen Blick wie ein Schleier, erschwerte mir das deutliche Sehen und brachte dadurch über mein ganzes Wesen eine gewisse Unsicherheit, ein peinigendes Angstgefühl.

Trotzdem dachte ich nicht daran, meine Reise aufzuschieben. Das Wetter war ruhig und noch durchaus herbstlich schön, trotz der vorgeschrittenen Zeit.

Da setzte Mittwoch mittag ganz unvermeidlich ein eisiger Wind ein. Nach einer Stunde war der Himmel mit blaugrauem Gewölk bedeckt. Nach einer weiteren Stunde trat Schneefall ein. Donnerstag schneite und tobte es weiter. Ich hörte, daß der Eisenbahnverkehr auf einzelnen Linien eingestellt worden sei. Der Freitag kam, und der Schnee brach in Lawinen vom Himmel. Der Eisenbahnverkehr stockte nun auf allen Linien. Und ich sollte am nächsten Tag reisen? Nein, ich mußte reisen.

Um Ranin jeden Zweifel zu nehmen, sandte ich noch am Abend eine zweite Depesche an ihn ab, die nur die Worte enthielt: »Komme trotz Verkehrseinstellung wie angekündigt morgen, Samstag. Alles bereithalten!«

Und der Samstagmorgen brach an. Der Schneesturm hatte sich endlich gelegt, aber die Atmopshäre war unruhig geblieben. Da der Bahnverkehr, wie zu erwarten stand, immer noch stockte, blieb mir nichts anderes übrig, als die Fahrt im Schlitten zurückzulegen. – Wie deutlich steht mir noch das Bild der folgenden Ereignisse vor Augen, meine Herren!

Ja, ich sehe noch alles vor mir: die große weiße Troika mit den himmelblauen Kufen, Marfa und Korso, die beiden Kosakenpferde, pechschwarz, wild wie die Teufel, Feuer aus den blutroten Nüstern schnaubend, als man sie einspannte. Hell klirrten die Glocken am Gestänge wie zu fröhlichster Fahrt – aber es wurde eine Fahrt des Grauens und der Hölle, eine Fahrt, die mich um Jahre älter gemacht hat und meine Seele für lange in die Netze eines furchtbaren Wahns verstrickte.

Ich rechnete damit, in etwa fünf Stunden an Ort und Stelle sein zu können. Die Pferde waren vortrefflich, gut ausgeruht und für längere Schlittenreisen von früheren Wintern her trainiert. Ich kutschierte selbst. Wassil, der tatarische Diener, mein einziger Begleiter, nahm hinter mir am Rücksitz Platz.

Rasch hatten wir das Weichbild der Stadt verlassen. Trotz der ungeheuren Schneemengen, die gefallen waren und auf der Ebene lasteten, war unsere Straße, vom Sturme ausgeblasen, deutlich zu erkennen und mühelos fahrbar.

Wir mochten etwa drei Stunden unterwegs gewesen sein. Da veränderte sich mit einem Male der Himmel. Die Wolken schienen oben keinen Platz mehr zu finden und sich mit bösem Vorsatz auf uns niederzusenken. Das Licht verlief sich rasch, und es trat fahle, schleichende Dämmerung ein, die mit der Weiße des Schnees zu ringen begann.

»Der Sturm!« hörte ich Wassil plötzlich schreien. Und wirklich – nach einigen Minuten setzte er ein, der furchtbare Wintersturm der russichen Steppe. Mit ihm kam auch der Schnee. Es brauste, es schrie um uns wie aus hundert Kehlen. Der Schnee in der Wucht des Sturmes stemmte sich, wie eine feste Masse in der Luft stehend, gegen unser Vorwärtskommen. »Vorwärts!« brüllte ich ununterbrochen. »Marfa, Korso – vorwärts!« Und dann ließ ich die Peitsche niedersausen, bis meine Hand zu ermatten drohte.

Die Dämmerung war mittlerweile zur Dunkelheit geworden. Nur der Schnee schimmerte vor uns, der nun auch unsere Straße überwirbelte und verwehte. Bald gab es keine Straße mehr. Wir fuhren schon auf gut Glück. Krampfhaft gespannt suchte ich Richtung zu halten. Nach Norden – nur immerzu nach Norden, dachte ich mechanisch. Und die Pferde flogen noch immer dahin, als hätten sie überirdische Kräfte zur Verfügung. Aber allmählich erlahmten sie doch. Der Schnee häufte sich höher, sie begannen einzusinken. Und kein Haus, kein Obdach, kein Dorf schien in der Nähe zu sein. Mein Gott, ging es mir durch den Sinn, wenn wir hier in der Einöde anhalten müßten? Dann sind wir verloren! Und ich johlte, weit vorgebeugt, Aufmunterungen zu den Ohren der Rosse hin, und dann peitschte ich sie wieder. –

Da – mit einem Male – schief vor uns, durch Schnee und Dunkelheit flackernd, tauchte ein Licht auf, das Zeichen einer menschlichen Behausung.

»Wassil«, brüllte ich, »siehst du das Licht?«

»Ja, Herr«, hörte ich den Tataren wie aus weiter Ferne hinter mir antworten.

Da prallte mir eine dichtgeballte Schneetrombe an die Stirn. Ich schloß die Augen. – Als ich nach Sekunden wieder aufsah, konnte ich zu meinem Schrecken das tröstliche Licht nicht mehr wahrnehmen. Mein Kopf begann mich plötzlich zu schmerzen, und meine Augen befiel wieder jene krankhafte Schwäche, die sie in den letzten Tagen des öfteren überkommen hatte. Aber ich durfte mir nicht nachgeben. Es galt jetzt, die Pferde in der Richtung vorwärts zu bringen, von wo ich früher das Licht uns entgegenleuchten sah. Ich begann wie ein Kind zu beten. Und dann fluchte ich unter aufsteigenden Tränen einer grenzenlosen Wut, eines verzehrenden Hasses diesem Schurken, diesem Ranin, der mich in die schreckliche Lage gebracht hatte.

Allmählich begann mir alles gleichgültig zu werden vor Erschlaffung. – Ich konnte es fast nicht glauben, daß meine Hände die Zügel noch umkrampften. Und daß wir immer noch fuhren, wie durch ein Wunder immer noch fuhren.

Da – wie vermag ich mein Entzücken zu schildern – blitzte von neuem das Licht auf – näher als früher, wie mir schien, doch nicht in der Richtung, die wir hielten. Ich wollte die Pferde zur Seite lenken, nach links hinzu – aber was war das? Vorn, zwischen den Tieren begann es jetzt zu flimmern und zu glosen. Ein leuchtender Kegel breitete sich, von unten aufbrechend, zwischen ihren Hälsen aus. Und etwas formte sich in diesem Lichtkegel oder erhob sich vom Boden und war da, stand aufrecht zwischen den gekreuzten Zügeln, wurde deutlicher und größer – eine Gestalt: die durchsichtige, schemenhafte Gestalt eines alten Mannes.

Stellen Sie sich das vor, meine Herren. Der Mann lief. Er lief, mit den Pferden Schritt haltend, mit unheimlicher Sicherheit nach rückwärts und schien bei jedem Schritt, jedem Sprung etwas zu schreien, zu befehlen, denn sein Mund öffnete sich gleichzeitig mit den entsetzt und drohend zu mir emporblickenden Augen in regelmäßigen Intervallen, wobei zwei abscheuliche, hauerartige Schneidezähne zum Vorschein kamen.

Plötzlich erhob er die Arme und griff mit gekrallten Fingern in die Gebisse, in die Nüstern der Pferde. Wild bäumten sich die Tiere mit schmerzlichem Gewieher. Ich wollte die Erscheinung anrufen, aber meine Kehle war tot. Nur hinstarren konnte ich mit namenlosem Grauen. Einen Augenblick standen die Rosse hochaufgerichtet auf den Hinterbeinen. – Ein Ruck, und sie waren wieder auf allen vieren. Ich ließ die Peitsche in einem Paroxismus von Wut und Verzweiflung niedersausen. Es ging wieder weiter. – Das gespenstische Licht verblaßte, und die dämonische Gestalt in ihm schien zu verschwinden, sich in Schnee und Sturm aufzulösen, und dort – die Laterne des rettenden Asyls, heller und näher grüßte sie jetzt durch das Wetter. Doch Himmel! Da flackerte es ja schon wieder zwischen den Hälsen der Pferde, und er war wieder da, er war wohl gar nicht verschwunden – er lief immerzu mit –, und jetzt wußte ich es: Er wollte mich aufhalten, er wollte mich nicht ans Ziel gelangen lassen. – Wieder hoben sich seine Arme, wieder griff er in die Nüstern, in die Augen der schnaubenden Renner. Und wieder bäumten sie sich, wilder noch als das erstemal. Ein Grinsen schien das häßliche, verzerrte Gesicht des Dämons zu überfliegen. Mit unmenschlicher Kraft hielt er die rasenden Tiere auseinandergestemmt, bog die Köpfe nach rückwärts, immer weiter –

»Zur Hölle mit dir!« schrie ich, die Lähmung meiner Kehle überwindend. »In Christi Namen – zur Hölle mit dir, du Satan!«

Er schien meine Beschwörung vernommen zu haben. Die Pferde kamen wieder auf den Boden. Das gespenstische Licht verschwand wieder. Die Erscheinung mit ihm. Ich atmete auf, trieb die Pferde mit beruhigendem Zurufen zum Weiterlaufen an. Sie zogen. Wir fuhren wieder, kamen vorwärts. Gerettet! dachte ich. Doch nein, nein, in der nächsten Sekunde sah ich ihn zum drittenmal, und jetzt krümmte er sich im Laufe zusammen – kroch unter den Zügeln durch –, kam geduckt zwischen den Leibern der Pferde herangeschlichen; er reckte sich vor mir auf – schien mich vom Bock reißen zu wollen. Rasch erhob ich mich. Und ich drehte die Peitsche um, beugte mich, die Zügel anspannend, vor und schlug mit dem eisenbeschlagenen Stielende ein-, zwei-, dreimal wie toll in das grinsende, fletschende, diabolische Gesicht über die Stirn, die weit aufgerissenen Augen –

Dann sank ich zurück – und verlor das Bewußtsein.

Als ich wieder erwachte, hielt der Schlitten vor einem kleinen, einstöckigen Hause. Eine kleine Laterne schaukelte über dem halboffenen Eingang flackernd hin und her. Ich hörte eine Stimme. Jemand trat an den Schlitten und begrüßte mich.

»Wo sind wir?« fragte ich. »Was ist geschehen?«

»Treten Sie nur ein, Herr, in die Schenke ›Zum Abendstern‹«, lud mich der Knecht mit ergebenen Bücklingen ein.

»›Zum Abendstern‹!« murmelte ich verloren. »Dann bin ich ja am Ziel, dann ist ja mein Schloß in der Nähe. – Gott sei Dank! – Ich bin Fürst Niglinsky, wir haben uns im Schneesturm verirrt.«

Ich stieg ab, und wie im Traum schritt ich durch das Tor in das Innere der Schenke. Der Knecht stützte mich.

»Kein Licht ist noch da«, lamentierte er, »Euer Hochwohlgeboren müssen verzeihen und ein wenig im Finstern sitzen, bis ich die Lampe gerichtet habe.«

Wir traten in die Wirtsstube. Mein Führer löste mich aus dem Pelz und half mir, auf einer Bank in der Nähe des Fensters Platz zu nehmen. Ich war halbtot. Wassil fiel mir ein. Ich gab dem Burschen, der besorgt neben mir stand, Befehl, auch meinen Diener hereinzuschaffen. Er verbeugte sich und ging.

Nach einer Weile torkelte Wassil ins Zimmer. Er mußte aus tiefem Schlafe geweckt worden sein. Schwer wie ein Sack fiel er auf eine Bank, wälzte sich einmal herum und schnarchte.

Ich saß eine Weile in der Dunkelheit, den Kopf in die Hände gestützt, regungslos, langsam auftauend und zu neuem Leben erwachend. Eine Viertelstunde mochte verronnen sein, Wassils Atemzüge wurden ruhiger, wurden unhörbar. Stille, lautlose Stille um mich.

Da plötzlich – stellen Sie sich meine bange Überraschung vor – höre ich ein Geräusch im Hintergrund des Raumes. Und dann ein Stöhnen. Das Stöhnen geht in ein Ächzen über.

Etwas knarrt. Dann Stille. Aber nach einigen Sekunden beginnt es wieder, lauter, furchtbarer. Gurgelnde Laute folgen einander in kurzen Abständen.

Grauen erfaßt mich nun, das Blut droht mir wieder zu erstarren; alle Kälte, die von mir wich, überfällt mich von neuem. Ich starre in die Richtung, krampfhaft bemüht, die Dunkelheit zu durchdringen und etwas zu sehen – vergeblich. Plötzlich höre ich – Worte. Also ein Mensch! durchfährt es mich. – Er hat sich nicht gerührt – hat geschlafen oder gelauert. – Warum hat dieser Lumpenknecht mir nichts davon gesagt? Und ich lausche gespannt.

Ja, Worte – hervorgelallt – nicht zu verstehen – in schneller Aufeinanderfolge drohende, rasende Worte – nur unterbrochen von jenem entsetzlichen Stöhnen und Keuchen. Wird ein Trunkenbold sein, versuche ich mich zu trösten. Aber meine Angst wächst. »Licht!« möchte ich rufen, doch ich presse die vibrierenden Lippen nur fester zusammen. Und lausche, lausche – bis ich endlich die Worte zu verstehen mag: »Dreimal« – höre ich –, »dreimal aufhalten wollen – vergeblich – er kommt heran – durch den Schnee – die Abrechnung – die Peitsche – o weh, die Peitsche! Verfluchter Herr – verfluchter Herr –!«

Dann Schweigen. Nur das gräßliche Stöhnen hört nicht auf, erhebt sich lauter und höher, wird verzweifelter und entsetzlicher. Jetzt – ein Schlag – ein Krachen –

»Licht!« schreie ich, dem Ersticken nahe. »Licht!« Die Gedanken tanzen durch mein Hirn. Ich werde verrückt, durchzuckt es mich. Nein, nein – da kommt ja gottlob der Kerl mit der Lampe, Licht – Klarheit – endlich –!

Die Lampe steht auf dem Tisch. Der Knecht schraubt sie höher. Er sagt irgend etwas. Aber ich höre ihm nicht zu. »Dort«, murmele ich, »sprich, was ist dort?«

Und ich erhebe mich mit Anspannung meiner letzten Kräfte – erfasse die Lampe, mache einige Schritte –, und da sehe ich im Schimmer des Lichtes, der über dem Hintergrund des Raumes zittert, einen alten Mann auf einer Bank, schief nach rückwärts geworfen gegen die Lehne, regungslos, mit tödlich bleichem, verzerrtem Gesicht, weit aufgerissenen Augen, geöffnetem Mund, aus dem zwei scheußliche, hauerartige Schneidezähne hervorstehen, mit weißem, verwildertem Haar – und ich sehe, langsam näher schlürfend, noch etwas in diesem Gesicht: Ich sehe, daß sich über die Augen und über die rechte Wange bis hinab zum geöffneten Mund etwas Dunkles, Gräßliches hinzieht – »Ranin!« schreie ich gellend.

Eine Weile stehe ich gelähmt, gebannt. Der Knecht sagt, beteuert etwas. Er tritt zu dem Regungslosen und betastet ihn. – Dann höre ich, wie er mit dünner, überschnappender Stimme jammert: »Christus! Christus! Er ist ja tot –. Euer Wohlgeboren, er ist ja tot!« Die Lampe entfällt meinen Händen. Alles verschwindet rundum. Tiefe Nacht umfängt mich.

Drei Wochen lag ich schwer krank in einem Zimmer der Schenke darnieder. Immer wieder hörte und wiederholte ich die Worte Ranins, sah ich sein Gesicht mit der häßlichen Wunde. Wassil pflegte seinen Herrn mit aufopfernder Treue. Man versuchte mich mit allen Mitteln zu beruhigen – es war vergeblich. Das Fieber wich endlich – aber die Zwangsvorstellungen blieben. Ich fragte nichts, sprach nichts, wollte auch nichts hören. Als ich halbwegs gekräftigt war, reiste ich nach Moskau zurück. Aber ich hielt es hier nicht aus. So verließ ich die Stadt, verließ Rußland, ging in die Fremde. Rastlos trieb es mich von Ort zu Orte. Nirgends freute es mich, nirgends konnte ich mein seelisches Gleichgewicht wiederfinden. In ruhigeren Stunden suchte ich mir allerdings das Geschehene zusammenzureimen. Jene gespenstische Erscheinung auf der Fahrt war nur ein Hirngespinst, ein Trugbild meiner durch die Aufregungen überreizten Phantasie, sagte ich mir, eine durch mein wütendes, ängstliches, unaufhörliches Denken an Ranin heraufbeschworene Halluzination, gefördert durch das Wirken einer elektrischen oder magnetischen Lichterscheinung, eines Elmsfeuers, wie es während starker Schneefälle schon beobachtet worden war, gefördert auch durch das geschwächte Sehvermögen meiner kranken Augen. Und Ranins Worte, seine letzten Worte, dieses Dreimalaufhaltenwollen – alles Zufall, denn er hatte natürlich die drei Briefe gemeint, die er mir seinerzeit geschrieben hatte, um meine Reise aufzuhalten und zu verhindern. Und die Peitsche bedeutet die Zuchtrute des Gesetzes, die drohende Abrechnung und Strafe, selbstredend.

Aber die Wunde? Nun, er hatte getrunken, hatte sich an jenem Tage, da ich fällig war, Mut antrinken wollen, mußte im finsteren Schenkenraum wohl gestürzt sein, vielleicht gegen den eisernen Ofen; der Blutverlust, die Aufregung und Angst, der Wein und das Alter – eine Herzlähmung hatte dann seinem Leben ein Ende bereitet, zweifellos, zweifellos –. Und doch!

Ich kam nicht los von dem andern. Immer wieder packte mich das Grauen, und immer wieder flüsterte es in mir: Du bist ein Mörder! Ein quälender Glaube an die Doppelexistenz des Menschen wollte mich nicht verlassen. Ranins Geist hatte den Schlitten zum Sturz bringen wollen, und Ranins Geist hatte ich mit dem Hieb meiner Peitsche niedergestreckt. Aber der Schlag traf auch gleichzeitig den Menschen aus Fleisch und Blut und tötete ihn.

Meine Herren. Worte können nicht ausdrücken, was ich in jener Zeit gelitten habe. Der Glaube an das Walten dämonischer Mächte erfüllte die schlaflosen Stunden meiner Nächte und beschäftigte mich auch oft am hellichten Tag. Ich glich lange einem Irren. Freunde, die ich traf, erkannten mich nicht wieder. Ich war in Wochen um Jahre gealtert. Langsam, ganz langsam nur löste sich der Bann von meiner Seele. – Ich vergaß, ich überschlief, ich überwand endlich die Vergangenheit. Und ich wurde wieder der, der ich einst war. Nach Moskau aber bin ich nie wieder zurückgekehrt. Jenes Gut ließ ich verkaufen, ohne mich zu kümmern an wen und um wieviel.

A. DE NORA
Antitodin

Kali Baba, ein Mann von elementarer Lebensbejahung, wenn auch ohne Angst vor dem Sterben, wurde erschossen. Geriet während der Revolution in einen Kugelregen, erhielt zwei Volltreffer, einen durch die Stirn, den andern ins Herz, und blieb sofort eine Leiche.

Während er lag und Menschen über seinen Leib hinliefen, genoß er des angenehmen Gefühls, daß nun alles erledigt sei und ihn die ganze Geschichte nichts mehr angehe. Man trat Stiefelabsätze in sein Gesicht – es war, als kitzelten Fliegen. Man benützte seinen Leib als Schießdeckung, legte Gewehrläufe darauf – ihm galten sie wie Zündhölzchen. Ein besonders gründlicher Soldat bedachte ihn mit einer kleinen Revolversalve (nur, um sich zu überzeugen, ob noch Leben in ihm sei) – er mußte dieser Bemühungen geradezu lächeln.

»Kamerad«, sagte er, »Sie machen sich überflüssige Arbeit. Ich bin schon tot.«

Er zeigte das Loch in der Stirn, den Finger hineinbohrend – ebenso das im Herzen und verschiedene andere. Der Soldat war verblüfft. Behauptete, sein Browning sei offenbar Mist, warf ihn entrüstet dem Toten an den Kopf, entfernte sich, schimpfend auf diese ekelhaften, immer nörgelnden Revolutionäre.

Kali Baba nahm die weggeworfene Waffe und entdeckte noch ein Geschoß in der Kammer. Kali Baba war immer gewohnt gewesen, logisch zu denken. Daß er die Kugeln dieses Herrn nur als kleine unbedeutende Patschhändchen auf seinem Bauch empfunden, stellte ihn vor die Aufgabe, wieso das zu erklären sei. Sein Verstand löste sie so: Du bekommst nichts mehr von der Totschießerei zu spüren, weil du schon tot bist. Wie einer die Blattern nicht mehr bekommt, der Blattern gehabt hat. Der Tod ist also »Immunisation gegen das Sterben«.

Als gewissenhafter Forscher und um ganz sicherzugehen, daß es so sei, richtete Kali Baba die aufgelesene Waffe gegen sich selbst, nahm den Pistolenlauf in den Mund und drückte ab. Geräusch des Schusses war »petsch!«, und Revolvermündung klappte ein wenig an seine Zähne, wie wenn man mit der Zahnbürste anstößt. Kleines Prickeln im Halse, das zum Räuspern Anlaß gab.

Kali Baba dachte, die Kugel wie einen Schleimtropfen auszuspeien, aber es war nicht nötig. Sie hatte sich schon rückwärts durch das Genick empfohlen.

Die Tatsache des Totseins konnte demnach zweifellos als erwiesen gelten, und da Kali Baba Positives nie nutzlos verkümmern ließ, erhob er sich sofort, um seine Entdeckung zum Patent anzumelden für alle Staaten.

Die Zwischenzeit eignete sich trefflich zu Vorträgen und Vorführungen am Orte, und Kali Baba war der Mann dazu.

Zuerst begab er sich in eine Druckerei und ließ in Riesenlettern in allen Straßenecken plakatieren:

ANTITODIN!
Keine Angst vor dem Tode!
Jedermann gegen Sterben dauernd immun!
Leicht faßlich, sofort anwendbare Kur.
VORFÜHRUNGEN
abends 7 Uhr im Stadtsaale. Eintritt frei!
Kali Baba

Der Saal füllte sich zum Bersten. Anfangs lachte man, erklärte die Sache für Schwindel. Dann begann das Publikum – es war etwas temperamentvoll – auf ihn zu feuern. Mit Revolvern, Jagd-, Militärgewehren – kurz allem, was man in der Garderobe nicht abgab.

Dankend für die rege Anteilnahme am Thema, sprach er weiter. Höchstens wenn eine Kugel durch beide Backentaschen preschte, wurde er etwas unverständlich, weil das F nebenauspfiff. Er half ab, indem er mit beiden Zeigefingern die Löcher zustopfte, bis Flaschenstöpsel zur Stelle waren.

Wie immer, wirkte auch hier Beispiel besser als Belehrung. Die Leute überzeugten sich von der Richtigkeit seiner Lehre und schossen sich massenhaft tot. Teils gegenseitig, teils eigenhändig.

Natürlich gab es auch Zweifler und Ungläubige, die erst dann den Beweis anerkennen wollten, wenn Kali Baba mit Maschinengewehren bearbeitet wäre. Ja, etliche verlangten sogar, er müsse 39-cm-Kaliber auf sich schießen lassen.

Kali Baba lehnte freundlich, doch entschieden ab. Es würde seine Vortragsfähigkeit allzusehr beeinträchtigt haben. Er wies jedem Interessenten nach, daß schon eine einzige kleine Kugel zur Immunisierung genüge, wenn sie an der richtigen Stelle einverleibt werde.

Ohnedies boten die Vorträge Unangenehmes genug. Sein Kopf und Rumpf sahen allmählich einem Sieb gleich. Wind blies von allen Seiten durch – was ja kühl und erquickend sein mag –, aber gerade Kali Baba war für Zugluft empfindlich. Er fürchtete, sich zu erkälten. Um so mehr, als auch Wasser, das er beim Sprechen trank, aus all den Löchern wieder hinaus- und an ihm hinunterlief, so daß er oft stundenlang in einer Pfütze stehen mußte.

Schließlich geriet er auf den glücklichen Ausweg: verklebte sofort nach Demonstrationen sämtliche Treffer durch wasserdichte Schußpflaster, die verschiedenfarbig folgenderweise bedruckt waren:

Stirb und werde!
Kali Babas
ANTITODIN
wirkt todsicher.
†

Diese Pflasterung sah sehr hübsch aus und beseitigte alle Unzukömmlichkeiten. Denn auch die Kleidung hatte er zweckvoller eingerichtet. Trug als Rednerkostüm nur Badehose, als Straßenanzug weißen, ganz umhüllenden Burnus. So sparte er viel Geld für Wäsche, Westen, Hosen und Zylinder, denen Beschossenwerden leider stark zusetzt.

Erfolg seiner Arbeit zeigte sich bald. Antitodin beruhigte jede Aufgeregtheit, machte still, friedlich, verträglich, verständig, genügsam und bedürfnislos. Die Menschen legten sich hin, wo es war, spürten weder Hunger noch Liebe, litten weder am Leben noch am Tod, verlangten auch von Kali Baba niemals das Eintrittsgeld zurück.

Ganze Städte begannen immun zu werden, ganze Länder und Völker starben aus, und der Zustand der Welt wäre geradezu paradiesisch geworden, wenn Kali Baba auf seinen Reisen nicht auch Deutschland besucht hätte.

Deutschland nahm zwar, wie natürlich, seine Vorträge um so hungriger auf, als er Kali Baba hieß und auch so aussah. Volk jubelte dem interessanten Fremden zu und schoß sich begeistert ab. Allein neben und sozusagen über dem Volke gab es dort auch sogenannte Behörden, und eine von ihnen befahl den Erfinder nach seinem dritten Auftreten in ihr Büro.

»Ihr Name?« frug der Beamte streng, und als Kali Baba wahrheitsgemäß angeben mußte, daß er eigentlich Karl Babbler heiße und aus Moosbach bei München stamme, nahm man ihn zunächst wegen Führung eines falschen Passes und Fahnenflucht in Haft.

»... behaupten, tot zu sein?« fuhr der Beamte fort. »Wie beweisen Sie das?«

Kali Baba entblätterte Burnus, Badehose, Schußpflaster, bis Sonne ihn durchschien, und glaubte schlagend darzutun, daß ein Nichttoter unter diesen Umständen nicht leben würde.

Der Beamte ließ sich auf derlei Spitzfindigkeiten nicht ein. Vor allen Dingen bestrafte er ihn wegen ungebührlichen Erscheinens vor Behörden – in Löchern! – mit 50 Mark, im Nichteinbringungsfalle 10 Tage Gefängnis, und eröffnete dies: »Beweis des Todes wird nur durch amtlich beglaubigten Totenschein und Auszug aus dem Sterberegister der Heimatgemeinde erbracht. Sie sind aufgefordert, diesen Ausweis binnen drei Tagen anher vorzulegen, widrigenfalls Sie als lebendig angesehen werden.«

Nun hatte Kali Baba allerdings versäumt, sich damals einen Totenschein ausstellen zu lassen – es war ja Revolution und die staatliche Ordnung etwas in Unordnung geraten –, aber in den anderen Ländern hatte man es ebenfalls nie so genau genommen (Schlamperei des Orients!). Es gelang ihm nicht, innerhalb der gesetzten Frist die erforderliche Urkunde zu erlangen. So erhielt er denn zunächst wegen Übertretung des Personenstandsgesetzes einige weitere Tage Haft. Nach Verbüßung dieser Strafe wurde er amtlich für lebendig erklärt, wegen Verbreitung staatsgefährlicher Lehren und absichtlicher Gefährdung von Menschenleben in Anklage versetzt und zum Tode verurteilt.

Da seine sämtlichen Entlastungszeugen infolge Begrabenseins nicht vernommen werden konnten, verlor sein Anwalt den Prozeß. Übrigens, sie hätten schwerlich ausgesagt.

Der Staatsanwalt, ein leutseliger Herr und bei der Hinrichtung offiziell anwesend, klopfte ihm auf die Schulter und sprach: »Sie nehmen wohl an, Karl Babbler, daß dies eine überflüssige Prozedur sei, da Sie sich schon bislang als sozusagen tot betrachteten. Ich versichere Sie jedoch: Wenn Sie jetzt tot sind, werden Sie es erst erleben, wie ganz anders das Gefühl ist, amtlich und mit allen Vorsichtsmaßregeln getötet zu sein statt in derartig unamtlichem, irregulärem, unkontrollierbarem und eigentlich – wie Sie gesehen haben – unbrauchbarem Privatbetriebe. Nehmen Sie also, bitte, vertrauensvoll unter unserm Fallbeil Platz! Es wird Ihnen nichts passieren, als was Sie ohnehin schon gewohnt sind. Sterben Sie wohl!«

Danach bedeckte sich der Staatsanwalt mit dem Zylinder, der Henker mit weißen Baumwollhandschuhen, und das Richtschwert sauste herab.

Kali Baba wurde ins Sterberegister seiner Heimatstadt eingetragen und bekam aus besonderer Aufmerksamkeit ein Duplikat der Urkunde ins Grab mitgeliefert, damit er bei eventueller Wiederauferstehung im Besitz eines Zertifikates sei.

Nachwort

Entgegen der verbreiteten Meinung, in der deutschen Literatur sei die gute Gespenstergeschichte nach bemerkenswerten Erzählungen in der Romantik nicht weiter gediehen, soll dieser Band das Gegenteil beweisen.

Um diese Entwicklung deutlich zu machen, haben wir unsere Auswahl chronologisch geordnet.

Auch die deutschsprachige Gespenstergeschichte beginnt recht eigentlich im Zeitalter der Romantik und erreicht hier ihren ersten Höhepunkt. Darüber soll der Beginn unserer Auswahl – besonders Johann Peter Hebels (1760–1826) »Wohlbezahltes Gespenst«, eine der lehrhaften Kalendergeschichten des »Rheinischen Hausfreundes« – nicht hinwegtäuschen. Bereits »Die Entführung« von Johann Karl August Musäus (1735–1787) weist indes über nur aufklärerisch Rationales hinaus aufs romantisch (Ver-)Wunderbare. Stärker auf »Inkommensurables« deutet Goethe mit seiner Geschichte von der Sängerin Antonelli hin, wie mit den »Unterhaltungen deutscher Ausgewanderten« – denen wir sie entnahmen – überhaupt eine Tradition des Erzählens von unheimlichen, undurchschaubaren Begebenheiten in der deutschsprachigen Literatur begründet wird, an die spätere Schriftsteller direkt oder indirekt anknüpfen. Als echten Nachzügler der aufklärerischen Gespenstergeschichte haben wir den urwüchsigen Jeremias Gotthelf (1797–1854) mit seiner bezeichnend didaktischen Erzählung vom »Mordio-Fuhrmann« aufgenommen (während Erzählungen wie »Die Nacht in Brczezmisl« oder »Die Walpurgisnacht« des Wahlschweizers Heinrich Daniel Zschokke vorwiegend aus Umfangsgründen keine Berücksichtigung finden konnten). Sie liegt bereits am Rande des Erzählungstyps, der hier vorgestellt wird, denn das Gespenstisch-Teuflische ist bei dem wortgewaltigen Schweizer Pfarrer lediglich Mittel zum Zweck, den grobschlächtigen, sauflustigen Fuhrmann zu einem frommen Knecht Gottes zu machen, der »das Vieh respektiert« und »an Weib und Kinder, an seine Seele« denkt.

Auf ganz andere Art setzten sich namhafte Autoren der deutschen Romantik mit dem Gespenstisch-Unheimlichen auseinander. Sie betätigen, mit ihrem wohl bedeutendsten Vertreter E.T.A. Hoffmann zu reden, »die Hebel der Furcht, des Grauens, des Entsetzens«, um »das menschliche Gemüt in seinem tiefsten Innern zu bewegen«. Zu den »echten Gespenstergeschichten«, die Hoffmann geradezu fordert, um die »Grausamkeit des Menschen, das Elend, was große und kleine Tyrannen schonungslos mit dem teuflischen Hohn der Hölle schaffen«, bloßzulegen, gehört Heinrich von Kleists Erzählung vom »Bettelweib von Locarno«. Wilhelm Grimm fand sie »trefflich und ganz in dem eigentlichen Tone vorgetragen, der einem solchen Stoffe zukommt. Von jener erkünstelten Zusammenhäufung gespenstischer Apparate und von jener alle Wirkung wieder aufhebenden, inkonsequenten Ungläubigkeit, die den Aberglauben zu befördern fürchtet und in manchen beliebten und bekannten Gespenstergeschichten sich so possierlich ausnimmt, ist hier nicht die geringste Spur«, schrieb er 1811.

Ähnlich dicht und unheimlich, wenngleich vor krassen Mitteln nicht zurückschreckend, erzählt E.T.A. Hoffmann seine Vampirgeschichte im vierten Band der »Serapionsbrüder«, in dem sich überhaupt manche bedenkenswerte Äußerung zu unserem Thema findet. Auch Ludwig Tiecks vielzitierte Erzählung »Der blonde Eckbert«, die aus Raumgründen entfallen mußte, gehört hierher.

Zu den seinerzeit meistgelesenen Erzählern beziehungsweise Sammlern der von Wilhelm Grimm apostrophierten »beliebten und bekannten Gespenstergeschichten« im Gefolge der Romantik gehören Friedrich August Schulze (1770–1849), der sich Friedrich Laun nannte, und Johann

August Apel (1771–1816). Ihnen gebührt einerseits das Verdienst, mit dem 1810/12 in vier Bänden erschienenen »Gespensterbuch« und dem kurz darauf folgenden »Wunderbuch« (1815/17) den tief im Volke wurzelnden Aberglauben aufgegriffen und damit ein Erbe bewahrt zu haben, das »die Phantasie wie mit einer Zauberrute weckt« (E.T.A. Hoffmann). Da ihnen eine überzeugende literarische Gestaltung dieses folkloristischen Gutes aber nur in wenigen Fällen gelang, trivialisierten sie andererseits das wahre Anliegen der romantischen Dichter und trugen wesentlich dazu bei, das ganze Genre der ernsten Literaturwissenschaft suspekt zu machen. Fehlen sollten beide Autoren in unserer Auswahl nicht, zumal Apel mit seinem »Freischütz« einen Stoff popularisierte, der dem Libretto der volkstümlichsten Oper der deutschen Romantik zugrunde liegt.

Von der Tradition volkstümlichen Aberglaubens lebt auch Fouqués »Galgenmännlein«, jene populäre, von dem spätromantischen Ritter- und Geisterbeschwörer meisterhaft erzählte Geschichte vom Flaschenteufelchen, an die hier erinnert werden muß. Mit ihr und der »Geschichte von dem Gespensterschiff« Wilhelm Hauffs klingt der romantische Beitrag gleichsam märchenhaft aus. Freilich darf, wenn vom Abklingen romantischen Geistes die Rede ist, auch in der Entwicklung der Gespenstergeschichte der große Ironiker Heinrich Heine nicht fehlen. Die mit beißendem Spott geschriebene geistvolle Gespensterparodie aus der »Harzreise«, in der Doktor Saul Ascher sein Erscheinen als Gespenst »aus Vernunftgründen« selbst ad absurdum führt, ist ein Glanzstück deutscher Erzählkunst.

In der zweiten Hälfte des 19. Jahrhunderts dominiert zunächst die humoristisch-aufklärende Gespenstergeschichte. Sie wird in unserer Auswahl mit Willibald Alexis' (1798–1871) »Erscheinung von Anklam« eingeleitet, der scheinbar nüchtern-dokumentarisch aufgezeichneten Geschichte von einer Gespenstererscheinung, die sich im Schlußteil aber scherzhaft-heiter löst. Nicht mehr so verschmitzt aufklärerisch wie einst Johann Peter Hebel, nicht so penetrant belehrend wie weiland der urwüchsige Schweizer Prediger Gotthelf, dafür aber erfahrener bei der Verwendung gespenstisch-schauerlicher Effekte, erzählt ein Friedrich Gerstäcker (1816–1872) seine Story vom braven, wenn auch dauernd besoffenen irischen Zimmermann und seinem »Fräulein«. Und spätestens in der Mitte der humorigen Geschichte ahnt man, daß es mit der Gespensterei so arg nicht sein kann. Ganz ähnlich, wenn auch verhaltener dargeboten, löst sich die »Gespenstergeschichte« Kurt von Walfelds auf, einem Mitarbeiter am Feuilleton der »Deutschen Roman-Bibliothek«, wo der als Erzähler sonst kaum hervorgetretene Redakteur seine gekonnt geschriebene Humoreske veröffentlichte. Und Heinrich Seidels (1842–1906) »Nebeldroschke« ist denn auch nichts anderes als das Hirngespinst eines »jungen Mannes ohne Aberglauben und Vorurteile«.

Neben dieser humoristisch-aufklärenden Variante, zu der man auch die »Geisterseher« aus Gottfried Kellers »Sinngedicht« und Ludwig Anzengrubers Gespensterhumoreske vom Zirnhofer-Bauern »Der Schatzgräber« rechnen darf, finden wir die an die klassische Erzähltradition von Goethes »Unterhaltungen deutscher Ausgewanderten« anknüpfende Rahmenerzählung. Ernst zu nehmende Leute sitzen »Am Kamin« (Theodor Storm) oder am Stammtisch (Heyse und Franzos) beisammen und erzählen einander Geschichten. Nachdenkenswerte Geschichten, die manches offenlassen – obwohl man sich, wie Karl Emil Franzos (1848–1904) nicht ohne Ironie einleitend bemerkt, einig ist: »Ernsthafte Leute sprechen nicht von Gespenstern, weil es keine gibt; auch kommen Träume aus dem Magen, und wer auf Meinungen etwas gibt, ist ein abergläubischer Narr.« Und so erklärt denn der gelehrte Herr Professor (fast) alles Unheimliche auf natürliche Weise. »Aber seltsam«, schließt Franzos seine »Allerlei Geister«, »ich konnte doch in der Nacht darauf lange nicht einschlafen …«

Noch objektiver in der Erzählhaltung ist Paul Heyses (1830 bis 1914) gespenstische Geschichte von »Martin, dem Streber«, deren Unheimlichkeit eigentlich nur von der abschließenden Bemerkung des Apothekers ein wenig in Frage gestellt wird.

Paul Heyse, einer der meistgelesenen und einflußreichsten Erzähler des ausgehenden Jahrhunderts, war es auch, der die Erzählung »Der blaue Schleier« von Alfred Schöne (1836–1916), einem klassischen Philologen, der kein »zünftiger Novellist« war, entdeckte und im dritten Band seines »Neuen deutschen Novellenschatzes« veröffentlichte, der Meisterschaft wegen, mit der Schöne »die feine Kunst des Übergangs aus dem Realen in das Gespenstische« beherrschte, »das Helldunkel, das nach der Lösung des Rätsels zurückbleibt«. Und doch wird das eigentliche Rätsel dieser sozialkritischen Lebens- und Liebesgeschichte, das Erscheinen des Toten – des Gespenstes, das sich selbst für einen Lebenden hält – gar nicht gelöst. Damit steht diese Novelle in der Nähe der Vampir-Geschichte, wie wir sie zu Anfang des Jahrhunderts vor allem aus slawischen Literaturen (vgl. »Der Vampir«) und in Deutschland zum Beispiel von E.T.A. Hoffmann in grausiger Ausprägung kennen und nun in Rudolf Lindaus (1829–1910) Erzählung »Wahngebilde« wiederfinden. Auf alle äußeren Schauereffekte verzichtend, werden die Folgen des Vampirismus durch die geschickt gewählte Tagebuchform gleichsam von innen, vom Opfer her, Schritt für Schritt dargeboten. Dadurch wird auf der einen Seite zunehmend Spannung und Schauder erregt, auf der anderen durch den Verzicht auf äußerliche Grausamkeiten dem Leser die Möglichkeit erhalten, das Ganze lediglich als »Wahngebilde« zu sehen, als Bild der schönen Frau, die dem hilflosen Gelehren allmählich das Blut aussaugt.

Lindaus »Wahngebilde« führt an den zweiten Höhepunkt der deutschsprachigen Gespenstergeschichte heran, der sich mit bestimmten Tendenzen der Neuromantik von den neunziger Jahren bis zum ersten Weltkrieg erstreckt. Literarische Gegenströmung zum Naturalismus des ausgehenden Jahrhunderts, gesellschaftlich aber zugleich als Reaktion auf das sich scheinbar immer mehr festigende protzerische Wilhelminische Reich, als eine Infragestellung seiner »machtgeschützten Innerlichkeit«, wandten sich etliche Vertreter der neuen Bewegung, anknüpfend an die Romantik des Jahrhundertanfangs, dem Nichtalltäglichen, dem Wunderbaren, Geheimnisvoll-Magischen, der gespenstisch-hohlen Nachtseite dieser Selbstgefälligkeit zu, betätigten E.T.A. Hoffmanns »Hebel der Furcht, des Grauens, des Entsetzens« auf historisch fortgeschrittener Stufe mit verfeinerten künstlerischen Möglichkeiten. Da sie ihrer Neigung zum Gespenstisch-Unheimlichen oft mit schärfsten Mitteln der Groteske Ausdruck verliehen und nicht selten die Grenze des Absurden streiften, stießen sie verständlicherweise auf den Widerstand der Herrschenden ihrer Zeit, wurden zur Dekadenz erklärt, endeten auch – wie der bis heute von der Literaturwissenschaft vernachlässigte Oskar Panizza (1853–1921) – im Irrenhaus. Als »Renegat und verkommener Sohn eines auch in seiner Schwäche noch großen und herrlichen Vaterlandes« wurde Panizza beschimpft, wegen Majestätsbeleidigung verfolgt und als aggressiver Religionskritiker wegen »Religionsvergehens« inhaftiert. »Die Kirche von Zinsblech« vermittelt – an den Aberglauben der Totenauferstehung anknüpfend – einen Eindruck von der Respektlosigkeit, mit der Panizza geheiligte Institutionen anfiel.

Zu hoher Meisterschaft im Bereich des Gespenstisch-Unheimlichen hat es Gustav Meyrink (1868–1932) gebracht, dessen Roman »Der Golem« aus dem dämonisierten alten Prag ihm Weltruhm einbrachte. Ähnlich Panizza hatte er die erklärte Absicht, mit unheimlich-grotesken Mitteln individuelle und gesellschaftliche Schattenseiten menschlichen Lebens künstlerisch auszuschöpfen. »Es ist kein liebenswürdiges Reich, das des Gespenstischen – es hat gar nichts Sentimentales an sich. Gerade darum scheint es mir unerschöpfliche künstlerische Qualitäten zu bergen. Diese Wesen herauszuholen, daß sie ihren feinen schimmernden Staub, das Unfaßbare, Eigentümliche nicht verlieren, bedingt beim Dichter unfehlbare Sicherheit«, schreibt er 1912. Um eine echte Gespenstergeschichte schreiben zu können, fährt er fort, müsse man »zumindest erst einmal selber dran glauben«, und verweist auf den Altmeister E.T.A. Hoffmann, der sich gefürchtet habe vor den Gestalten, die er selbst geschaffen hatte, »derart, daß er es nachts in seinem Zimmer zuweilen vor Grauen kaum aushalten konnte«.

Damit deutet Meyrink freilich zugleich auf psychologische und gesellschaftliche Gefahren hin, die den Vertretern seines Metiers drohen. So wie in der guten Gespenstergeschichte Wirkliches in Unwirkliches gleitend übergeht, so können für ihren »gläubigen« Autor die Grenzen zwischen Erklärbarem und Irrationalem verschwimmen. Und was die ideologische Entwicklung solcher sich in Mystik verlierenden Autoren angeht, so endeten einige nicht zufällig im militanten Irrationalismus des Faschismus.

Auch der Österreicher Karl Hans Strobl (1877–1946) geriet in solche Gefahr. Aber im Unterschied zu Hanns Heinz Ewers etwa, der schon vor dem ersten Weltkrieg in seinen sehr bekannt gewordenen Schauerromanen grelle äußere Effekte und Sensationen an die Stelle tieferer psychologischer Durchdringung setzte, hat Strobl nach der Jahrhundertwende Erzählungen geschrieben, die zu den besten der deutschsprachigen Literatur gehören und das Niveau der zeitgenössischen europäischen Gespenstergeschichte halten, ja übertreffen. »Die arge Nonn'« läßt gründliche Kenntnis des Metiers erkennen – Einflüsse von E.T.A. Hoffmann über Bulwer-Lytton bis hin zur modernen psychologischen Novelle ließen sich nachweisen – und ist mit souveräner Beherrschung der Mittel der internationalen Gespenstergeschichte geschrieben. Man könnte sie nach dem Lehrbuch aufzählen: der unheimliche Ort (das ehemalige Kloster), die Tages- bzw. Nachtzeit (Wechsel von realistischer Forschertätigkeit am Tag und mitternächtlichem Gespensterspuk), Gerüchte und altehrwürdige Berichte (Klosterchronik) um ehemals Geschehenes, Vorbedeutungen und Träume, Tod und Trauer und schließlich die Schauder erregende Verquickung von gespenstischem Erleben um die tote Nonne und wirklichem Mord an der Ehefrau.

Karl Hans Strobl hat unmittelbar nach dem ersten Weltkrieg auch die »phantastischen Blätter« »Der Orchideengarten« herausgegeben, eine Zeitschrift mit einer Fülle exotisch anmutender Blüten aus dem Bereich des Gespenstisch-Unheimlich-Grotesken. Wir haben dieser Zeitschrift mehrere Beiträge zu verdanken.

Den Bürger aufschreckenden Bewegungen wie dem Dadaismus vergleichbar, die mit dem ersten Weltkrieg aufkamen, schoß auch die phantastische Literatur ins Kraut, antimilitaristische und antibürgerlich-anarchistische Vorstellungen in skurrile Bilder ummünzend. Nehmen wir nur die gesellschaftskritische Groteske »Antitodin« von Alfred Anton Noder (1864–1936), der 1921 unter dem Pseudonym A. de Nora die unheimlich-makabre Geschichte von dem erschossenen Revolutionär erzählt, der als Wunder an Unsterblichkeit auf den Jahrmärkten in aller Welt umherzieht – bis ihm die deutsche Bürokratie auch diese »Existenz« unmöglich macht. Nicht zuletzt aber sind die Gespenstergeschichten aus dem »Orchideengarten« darum von besonderem Interesse, weil sich in ihnen auf eigenartige, eben gespenstisch-unheimliche Weise das grauenerregende Erlebnis des Krieges partiell – wie in Wolf Durians (1892–1969) »Die Haare der Lady Fitzgerald« oder in Ernst Scupins (1879–1921) »Schloß Valnoir« – oder als Ganzes widerspiegelt wie in Alexander Moritz Freys (1881–1957) Erzählung »Die Ernte«. Es ist eine schaurige Ernte – Tote des Krieges werden mit stapfenden Schritten und keuchendem Atem in das Haus des Ich-Erzählers geschleppt, der in dem gespenstischen Leichenträger sich selbst zu erkennen glaubt! Und Nacht für Nacht das gleiche Tapsen, der gleiche stoßweise Atem. Und der von solchen Gespenstern Heimgesuchte verteidigt sich gegen den Ansturm: War er nicht berechtigt, jahrelang Menschen zu erschießen? Verpflichtet zu morden? Die Worte versagen ihm... Übrigens hat Frey zehn Jahre später in dem Roman »Die Pflasterkästen« das schaurige Gesicht des Krieges umfassender gestaltet – die Frage nach der Schuld aber kaum eindringlicher, bohrender gestellt als in dieser symbolischen Gespenstergeschichte.

Auch der fast ausschließlich als Lyriker bekannte Expressionist Georg Heym (1887–1912) – dies sei noch nachgetragen – demonstriert mit seiner Erzählung »Das Schiff«, einer modernen Version des Hauffschen »Gespensterschiffs«, wessen die unheimlich-gespenstische Geschichte fähig ist.

Mit Erzählungen, die den ersten Weltkrieg zur Erlebnisgrundlage haben, beenden wir die Vorstellung der deutschsprachigen Gespenstergeschichte.

Selbstverständlich ist mit der Zäsur des ersten Weltkrieges die Entwicklung der Gespenstergeschichte nicht beendet. Die Wirren der Weimarer Republik und der darauffolgende »Totentanz« der faschistischen Diktatur haben natürlich auch der unheimlichen, der Gespenstergeschichte neue Erlebnisgrundlagen vermittelt. Und auch für die Zeit nach dem zweiten Weltkrieg darf gelten: Solange es Kunst gibt, wird das Wunderbare Beachtung und Gestaltung finden – und mit dem Wunderbaren auch dessen Schattenseite: das Unheimlich-Gespenstische.

Herbert Greiner-Mai

Quellenverzeichnis

Johann Karl August Musäus Die Entführung
Aus: Volksmärchen der Deutschen, Band 5, 1786
Johann Wolfgang Goethe Die Geschichte von der Sängerin Antonelli
Aus: Unterhaltungen deutscher Ausgewanderten, 1795
Johann Peter Hebel Das wohlbezahlte Gespenst
Aus: Erzählungen des rheinländischen Hausfreundes, 1808
Heinrich von Kleist Das Bettelweib von Locarno, 1810
E. T. A. Hoffmann Eine gräßlich gespenstische Geschichte
Aus: Die Serapionsbrüder, Vierter Band, 1821
Karl August Varnhagen von Ense Das warnende Gespenst
Aus: Die Musen, 1812
Johann August Apel Der Freischütz
Aus: Das Gespensterbuch, Erstes Bändchen, 1810
In einer überarbeiteten Fassung von Herbert Greiner-Mai
Friedrich Laun Die Wachsfigur
Aus: Das Wunderbuch, Zweites Bändchen, 1816
In einer überarbeiteten Fassung von Hans Joachim Kruse
Wilhelm Hauff Die Geschichte von dem Gespensterschiff
Aus: Die Karawane, 1825
Heinrich Heine Der Geist des Doktor Saul Ascher
Aus: Die Harzreise, 1826
Willibald Alexis Die Erscheinung von Anklam
Aus: Gesammelte Novellen, Erster Band, 1830
Jeremias Gotthelf Der Mordio-Fuhrmann
Aus: Erzählungen und Bilder aus dem Volksleben der Schweiz, Zweiter Band, 1851
Friedrich Gerstäcker Der tote Zimmermann
Aus: Das Füllhorn, Band 1, Der Gespensterfahrer, Leipzig 1927
Theodor Storm Am Kamin, 1862
Heinrich Seidel Die Nebeldroschke, 1878

Kurt von Walfeld Eine Gespenstergeschichte
Aus: Deutsche Romanbibliothek, 15. Jahrgang, 1887
Karl Emil Franzos Allerlei Geister
Aus: Allerlei Geister. Geschichten, 1897
Paul Heyse Martin, der Streber
Aus: In der Geisterstunde und andere Spukgeschichten, 1894
Alfred Schöne Der blaue Schleier
Aus: Neuer deutscher Novellenschatz, herausgegeben von P. Heyse und L. Laistner, Band 3, 1884
In einer überarbeiteten und gekürzten Fassung von Hans Joachim Kruse
Rudolf Lindau Wahngebilde
Aus: Westermanns illustrierte deutsche Monatshefte für das gesamte geistige Leben der Gegenwart, 33. Jahrgang, 1889
Oskar Panizza Die Kirche von Zinsblech
Aus: Visionen – Skizzen und Erzählungen, 1893
Gustav Meyrink Eine Suggestion
Aus: Des deutschen Spießers Wunderhorn, Verlag Volk und Welt, Berlin 1969
Georg Heym Das Schiff, 1911
Jakob Elias Poritzky Der Unbekannte
Aus: Gespenstergeschichten, 1911
Karl Hans Strobl Die arge Nonn'
Aus: Das Gespensterbuch, herausgegeben von F. Schloemp, Georg Müller Verlag, München 1912
Ernst Scupin Schloß Valnoir
Aus: Der Orchideengarten, Phantastische Blätter, 1. Jahrgang, 1919
Alexander Moritz Frey Die Ernte
Aus: Verteufeltes Theater, Limes Verlag, Wiesbaden und München 1957
Wolf Durian Die Haare der Lady Fitzgerald
Aus: Der Orchideengarten, 2. Jahrgang, 1920
Herbert Barber Die Erzählung des Fürsten Niglinsky
Aus: Der Orchideengarten, 3. Jahrgang, 1921
A. de Nora Antitodin
Aus: Der Orchideengarten, 3. Jahrgang, 1921

Inhaltsverzeichnis

Johann Karl August Musäus Die Entführung 5
Johann Wolfgang Goethe Die Geschichte von der Sängerin Antonelli 19
Johann Peter Hebel Das wohlbezahlte Gespenst 30
Heinrich von Kleist Das Bettelweib von Locarno 33
E. T. A. Hoffmann Eine gräßlich gespenstische Geschichte . . 37
Karl August Varnhagen von Ense Das warnende Gespenst . . 51
Johann August Apel Der Freischütz 56
Friedrich Laun Die Wachsfigur 81
Wilhelm Hauff Die Geschichte von dem Gespensterschiff . . . 110
Heinrich Heine Der Geist des Doktor Saul Ascher 121
Willibald Alexis Die Erscheinung von Anklam 125
Jeremias Gotthelf Der Mordio-Fuhrmann 136
Friedrich Gerstäcker Der tote Zimmermann 151
Theodor Storm Am Kamin 186
Heinrich Seidel Die Nebeldroschke 212
Kurt von Walfeld Eine Gespenstergeschichte 217
Karl Emil Franzos Allerlei Geister 224
Paul Heyse Martin, der Streber 248
Alfred Schöne Der blaue Schleier 272
Rudolf Lindau Wahngebilde 294
Oskar Panizza Die Kirche von Zinsblech 315
Gustav Meyrink Eine Suggestion 324
Georg Heym Das Schiff 332
Jakob Elias Poritzky Der Unbekannte 344
Karl Hans Strobl Die arge Nonn' 351
Ernst Scupin Schloß Valnoir 389
Alexander Moritz Frey Die Ernte 396
Wolf Durian Die Haare der Lady Fitzgerald 406
Herbert Barber Die Erzählung des Fürsten Niglinsky 414
A. de Nora Antitodin 424
Nachwort 429
Quellenverzeichnis 438